HEYNE BÜCHER

Von Isaac Asimov erschienen als
Heyne Taschenbücher

ALLGEMEINE REIHE:

Lunatico oder Die nächste Welt · 01/5126
Auf der Suche nach der Erde · 01/6401
Aurora – oder Der Aufbruch zu den Sternen · 01/6579
Das galaktische Imperium · 01/6607

Reihe HEYNE SCIENCE FICTION & FANTASY:

Der Mann von drüben · 06/3004
Geliebter Roboter · 06/3066
Der Tausendjahresplan · 06/3080
Der galaktische General · 06/3082
Alle Wege führen nach Trantor · 06/3084
Am Ende der Ewigkeit · 06/3088
SF-Kriminalgeschichten · 06/3135
Ich, der Robot · 06/3217
Die nackte Sonne · 06/3517
Der Zweihundertjährige · 06/3621

In der BIBLIOTHEK DER SCIENCE FICTION LITERATUR:

Lunatico · 06/7
Meine Freunde, die Roboter · 06/20

In der Reihe HEYNE SCIENCE FICTION & FANTASY erscheinen darüber hinaus seit 1978 in regelmäßigen Abständen in deutscher Übersetzung Auswahlbände aus dem berühmten amerikanischen ISAAC ASIMOV'S SCIENCE FICTION MAGAZINE

ISAAC ASIMOV

Aurora oder der Aufbruch zu den Sternen

Roman

Deutsche Erstveröffentlichung

WILHELM HEYNE VERLAG
MÜNCHEN

HEYNE ALLGEMEINE REIHE
Nr. 01/6579

Titel der amerikanischen Originalausgabe
THE ROBOTS OF DAWN
Deutsche Übersetzung von Heinz Nagel

Redaktion: Wolfgang Jeschke

Umschlagbild: Schlück/Tony Roberts
Umschlaggestaltung: Atelier Ingrid Schütz, München
Printed in Germany 1985
Druck und Bindung: Presse-Druck Augsburg

ISBN 3-453-02159-2

Inhalt

Gewidmet Marvin Minsky und Josef F. Engelberger, die (jeder für seine Person) für mich Theorie und Praxis der Robotik versinnbildlichen.

Die Drei Grundregeln der Robotik

1. Ein Roboter darf kein menschliches Wesen verletzen oder durch Untätigkeit gestatten, daß einem menschlichen Wesen Schaden zugefügt wird.
2. Ein Roboter muß dem ihm von einem Menschen gegebenen Befehl gehorchen, es sei denn, ein solcher Befehl würde mit Regel Eins kollidieren.
3. Ein Roboter muß seine Existenz beschützen, solange dieser Schutz nicht mit Regel Eins oder Zwei kollidiert.

Erster Teil

Baley

1

Elijah Baley saß im Schatten eines Baumes und murmelte zu sich selbst: »Ich habe es gewußt. Ich schwitze.«

Er hielt inne, richtete sich auf, wischte sich den Schweiß mit dem Handrücken von der Stirn und sah dann streng auf die Feuchtigkeit an seiner Hand.

»Ich *hasse* Schwitzen«, sagte er zu niemandem Bestimmten und warf den Satz hin, als wäre er ein kosmisches Gesetz. Und wieder empfand er Unzufriedenheit mit dem Universum, weil es etwas gemacht hatte, das gleichzeitig essentiell und unangenehm war.

In der City transpirierte man *nie* (es sei denn, natürlich, man wünschte es), denn dort wurden Temperatur und Feuchtigkeit absolut unter Kontrolle gehalten, und dort ergab sich für den Körper nie die Notwendigkeit, in einer Art und Weise zu funktionieren, die zu einer Wärmeproduktion führte, die größer war als die Wärmeableitung.

Das war Zivilisation.

Er blickte auf das Feld hinaus, wo eine Anzahl Männer und Frauen mehr oder weniger unter seiner Aufsicht waren. Hauptsächlich waren es junge Leute unter zwanzig, aber auch ein paar Leute in mittleren Jahren wie er waren darunter. Sie waren damit beschäftigt, den Boden recht ungeschickt zu hacken und eine Vielfalt anderer Dinge zu tun, für die eigentlich Roboter gedacht waren – und die Roboter auch viel effizienter erledigen konnten, wenn man ihnen nicht die Anweisung gegeben hätte, danebenzustehen und zu warten, während die menschlichen Geschöpfe hartnäckig übten.

Über den Himmel zogen Wolken, und die Sonne war im

Augenblick gerade dabei, hinter einer davon zu verschwinden. Er blickte unsicher auf. Einerseits bedeutete das, daß die direkte Sonneneinstrahlung und ihre Hitze (und damit auch das Schwitzen) geringer werden würden. Andererseits – würde es möglicherweise regnen? Das war das Ärgerliche, wenn man Draußen war. Man schwankte die ganze Zeit zwischen unangenehmen Alternativen hin und her.

Es überraschte Baley stets aufs neue, daß eine relativ kleine Wolke die Sonne völlig verdecken konnte und die Erde von einem Horizont bis zum anderen verdunkeln und doch den größten Teil des Himmels blau lassen.

Er stand unter dem Blätterdach des Baumes (eine Art primitiver Wand und Decke, wobei die Solidität der Baumrinde, wenn man sie berührte, ein Gefühl des Behagens vermittelt) und blickte wieder auf die Gruppe, studierte sie. Sie kamen einmal in der Woche hier heraus, ganz gleich, wie das Wetter war. Und Neuzugänge hatten sie auch. Ihre Zahl war ganz entschieden gewachsen; sie waren jetzt weit mehr als die paar Beherzten, die einst angefangen hatten. Die Regierung der City war wohlwollend genug, keine Schwierigkeiten zu machen, wenn sie schon nicht an dem Vorhaben beteiligt war.

An dem Horizont auf Baleys rechter Seite – im Osten, wie man aus der Stellung der späten Nachmittagssonne erkennen konnte – sah man die stumpfen, vielfingrigen Kuppeln der City, die alles umschlossen, was das Leben lebenswert machte. Und außerdem sah er noch einen kleinen, sich bewegenden Punkt, der noch zu weit entfernt war, als daß man ihn deutlich hätte erkennen können.

Der Art seiner Bewegung nach und aus Hinweisen, die zu subtil waren, als daß man sie hätte beschreiben können, war Baley ganz sicher, daß es sich um einen Roboter handelte, aber das überraschte ihn nicht. Die Oberfläche der Erde außerhalb der Cities gehörte den Robotern, nicht den menschlichen Geschöpfen – abgesehen von ein paar wenigen wie ihm, die von den Sternen träumten.

Automatisch wandten sich seine Augen wieder den hackenden Sternträumern zu und wanderten von einem zum anderen. Er konnte jeden einzelnen identifizieren und nennen. Und alle arbeiteten, lernten, wie man das Leben Draußen erträgt und...

Er runzelte die Stirn und murmelte halblaut: »Wo ist Bentley?«

Und eine andere Stimme hinter ihm, ein wenig atemlos und erregt klingend, sagte: »Hier bin ich, Dad.«

Baley fuhr herum. »Tu das nicht, Ben.«

»Was soll ich nicht tun?«

»Dich so an mich heranschleichen. Laß solche Überraschungen, ja! Es ist schon anstrengend genug, Draußen mein seelisches Gleichgewicht zu halten, daß ich mich nicht auch noch aufregen möchte.«

»Ich wollte dich nicht überraschen. Es ist gar nicht leicht, Lärm zu machen, wenn man auf dem Gras geht. Das geht gar nicht anders. – Aber findest du nicht, daß du hineingehen solltest, Dad? Du bist jetzt schon seit zwei Stunden Draußen, und ich glaube, das reicht für dich.«

»Warum? Weil ich fünfundvierzig bin und du bloß neunzehn bist? Du meinst wohl, du mußt dich um deinen gebrechlichen Vater kümmern, wie?«

»Ja, das ist es wohl«, meinte Ben. »Und gute Detektivarbeit von deiner Seite auch. Du bist gleich zum Kern gekommen.«

Ben lächelte breit. Sein Gesicht war rund, seine Augen blitzten. Er hatte eine ganze Menge von Jessie an sich, dachte Baley, eine ganze Menge von seiner Mutter. Von Baleys langem, ernsthaftem Gesicht war da sehr wenig.

Und doch hatte Ben die Denkweise von seinem Vater. Manchmal hatte er eine fast schwerfällige Ernsthaftigkeit an sich, daß an einer Legitimität wirklich keinerlei Zweifel sein konnte.

»Ich fühl' mich sehr wohl«, sagte Baley.

»Das merkt man, Dad. Du bist der Beste von uns, wenn man bedenkt...«

»Wenn man was bedenkt?«

»Nun, dein Alter natürlich. Und ich vergesse keineswegs, daß du derjenige bist, der das hier angefangen hat. Obwohl, als ich sah, daß du unter dem Baum Schutz gesucht hast, da dachte ich... – nun, ich dachte, der Alte hat vielleicht genug.«

»Ich geb' dir schon einen ›Alten‹«, sagte Baley. Der Roboter, der sich aus Richtung Stadt auf sie zubewegte, war inzwischen nahe genug herangekommen, daß man ihn deutlich erkennen konnte, aber Baley tat ihn als unwichtig ab. Er sagte: »Es ist vernünftig, gelegentlich unter einen Baum zu gehen, wenn die Sonne zu heiß ist. Wir müssen lernen, die Vorteile des Draußen zu nutzen und gleichzeitig die Nachteile zu ertragen. – Und nun kommt die Sonne gleich wieder hinter der Wolke hervor.«

»Ja, das wird sie. Also, wie steht's, willst du nicht hineingehen?«

»Ich halte es schon noch aus. Einmal die Woche habe ich einen Nachmittag frei, und den verbringe ich hier. Das ist mein Privileg. Das bekommt man, wenn man als C-7 eingestuft ist.«

»Es geht hier nicht um Privilegien, Dad. Es geht hier um Übermüdung.«

»Ich fühle mich ganz wohl, das sage ich dir doch.«

»Sicher. Und wenn du nach Hause kommst, gehst du sofort ins Bett und liegst im Dunkeln.«

»Ein natürliches Gegenmittel gegen übertriebene Helligkeit.«

»Und Mutter macht sich Sorgen.«

»Nun, soll sie doch. Das tut ihr gut. Außerdem, was schadet es denn, hier Draußen zu sein? Das Schlimmste daran ist, daß ich *schwitze*, aber daran muß ich mich einfach gewöhnen. Davor kann ich nicht weglaufen. Als ich anfing, konnte ich nicht einmal den Weg von der City hierher zu Fuß gehen, ohne mich umdrehen zu müssen – und du warst der einzige, der mitgekommen ist. Und jetzt sieh doch, wie viele wir sind, und wie weit ich ohne Schwierigkeiten gehen kann. Und eine Menge Arbeit schaffe ich auch. Ich halte noch eine Stunde durch. Spielend. – Ich sage es dir, Ben, es würde deiner Mutter guttun, wenn sie selbst hierher käme.«

»Wer? Mom? Du machst wohl Witze?«

»Was ist denn witzig daran? Wenn die Zeit für die Abreise kommt, werde ich nicht mitkommen können – weil sie nicht mit will.«

»Und wirst froh darüber sein. Mach dir nichts vor, Dad! Das dauert noch eine ganze Weile – und wenn du jetzt nicht zu alt bist, wirst du es zumindest dann sein. Das wird etwas für junge Leute sein.«

»Weißt du«, sagte Baley und ballte dabei leicht die Faust, »mit deinen ewigen ›jungen Leuten‹ gehst du mir ganz schön auf den Nerv. Hast du denn die Erde schon jemals verlassen? Sind irgendwelche von diesen Leuten Draußen auf dem Feld schon mal auf einem anderen Planeten gewesen? *Ich* war das schon. Vor zwei Jahren. Das war, bevor ich diese Akklimatisierung mitgemacht habe – und ich habe es überlebt.«

»Ich weiß, Dad, aber das war nur kurze Zeit und auf einer Dienstreise, und man hat sich in einer funktionierenden Gesellschaft um dich gekümmert. Es ist nicht dasselbe.«

»Das *war* dasselbe«, sagte Baley hartnäckig und wußte doch tief in seinem Herzen, daß es das nicht war. »Und es wird gar nicht so lange dauern, bis wir hier weggehen können. Wenn ich die Genehmigung bekommen könnte, nach Aurora zu gehen, könnten wir die Sache in Schwung bringen.«

»Vergiß es! So einfach wird das nicht laufen.«

»Wir müssen es versuchen. Die Regierung wird uns nicht ziehen lassen, ohne daß Aurora sich einverstanden erklärt. Das ist die größte und stärkste der Spacer-Welten, und was man dort sagt...«

»Das läuft! Ich weiß. Schließlich haben wir eine Million Male darüber geredet. Aber man braucht nicht dorthin zu reisen, um die Erlaubnis zu bekommen. Schließlich gibt es auch Hyperraum-Relais. Man kann von hier aus mit denen reden. Das hab' ich auch schon einige Male gesagt.«

»Das ist nicht dasselbe. Wir brauchen den Kontakt von Angesicht zu Angesicht – und *das* habe ich auch schon mehrmals erklärt.«

»Jedenfalls«, meinte Ben, »sind wir noch nicht soweit.«

»Wir sind nicht soweit, weil die Erde uns die Schiffe nicht geben will. Die Spacer würden das tun und würden uns auch die notwendige technische Unterstützung geben.«

»Welch ein Vertrauen! Warum sollten die Spacer das tun? Seit wann haben sie denn freundliche Gefühle gegenüber uns kurzlebigen Erdenleuten entwickelt?«

»Wenn ich mit ihnen reden könnte...«

Ben lachte. »Komm schon, Dad! Du willst doch bloß nach Aurora, um diese Frau wiederzusehen.«

Baley runzelte die Stirn, und seine Augenbrauen bildeten über seinen tiefliegenden Augen eine Art Dach. »Frau? Jehoshaphat, Ben, wovon redest du denn?«

»Aber Dad, nur zwischen dir und mir – und Mom erfährt kein

Wort –, was ist denn nun *wirklich* mit dieser Frau aus Solaria gewesen? Ich bin alt genug. Mir kannst du es doch sagen.«

»*Welcher* Frau auf Solaria?«

»Kannst du mir denn wirklich in die Augen sehen und sagen, du wüßtest nichts von dieser Frau, die jeder auf der Erde in dem Hyperwellendrama gesehen hat? Gladia Delmarre. *Die* Frau!«

»*Gar nichts* ist geschehen. Dieses Hyperwellending war schierer Unsinn. Das habe ich dir tausendmal gesagt. Sie hat völlig anders ausgesehen. *Ich* habe völlig anders ausgesehen. Das alles ist erfunden, und du weißt, daß diese melodramatische Schnulze gegen meinen Protest produziert worden ist, nur weil die Regierung dachte, daß es die Erde bei den Spacern in besseres Licht rücken würde. Und daß du mir ja deiner Mutter nichts anderes sagst.«

»Würde ich mir nicht im Traum einfallen lassen. Trotzdem, diese Gladia ist nach Aurora gegangen, und du willst die ganze Zeit auch dorthin.«

»Willst du mir sagen, du meinst ernsthaft, daß ich deshalb nach Aurora... – o *Jehoshaphat*!«

Die Brauen seines Sohnes hoben sich. »Was ist denn?«

»Der Roboter. Das ist R. Geronimo.«

»Wer?«

»Einer der Botenroboter unserer Abteilung. Und er ist hier Draußen! Ich habe frei und habe *bewußt* meinen Empfänger zu Hause gelassen, weil ich nicht wollte, daß die mich erreichen können. Das ist mein Recht als C-7, und trotzdem schicken die einen Roboter nach mir.«

»Woher weißt du denn, daß er zu dir kommt, Dad?«

»Durch schlaue Kombination. Erstens: hier ist sonst keiner, der in irgendeiner Verbindung mit der Polizei steht; zweitens: dieses jämmerliche Ding kommt geradewegs auf mich zu. Daraus schließe ich, daß es mich sucht.«

»Master Baley«, rief der Roboter. »Ich habe eine Nachricht für Sie. Man will Sie im Präsidium sprechen.«

Der Roboter blieb stehen, wartete und sagte dann noch einmal: »Mister Baley, ich habe eine Nachricht für Sie. Man will Sie im Präsidium sprechen.«

»Ich höre und verstehe«, sagte Baley. Er mußte das sagen, sonst hätte der Roboter es noch ein paarmal wiederholt.

Baley runzelte die Stirn, während er den Roboter studierte. Er war ein neues Modell, etwas menschenähnlicher als die älteren Modelle es gewesen waren. Man hatte ihn erst vor einem Monat mit ziemlichen Aufhebens aus der Verpackung geholt und aktiviert. Die Regierung ließ nichts unversucht, mehr Akzeptanz für Roboter herzustellen.

Er hatte eine graue Oberfläche und fühlte sich weich an, fast wie Leder. Der Gesichtsausdruck war zwar im großen und ganzen starr, aber nicht ganz so idiotisch wie der der meisten Roboter. Freilich war er in geistiger Hinsicht genauso idiotisch wie all die anderen.

Für einen Moment mußte Baley an R. Daneel Olivaw, den Spacer-Roboter, denken, der zwei Einsätze mit ihm durchgeführt hatte, einen auf der Erde und einen auf Solaria, und dem er zuletzt begegnet war, als Daneel ihn in dem ›Spiegelbild‹-Fall konsultiert hatte. Daneel war ein Roboter, der so menschlich war, daß Baley ihn wie einen Freund behandeln konnte und ihn immer noch vermißte, selbst jetzt noch. Wenn alle Roboter so gewesen wären...

Baley sagte: »Ich habe heute meinen freien Tag, mein Junge. Es gibt keinen Anlaß für mich, ins Präsidium zu gehen.«

R. Geronimo machte eine Pause. Seine Hände zitterten ein wenig. Baley registrierte das und zog daraus den Schluß, daß nun in den Positronenbahnen des Roboters ein Konflikt auftrat. Sie mußten menschlichen Geschöpfen gehorchen, aber es war ganz normal, daß zwei menschliche Geschöpfe zwei verschiedene Arten von Gehorsam von ihm wünschten.

Der Roboter traf seine Wahl. Er sagte: »Sie haben Ihren freien Tag, Master. – Man will Sie im Präsidium sprechen.«

Ben meinte ein wenig verlegen: »Wenn die dich sprechen wollen, Dad...«

Baley zuckte die Achseln. »Laß dich nicht täuschen, Ben. Wenn die mich wirklich so dringend brauchen würden, dann hätten die einen geschlossenen Wagen geschickt und wahrscheinlich einen menschlichen Freiwilligen, anstatt einem Roboter den Befehl zu geben, zu Fuß herzukommen – und mich mit dieser Nachricht zu ärgern.«

Ben schüttelte den Kopf. »Das glaube ich nicht, Dad. Die können ja schließlich nicht wissen, wo du bist oder wie lange es dauern würde, dich zu finden. Ich glaube nicht, daß die ein menschliches Wesen auf eine unsichere Suche schicken würden.«

»So? Nun, wir wollen sehen, wie stark der Befehl ist. R. Geronimo, geh ins Präsidium zurück und sag denen, daß ich um neun Uhr zur Arbeit komme.« Und dann scharf: »Geh zurück! Das ist ein Befehl!«

Der Roboter zögerte merklich, drehte sich dann um, ging ein paar Schritte, drehte sich wieder um, machte den Versuch, zu Baley zurückzukommen, und blieb schließlich, am ganzen Körper vibrierend, stehen.

Baley erkannte, was das bedeutete, und murmelte zu Ben gewandt: »Vielleicht muß ich doch gehen. Jehoshaphat!«

Was den Roboter plagte, war etwas, was die Robotiker als einen Potentialausgleich des Widerspruchs im zweiten Niveau bezeichneten. Das Zweite Gesetz verlangte Gehorsam, und R. Geronimo litt jetzt an zwei etwa gleich starken, widersprüchlichen Befehlen. Im Sprachgebrauch bezeichnete man dies als Robot-Block, oder kurz als Roblock.

Langsam drehte der Roboter sich um. Die ursprüngliche Anweisung war die stärkere, aber um nicht sehr viel, und so klang die Stimme jetzt unsicher, etwa so wie bei einem Menschen, der ein Glas zuviel getrunken hat. »Master, man hat mir gesagt, daß Sie das möglicherweise sagen würden. In dem Fall sollte ich sagen...« Er machte eine Pause und fügte dann heiser hinzu: »In dem Fall sollte ich sagen – wenn Sie alleine sind.«

Baley machte eine kurze Kopfbewegung zu seinem Sohn hin, und Ben wartete nicht. Er wußte, wann sein Vater einfach Dad war und wann Polizist. Ben zog sich hastig zurück.

Einen Augenblick lang spielte Baley gereizt mit dem Gedanken, seinen eigenen Befehl zu verstärken und den Roblock damit vollständig zu machen. Aber das würde ganz sicherlich Schaden anrichten, der positronische Analyse und Neuprogrammierung erforderlich machen könnte. Die Kosten dafür würde man ihm vom Gehalt abziehen, und es könnte leicht auf ein Jahreseinkommen hinauslaufen.

So sagte er: »Ich ziehe meinen Befehl zurück. Was solltest du mir sagen?«

R. Geronimos Stimme wurde sofort wieder klar und deutlich. »Ich sollte sagen, daß man Sie im Zusammenhang mit Aurora sprechen möchte.«

Baley wandte sich zu Ben um und rief: »Gib ihnen noch eine halbe Stunde und sag ihnen dann, daß sie wieder reinkommen sollen. Ich muß jetzt weg.«

Und während er mit langen Schritten davoneilte, sagte er verdrießlich zu dem Roboter: »Hätten die dir nicht auftragen können, das gleich zu sagen? Und warum können die dich nicht darauf programmieren, daß du einen Wagen benutzt? Dann hätte ich nicht zu Fuß gehen brauchen.«

Er wußte sehr wohl, warum man das nicht tat. Jeder Unfall, in den ein von einem Roboter gesteuerter Wagen verwickelt war, würde wieder zu Roboterunruhen führen.

Er verlangsamte seine Schritte nicht. Bis zur Mauer der City waren es zwei Kilometer, und anschließend würden sie dichten Verkehr vor sich haben, bis sie die Zentrale erreichten.

Aurora? Was braute sich da für eine Krise zusammen?

2

Baley brauchte eine halbe Stunde, um den Eingang zur City zu erreichen, wobei er sich die ganze Zeit innerlich auf das vorbereitete, was ihn dort wahrscheinlich erwartete. Vielleicht – *vielleicht* – würde es diesmal nicht dazu kommen.

Er erreichte die Trennfläche zwischen Draußen und der City, die Wand, die das Chaos von der Zivilisation trennte. Er legte die Hand auf die Signalplatte, und eine Öffnung erschien. Wie gewöhnlich wartete er nicht darauf, bis die Öffnung sich ganz aufgetan hatte, sondern drängte sich durch, als sie breit genug war. R. Geronimo folgte ihm.

Der wachhabende Polizist blickte verblüfft, wie er das immer tat, wenn jemand von Draußen hereinkam. Jedesmal war das der gleiche ungläubige Blick, die Hand, die nach dem Blaster griff, das gleiche verunsicherte Stirnrunzeln.

Baley zeigte finster den Ausweis, und der Posten salutierte. Die Tür schloß sich hinter ihm – und es geschah.

Baley war in der City. Die Wände schlossen sich um ihn, und

die City wurde zum Universum. Er war wieder eingetaucht in das endlose, ewige Summen und den Geruch von Menschen und Maschinen, die jedoch bald unter die Wahrnehmbarkeitsgrenze absinken würden; war von dem weichen, indirekten, künstlichen Licht umgeben, das ganz anders war als das grelle, unterschiedliche, ungleichmäßige Licht Draußen, mit seinem Grün und Braun und Blau und Weiß und dem Rot und Gelb dazwischen. Hier gab es keinen plötzlichen Windstoß, keine Hitze, keine Kälte, und auch nicht die Drohung kommenden Regens; hier regierte die Dauerhaftigkeit von Luftströmungen, die man nicht spürte und die alles frisch hielten. Hier war eine konstruierte Kombination aus Temperatur und Feuchtigkeit, die dem Menschen so perfekt angepaßt war, daß sie überhaupt nicht wahrgenommen wurde.

Baley spürte, wie er etwas nervös Luft holte, und dann machte ihn die Erkenntnis froh, daß er zu Hause war, sicher von Bekanntem und *Kennbarem* umgeben.

So war es immer. Wieder hatte er die City als den Mutterleib angenommen und war mit froher Erleichterung wieder in ihn zurückgekehrt. Er wußte, daß ein solcher Mutterleib etwas war, aus dem die Menschheit heraustreten mußte, aus dem sie geboren werden mußte. Warum war es nur, daß er immer wieder auf diese Weise zurücksank?

Und würde das immer sein? Würde es wirklich so sein, wo er doch vielleicht zahllose Menschen aus der City heraus und weg von der Erde und hinaus zu den Sternen führen würde?

Und würde er am Ende wirklich selbst nicht mitgehen können? Würde er sich immer nur in der City zu Hause fühlen?

Er biß die Zähne zusammen – aber es hatte keinen Sinn, darüber nachzugrübeln. Zu dem Roboter sagte er: »Hat man dich mit dem Wagen hierhergebracht?«

»Ja, Master.«

»Wo ist er jetzt?«

»Ich weiß nicht, Master.«

Baley wandte sich an den Posten. »Officer, dieser Roboter ist vor zwei Stunden hierhergebracht worden. Wo ist der Wagen, der ihn hergebracht hat?«

»Sir, ich habe meinen Dienst vor einer knappen Stunde angetreten.«

Baley war einen Augenblick lang versucht, die Zentrale anzurufen, aber die würde ihm sagen, daß er den Expressway nehmen solle; das würde schneller gehen.

Eigentlich zögerte er ja nur wegen der Anwesenheit von R. Geronimo. Er wollte nicht mit ihm auf dem Expressway zusammensein, und doch durfte er nicht erwarten, daß der Roboter allein durch feindliche Menschenmassen zum Präsidium zurückkehrte. Nicht daß er eine Wahl gehabt hätte. Der Commissioner hatte nicht das geringste Interesse, es ihm leichtzumachen. Er würde verstimmt sein, daß er ihn nicht erreicht hatte, ob er nun Freizeit gehabt hatte oder nicht.

»Hier entlang, Boy«, sagte Baley zu Geronimo.

Die City bedeckte über fünftausend Quadratkilometer und enthielt mehr als vierhundert Kilometer Expressway und Hunderte von Kilometern von Zubringern für die mehr als zwanzig Millionen Bewohner. Das komplizierte Verkehrsnetz war auf acht Etagen angeordnet, und es gab Hunderte von Knotenpunkten von unterschiedlicher Kompliziertheit.

Von Baley erwartete man von Berufs wegen, daß er sie alle kannte – und das tat er auch. Man konnte ihn mit einer Binde um die Augen in jedem Winkel der Stadt absetzen, ihm die Binde abnehmen, und er würde mühelos seinen Weg zu jedem vorgeschriebenen Ziel finden.

Es gab also keinen Zweifel, daß er den Weg zum Präsidium finden würde. Aber es gab acht mögliche Routen, die er nehmen konnte, und einen Augenblick lang zögerte er und überlegte, welche davon um diese Zeit am wenigsten überfüllt sein würde.

Aber nur einen Augenblick lang. Dann traf er seine Entscheidung und sagte: »Komm mit, Boy!« Der Roboter folgte ihm.

Sie schwangen sich auf ein vorübergleitendes Zubringerband, und Baley packte eine der senkrechten Stangen: weich, warm und mit einer Oberflächenstruktur, die es einem bequem machte, sich festzuhalten. Baley wollte sich nicht setzen; sie würden nicht lange auf dem Band sein. Der Roboter hatte auf Baleys einladende Handbewegung gewartet, ehe er die Hand auf dieselbe Stange gelegt hatte. Ebensogut hätte er stehenbleiben können, ohne sich festzuhalten – es wäre ihm nicht schwergefallen, das Gleichgewicht zu halten –, aber Baley wollte nicht das Risiko eingehen, daß sie getrennt wurden. Er war für den Roboter verantwortlich und wollte nicht das Risiko eingehen, am Ende der City den Schaden ersetzen zu müssen, falls R. Geronimo etwas zustieß. Auf dem Zubringerband waren ein paar Leute, und deren Augen wandten sich jetzt neugierig – wie es unvermeidbar war – dem Roboter zu. Baley fing die Blicke auf. Baley sah wie ein Mann aus, von dem Autorität ausging, und die Gesichter, in die er sah, wandten sich verlegen ab.

Baley machte wieder eine Handbewegung, als er sich vom Zubringerband schwang. Das hatte jetzt die Streifen erreicht und bewegte sich mit derselben Geschwindigkeit wie der nächste, brauchte also nicht abzubremsen. Baley trat auf den nächsten Streifen und spürte den Luftzug, weil sie nicht mehr von der Plastikhaube geschützt waren.

Er lehnte sich mit der Selbstverständlichkeit langjähriger Übung gegen den Wind und hob einen Arm, um den Luftzug in Augenhöhe abzulenken. Er eilte die Streifen zu der Kreuzung mit dem Expressway hinunter und dann zu dem Schnellstreifen hinauf, der an den Expressway grenzte.

Er hörte den Schrei »Roboter!« aus dem Mund eines Jugendlichen und wußte genau, was jetzt geschehen würde. Eine Gruppe von ihnen – zwei oder drei oder ein halbes Dutzend – würden die Streifen hinauf- oder hinunterrennen, und irgendwie würde einer den Roboter zu Fall bringen, und der würde klirrend zu Boden gehen. Und später, wenn der Fall je vor Gericht kam, würde jener Jugendliche – wenn man ihn überhaupt erwischte – behaupten, der Roboter sei mit ihm zusammengestoßen, und sich beschweren, daß diese Maschinen eine Gefahr für andere Passanten darstellten – und dann würde man ihn ohne Zweifel laufenlassen.

Der Roboter konnte sich weder gegen den ersten Vorwurf verteidigen noch in bezug auf den zweiten eine Aussage machen.

Baley beeilte sich und schob sich zwischen den ersten Jugendlichen und den Roboter. Er wich auf einen schnelleren Streifen aus, hob den Arm etwas höher, als wollte er seine Haltung an die höhere Windgeschwindigkeit anpassen – und irgendwie wurde der junge Mann dabei vom Kurs abgedrängt und geriet auf einen langsameren Streifen, auf den er nicht vorbereitet war. Er schrie erschreckt. »He!«, während er taumelte. Die anderen blieben stehen, bildeten sich schnell das richtige Urteil über die Lage und bogen ab.

»Auf den Expressway, Boy«, sagte Baley.

Der Roboter zögerte kurz. Roboter ohne Begleitung durften den Expressway nicht benutzen. Aber Baleys Befehl war unzweideutig gewesen, und so wechselte er auf das Band über. Baley folgte, was den Druck milderte, der auf dem Roboter lastete.

Baley schob sich ziemlich rücksichtslos durch die Scharen von Stehenden, drängte R. Geronimo vor sich her und arbeitete sich auf die weniger überfüllte obere Etage zu. Er hielt sich an einer Stange fest und stellte einen Fuß auf den des Roboters und wehrte wieder mit gebieterischem Blick alle feindseligen Blicke von sich ab.

Fünfzehneinhalb Kilometer später befanden sie sich in der Nähe des Polizeipräsidiums, und er verließ den Expressway. R. Geronimo kam mit ihm. Niemand hatte ihn berührt, nicht die geringste Schramme gab es. Baley lieferte ihn an der Tür ab und ließ sich eine Quittung geben. Er überprüfte sorgfältig Datum, Zeit und Seriennummer des Roboters und steckte die Quittung ein. Später würde er sich vergewissern, daß die Transaktion auch im Computer registriert worden war.

Gleich würde er den Commissioner aufsuchen – und er kannte den Commissioner. Der geringste Fehler würde dazu führen, daß man Baley im Rang zurückstufte. Der Commissioner war ein harter Mann. Er betrachtete die Triumphe, die Baley in der Vergangenheit errungen hatte, als persönliche Beleidigung.

3

Der Commissioner hieß Wilson Roth. Er hatte diesen Posten jetzt zweieinhalb Jahre inne, seit Julius Enderby zurückgetreten war, als sich die Unruhe wegen der Ermordung eines Spacers gelegt hatte und er seinen Rücktritt hatte einreichen können, ohne daß dies zu Verwicklungen führte.

Baley hatte sich mit dem Wechsel nie ganz abfinden können. Julius war trotz all seiner Fehler nicht nur ein Vorgesetzter, sondern auch ein Freund gewesen; Roth war nur ein Vorgesetzter. Er kam nicht einmal aus der City. Nicht aus *dieser* City. Man hatte ihn von Draußen hereingebracht.

Roth war weder ungewöhnlich groß noch ungewöhnlich dick. Aber er hatte einen großen Kopf, und der schien auf einem Hals zu sitzen, der von seinem Rumpf leicht nach vorne geneigt war. Dadurch wirkte er schwerfällig, als hätte er einen schweren Körper und einen schweren Kopf. Er hatte auch schwere Lider, die seine Augen halb verdeckten. Das führte dazu, daß man ihn für schläfrig hielt, aber ihm entging so leicht nichts. Baley hatte das sehr schnell herausgefunden, kurz nachdem Roth das Amt übernommen hatte. Er machte sich keine Illusionen, daß Roth ihn mochte. Und noch weniger Illusionen machte er sich darüber, daß er seinerseits Roth mochte.

Roths Stimme klang nicht gerade verdrießlich – das tat sie nie –, aber Freude verbreiteten seine Worte auch nicht. »Baley, warum ist es so schwierig, Sie ausfindig zu machen?« fragte er.

Baley antwortete darauf mit vorsichtig respektvoller Stimme: »Heute ist mein freier Nachmittag, Commissioner.«

»Ja, C-7 Privileg, nicht wahr? Sie wissen doch, was ein Piepser ist, oder? Etwas, womit man dienstliche Mitteilungen empfängt. Es ist zulässig, Sie auch in Ihrer Freizeit zurückzurufen.«

»Das weiß ich sehr wohl, Commissioner. Aber die Vorschrift bezüglich des Tragens eines Piepsers ist gestrichen worden. Man kann uns ohne Piepser erreichen.«

»Innerhalb der City, ja, aber Sie waren Draußen – oder täusche ich mich?«

»Sie täuschen sich nicht, Commissioner. Ich war Draußen. Aber in der Vorschrift steht nicht, daß ich in dem Fall einen Piepser tragen muß.«

»Sie verstecken sich wohl hinter den Vorschriften, wie?«

»Ja, Commissioner«, sagte Baley ruhig.

Der Commissioner stand auf – ein mächtiger und auf unbestimmte Weise drohender Mann – und setzte sich auf die Schreibtischkante. Das Fenster nach Draußen, das Enderby sich hatte einbauen lassen, war schon lange wieder verschlossen und übermalt worden. In dem geschlossenen Raum (der deshalb wärmer und behaglicher war) wirkte der Commissioner noch größer. Nun sagte er, ohne die Stimme dabei zu heben:

»Sie verlassen sich wohl auf die Dankbarkeit der Erde, Baley.«

»Ich verlasse mich darauf, meine Arbeit nach besten Kräften zu tun, Commissioner, und in Einklang mit den Vorschriften.«

»Und auf die Dankbarkeit der Erde, wenn Sie den Geist eben dieser Vorschriften ein wenig verbiegen.«

Darauf sagte Baley nichts.

»Man ist der Ansicht, daß Sie in dem Mordfall Sarton vor drei Jahren gute Arbeit geleistet haben«, sagte der Commissioner.

»Danke, Commissioner«, erwiderte Baley. »Ich glaube, die Folge war, daß man Spacetown abgebaut hat.«

»Ja, so ist es – und das hat den Beifall der ganzen Erde ausgelöst. Es heißt auch, daß Sie vor zwei Jahren auf Solaria gute Arbeit getan haben. Und, ehe Sie mich daran erinnern, die Folge war, daß die Bedingungen in den Handelsverträgen mit den Spacerwelten revidiert wurden, was der Erde beträchtlichen Vorteil brachte.«

»Ich glaube, so steht es in den Akten, Sir.«

»Und als Folge davon sind Sie so etwas wie ein Held.«

»Das behaupte ich nicht.«

»Sie sind zweimal befördert worden, nach jeder der beiden Affären. Es gibt sogar ein Hyperwellendrama, das auf den Ereignissen auf Solaria basiert.«

»Das ohne meine Erlaubnis und gegen meinen Willen produziert wurde, Commissioner.«

»Was Sie aber trotzdem als eine Art Held hinstellt.«

Baley zuckte die Achseln.

Der Commissioner wartete ein paar Sekunden lang auf eine Bemerkung und fuhr dann fort: »Aber in den letzten zwei Jahren haben Sie nichts Wichtiges getan.«

»Die Erde hat natürlich das Recht, die Frage zu stellen, was ich in letzter Zeit für sie getan habe.«

»Genau. Wahrscheinlich tut sie das auch. Sie weiß, daß Sie eine führende Rolle in dieser neumodischen Bewegung spielen, nach Draußen zu gehen, im Boden herumzuwühlen und so zu tun, als wäre man ein Roboter.«

»Das ist erlaubt.«

»Nicht alles, was erlaubt ist, wird bewundert. Möglicherweise wirken Sie jetzt auf mehr Leute eher komisch als heldenhaft.«

»Das steht vielleicht in Einklang mit der Meinung, die ich selbst von mir habe«, sagte Baley.

»Die Öffentlichkeit hat bekanntermaßen ein sehr schlechtes Erinnerungsvermögen. In Ihrem Fall verschwindet das Heldenhafte schnell hinter dem Komischen, und deshalb werden Sie ernsthaft Schwierigkeiten haben, falls Sie einen Fehler machen. Der Ruf, auf den Sie bauen...«

»Sie gestatten, Commissioner, ich baue nicht darauf.«

»Der Ruf, auf den Sie nach Ansicht der Polizeibehörden bauen, wird Sie nicht retten. Und ich werde Sie nicht retten können.«

Einen Augenblick lang schien der Schatten eines Lächelns über Baleys strenge Züge zu huschen. »Ich möchte ganz bestimmt nicht, Commissioner, daß Sie Ihren Posten etwa bei dem Versuch aufs Spiel setzen, mich zu retten.«

Der Commissioner zuckte die Achseln und produzierte ein Lächeln, das genauso schattenhaft und flüchtig war. »Darüber brauchen Sie sich keine Sorgen zu machen.«

»Warum sagen Sie mir dann alles das, Commissioner?«

»Um Sie zu warnen. Ich versuche nicht, Ihnen Schaden zuzufügen, verstehen Sie, und deshalb warne ich Sie *einmal*. Sie werden mit einer sehr delikaten Angelegenheit betraut werden, in der Ihnen leicht ein Fehler unterlaufen kann, und ich warne Sie jetzt, daß Sie diesen Fehler nicht machen dürfen.« An diesem Punkt entspannte sich sein Gesicht zu einem unübersehbaren Lächeln.

Baley reagierte nicht auf das Lächeln, sondern fragte: »Können Sie mir sagen, was das für eine sehr delikate Angelegenheit ist?«

»Das weiß ich nicht.«

»Hat sie mit Aurora zu tun?«

»R. Geronimo hatte Anweisung, Ihnen das zu sagen, falls nötig, aber ich weiß nichts davon.«

»Wie können Sie dann sagen, daß es eine sehr delikate Angelegenheit ist, Commissioner?«

»Kommen Sie, Baley, Sie sind Ermittlungsbeamter. Was führt schon einen Beamten des terrestrischen Justizministeriums in die City, wo man Sie doch ebensogut hätte auffordern können, nach Washington zu gehen, so wie Sie es vor zwei Jahren in

Verbindung mit dem Solaria-Zwischenfall tun mußten? Und was bringt die Person aus dem Justizministerium dazu, die Stirn zu runzeln, ungeduldig zu werden und übellaunig, wenn man Sie nicht sofort erreichen kann? Ihre Entscheidung, sich unerreichbar zu machen, war ein Fehler, ein Fehler, für den ich in keiner Weise verantwortlich bin. Für sich alleine betrachtet, ist das vielleicht nicht schlimm, aber ich glaube, Sie werden einen schlechten Start haben.«

»Und Sie halten mich jetzt noch länger auf«, sagte Baley und runzelte die Stirn.

»Nein, eigentlich nicht. Der Beamte aus dem Justizministerium nimmt gerade eine kleine Erfrischung ein – Sie wissen ja, daß die Terries sich immer für etwas Besseres halten. Anschließend wird er zu uns kommen. Man hat ihn informiert, daß Sie eingetroffen sind, warten Sie also weiter, so wie ich das tue.«

Baley wartete. Er hatte die ganze Zeit gewußt, daß das Hyperwellendrama, das man ihm gegen seinen Willen aufgezwungen hatte, so sehr es auch die Position der Erde verbessert haben mochte, ihn in seiner Behörde ruiniert hatte. Es hatte ihn im dreidimensionalen Relief über die zweidimensionale Flachheit der Organisation gestellt und ihn zum Gezeichneten gemacht.

Man hatte ihn befördert, und das hatte ihm zusätzliche Privilegien eingebracht, aber auch das hatte die feindselige Stimmung gegen ihn gesteigert. Und je höher er stieg, desto leichter würde er, falls er stürzte, in tausend Stücke zerspringen.

Falls er einen Fehler machte ...

4

Der Beamte aus dem Justizministerium trat ein, sah sich beiläufig um, ging auf die andere Seite von Roths Schreibtisch und setzte sich. Als höchstrangiges Individuum im Raum verhielt der Beamte sich durchaus korrekt. Roth nahm ruhig einen zweitrangigen Sitz ein.

Baley blieb stehen und gab sich Mühe, seinem Gesicht keine Überraschung anmerken zu lassen.

Roth hätte ihn warnen können, aber das hatte er nicht getan. Er hatte seine Worte so gewählt, daß er keinen Hinweis erhielt.

Der Beamte war eine Frau.

Es gab keinen Grund, weshalb es nicht so hätte sein sollen. Jeder Beamte konnte auch eine Frau sein. Der Secretary-General konnte eine Frau sein. Es gab Frauen in der Polizeibehörde, selbst eine Frau, die den Rang eines Captain innehatte.

Es war nur eben so, daß man, wenn man nicht gewarnt wurde, nicht mit so etwas rechnete. Es gab Zeiten in der Geschichte, wo Frauen in beträchtlicher Zahl Positionen in der Verwaltung eingenommen hatten. Baley wußte das; er kannte sich in der Geschichte gut aus. Aber dies war keine jener Zeiten.

Die Frau war ziemlich groß und saß steif und aufrecht im Sessel. Ihre Uniform unterschied sich nicht sehr von der eines Mannes, auch ihre Frisur nicht oder die Art, wie sie ihr Gesicht schminkte. Was ihr Geschlecht sofort verriet, waren ihre Brüste, deren Volumen sie in keiner Weise zu verbergen suchte.

Sie war um die vierzig. Ihre Gesichtszüge waren regelmäßig und gut geschnitten. Sie war auf attraktive Art in die mittleren Jahre gekommen, bis jetzt noch ohne sichtbare Spuren von Grau im Haar.

Sie sagte: »Sie sind Detektiv Elijah Baley, Rangstufe C-7.« Das war eine Feststellung, keine Frage.

»Ja, Ma'am«, antwortete Baley nichtsdestoweniger.

»Ich bin Undersecretary Lavinia Demachek. Sie sehen ganz anders aus als in dem Hyperwellendrama, das sich mit Ihnen befaßte.«

Baley hatte das schon oft gehört. »Die konnten mich ja nicht gut so abbilden, wie ich bin, und besonderen Erfolg damit haben, Ma'am«, sagte Baley trocken.

»Da bin ich nicht so sicher. Sie wirken stärker als der babygesichtige Schauspieler, den die eingesetzt haben.«

Baley zögerte einen Augenblick lang und entschied sich dann dafür, das Risiko einzugehen – vielleicht hatte er auch das Gefühl, daß er dem einfach nicht widerstehen konnte. So meinte er würdevoll: »Sie haben einen kultivierten Geschmack, Ma'am.«

Sie lachte, und Baley atmete vorsichtig aus. »Hoffentlich habe ich den«, meinte sie. »Und was haben Sie sich dabei gedacht, als Sie mich warten ließen?«

»Man hatte mich nicht darüber informiert, daß Sie kommen würden, Ma'am, und ich hatte Freizeit.«

»Die Sie Draußen verbracht haben, wie man mir sagt.«

»Ja, Ma'am.«

»Sie sind einer von diesen Spinnern, wie ich sagen würde, wenn ich keinen so kultivierten Geschmack hätte. Lassen Sie mich daher statt dessen fragen, ob Sie einer jener... oh... Enthusiasten sind.«

»Ja, Ma'am.«

»Sie planen also, eines Tages auszuwandern und in der Wildnis der Galaxis neue Welten zu begründen?«

»Vielleicht nicht ich persönlich, Ma'am. Ich bin möglicherweise zu alt, aber...«

»Wie alt sind Sie?«

»Fünfundvierzig, Ma'am.«

»So sehen Sie aus. Ich bin übrigens auch fünfundvierzig.«

»Sie sehen nicht so aus, Ma'am.«

»Älter oder jünger?« Sie lachte wieder, sagte dann aber: »Aber wir wollen hier keine Spielchen treiben. Wollen Sie damit andeuten, daß ich zu alt bin, um Pionier zu sein?«

»In unserer Gesellschaft kann keiner ein Pionier sein, nicht ohne Ausbildung Draußen. An jungen Leuten hat die Ausbildung die beste Wirkung. Mein Sohn, so hoffe ich, wird eines Tages auf einer anderen Welt stehen.«

»Tatsächlich? Sie wissen natürlich, daß die Galaxis den Spacerwelten gehört.«

»Davon gibt es nur fünfzig, Ma'am. Es gibt Millionen Welten in der Galaxis, die bewohnbar sind – oder die man bewohnbar machen kann – und auf denen es wahrscheinlich kein eigenes intelligentes Leben gibt.«

»Ja, aber ohne Erlaubnis der Spacer darf kein einziges Schiff die Erde verlassen.«

»Diese Erlaubnis läßt sich vielleicht erwirken, Ma'am.«

»Ich teile Ihren Optimismus nicht, Mr. Baley.«

»Ich habe mit Spacern gesprochen, die...«

»Das weiß ich«, sagte Demachek. »Mein Vorgesetzter ist Albert Minnim, der Sie vor zwei Jahren nach Solaria geschickt hat.« Sie lächelte. »Ein Schauspieler hat ihn in einer Nebenrolle dieses Hyperwellenstücks gespielt, einer, der ihm sehr ähnelte, wie ich mich erinnere. Er war nicht sehr erfreut darüber, wie ich mich ebenfalls erinnere.«

Baley wechselte das Thema. »Ich habe Untersekretär Minnim gefragt...«

»Man hat ihn befördert, wissen Sie.«

Baley kannte sich sehr gut mit unterschiedlichen Rangstufen aus. »Welchen Titel hat er jetzt, Ma'am?«

»Vizesekretär.«

»Danke. Ich habe Vizesekretär Minnim gebeten, für mich die Erlaubnis zu erbitten, Aurora zu besuchen, um dieses Thema dort zu besprechen.«

»Wann?«

»Nicht lange nach meiner Rückkehr von Solaria. Ich habe die Bitte inzwischen zweimal wiederholt.«

»Haben aber keine positive Antwort erhalten?«

»Nein, Ma'am.«

»Sind Sie überrascht?«

»Ich bin enttäuscht, Ma'am.«

»Das bringt nichts.« Sie lehnte sich ein wenig im Sessel zurück. »Unsere Beziehungen zu den Spacerwelten sind sehr diffizil. Sie sind vielleicht der Ansicht, daß Ihre beiden detektivischen Leistungen die Lage entspannt haben – und das haben sie auch. Dieses schreckliche Hyperwellendrama hat auch mitgeholfen. Aber insgesamt war die Entspannung soviel...« – sie legte Daumen und Zeigefinger dicht aneinander – »in soviel«, und hielt die beiden Hände weit auseinander. »Unter diesen Umständen«, fuhr sie fort, »können wir nur schwer das Risiko eingehen, Sie nach Aurora, der führenden Spacerwelt, zu schicken, wo Sie vielleicht etwas tun, das interstellare Spannungen erzeugen könnte.«

Baleys Blick begegnete dem ihren. »Ich war auf Solaria und habe keinen Schaden angerichtet, im Gegenteil...«

»Ja, ich weiß, aber Sie waren auf Bitten der Spacer dort, und da ist Parseks weit davon entfernt, auf unsere Bitte dort zu sein. Das müssen Sie doch begreifen.«

Baley blieb stumm.

Sie gab ein leise schnaubendes Geräusch von sich, das wohl andeuten sollte, daß sie nicht überrascht war, und sagte: »Die

Situation hat sich verschlechtert, seit Sie Ihre Anträge bei dem Vizesekretär eingereicht haben, der sie ganz korrekt ignoriert hat. Im letzten Monat ist die Lage ganz besonders schlimm geworden.«

»Ist das der Grund für dieses Gespräch, Ma'am?«

»Sie werden wohl ungeduldig, Sir?« meinte sie sarkastisch, in einem Tonfall, wie man ihn Vorgesetzten gegenüber gebraucht. »Wollen Sie mich anweisen, zur Sache zu kommen?«

»Nein, Ma'am.«

»Sicher tun Sie das. Und warum auch nicht? Ich beginne, weitschweifig zu werden. Lassen Sie mich der Sache näherkommen, indem ich Sie frage, ob Sie Dr. Han Fastolfe kennen.«

Baley antwortete vorsichtig: »Ich bin ihm einmal begegnet, das liegt jetzt drei Jahre zurück. An dem Ort, der damals Spacetown hieß.«

»Ich nehme an, daß er Ihnen sympathisch war.«

»Er war freundlich – für einen Spacer.«

Wieder das leise schnaubende Geräusch. »Das kann ich mir denken. Ist Ihnen bewußt, daß er in den letzten zwei Jahren auf Aurora eine wichtige politische Persönlichkeit war?«

»Ich hatte von einem ... einem Partner, den ich einmal hatte, gehört, daß er der Regierung angehörte.«

»Von R. Daneel Olivaw, Ihrem Freund, dem Spacer-Roboter?«

»Meinem Ex-Partner, Ma'am.«

»War das bei der Gelegenheit, als Sie ein kleines Problem bezüglich zweier Mathematiker an Bord eines Spacer-Schiffs lösten?«

Baley nickte. »Ja, Ma'am.«

»Sie sehen, daß wir uns darum bemühen, informiert zu bleiben. Dr. Han Fastolfe ist zwei Jahre lang mehr oder weniger der führende Kopf in der Regierung von Aurora gewesen, eine wichtige Figur, von dem sogar die Rede geht, daß er Vorsitzender werden könnte. Der Vorsitzende, müssen Sie wissen, ist auf Aurora so etwas Ähnliches wie bei uns der Präsident.«

»Ja, Ma'am«, sagte Baley und fragte sich, wann sie wohl endlich auf die delikate Angelegenheit zu sprechen kommen würde, die der Commissioner erwähnt hatte.

Demachek schien es nicht eilig zu haben. Sie sagte: »Fastolfe ist ein – Gemäßigter. So bezeichnet er sich selbst. Nach seinem Gefühl ist Aurora – und die Spacerwelten im allgemeinen – in ihrer Richtung zu weit gegangen, so wie Sie vielleicht das Gefühl haben, daß wir auf der Erde in unserer Richtung zu weit gegangen sind. Er möchte einen Schritt zurück tun, zu weniger Robotik und einem schnelleren Generationenwechsel und zu einer Allianz mit der Erde, vielleicht sogar Freundschaft. Natürlich unterstützen wir ihn – aber nur ganz im stillen. Wenn wir unsere Zuneigung zu demonstrativ zeigten, könnte das für ihn leicht der Kuß des Todes sein.«

Baley meinte dazu: »Ich glaube, er würde es unterstützen, daß die Erde andere Welten erforscht und besiedelt.«

»Das glaube ich auch. Ich bin der Meinung, daß er das Ihnen gegenüber sogar gesagt hat.«

»Ja, Ma'am, damals, als wir uns trafen.«

Demachek legte die Hände im spitzen Winkel zusammen und stützte das Kinn auf die Fingerspitzen. »Glauben Sie, daß er die öffentliche Meinung auf den Spacerwelten vertritt?«

»Das weiß ich nicht, Ma'am.«

»Ich fürchte, er tut das nicht. Diejenigen, die auf seiner Seite stehen, sind eher lauwarm. Aber die, die gegen ihn sind, sind in der Überzahl und äußerst hitzig. Es ist nur seinem politischen Geschick zuzuschreiben – und der Sympathie, die seiner Person entgegengebracht wird –, daß er so nahe am Zentrum der Macht bleiben konnte, wie er das ohne Zweifel ist. Seine größte Schwäche ist natürlich seine Sympathie für die Erde. Die wird dauernd gegen ihn ins Feld geführt und beeinflußt viele, die seine Ansichten in jeder anderen Hinsicht teilen würden. Wenn man Sie nach Aurora schickte, würde jeder Fehler, den Sie dort begehen, mithelfen, die anti-irdischen Gefühle zu verstärken. Und demzufolge ihn zu schwächen, vielleicht sogar auf fatale Weise. Die Erde kann dieses Risiko einfach nicht eingehen.«

»Ich verstehe«, murmelte Baley.

»Fastolfe ist bereit, das Risiko einzugehen. Er war es, der veranlaßte, daß Sie zu einer Zeit nach Solaria geschickt wurden, als sein politischer Einfluß noch gering und seine Position noch sehr verletzlich war. Aber für ihn steht ja nur seine persönliche Macht auf dem Spiel, wohingegen wir uns um das Wohlergehen von mehr als acht Milliarden Erdenmenschen Gedanken machen müssen. Und genau das ist es, was die augenblickliche politische Situation fast unerträglich delikat macht.«

Sie machte eine Pause, und Baley war schließlich gezwungen, die Frage zu stellen: »Auf welche Lage beziehen Sie sich denn, Ma'am?«

»Wie es scheint«, sagte Demachek, »ist Fastolfe in einen ernsthaften Skandal verwickelt, wie es noch nie einen gegeben hat. Wenn er ungeschickt ist, besteht die Gefahr, daß er in wenigen Wochen als Politiker vernichtet wird. Wenn er geradezu übermenschlich raffiniert ist, kann er vielleicht noch ein paar Monate lang überleben. Aber über kurz oder lang könnte er als politischer Faktor auf Aurora vernichtet werden – und *das* wäre für die Erde eine echte Katastrophe, müssen Sie wissen.«

»Darf ich fragen, was man ihm vorwirft? Korruption? Verrat?«

»Nichts dergleichen. Seine persönliche Integrität wird selbst von seinen Feinden nicht in Frage gestellt. Es geht um mehr.«

»Ein Verbrechen der Leidenschaft also? Mord?«

»Nicht *ganz* Mord.«

»Ich verstehe nicht, Ma'am.«

»Auf Aurora gibt es menschliche Geschöpfe, Mr. Baley. Und Roboter gibt es auch. Die meisten sind so ähnlich wie die unseren, in den meisten Fällen nicht sehr viel weiter fortgeschritten. Aber es gibt einige wenige Humaniformroboter, Roboter, die so humaniform sind, daß man sie für Menschen halten kann.«

Baley nickte. »Das ist mir sehr wohl bekannt.«

»Ich nehme an, daß die Zerstörung eines Humaniformroboters im strengen Wortsinn wohl nicht als Mord bezeichnet wird.«

Baley beugte sich vor, und seine Augen weiteten sich. »Jehoshaphat, Frau! Hören Sie auf, Ihr Spiel mit mir zu treiben! Wollen Sie damit sagen, daß Dr. Fastolfe R. Daneel getötet hat?«

Roth sprang auf und schien im Begriff zu sein, Baley anzugreifen, aber Untersekretär Demachek winkte ihn zurück. Ihr schien Baleys Ausbruch nichts auszumachen.

»Unter den gegebenen Umständen verzeihe ich Ihnen Ihre Respektlosigkeit, Baley«, sagte sie. »Nein, R. Daneel ist *nicht* getötet worden. Er ist nicht der einzige humaniforme Roboter auf Aurora. Ein anderer solcher Roboter, *nicht* R. Daneel, ist getötet worden, wenn Sie den Begriff in diesem Sinne anwenden wollen. Um präziser zu sein: sein Bewußtsein ist zerstört worden; man hat einen permanenten und irreversiblen Roblock in ihm erzeugt.«

»Und die sagen, daß Dr. Fastolfe das getan hat?« fragte Baley.

»Seine Feinde sagen das. Die Extremisten, die den Wunsch haben, daß sich nur die Spacer in der Galaxis ausbreiten, und die wünschen, daß die Erdenmenschen aus dem Universum verschwinden, sagen es. Wenn es diesen Extremisten gelingt, innerhalb der nächsten paar Wochen Neuwahlen herbeizuführen, werden sie ganz sicher die totale Kontrolle über die Regierung gewinnen, und das kann unvorhersehbare Folgen haben.«

»Warum ist dieser Roblock politisch so wichtig? Das verstehe ich nicht.«

»Ich weiß es selbst nicht genau«, sagte Demachek. »Ich behaupte auch gar nicht, die auroranische Politik zu verstehen. Wahrscheinlich waren die Humaniformen irgendwie in die Pläne der Extremisten verwickelt, und die Zerstörung dieses einen hat sie wütend gemacht.« Sie rümpfte die Nase. »Mir scheint ihre Politik sehr verwirrend, und ich würde Sie nur in die Irre führen, wenn ich versuchte, sie zu interpretieren.«

Baley gab sich Mühe, unter den strengen Blicken des Untersekretärs unter Kontrolle zu bleiben. So sagte er leise: »Warum bin ich hier?«

»Wegen Fastolfe. Sie sind schon einmal in den Weltraum geflogen, um einen Mordfall zu lösen, und hatten Erfolg. Fastolfe will, daß Sie es wieder versuchen. Sie sollen nach Aurora reisen und herausfinden, wer für den Roblock verantwortlich war. Nach seiner Ansicht ist das seine einzige Chance, die Extremisten zurückzudrängen.«

»Ich bin kein Robotiker. Und ich weiß nichts über Aurora...«

»Sie wußten auch nichts über Solaria, und doch haben Sie es geschafft. Worauf es ankommt, Baley, ist, daß wir ebenso daran interessiert sind, Genaueres über die Geschehnisse dort zu erfahren wie Fastolfe selbst. Wir wollen nicht, daß er vernichtet wird. Wenn es dazu kommt, dann wird die Erde einem Maß an Feindseligkeit seitens dieser Extremisten ausgesetzt sein, das wahrscheinlich alles übersteigt, was wir bisher erlebt haben. Wir wollen nicht, daß es dazu kommt.«

»Dieser Verantwortung fühle ich mich nicht gewachsen, Ma'am. Die Aufgabe ist...«

»Nahezu unlösbar. Das wissen wir. Aber wir haben keine Wahl. Fastolfe besteht darauf – und unter ihm steht im Augenblick die Regierung von Aurora. Wenn Sie sich weigern, die Reise zu unternehmen, oder wir Sie nicht gehen lassen, machen wir die Auroraner wütend. Wenn Sie gehen und Erfolg haben, werden wir gerettet, und Sie werden angemessen belohnt werden.«

»Und wenn ich gehe – und versage?«

»Dann werden wir uns die größte Mühe geben, dafür zu sorgen, daß die Schuld auf Sie und nicht auf die Erde fällt.«

»Mit anderen Worten, das Gesicht der Bürokratie wird gewahrt bleiben.«

»Man könnte das auch freundlicher so ausdrücken, daß man Sie den Wölfen vorwirft in der Hoffnung, daß die Erde nicht zu sehr zu leiden braucht. Ein Mensch ist kein zu hoher Preis für unseren Planeten.«

»Mir scheint, daß ich ebensogut hierbleiben könnte, da ich ja doch mit Sicherheit versagen werde.«

»Dafür sind Sie zu intelligent«, sagte Demachek leise. »Aurora hat Sie verlangt, und Sie können nicht ablehnen. Und außerdem, warum sollten Sie ablehnen wollen? Sie versuchen jetzt seit zwei Jahren, nach Aurora zu kommen, und waren verbittert, als man Ihnen die Erlaubnis versagt hat.«

»Ich wollte in Frieden gehen, um uns Hilfe bei der Besiedlung anderer Welten zu beschaffen, nicht um...«

»Sie könnten ja immer noch versuchen, deren Hilfe für Ihren Traum der Besiedlung anderer Welten zu erwirken, Baley. Immerhin, nehmen Sie einmal an, Sie *hätten* Erfolg. Möglich ist das ja immerhin. In dem Fall wird Fastolfe Ihnen sehr verpflichtet sein und tut vielleicht wesentlich mehr für Sie, als er unter anderen Umständen je tun würde. Und wir selbst werden Ihnen auch hinreichend dankbar sein, um Sie zu unterstützen. Ist dies nicht ein Risiko wert, selbst ein großes? So klein Ihre Chancen auf Erfolg auch sein mögen, falls Sie gehen – wenn Sie nicht gehen, sind diese Chancen gleich Null. Denken Sie auch daran, Baley, aber bitte – nicht zu lang.«

Baleys Lippen preßten sich zusammen, und als er am Ende erkannte, daß es keine Alternative gab, sagte er: »Wieviel Zeit habe ich denn, um...«

Und Demachek sagte ruhig: »Kommen Sie. Habe ich Ihnen nicht erklärt, daß wir keine Wahl haben – und auch keine Zeit? Sie reisen«, sie sah auf ihre Uhr, »in knapp sechs Stunden ab.«

5

Der Raumhafen lag am östlichen Rand der City in einem fast verlassenen Sektor, der genaugenommen Draußen lag. Die Tatsache, daß die Schalter und Warteräume tatsächlich innerhalb der City lagen und der Zugang zum Schiff durch einen Tunnel erfolgte, milderte diese Tatsache etwas. Traditionsgemäß fanden alle Starts nachts statt, so daß auch die Dunkelheit noch dazu beitrug, den Effekt zu dämpfen.

Wenn man die dichte Bevölkerung der Erde bedachte, wirkte der Raumhafen nicht gerade geschäftig. Erdenmenschen verließen den Planeten nur selten, und der Verkehr bestand zur Gänze aus kommerziellen Aktivitäten, die von Robotern und Spacern wahrgenommen wurden.

Elijah Baley, der darauf wartete, daß das Schiff zum Einsteigen bereitgestellt wurde, fühlte sich bereits von der Erde abgeschnitten.

Bentley saß bei ihm, und zwischen den beiden herrschte ein bedrücktes Schweigen. Schließlich sagte Ben: »Ich hab' mir gedacht, daß Mom nicht gerne mitkommen würde.«

Baley nickte. »Das dachte ich mir auch. Ich erinnere mich noch gut, wie sie war, als ich nach Solaria fuhr. Das ist nicht anders.«

»Hast du sie beruhigen können?«

»Ich habe getan, was ich konnte. Sie ist überzeugt, daß das Schiff abstürzen wird, oder daß die Spacer mich umbringen, sobald ich auf Aurora ankomme.«

»Von Solaria bist du ja auch heil zurückgekommen.«

»Das führt bei ihr nur dazu, daß sie das Risiko beim zweitenmal noch mehr scheut. Sie nimmt an, daß man nicht immer Glück haben kann. Aber sie wird es schon schaffen. Halt dich in ihrer Nähe, Ben! Verbring gelegentlich einige Zeit bei ihr, und was auch immer du tust, rede nicht davon, daß du neue Planeten besiedeln willst! Das ist es, was sie wirklich unruhig macht, weißt du? Sie hat das Gefühl, daß du sie in den nächsten Jahren verlassen wirst. Und da sie nicht mitkommen kann, weiß sie, daß sie dich nie wiedersehen wird.«

»Ja«, sagte Ben. »Dazu könnte es kommen.«

»Du kannst das vielleicht ganz gut ertragen, aber sie kann es nicht. Also sprich nicht darüber, während ich nicht da bin. Einverstanden?«

»Einverstanden. Ich glaube, sie ist auch wegen Gladia etwas verstimmt.«

Baley blickte auf. »Hast du...?«

»Ich habe kein Wort gesagt. Aber sie hat dieses Hyperwellending auch gesehen, weißt du, und sie weiß, daß Gladia auf Aurora ist.«

»Na und? Das ist ein riesengroßer Planet. Glaubst du, daß Gladia Delmarre mich am Raumhafen erwarten wird? – Jehoshaphat, Ben, *weiß* deine Mutter denn nicht, daß dieser Hyperwellenquatsch zu neun Zehntel völlig frei erfunden war?«

Ben wechselte das Thema, was ihm sichtliche Mühe kostete. »Mir kommt das komisch vor. – Du hast überhaupt kein Gepäck mit.«

»Viel zuviel habe ich mit. Ich hab' schließlich die Kleider, die ich am Leibe habe, oder? Die werden sie beseitigen, sobald ich an Bord bin. Weg damit – die werden zuerst chemisch behandelt und dann in den Weltraum geworfen. Anschließend verpassen die mir eine völlig neue Garderobe, nachdem man mich persönlich besprüht und gesäubert und poliert hat, innen und außen. Ich hab' das schon einmal mitgemacht.«

Wieder Schweigen, und dann sagte Ben: »Weißt du, Dad...« Und dann hielt er plötzlich inne. Er versuchte es noch einmal. »Weißt du, Dad...«, schaffte es aber diesmal auch nicht.

Baley sah ihn an. »Was willst du denn sagen, Ben?«

»Dad, ich komm' mir furchtbar blöd vor, wie ich das sage, aber ich glaube, ich sollte es doch tun. Du bist einfach nicht der Typ für einen Helden. Selbst ich hab' dich nie dafür gehalten. Du bist nett und der beste Vater, den ich mir vorstellen kann, aber nicht der Typ für einen Helden.«

Baley brummte etwas Unverständliches.

»Trotzdem«, sagte Ben, »wenn man es sich einmal überlegt, warst du es ja, der dafür gesorgt hat, daß Spacetown hier wegkam; du hast es fertiggebracht, daß Aurora sich auf unsere Seite geschlagen hat; du hast dieses ganze Projekt der Besiedlung anderer Welten in Gang gebracht. Dad, du hast mehr für die Erde getan als alle zusammen in der Regierung. Warum schätzt man dich also nicht mehr?«

Darauf sagte Baley: »Weil ich nicht der Typ für einen Helden bin und weil man mir dieses blöde Hyperwellendrama angehängt hat. Das hat mir jeden einzelnen meiner Kollegen zum Feind gemacht; das hat deine Mutter aus dem Gleichgewicht gebracht und mir einen Ruf verpaßt, dem ich einfach nicht gerecht werden kann.« Das Licht an seinem Armbandgerät leuchtete auf, und er stand auf. »Ich muß jetzt gehen, Ben.«

»Ich weiß. Ich wollte nur noch sagen, Dad, *ich* weiß dich zu schätzen. Und diesmal, wenn du zurückkommst, werden alle so denken, nicht bloß ich.«

Baley hatte das Gefühl, im Boden versinken zu müssen. Er nickte schnell, legte seinem Sohn die Hand auf die Schulter und murmelte: »Danke. Paß gut auf dich auf – und auf deine Mutter – während ich weg bin.«

Er ging davon, ohne sich umzusehen. Er hatte Ben gesagt, er würde nach Aurora reisen, um dort das Siedlungsprojekt zu besprechen. Wenn dem so wäre, *könnte* er vielleicht im Triumph zurückkehren. So wie die Dinge lagen...

Er dachte: ich werde in Ungnaden zurückkommen – wenn ich überhaupt zurückkomme.

ZWEITER TEIL

Daneel

6

Dies war Baleys dritte Reise auf einem Raumschiff, und die zwei Jahre, die inzwischen verstrichen waren, hatten seine Erinnerung an die früheren beiden Reisen nicht getrübt. Er wußte genau, was ihn erwartete.

Zunächst kam die Isolierung: Niemand, mit Ausnahme vielleicht eines Roboters, würde ihn sehen oder etwas mit ihm zu tun haben. Und die andauernde ärztliche Behandlung – das Besprühen und die Sterilisierungsmaßnahmen. Kurz, der Versuch, ihn geeignet zu machen, sich den krankheitsbewußten Spacern zu nähern, die in Erdenmenschen wandelnde Infektionsherde sahen.

Aber einiges würde auch anders sein. Diesmal würde er vor dem Vorgang keine solche Angst haben. Sicherlich würde auch das Gefühl, etwas zu verlieren, weil er den Mutterleib verließ, diesmal weniger schrecklich sein.

Er würde auf die geräumigere Umgebung vorbereitet sein. Diesmal, sagte er sich kühn, aber trotz allem mit einem kleinen Kloß in der Kehle, würde er es vielleicht sogar fertigbringen darauf zu bestehen, daß man ihn in den Weltraum hinaussehen ließ.

Ob er wohl anders aussehen würde als Fotos des Nachthimmels, so wie man ihn von Draußen sah? fragte er sich.

Er erinnerte sich daran, wie er das erste Mal in einem Planetarium gewesen war (sicher und innerhalb der City natürlich). Dabei war in ihm keineswegs das Gefühl entstanden, Draußen zu sein, und es war keinerlei Unbehagen in ihm aufgekommen.

Zweimal war er... nein, dreimal war es gewesen, daß er

nachts im Freien gewesen war und die echten Sterne und die echte Himmelskuppel gesehen hatte. Das war bei weitem weniger beeindruckend gewesen als im Planetarium; er hatte den kühlen Wind gespürt, und ein seltsames Gefühl der Entfernung war über ihn gekommen, was das Ganze viel beängstigender gemacht hatte als die Kuppel – aber weniger beängstigend als am Tag, denn die Dunkelheit war eine Sicherheit vermittelnde Mauer, die ihn umgab.

Würde wohl der Anblick der Sterne durch das Sichtfenster eines Raumschiffs mehr wie ein Planetarium oder mehr wie der Nachthimmel der Erde wirken? Oder würde es ein völlig anderes Gefühl sein?

Darauf konzentrierte er sich, als könne er damit den Gedanken, Jessie, Ben und die City zu verlassen, von sich drängen.

Mit etwas, das an Tollkühnheit grenzte, lehnte er den Wagen ab und bestand darauf, die kurze Strecke vom Flughafengebäude bis zum Schiff zu Fuß in Gesellschaft des Roboters zu gehen, der gekommen war, um ihn abzuholen. Schließlich war das Ganze eine überdachte Arkade.

Der Gang beschrieb einen leichten Bogen, und er blickte zurück, solange er Ben noch am anderen Ende sehen konnte. Er hob beiläufig die Hand, als nähme er nur den Expressway nach Trenton, und Ben fuchtelte wild mit beiden Armen und hielt zwei Finger jeder Hand gespreizt, uraltes Symbol des Sieges.

Sieg? Eine nutzlose Geste, dessen war Baley sicher.

Er schaltete auf einen anderen Gedanken um, der geeignet war, ihn zu beschäftigen: Wie es wohl sein mochte, untertags an Bord eines Raumschiffes zu gehen, wenn die Sonne hell auf seine Metallhaut herunterschien und er und all die anderen, die an Bord gingen, alle dem Draußen ausgesetzt waren. Wie man sich wohl fühlen mochte, wenn man sich ganz dieser winzigen zylindrischen Welt bewußt war, einer Welt, die sich von der unendlich größeren lösen würde, mit der sie auf kurze Zeit verbunden gewesen war, und die sich dann selbst in einem Draußen verlieren würde, das unendlich viel größer war als jedes Draußen auf der Erde, bis sie schließlich nach einer endlosen Strecke des Nichts eine andere Welt fand?

Er zwang sich, mit gleichmäßigen Schritten zu gehen, und achtete darauf, daß man ihm keine Veränderung seines Gesichtsausdrucks anmerkte – das glaubte er zumindest. Aber der Roboter, der ihn begleitete, brachte ihn dazu, stehenzubleiben.

»Fühlen Sie sich nicht wohl, Sir?« (Nicht ›Master‹, einfach nur ›Sir‹. Es war ein auroranischer Roboter.)

»Mir fehlt nichts, Boy«, sagte Baley heiser. »Weiter!«

Er hielt die Augen auf den Boden gerichtet und hob sie erst wieder, als das Schiff über ihm aufragte.

Ein auroranisches Schiff!

Dessen war er sicher. Von einem warmen Scheinwerferstrahl angeleuchtet, türmte es sich höher, eleganter und doch zugleich auch mächtiger auf, als er das von den solarianischen Schiffen in Erinnerung hatte.

Baley trat ein, und der Vergleich begünstigte immer noch Aurora. Sein Raum war größer, als dies vor zwei Jahren gewesen war: luxuriöser, komfortabler.

Er wußte genau, was nun kommen würde, und legte ohne Zögern sämtliche Kleider ab. (Vielleicht würden sie mit einer Plasmafackel zerstrahlt werden. Ganz sicher würde er sie bei der Rückkehr zur Erde nicht zurückbekommen – falls er zurückkehrte. Beim erstenmal jedenfalls war das so gewesen.)

Er würde keine anderen Kleider bekommen, bis er gründlich gebadet, examiniert und geimpft worden war. Fast begrüßte er die erniedrigenden Prozeduren, die man ihm zumutete. Immerhin dienten sie dazu, sein Bewußtsein von dem abzulenken, was sich um ihn herum vollzog. So bemerkte er die Anfangsbeschleunigung kaum und hatte auch kaum Zeit, an den Augenblick zu denken, in dem er die Erde verließ und in den Weltraum eindrang.

Als er schließlich wieder angezogen war, musterte er das Ergebnis unglücklich im Spiegel. Das Material, was auch immer es sein mochte, war glatt und reflektierend und veränderte bei jeder Bewegung die Farbe. Die Hosenbeine lagen eng an den Knöcheln an und wurden ihrerseits von den Oberteilen der Schuhe bedeckt, die sich weich an seine Füße schmiegten. Die Ärmel seiner Bluse reichten bis an seine Handgelenke, und die Hände waren von dünnen, durchsichtigen Handschuhen bedeckt. Das Oberteil der Bluse bedeckte seinen Hals und lief in eine Kapuze aus, mit der er, falls er das wünschte, seinen Kopf bedecken konnte. Er wußte natürlich, daß er nicht zu seiner

Bequemlichkeit so bedeckt wurde, sondern um die Gefahr zu verringern, die er für die Spacer darstellte.

Während er sich den Anzug ansah, dachte er, daß er sich eigentlich unbehaglich eingeschlossen fühlen sollte, unbehaglich warm, unbehaglich feucht. Aber das war nicht der Fall. Zu seiner ungeheuren Erleichterung schwitzte er nicht einmal.

Er zog daraus den naheliegenden vernünftigen Schluß. Er sagte zu dem Roboter, der ihn zum Schiff begleitet hatte und immer noch bei ihm war: »Boy, sind diese Kleider temperaturreguliert?«

»Das sind sie in der Tat, Sir«, sagte der Roboter. »Das ist Allwetterkleidung und gilt als sehr angenehm. Diese Kleidung ist außergewöhnlich teuer. Wenige auf Aurora können sich so etwas leisten.«

»Wirklich? Jehoshaphat!«

Er starrte den Roboter an. Es schien sich um ein ziemlich primitives Modell zu handeln, das sich tatsächlich kaum von den Erdenmodellen unterschied. Trotzdem war da eine gewisse Feinheit im Ausdruck, der den Erdenmodellen fehlte. So konnte es zum Beispiel den Gesichtsausdruck in begrenztem Maße verändern. Er hatte ganz leicht gelächelt, als er darauf hinwies, daß man Baley etwas gegeben hatte, das sich nur wenige Auroraner leisten konnten.

Seine Körperstruktur ähnelte Metall und sah doch eher wie etwas Gewebeartiges aus, etwas, das sich bei der Bewegung ganz leicht veränderte, mit Farben, die in angenehmer Weise zueinander paßten oder kontrastierten. Kurz gesagt, wenn man nicht sehr genau und scharf hinsah, schien der Roboter, wenn er auch ganz eindeutig nicht humaniform war, Kleider zu tragen.

»Wie sollte ich dich ansprechen, Boy?« sagte Baley.

»Ich bin Giskard, Sir.«

»R. Giskard?«

»Wenn Sie wünschen, Sir.«

»Gibt es auf diesem Schiff eine Bibliothek?«

»Ja, Sir.«

»Kannst du mir Buchfilme über Aurora besorgen?«

»Welche Art, Sir?«

»Geschichte – politische Wissenschaften – Geographie – alles, woraus ich mehr über den Planeten lernen kann.«

»Ja, Sir.«

»Und einen Betrachter.«

»Ja, Sir.«

Der Roboter verließ den Raum durch die Doppeltür, und Baley nickte sich selbst grimmig zu. Auf seiner Reise nach Solaria war es ihm nie in den Sinn gekommen, die nutzlose Zeit, die das Durchqueren des Weltraums erforderte, damit zu verbringen, etwas Nützliches zu lernen. Er hatte in den letzten zwei Jahren ganz schön hinzugelernt.

Er versuchte die Tür zu öffnen, durch die der Roboter gerade hinausgegangen war. Sie war abgesperrt und gab nicht nach. Alles andere hätte ihn ungemein überrascht.

Er erforschte das Zimmer, trat an den Hyperwellenschirm. Er drehte verspielt an den Knöpfen, worauf ihm schrille Musik entgegenschlug. Nach einer Weile gelang es ihm, die Lautstärke zu vermindern, und er hörte mißbilligend zu. Schrill und unharmonisch. Die Instrumente des Orchesters klangen eigenartig verzerrt.

Er berührte einige andere Kontakte und schaffte es schließlich, das Bild zu wechseln. Jetzt sah er ein Weltraumfußballspiel, das, wie es schien, im Zustand der Schwerelosigkeit gespielt wurde. Der Ball flog in einer geraden Linie, und die Spieler (zu viele auf jeder Seite – mit Flossen am Rücken, den Ellbogen und den Knien, die vermutlich dazu dienten, die Bewegungen unter Kontrolle zu halten) schwebten in eleganten Bögen. Die ungewöhnlichen Bewegungen erzeugten in Baley ein Gefühl der Übelkeit. Er beugte sich vor und hatte gerade den Aus-Schalter gefunden und betätigt, als er hörte, wie die Tür hinter ihm sich öffnete.

Er drehte sich um und wurde sich zunächst, weil er damit gerechnet hatte, R. Giskard zu sehen, nur bewußt, daß es *nicht* R. Giskard war. Er blinzelte ein paarmal und stellte fest, daß er eine durch und durch menschliche Gestalt vor sich hatte, mit einem breiten Gesicht mit hohen Backenknochen und kurzem, bronzefarbenem Haar, das dicht am Schädel anlag, jemand, der konservativ geschnittene Kleidung von ebenso konservativer Färbung trug.

»Jehoshaphat!« sagte Baley mit einer Stimme, als wollte ihn jemand erwürgen.

»Partner Elijah«, sagte der andere und trat vor, ein seltsam würdevolles Lächeln im Gesicht.

»Daneel!« rief Baley, schlang die Arme um den Roboter und drückte ihn an sich. »Daneel!«

7

Baley hielt Daneel immer noch umfangen, den einzigen unerwarteten vertrauten Gegenstand auf diesem Schiff, das einzige starke Bindeglied zur Vergangenheit. Er klammerte sich an Daneel in einer Aufwallung von Erleichterung und Zuneigung fest.

Und dann sammelte er allmählich seine Gedanken und wußte, daß er nicht Daneel umarmt hielt, sondern R. Daneel – *Roboter* Daneel Olivaw. Er hielt einen Roboter in den Armen, und der Roboter hielt ihn leicht, ließ sich umarmen, registrierte, daß die Handlung einem menschlichen Geschöpf Vergnügen bereitete und erduldete jene Handlung, weil die positronischen Potentiale seines Gehirns es unmöglich machten, die Umarmung abzuweisen und so dem menschlichen Geschöpf Enttäuschung und ein Gefühl der Verlegenheit zu bereiten.

Das unüberwindliche Erste Gesetz der Robotik erklärt: *Ein Roboter darf kein menschliches Wesen verletzen* – und eine freundliche Geste zurückzuweisen, würde verletzen.

Langsam, um sich nicht anmerken zu lassen, daß er sich selbst auch ein wenig über diese Aufwallung ärgerte, lockerte Baley seinen Griff. Er drückte den Roboter abschließend an beiden Oberarmen, damit in dem Loslassen kein Schamgefühl aufkommen möge.

»Ich hab' dich nicht mehr gesehen, Daneel, seit du dieses Schiff mit den zwei Mathematikern zur Erde gebracht hast«, sagte Baley. »Erinnerst du dich?«

»Ganz sicher, Partner Elijah. Es ist eine Freude, Sie zu sehen.«

»Du empfindest Emotion, wie?« sagte Baley leichthin.

»Ich kann nicht sagen, was ich in irgendeinem menschlichen Sinne fühle, Partner Elijah. Aber ich kann sagen, daß Ihr Anblick meine Gedanken anscheinend leichter fließen läßt, und die Gravitation, die auf meinen Körper einwirkt, scheint meine

Sinne geringer zu belasten. Und da sind auch noch andere Veränderungen, die ich identifizieren kann. Ich stelle mir vor, daß das, was ich empfinde, grob dem entspricht, was Sie vielleicht empfinden, wenn Sie Freude fühlen.«

Baley nickte. »Was auch immer es ist, das du fühlst, wenn du mich siehst, alter Partner, im Unterschied dazu, wenn du mich nicht siehst, und was diesen Zustand für dich vorteilhafter macht, es soll mir recht sein – wenn du meinen Gedanken folgen kannst. Aber wie kommt es, daß du hier bist?«

»Nachdem Giskard Reventlov gemeldet hat, daß Sie...« R. Daneel hielt inne.

»Gereinigt?« fragte Baley sarkastisch.

»Desinfiziert sind«, sagte R. Daneel und fuhr dann fort, als wäre er nicht unterbrochen worden. »...empfand ich es als angemessen, einzutreten.«

»Du hättest doch sicher auch sonst keine Infektion gefürchtet?«

»Ganz und gar nicht, Partner Elijah. Aber dann könnten andere auf dem Schiff Widerstreben empfinden, wenn ich mich ihnen nähere. Die Menschen von Aurora sind gegenüber der Gefahr von Ansteckung sehr empfindlich, manchmal in einem Maße, das über eine rationale Abschätzung der Wahrscheinlichkeit hinausgeht.«

»Ich verstehe. Aber ich hatte nicht gefragt, weshalb du in diesem Augenblick hier bist. Ich meinte, warum bist du überhaupt hier?«

»Dr. Fastolfe, zu dessen Besitz ich gehöre, hat mich angewiesen, an Bord des Schiffes zu gehen, das man ausgeschickt hatte, um Sie abzuholen. Er hielt es für wünschenswert, daß Sie einen unmittelbar bekannten Gegenstand um sich hätten, weil er der Ansicht war, daß der ganze Auftrag für Sie schwierig wäre.«

»Das war ein sehr freundlicher Gedanke von ihm. Ich danke ihm dafür.«

R. Daneel verbeugte sich würdevoll. »Dr. Fastolfe war auch der Meinung, daß mir das...« – der Roboter machte eine Pause – »angemessene Empfindungen vermitteln würde.«

»Freude meinst du, Daneel.«

»Da es mir erlaubt ist, den Ausdruck zu gebrauchen, ja. Und als dritter Grund – den wichtigsten...«

An dem Punkt öffnete sich die Tür wieder, und R. Giskard kam herein.

Baley empfand eine Aufwallung von Mißmut. Es war nicht zu übersehen, daß R. Giskard ein Roboter war, und seine Anwesenheit betonte irgendwie, daß auch Daneel ein Roboter war, wenngleich ein weitaus überlegenerer. Baley *wollte* nicht, daß der Robotismus von Daneel betont wurde; er wollte selbst nicht dafür gedemütigt werden, daß er unfähig war, in Daneel irgend etwas anderes als ein menschliches Wesen mit einer etwas gezierten Redeweise zu sehen.

»Was ist, Boy?« sagte er ungeduldig.

»Ich habe die Buchfilme gebracht, die Sie zu sehen wünschten, Sir, und den Betrachter«, sagte R. Giskard.

»Nun, dann stell sie hin! Stell sie hin – und du brauchst nicht zu bleiben. Daneel wird bei mir sein.«

»Ja, Sir.« Die Augen des Roboters – sie glühten schwach, stellte Baley fest, ganz im Gegensatz zu denen Daneels – wandten sich kurz R. Daneel zu, als suchten sie nach Anweisungen seitens eines überlegenen Wesens.

Und R. Daneel sagte leise: »Es wird angemessen sein, Freund Giskard, vor der Tür zu bleiben.«

»Das werde ich, Freund Daneel«, sagte R. Giskard.

Er ging hinaus, und Baley fragte ein wenig gereizt: »Warum muß er vor der Tür bleiben? Bin ich ein Gefangener?«

»In dem Sinn«, sagte R. Daneel, »daß Ihnen nicht erlaubt ist, sich während dieser Reise unter die Passagiere des Schiffes zu mischen, bedauere ich gezwungenermaßen sagen zu müssen, sind Sie in der Tat ein Gefangener. Aber das ist nicht der Grund für die Anwesenheit von Giskard. Und ich sollte Ihnen vielleicht an diesem Punkt sagen, daß es ratsam wäre, Partner Elijah, wenn Sie Giskard – oder jeden anderen Roboter – nicht als ›Boy‹ ansprechen.«

Baley runzelte die Stirn. »Stört ihn der Ausdruck?«

»Giskard stört keine Handlung eines menschlichen Wesens. Es ist nur einfach so, daß ›Boy‹ auf Aurora nicht die gebräuchliche Anredeform für Roboter ist. Und es wäre nicht ratsam, Reibungen mit den Auroranern zu erzeugen, indem Sie unbeabsichtigt infolge unwesentlicher Redegewohnheiten Ihre Herkunft betonten.«

»Wie soll ich ihn dann ansprechen?«

»So wie Sie mich ansprechen, indem Sie seinen akzeptierten, ihn identifizierenden Namen gebrauchen. Das ist schließlich nur ein Geräusch, das die jeweilige Person identifiziert, die Sie ansprechen – und warum sollte ein Geräusch einem anderen vorzuziehen sein? Es ist lediglich eine Angelegenheit der Konvention. Und dann ist es auch auf Aurora nicht Sitte, die Initiale ›R‹ zu gebrauchen, ausgenommen bei sehr formellen Gelegenheiten, wo der ganze Name des Roboters angemessen ist – und selbst dann läßt man heutzutage die Initiale häufig weg.«

»In dem Fall... Daneel« – Baley unterdrückte den plötzlichen Impuls, ›R. Daneel‹ zu sagen –, »wie unterscheidet ihr dann zwischen Robotern und menschlichen Wesen?«

»Die Unterscheidung ist gewöhnlich offenkundig, Partner Elijah. Deshalb besteht selten das Bedürfnis, sie unnötig hervorzuheben. Zumindest ist das die auroranische Betrachtungsweise, und da Sie Giskard um Filme über Aurora gebeten haben, nehme ich an, daß Sie sich mit den auroranischen Gepflogenheiten vertraut machen wollen, soweit Sie das für die Aufgabe benötigen, die Sie übernommen haben.«

»Die Aufgabe, die man mir angehängt hat, ja. Und was ist, wenn die Unterscheidung zwischen Roboter und menschlichen Wesen *nicht* offenkundig ist, Daneel? So wie in deinem Fall?«

»Warum dann die Unterscheidung machen, wenn die Situation nicht von einer Art ist, in der sie von Bedeutung wäre?«

Baley atmete tief. Es würde schwierig sein, sich dieser auroranischen Fiktion anzupassen, daß es keine Roboter gab. »Aber wenn Giskard nicht hier ist, um mich als Gefangenen zu bewachen«, fragte er, »warum ist er dann vor der Tür?«

»Das geschieht auf Anweisung von Dr. Fastolfe, Partner Elijah. Giskard soll Sie beschützen.«

»Mich *beschützen*? Gegen was? Oder gegen wen?«

»Dr. Fastolfe hat sich in dem Punkt nicht präzise geäußert, Partner Elijah. Immerhin haben sich die menschlichen Leidenschaften in der Angelegenheit von Jander Panell sehr erregt...«

»Jander Panell?«

»Das ist der Roboter, dessen Nützlichkeit gewaltsam beendet worden ist.«

»Der Roboter, mit anderen Worten, den man getötet hat?«

»Getötet, Partner Elijah, ist ein Begriff, den man gewöhnlich in bezug auf menschliche Wesen gebraucht.«

»Aber auf Aurora vermeidet man Unterscheidungen zwischen Robotern und menschlichen Wesen, nicht wahr?«

»Ja, das tut man! Dennoch hat sich die Möglichkeit einer Unterscheidung oder mangelnder Unterscheidungsmöglichkeiten im speziellen Fall der Funktionsbeendigung nie ergeben – meines Wissens. Ich weiß nicht, wie die Regeln da sind.«

Baley dachte über die Sache nach. Es war ein Punkt ohne wirkliche Bedeutung, lediglich eine Frage der Semantik. Aber er wollte die Denkweise der Auroraner ergründen. Anders würde er nie weiterkommen.

So sagte er langsam: »Ein menschliches Wesen, das funktioniert, lebt. Wenn jenes Leben gewaltsam durch die bewußte Handlung eines anderen menschlichen Wesens beendet wird, nennen wir das ›Mord‹ oder ›Totschlag‹. ›Mord‹ ist irgendwie das stärkere Wort. Wenn man plötzlich Zeuge wird, wie jemand gewaltsam versucht, das Leben eines menschlichen Wesens zu beenden, würde man ›Mord!‹ rufen. Es ist höchst unwahrscheinlich, daß man ›Totschlag!‹ rufen würde. Es ist das formellere, zugleich aber auch das weniger emotionelle Wort.«

R. Daneel sagte: »Ich verstehe die Unterscheidung nicht, die Sie hier vornehmen. Da ›Mord‹ und ›Totschlag‹ beide dazu gebraucht werden, um die gewaltsame Beendigung des Lebens eines menschlichen Wesens darzustellen, müssen die zwei Worte gegeneinander austauschbar sein. Wo liegt also der Unterschied?«

»Von den beiden Worten wird das eine das Blut eines menschlichen Wesens effektiver in Wallung bringen als das andere, Daneel.«

»Warum ist das so?«

»Bedeutungen und Assoziationen; der subtile emotionale Effekt, nicht die Wörterbuchbedeutung, sondern aus Jahren des Gebrauchs herrührend. Die Natur der Sätze und Umstände und Ereignisse, in denen man den Gebrauch eines Wortes im Vergleich zu dem des anderen erlebt hat.«

»Davon finde ich nichts in meiner Programmierung«, sagte Daneel, und in der scheinbaren Gefühllosigkeit, mit der er das sagte (derselben Gefühllosigkeit, mit der er alles sagte), schwang eine seltsame Hilflosigkeit mit.

»Würdest du es mir einfach glauben, Daneel?« sagte Baley. Und schnell, als hätte man ihm gerade die Lösung eines Rätsels angeboten, sagte Daneel: »Ohne Zweifel.«

»Nun, dann könnten wir sagen, daß ein Roboter, der funktioniert, lebt«, sagte Baley. »Viele würden es ablehnen, die Bedeutung des Wortes so weit auszudehnen, aber wir haben die Freiheit, uns passend erscheinende Definitionen festzulegen, wenn das nützlich ist. Es ist leicht, einen funktionierenden Roboter als lebend zu behandeln, und es wäre unnötig kompliziert, wollte man versuchen, ein neues Wort für den Zustand zu erfinden, oder den Gebrauch des vertrauten Wortes zu vermeiden. *Du* zum Beispiel, lebst, Daneel, nicht wahr?«

»Ich funktioniere!« sagte Daneel langsam und betont.

»Komm schon! Wenn ein Eichhörnchen lebt oder ein Käfer oder ein Baum oder ein Grashalm, warum dann nicht du? Ich würde nie daran denken, zu sagen – oder zu denken –, daß ich lebe, du aber nur funktionierst, besonders wenn ich eine Weile auf Aurora leben soll, wo ich mir Mühe geben muß, keine unnötigen Unterscheidungen zwischen einem Roboter und einem Menschen zu machen. Deshalb sage ich dir mit Nachdruck, daß wir beide *leben*, und bitte dich, mir das einfach zu glauben.«

»Das werde ich tun, Partner Elijah.«

»Und doch können wir sagen, daß die Beendigung eines robotischen Lebens durch bewußte gewalttätige Handlung eines menschlichen Lebens ebenfalls ›Mord‹ ist? Wir könnten zögern. Wenn das Verbrechen dasselbe ist, sollte die Bestrafung dieselbe sein, aber wäre das richtig? Wenn die Strafe für den Mord an einem menschlichen Wesen der Tod ist, sollte man dann auch tatsächlich ein menschliches Wesen exekutieren, das einem Roboter ein Ende macht?«

»Die Bestrafung eines Mörders ist Psychosondierung, Partner Elijah, gefolgt von dem Aufbau einer neuen Persönlichkeit. Die persönliche Struktur des Bewußtseins ist es, die das Verbrechen begangen hat, nicht das Leben des Körpers.«

»Und was ist auf Aurora die Bestrafung für jemanden, der das Funktionieren eines Roboters gewaltsam beendet?«

»Das weiß ich nicht, Partner Elijah. Soweit mir bekannt ist, hat sich so etwas auf Aurora noch nie ereignet.«

»Ich vermute, daß die Bestrafung nicht Psychosondierung sein würde«, sagte Baley. »Wie wäre es mit ›Robotizid‹?«

»Robotizid?«

»Als Terminus, der die Tötung eines Roboters beschreibt.«

»Aber wie steht es mit dem Verb, das von dem Substantiv abgeleitet wird, Partner Elijah?« fragte Daneel. »Man kann doch nicht sagen, ›robotizidieren‹. Schließlich sagt man ja auch nicht ›suizidieren‹.«

»Da hast du recht. Man würde in jedem Fall ›ermorden‹ sagen müssen.«

»Aber Mord bezieht sich doch ganz spezifisch auf menschliche Wesen. Ein Tier ermordet man beispielsweise nicht.«

»Stimmt«, räumte Baley ein. »Und man ermordet auch ein menschliches Wesen nicht zufällig, nur mit bewußter Absicht. Der allgemeinere Ausdruck ist ›töten‹. Das gilt für zufälligen Tod ebenso wie für bewußten Mord – und man wendet es ebenso auf Tiere wie auf menschliche Wesen an. Selbst ein Baum kann durch Krankheit getötet werden. Warum kann also nicht auch ein Roboter getötet werden, was, Daneel?«

»Menschliche Wesen und andere Tiere und Pflanzen sind alles lebende Dinge, Partner Elijah«, sagte Daneel. »Ein Roboter ist ein menschliches Artefakt, ebenso wie dieser Betrachter hier. Ein Artefakt wird ›zerstört‹, ›beschädigt‹, ›demoliert‹ und so weiter. Niemals ›getötet‹.«

»Nichtsdestoweniger werde ich ›getötet‹ sagen, Daneel. Jander Panell ist *getötet* worden.«

»Warum sollte ein Unterschied in einem Wort einen Unterschied für die beschriebene Sache bedeuten?« fragte Daneel.

»›Das, was wir unter jedem anderen Namen eine Rose nennen, würde ebenso süß duften‹, ist es das, Daneel?«

Daneel machte eine kurze Pause und sagte dann: »Ich bin nicht sicher, was man unter dem Duft einer Rose versteht. Aber wenn eine Rose auf der Erde die Blume ist, die man auf Aurora Rose nennt, und wenn Sie mit ihrem ›Duft‹ eine Eigenschaft meinen, die von menschlichen Wesen festgestellt, empfunden oder gemessen werden kann, dann würde es sicherlich keinen Einfluß auf den Geruch oder irgendeine ihrer ihr innewohnenden Eigenschaften haben, wenn man eine Rose mit einer anderen Geräuschkombination bezeichnete.«

»Richtig. Und doch führen in bezug auf menschliche Wesen Änderungen im Namen zu Änderungen in der Wahrnehmung.«

»Ich kann nicht einsehen, warum das so sein soll, Partner Elijah.«

»Weil menschliche Wesen häufig unlogisch sind, Daneel. Das ist keine sehr bewundernswerte Eigenschaft.«

Baley sank tiefer in seinen Sessel, machte sich an seinem Betrachter zu schaffen und ließ seine Gedanken ein paar Minuten in privatere Regionen schweifen. Die Diskussion mit Daneel war ihm nützlich, denn während Baley mit dem Problem der Worte und ihrer Bedeutungen spielte, konnte er vergessen, daß er im Weltraum war, konnte vergessen, daß das Schiff sich vorwärtsbewegte, bis es weit genug von den Massezentren des Sonnensystems entfernt war, um den Sprung durch den Hyperraum zu machen; konnte vergessen, daß er bald einige Millionen Kilometer von der Erde entfernt sein würde und kurz darauf einige Lichtjahre.

Und, was noch wichtiger war, es galt auch positive Schlüsse zu ziehen. Es war klar, daß Daneels Rede, wonach Auroraner keinen Unterschied zwischen Robotern und menschlichen Wesen machten, irreführend war. Vielleicht entfernten die Auroraner tugendhafterweise wirklich die Initiale ›R‹ und verzichteten darauf, ›Boy‹ als Anredeform zu gebrauchen, aber aus Daneels Widerstand gegenüber dem Gebrauch desselben Wortes für das gewaltsame Ende eines Roboters und eines menschlichen Wesens (einem Widerstand, der aus seiner Programmierung rührte, was wiederum die natürliche Folge auroranischer Annahmen bezüglich des wünschenswerten Verhaltens Daneels war), mußte man den Schluß ziehen, daß dies lediglich oberflächliche Unterschiede waren. Im Grunde war der Glaube der Auroraner ebenso festgefügt wie der der Erdenmenschen, daß Roboter Maschinen darstellten, die menschlichen Wesen unendlich unterlegen waren.

Das bedeutete, daß seine riesenhafte Aufgabe, eine geeignete Lösung der Krise zu finden (falls das überhaupt möglich war), zumindest durch eine Fehleinschätzung der auroranischen Gesellschaft nicht behindert werden würde.

Baley fragte sich, ob er Giskard verhören sollte, um die Schlüsse zu bestätigen, die er aus seinem Gespräch mit Daneel gezogen hatte – und entschied sich ohne langes Zögern dagegen. Giskards einfacher und ziemlich unsubtiler Verstand würde ihn hier nicht weiterbringen. Er würde bis zum Ende ›Ja, Sir‹ und ›Nein, Sir‹ antworten. Ebensogut könnte er eine Aufzeichnung verhören.

Nun denn, entschied Baley, er würde mit Daneel fortfahren, der zumindest imstande war, mit so etwas wie Subtilität zu antworten.

»Daneel, laß uns den Fall von Jander Panell betrachten«, sagte er. »Aus dem, was du bislang gesagt hast, nehme ich an, daß dies der erste Fall von Robotizid in der Geschichte Auroras ist. Das menschliche Wesen, das dafür verantwortlich ist – der Mörder –, ist, wie ich vermute, nicht bekannt.«

»Wenn man annimmt, daß ein menschliches Wesen dafür verantwortlich ist«, sagte Daneel, »dann ist seine Identität nicht bekannt. In dem Punkt haben Sie recht, Partner Elijah.«

»Was ist mit dem Motiv? Warum ist Panell getötet worden?«

»Auch das ist nicht bekannt.«

»Aber Jander Panell war ein humaniformer Roboter, einer wie du, und in keiner Weise R. Gis ... – ich meine, Giskard ähnlich.«

»Richtig. Er war ebenso wie ich ein humaniformer Roboter.«

»Könnte es dann nicht sein, daß gar kein Robotizid beabsichtigt war?«

»Ich verstehe nicht, Partner Elijah.«

Darauf meinte Baley ein wenig ungeduldig: »Könnte es nicht sein, daß der Mörder diesen Jander für ein menschliches Wesen hielt, daß die Absicht also Homizid, nicht Robotizid war?«

Daneel schüttelte den Kopf. »Humaniforme Roboter ähneln menschlichen Wesen äußerlich zwar in hohem Maße, Partner Elijah, inklusive Haare und Poren unserer Haut, unsere Stimmen klingen ganz natürlich, und wir können so tun, als würden wir essen und alles das, und doch gibt es in unserem Verhalten merkliche Unterschiede. Im Laufe der Zeit und mit der Verfeinerung der Technik mögen diese Unterschiede weniger werden, aber bis zur Stunde sind es viele. Sie – und andere Erdenmenschen, die humaniforme Roboter nicht gewöhnt sind – mögen diese Unterschiede vielleicht nicht ohne weiteres feststellen, aber Auroraner würden das schon. Kein Auroraner würde Jander – oder mich – für ein menschliches Wesen halten.«

»Könnte irgendein Spacer, einer, der nicht von Aurora stammt, einen solchen Fehler begehen?«

Daneel zögerte. »Das glaube ich nicht. Ich spreche hier nicht aus persönlicher Beobachtung oder aus direkt programmiertem Wissen, aber aus meiner Programmierung weiß ich, daß alle Spacerwelten ebenso intim mit Robotern vertraut sind wie Aurora – manche, wie Solaria, sogar noch in höherem Maße –, und daraus schließe ich, daß kein Spacer den Unterschied zwischen Mensch und Roboter verkennen würde.«

»Gibt es auf den anderen Spacerwelten humaniforme Roboter?«

»Nein, Partner Elijah, sie existieren bislang nur auf Aurora.«

»Dann wären andere Spacer nicht so intim mit humaniformen Robotern vertraut und könnten die Unterschiede leicht übersehen und sie mit menschlichen Wesen verwechseln.«

»Das halte ich nicht für wahrscheinlich. Selbst humaniforme Roboter werden sich auf ganz bestimmte Weise in robotischer Art und Weise verhalten, und das würde jeder Spacer erkennen.«

»Und doch gibt es ganz sicherlich Spacer, die nicht so intelligent wie die meisten sind, nicht so erfahren, nicht so reif. Es gibt bestimmt etwa Spacerkinder, die den Unterschied möglicherweise nicht wahrnehmen würden.«

»Es ist ganz sicher, Partner Elijah, daß der – Robotizid – nicht von jemand Unintelligentem, Unerfahrenem oder Jungem begangen wurde. Völlig sicher.«

»Wir fangen an zu eliminieren. Gut. Wenn also kein Spacer den Unterschied übersehen würde, wie steht es dann mit einem Erdenmenschen? Ist es möglich, daß...«

»Partner Elijah, wenn Sie in Aurora eintreffen, werden Sie der erste Erdenmensch sein, der den Fuß auf den Planeten setzt, und zwar seit der ursprünglichen Besiedlung. Alle jetzt lebenden Auroraner sind auf Aurora geboren oder in relativ wenigen Fällen auf anderen Spacerwelten.«

»Der erste Erdenmensch«, murmelte Baley. »Ich fühle mich geehrt. Könnte nicht ohne Wissen der Auroraner ein Erdenmensch auf Aurora sein?«

»Nein!« sagte Daneel völlig sicher.

»Dein Wissen, Daneel, könnte möglicherweise nicht absolut sein.«

»Nein!« Die Wiederholung kam in genau demselben Tonfall wie beim erstenmal.

»Wir schließen daraus also«, sagte Baley und zuckte die Achseln, »daß der Robotizid als Robotizid geplant war und als nichts anderes.«

»Das war von Anfang an der Schluß.«

»Jene Auroraner, die dies von Anfang an schlossen«, meinte Baley, »hatten von vorneherein alle Informationen zur Verfügung. Ich bekomme sie jetzt zum erstenmal.«

»Meine Bemerkung war keineswegs geringschätzig gemeint, Partner Elijah. Ich weiß sehr wohl, daß ich Ihre Fähigkeiten nicht abschätzig beurteilen darf.«

»Danke, Daneel. Ich weiß, daß du mich mit deiner Bemerkung nicht tadeln wolltest. – Du sagtest vor einer Weile, der Robotizid sei nicht von jemand Unintelligentem, Unerfahrenem oder Jungem begangen worden, und das sei völlig sicher. Laß uns über deine Bemerkung nachdenken...«

Baley wußte, daß er es sich schwer machte. Er mußte so umständlich vorgehen. Angesichts seiner geringen Kenntnisse um die auroranische Lebensweise und die Art der Leute, zu denken, konnte er es sich nicht leisten, Unterstellungen vorzunehmen und wichtige Stufen zu überspringen. Wenn er mit einem intelligenten menschlichen Wesen so vorginge, würde diese Person ohne Zweifel ungeduldig werden und mit Informationen herausplatzen – und Baley gleichzeitig für einen Idioten halten. Daneel aber, als Roboter, würde Baley mit absoluter Geduld folgen.

Das war eine Verhaltensweise, die Daneel als Roboter verriet, wie humaniform er auch sein mochte. Ein Auroraner würde möglicherweise imstande sein, ihn nach einer einzigen Antwort auf eine einzige Frage als Roboter einzuschätzen. Daneel hatte in bezug auf die subtilen Unterschiede also recht.

Daneel fuhr fort: »Man könnte die Kinder eliminieren, vielleicht auch die meisten Frauen und viele männliche Erwachsene, indem man davon ausgeht, daß die Methode des Robotizids große Körperkraft erforderte – daß Janders Kopf durch einen heftigen Schlag zerschmettert wurde oder daß man ihm den Brustkasten eingedrückt hat. Ich kann mir vorstellen, daß das für jemanden nicht leicht wäre, der kein besonders großes und starkes menschliches Wesen ist.« Nach dem, was Demachek auf der Erde gesagt hatte, wußte Baley, daß dies nicht die Robotizidmethode gewesen war, aber wie konnte er wissen, daß man Demachek nicht selbst in die Irre geführt hatte?

Daneel sagte: »Es wäre überhaupt für kein menschliches Wesen möglich.«

»Warum nicht?«

»Sie wissen doch sicherlich, Partner Elijah, daß das Robotskelett von metallischer Natur ist und viel stärker als menschlicher Knochen. Und robotische Bewegungen haben einen kräftigeren Antrieb, sind schneller und feiner geregelt. Das Dritte Gesetz der Robotik sagt: ›Ein Roboter muß seine Existenz beschützen.‹ Ein Angriff seitens eines menschlichen Wesens könnte leicht abgewehrt werden. Das stärkste menschliche Wesen könnte bewegungsunfähig gemacht werden. Es ist auch unwahrscheinlich, daß man einen Roboter überraschen könnte. Wir sind uns immer der menschlichen Wesen bewußt. Anders könnten wir unsere Funktionen nicht erfüllen.«

»Komm schon, Daneel«, sagte Baley. »Das Dritte Gesetz sagt: ›Ein Roboter muß seine Existenz beschützen, solange dieser Schutz nicht mit dem Ersten oder Zweiten Gesetz kollidiert.‹ Und das Zweite Gesetz besagt: ›Ein Roboter muß den ihm von einem Menschen gegebenen Befehlen gehorchen, es sei denn, ein solcher Befehl würde mit dem Ersten Gesetz kollidieren.‹ Und das Erste Gesetz besagt: ›Ein Roboter darf kein menschliches Wesen verletzen oder durch Untätigkeit gestatten, daß einem menschlichen Wesen Schaden zugefügt wird.‹ Ein menschliches Wesen könnte einem Roboter den Befehl geben, sich selbst zu zerstören – und dann würde ein Roboter seine eigene Stärke einsetzen, um seinen eigenen Schädel zu zerschmettern. Und wenn ein menschliches Wesen einen Roboter angriffe, könnte jener Roboter den Angriff nicht abwehren, ohne dem menschlichen Wesen Schaden zuzufügen, was wiederum das Erste Gesetz verletzen würde.«

»Ich nehme an, Sie denken an die Roboter der Erde«, sagte Daneel. »Auf Aurora – oder jeder anderen Spacerwelt – hat man eine höhere Meinung von Robotern als auf der Erde, und sie sind auch im allgemeinen komplexer, vielseitiger und wertvoller. Das Dritte Gesetz ist auf den Spacerwelten im Vergleich zum Zweiten Gesetz deutlich stärker als auf der Erde. Ein Befehl zur Selbstzerstörung würde in Zweifel gezogen werden, und es müßte einen sehr wichtigen Grund geben, daß er ausgeführt würde – eine klare, erkennbare Gefahr. Und um einen Angriff abzuwehren, würde keine Verletzung des Ersten Gesetzes notwendig sein, denn die auroranischen Roboter sind geschickt genug, um ein menschliches Wesen bewegungsunfähig zu machen, ohne den Menschen zu verletzen.«

»Dann geh doch einmal davon aus, ein Mensch würde behaupten, er – der Mensch – würde zerstört werden, sofern ein Roboter sich nicht selbst zerstörte? Würde in einem solchen Fall denn der Roboter sich nicht selbst zerstören?«

»Ein auroranischer Roboter würde ganz sicher eine bloße Behauptung dieses Inhalts anzweifeln. Es müßte klare Beweise für die mögliche Zerstörung eines menschlichen Wesens geben.«

»Könnte ein menschliches Wesen nicht so geschickt sein und die Dinge so arrangieren, daß für einen Roboter der Anschein entsteht, jenes menschliche Wesen befände sich tatsächlich in großer Gefahr? Schließt du deshalb unintelligente, unerfahrene und junge Menschen aus, weil das so große Genialität erfordern würde?«

Und Daneel sagte: »Nein, Partner Elijah, so ist es nicht.«

»Habe ich in meiner Argumentation einen Fehler begangen?«

»Nein.«

»Dann liegt der Fehler möglicherweise in meiner Annahme, daß er physisch beschädigt worden ist. Er ist also tatsächlich physisch nicht beschädigt worden?«

»Ja, Partner Elijah.«

Das bedeutete, daß Demacheks Fakten richtig gewesen waren, dachte Baley. »In dem Fall, Daneel, ist Jander mental beschädigt worden. Roblock! Total und irreversibel!«

»Roblock?«

»Eine Kurzbezeichnung für Robotblock, eine permanente Beendigung der Funktion der Positronenbahnen.«

»Wir benutzen das Wort ›Roblock‹ auf Aurora nicht, Partner Elijah.«

»Was sagt ihr?«

»Wir sagen ›Mentalblock‹.«

»Wie auch immer, es handelt sich um dasselbe Phänomen.«

»Es könnte sich als klug erweisen, Partner Elijah, unseren Ausdruck zu gebrauchen, sonst könnten die Auroraner, mit denen Sie sprechen, Sie möglicherweise nicht verstehen; die Konversation könnte beeinträchtigt werden. Sie haben vor kurzem erklärt, daß unterschiedliche Worte einen Unterschied machen.«

»Also gut. Ich werde ›Mentalblock‹ sagen. – Könnte so etwas sich spontan ereignen?«

»Ja, aber die Wahrscheinlichkeit dafür ist unendlich gering, sagen die Robotiker. Als humaniformer Roboter kann ich berichten, daß ich selbst niemals irgendeinen Effekt wahrgenommen habe, der an Mentalblock herankommt.«

»Dann muß man annehmen, daß ein menschliches Wesen bewußt eine Situation herbeigeführt hat, in der ein Mentalblock stattfinden konnte.«

»Das ist exakt das, was Dr. Fastolfes Opposition behauptet, Partner Elijah.«

»Und da dies Ausbildung in Robotik, Erfahrung und Geschick erfordert, kann jemand, der unintelligent, unerfahren oder jung ist, nicht verantwortlich gewesen sein.«

»Das ist der logische Schluß, Partner Elijah.«

»Es könnte sogar möglich sein, die Zahl menschlicher Wesen auf Aurora aufzulisten, die über genügend Geschicklichkeit verfügen, und auf diese Weise könnte man eine Gruppe von Verdächtigen aussondern, die vielleicht gar nicht besonders groß wäre.«

»Das ist tatsächlich bereits geschehen, Partner Elijah.«

»Und wie lang ist die Liste?«

»Die längste Liste, die vorgeschlagen worden ist, enthält nur einen Namen.«

Jetzt war es an Baley, eine Pause zu machen. Er runzelte ärgerlich die Stirn und sagte fast explosionsartig: »Nur ein Name?«

Daneel erwiderte ruhig: »Nur ein Name, Partner Elijah. Das ist die Ansicht von Dr. Han Fastolfe, dem größten theoretischen Robotiker Auroras.«

»Warum ist dann aber alles so geheimnisvoll. Wie lautet denn dieser Name?«

»Nun, Dr. Han Fastolfe natürlich«, sagte R. Daneel. »Ich habe gerade erklärt, daß er der größte theoretische Robotiker Auroras ist, und nach Dr. Fastolfes professioneller Ansicht ist er selbst der einzige, der imstande gewesen wäre, Jander Panell in den totalen Mentalblock zu manövrieren, ohne Spuren davon zu hinterlassen. Aber Dr. Fastolfe erklärt gleichzeitig auch, daß er das nicht getan hat.«

»Aber auch, daß es sonst niemand hätte tun können?«

»In der Tat, Partner Elijah. Darin liegt das Geheimnis.«

»Und was, wenn Dr. Fastolfe...« Baley hielt inne. Es würde keinen Sinn haben, Daneel zu fragen, ob Dr. Fastolfe etwa log oder sich irrte, entweder in seiner Meinung, daß niemand anderer es getan haben könne, oder in der Feststellung, daß er selbst es nicht getan hatte. Daneel war von Fastolfe programmiert worden, und es war absolut unwahrscheinlich, daß die Programmierung die Fähigkeit einschloß, den Programmierer anzuzweifeln.

Deshalb sagte Baley, bemüht, möglichst milde zu klingen: »Darüber werde ich nachdenken, Daneel. Wir sprechen wieder darüber.«

»Das ist gut, Partner Elijah. Es ist jedenfalls Zeit zu schlafen. Da die Möglichkeit besteht, daß der Druck der Ereignisse Ihnen auf Aurora einen unregelmäßigen Zeitplan aufzwingen wird, wäre es klug, jetzt die Gelegenheit zum Schlaf zu nutzen. Ich werde Ihnen zeigen, wie man ein Bett erzeugt und wie man die Bettwäsche betätigt.«

»Danke, Daneel«, murmelte Baley. Er machte sich keine Illusionen darüber, daß der Schlaf sich leicht einstellen würde. Man schickte ihn mit dem ausdrücklichen Auftrag nach Aurora, um zu demonstrieren, daß Fastolfe des Robotizids unschuldig war – und der Erfolg dieses Vorhabens war für die weitere Sicherheit der Erde wichtig und – was wesentlich weniger wichtig war, aber Baley ebenso am Herzen lag – auch dafür, daß Baleys eigene Karriere weiterhin gedieh – und doch hatte er schon vor dem Erreichen Auroras entdeckt, daß Fastolfe das Verbrechen praktisch bereits gestanden hatte.

8

Baley schlief – zu guter Letzt, nachdem Daneel ihm demonstriert hatte, wie man die Intensität des Feldes reduzierte, das als eine Art Pseudogravitation funktionierte. Es handelte sich nicht um echte Antigravitation und verbrauchte so viel Energie, daß der Prozeß nur zu bestimmten Zeiten und unter ungewöhnlichen Umständen benutzt werden konnte.

Daneels Programmierung reichte nicht aus, um die Funktionsweise zu erklären, und wenn das der Fall gewesen wäre, so war Baley ganz sicher, daß er es dennoch nicht begriffen und verstanden hätte. Glücklicherweise konnte man die Regler betätigen, ohne die wissenschaftliche Grundlage zu begreifen.

Daneel sagte: »Die Feldintensität kann nicht auf Null reduziert werden – zumindest nicht mit diesen Reglern. Außerdem ist Schlaf unter Nullgravitation ohnehin nicht angenehm, und ganz sicher nicht für im Raumflug Unerfahrene. Was man benötigt, ist eine genügend niedrige Intensität, um einem das Gefühl der Befreiung vom Druck des eigenen Gewichts zu vermitteln, aber hoch genug, um eine Oben-/Unten-Orientierung beizubehalten. Das Ausmaß ist bei jedem Individuum unterschiedlich. Die meisten Leute fühlen sich bei minimaler Intensität am wohlsten, aber Sie werden vielleicht beim ersten Gebrauch feststellen, daß Sie sich eine höhere Intensität wünschen, um das vertraute Gewichtsgefühl in etwas größerem Maße zu bewahren. Sie müssen einfach ein wenig experimentieren, dann finden Sie schon, was Ihnen am besten paßt.«

Mit der Neuigkeit der Empfindung allein gelassen, ertappte sich Baley dabei, wie seine Gedanken sich langsam von dem Problem von Fastolfes Geständnis/Leugnen lösten, während sein Körper aus dem Wachzustand abtrieb. Vielleicht war beides ein und derselbe Vorgang.

Er träumte, er sei wieder auf der Erde (natürlich), bewegte sich auf einem Expressway, aber nicht auf einem der Sitze. Vielmehr schwebte er neben dem Hochgeschwindigkeitsstreifen einher, über den Köpfen der sich bewegenden Leute, und zwar etwas schneller. Keiner der Menschen unter ihm schien überrascht, keiner blickte zu ihm auf. Es war eine angenehme Empfindung, und er vermißte sie nach dem Aufwachen.

Nach dem Frühstück am folgenden Morgen...

War es tatsächlich Morgen? Konnte es im Weltraum Morgen – oder irgendeine andere Tageszeit geben?

Ganz sicher nicht. Er überlegte eine Weile und beschloß dann, den Morgen als die Zeit nach dem Aufwachen zu definieren. Das Frühstück würde er als die Mahlzeit definieren, die man nach dem Aufwachen einnahm, und alle anderen spezifischen Zeitmaße würde er als objektiv unwichtig aufgeben – für ihn zumindest, wenn nicht für das Schiff.

Nach dem Frühstück also am darauffolgenden Morgen studierte er die Nachrichtenblätter, die man ihm anbot, lediglich so lange, bis er festgestellt hatte, daß sie nichts über den Robotizid auf Aurora enthielten, und wandte sich dann den Buchfilmen zu, die Giskard ihm am vergangenen Tag (›Wachperiode‹?) gebracht hatte.

Er wählte diejenigen aus, deren Titel historisch klangen, und entschied, nachdem er einige hastig überflogen hatte, daß Giskard ihm Bücher für Heranwachsende gebracht hatte. Sie enthielten zahlreiche Illustrationen und waren einfach geschrieben. Er fragte sich, ob Giskard Baleys Intelligenz so einschätzte – oder vielleicht seine Bedürfnisse. Nach einigem Überlegen gelangte Baley zu dem Schluß, daß Giskard in seiner robotischen Unschuld gut gewählt hatte und daß es keinen Sinn hatte, über eine mögliche Beleidigung nachzubrüten.

Jetzt machte er sich daran, mit mehr Konzentration auf den Betrachter zu sehen, und stellte plötzlich fest, daß Daneel den Buchfilm mit ihm betrachtete. Wirkliche Neugierde? Oder bloß, um seine Augen zu beschäftigen?

Daneel bat kein einziges Mal darum, daß er eine Seite wiederholte. Er hielt auch nie inne, um eine Frage zu stellen. Mutmaßlich nahm er einfach das, was er las, mit robotischem Vertrauen an und gestattete sich den Luxus von Zweifel oder Neugierde überhaupt nicht.

Baley stellte Daneel bezüglich dessen, was er las, keine Fragen, ließ sich aber Instruktionen über die Bedienung des Ausdruckmechanismus des auroranischen Betrachters geben, mit dem er nicht vertraut war.

Gelegentlich hielt Baley inne, um den kleinen Raum zu benutzen, der unmittelbar an den seinen anschloß und den man für die verschiedenen Arten physiologischer Funktionen benutzen konnte, die so privat waren, daß man den Raum als ›das Personal‹ bezeichnete, mit der Betonung auf dem ersten Teil des Wortes, die ihm jene – andere – Bedeutung verlieh, die man auf der Erde und – wie Baley feststellte, als Daneel das Wort gebrauchte – auch auf Aurora verstand.

Der Raum war für eine Person gerade groß genug – was ihn für einen Citybewohner verwirrend machte, dem endlose Reihen von Pissoir- und Kloschüsseln, Waschbecken und Duschen vertraut waren.

Beim Betrachten des Buchfilms versuchte Baley gar nicht erst, sich Einzelheiten zu merken. Er hatte nicht die Absicht, Fachmann für auroranische Gesellschaftskunde zu werden, oder auch nur eine Oberschulprüfung über das Thema zu bestehen. Sein Wunsch war es einzig und allein, ein Gefühl für das Ganze zu bekommen.

Er stellte beispielsweise fest, und dies trotz der hagiografischen Attitüde der Historiker, die für junge Leute schrieben, daß die auroranischen Pioniere – die Gründungsväter, die Erdenmenschen, die als erste in der Frühzeit interstellarer Reisen nach Aurora gekommen waren, um den Planeten zu besiedeln – in hohem Maße Erdenmenschen gewesen waren. Ihre Politik, ihre Streitigkeiten, jede Einzelheit ihres Verhaltens war typisch irdisch gewesen; was auf Aurora geschehen war, war in mancher Hinsicht ähnlich den Ereignissen, die stattgefunden hatten, als man ein paar tausend Jahre früher die relativ leeren Flächen der Erde besiedelt hatte.

Natürlich hatte sich den Auroranern kein intelligentes Leben entgegengestellt, das sie hatten bekämpfen müssen, keine denkenden Organismen, die die Invasoren von der Erde mit der Frage verwirrten, ob man sie human oder grausam behandeln sollte. Tatsächlich gab es überhaupt sehr wenig Leben irgendwelcher Art. So wurde der Planet schnell von menschlichen Wesen, ihren domestizierten Pflanzen und Tieren und den Parasiten und anderen Organismen besiedelt, die man mitgebracht hatte. Und natürlich brachten die Siedler auch Roboter mit.

Die ersten Auroraner hatten schnell das Gefühl, daß der Planet ihnen gehörte, da er ihnen ohne ein Gefühl des Wettbewerbs in den Schoß fiel, und sie hatten den Planeten zuerst ›New Earth‹ genannt. Das war ganz natürlich, da es der erste Planet außerhalb des Sonnensystems gewesen war, der besiedelt wurde – die erste Spacerwelt. Er war die erste Frucht der interstellaren Raumfahrt, die erste Morgendämmerung einer ungeheuren neuen Ära. Aber sie durchtrennten ihre Nabelschnur schnell und benannten den Planeten neu nach der römischen Göttin der Morgendämmerung, Aurora. Es war die Welt der Morgendämmerung. Und so erklärten sich die Siedler von Anfang an selbstbewußt zu den Vorfahren einer neuen Gattung. Die ganze vorangegangene Geschichte der Menschheit war eine dunkle Nacht, und nur für die Auroraner auf dieser neuen Welt begann es endlich Tag zu werden.

Diese große Tatsache, dieses große Selbstlob war es, das sich in allen Details bemerkbar machte: in allen Namen, Daten, bei allen Gewinnern und Verlierern. Das war das Wesentliche.

Weitere Welten wurden besiedelt, manche von der Erde, und manche von Aurora aus, aber darauf achtete Baley nicht, darauf nicht und auch nicht auf irgendwelche Einzelheiten. Ihn interessierten nur die breiten Pinselstriche. Und er registrierte die zwei tiefgreifenden Veränderungen, die sich vollzogen, und durch die sich die Auroraner noch weiter von ihrer irdischen Herkunft entfernten. Dies waren zum einen die wachsende Integration von Robotern in jede Einzelheit des täglichen Lebens und zum anderen die Verlängerung der Lebensspanne.

In dem Maße, wie die Roboter fortschrittlicher und vielseitiger wurden, wurden die Auroraner abhängiger von ihnen. Aber nie so, daß sie hilflos geworden wären. Nicht wie auf der Welt Solaria, erinnerte sich Baley, auf der einige wenige menschliche Wesen sich im kollektiven Mutterschoß sehr vieler Roboter befanden. Aurora war nicht so.

Und doch wurden sie noch abhängiger.

In dem Bemühen, das Ganze zu sehen und ein intuitives Gefühl zu entwickeln – eines, das ihm den Trend und Dinge von allgemeiner Bedeutung zeigte –, schien jeder Schritt in der Interaktion zwischen Mensch und Roboter von Abhängigkeit bestimmt. Selbst die Art und Weise, in der ein Konsens über die

Rechte der Roboter erzielt wurde – das schrittweise Ablegen dessen, was Daneel vielleicht als ›unnötige Unterscheidungen‹ bezeichnet hätte –, war ein Beweis dieser Abhängigkeit. Für Baley hatte es nicht den Anschein, daß die Auroraner in ihrer Haltung aus besonderer Zuneigung zum Humanen humaner wurden, sondern vielmehr, daß sie die robotische Natur der Gegenstände leugneten, um die Tatsache nicht anerkennen zu müssen, daß menschliche Wesen von Gegenständen künstlicher Intelligenz abhängig waren.

Was die verlängerte Lebensspanne betraf, so ging diese einher mit einer Verlangsamung des geschichtlichen Fortschreitens. Die Berge und Täler im Rhythmus historischer Entwicklung glätteten sich. Es gab wachsende Kontinuität und wachsenden Konsens.

Es gab keine Frage, daß die Geschichte, die vor seinen Augen auf dem Bildschirm des Betrachters ablief, immer uninteressanter wurde; fast ermüdend wurde sie. Für diejenigen, die sie erlebten, mußte das gut sein. Die Geschichte war immer dann interessant, wenn sie von Katastrophen gezeichnet war, und wenn das auch vielleicht interessanten Stoff für den Betrachter bot, so war doch das Leben in solchen Zeiten schrecklich. Für die große Mehrheit der Auroraner blieb das persönliche Leben freilich interessant, und wenn die kollektive Interaktion der Leben immer stiller wurde – wen würde das schon stören?

Wenn die Welt der Morgendämmerung einen ruhigen, von der Sonne beleuchteten Tag hatte, wer auf jener Welt würde sich dann nach einem Sturm sehnen?

Irgendwo, während seiner Beschäftigung mit den Büchern, empfand Baley eine unbeschreibliche Empfindung. Wenn man ihn gezwungen hätte, eine solche Beschreibung zu versuchen, so hätte er wahrscheinlich gesagt, es sei die Empfindung einer momentanen Umkehrung. Es war, als hätte man ihn von innen nach außen gekehrt – und dann wieder zurück – und das Ganze im winzigen Bruchteil einer Sekunde.

Es war so kurzzeitig gewesen, daß es ihm fast nicht aufgefallen wäre, und er ignorierte es, so als hätte er nur kurz aufstoßen müssen.

Vielleicht eine Minute später, als er das Gefühl im Rückblick zu analysieren versuchte, erinnerte er sich wieder an die

Empfindung als an etwas, das er schon zweimal zuvor erlebt hatte: einmal auf der Reise nach Solaria und einmal bei der Rückkehr von jenem Planeten zur Erde.

Es war der ›Sprung‹, der Durchgang durch den Hyperraum, der in einem zeitlosen, raumlosen Intervall das Schiff über die Parseks jagte und die Lichtgeschwindigkeitsgrenze des Universums besiegte. (Kein Geheimnis in Worten, da das Schiff lediglich das Universum verließ und etwas durchquerte, das keine Geschwindigkeitsbegrenzung hatte, aber absolutes Geheimnis im Konzept, denn es gab keine Möglichkeit zu beschreiben, was der Hyperraum war, es sei denn, man benutzte mathematische Symbole, die ohnehin nicht in irgend etwas Begreifliches übersetzt werden konnten.)

Wenn man die Tatsache akzeptierte, daß menschliche Wesen es gelernt hatten, den Hyperraum zu manipulieren, ohne das Ding zu verstehen, das sie manipulierten, war der Effekt klar. Im einen Augenblick war das Schiff Mikroparseks von der Erde entfernt gewesen, im nächsten Augenblick nur noch Mikroparsek von Aurora entfernt.

Idealerweise fand der Sprung in Nullzeit statt – buchstäblich Null –, und wenn er perfekt durchgeführt wurde, hätte es überhaupt keine biologische Wahrnehmung gegeben. Die Physiker behaupteten jedoch, daß perfekte Durchführung unendlich viel Energie erforderte, und deshalb gab es immer eine ›Effektivzeit‹, die nicht ganz Null war, obwohl man sie angenehm kurz halten konnte. Das war es, was jenes eigenartige und im wesentlichen harmlose Gefühl der Umkehrung erzeugte.

Die plötzliche Erkenntnis, daß er sehr weit von der Erde entfernt und Aurora sehr nahe war, erfüllte Baley mit dem Wunsch, die Spacerwelt zu sehen. Zum Teil war es der Wunsch, etwas zu sehen, wo Menschen lebten, zum Teil war es eine natürliche Neugierde, etwas zu sehen, das ihn als Folge der Buchfilme beschäftigte, die er betrachtet hatte.

In dem Augenblick kam Giskard mit dem Mittelmahl zwischen dem Wachen und Schlafen (man mag es ›Lunch‹ nennen) herein und sagte: »Wir nähern uns Aurora, aber Sie werden es nicht von der Brücke aus beobachten können. Es gäbe ohnehin nichts zu sehen. Auroras Sonne ist lediglich ein heller Stern, und es wird einige Tage dauern, ehe wir Aurora nahe genug sind, um irgendwelche Einzelheiten zu erkennen.« Und dann fügte er hinzu, als wäre ihm der Gedanke gerade erst gekommen: »Aber auch zu der Zeit werden Sie es nicht von der Brücke aus beobachten können.«

Baley kam sich seltsam beschämt vor. Offenbar nahm man an, daß er wünschte, Aurora zu sehen. Und das wurde einfach abgetan. Seine Anwesenheit als Betrachter war nicht erwünscht.

»Gut, Giskard«, sagte er, und der Roboter ging.

Baley blickte ihm ernst nach. Wie viele weitere Einengungen würde man ihm noch zumuten? So unwahrscheinlich auch ein erfolgreicher Abschluß seiner Mission war, er fragte sich doch, auf wie viele verschiedene Arten die Auroraner sich verschwören würden, um das unmöglich zu machen.

Dritter Teil

Giskard

9

Baley drehte sich um und sagte zu Daneel: »Daneel, es ärgert mich, daß ich hier als Gefangener bleiben muß, weil die Auroraner an Bord dieses Schiffes mich als Infektionsquelle fürchten. Das ist reiner Aberglaube. Ich bin behandelt worden.«

»Man bittet Sie nicht wegen auroranischer Ängste in Ihrer Kabine zu bleiben, Partner Elijah«, antwortete Daneel.

»Nein? Aus welchem anderen Grund denn?«

»Vielleicht erinnern Sie sich daran, daß Sie mich, als wir uns das erste Mal auf diesem Schiff begegneten, fragten, weshalb man mich zu Ihrer Begleitung ausgeschickt hatte. Ich sagte, das sei, um Ihnen etwas Vertrautes als eine Art Anker zu geben, und um mir eine Freude zu machen. Ich war gerade im Begriff, Ihnen den dritten Grund zu sagen, als Giskard uns mit Ihrem Betrachter und den Buchbändern unterbrach – und anschließend führten wir eine Diskussion über Robotizid.«

»Und du hast mir den dritten Grund nie gesagt. Um was handelt es sich?«

»Nun, Partner Elijah, einfach darum, daß ich vielleicht mithelfen kann, Sie zu schützen.«

»Gegen was?«

»Durch den Zwischenfall, den wir übereingekommen sind, als Robotizid zu bezeichnen, sind ungewöhnliche Leidenschaften aufgewühlt worden. Man ruft Sie nach Aurora, um mitzuhelfen, Dr. Fastolfes Unschuld zu demonstrieren. Und das Hyperwellendrama...«

»Jehoshaphat, Daneel«, sagte Baley empört. »Hat man das auf Aurora auch gesehen?«

»Überall auf den Spacerwelten hat man es gesehen, Partner

Elijah. Es war ein sehr populäres Programm, und in dem Drama wurde sehr klar dargelegt, daß Sie ein äußerst ungewöhnlicher Ermittler sind.«

»Dann könnte derjenige, der hinter dem Robotizid steht, sehr wohl übersteigerte Ängste vor dem haben, was ich vielleicht bewirken könnte, und könnte deshalb eine ganze Menge riskieren, um meine Ankunft zu verhindern – oder mich zu töten.«

»Dr. Fastolfe ist völlig davon überzeugt, daß niemand hinter dem Robotizid steht«, sagte Daneel ruhig. »Schließlich hätte außer ihm kein anderes menschliches Wesen ihn durchführen können. Nach Dr. Fastolfes Ansicht war das eine rein zufällige Begebenheit. Aber es gibt Leute, die versuchen, daraus Kapital zu schlagen, und in deren Interesse würde es liegen, Sie daran zu hindern, das zu beweisen. Aus diesem Grund muß man Sie schützen.«

Baley machte ein paar hastige Schritte zu einer Wand des Raums und dann zurück zur anderen, als könnte er seine Denkvorgänge durch das physische Beispiel beschleunigen. Irgendwie hatte er in keiner Weise das Empfinden persönlicher Gefahr.

»Daneel, wie viele Humaniformroboter gibt es denn insgesamt auf Aurora?« fragte er.

»Sie meinen, jetzt, wo Jander nicht mehr funktioniert?«

»Jetzt, wo Jander tot ist.«

»Einen, Partner Elijah.«

Baley starrte Daneel erschrocken an. Dann formte er tonlos das Wort: *»Einen?«* Schließlich sagte er: »Ich will das richtig verstehen, Daneel. Du bist der einzige humaniforme Roboter auf Aurora?«

»Auch auf jeder anderen Welt, Partner Elijah. Ich dachte, Sie wären sich dessen bewußt. Ich war der Prototyp, und dann ist Jander konstruiert worden. Seitdem hat Dr. Fastolfe sich geweigert, weitere zu konstruieren, und sonst besitzt niemand die Fähigkeit dafür.«

»Aber in dem Fall, da ja von den zwei humaniformen Robotern einer getötet worden ist, kommt es da Dr. Fastolfe nicht in den Sinn, daß der übriggebliebene – du, Daneel – in Gefahr sein könnte?«

»Die Möglichkeit ist ihm bewußt. Aber die Wahrscheinlichkeit, daß es ein zweites Mal zu etwas so phantastisch Unwahrscheinlichem wie einem Mentalblock kommen könnte, ist sehr gering. Er nimmt sie nicht ernst. Aber er ist der Ansicht, daß die Möglichkeit eines anderen Mißgeschicks bestehen könnte. Das hat, glaube ich, eine gewisse Rolle dabei gespielt, daß er mich zur Erde geschickt hat, um Sie abzuholen. Es hat mich auf etwa eine Woche von Aurora ferngehalten.«

»Und du bist jetzt ebensosehr ein Gefangener wie ich, nicht wahr, Daneel?«

»Ich bin nur in dem Sinn Gefangener«, sagte Daneel ernst, »daß man von mir erwartet, diesen Raum nicht zu verlassen.«

»In welchem anderen Sinne ist man Gefangener?«

»In dem Sinne, daß die so in ihren Bewegungen eingeschränkte Person mit dieser Einschränkung nicht einverstanden ist. Wahre Gefangenschaft schließt mit ein, daß sie gegen den Willen des Gefangenen erfolgt. Ich verstehe den Grund dafür, daß ich hier bin, durchaus, und bin mit der Notwendigkeit einverstanden.«

»*Du* bist das«, brummte Baley. »Ich nicht. Ich bin im vollen Sinne Gefangener. Und was gewährleistet denn überhaupt unsere Sicherheit hier?«

»Zum einen, Partner Elijah, hält Giskard draußen Wache.«

»Ist er dafür intelligent genug?«

»Er versteht seine Befehle voll und ganz. Er ist stark und kräftig und begreift die Wichtigkeit seiner Aufgabe.«

»Du meinst, er ist darauf vorbereitet, zerstört zu werden, um uns beide zu schützen?«

»Ja, natürlich, so wie ich darauf vorbereitet bin, zerstört zu werden, um Sie zu schützen.«

Baley empfand ein Gefühl der Scham. Er meinte: »Und du verübelst es niemandem, daß du in einer Situation bist, in der du möglicherweise gezwungen werden könntest, deine Existenz für mich aufzugeben?«

»Das ist meine Programmierung, Partner Elijah«, sagte Daneel mit einer Stimme, die weicher zu werden schien, »und doch scheint mir irgendwie, daß selbst wenn meine Programmierung nicht wäre, der Verlust meiner Existenz im Vergleich ziemlich trivial sein würde, um Sie zu retten.«

Baley konnte nicht anders – er streckte die Hand hin und

schloß sie mit festem Griff um die Daneels. »Danke, Partner, Daneel, aber bitte lasse nicht zu, daß es dazu kommt. Ich wünsche den Verlust deiner Existenz nicht. Die Erhaltung der meinen wäre dafür, wie mir scheint, kein hinreichender Ausgleich.«

Und Baley stellte erstaunt fest, daß er das wirklich so meinte. Die Erkenntnis, daß er bereit sein würde, sein Leben für einen Roboter zu riskieren, erfüllte ihn mit leichtem Schrecken. Nein, nicht für einen Roboter. Für Daneel.

10

Giskard trat ein, ohne ein Signal zu geben. Baley hatte sich daran gewöhnt und akzeptierte es inzwischen. Der Roboter mußte als sein Bewacher kommen und gehen können, wie er das wollte. Und Giskard war in Baleys Augen *nur* ein Roboter, so oft man auch darauf verzichtete, das ›R‹ zu erwähnen. Falls Baley sich kratzen sollte, in der Nase bohren oder irgendeine biologische Funktion verrichten, so schien es ihm, daß Giskard das gleichgültig sein würde, er unfähig sein würde, irgendwie zu reagieren, wohl aber die Beobachtung in irgendeinem inneren Speicher aufzeichnen würde.

Das machte Giskard einfach zu einem Stück Mobiliar, und Baley empfand in seiner Gegenwart keinerlei Verlegenheit. Nicht daß Giskard je in einem unpassenden Augenblick erschienen wäre, dachte Baley.

Giskard brachte einen kleinen Würfel. »Sir, ich nehme an, daß Sie immer noch den Wunsch haben, Aurora vom Weltraum aus zu beobachten.«

Baley zuckte zusammen. Ohne Zweifel hatte Daneel Baleys Verstimmung bemerkt, ihre Ursache deduziert und versucht, sie auf diese Weise aus der Welt zu schaffen. Dies Giskard tun zu lassen und es als eine Idee seines simplen Ichs zu präsentieren, deutete auf ein Höchstmaß an Takt seitens Daneels. Es würde Baley der Notwendigkeit entheben, seine Dankbarkeit auszudrücken. Wenigstens würde Daneel so denken.

Baley war tatsächlich mehr darüber verstimmt gewesen, daß man ihm unnötig den Anblick Auroras vorenthielt, als darüber, daß man ihn im allgemeinen als Gefangenen hielt. Er hatte sich die zwei Tage seit dem Sprung die ganze Zeit darüber geärgert – also drehte er sich um und sagte zu Daneel: »Danke, mein Freund.«

»Es war Giskards Idee«, sagte Daneel.

»Ja, natürlich«, sagte Baley mit einem dünnen Lächeln. »Ihm danke ich auch. Was ist das, Giskard?«

»Ein Astrosimulator, Sir. Er funktioniert im wesentlichen wie ein trimensionaler Empfänger und ist mit dem Observatorium verbunden. Wenn ich hinzufügen darf...«

»Ja?«

»Sie werden den Anblick als nicht besonders aufregend empfinden, Sir. Ich möchte nur vermeiden, daß Sie unnötig enttäuscht sind.«

»Ich will versuchen, nicht zu viel zu erwarten, Giskard. Jedenfalls werde ich dich nicht für eine etwaige Enttäuschung verantwortlich machen, die ich vielleicht empfinde.«

»Danke, Sir. Ich muß an meinen Posten zurück, aber Daneel wird Ihnen mit dem Instrument behilflich sein können, falls es irgendein Problem geben sollte.«

Er ging hinaus, und Baley wandte sich mit einem freundlichen Blick Daneel zu. »Giskard hat das sehr gut gemacht, finde ich. Er mag ein einfaches Modell sein, aber er ist gut konstruiert.«

»Er ist auch ein Fastolfe-Roboter, Partner Elijah. Dieser Astrosimulator funktioniert völlig autonom und reguliert sich auch selbst. Da er bereits auf Aurora eingestellt ist, brauchen Sie lediglich den Regler zu berühren. Das schaltet ihn ein, und Sie brauchen dann nichts mehr zu tun. Möchten Sie ihn selbst in Gang setzen?«

Baley zuckte die Achseln. »Nicht nötig. Tu du es!«

»Sehr wohl.«

Daneel hatte den Würfel auf den Tisch gelegt, auf dem Baley sich die Buchfilme angesehen hatte.

»Dies«, sagte er und deutete auf ein kleines Rechteck, das er in der Hand hielt, »ist der Regler, Partner Elijah. Sie brauchen ihn nur so zu halten und dann einen leichten Druck darauf auszuüben, um den Mechanismus einzuschalten – und dann noch einmal, um ihn abzuschalten.«

Daneel drückte, und Baley stieß einen halberstickten Schrei aus.

Baley hatte erwartet, daß der Würfel aufleuchten und in seinem Inneren eine holografische Darstellung eines Sternfeldes zeigen würde. Aber das geschah nicht. Statt dessen fand Baley sich im Weltraum – *im* Weltraum – mit hell leuchtenden Sternen ringsum.

Es dauerte nur einen Augenblick, dann war alles wieder so, wie es gewesen war: der Raum und in ihm Baley, Daneel und der Würfel.

»Es tut mir leid, Partner Elijah«, sagte Daneel. »Ich habe sofort abgeschaltet, als ich begriff, daß es Ihnen unangenehm war. Mir war nicht klar, daß Sie nicht darauf vorbereitet waren.«

»Dann bereite mich vor. Was geschah?«

»Der Astrosimulator wirkt direkt auf das Sehzentrum des menschlichen Gehirns ein. Man kann den Eindruck, den er hinterläßt, nicht von der dreidimensionalen Wirklichkeit unterscheiden. Es ist eine ziemlich neue Entwicklung und wurde bis jetzt nur für astronomische Szenen eingesetzt, die nur wenig Details zeigen.«

»Hast du es auch gesehen, Daneel?«

»Ja, aber nur sehr schwach und ohne den Realismus, den ein menschliches Wesen erlebt. Ich sehe die schwachen Umrisse einer Szene, die dem immer noch klaren Inhalt des Raums überlagert ist, aber man hat mir erklärt, daß menschliche Wesen nur die Szene sehen. Ohne Zweifel wird man einmal, wenn das Gehirn von meinesgleichen feiner abgestimmt und angepaßt...«

Baley hatte sein inneres Gleichgewicht zurückgewonnen. »Worauf es ankommt, Daneel, ist, daß mir *nichts anderes* bewußt war. Ich war mir meiner selbst nicht bewußt. Ich sah meine Hände nicht, fühlte auch nicht, wo sie waren. Mein Gefühl war, als wäre ich ein körperloser Geist oder... äh... wie ich meine, daß ich mich fühlen würde, wenn ich tot wäre, aber bewußt in irgendeiner Art materielosen Jenseits weiterexistieren würde.«

»Jetzt verstehe ich, warum Sie das als ziemlich beunruhigend empfinden müssen.«

»Ich habe es tatsächlich als *sehr* beunruhigend empfunden.«

»Es tut mir sehr leid, Partner Elijah. Ich werde veranlassen, daß Giskard es wegbringt.«

»Nein. Jetzt bin ich vorbereitet. Gib mir den Würfel! Werde ich ihn abschalten können, obwohl ich die Existenz meiner Hände nicht bewußt wahrnehmen kann?«

»Er wird an Ihrer Hand haften bleiben, damit Sie ihn nicht fallen lassen, Partner Elijah. Dr. Fastolfe, der dieses Phänomen wahrgenommen hat, hat mir gesagt, daß der Druck automatisch einsetzt, wenn das menschliche Wesen, das das Gerät hält, ein Ende wünscht. Das ist ein automatisches Phänomen, das ebenso wie das Bild selbst auf Nervenmanipulation basiert. Wenigstens funktioniert es bei Auroranern so, und ich vermute...«

»Daß Erdenmenschen Auroranern hinreichend ähnlich sind, physiologisch gesehen, daß es bei uns ebenfalls funktioniert. Gut, gib mir den Regler, dann werde ich es versuchen.«

Mit einem innerlichen Impuls drückte Baley den Regler und war wieder im Weltraum. Diesmal erwartete er es, und sobald er festgestellt hatte, daß er ohne Schwierigkeit atmen konnte und auch in keiner Weise das Gefühl hatte, im Vakuum zu schweben, mühte er sich ab, alles als eine visuelle Illusion zu akzeptieren. Ziemlich laut atmend (vielleicht, um sich zu überzeugen, daß er tatsächlich atmete), blickte er neugierig in alle Richtungen.

Als ihm plötzlich bewußt wurde, daß er das Geräusch seines Atems hören konnte, sagte er: »Kannst du mich hören, Daneel?«

Er hörte seine eigene Stimme – ein wenig fern, ein wenig künstlich klingend – aber er hörte sie.

Und dann hörte er die Daneels, die sich genügend unterschied, um erkennbar zu sein.

»Ja, das kann ich«, sagte Daneel. »Und Sie sollten mich hören können, Partner Elijah. Die visuellen und kinästhetischen Sinne sind um einer größeren Illusion der Realität willen gestört, aber das Gehör bleibt davon unberührt, weitgehend zumindest.«

»Nun, ich sehe nur Sterne – gewöhnliche Sterne, heißt das. Aurora hat eine Sonne. Wir sind nahe genug bei Aurora, stelle ich mir vor, daß ihr Zentralgestirn wesentlich heller als die anderen sein sollte.«

»Viel zu hell, Partner Elijah. Er wird abgeblendet, sonst könnten Sie einen Netzhautschaden erleiden.«

»Wo ist dann der Planet Aurora?«

»Sehen Sie die Konstellation Orion?«

»Ja. Soll das heißen, daß wir die Konstellationen immer noch so sehen wie am Himmel der Erde? Wie im City-Planetarium?«

»Etwa. Im Sinne stellarer Distanzen sind wir nicht weit von der Erde und dem Sonnensystem entfernt, dem sie angehört. Die Sonne Auroras ist auf der Erde als Tau Ceti bekannt und ist nur 3,67 Parsek von dort entfernt. Wenn Sie sich jetzt eine Linie von Beteigeuze zu dem mittleren Stern am Gürtel des Orion vorstellen und diese Linie auf die gleiche Distanz und ein Stückchen mehr verlängern, dann ist der mittelhelle Stern, den Sie dort sehen, in Wirklichkeit der Planet Aurora. In den nächsten Tagen wird er immer deutlicher werden, da wir uns schnell nähern.«

Baley musterte ihn ernst. Es war einfach nur ein helles, sternähnliches Objekt. Da war kein Leuchtpfeil, der aus- und einblinkte und darauf wies. Es war auch keine halbkreisförmige Inschrift darüber.

»Wo ist die Sonne?« fragte er. »Das Zentralgestirn der Erde meine ich.«

»Von Aurora aus gesehen im Sternbild der Jungfrau. Ein Stern zweiter Größe. Unglücklicherweise ist der Astrosimulator, den wir hier haben, nicht ausreichend computerisiert, und so ist es nicht leicht, Ihnen den Stern zu zeigen. Außerdem würde er nur als Stern erscheinen, als ein ganz gewöhnlicher.«

»Macht nichts«, sagte Baley. »Ich werde dieses Ding jetzt abschalten. Wenn ich Schwierigkeiten haben sollte – hilf mir.«

Er hatte keine Schwierigkeit. Es erlosch einfach in dem Augenblick, als er dachte, es zu tun, und er saß blinzelnd im plötzlich grellen Licht des Raumes.

Erst als er wieder zu seinen normalen Sinnen zurückgekehrt war, wurde ihm klar, daß er für sich selbst einige Minuten lang das Gefühl gehabt hatte, ohne irgendeine schützende Wand draußen im Weltraum gewesen zu sein, und doch war seine irdische Platzangst nicht in Erscheinung getreten. Er hatte sich durch und durch wohl gefühlt, sobald er einmal seine eigene Nichtexistenz akzeptiert hatte.

Der Gedanke verwirrte ihn und lenkte ihn eine Weile von seinen Buchfilmen ab.

Hin und wieder nahm er sich den Astrosimulator wieder vor und sah sich den Weltraum an, so wie man ihn von einem Aussichtspunkt außerhalb des Raumschiffs aus wahrnimmt, mit sich selbst (scheinbar) nirgendwo anwesend. Manchmal tat er das nur einen Augenblick lang, um sich selbst zu vergewissern, daß ihn die unendliche Leere immer noch nicht störte. Manchmal verlor er sich im Muster der Sterne und begann sie träge zu zählen oder geometrische Figuren zu bilden, wobei er es einigermaßen genoß, etwas tun zu können, wozu er auf der Erde nie imstande gewesen wäre, weil seine wachsende Platzangst und das damit einhergehende Schwindelgefühl schnell alles andere verdrängt hätte. Schließlich wurde es ganz offensichtlich, daß Aurora heller wurde. Bald konnte man den Planeten leicht zwischen den anderen Lichtpunkten entdecken. Dann wurde er unverkennbar und schließlich unübersehbar. Es begann als winziger Lichtpunkt und vergrößerte sich darauf schnell und begann Phasen zu zeigen.

Als Baley die Phasen wahrnahm, war es fast exakt ein Halbkreis aus Licht. Baley erkundigte sich, und Daneel sagte: »Wir nähern uns von außerhalb der Orbitalebene, Partner Elijah. Auroras Südpol befindet sich mehr oder weniger im Zentrum seiner Scheibe, ein Stück in der beleuchteten Hälfte. Auf der Südhalbkugel ist Frühling.«

»Nach dem Material, das ich gelesen habe, ist Auroras Achse sechzehn Grad geneigt«, meinte Baley. Er hatte sich die Planetenbeschreibung nicht besonders aufmerksam durchgelesen, weil ihn die Auroraner mehr interessiert hatten, aber daran erinnerte er sich.

»Ja, Partner Elijah. Wir werden bald in einen Orbit um Aurora einschwenken, und dann werden die Phasen schnell wechseln. Aurora dreht sich schneller als die Erde.«

»Sie hat einen Zweiundzwanzig-Stunden-Tag, ja.«

»22,3 traditionelle Stunden. Der auroranische Tag ist in zehn auroranische Stunden unterteilt, und jede Stunde in hundert Auroraminuten, die wiederum in hundert Aurorasekunden aufgeteilt sind. Eine auroranische Sekunde entspricht daher ungefähr 0,8 Erdsekunden.«

»Ist es das, was die Bücher als ›metrische Stunden‹, ›metrische Minuten‹ und so weiter bezeichnen?«

»Ja. Zuerst war es schwierig, die Auroraner davon zu überzeugen, daß sie die Zeiteinheiten aufgeben mußten, die sie gewöhnt waren, und es wurden lange beide Systeme – das übliche und das metrische – nebeneinander benutzt. Am Ende bürgerte sich natürlich das metrische als das praktischere ein. Im Augenblick sprechen wir nur von Stunden, Minuten und Sekunden, aber meinen damit die dezimalisierten Versionen. Dasselbe System ist überall auf den Spacerwelten übernommen worden, obwohl es auf den anderen Welten nicht auf die natürliche Rotation des Planeten abgestimmt ist. Außerdem gebraucht jeder Planet natürlich ein lokales System.«

»So wie die Erde.«

»Ja, Partner Elijah, aber die Erde benutzt *nur* die ursprünglichen Standardzeiteinheiten. Das ist für die Spacerwelten lästig, wenn es um den Handel geht. Aber in dem Punkt lassen sie die Erde gewähren.«

»Nicht aus Freundlichkeit, kann ich mir vorstellen. Wahrscheinlich wollen sie damit nur hervorheben, wie unterschiedlich doch die Erde ist. – Wie paßt denn die Dezimalisierung mit dem Jahr zusammen? Schließlich muß Aurora doch eine natürliche Umlaufperiode um ihre Sonne haben, die den Ablauf der Jahreszeiten bestimmt. Wie mißt man die?«

»Aurora kreist in 373,5 auroranischen Tagen um seine Sonne; das entspricht etwa 0,95 Erdjahren. Das wird als nicht besonders wichtig betrachtet. Aurora geht davon aus, daß dreißig ihrer Tage einem Monat entsprechen und zehn Monate einem metrischen Jahr. Das metrische Jahr entspricht etwa 0,8 Jahreszeitenjahren oder etwa drei Viertel eines Erdjahres. Die Beziehung ist natürlich auf jeder Welt unterschiedlich. Man bezeichnet gewöhnlich zehn Tage als einen Dezimonat. Alle Spacerwelten gebrauchen dieses System.«

»Es gibt aber doch ganz bestimmt eine bequeme Methode, um dem Jahreszeitenzyklus zu folgen.«

»Jede Welt hat auch ihr Jahreszeitenjahr, aber darauf achtet man nur wenig. Man kann per Computer jeden Tag – Vergangenheit oder Gegenwart – auf seine Position im Jahreszeitenjahr umrechnen, falls man aus irgendeinem Grund eine solche Information wünscht. Und das gilt auf jeder Welt, wo ebenfalls die Umrechnung leicht möglich ist. Und dann, Partner Elijah, kann natürlich jeder Roboter dasselbe tun, und die menschliche Aktivität lenken, soweit das Jahreszeitenjahr oder die Lokalzeit von Bedeutung sind. Der Vorteil der metrischen Einheiten ist der, daß sie der Menschheit eine einheitliche Chronometrie liefern, in der es nicht viel mehr als Verschiebungen von Dezimalstellen bedarf.«

Baley störte es, daß die Bücher, die er betrachtet hatte, das nicht klar ausgedrückt hatten. Aber er wußte aus seiner Kenntnis der Erdgeschichte, daß früher einmal der Mondmonat Schlüssel für den Kalender gewesen war, und daß dann eine Zeit gekommen war, wo man, um die Chronometrie zu erleichtern, den Mondmonat zu ignorieren begann und ihn seither nie vermißt hatte. Und doch hätte ein Fremder, wenn er ihm Bücher darüber gegeben hätte, wahrscheinlich keinerlei Hinweise auf den Mondmonat oder irgendwelche historischen Kalenderveränderungen gefunden. Man hätte die Daten ohne Erklärung genannt.

Was sonst hätte man noch ohne Erklärung erwähnt? – Wie weit konnte er sich also auf das Wissen verlassen, das er sich erworben hatte? Er würde dauernd Fragen stellen müssen, nichts als selbstverständlich akzeptieren dürfen.

Es würde so oft Gelegenheit geben, das Offenkundige zu übersehen, so oft Gelegenheit zum Mißverständnis, so viele Möglichkeiten, den falschen Weg einzuschlagen.

11

Jetzt füllte Aurora sein Sichtfeld, wenn er den Astrosimulator benutzte, und sah wie die Erde aus. (Baley hatte die Erde nie auf dieselbe Art gesehen, aber Fotografien in Astronomiewerken.)

Nun, das, was Baley an Aurora sah, waren dieselben Wolkenmuster, dieselben Durchblicke auf Wüstenflächen, dieselben Zonen von Tag und Nacht, dasselbe Muster blinzelnder Lichter, die über die nächtliche Halbkugel verstreut waren, so wie die Fotografien sie auf der Erdkugel zeigten.

Baley war von dem Anblick hingerissen und dachte: wenn man ihn nun aus irgendeinem Grund in den Weltraum gebracht und ihm gesagt hätte, man bringe ihn nach Aurora, und er in

Wirklichkeit aus irgendeinem Grund zur Erde zurückbefördert worden wäre – aus irgendeinem unerfindlichen und verrückten Grund. Wie würde er vor der Landung den Unterschied erkennen können?

Gab es Anlaß, argwöhnisch zu sein? Daneel hatte ihm erklärt, die Konstellationen am Himmel seien für beide Planeten fast dieselben, aber würde das für Planeten, die benachbarte Sterne umkreisten, nicht ganz natürlicherweise so sein? Im groben besehen, war der Anblick beider Planeten aus dem Weltraum identisch – aber war das nicht zu erwarten, wo doch beide bewohnbar und für menschliches Leben geeignet waren?

Gab es irgendeinen Anlaß zu der Vermutung, daß man an ihm ein so subtiles Täuschungsmanöver betreiben würde? Welchem Zweck sollte es dienen? Und doch, weshalb sollte man es eigentlich nicht so hinstellen, daß es weit hergeholt und sinnlos erschien? Wenn es einen offenkundigen Grund gab, so etwas zu tun, hätte er ihn ja sofort durchschaut.

Würde Daneel sich auf eine solche Verschwörung einlassen? Sicher nicht, wenn er ein menschliches Wesen gewesen wäre. Aber er war eben ein Roboter; gab es nicht möglicherweise doch einen Weg, um ihn zu entsprechendem Verhalten zu zwingen?

Es gab keine Möglichkeit, dies zu entscheiden. Baley ertappte sich dabei, wie er nach Umrissen von Kontinenten Ausschau hielt, die er als irdisch oder nicht irdisch identifizieren hätte können. Das würde Klärung bringen – nur daß es nicht funktionierte.

Die kurzen Blicke, die er durch die Wolken auf die Oberfläche erhaschen konnte, nützten ihm nichts. Er war nicht hinreichend mit der Geographie der Erde vertraut. Was er von der Erde wirklich kannte, waren ihre Untergrundcities, ihre Höhlen aus Stahl.

Die Küstenabschnitte, die er sah, waren ihm nicht vertraut – ob sie nun zu Aurora gehörten oder zur Erde, wußte er nicht.

Und warum überhaupt diese Unsicherheit? Als er nach Solaria gereist war, hatte er sein Ziel nie angezweifelt; hatte nie geargwöhnt, daß man ihn möglicherweise zur Erde zurückbringen könnte. – Ah, aber damals hatte er einen deutlich definierten Auftrag gehabt, in dem die Aussicht auf Erfolg durchaus bestand. Jetzt hingegen hatte er das Gefühl, überhaupt keine Chance zu haben.

Vielleicht war der wirkliche Grund der, daß er es *wünschte,* zur Erde zurückgebracht zu werden, und in seinem Innersten sich eine Verschwörung ausdachte, um sich dies als möglich vorstellen zu können.

Inzwischen begann seine Unsicherheit Eigenleben zu entwikkeln. Er konnte sich einfach nicht davon losreißen. Er ertappte sich dabei, wie er Aurora mit einer beinahe unsinnigen Intensität anstarrte, außerstande, in die Realität seiner Kabine zurückzufinden.

Aurora bewegte sich, drehte sich langsam...

Er hatte lange genug hingesehen, um das erkennen zu können. Während er den Weltraum betrachtet hatte, war ihm alles bewegungslos erschienen, wie ein gemalter Hintergrund, ein stummes, statisches Muster aus Lichtpunkten, zu dem später ein kleiner Halbkreis kam. War es die Unbeweglichkeit, die ihn in den Stand versetzt hatte, keine Platzangst zu bekommen?

Aber jetzt konnte er sehen, wie Aurora sich bewegte, und begriff, daß das Schiff inzwischen einen Spiralkurs eingeschlagen hatte, die letzte Phase vor der Landung. Die Wolken wölbten sich nach oben.

Nein, das waren nicht die Wolken; das Schiff ging in Spiralen tiefer. Das *Schiff* bewegte sich. *Er* bewegte sich. Plötzlich war er sich seiner eigenen Existenz bewußt. Er raste abwärts durch die Wolken, fiel ungeschützt durch dünne Luft, dem massiven Boden entgegen.

Seine Kehle verengte sich; das Atmen fiel ihm schwer.

Verzweifelt redete er sich ein: du bist umschlossen. Die Wände des Schiffs umgeben dich.

Aber er fühlte keine Wände.

Er dachte: selbst wenn du die Wände nicht in Betracht ziehst, bist du immer noch umschlossen. Du bist von Haut eingehüllt.

Aber er fühlte keine Haut.

Die Empfindung war schlimmer als einfache Nacktheit – er war eine unbegleitete Persönlichkeit, das Wesen seiner Identität war völlig bloßgelegt, ein lebender Punkt, eine Singularität, umgeben von einer offenen und unendlichen Welt. Und er fiel.

Er wollte das Bild abschalten, seine Faust über dem Fernschalter zusammendrücken, aber nichts geschah. Seine Nerven waren in einem so abnormen Zustand, daß keine Reaktion auf einen Willensakt hin erfolgte. Als hätte er keinen Willen. Die Augen wollten sich nicht schließen, die Faust sich nicht zusammenziehen. Er war vor Schrecken starr und hypnotisiert, vor Angst gelähmt.

Alles, was er vor sich fühlte und wahrnahm, waren Wolken, weiß, nicht ganz weiß – ein gebrochenes Weiß – mit einem leichten orangefarbenen Hauch...

Und dann wechselte alles ins Grau – und er hatte das Gefühl zu ertrinken. Er konnte nicht atmen. Er mühte sich verzweifelt, einen Laut durch die Kehle zu pressen, nach Daneel zu rufen, um Hilfe...

Aber er brachte keinen Laut heraus...

12

Baleys Atem ging, als hätte er gerade am Ende eines langen Rennens das Band durchrissen. Der Raum war verdreht, und unter seinem linken Ellbogen war eine harte Fläche.

Er erkannte, daß er auf dem Boden lag.

Giskard kniete neben ihm, und seine Roboterhand (fest und etwas kühl) schloß sich um Baleys rechte Faust. Die Kabinentür, hinter Giskards Schulter, für Baley sichtbar, stand offen.

Baley wußte, ohne zu fragen, was geschehen war. Giskard hatte die hilflose Menschenhand ergriffen und sie um den Schalter geschlossen, um die Astrosimulation zu beenden. Andernfalls...

Daneel war auch da, das Gesicht ganz dicht bei dem Baleys, mit einem Ausdruck, der vielleicht Schmerz hätte sein können.

»Sie haben nichts gesagt, Partner Elijah«, meinte er. »Wenn mir bewußt gewesen wäre, daß Sie sich nicht wohl...«

Baley versuchte durch Gesten anzudeuten, daß er verstanden hatte, daß es nicht wichtig war. Er konnte immer noch nicht sprechen.

Die beiden Roboter warteten, bis Baley den schwächlichen Versuch machte, aufzustehen. Sofort schoben sich Arme unter ihn, hoben ihn hoch. Er wurde in einen Stuhl gesetzt, und Giskard nahm ihm den Schalter mit einer sanften Bewegung weg.

»Wir werden bald landen«, sagte Giskard. »Sie werden wohl den Astrosimulator nicht mehr brauchen, glaube ich.«

Und Daneel fügte ernst hinzu: »Es wäre jedenfalls am besten, ihn zu entfernen.«

»Wartet!« sagte Baley. Seine Stimme war ein heiseres Flüstern, und er war nicht sicher, daß man das Wort verstehen konnte. Er atmete tief, räusperte sich schwach und sagte noch einmal: »Wartet!« – Und dann »Giskard.«

Giskard drehte sich um. »Sir?«

Baley sprach nicht gleich. Jetzt, da Giskard wußte, daß man ihn brauchte, würde er längere Zeit warten, vielleicht endlos. Baley versuchte, Ordnung in seine wirren Gedanken zu bringen. Ob sein Anfall nun auf Platzangst zurückzuführen gewesen war oder nicht, seine Unsicherheit bezüglich ihres Zielorts blieb unverändert. Die war schon vorher da gewesen, und es war gut möglich, daß sie die Platzangst verstärkt hatte.

Er mußte es herausfinden. Giskard würde nicht lügen. Ein Roboter konnte nicht lügen – es sei denn, man hatte ihm sehr sorgfältige Anweisungen dazu erteilt. Und warum Giskard solche Anweisungen erteilen? Daneel war es, der sein Begleiter war, der sich die ganze Zeit in seiner Gesellschaft aufhalten sollte. Wenn gelogen werden mußte, so würde das Daneels Aufgabe sein. Giskard war nur ein Bringer, ein Träger, ein Posten an der Tür. Ganz sicher bestand keine Notwendigkeit, sich der Mühe zu unterziehen, *ihn* in das Lügennetz einzuspinnen.

»Giskard!« sagte Baley. Seine Stimme klang fast wieder normal.

»Sir?«

»Wir sind im Begriff zu landen, nicht wahr?«

»In knapp zwei Stunden, Sir.«

Das waren zwei metrische Stunden, sagte sich Baley. Mehr als zwei echte Stunden? Weniger? Das war nicht wichtig. Das würde nur Verwirrung stiften. Vergiß es!

Und dann sagte er, so scharf er es zustande brachte: »Sag mir sofort den Namen des Planeten, auf dem wir gleich landen werden.«

Ein menschliches Wesen hätte, wenn er überhaupt geantwortet hätte, das nur nach einer Pause getan – dann in einer Art, daß man ihm die Überraschung angemerkt hätte.

Giskard jedoch antwortete sofort, ausdruckslos und ohne Empfinden. »Aurora, Sir.«

»Woher weißt du das?«

»Das ist unser Ziel. Es könnte beispielsweise nicht die Erde sein, weil die Sonne Auroras, Tau Ceti, nur neunzig Prozent der Masse der Erdsonne hat. Tau Ceti ist deshalb ein wenig kühler und ihr Licht hat für Erdaugen, die es nicht gewöhnt sind, einen deutlich orangefarbenen Ton. Vielleicht haben Sie die charakteristische Farbe von Auroras Sonne bereits in der Widerspiegelung an der oberen Fläche der Wolkenschicht bemerkt. In der Landschaft werden Sie das sicherlich sehen – bis Ihre Augen sich daran gewöhnt haben.«

Baley Augen ließen Giskards ausdrucksloses Gesicht los. Die Farbdifferenz war ihm tatsächlich aufgefallen, dachte Baley, und er hatte ihr keine Bedeutung beigemessen. Ein schlimmer Fehler.

»Du darfst gehen, Giskard.«

»Ja, Sir.«

Baleys wandte sich bitter Daneel zu. »Ich habe mich dumm benommen, Daneel.«

»Ich nehme an, Sie haben sich gefragt, ob wir Sie vielleicht täuschen und Sie irgendwohin und nicht nach Aurora bringen. Hatten Sie Grund, das zu argwöhnen, Partner Elijah?«

»Nein. Vielleicht war es die Folge meines Unwohlseins, das aus unterschwelliger Platzangst entstanden ist. Solange ich den scheinbar bewegungslosen Weltraum anstarrte, nahm ich keine Übelkeit wahr, aber vielleicht lag sie nur unter der Oberfläche und hat sich langsam verstärkt.«

»Die Schuld liegt auf unserer Seite, Partner Elijah. Da wir Ihre Abneigung gegenüber freien Räumen kennen, war es falsch, Sie der Astrosimulation auszusetzen, oder nachdem das einmal geschehen war, Sie nicht näher zu überwachen.«

Baley schüttelte verstimmt den Kopf. »Sag das nicht, Daneel. Ich werde schon genug überwacht. Die Frage, die mich jetzt beschäftigt, ist, wie scharf ich auf Aurora selbst überwacht werden soll.«

»Partner Elijah, mir scheint, es wird schwierig sein, Ihnen freien Zugang zu Aurora und den Auroranern zu gestatten.«

»Nichtsdestoweniger muß man mir aber genau das gestatten.

Wenn ich in diesem Fall von Robotizid die Wahrheit herausfinden soll, muß ich frei und unbehindert imstande sein, Informationen direkt am Ort des Geschehens zu suchen – und von den betroffenen Leuten.«

Inzwischen fühlte Baley sich durchaus wieder auf dem Damm, wenn auch noch ein wenig müde. Peinlicherweise hatte das intensive Erlebnis, das hinter ihm lag, das Bedürfnis nach einer Pfeife Tabak in ihm hinterlassen, etwas, das er glaubte, schon vor mehr als einem Jahr überwunden zu haben. Er konnte fühlen, wie der Geschmack und der Geruch des Tabakrauchs sich in seiner Kehle, seinem Hals ausbreitete.

Er wußte, er würde mit der Erinnerung vorliebnehmen müssen. Auf Aurora würde man ihm unter gar keinen Umständen erlauben zu rauchen. Es gab auf keiner der Spacerwelten Tabak, und wenn er welchen bei sich gehabt hätte, dann hätte man ihm den abgenommen und vernichtet.

»Partner Elijah, das muß nach der Landung mit Dr. Fastolfe besprochen werden«, sagte Daneel. »Ich habe nicht die Vollmacht, in dieser Angelegenheit irgendwelche Entscheidungen zu treffen.«

»Das ist mir bewußt, Daneel. Aber wie spreche ich mit Fastolfe? Durch das Äquivalent eines Astrosimulators? Mit einem Steuergerät in der Hand?«

»Nein, ganz und gar nicht, Partner Elijah. Sie werden von Angesicht zu Angesicht sprechen. Er beabsichtigt, Sie am Raumhafen abzuholen.«

13

Baley lauschte nach irgendwelchen Landegeräuschen. Er wußte natürlich nicht, worin diese bestehen würden. Er kannte den Mechanismus des Schiffes nicht, wußte nicht, wie viele Männer und Frauen es an Bord hatte, was sie beim Landevorgang würden tun müssen, und welche Art von Lärm dabei entstehen würde. Rufe? Poltern? Ein leises Vibrieren? – Er hörte nichts.

»Sie scheinen unter Spannung zu stehen, Partner Elijah«, sagte Daneel. »Ich würde es vorziehen, wenn Sie nicht zögern würden, es mir sofort zu sagen, wenn Sie irgend etwas Unbehagliches empfinden. Ich muß Ihnen sofort helfen, wenn Sie aus irgendeinem Grund unglücklich sind.«

Das Wort ›muß‹ war leicht betont.

Baley dachte ein wenig abwesend: Das Erste Gesetz treibt ihn. Er hat auf seine Art sicher ebenso gelitten, wie ich auf meine, als ich zusammenbrach und er es nicht rechtzeitig vorhersah. Ein verbotenes Ungleichgewicht positronischer Potentiale hat für mich vielleicht keine Bedeutung, aber in ihm erzeugt das möglicherweise dasselbe Unbehagen und dieselbe Reaktion, wie das bei mir durch akuten Schmerz geschehen würde. Aber wie kann ich sagen, was unter der Pseudohaut und dem Pseudobewußtsein eines Roboters existiert, ebensowenig wie Daneel sagen kann, was in mir existiert.

Und als er dann ein etwas schlechtes Gewissen bekam, weil er von Daneel wie von einem Roboter gedacht hatte, sah Baley in die sanften Augen seines Begleiters (wann hatte er eigentlich angefangen, ihren Ausdruck als sanft zu empfinden?) und sagte: »Ich würde es dir sofort sagen, wenn mir unbehaglich ist. Das ist nicht der Fall. Ich versuche nur, irgendwelche Geräusche zu hören, die mir den Landevorgang anzeigen, Partner Daneel.«

»Danke, Partner Elijah«, sagte Daneel ernst. Er beugte leicht den Kopf und fuhr fort: »Mit der Landung sollte kein Unbehagen verbunden sein. Sie werden eine Beschleunigung fühlen, aber die wird minimal sein, denn dieser Raum wird in gewissem Maße in der Richtung der Beschleunigung nachgeben. Die Temperatur könnte steigen, aber nicht mehr als zwei Grad Celsius. Was Schalleffekte angeht, so kann es zu einem leisen Zischen kommen, wenn wir durch dichtere Atmosphäre fliegen. Wird irgend etwas davon Sie stören?«

»Das sollte es nicht. Was mich stört, ist, daß ich nicht frei bin, an der Landung teilzuhaben. Ich möchte über solche Dinge Bescheid wissen. Ich will nicht eingesperrt sein und von der Empfindung ausgeschlossen.«

»Sie haben bereits entdeckt, Partner Elijah, daß die Eigenart der Empfindung für Ihr Temperament unpassend ist.«

»Und wie soll ich darüber hinwegkommen, Daneel?« fragte er energisch. »Das reicht nicht als Grund, um mich hier festzuhalten.«

»Partner Elijah, ich habe Ihnen bereits erklärt, daß Sie um Ihrer eigenen Sicherheit wegen hier festgehalten werden.«

Baley schüttelte den Kopf und verbarg seine Verstimmung nicht. »Daran habe ich gedacht. Und ich sage, das ist Unsinn. Bei all den Einschränkungen, die man mir auferlegt, und bei den Schwierigkeiten, die es mir bereiten wird, irgend etwas über Aurora zu begreifen, sind meine Chancen, diesen Fall zu lösen, so gering, daß ich einfach nicht glauben kann, wenn jemand mit einem Funken Verstand sich die Mühe machen sollte, den Versuch zu unternehmen, mich aufzuhalten. Und wenn sie es schon vorhätten, warum sollten sie sich dann die Mühe machen, mich persönlich anzugreifen? Warum nicht einfach das Schiff sabotieren? Wenn wir uns vorstellen, daß wir es mit echten skrupellosen Schurken zu tun haben, dann müßte für sie doch ein Schiff – und die Leute an Bord – und du und Giskard – und ich natürlich – dafür nur ein kleiner Preis sein.«

»Darüber ist tatsächlich nachgedacht worden, Partner Elijah. Das Schiff ist sorgfältig untersucht worden. Man hätte Spuren von Sabotage entdeckt.«

»Bist du sicher? Hundert Prozent sicher?«

»Nichts dieser Art kann absolut sicher sein. Giskard und ich haben uns mit dem Gedanken begnügt, daß die Sicherheit ziemlich hoch war, und daß die Chance einer Katastrophe nur minimal ist.«

»Und wenn ihr euch geirrt habt?«

Etwas wie eine leichte Muskelzuckung ging über Daneels Gesicht, so als forderte man ihn auf, etwas in Erwägung zu ziehen, das die Funktion der Positronenbahnen in seinem Gehirn störte. »Aber wir haben uns nicht geirrt«, sagte er.

»Das kannst du nicht sagen. Wir nähern uns der Landung, und das ist doch ganz sicher der Augenblick größter Gefahr. Tatsächlich gibt es an diesem Punkt keine Notwendigkeit, das Schiff zu sabotieren. Die persönliche Gefahr für mich ist jetzt am größten – genau in diesem Augenblick. Ich kann mich nicht in diesem Raum verstecken, wenn ich auf Aurora von Bord gehen soll. Ich werde durch das Schiff gehen müssen und damit in Reichweite anderer sein. Habt ihr Vorkehrungen getroffen, um die Landung sicher zu gestalten?« (Was er jetzt tat, war kleinlich – er hackte unnötig auf Daneel herum, weil seine lange Gefangenschaft ihn ärgerte – und weil er über das unwürdige Schauspiel verstimmt war, das er mit seinem Zusammenbrechen geboten hatte.)

Aber Daneel sagte ruhig: »Das haben wir, Partner Elijah. Und im übrigen, wir sind gelandet. Wir befinden uns bereits auf der Oberfläche von Aurora.«

Einen Augenblick lang war Baley verwirrt. Er sah sich verstört um, aber da war natürlich nichts zu sehen, nur ein Raum, der ihn umschloß. Er hatte nichts von dem gefühlt oder gehört, was Daneel beschrieben hatte. Nichts von der Beschleunigung, der Hitze oder dem Pfeifen der Luft. – Oder hatte Daneel bewußt die Frage seiner persönlichen Gefährdung noch einmal aufs Tapet gebracht, um sicherzustellen, daß er nicht an andere unangenehme – aber belanglose – Dinge dachte?

»Trotzdem ist da noch die Frage, wie ich das Schiff verlasse«, meinte Baley. »Wie tue ich das, ohne möglichen Feinden ausgesetzt zu sein?«

Daneel ging an eine Wand und berührte eine bestimmte Stelle. Die Wand spaltete sich sofort in zwei Teile, und die beiden Hälften bewegten sich auseinander. Baley blickte in einen langen Zylinder, einen Tunnel.

In dem Augenblick trat Giskard von der anderen Seite in den Raum und sagte: »Sir, wir drei werden jetzt durch das Ausgangsrohr gehen. Andere beobachten es von draußen. Am anderen Ende der Röhre wartet Dr. Fastolfe.«

»Wir haben jede Vorsichtsmaßnahme ergriffen, die möglich war«, sagte Daneel.

»Entschuldigung, Daneel – Giskard«, murmelte Baley. Er betrat mit ernster Miene die Röhre. Jede Mühe, um sicherzustellen, daß man Vorsichtsmaßnahmen getroffen hatte, war für ihn auch der Beweis, daß man diese Vorsichtsmaßnahmen für notwendig erachtete.

Baley hielt sich nicht für einen Feigling, aber er befand sich auf einem fremden Planeten, ohne zu wissen, wie man Freund und Feind unterscheiden konnte, ohne irgend etwas Vertrautes, das ihm Sicherheit bot (mit Ausnahme Daneels natürlich), und dann wurde ihm mit einem leichten Schauder klar, daß er in gefährlichen Augenblicken nichts haben würde, das ihn einhüllte, ihn wärmte und ihm Erleichterung verschaffte.

Vierter Teil

Fastolfe

14

Dr. Han Fastolfe erwartete ihn tatsächlich – und lächelte. Er war groß und dünn, mit hellbraunen, schütteren Haaren und – natürlich die Ohren. An die Ohren erinnerte sich Baley gut, selbst noch nach drei Jahren. Große, weit abstehende Ohren, die ihn auf unbestimmte Art lustig erscheinen ließen, eine Art angenehmer Häßlichkeit. Die Ohren waren es, die Baley zum Lächeln veranlaßten, nicht die Begrüßung durch Fastolfe.

Baley fragte sich, ob die medizinische Technik auf Aurora nicht über die Möglichkeit verfügte, um durch einen geringfügigen chirurgischen Eingriff diese Ohren zu korrigieren. – Aber es war natürlich gut möglich, daß Fastolfe ihr Aussehen mochte, so wie Baley selbst dies (wie er zu seiner Überraschung feststellte) tat. Gesichter, die einen zum Lächeln bringen, haben etwas für sich.

Vielleicht legte Fastolfe Wert darauf, daß man ihn auf den ersten Blick mochte. Oder fand er es vielleicht nützlich, unterschätzt zu werden? Oder wollte er einfach anders sein?

»Detektiv Elijah Baley«, sagte Fastolfe, »ich erinnere mich gut an Sie, obwohl ich mich immer wieder bei dem Gedanken ertappte, Sie hätten das Gesicht des Schauspielers, der Sie gespielt hat.«

Baleys Gesicht verzog sich. »Dieses Hyperwellenstück verfolgt mich, Dr. Fastolfe. Wenn ich wüßte, wo ich hingehen kann, um ihm zu entrinnen.«

»Nirgends«, sagte Fastolfe munter. »Zumindest unter normalen Umständen. Aber wenn Sie es nicht mögen, dann wollen wir es sofort aus unseren Gesprächen tilgen. Ich werde es nie wieder erwähnen. Einverstanden?«

»Danke.« Er streckte Fastolfe mit kalkulierter Plötzlichkeit die Hand hin.

Fastolfe zögerte sichtlich. Dann nahm er Baleys Hand, hielt sie vorsichtig – und nur kurz – und sagte: »Ich will annehmen, daß Sie kein wandelnder Ansteckungsherd sind, Mr. Baley.« Und dann fügte er etwas niedergeschlagen und nach einem Blick auf seine Hände hinzu: »Ich muß freilich zugeben, daß meine Hände mit einem neutralen Film behandelt worden sind, was sich nicht besonders angenehm anfühlt. Ich bin einfach ein Produkt der irrationalen Ängste meiner Gesellschaft.«

Baley zuckte die Achseln. »Das sind wir alle. Ich genieße die Vorstellung auch nicht, Draußen zu sein – unter freiem Himmel heißt das. Was das betrifft, genieße ich es auch nicht, daß ich unter den Umständen, unter denen ich mich befinde, nach Aurora kommen mußte.«

»Das kann ich gut verstehen, Mr. Baley. Ich habe einen geschlossenen Wagen für Sie, und wenn wir zu meiner Niederlassung kommen, werden wir uns die größte Mühe geben, Sie immer in geschlossenen Räumen zu lassen.«

»Danke. Aber ich habe das Gefühl, daß ich im Verlauf meines Aufenthalts auf Aurora gelegentlich Draußen bleiben muß. Darauf bin ich vorbereitet – so gut ich kann.«

»Ich verstehe, aber wir werden Ihnen das Draußen nur dann zumuten, wenn es notwendig ist. Das ist jetzt nicht der Fall, seien Sie also bitte einverstanden, eingeschlossen zu werden.«

Der Wagen wartete im Schatten des Tunnels, und beim Einstieg würde es kaum ein Spur von Draußen geben. Baley war sich bewußt, daß Daneel und Giskard hinter ihm waren, im Aussehen ganz unähnlich, aber identisch in ihrer würdevollen wartenden Haltung. Und beide von unbeschreiblicher Geduld.

Falstolfe öffnete die Tür und sagte: »Bitte einzusteigen.«

Baley stieg ein. Daneel schloß sich ihm schnell und elegant an, während Giskard buchstäblich im gleichen Augenblick und in einer Bewegung, die wie aus einem gut choreographierten Tanz wirkte, auf der anderen Seite einstieg. Baley fand sich zwischen den beiden eingezwängt, aber nicht in unangenehmer Art. Tatsächlich war ihm der Gedanke sogar willkommen, daß zwischen seiner Person und dem Draußen zu beiden Seiten die Dicke eines Roboterkörpers war.

Aber es gab kein Draußen. Fastolfe nahm auf dem Vordersitz Platz, und während sich hinter ihm die Tür schloß, wurden die Fenster undurchsichtig, und ein weiches künstliches Licht erfüllte das Wageninnere.

»Gewöhnlich fahre ich nicht so, Mr. Baley«, sagte Fastolfe, »aber mir macht es nicht viel aus, und Ihnen ist es vielleicht angenehmer. Der Wagen ist völlig computerisiert, weiß, wohin er fahren soll, und ist imstande, mit irgendwelchen Hindernissen oder Problemen fertig zu werden. Wir brauchen uns in keiner Weise einzumischen.«

Ein ganz schwaches Gefühl von Beschleunigung stellte sich ein, und dann die kaum wahrnehmbare Empfindung, sich zu bewegen.

»Dies ist eine sichere Passage, Mr. Baley«, sagte Fastolfe. »Ich habe mir große Mühe gegeben, um sicherzustellen, daß so wenig Leute wie möglich wissen, wer sich in diesem Wagen befindet. Die Fahrt mit dem Wagen – er bewegt sich auf einem Luftkissen – wird nicht lange dauern, aber wenn Sie es wünschen, können Sie die Gelegenheit zum Ausruhen benutzen. Sie sind jetzt ganz in Sicherheit.«

»Sie sprechen, als glaubten Sie mich in Gefahr«, sagte Baley. »Auf dem Schiff wurde ich so beschützt, daß ich mir wie ein Gefangener vorkam – und jetzt wieder.« Baley sah sich in dem Inneren des Wagens um, in dem ihn Metall und undurchsichtiges Glas umschlossen, ganz zu schweigen von den zwei Robotern, die ihn einrahmten.

Fastolfe lachte halblaut. »Ich weiß, daß ich überreagiere, aber die Gemüter auf Aurora sind ein wenig erhitzt. Sie treffen hier in einer Zeit der Krise für uns ein, und ich komme mir lieber albern vor, als daß ich das schreckliche Risiko eingehen möchte, das eine sorglose Reaktion mit sich bringen könnte.«

»Ich glaube, Sie verstehen, Dr. Fastolfe, daß es ein Schlag für die Erde wäre, wenn ich hier versagte«, sagte Baley.

»Das begreife ich wohl. Ich bin ebenso entschlossen wie Sie, ein Versagen zu verhindern. Glauben Sie mir.«

»Das tue ich. Außerdem wäre für mich ein Versagen hier – aus welchem Grunde auch immer – mein persönlicher und beruflicher Ruin auf der Erde.«

Fastolfe drehte sich in seinem Sitz herum und sah Baley mit

schockierter Miene an. »Wirklich? Dafür gibt es aber doch keinerlei Anlaß.«

Baley zuckte die Achseln. »Ich bin Ihrer Ansicht, aber so wird es geschehen. Ich wäre dann das ganz naheliegende Ziel für eine verzweifelte Erdenregierung.«

»Das lag mir aber fern, als ich um Ihren Einsatz bat, Mr. Baley. Sie können versichert sein, daß ich tun werde, was ich kann. Obwohl das, um ganz ehrlich zu sein« – er wandte den Blick von Baley –, »falls wir verlieren, sehr wenig sein wird.«

»Das weiß ich«, sagte Baley finster. Er lehnte sich in die weichen Polster und schloß die Augen. Die Bewegung des Wagens war zwar nur ein sanftes, einlullendes Schwanken, aber Baley schlief nicht, er dachte nach.

15

Auch am anderen Ende der Fahrt erlebte Baley das Draußen nicht. Als er aus dem Wagen stieg, befand er sich in einer unterirdischen Garage, und ein kleiner Aufzug brachte ihn nach oben.

Er wurde in ein sonniges Zimmer geführt, und als er in die direkten Strahlen der Sonne (ja, leicht orange) trat, zuckte er ein wenig zurück.

Fastolfe bemerkte es. »Die Fenster können nicht undurchsichtig gemacht werden, nur abgedunkelt«, sagte er. »Wenn Sie es wünschen, werde ich das tun. Ich hätte wirklich daran denken sollen...«

»Nicht nötig«, sagte Baley ein wenig mürrisch. »Ich werde mich einfach mit dem Rücken zum Fenster setzen. Ich muß mich akklimatisieren.«

»Wenn Sie es wünschen, aber bitte lassen Sie es mich wissen, wenn es Ihnen irgendwann unangenehm wird. – Mr. Baley, hier auf diesem Teil von Aurora ist es später Vormittag. Ich kenne Ihre persönliche Zeit auf dem Schiff nicht. Wenn Sie viele Stunden wach waren und gerne schlafen würden, läßt sich das einrichten. Wenn Sie wach bleiben wollen, aber keinen Hunger haben, brauchen Sie nicht zu essen. Aber wenn Sie der Meinung sind, es schaffen zu können, dann können Sie gerne mit mir zusammen zu Mittag essen.«

»Das würde tatsächlich gut in meine persönliche Zeit passen.«

»Ausgezeichnet. Ich darf Sie daran erinnern, daß unser Tag etwa sieben Prozent kürzer als der der Erde ist. Es sollte Ihnen nicht zuviel biorhythmische Schwierigkeiten bereiten, aber wenn es das tut, werden wir versuchen, uns an Ihre Bedürfnisse anzupassen.«

»Vielen Dank.«

»Schließlich – ich weiß nicht genau, welche Wünsche Sie in bezug auf das Essen haben.«

»Ich kann essen, was man mir vorsetzt.«

»Trotzdem, wenn Ihnen irgend etwas als... ah... ungenießbar erscheint, dann sagen Sie es bitte. Mir macht das nichts aus.«

»Vielen Dank.«

»Und es macht Ihnen auch nichts aus, wenn Daneel und Giskard sich uns anschließen?«

Baley lächelte. »Werden sie auch essen?«

Fastolfe lächelte nicht zurück, sondern meinte ernst: »Nein, aber ich möchte, daß sie die ganze Zeit mit Ihnen beisammen sind.«

»Immer noch Gefahr? Selbst hier?«

»Ich verlasse mich nie ganz auf etwas. Selbst hier nicht.«

Ein Roboter trat ein. »Sir, das Mittagessen ist aufgetragen.«

Fastolfe nickte. »Sehr gut, Faber. Wir kommen in ein paar Minuten zu Tisch.«

»Wie viele Roboter haben Sie?« erkundigte sich Baley.

»Eine ganze Menge. Wir haben zwar nicht das solarianische Niveau von zehntausend Robotern auf ein menschliches Wesen erreicht, aber ich habe mehr als die durchschnittliche Zahl – siebenundfünfzig. Das Haus ist groß und dient mir zugleich als Büro und Werkstätte. Und dann braucht auch meine Frau, wenn ich gelegentlich eine habe, genügend Platz, um in einem separaten Flügel von meiner Arbeit isoliert zu sein; sie muß unabhängig von mir bedient werden.«

»Nun, wenn Sie siebenundfünfzig Roboter haben, dann kann ich mir vorstellen, daß Sie zwei entbehren können. Dann habe ich ein weniger schlechtes Gewissen, daß Sie mir Giskard und Daneel als Begleitung entgegengeschickt haben.«

»Ich kann Ihnen versichern, Mr. Baley, daß ich mir die Wahl nicht leichtgemacht habe. Giskard ist mein Majordomus und meine Rechte Hand. Er ist mit mir beisammen, seit ich erwachsen bin.«

»Und doch haben Sie ihn auf die Reise geschickt, um mich abzuholen. Das ehrt mich«, sagte Baley.

»Das kennzeichnet Ihre Wichtigkeit, Mr. Baley. Giskard ist der verläßlichste von meinen Robotern, stark und kräftig.«

Baleys Blick wanderte zu Daneel hinüber, und Fastolfe fügte hinzu: »Meinen Freund Daneel schließe ich in diese Berechnungen nicht mit ein. Er ist nicht mein Diener, sondern eine Errungenschaft, auf die ich außergewöhnlich stolz bin, dieser Schwäche bekenne ich mich schuldig. Er ist der erste seiner Klasse, und wenn auch Dr. Roj Nemennuh Sarton sein Konstrukteur und Modell war, der Mann, der...«

Er machte eine Pause, wie um damit seine Empfindung auszudrücken, aber Baley nickte nur kurz und sagte: »Ich verstehe.«

Für ihn erübrigte es sich, daß der Satz zu Ende geführt wurde, es bedurfte keines Hinweises auf den Mord an Sarton auf der Erde.

»Sarton hat zwar die Konstruktion überwacht«, fuhr Fastolfe fort, »aber möglich gemacht wurde Daneel durch meine theoretischen Berechnungen.«

Fastolfe lächelte Daneel zu, worauf dieser, wie um das Lächeln zu bestätigen, den Kopf etwas senkte.

»Da war auch noch Jander«, sagte Baley.

»Ja.« Fastolfe schüttelte den Kopf und blickte niedergeschlagen. »Ich hätte ihn vielleicht bei mir behalten sollen, so wie ich Daneel bei mir behalte. Aber er war mein zweiter Humaniform, und das macht den Unterschied. Daneel ist sozusagen mein Erstgeborener – ein spezieller Fall.«

»Und jetzt bauen Sie keine humaniformen Roboter mehr?«

»Nein. Aber kommen Sie«, sagte Fastolfe und rieb sich die Hände. »Wir müssen jetzt essen. Ich glaube, Mr. Baley, auf der Erde ist die Bevölkerung nicht an das gewöhnt, was ich vielleicht als natürliche Nahrung bezeichnen könnte. Wir haben Garnelensalat mit Brot und Käse, Milch, wenn Sie wünschen, oder Fruchtsaft. Es ist alles sehr einfach. Zum Nachtisch Eiscreme.«

»Alles traditionelle Gerichte von der Erde«, sagte Baley, »die jetzt in ihrer ursprünglichen Form nur noch in der Literatur existieren.«

»Nichts davon ist eigentlich auf Aurora besonders verbreitet, aber ich fand es nicht sehr sinnvoll, Sie unserer Version eines Gourmet-Essens auszusetzen, wozu Lebensmittel und Gewürze auroranischer Herkunft gehören. Es ist ein Geschmack, an den man sich erst gewöhnen muß.«

Er stand auf. »Bitte kommen Sie mit, Mr. Baley. Wir beide werden alleine sein, und wir wollen es daher nicht besonders förmlich machen.«

»Danke«, sagte Baley. »Das ist sehr liebenswürdig von Ihnen. Ich habe mir die Langeweile der Reise hierher mit ziemlich intensiver Lektüre über Aurora vertrieben, und ich weiß, daß die Höflichkeit bei einem zeremoniellen Mahl vieles erfordert, was ich fürchten würde.«

»Sie brauchen sich nicht zu fürchten.«

Und Baley meinte: »Könnten wir noch einen Schritt weitergehen, wenn das das Zeremoniell nicht zu sehr stört? Ich würde gerne beim Essen über unser Problem sprechen, Dr. Fastolfe? Ich will nicht unnötig Zeit vergeuden.«

»Damit bin ich einverstanden. Wir werden also über Geschäfte sprechen, und ich kann mir vorstellen, daß ich mich insoweit auf Sie verlassen kann, daß Sie gegenüber niemand etwas von diesem Lapsus erwähnen. Ich möchte nicht, daß man mich aus der zivilisierten Gesellschaft ausstößt.« Er lachte und meinte dann: »Aber ich sollte wohl gar nicht lachen. Es ist nichts, worüber man lachen kann. Jetzt Zeit zu vergeuden, könnte mehr als nur unangenehm sein. Es könnte sich leicht als fatal erweisen.«

16

Das Zimmer, das Baley verließ, war so etwas wie ein Reservezimmer: ein paar Stühle, eine Kommode, etwas, das wie ein Piano aussah, aber anstelle der Tasten Messingklappen hatte, einige abstrakte Muster an den Wänden, die von innen heraus zu leuchten schienen. Der Boden war ein glattes Schachbrett aus verschiedenen Braunschattierungen, was vielleicht an Holz erinnern sollte, und obwohl er an manchen Stellen glänzte, als wäre er frisch gebohnert, fühlte er sich doch unter den Füßen keineswegs schlüpfrig an.

Das Speisezimmer hatte zwar denselben Boden, war aber sonst in keiner Weise ähnlich. Es war ein langer, rechteckiger Raum, der mit Einrichtungsgegenständen und Möbeln überladen war. Es enthielt sechs große, quadratische Tische, die man offenbar baukastenartig auf verschiedene Weise zusammenstellen konnte. An der einen kurzen Wand war eine Bar angebracht, mit glänzenden Flaschen in verschiedenen Farben vor einem gebogenen Spiegel, der den Raum, den er reflektierte, fast ins Unendliche auszudehnen schien. An der anderen kurzen Wand waren vier Nischen, und in jeder wartete ein Roboter.

Die beiden langen Wände waren mit Mosaiken bedeckt, deren Farben sich langsam veränderten. Das eine Mosaik stellte eine planetarische Szene dar, obwohl Baley nicht sagen konnte, ob es sich um Aurora oder einen anderen Planeten oder ein reines Phantasiegebilde handelte. An dem einen Ende war ein Weizenfeld (oder etwas von der Art), angefüllt mit komplizierten Farmgeräten, die alle von Robotern gesteuert wurden. Wenn man dann das Auge über die ganze Länge der Wand schweifen ließ, so wanderte der Blick über verstreute menschliche Behausungen, die am anderen Ende zu etwas wurden, was Baley für die auroranische Version einer Stadt hielt.

Die andere lange Wand war astronomisch. Ein Planet, blauweiß, von einer fernen Sonne beleuchtet, reflektierte das Licht auf solche Art, daß man auch bei noch so genauem Hinschauen die Illusion nicht los wurde, daß der Planet sich langsam drehte. Die Sterne, die ihn umgaben – einige schwach, andere hell – schienen ebenfalls ihre Anordnung langsam zu verändern, obwohl sie, wenn man sich auf eine kleine Gruppierung konzentrierte und die nicht aus dem Auge ließ, unbeweglich blieben.

Baley fand das Ganze verwirrend und abstoßend.

»Eher ein Kunstwerk, Mr. Baley«, sagte Fastolfe. »Viel zu teuer, aber Fanya wollte es haben. – Fanya ist meine augenblickliche Partnerin.«

»Wird sie sich uns anschließen, Dr. Fastolfe?«

»Nein, Mr. Baley. Wie ich schon sagte, nur wir beide. Für die ganze Zeit. Ich habe sie gebeten, in ihren eigenen Räumlichkeiten zu bleiben. Ich möchte sie diesem Problem nicht aussetzen, das wir haben. Sie verstehen doch, hoffe ich?«

»Ja, natürlich.«

»Kommen Sie! Bitte, nehmen Sie Platz!«

Einer der Tische war mit Tellern, Tassen und kompliziertem Besteck gedeckt, das Baley größtenteils unvertraut war. In der Mitte stand ein hoher, konisch zulaufender Zylinder, der aussah wie eine riesige Schachfigur aus einem grauen, an Stein erinnernden Material.

Baley konnte beim Hinsetzen der Versuchung nicht widerstehen, nach dem Zylinder zu greifen und ihn mit einem Finger zu berühren.

Fastolfe lächelte. »Das ist ein Würzer. Er besitzt einfache Stellknöpfe, die es einem ermöglichen, ihn zur Abgabe einer bestimmten Menge von einem Dutzend verschiedener Gewürze auf jeden Teil eines Gerichts abzugeben. Um das richtig zu machen, hebt man den Würzer auf und vollführt ziemlich komplizierte Kreisbewegungen, die in sich bedeutungslos sind, aber modebewußten Auroranern als Symbole der Grazie und Eleganz gelten, mit denen Mahlzeiten eingenommen werden sollen. Als ich noch jünger war, konnte ich mit dem Daumen und zwei Fingern die dreifache Kniebeuge vollführen, und wenn der Würzer meine Handfläche berührte, Salz produzieren. Jetzt würde ich, wenn ich das versuchte, das Risiko eingehen, meinem Gast den Schädel einzuschlagen. Ich hoffe, es macht Ihnen nichts aus, wenn ich es nicht versuche.«

»Ich bitte sogar darum, Dr. Fastolfe.«

Ein Roboter stellte den Salat auf den Tisch, ein anderer brachte ein Tablett mit Fruchtsäften, ein dritter Brot und Käse, ein vierter rückte die Servietten zurecht. Alle vier waren aufeinander abgestimmt, bewegten sich, ohne miteinander zu kollidieren oder irgendwelche Anzeichen von Schwierigkeiten. Baley sah ihnen erstaunt zu.

Am Ende standen sie, ohne daß man den Eindruck hatte, das Ganze sei vorher so arrangiert worden, auf allen vier Seiten des Tisches. Sie traten im Gleichschritt zurück, verbeugten sich gleichzeitig, drehten sich gleichzeitig um und kehrten zu den Nischen in der Wand am anderen Ende des Raums zurück. Plötzlich bemerkte Baley, daß Daneel und Giskard ebenfalls im Raum waren. Er hatte sie nicht hereinkommen sehen. Sie warteten in zwei Nischen, die irgendwie in der Wand mit dem Weizenfeld erschienen waren. Daneel stand ihm am nächsten.

Fastolfe sagte: »Jetzt, da sie gegangen sind...«, er machte eine Pause und schüttelte langsam den Kopf, als hätte er einen ihm etwas unangenehmen Schluß gezogen. »Nur daß sie noch nicht gegangen sind. Üblicherweise ist es Sitte, daß die Roboter gehen, ehe das eigentliche Essen beginnt. Roboter essen nicht, während menschliche Wesen das tun. Deshalb macht es Sinn, daß diejenigen, die essen, dableiben und jene, die nicht essen, weggehen. Am Ende ist ein weiteres Ritual daraus geworden. Es wäre völlig undenkbar, mit Essen anzufangen, ehe die Roboter gegangen sind, aber in diesem Fall...«

»Sind sie nicht weggegangen«, sagte Baley.

»Nein. Ich war der Ansicht, Sicherheit sei wichtiger als Etikette, und dachte außerdem, es würde Ihnen, da Sie ja kein Auroraner sind, nichts ausmachen.«

Baley wartete darauf, daß Fastolfe zu essen begann. Fastolfe hob eine Gabel vom Tisch, und Baley tat es ihm gleich. Fastolfe benutzte sie, wobei er sich langsam bewegte und Baley genau sehen ließ, was er tat.

Baley biß vorsichtig in eine Garnele und stellte fest, daß sie köstlich schmeckte. Der Geschmack entsprach der Garnelenpaste, die man auf der Erde produzierte, aber es war ein viel subtilerer und zugleich intensiverer Geschmack. Er kaute langsam, und eine Weile schien es ihm trotz seines Bestrebens, die Ermittlungen während des Essens weiterzutreiben, dennoch völlig undenkbar, irgend etwas anderes zu tun, als dem Essen seine ganze Aufmerksamkeit zu widmen.

Tatsächlich war es Fastolfe, der den Anfang machte. »Sollten wir nicht mit unserem Problem anfangen, Mr. Baley?«

Baley ertappte sich dabei, wie er leicht errötete. »Ja. Unbedingt. Bitte verzeihen Sie. Ihr auroranisches Essen hat mich überrascht, und es ist mir wirklich schwergefallen, an etwas anderes zu denken. – Das Problem, Dr. Fastolfe, ist von Ihnen erzeugt, nicht wahr?«

»Warum sagen Sie das?«

»Jemand hat auf eine Art und Weise Robotizid begangen, die große Erfahrung erfordert – wie man mir gesagt hat.«

»Robotizid? – Ein amüsanter Begriff.« Fastolfe lächelte. »Natürlich verstehe ich, was Sie damit meinen – man hat Sie richtig informiert; die Art und Weise erfordert *ungeheure* Erfahrung.«

»Und nur Sie besitzen diese Erfahrung – wie man mir gesagt hat.«

»Auch in dem Punkt hat man Sie korrekt informiert.«

»Und selbst Sie geben zu – beharren sogar darauf –, daß nur Sie Jander in einen Mentalblock hätten versetzen können.«

»Ich behaupte etwas, was ja nun auch die Wahrheit ist, Mr. Baley. Es würde mir nichts einbringen, wenn ich lügen würde, selbst ich, wenn ich mich dazu überwinden könnte. Es ist allgemein bekannt, daß ich der fähigste theoretische Robotiker auf allen fünfzig Welten bin.«

»Trotzdem, Dr. Fastolfe, könnte denn nicht auch der zweitbeste theoretische Robotiker auf allen Welten – oder der drittbeste oder sogar der fünfzehnbeste – nichtsdestoweniger die notwendige Fähigkeit besitzen, um die Tat zu begehen? Erfordert es wirklich das ganze Geschick des Allerbesten?«

Darauf antwortete Fastolfe ruhig: »Nach meiner Ansicht erfordert es wirklich das ganze Geschick des Allerbesten. Tatsächlich könnte selbst ich, wiederum nach meiner Ansicht, die Aufgabe nur an einem meiner sehr guten Tage vollbringen. Bitte bedenken Sie, daß die besten Köpfe der Robotik – den meinen eingeschlossen – sich ganz besonders darum bemüht haben, Positronengehirne zu entwerfen, die *nicht* in Mentalblock getrieben werden können.«

»Sind Sie da ganz sicher? Wirklich sicher?«

»Voll und ganz.«

»Und Sie haben das auch in der Öffentlichkeit erklärt.«

»Natürlich. Es hat eine öffentliche Befragung gegeben, mein lieber Erdenmensch. Man hat mir die Fragen gestellt, die Sie mir jetzt stellen, und ich habe wahrheitsgemäß auf sie geantwortet. Es ist auroranische Sitte, das zu tun.«

»Ich bezweifle ja im Augenblick gar nicht, daß Sie überzeugt waren, wahrheitsgemäß geantwortet zu haben«, erwiderte Baley. »Aber könnte es nicht sein, daß Sie dabei von einem ganz natürlichen Stolz auf die eigene Person beeinflußt waren? Auch das könnte typisch auroranisch sein, nicht wahr?«

»Sie meinen, mein Bestreben, als Bester angesehen zu werden, könnte mich willentlich in eine Lage bringen, wo jeder zu dem Schluß gezwungen wäre, daß ich Jander mentalblockiert habe?«

»Nach dem Bild, das ich mir von Ihnen gemacht habe, scheinen Sie mir irgendwie damit zufrieden zu sein, daß Ihr politischer und gesellschaftlicher Status vernichtet werden, vorausgesetzt nur, Ihr wissenschaftlicher Ruf bleibt intakt.«

»Verstehe. Die Art, wie Sie denken, ist interessant, Mr. Baley. Mir wäre das nicht in den Sinn gekommen. Wenn man mir die Wahl ließe zwischen dem Geständnis, daß ich der Zweitbeste bin, und dem, daß ich, um Ihre Formulierung zu gebrauchen, einen Robotizid begangen hätte, sind Sie der Meinung, daß ich wissentlich letzteres auf mich genommen hätte.«

»Nein, Dr. Fastolfe, so simplifiziert möchte ich die Angelegenheit eigentlich nicht darstellen. Könnte es nicht sein, daß Sie sich selbst darin täuschen, wenn Sie glauben, Sie wären der Größte aller Robotiker, und ohne jeglichen Rivalen, und sich um jeden Preis daran festklammern, weil Sie sich unbewußt – *unbewußt*, Dr. Fastolfe – darüber im klaren sind, daß Sie tatsächlich im Begriff sind, von anderen überholt zu werden – oder bereits überholt worden sind?«

Fastolfe lachte, aber in seinem Lachen schwang ein wenig Ärger mit. »Nein, so ist es nicht, Mr. Baley. Völlig falsch.«

»Überlegen Sie doch, Dr. Fastolfe, denken Sie nach! Sind Sie denn sicher, daß keiner Ihrer Robotikerkollegen Ihnen auch nur annähernd nahekommt?«

»Es gibt nur einige wenige, die überhaupt fähig sind, mit einem humaniformen Roboter umzugehen. Daneels Konstruktion hat buchstäblich einen neuen Beruf geschaffen, für den es noch nicht einmal einen Namen gibt – ›Humaniformer‹ vielleicht. Von den theoretischen Robotikern auf Aurora versteht, mit meiner Ausnahme, keiner, wie Daneels positronisches Gehirn funktioniert. Dr. Sarton hat es verstanden, aber er ist tot – und er hat es nicht so gut verstanden wie ich. Die grundlegende Theorie stammt von *mir*.«

»Sie mag zu Anfang die Ihre gewesen sein, aber Sie können

doch sicherlich nicht erwarten, daß Sie dauernd exklusiver Besitzer bleiben. Hat niemand die Theorie gelernt?«

Fastolfe schüttelte entschieden den Kopf. »Niemand. Ich habe niemanden ausgebildet und bin entschieden der Ansicht, daß kein anderer lebender Robotiker die Theorie auf eigene Faust entwickelt hat.«

Jetzt klang Baleys Stimme etwas gereizt: »Könnte es denn wirklich keinen intelligenten jungen Mann geben, frisch von der Universität, der schlauer ist, als bis jetzt irgend jemand erkennt, der...«

»*Nein*, Mr. Baley, *nein*! Einen solchen Mann hätte ich gekannt. Er wäre durch meine Labors gegangen. Er hätte mit mir gearbeitet. Im Augenblick existiert kein solcher junger Mann. Es mag durchaus dazu kommen, vielleicht gibt es dann sogar viele. Aber im Augenblick – *niemand*!«

»Wenn Sie sterben würden, würde dann die neue Wissenschaft mit Ihnen sterben?«

»Ich bin erst hundertfünfundsechzig Jahre alt. Das sind natürlich metrische Jahre, also sind es nur etwa hundertvierundzwanzig Ihrer Erdenjahre, mehr oder weniger. Nach auroranischen Begriffen bin ich noch ziemlich jung, und es gibt keinen medizinischen Grund, weshalb ich nicht noch einmal genauso viele Jahre vor mir haben sollte. Es ist durchaus nicht ungewöhnlich, ein Alter von vierhundert Jahren zu erreichen – metrische Jahre. Ich habe noch genügend Zeit, um andere zu lehren.«

Sie hatten inzwischen ihr Mahl beendet, aber keiner der beiden Männer machte Anstalten, den Tisch zu verlassen. Noch näherte sich ein Roboter, um abzudecken. Es war, als wären sie durch die Intensität des beiderseitigen Redeflusses zur Unbeweglichkeit erstarrt.

Baleys Augen wurden schmal. »Dr. Fastolfe«, sagte er. »Vor zwei Jahren war ich auf Solaria. Dort hat man mir den klaren Eindruck vermittelt, daß die Solarianer insgesamt betrachtet die geschicktesten Robotiker sämtlicher Welten seien.«

»Insgesamt betrachtet, stimmt das wahrscheinlich.«

»Und keiner von ihnen hätte die Tat begehen können?«

»Keiner, Mr. Baley. Ihre Geschicklichkeit bezieht sich auf Roboter, die bestenfalls nicht weiter fortgeschritten sind als mein armer verläßlicher Giskard. Die Solarianer wußten nichts von der Konstruktion humaniformer Roboter.«

»Wie können Sie dessen so sicher sein?«

»Da Sie auf Solaria waren, Mr. Baley, wissen Sie sehr wohl, daß Solarianer sich einander nur unter größten Schwierigkeiten nähern können, daß sie miteinander ausschließlich über trimensionales Video verkehren – mit Ausnahme gelegentlich erforderlicher sexueller Kontakte. Glauben Sie wirklich, daß irgendein Solarianer auch nur im Traum daran denken wurde, einen im Aussehen so menschlichen Roboter zu konstruieren, daß der ihre Neurosen verstärken würde? Sie würden sich so davor scheuen, sich ihm zu nähern, da er so menschlich aussehen würde, daß sie ihn nicht vernünftig einsetzen könnten.«

»Könnte nicht ein Solarianer hier oder dort eine überraschende Toleranz für den menschlichen Körper entwickeln? Wie können Sie da sicher sein?«

»Selbst wenn ein Solarianer das könnte, was ich nicht leugne, dann gibt es in diesem Jahr keine solarianischen Staatsbürger auf Aurora.«

»Keine?«

»Keine! Sie mögen den Kontakt mit andern nicht, selbst mit Auroranern, und deshalb wird, wenn nicht ganz dringende Angelegenheiten zu regeln sind, niemand hierherkommen – oder auf irgendeine andere Welt. Selbst im Falle dringender Bedürfnisse würden sie uns nicht näher als in den Orbit kommen und dann auf elektronischem Wege mit uns kommunizieren.«

»In dem Fall, wenn Sie – buchstäblich und tatsächlich – die einzige Person auf allen Welten sind, die die Tat hätte begehen können, *haben* Sie dann Jander getötet?«

»Ich kann nicht glauben, daß Daneel Ihnen nicht gesagt hat, ich hätte die Tat geleugnet.«

»Das hat er mir gesagt, aber ich will es *von Ihnen* hören.«

Fastolfe verschränkte die Arme und runzelte die Stirn. Dann stieß er zwischen zusammengebissenen Zähnen hervor: »Dann will ich es Ihnen sagen. Ich habe die Tat *nicht* begangen.«

Baley schüttelte den Kopf. »Ich glaube, Sie glauben diese Aussage.«

»Ja. Und zwar ganz aufrichtig. Ich sage Ihnen die Wahrheit. Ich habe Jander *nicht* getötet.«

»Aber wenn Sie es nicht getan haben und es unmöglich ein anderer getan haben kann, dann ... – aber warten Sie. Vielleicht ziehe ich da einen ungerechtfertigten Schluß. Ist Jander wirklich tot, oder hat man mich unter falschem Vorwand hierhergebracht?«

»Der Roboter ist zerstört. Es wird auch möglich sein, ihn Ihnen zu zeigen, falls die Legislatur vor Ende des Tages mir nicht den Zugang zu ihm verwehrt – was ich aber nicht glaube.«

»Wenn Sie das Verbrechen nicht begangen haben, und wenn sonst keiner es hätte begehen können, und der Roboter tatsächlich tot ist – wer hat das Verbrechen dann begangen?«

Fastolfe seufzte. »Ich bin sicher, daß Daneel Ihnen gesagt hat, was ich bei den Ermittlungen sagte – aber Sie wollen das aus meinem Mund hören, wie?«

»Das ist richtig, Dr. Fastolfe.«

»Nun denn: *Niemand* hat das Verbrechen begangen. Der Mentalblock in Jander ist durch ein spontanes Ereignis im positronischen Fluß durch die Gehirnbahnen ausgelöst worden.«

»Ist das wahrscheinlich?«

»Nein, das ist es nicht. Es ist äußerst unwahrscheinlich – aber wenn ich es nun einmal nicht getan habe, dann gibt es keine andere Möglichkeit.«

»Könnte man nicht argumentieren, daß die Wahrscheinlichkeit größer ist, daß Sie lügen, als daß ein spontaner Mentalblock stattgefunden hat?«

»So argumentieren in der Tat viele. Aber zufälligerweise weiß ich, daß ich es *nicht* getan habe. Und damit bleibt nur die Möglichkeit eines pontanen Ereignisses.«

»Und Sie haben mich hierherbringen lassen, um zu demonstrieren – zu *beweisen* –, daß dieser spontane Vorgang tatsächlich stattgefunden hat?«

»Ja.«

»Aber wie beweist man so etwas? Denn, wie mir scheint, kann ich Sie, die Erde und mich doch nur retten, indem ich diesen Beweis liefere.«

»In Reihenfolge zunehmender Wichtigkeit, Mr. Baley?«

Baley sah Fastolfe verstimmt an. »Nun, dann eben Sie, mich und dann die Erde.«

»Ich muß Ihnen leider sagen«, meinte Fastolfe, »daß ich nach gründlicher Überlegung zu folgendem Schluß gelangt bin: Es gibt keine Möglichkeit, solches Beweismaterial zu beschaffen.«

17

Baley starrte Fastolfe voll Schrecken an. »Keine Möglichkeit?«

»Keine Möglichkeit. Gar keine.« Und dann packte er plötzlich, offenbar in dem Versuch, sich abzulenken, den Würzer und sagte: »Wissen Sie, jetzt bin ich wirklich neugierig, ob ich die dreifache Kniebeuge immer noch kann.«

Er warf den Würzer mit einer geübten Drehung des Handgelenks in die Luft. Er schlug einen Salto, und Fastolfe fing ihn am verjüngten Ende mit der Außenseite der rechten Handfläche auf. Er bewegte sich wieder nach oben, drehte sich und wurde mit der linken Handfläche aufgefangen. Wieder ging er nach oben und wurde mit der rechten Hand und dann wieder der linken aufgefangen. Nach dieser dritten Kniebeuge reichte die Schwungkraft immer noch aus, daß er sich umdrehte. Falstolfe fing den Würzer mit der rechten Faust auf, die linke Hand in der Nähe, die Handfläche nach oben gerichtet. Erst jetzt zeigte Fastolfe die linke Hand, auf der eine Prise Salz zu erkennen war.

»Für den wissenschaftlich geschulten Verstand ist das natürlich eine kindische Darbietung«, sagte Fastolfe, »und die Mühe steht auch in keinem Verhältnis zu dem bezweckten Ziel, das natürlich lediglich in einer Prise Salz besteht. Aber der gute auroranische Gastgeber ist stolz darauf, zu einer solchen Schaustellung fähig zu sein. Es gibt einige Experten, die den Würzer eineinhalb Minuten in der Luft halten können, wobei sie die Hände schneller bewegen, als das Auge ihnen folgen kann.

»Natürlich«, fügte er dann nachdenklich hinzu, »kann Daneel das viel geschickter und schneller als jeder Mensch. Ich habe ihn darin geprüft, um die Funktion seiner Gehirnbahnen zu testen, aber es wäre völlig falsch, ihn solche Talente in der Öffentlichkeit darbieten zu lassen. Es würde menschliche Würzer unnötig erniedrigen – das ist der populäre Ausdruck für sie, müssen Sie wissen, obwohl Sie ihn sicher nicht in Wörterbüchern finden würden.«

Baley brummte nur.

Fastolfe seufzte. »Jetzt müssen wir uns wohl wieder wichtigeren Dingen zuwenden.«

»Dazu haben Sie mich einige Parsek durch den Weltraum kommen lassen.«

»Ja, das habe ich in der Tat. Fahren wir also fort!«

»Hatte Ihre Schaustellung einen Zweck, Dr. Fastolfe?« sagte Baley.

»Nun, wir scheinen nicht weiterzukommen«, meinte Fastolfe. »Ich habe Sie hierhergebracht, um etwas zu tun, das nicht getan werden kann. Ihr Gesicht sprach da eine recht deutliche Sprache, und um Ihnen die Wahrheit zu sagen, ich fühlte mich auch nicht besser. Es schien mir daher, daß wir etwas Zeit zum Verschnaufen brauchten. Und jetzt – fahren wir also fort.«

»Mit der unmöglichen Aufgabe?«

»Warum sollte sie für Sie unmöglich sein, Mr. Baley? Ihnen geht der Ruf voraus, das Unmögliche leisten zu können.«

»Das Hyperwellendrama? Sie glauben diese alberne Verdrehung von dem, was auf Solaria geschehen ist?«

Fastolfe breitete die Arme aus. »Ich habe keine andere Hoffnung.«

»Und ich keine Wahl«, sagte Baley. »Ich muß fortfahren, es zu versuchen; ich kann nicht als Versager zur Erde zurückkehren. Das hat man mir klargemacht. Sagen Sie mir, Dr. Fastolfe, wie könnte Jander getötet worden sein? Welche Manipulation seines Bewußtseins wäre dazu nötig gewesen?«

»Mr. Baley, ich weiß nicht, wie ich das erklären kann, selbst einem anderen Robotiker, was Sie ja ganz sicher nicht sind. Selbst wenn ich bereit wäre, meine Theorien zu veröffentlichen, was ich ganz sicher nicht bin. Aber lassen Sie mich sehen, ob ich nicht doch etwas erklären kann. – Sie wissen natürlich, daß die Roboter auf der Erde erfunden worden sind.«

»Auf der Erde befaßt man sich nur sehr wenig mit der Robotik...«

»Das starke Antirobotervorurteil der Erde ist auf den Spacerwelten wohl bekannt.«

»Aber jedem Menschen auf der Erde, der darüber nachdenkt, ist natürlich bewußt, daß die Roboter ihren Ursprung auf der Erde hatten. Es ist wohlbekannt, daß der hyperspatiale Raumflug mit Hilfe von Robotern entwickelt wurde, und da man die Spacerwelten ohne hyperspatialen Raumflug nicht hätte besiedeln können, folgert daraus, daß bereits vor der Besiedlung Roboter existierten, zu einer Zeit also, als die Erde noch der einzige von Menschen bewohnte Planet war. Deshalb wurden die Roboter auf der Erde und von Erdenmenschen erfunden.«

»Und doch empfindet die Erde darüber keinen Stolz, oder?«

»Wir sprechen nicht darüber«, sagte Baley fast schroff.

»Und die Erdenmenschen wissen nichts über Susan Calvin?«

»Ich bin in ein paar alten Büchern auf ihren Namen gestoßen. Sie war wohl eine der Pioniere der Robotik.«

»Ist das alles, was Sie über sie wissen?«

Baley machte eine wegwerfende Handbewegung. »Wahrscheinlich könnte ich mehr finden, wenn ich die Archive durchstöberte, aber ich hatte dazu keine Gelegenheit.«

»Wie eigenartig«, sagte Fastolfe. »Für alle Spacer ist sie so etwas wie ein Halbgott, so sehr, daß ich mir vorstelle, nur wenige Spacer, die nicht tatsächlich Robotiker sind, würden in ihr überhaupt eine Erdenfrau sehen. Das würde denen wie Gotteslästerung vorkommen. Sie würden selbst dann noch ablehnen, es zu glauben, wenn man ihnen sagte, daß sie im Alter von wenig mehr als hundert metrischen Jahren gestorben ist. Und doch kennen Sie sie nur als frühen Pionier.«

»Hat sie mit all dem etwas zu tun, Dr. Fastolfe?«

»Nicht direkt, aber in gewisser Weise, ja. Sie müssen verstehen, daß es zahlreiche Legenden gibt, die sich um ihren Namen ranken. Die meisten sind ohne Zweifel falsch, haften ihr aber dennoch an. Eine der berühmtesten Legenden – und eine von denen mit der geringsten Wahrscheinlichkeit, wahr zu sein – betrifft einen Roboter, der in jener primitiven Zeit hergestellt wurde und bei dem sich herausstellte, daß er infolge irgendeines Fehlers in der Produktion telepathische Fähigkeiten besaß...«

»*Was?!*«

»Eine Legende! Ich sagte Ihnen doch, daß es eine Legende ist – und ohne Zweifel eine durch und durch erfundene! Damit wir uns richtig verstehen, es gibt einen theoretischen Grund, nach dem so etwas möglich sein konnte, obwohl bis zur Stunde noch niemand je eine plausible Konstruktion vorgelegt hat, die auch nur die Anfangsgründe einer solchen Fähigkeit einschließen könnte. Daß so etwas in einem so primitiven und einfachen Positronengehirn hätte auftauchen können, wie es sie in der prähyperspatialen Zeit gegeben hat, ist völlig undenkbar. Deshalb sind wir ganz sicher, daß diese ganz spezielle Geschichte eine Erfindung ist. Aber lassen Sie mich dennoch fortfahren, denn die Geschichte hat eine Moral.«

»Aber bitte, fahren Sie doch fort!«

»Der Roboter konnte also nach dieser Geschichte Gedanken lesen. Und wenn man ihm Fragen stellte, dann las er die Gedanken des Fragenden und sagte ihm das, was dieser hören wollte. Nun besagt das Erste Gesetz der Robotik eindeutig, daß ein Roboter kein menschliches Wesen verletzen oder durch Untätigkeit zulassen darf, daß eine Person Schaden erleide, aber für Roboter bedeutet das im allgemeinen physischen Schaden. Ein Roboter freilich, der Gedanken lesen kann, würde ganz sicher zu dem Schluß gelangen, daß Enttäuschung oder Ärger oder jegliche heftige Empfindung das menschliche Wesen, das jene Empfindungen hat, unglücklich machen. Und der Roboter würde das Herbeiführen solcher Empfindungen unter dem Überbegriff ›Schaden‹ interpretieren. Wenn daher ein telepathischer Roboter wüßte, daß die Wahrheit einen Fragenden enttäuschen oder in Zorn versetzen oder jene Person dazu bringen würde, Leid oder Unglück zu empfinden, würde er statt dessen angenehm lügen. Verstehen Sie das?«

»Ja, natürlich.«

»So hat der Roboter selbst Susan Calvin belogen. Die Lügen konnten nicht lange Bestand haben, denn verschiedenen Leuten wurden verschiedene Dinge gesagt, die nicht nur in sich unstimmig waren, sondern auch in wachsendem Maße durch die Realität widerlegt wurden. Verstehen Sie? Susan Calvin entdeckte, daß man sie belogen hatte, und erkannte, daß jene Lügen sie in eine höchst peinliche Lage gebracht hatten. Was sie ursprünglich etwas enttäuscht hätte, hatte sie jetzt, dank falscher Hoffnungen, unerträglich enttäuscht. Sie haben die Geschichte nie gehört?«

»Mein Wort darauf.«

»Erstaunlich! Und doch hat man sie ganz sicher nicht auf Aurora erfunden, denn sie ist auf allen Welten in gleichem

Maße verbreitet. Jedenfalls nahm Calvin Rache. Sie machte dem Roboter klar, daß er, ob er nun die Wahrheit sagte oder log, die Person, mit der er zu tun hatte, in gleichem Maße verletzte. Er würde dem Ersten Gesetz nicht gehorchen, gleichgültig, wie er handelte. Der Roboter, dieses verstehend, war gezwungen, sich in völlige Untätigkeit zu flüchten. Wenn Sie es etwas drastisch darstellen wollen, so brannten seine Positronenbahnen aus. Sein Gehirn wurde unwiederbringlich zerstört. Der Legende nach soll Calvins letztes Wort an den zerstörten Roboter ›*Lügner!*‹ gewesen sein.«

Baley nickte langsam. »Und so etwas Ähnliches war es, was Jander Panell zugestoßen ist. Er sah sich einem Widerspruch ausgesetzt, und sein Hirn brannte aus?«

»Das *scheint* geschehen zu sein, obwohl es nicht so leicht herbeizuführen ist, wie das in Susan Calvins Tagen gewesen sein mag. Die Robotiker haben sich – vielleicht wegen der Legende – immer sehr bemüht, das Auftreten von Widersprüchen so schwierig wie möglich zu machen. In dem Maße, wie sich die Theorie des Positronengehirns verfeinerte, und in dem Maße, wie die der Roboterkonstruktion immer komplizierter wurde, hat man zunehmend erfolgreiche Systeme entwickelt, die dafür Sorge tragen, daß sich alle nur denkbaren Situationen in Ungleichheit auflösen, so daß immer irgendeine Handlung möglich ist, die als mit dem Ersten Gesetz in Einklang stehend interpretiert werden kann.«

»Nun, dann kann man also das Gehirn eines Roboters nicht ausbrennen. Wollen Sie das damit sagen? Denn wenn Sie das wollen, dann frage ich, was dann Jander passiert ist?«

»Das sage ich *nicht*. Die zunehmend erfolgreichen Systeme, von denen ich spreche, sind nie *völlig* erfolgreich. Das können sie nicht sein. Ganz gleich, wie kompliziert ein Gehirn auch sein mag, es gibt immer irgendeine Möglichkeit, einen Widerspruch aufzubauen. Das ist eine der fundamentalen Wahrheiten der Mathematik. Es wird stets unmöglich bleiben, ein so subtiles und kompliziertes Gehirn zu produzieren, in dem die Chance des Widerspruchs auf Null reduziert wäre. Freilich hat man Systeme gebaut, die so nahe bei Null liegen, daß das Herbeiführen eines geeigneten Widerspruchs und damit eines Mentalblocks eine gründliche Kenntnis des ganz speziellen Positronengehirns erfordern würde, mit dem man sich befaßt – und *das* würde einen sehr geschickten Theoretiker erfordern.«

»So wie Sie einer sind, Dr. Fastolfe?«

»So wie ich einer bin. Und im Falle humaniformer Roboter *nur* ich.«

»Oder überhaupt niemand«, sagte Baley mit beißender Ironie.

»Oder überhaupt niemand. Exakt«, sagte Fastolfe und ignorierte die Ironie. »Die humaniformen Roboter haben Gehirne – und wie ich hinzufügen darf, Körper –, die in bewußter Nachahmung des menschlichen Wesens konstruiert sind. Die Positronengehirne sind außergewöhnlich empfindlich und gleichen in ihrer Zerbrechlichkeit natürlich dem menschlichen Gehirn. Ebenso wie ein menschliches Wesen einen Schlag erleiden kann, etwa durch irgendein zufälliges Vorkommnis innerhalb des Gehirns, und ohne daß es irgendeiner äußerlichen Einwirkung bedarf, so könnte auch das humaniforme Gehirn durch reinen Zufall – das gelegentliche ziellose Driften von Positronen – mental blockieren.«

»Können Sie das beweisen, Dr. Fastolfe?«

»Ich kann es mathematisch demonstrieren, aber nicht alle, die der Mathematik folgen könnten, würden sich meiner Argumentation anschließen. Das Ganze schließt gewisse Unterstellungen ein, die ich mache, die sich aber nicht den allgemein üblichen Denkschemata der Robotik anschließen.«

»Und wie wahrscheinlich ist ein spontaner Mentalblock?«

»Wenn man von einer großen Zahl humaniformer Roboter ausgeht, sagen wir hunderttausend, dann besteht durchaus die Chance, daß einer von ihnen im Lauf eines durchschnittlichen auroranischen Lebens einen spontanen Mentalblock durchmacht. Und dennoch könnte es auch viel früher geschehen, wie es Jander widerfahren ist, obwohl dann die Chance dagegen sehr groß wäre.«

»Aber jetzt sehen Sie einmal, Dr. Fastolfe, selbst wenn Sie schlüssig beweisen könnten, daß so etwas im allgemeinen spontan in Robotern passieren *könnte*, wäre das doch noch nicht dasselbe, als würden Sie beweisen, daß so etwas ganz speziell Jander und zu diesem speziellen Zeitpunkt passiert ist.«

»Nein«, räumte Fastolfe ein, »da haben Sie ganz recht.«

»Sie, der größte Robotikexperte, können es in dem speziellen Fall Jander nicht beweisen.«

»Da haben Sie wiederum recht.«

»Was erwarten Sie dann von mir, wo ich doch nichts von Robotik weiß?«

»Es besteht keine Notwendigkeit, irgend etwas zu *beweisen*. Es würde sicherlich ausreichen, einen genialen Vorschlag einzubringen, der der allgemeinen Öffentlichkeit einen spontanen Mentalblock plausibel machen würde.«

»Wie, zum Beispiel?«

»Das weiß ich nicht.«

»Sind Sie da ganz sicher, Dr. Fastolfe?« fragte Baley schroff.

»Was meinen Sie? – Ich habe es doch gerade gesagt.«

»Lassen Sie mich Ihnen etwas erklären! Ich nehme an, daß die Auroraner im allgemeinen wissen, daß ich auf diesen Planeten gekommen bin, um dieses Problem in Angriff zu nehmen. Es wäre sehr schwierig zu bewerkstelligen, mich im geheimen hierherzubringen, wenn man bedenkt, daß ich ein Erdenmensch bin, und das hier Aurora ist.«

»Ja, sicherlich, und ich habe es auch gar nicht erst versucht. Ich habe den Vorsitzenden der Legislatur konsultiert und ihn dazu überredet, mir die Erlaubnis für Ihre Einreise zu gewähren. Auf die Weise habe ich einen Aufschub der Verhandlung bewirkt. Man will Ihnen die Chance geben, das Geheimnis zu lösen, ehe man mir den Prozeß macht. Ich bezweifle freilich, daß man mir sehr viel Aufschub gewähren wird.«

»Dann darf ich wiederholen – auf Aurora ist also allgemein bekannt, daß ich hier bin, und ich kann mir vorstellen, man weiß auch genau, weshalb – daß man nämlich von mir erwartet, das Rätsel um den Tod Janders zu lösen.«

»Selbstverständlich. Was für einen anderen Grund könnte es denn geben?«

»Und Sie haben mich von dem Augenblick an, als ich an Bord des Schiffes ging, bis jetzt dauernd bewachen lassen, weil die Gefahr bestand, daß Ihre Feinde versuchen könnten, mich zu eliminieren – weil Sie mich für eine Art Wundertäter halten, der möglicherweise das Rätsel doch auf eine Art und Weise lösen könnte, daß Sie auf der Gewinnerseite sind, obwohl alle Chancen gegen mich stehen.«

»Ja, ich fürchte, daß diese Möglichkeit besteht.«

»Und nur einmal angenommen, jemand, der keinen Wert auf die Lösung des Rätsels legt und darauf, daß Sie, Dr. Fastolfe, von aller Schuld freigesprochen werden, sollte es tatsächlich schaffen, mich zu töten. Könnte das nicht dazu führen, daß die Gefühle sich wieder Ihnen zuneigen? Könnten die Leute nicht argumentieren, daß Ihre Feinde der Ansicht waren, Sie wären tatsächlich unschuldig? Schließlich brauchten sie ja sonst die Ermittlungen nicht so zu fürchten, daß sie den Versuch machen würden, mich zu töten?«

»Eine recht komplizierte Argumentation, Mr. Baley. Ich kann mir denken, daß Ihr Tod, wenn man ihn richtig zur Geltung bringt, zu diesem Zweck eingesetzt werden könnte, aber dazu wird es nicht kommen. Sie werden beschützt, und Sie werden nicht getötet.«

»Aber *warum* mich schützen, Dr. Fastolfe? Warum nicht zulassen, daß sie mich töten, und dann meinen Tod als Mittel zum Gewinn einsetzen?«

»Weil es mir lieber wäre, wenn Sie am Leben blieben und es Ihnen gelänge, tatsächlich meine Unschuld zu demonstrieren.«

»Aber Sie wissen doch sicherlich«, entgegnete Baley, »daß ich Ihre Unschuld nicht demonstrieren *kann*.«

»Vielleicht können Sie es doch. Sie haben genügend Anreiz dazu. Das Wohl der Erde hängt davon ab, daß Sie es schaffen. Und wie Sie mir sagten, Ihre eigene Karriere auch.«

»Was nützt schon ein Anreiz? Wenn Sie mir den Befehl erteilten, ich sollte fliegen, indem ich mit den Armen schlage und mir außerdem sagten, daß man mich zu Tode martern würde, wenn es mir nicht gelänge, und daß man die Erde sprengen und ihre ganze Bevölkerung vernichten würde, hätte ich einen ungeheueren Anreiz, mit den Flügeln zu schlagen und zu fliegen – und wäre immer noch außerstande, es zu tun.«

»Ich weiß, daß die Chancen klein sind«, meinte Fastolfe bedrückt.

»Sie wissen, daß es überhaupt keine Chance gibt«, sagte Baley heftig, »und wissen auch, daß nur mein Tod Sie retten kann.«

»Dann werde ich nicht gerettet werden, denn ich sorge dafür, daß meine Feinde nicht an Sie herankönnen.«

»Aber *Sie* können an mich heran.«

»Was?«

»Der Gedanke will mir nicht aus dem Kopf, Dr. Fastolfe, daß Sie selbst versuchen könnten, mich auf eine Art und Weise zu töten, daß es so aussieht, als hätten Ihre Feinde die Tat verübt. Dann würden Sie meinen Tod gegen sie benutzen – und das ist der Grund, weshalb Sie mich nach Aurora gebracht haben.«

Einen Augenblick lang sah Fastolfe Baley mit einer Art milder Überraschung an, und dann rötete sich sein Gesicht plötzlich in einer Aufwallung von Leidenschaft und verzerrte sich zu einer Grimasse. Er riß den Würzer vom Tisch, hob ihn hoch, und dann zuckte sein Arm vor, um ihn nach Baley zu schleudern.

Und Baley, völlig überrascht, schaffte es gerade noch, sich in den Stuhl zu ducken.

Fünfter Teil

Daneel und Giskard

18

Wenn Fastolfe schnell gehandelt hatte, dann hatte Daneel noch viel schneller reagiert.

Baley, der Daneels Existenz fast vergessen hatte, war nur eine vage Bewegung, ein verwirrtes Geräusch zu Bewußtsein gelangt, und dann stand Daneel auf einer Seite von Fastolfe, hielt den Würzer und sagte: »Ich vertraue darauf, Dr. Fastolfe, daß ich Sie in keiner Weise verletzt habe.«

Baley nahm halb benommen wahr, daß Giskard nicht weit von Fastolfe entfernt auf der anderen Seite stand, und daß jeder einzelne der vier Roboter an der anderen Wand fast bis zum Tisch vorgerückt war.

Ein wenig keuchend, das Haar verwirrt, sagte Fastolfe: »Nein, Daneel. Du hast sehr gut gehandelt.« Er hob die Stimme. »Ihr alle habt gut gehandelt, aber vergeßt nicht, ihr dürft nicht zulassen, daß irgend etwas euch aufhält, nicht einmal die Tatsache, daß ich selbst eingeschaltet bin.«

Er lachte leise und nahm wieder Platz, glättete sich mit der Hand das Haar.

»Es tut mir leid, Sie so erschreckt zu haben, Mr. Baley«, sagte er, »aber ich dachte, die Demonstration würde überzeugender sein als irgendwelche Worte.«

Baley, der rein reflexartig zusammengezuckt war, lockerte seinen Kragen und sagte mit einem Anflug von Heiserkeit: »Ich fürchte, ich habe Worte erwartet, aber ich gebe zu, die Demonstration war überzeugend. Ich bin froh, daß Daneel nahe genug war, um Sie zu entwaffnen.«

»Jeder einzelne von ihnen war nahe genug, um mich zu entwaffnen, aber Daneel war der nächste und erreichte mich als erster. Er erreichte mich schnell genug, um es sanft zu tun. Wäre er weiter entfernt gewesen, hätte er mir vielleicht den Arm verrenken oder mich sogar k.o. schlagen müssen.«

»Wäre er soweit gegangen?«

»Mr. Baley«, sagte Fastolfe. »Ich habe Anweisungen gegeben, Sie zu schützen, und ich *weiß*, wie man Anweisungen gibt. Sie hätten nicht gezögert, Sie zu retten, selbst wenn die Alternative darin bestanden hätte, mich zu verletzen. Sie hätten sich natürlich bemüht, mich im geringst möglichen Maße zu verletzen, so wie Daneel es getan hat. Das einzige, was er verletzte, war meine Würde und meine Frisur. Und meine Finger schmerzen ein wenig.« Fastolfe bewegte sie leicht.

Baley atmete tief, versuchte, sich von dem kurzen Augenblick der Verwirrung zu erholen. »Hätte Daneel mich nicht auch ohne Ihre spezielle Anweisung beschützt?«

»Ohne Zweifel. Das hätte er tun müssen. Aber Sie dürfen nicht denken, daß robotische Reaktion ein einfaches Ja oder Nein, Oben oder Unten, Ein oder Aus ist. Das ist ein Fehler, wie Laien ihn oft begehen. Es kommt sehr auf die Reaktionsgeschwindigkeit an. Meine Sie betreffenden Instruktionen waren so formuliert, daß das in den Robotern meiner Niederlassung aufgebaute Potential, das Daneels eingeschlossen, außergewöhnlich hoch ist. Tatsächlich sogar so hoch, wie ich es überhaupt vernünftigerweise machen kann. Deshalb ist die Reaktion auf eine klare und augenblickliche Gefahr für Sie außergewöhnlich schnell. Ich wußte, daß es so sein würde, und aus diesem Grunde konnte ich so schnell nach Ihnen schlagen – weil ich wußte, daß ich Ihnen eine *höchst* überzeugende Demonstration meiner Unfähigkeit, Sie zu verletzen, liefern würde.«

»Ja, trotzdem danke ich Ihnen nicht uneingeschränkt dafür.«

»Oh, ich hatte uneingeschränktes Vertrauen zu meinen Robotern, besonders zu Daneel. Aber es kam mir in den Sinn, wenn auch ein wenig spät, daß er, wenn ich den Würzer nicht sofort losgelassen hätte, mir vielleicht gegen seinen Willen – oder das robotische Äquivalent von Willen – das Handgelenk hätte brechen können.«

»Mir kommt in den Sinn, daß Sie da ein unsinniges Risiko auf sich genommen haben.«

»Das kommt mir jetzt auch in den Sinn – im nachhinein.

Wenn Sie jetzt versucht hätten, den Würzer nach mir zu werfen, dann hätte Daneel Ihre Bewegung sofort verhindert, aber nicht ganz mit derselben Geschwindigkeit, weil er keine besonderen Anweisungen bezüglich meiner Sicherheit erhalten hat. Ich kann nur hoffen, daß er schnell genug gewesen wäre, um mich zu retten, aber ich bin nicht sicher – und ich würde es vorziehen, die Angelegenheit nicht auf die Probe zu stellen.« Fastolfe lächelte.

»Was wäre, wenn aus irgendeinem Luftfahrzeug ein Explosivkörper auf das Haus abgeworfen würde?« fragte Baley.

»Oder wenn man von einer benachbarten Hügelkuppe einen Gammastrahl auf uns richtete. – Meine Roboter stellen keinen uneingeschränkten Schutz dar, aber solch radikale terroristische Angriffe sind hier auf Aurora in höchstem Maße unwahrscheinlich. Ich schlage vor, daß wir uns darüber nicht beunruhigen.«

»Ich bin bereit, mich nicht darüber zu beunruhigen. Tatsächlich glaubte ich auch nicht ernsthaft, daß Sie eine Gefahr für mich wären, Dr. Fastolfe, aber ich mußte die Möglichkeit völlig eliminieren, falls ich meine Arbeit fortsetzen sollte. Wir können jetzt weitermachen.«

Fastolfe sagte: »Ja, das können wir. Trotz dieser zusätzlichen und sehr dramatischen Aktion haben wir es immer noch mit dem Problem zu tun, einen Beweis dafür zu finden, daß Janders Mentalblock sich spontan eingestellt hat.«

Aber Baley war jetzt auf Daneels Anwesenheit hingewiesen worden und drehte sich daher zu ihm um und sagte etwas unruhig: »Daneel, schmerzt es dich, daß wir diese Angelegenheit besprechen?«

Daneel, der den Würzer auf einem der etwas weiter entfernten leeren Tische abgestellt hatte, sagte: »Partner Elijah, ich würde es vorziehen, daß Ehemalsfreund Jander noch operationell wäre, aber da er das nicht ist und da er auch nicht wieder in funktionsfähigen Zustand zurückversetzt werden kann, bleibt es nur, etwas zu unternehmen, um ähnliche Vorfälle in Zukunft zu vermeiden. Da die Diskussion jetzt dieses Ziel hat, bereitet sie mir eher Freude als Schmerz.«

»Nun, dann nur um eine andere Angelegenheit zu klären, Daneel, glaubst *du*, daß Fastolfe für das Ende deines Mitroboters Jander verantwortlich ist? Sie verzeihen mir, daß ich diese Frage stelle, Dr. Fastolfe?«

Fastolfe deutete seine Einwilligung mit einer Handbewegung an, und Daneel sagte: »Dr. Fastolfe hat erklärt, daß er nicht dafür verantwortlich sei, und so war er es natürlich auch nicht.«

»Du hast in der Angelegenheit keine Zweifel, Daneel?«

»Gar keine, Partner Elijah.«

Fastolfe schien ein wenig amüsiert. »Sie nehmen einen Roboter ins Kreuzverhör, Mr. Baley.«

»Ich weiß das, aber ich kann in Daneel nicht nur einen Roboter sehen, und deshalb habe ich gefragt.«

»Was er sagt, würde vor einem Untersuchungsausschuß keinerlei Wert haben. Seine positronischen Potentiale zwingen ihn, mir zu glauben.«

»Ich bin kein Untersuchungsausschuß, Dr. Fastolfe, und ich säubere hier das Unterholz. Lassen Sie mich auf das zurückkommen, wovon wir gesprochen haben. Entweder haben Sie Janders Gehirn ausgebrannt oder es ist durch eine Kombination von Zufälligkeiten dazu gekommen. Sie versichern mir, daß ich letzteres nicht beweisen kann, und so bleibt mir nur die Aufgabe, jede Handlung Ihrerseits zu widerlegen. Mit anderen Worten, wenn ich zeigen kann, es ist *unmöglich*, daß Sie Jander getötet haben, bleibt uns als einzig andere Alternative nur das zufällige Zusammenwirken von Umständen.«

»Und wie können Sie das tun?«

»Das ist eine Frage der Mittel, der Gelegenheit und des Motivs. Sie verfügten über die Mittel, Jander zu töten – die theoretische Fähigkeit, ihn so zu manipulieren, daß das zu einem Mentalblock führen würde. Aber hatten Sie die Gelegenheit dazu? Er war insoweit Ihr Roboter, als Sie seine Gehirnbahnen konstruiert und seinen Bau überwacht haben, aber befand er sich zum Zeitpunkt des Mentalblocks tatsächlich in Ihrem Besitz?«

»Nein, das war er nicht. Er befand sich im Besitz eines anderen.«

»Wie lange?«

»Etwa acht Monate – ein wenig mehr als eines Ihrer halben Jahre.«

»Ah. Das ist ein interessanter Punkt. Waren Sie zum Zeitpunkt seiner Zerstörung bei ihm – oder in seiner Nähe? Hätten Sie ihn erreichen können? Kurz gesagt, können wir die Tatsache demonstrieren, daß Sie so weit von ihm entfernt waren – oder gar keine Verbindung zu ihm hatten –, wäre die Annahme unvernünftig, daß Sie die Tat zu dem Zeitpunkt hätten bewerkstelligen können, an dem sie angeblich stattgefunden hat?«

»Ich fürchte, das ist unmöglich«, meinte Fastolfe. »Der Zeitraum, innerhalb dessen die Tat erfolgen konnte, ist ziemlich weit gespannt. Nach der Zerstörung gibt es keine robotischen Veränderungen, die etwa der Totenstarre oder dem organischen Verfall in einem menschlichen Wesen entsprechen. Wir können nur sagen, daß Jander zu einem bestimmten Zeitpunkt in Funktion war, und man weiß, daß er zu einem bestimmten anderen Zeitpunkt nicht in Funktion war. Dazwischen liegt ein Zeitraum von etwa acht Stunden. Für diese Periode habe ich kein Alibi.«

»Gar keins? Was haben Sie in dieser Zeit getan, Dr. Fastolfe?«

»Ich war hier in meiner Niederlassung.«

»Ihre Roboter waren sich vielleicht der Tatsache bewußt, daß Sie hier waren, und könnten Zeugnis ablegen.«

»Sie waren sich dessen sicherlich bewußt, aber sie können im juristischen Sinn kein Zeugnis ablegen, und Fanya war an jenem Tag in eigenen Angelegenheiten unterwegs.«

»Teilt Fanya übrigens Ihr Wissen in der Robotik?«

Fastolfe gestattete sich ein leichtes Lächeln. »Sie weiß weniger als Sie. Außerdem ist das alles ohne Belang.«

»Warum?«

Es war deutlich zu erkennen, daß Fastolfes Geduld kurz vor der Zerreißprobe stand. »Mein lieber Mr. Baley, hier ging es nicht um einen körperlichen Angriff aus großer Nähe, so wie mein vermeintlicher Angriff vorhin auf Sie. Was Jander widerfuhr, erforderte meine körperliche Gegenwart nicht. Tatsächlich befand sich Jander zwar nicht in meiner Niederlassung, war aber im geographischen Sinne nicht weit entfernt, aber es hätte auch nichts ausgemacht, wenn er sich auf der anderen Seite Auroras befunden hätte. Ich konnte ihn immer elektronisch erreichen, und hätte ihn durch die Befehle, die ich ihm gab und die damit ausgelösten Reaktionen in den Zustand versetzen können, den man als Mentalblock bezeichnet. Der wesentliche Schritt würde nicht einmal sehr viel Zeit erfordern...«

Baley unterbrach ihn: »Dann ist es also ein kurzer Prozeß, einer, in den man auch zufällig geraten könnte, während man etwas völlig Routinemäßiges vorhat?«

»Nein!« sagte Fastolfe. »Um Auroras willen, Erdenmensch, lassen Sie mich ausreden! Ich sagte Ihnen schon, daß das nicht der Fall ist. In Jander den Mentalblock herbeizuführen, wäre ein langer, komplizierter und schwieriger Prozeß, der ein Höchstmaß an Verständnis und Einsicht erfordert, und von *niemandem* zufällig ohne eine ganze Folge unglaublicher und lang anhaltender Zufälle erzeugt werden konnte. Die Chance eines zufälligen Mentalblocks über jene ungeheuer komplizierte Route wäre noch geringer als die eines spontanen Mentalblocks, wenn man nur meine mathematische Argumentation akzeptieren würde.

Wenn andererseits *ich* einen Mentalblock bewirken wollte, könnte ich sorgfältig Veränderungen und Reaktionen produzieren, Stück für Stück, und das über einen Zeitraum von Wochen, Monaten, ja Jahren, bis ich Jander genau an den Punkt der Zerstörung gebracht hätte. Und der würde zu keiner Zeit während dieses Vorgangs irgendwelche Anzeichen erkennen lassen, daß er am Rande der Katastrophe steht. Genauso wie Sie im Dunklen immer näher an einen Abgrund treten könnten und doch nichts spüren würden, weil die Festigkeit des Bodens sich nicht irgendwie verändert, selbst ganz vorne am Rand. Aber sobald ich ihn bis zum Rand gebracht hätte – an den Rand des Abgrunds sozusagen –, würde ihn eine einzige Bemerkung von mir zerstören. Und jener letzte Schritt ist es, der nur einen Augenblick erfordern würde, verstehen Sie?«

Baley preßte die Lippen zusammen. Es hatte keinen Sinn, seine Enttäuschung zu verbergen. »Kurz gesagt also, Sie hatten die Gelegenheit.«

»*Jeder* hätte die Gelegenheit gehabt. Jeder auf Aurora – vorausgesetzt, er oder sie verfügte über die notwendige Fähigkeit.«

»Und die notwendige Fähigkeit haben nur Sie.«

»Ich fürchte, so ist es.«

»Das bringt uns zu der Frage des Motivs, Dr. Fastolfe.«

»Ah.«

»Und dieser Bereich ist es vielleicht, in dem wir unseren Fall aufbauen können. Diese humaniformen Roboter sind die Ihren.

Sie basieren auf Ihrer Theorie, und Sie waren in jede einzelne Stufe ihrer Konstruktion eingeschaltet, selbst wenn Dr. Sarton die Konstruktion überwacht hat. Sie existieren Ihretwegen und *nur* Ihretwegen. Sie haben Daneel einmal Ihren ›Erstgeborenen‹ genannt. Sie sind Ihre Schöpfungen, Ihre Kinder, Ihr Geschenk an die Menschheit, Ihr Anspruch auf die Unsterblichkeit.« (Baley bemerkte, daß er anfing, beredsam zu werden, und stellte sich für einen Augenblick vor, er stünde vor einem Untersuchungsausschuß.) »Warum, in aller Welt – oder besser, warum auf Aurora –, warum auf Aurora sollten Sie diese Arbeit ungeschehen machen? Warum sollten Sie ein Leben, das Sie geschaffen haben, durch ein Wunderwerk geistiger Anstrengung vernichten?«

Fastolfe sah ihn mit einem Blick an, in dem sich Amüsiertheit und eine Art Niedergeschlagenheit mischten. »Aber Mr. Baley, Sie wissen doch gar nichts davon. Wie können Sie denn wissen, daß meine Theorie das Ergebnis eines Wunders geistiger Anstrengung war? Vielleicht war es nur die sehr langweilige Fortführung einer Gleichung, die jeder hätte aufstellen können, nur daß sich vor mir keiner die Mühe gemacht hat.«

»Das glaube ich nicht«, sagte Baley, der sich sichtlich Mühe gab, wieder abzukühlen. »Wenn niemand außer Ihnen das humaniforme Gehirn genügend verstehen kann, um es zu zerstören, dann halte ich es für wahrscheinlich, daß niemand außer Ihnen es gut genug verstehen kann, um es zu schaffen. Können Sie das leugnen?«

Fastolfe schüttelte den Kopf. »Nein, das werde ich nicht leugnen. Und doch, Mr. Baley« – sein Gesicht verfinsterte sich, blickte so unfreundlich wie noch nie seit ihrem Zusammentreffen –, »führt Ihre sorgfältige Analyse nur dazu, die Dinge noch schlimmer für mich zu machen. Wir haben bereits entschieden, daß ich der einzige bin, der die Mittel und die Gelegenheit zu der Tat hatte. Wie sich erweisen wird, habe ich auch ein Motiv – das beste Motiv der Welt –, und meine Feinde wissen das. Wie, in aller Welt, oder um Sie zu zitieren – auf Aurora oder sonst irgendwo – sollen wir beweisen, daß ich die Tat *nicht* begangen habe?«

19

Baleys Stirn runzelte sich, sein Blick wurde finster. Er trat hastig einen Schritt zurück, auf die Ecke des Raumes zu, als suche er Schutz. Dann drehte er sich plötzlich um und sagte scharf: »Dr. Fastolfe, mir scheint, es bereitet Ihnen irgendwie Vergnügen, mich immer wieder zu frustrieren.«

Fastolfe zuckte die Achseln. »Kein Vergnügen. Ich stelle Ihnen das Problem nur so dar, wie es ist. Der arme Jander starb den robotischen Tod durch die reine Unsicherheit positronischer Drift. Da ich weiß, daß ich nichts damit zu tun habe, weiß ich, daß es so gewesen sein muß. Aber sonst kann niemand sicher sein, daß ich unschuldig bin, und alle indirekten Beweise deuten auf mich – und dem muß man klar ins Auge sehen, wenn man entscheidet, was wir tun können, falls es überhaupt etwas zu tun gibt.«

»Nun, dann lassen Sie uns Ihr Motiv untersuchen«, meinte Baley. »Das, was Ihnen wie ein überwältigendes Motiv erscheinen mag, ist vielleicht nichts dergleichen.«

»Das bezweifle ich. Ich bin kein Narr, Mr. Baley.«

»Sie sind aber vielleicht auch kein Richter, weder Ihrer selbst noch Ihrer Motive. Das sind die Menschen häufig nicht. Vielleicht dramatisieren Sie Ihre eigene Rolle aus irgendeinem Grund.«

»Das glaube ich nicht.«

»Dann sagen Sie mir Ihr Motiv. Was ist es? Sagen Sie es mir!«

»Nicht so schnell, Mr. Baley. Es ist nicht einfach, es zu erklären. Könnten Sie mit mir nach Draußen kommen?«

Baley blickte schnell zum Fenster. »Draußen?«

Die Sonne war am Himmel tiefer gesunken, und der Raum war deshalb noch sonniger. Er zögerte und sagte dann – lauter als es nötig war – »Ja, das werde ich!«

»Ausgezeichnet«, sagte Fastolfe. Und dann – bemüht, wieder freundlicher zu wirken – fügte er hinzu: »Aber vielleicht möchten Sie zuerst das Personal aufsuchen.«

Baley überlegte einen Augenblick lang. Er empfand das Bedürfnis im Augenblick nicht, wußte aber nicht, was ihn vielleicht erwarten würde. Draußen – wie lange würde man von ihm erwarten, daß er blieb, welche Möglichkeiten würden sich dort bieten oder nicht bieten? Und, was das wichtigste war, er kannte die auroranischen Gepflogenheiten und Sitten in dieser Hinsicht nicht und konnte sich auch aus den Buchfilmen, die er im Schiff betrachtet hatte, an nichts erinnern, das ihn in dem Punkt aufklärte. Es war daher vielleicht am sichersten, dem zu folgen, was einem der Gastgeber vorschlug.

»Danke«, sagte er, »wenn sich das ermöglichen läßt.«

Fastolfe nickte. »Daneel«, sagte er, »bring Mr. Baley zum Besucherpersonal.«

Und Daneel sagte: »Partner Elijah, würden Sie mitkommen?«

Als sie zusammen den nächsten Raum betraten, sagte Baley: »Es tut mir leid, Daneel, daß du nicht an dem Gespräch zwischen mir und Dr. Fastolfe beteiligt warst.«

»Das wäre unpassend gewesen, Partner Elijah. Als Sie mir eine direkte Frage stellten, habe ich Antwort gegeben, aber man hat mich nicht eingeladen, mich voll an dem Gespräch zu beteiligen.«

»Ich hätte eine solche Einladung ausgesprochen, Daneel, wenn ich mich nicht durch meine Position als Gast eingeengt gefühlt hätte. Ich dachte, es könnte möglicherweise falsch sein, in dieser Hinsicht die Initiative zu ergreifen.«

»Ich verstehe. – Hier ist das Besucherpersonal, Partner Elijah. Die Tür öffnet sich, wenn Sie sie irgendwo mit der Hand berühren, falls der Raum nicht besetzt ist.«

Baley trat nicht ein. Er hielt nachdenklich inne und sagte dann: »Wenn man dich eingeladen hätte, dich zu beteiligen, Daneel, wäre da irgend etwas gewesen, das du gesagt hättest? Irgendeine Bemerkung, die du gerne gemacht hättest? Ich wäre für deine Meinung dankbar, mein Freund.«

Daneel antwortete darauf in seiner üblichen, etwas gespreizt wirkenden Art: »Die einzige Bemerkung, die ich gerne machen möchte, ist, daß Dr. Fastolfes Feststellung, er hätte ein ausgezeichnetes Motiv gehabt, Jander funktionsunfähig zu machen, für mich unerwartet kam. Ich weiß nicht, was das für ein Motiv sein könnte. Aber was immer er als sein Motiv bezeichnet – Sie könnten vielleicht fragen, weshalb er nicht dasselbe Motiv hätte, mich zu zerstören. Wenn man glauben kann, daß er ein

Motiv hatte, Jander außer Funktion zu setzen, warum würde dann das gleiche Motiv nicht auch auf mich zutreffen? Ich wäre sehr neugierig, das zu erfahren.«

Baley sah ihn prüfend an, suchte automatisch einen Ausdruck in einem Gesicht, dem es nicht gegeben war, die Kontrolle über sich zu verlieren. Dann sagte er: »Fühlst du dich unsicher, Daneel? Hast du das Gefühl, daß Fastolfe eine Gefahr für dich darstellt?«

Daneel sagte: »Nach dem Dritten Gesetz muß ich meine eigene Existenz beschützen, aber ich würde mich Dr. Fastolfe oder auch einem anderen menschlichen Wesen nicht widersetzen, wenn es deren überlegte Meinung wäre, daß es notwendig sei, meine Existenz zu beenden. Das ist das Zweite Gesetz. Ich weiß aber, daß ich von großem Wert bin, sowohl in bezug auf die Investition an Material, Arbeit und Zeit als auch hinsichtlich meiner Bedeutung für die Wissenschaft. Es würde deshalb notwendig sein, mir die Gründe für die Notwendigkeit der Beendung meiner Existenz sorgfältig zu erklären. Dr. Fastolfe hat mir gegenüber nie – *niemals*, Partner Elijah – etwas gesagt, das danach klang, als hätte er so etwas im Sinn. Ich glaube nicht, daß er auch nur im entferntesten im Sinn hat, meine Existenz zu beenden, oder daß er es je im Sinn hatte, Janders Existenz zu beenden. Positronendrift muß das Ende Janders herbeigeführt haben, so wie es eines Tages vielleicht das meine herbeiführt. Im Universum gibt es immer ein Element des Zufalls.«

»Das sagst du, das sagt Fastolfe«, meinte Baley, »ich glaube es auch – aber die Schwierigkeit liegt darin, daß man die Leute im allgemeinen dazu überreden muß, diese Betrachtungsweise zu akzeptieren.« Etwas niedergeschlagen wandte er sich der Tür des Personals zu und sagte: »Kommst du mit, Daneel?«

Daneel schaffte es, einen amüsierten Gesichtsausdruck zu zeigen. »Es ist schmeichelhaft, Partner Elijah, in solchem Maße wie ein Mensch betrachtet zu werden. Ich habe natürlich kein Bedürfnis.«

»Natürlich. Aber du kannst trotzdem mitkommen.«

»Es wäre nicht passend für mich, wenn ich eintreten würde. Es ist nicht Sitte, daß Roboter ein Personal betreten. Die Einrichtung eines solchen Raumes ist für Menschen gedacht. Außerdem ist das ein Ein-Personen-Personal.«

»Eine Person!« Baley war einen Augenblick lang schockiert. Aber er fand sich gleich wieder. Andere Welten, andere Sitten! Und daß diese in den Buchfilmen beschrieben worden wäre, erinnerte er sich nicht. Er sagte: »Das hast du also gemeint, als du sagtest, daß die Tür sich nur öffnen würde, wenn der Raum nicht besetzt sei. Was ist, wenn er besetzt ist, so wie das in einem Augenblick der Fall sein wird?«

»Dann wird sie sich natürlich auf eine Berührung von außen *nicht* öffnen, und so wird Ihre Privatsphäre geschützt werden. Natürlich wird sie sich auf eine Berührung von innen hin öffnen.«

»Und was, wenn ein Besucher in Ohnmacht fiele, einen Schlaganfall oder eine Herzattacke hätte, während er drinnen ist, so daß er die Tür nicht von innen berühren kann? Würde das nicht bedeuten, daß niemand eintreten könnte, um ihm zu helfen?«

»Für den Notfall gibt es natürlich Mittel und Wege, die Tür zu öffnen, Partner Elijah, falls das ratsam erscheinen sollte.« Und dann, sichtlich verstört: »Sind Sie der Meinung, daß etwas dieser Art geschehen wird?«

»Nein, natürlich nicht. Ich bin lediglich neugierig.«

»Ich werde unmittelbar vor der Tür warten«, sagte Daneel ein wenig unsicher. »Wenn ich einen Ruf höre, Partner Elijah, werde ich handeln.«

»Ich bezweifle, daß du das tun mußt.« Baley berührte die Tür, beiläufig und leicht, mit dem Handrücken, und sie öffnete sich sofort. Er wartete ein oder zwei Augenblicke, um zu sehen, ob sie sich wieder schließen würde. Das tat sie nicht. So trat er hindurch, worauf die Tür sich prompt hinter ihm schloß.

Während die Tür offen war, war ihm das Personal wie ein Raum vorgekommen, der einfach seinen Zweck erfüllte. Ein Waschbecken, eine abgeschlossene Nische (vermutlich mit einer Dusche ausgestattet), eine Badewanne, eine durchscheinende Halbtür, vermutlich mit einem WC dahinter. Und dann waren da einige Geräte, deren Funktion er nicht deuten konnte. Er vermutete, daß sie für irgendwelche persönliche Dienstleistungen bestimmt waren, die er nicht kannte.

Er hatte kaum Gelegenheit, sie zu studieren, denn im nächsten Augenblick war alles verschwunden, und er fragte sich, ob das, was er gesehen hatte, wirklich dagewesen war, oder ob die Gegenstände nur scheinbar existiert hatten, weil sie das waren, was er zu sehen erwartet hatte.

Als die Tür sich schloß, verdunkelte sich der Raum, denn er hatte kein Fenster. Als die Tür ganz geschlossen war, wurde der Raum wieder hell, aber nichts von dem, was er gesehen hatte, kehrte zurück. Es war Tag, und er war Draußen – so schien es zumindest.

Über ihm war freier Himmel, über den die Wolken zogen, und zwar in einer so regelmäßigen Art und Weise, daß das Ganze völlig unwirklich erschien. Nach allen Seiten dehnte sich Grün, ebenso auf eine sich immer wiederholende Art.

Er spürte das vertraute Ziehen in seinem Magen, das sich jedesmal einstellte, wenn er sich Draußen befand – aber er war *nicht* Draußen. Er war in einen fensterlosen Raum eingetreten. Das Ganze mußte ein Trick der Beleuchtung sein.

Er starrte vor sich hin, und seine Füße schoben sich langsam nach vorne. Er streckte die Hände aus. Langsam. Starrte nach vorne.

Seine Hände berührten etwas Glattes, eine Wand. Er folgte der ebenen Oberfläche nach beiden Seiten, berührte das, was er in jenem kurzen Augenblick des Sehens als Waschbecken wahrgenommen hatte, und konnte es jetzt von seinen Händen gelenkt, auch sehen – schwach, ganz schwach vor der übermächtigen Wahrnehmung des Lichts.

Er fand den Wasserhahn, aber kein Wasser kam aus ihm. Er folgte seiner Krümmung nach hinten, fand aber nichts, was den vertrauten Griffen oder Drehknöpfen entsprach, die den Wasserfluß regelten. Da war nur ein rechteckiger Streifen, dessen leichte Rauheit ihn von der umgebenden Wand absetzte. Als seine Finger an ihm entlangglitten, drückte er leicht und probeweise dagegen, und sofort wurde das Grün, das sich weit über die Ebene hinaus erstreckte und von der seine Finger ihm sagten, daß sie Wand waren, durch ein Rinnsal aus Wasser geteilt, das schnell und mit einem laut klatschenden Geräusch von der Höhe zu seinen Füßen herunterfiel.

Er sprang in automatischer Panikreaktion nach rückwärts, aber das Wasser verschwand, ehe es seine Füße erreichte. Es hörte nicht auf zu kommen, erreichte den Boden aber nicht. Er streckte die Hand nicht aus. Es war nicht Wasser, sondern eine Lichtillusion von Wasser. Es benetzte seine Hände nicht; er fühlte nichts. Aber seine Augen widersetzten sich hartnäckig dem Beweis seines Tastsinnes. Sie ›sahen‹ Wasser.

Er folgte dem Rinnsal nach oben und kam schließlich an etwas, das Wasser *war* – ein dünnerer Strom, der aus dem Hahn hervortrat. Es war kalt.

Seine Finger fanden das Rechteck wieder und experimentierten, drückten hier und dort. Die Temperatur veränderte sich schnell, und dann fand er die Stelle, die Wasser von mittlerer Temperatur produzierte.

Seife fand er nicht. Etwas widerstrebend begann er, die nicht eingeseiften Hände aneinanderzureiben, unter etwas, das eine natürliche Quelle zu sein schien, und das ihn von Kopf bis Fuß hätte durchnässen müssen, dies aber nicht tat. Und, als könne der Mechanismus seine Gedanken lesen, oder – was wahrscheinlicher war – durch das Aneinanderreiben seiner Hände gelenkt – spürte er, wie das Wasser seifig wurde, während die Quelle, die er sah/nicht sah, Seifenblasen erzeugte und sich in Schaum verwandelte.

Immer noch zögernd, beugte er sich über das Waschbecken und rieb sich das Gesicht mit demselben seifigen Wasser. Er spürte seine Bartstoppeln, wußte aber, daß es für ihn keine Möglichkeit gab, die Einrichtung dieses Raums ohne besondere Instruktionen zu veranlassen, ihm eine Rasur zu verpassen.

Er war inzwischen fertig und hielt die Hände hilflos unter das Wasser. Wie brachte man die Seife zum Versiegen? Er brauchte nicht zu fragen. Vermutlich kontrollierten seine Hände, die sich jetzt weder gegenseitig noch sein Gesicht rieben, diesen Vorgang. Das Wasser hörte auf, sich seifig anzufühlen, und die Seife wurde von seinen Händen gespült. Er spritzte sich das Wasser ins Gesicht – ohne zu reiben –, und auch das wurde abgespült. Ohne richtig sehen zu können und mit der Ungeschicklichkeit des Ungeübten, machte er dabei sein Hemd gründlich naß.

Handtücher? Papier?

Er trat zurück, die Augen geschlossen, den Kopf etwas vorgestreckt, um nicht noch mehr Wasser auf seine Kleider zu spritzen. Und das Zurücktreten war allem Anschein nach die entscheidende Handlung, denn er spürte die Berührung eines warmen Luftstroms. Er hielt das Gesicht hinein, und dann die Hände.

Er schlug die Augen auf und stellte fest, daß der Brunnen nicht länger floß. Er tastete mit den Händen und fand heraus, daß er kein Wasser mehr fühlte.

Der Knoten in seinem Magen hatte sich schon lange aufgelöst und einer gewissen Gereiztheit Platz gemacht. Er war sich bewußt, daß Personals von Welt zu Welt sehr unterschiedlich waren, aber irgendwie ging dieser Unsinn eines simulierten Draußen zu weit.

Auf der Erde war ein Personal ein großer Gemeinschaftssaal, auf ein Geschlecht beschränkt, mit privaten Abteilen, für die man einen Schlüssel besaß. Auf Solaria betrat man ein Personal durch einen schmalen Korridor, der an das Haus angebaut war, als hofften die Solarianer, daß man das Personal nicht als Teil ihres Hauses betrachtete. Auf beiden Welten waren die Personals jedoch, wenn auch auf jede andere Art unterschiedlich, klar definiert, und man konnte die Funktion ihrer verschiedenen Einrichtungsgegenstände nicht verkennen. Warum also auf Aurora diese komplizierte künstliche Fassade einer Rustikalität, die jeden Teil eines Personals so völlig maskierte?

Warum?

In jedem Fall aber ließ ihm seine Verärgerung nur wenig emotionalen Raum, unter der Vortäuschung von Draußen zu leiden. Er bewegte sich in die Richtung, in der sich seiner Erinnerung nach die durchscheinende Halbtür befunden hatte.

Es war nicht die korrekte Richtung. Er fand die Tür erst, als er langsam der Wand folgte und nachdem er einige Male gegen Wandvorsprünge gestoßen war.

Am Ende urinierte er in die Illusion eines kleinen Tümpels, der den Strahl nicht richtig aufzunehmen schien. Seine Knie sagten ihm, daß er korrekt zwischen die Seiten von etwas zielte, das er für ein Urinal hielt, und er sagte sich, daß es schließlich nicht seine Schuld war, wenn er den falschen Behälter benutzte oder schlecht zielte.

Als er fertig war, überlegte er einen Augenblick, ob er das Becken noch einmal suchen sollte, um sich die Hände zu waschen, entschied sich dann aber dagegen. Er fühlte sich für eine nochmalige Suche und jenen falschen Wasserfall einfach nicht stark genug.

Statt dessen fand er durch Tasten die Tür, durch die er den Raum betreten hatte, wußte es aber nicht, daß er sie gefunden hatte, bis die Berührung seiner Hand sie öffnete. Das Licht erlosch sofort und normales, illusionsloses Tageslicht umgab ihn.

Daneel erwartete ihn, und daneben standen Fastolfe und Giskard.

»Sie haben fast zwanzig Minuten gebraucht«, sagte Fastolfe vorwurfsvoll. »Wir begannen schon, uns um Sie zu ängstigen.«

Baley spürte, wie sein Gesicht sich vom Zorn rötete. »Ich hatte mit Ihren albernen Illusionen Probleme«, sagte er, bemüht, die Fassung nicht zu verlieren.

Fastolfes Mund rundete sich, und seine Augenbrauen hoben sich in einem stummen: Oh-h!

»Innen neben der Tür ist ein Kontakt, der die Illusion regelt«, sagte er. »Man kann sie damit schwächer machen und die Realität durch sie sehen – oder die Illusion ganz auslöschen, wenn Sie das wünschen.«

»Das hat man mir nicht gesagt. Sind Ihre Personals alle so?«

Fastolfe schüttelte den Kopf. »Nein, ein Personal auf Aurora ist zwar stets mit Illusionsprojektoren ausgerüstet, aber Art und Weise der Illusion wechselt mit dem Besitzer. Mir bereitet die Illusion des natürlichen Grün Vergnügen, und ich ändere die Details hin und wieder ab. Nach einer Weile langweilt einen alles, wie Sie wissen. Es gibt manche Leute, die erotische Illusionen bevorzugen, aber das ist nicht nach meinem Geschmack.

Wenn man mit einem Personal vertraut ist, bieten die Illusionen natürlich keine Schwierigkeiten. Die Räume sind standardisiert, und man weiß, wo was ist. Das ist auch nicht schlimmer, als wenn man sich an einem wohlbekannten Ort im Dunklen befindet. Aber sagen Sie, Mr. Baley, warum haben Sie sich nicht den Weg nach Draußen gesucht und um Rat gefragt?«

»Weil ich das nicht wollte«, sagte Baley. »Ich gebe zu, daß mich die Illusionen sehr geärgert haben, aber ich habe sie akzeptiert. Schließlich hat Daneel mich zu dem Personal geführt und mir keine Instruktionen und auch keine Warnung gegeben.

Er hätte mich ganz sicherlich ausführlich informiert, wenn er das gedurft hätte, denn er hätte sicherlich vorhergesehen, daß ich andernfalls zu Schaden kommen würde. Ich mußte deshalb annehmen, daß Sie ihn ausdrücklich instruiert hatten, mich nicht zu warnen. Und da ich wirklich nicht damit rechnete, daß Sie mir nur einen Streich spielen wollten, mußte ich annehmen, daß Sie einen ernsthaften Grund hatten, so zu handeln.«

»Oh?«

»Schließlich hatten Sie mich aufgefordert, nach Draußen zu kommen, und als ich mich einverstanden erklärte, fragten Sie mich sofort, ob ich das Personal besuchen wolle. Ich entschied also, daß Sie mich deshalb in die Illusion von Draußen geschickt haben, um zu sehen, ob ich es ertragen könnte – oder ob ich von Panik erfüllt gerannt kommen würde. Wenn ich es ertragen konnte, würde man wohl darauf vertrauen können, daß ich auch die Wirklichkeit ertragen würde. Nun, ich habe es ertragen. Ich bin ein wenig naß, vielen Dank, aber das wird ja schnell trocknen.«

»Sie sind ein sehr klar denkender Mensch, Mr. Baley«, sagte Fastolfe. »Ich bitte für die Art dieses Tests um Entschuldigung, und dafür, daß ich Ihnen Unbehagen bereitet habe. Ich wollte nur die Möglichkeit viel größeren Unbehagens vermeiden. Wollen Sie immer noch mit mir nach Draußen kommen?«

»Ich will es nicht nur, Dr. Fastolfe. Ich bestehe sogar darauf!«

20

Sie gingen durch einen Korridor, dicht gefolgt von Daneel und Giskard.

Fastolfe meinte im Plauderton: »Ich hoffe, es macht Ihnen nichts aus, daß die Roboter uns begleiten. Auroraner gehen nie irgendwohin, ohne daß wenigstens ein Roboter dabei ist. Und in Ihrem besonderen Fall muß ich darauf bestehen, daß Daneel und Giskard immer bei Ihnen sind.«

Er öffnete eine Tür, und Baley versuchte, sich gegen den Andrang von Sonnenschein und Wind zu stemmen, ganz zu schweigen davon, daß er sich von dem fremden und auf subtile Art eigenartigen Geruch von Auroras Land eingehüllt fand.

Fastolfe trat zur Seite, und Giskard ging als erster hinaus. Der Roboter sah sich ein paar Augenblicke lang prüfend nach allen Seiten um. Man hatte den Eindruck, daß alle seine Sinne auf intensivste Art funktionierten. Er blickte sich um, und Daneel schloß sich ihm an und tat es ihm gleich.

»Lassen Sie sie eine Weile, Mr. Baley«, sagte Fastolfe, »sie werden uns sagen, wann es ihrer Meinung nach ungefährlich ist, daß wir hinausgehen. Lassen Sie mich diese Gelegenheit ergreifen, mich noch einmal für den niederträchtigen Trick bezüglich des Personals zu entschuldigen. Ich versichere Ihnen, wir hätten gewußt, wenn Sie ernsthafte Schwierigkeiten gehabt hätten – Ihre Lebensfunktionen wurden aufgezeichnet. Es freut mich sehr, wenn es mich auch nicht übermäßig überrascht, daß Sie meine Absicht durchschaut haben.« Er lächelte und legte nach einem nahezu unmerklichen Zögern die Hand auf Baleys linke Schulter und drückte sie freundschaftlich.

Baley blieb steif. »Sie scheinen Ihren vorangegangenen niederträchtigen Trick vergessen zu haben – Ihren scheinbaren Angriff auf mich mit dem Würzer. Wenn Sie mir zusagen, daß wir von nun an offen und ehrlich miteinander umgehen wollen, will ich diese Dinge als gut gemeint betrachten.«

»Gemacht!«

»Können wir jetzt hinausgehen?« Baley blickte hinaus und sah, daß Giskard und Daneel sich voneinander entfernt hatten und immer noch beobachteten.

»Noch nicht ganz. Sie werden sich in der Niederlassung bewegen – Daneel sagt mir, Sie hätten ihn eingeladen, mit in das Personal zu kommen. War das ernsthaft gemeint?«

»Ja. Ich wußte, daß er nicht muß, aber hatte das Gefühl, es könnte unhöflich sein, ihn auszuschließen. Trotz all meiner Lektüre über Aurora kannte ich Ihre Sitte in dieser Hinsicht nicht.«

»Ich nehme an, daß das nicht zu den Dingen gehört, die Auroraner für erwähnenswert halten, und man darf natürlich nicht erwarten, daß die Bücher versuchen, Besucher von der Erde in diesen Dingen vorzubereiten...«

»Weil es so wenig Besucher von der Erde gibt?«

»Genau. Es liegt natürlich daran, daß Roboter nie ein Personal besuchen. Das ist der einzige Ort, wo menschliche Wesen vor ihnen frei sein können. Ich nehme an, das ist aus dem Gefühl heraus entstanden, daß man sich wenigstens manchmal und an manchen Orten von ihnen frei fühlen sollte.«

»Als Daneel auf der Erde war«, meinte Baley, »vor drei Jahren, anläßlich Sartons Tod, versuchte ich, ihn aus dem Gemeinschaftspersonal herauszuhalten, indem ich sagte, er brauche das doch nicht. Trotzdem bestand er darauf, mitzukommen.«

»Und mit Recht. Er hatte bei der Gelegenheit strenge Anweisung, durch nichts erkennen zu lassen, daß er kein Mensch war, und das aus Gründen, an die Sie sich wohl erinnern. Hier auf Aurora hingegen... – ah, da kommen sie.«

Die Roboter kamen jetzt auf die Tür zu, und Daneel gab ihnen mit einer Handbewegung zu verstehen, daß sie herauskommen sollten.

Fastolfe streckte den Arm aus, um Baley den Weg zu versperren. »Wenn es Ihnen nichts ausmacht, gehe ich als erster hinaus. Zählen Sie bis hundert und kommen Sie dann nach!«

21

Baley zählte bis hundert, trat dann mit festen Schritten ins Freie und ging auf Fastolfe zu. Sein Gesicht war vielleicht etwas zu starr, seine Lippen zu fest zusammengepreßt, sein Rücken zu aufrecht.

Er sah sich um. Die Szene unterschied sich durch nichts von der, die ihm im Personal dargeboten worden war. Fastolfe hatte vielleicht die eigene Niederlassung als Modell benutzt. Überall war Grün, und ein kleiner Bach plätscherte über einen Abhang herunter. Er war vielleicht künstlich, aber jedenfalls keine Illusion. Das Wasser war echt. Er konnte ein paar Tropfen spüren, als er daran vorbeiging.

Irgendwie wirkte das Ganze gezähmt. Das Draußen auf der Erde schien wilder und irgendwie schöner, großartiger, das wenige zumindest, was Baley davon gesehen hatte.

Fastolfe tippte Baley leicht am Arm an und machte eine Handbewegung. »Kommen Sie. Da!«

Der Raum zwischen zwei Bäumen ließ eine Rasenfläche erkennen.

Zum erstenmal war da ein Gefühl der Ferne, und am Horizont konnte man eine Behausung sehen: mit niedrigem Dach, breit und so grün, daß es fast mit der Landschaft verschmolz.

»Dies ist eine Wohngegend«, sagte Fastolfe. »Ihnen scheint das vielleicht nicht so, da sie die gigantischen Stahlhöhlen der Erde gewöhnt sind. Aber wir befinden uns hier in der auroranischen Stadt Eos, dem Verwaltungszentrum des Planeten. Hier wohnen zwanzigtausend Menschen, und das macht Eos zur größten Stadt, nicht nur von Aurora, sondern sämtlicher Spacerwelten. Auf Eos gibt es ebenso viele Leute wie auf ganz Solaria.« Fastolfe sagte das mit Stolz.

»Wie viele Roboter, Dr. Fastolfe?«

»In dieser Gegend? Vielleicht hunderttausend. Auf dem Planeten insgesamt kommen etwa fünfzig Roboter auf ein menschliches Wesen, nicht zehntausend pro Mensch wie auf Solaria. Die meisten unserer Roboter arbeiten in der Landschaft, in unseren Bergwerken, unseren Fabriken oder im Raum. Man könnte eher sagen, daß wir an Roboterknappheit leiden, besonders, was Haushaltsroboter angeht. Die meisten Auroraner begnügen sich mit zwei oder drei solcher Roboter, manche sogar mit nur einem. Trotzdem wollen wir uns nicht in die Richtung von Solaria entwickeln.«

»Wie viele menschliche Wesen haben überhaupt keine Haushaltsroboter?«

»Gar keine. Das wäre nicht im öffentlichen Interesse. Wenn sich ein menschliches Wesen aus irgendeinem Grund einen Roboter nicht leisten könnte, dann würde man ihm oder ihr einen zuweisen, der, wenn nötig, auf Kosten der Öffentlichkeit unterhalten würde.«

»Was geschieht, wenn die Bevölkerung wächst? Fügen Sie dann weitere Roboter hinzu?«

Fastolfe schüttelte den Kopf. »Die Bevölkerung wächst nicht. Die Bevölkerung Auroras beträgt zweihundert Millionen, und die Zahl ist seit drei Jahrhunderten stabil geblieben. Das ist die gewünschte Zahl. Das haben Sie sicher in den Büchern gelesen, die Sie betrachtet haben.«

»Ja, das habe ich«, gab Baley zu, »aber es fiel mir schwer, es zu glauben.«

»Lassen Sie mich Ihnen versichern, es ist wahr. Es gibt jedem von uns reichlich Land, reichlich Raum und reichlich Privatsphäre, und einen reichlichen Anteil an den Ressourcen dieser Welt. Hier gibt es weder zu viele Leute wie auf der Erde noch zu wenige wie auf Solaria.« Er hielt Baley den Arm hin, damit sie weitergehen konnten.

»Was Sie sehen«, sagte Fastolfe, »ist eine zahme Welt. Um Ihnen das zu zeigen, habe ich Sie nach hier Draußen gebeten, Mr. Baley.«

»Und sie birgt keine Gefahren?«

»*Etwas* Gefahr ist immer. Wir haben Stürme, Lawinen, Erdbeben, Blizzards, Erdrutsche, ein paar Vulkane – man kann den Tod durch Unfall nie ganz ausschließen. Und es gibt natürlich auch die Leidenschaften zorniger oder neidischer Personen, die Dummheit der Unreifen und den Wahnsinn der Menschen ohne Weitblick. Aber diese Dinge sind nur geringfügige Reizungen und beeinträchtigen die zivilisierte Stille, in der unsere Welt ruht, nur wenig.«

Fastolfe schien einen Augenblick lang über die eigenen Worte nachzusinnieren, dann seufzte er und sagte: »Ich kann mir wohl kaum wünschen, daß es anders sei, aber ich habe doch gewisse intellektuelle Vorbehalte. Wir haben nur jene Pflanzen und Tiere nach Aurora gebracht, von denen wir das Gefühl hatten, daß sie nützlich wären oder zum Schmuck dienen würden oder beides. Wir haben unser Bestes getan, um alles zu eliminieren, das wir für Unkraut, Ungeziefer oder auch nur unterdurchschnittlich hielten. Wir haben starke, gesunde und attraktive menschliche Wesen ausgewählt, natürlich gemäß unserer eigenen Anschauung. Wir haben es versucht – aber Sie lächeln, Mr. Baley?«

Das hatte Baley nicht. Sein Mund hatte nur gezuckt. »Nein, nein«, sagte er. »Da gibt es nichts zu lächeln.«

»Doch, weil ich ebensogut wie Sie weiß, daß ich selbst nach auroranischen Maßstäben nicht attraktiv bin. Das Problem ist, daß wir die Genkombinationen und die Einflüsse im Mutterleib nicht völlig kontrollieren können. Heutzutage natürlich, wo die Ektogenese sich immer mehr verbreitet – wenn ich auch hoffe, nie in dem Maße wie auf Solaria – würde ich im späten Fötalstadium eliminiert werden.«

»In dem Fall hätten die Welten einen großen theoretischen Robotiker verloren, Dr. Fastolfe.«

»Völlig richtig«, sagte Fastolfe ohne eine Spur von Verlegenheit, »aber das hätten die Welten ja nie gewußt, nicht wahr? Jedenfalls haben wir uns Mühe gegeben, ein sehr einfaches, aber durchaus funktionsfähiges ökologisches Gleichgewicht herzustellen, ein angenehmes Klima, einen fruchtbaren Boden und Ressourcen, die so gleichmäßig verteilt sind, wie das möglich ist. Das Ergebnis ist eine Welt, die von allem das produziert, was wir brauchen, und die, wenn ich das personifizieren darf, unsere Wünsche kennt und ihnen entspricht. – Soll ich Ihnen das Ideal sagen, das wir angestrebt haben?«

»Bitte tun Sie das!« sagte Baley.

»Wir haben uns bemüht, einen Planeten zu produzieren, der als Ganzes genommen, den Drei Gesetzen der Robotik gehorchen würde. Er tut nichts, um menschlichen Wesen zu schaden, weder durch Tun noch durch Unterlassung. Er tut das, was wir von ihm wünschen, daß er es tut, solange wir nicht von ihm verlangen, daß er menschliche Wesen verletzt. Er beschützt sich selbst, mit Ausnahme der Zeiten und der Orte, wo er uns dienen muß oder uns retten, selbst um den Preis ihm zugefügten Schadens. Dies gilt nirgendwo anders, weder auf der Erde noch auf den anderen Spacerwelten in so fast vollkommenem Maße wie hier auf Aurora.«

Baley sagte traurig: »Auch Erdenmenschen haben sich danach gesehnt, aber wir sind schon lange viel zu zahlreich geworden und haben unseren Planeten in den Tagen unserer Ignoranz zu sehr beschädigt, um heute noch sehr viel dazu tun zu können. – Aber was ist mit den eingeborenen Lebensformen Auroras? Sie sind doch sicherlich nicht auf einen toten Planeten gekommen.«

»Sie wissen, daß es nicht so war, wenn Sie Bücher über unsere Geschichte betrachtet haben«, sagte Fastolfe. »Als wir eintrafen, hatte Aurora Vegetation und tierisches Leben – und eine Stickstoff-Sauerstoff-Atmosphäre. Das traf auf alle fünfzig Spacerwelten zu. Seltsamerweise waren die Lebensformen in jedem einzelnen Fall spärlich und nicht sehr vielfältig. Noch erwiesen sie sich als besonders zäh, so daß wir die Macht sozusagen ohne Kampf übernehmen konnten – und was heute vom eingeborenen Leben übrig ist, befindet sich in unseren Aquarien, unseren Zoos und einigen wenigen, sorgfältig gehegten Naturschutzzonen.

Wir verstehen nicht ganz, warum die belebten Planeten, die menschliche Wesen gefunden haben, nur ein so schwächliches Leben trugen, warum nur die Erde selbst solchen Überfluß an ungeheuer zähen Arten des Lebens besaß, die jede Nische ihrer Umwelt ausfüllten, und warum nur die Erde allein Intelligenz entwickelt hat.«

Baley sagte: »Vielleicht ist es Zufall, der Zufall, der aus unvollständigen Forschungen herrührt. Wir kennen bislang doch nur so wenige Planeten.«

»Ich gebe zu«, meinte Fastolfe, »das ist die wahrscheinlichste Erklärung. Irgendwo mag es ein ähnlich komplexes ökologisches Gleichgewicht wie das der Erde geben. Irgendwo mag es intelligentes Leben und eine technologische Zivilisation geben. Und doch hat sich das Leben und die Intelligenz der Erde nach jeder Richtung viele Parsek weit ausgebreitet. Wenn es anderswo Leben und Intelligenz gibt, warum hat es sich dann nicht ebenfalls ausgebreitet – und warum sind wir einander nicht begegnet?«

»Aber das könnte doch morgen geschehen, was wissen wir denn schon?«

»Ja, das könnte es. Und wenn eine solche Begegnung bevorsteht, so ist das um so mehr Grund, nicht passiv darauf zu warten. Denn wir sind dabei, passiv zu werden, Mr. Baley. In den letzten zweieinhalb Jahrhunderten ist keine einzige neue Spacerwelt besiedelt worden. Unsere Welten sind so zahm, so sympathisch, daß wir sie nicht verlassen wollen. Sie müssen wissen, ursprünglich hat man diese Welt besiedelt, weil die Erde so unangenehm geworden war, daß im Vergleich dazu die Risiken und Gefahren neuer und leerer Welten erträglich erschienen. Als unsere fünfzig Spacerwelten schließlich besiedelt und entwickelt waren – Solaria als letzte –, gab es keinen Drang mehr, kein Bedürfnis nach irgendwo andershin weiterzuziehen. Und die Erdbewohner selbst hatten sich in ihre unterirdischen Stahlhöhlen zurückgezogen. Das Ende. Finis.«

»Das ist doch in Wirklichkeit nicht Ihr Ernst.«

»Wenn wir so bleiben, wie wir sind? Wenn wir beschaulich und behaglich abwarten, ohne uns zu bewegen? Doch, das ist mein Ernst! Die Menschheit muß ihre Grenzen irgendwie ausdehnen, wenn sie weiterhin gedeihen soll. Eine Methode der Ausdehnung führt durch den Weltraum. Sie ist im Pioniergeist begründet, im dauernden Griff nach neuen Welten. Wenn uns das mißlingt, wird uns irgendeine andere Zivilisation, die sich in solcher Ausdehnung befindet, erreichen, und wir werden ihrer Dynamik keinen Widerstand leisten können.«

»Sie erwarten einen Raumkrieg – so wie in den Hyperwellendramen?«

»Nein. Ich bezweifle, daß das notwendig sein würde. Eine Zivilisation, die sich im Raum ausdehnt, wird unsere paar Welten nicht brauchen und wird intellektuell wahrscheinlich zu weit fortgeschritten sein, um das Bedürfnis zu empfinden, sich hier mit Gewalt eine Hegemonie aufzubauen. Aber wenn wir von einer lebendigeren Zivilisation umgeben sind, werden wir durch die bloße Kraft des Vergleichs verkümmern; wir werden sterben an der Erkenntnis dessen, was wir geworden sind, und des Potentials, das wir vergeudet haben. Natürlich könnten wir an die Stelle rein räumlicher Ausdehnung eine andere Art von Expansion stellen – eine Ausdehnung des wissenschaftlichen Verständnisses oder zum Beispiel kulturelle Kraft. Ich fürchte freilich, daß man diese verschiedenen Arten der Expansion nicht voneinander trennen kann. In einem zu verblassen heißt in allen verblassen. Und wir verblassen ganz sicher in allen. Wir leben zu lang. Zu behaglich.«

Baley meinte: »Auf der Erde sehen wir die Spacers als allmächtig, als völlig selbstbewußt, zuversichtlich. Ich kann einfach nicht glauben, daß ich das von einem von Ihnen höre.«

»Sie werden das auch von keinem anderen Spacer hören. Meine Ansichten sind nicht modisch. Andere würden sie als unerträglich empfinden, und ich spreche nicht oft zu Auroranern von solchen Dingen. Statt dessen spreche ich einfach davon, daß wir neue Siedlungen brauchen, ohne meine Ängste auszudrücken, die den Katastrophen gelten, zu denen es kommen wird, wenn wir die Kolonisierung aufgeben. Darin zumindest habe ich etwas Erfolg gehabt. Aurora hat ernsthaft – ja sogar enthusiastisch – den Gedanken einer neuen Ära der Erforschung und der Besiedlung aufgegriffen.«

»Sie sagen das ohne besondere Begeisterung«, meinte Baley. »Was stimmt denn nicht?«

»Einfach weil wir uns meinem Motiv für die Zerstörung

Jander Panells nähern.« Fastolfe hielt inne, schüttelte den Kopf und fuhr dann fort: »Ich wünschte, Mr. Baley, ich könnte die menschlichen Wesen besser verstehen. Ich habe sechs Jahrzehnte damit verbracht, die Feinheiten des positronischen Gehirns zu studieren, und rechne damit, mich weitere fünfzehn oder zwanzig Jahre mit dem Problem zu befassen. In dieser Zeit habe ich das Problem des *menschlichen* Gehirns kaum angekratzt, das noch sehr viel komplexer ist. Gibt es Gesetze der Humanik, wie es Gesetze der Robotik gibt? Wie viele Gesetze der Humanik könnte es geben, und wie kann man sie mathematisch ausdrücken? Ich weiß es nicht.

Aber vielleicht kommt einmal ein Tag, an dem jemand die Gesetze der Humanik ausarbeiten wird, und man wird dann imstande sein, die Zukunft in groben Zügen vorherzusagen, wird dann *wissen*, was der Menschheit bevorsteht, statt es nur zu vermuten, so wie ich es tue, wird wissen, was man tun muß, um die Dinge besser zu machen, anstatt bloße Spekulationen anzustellen. Ich träume manchmal davon, eine mathematische Wissenschaft zu begründen, der ich für mich den Namen ›Psychohistorik‹ gegeben habe, aber ich weiß, daß ich das nicht kann, und fürchte, daß es niemals jemand können wird.«

Fastolfe verstummte; und Baley wartete eine Weile, ehe er leise sagte: »Und Ihr Motiv für die Zerstörung Jander Panells, Dr. Fastolfe?«

Fastolfe schien die Frage nicht zu hören, jedenfalls antwortete er nicht. Statt dessen sagte er: »Daneel und Giskard geben wiederum das Signal, daß alles klar ist. Sagen Sie, Mr. Baley, würden Sie in Erwägung ziehen, mit mir etwas weiter zu gehen?«

»Wohin?« fragte Baley vorsichtig.

»Zu einer benachbarten Niederlassung. In jener Richtung über den Rasen. Würde das Offene Sie stören?«

Baley preßte die Lippen zusammen und blickte in die Richtung, die Fastolfe ihm gezeigt hatte, als versuchte er, ihre Auswirkung abzumessen. »Ich glaube, ich könnte es ertragen. Ich rechne nicht mit Schwierigkeiten.«

Giskard, der nahe genug bei ihnen gestanden hatte, um sie hören zu können, trat jetzt noch näher. Im Tageslicht war in seinen Augen kein Glühen wahrzunehmen. Wenn seine Stimme auch ohne menschliche Empfindung war, ließen seine Worte doch seine Besorgnis erkennen. »Sir, darf ich Sie daran erinnern, daß Sie auf der Reise hierher bei der Landung ernsthaftes Unbehagen empfunden haben?«

Baley drehte sich zu ihm um. Was auch immer seine Gefühle Daneel gegenüber sein mochten, Wärme, die aus gemeinsamen Erinnerungen resultierte und die vielleicht seine Einstellung den Robotern gegenüber verbrämte, hier war davon nichts. Er fand den primitiveren Giskard einfach abstoßend. Er gab sich Mühe, den Ärger, den er empfand, zu unterdrücken und sagte: »An Bord des Schiffes war ich unvorsichtig, Boy, weil ich übermäßig neugierig war. Ich sah mich Bildern ausgesetzt, die ich bislang nicht erlebt hatte, und hatte keine Zeit, mich anzupassen. Das hier ist anders.«

»Sir, fühlen Sie sich jetzt unbehaglich? Können Sie mich dessen versichern?«

»Ob das der Fall ist oder nicht«, sagte Baley fest (indem er sich daran erinnerte, daß der Roboter sich hilflos in der Gewalt des Ersten Gesetzes befand, und sich bemühte, zu einem Klumpen Metall höflich zu sein, der immerhin nur um sein Wohlergehen besorgt war), »ist ohne Belang. Ich habe meine Pflicht zu erfüllen, und das kann nicht geschehen, wenn ich mich in geschlossenen Räumen verstecke.«

»Ihre Pflicht?« Giskard sagte das, als wäre er nicht darauf programmiert, das Wort zu verstehen.

Baley sah schnell zu Fastolfe hinüber, aber der stand ganz ruhig da und machte keine Anstalten, sich einzumischen. Er schien mit abstraktem Interesse zu lauschen, als wäge er die Reaktion eines bestimmten Roboters auf eine neue Situation ab und vergleiche sie mit Beziehungen, Variablen, Konstanten und Differentialgleichungen, die nur er verstand.

Wenigstens dachte Baley das. Es ärgerte ihn, Teil einer solchen Beobachtung zu sein, und deshalb sagte er (vielleicht etwas zu scharf, das wußte er): »Weißt du was ›Pflicht‹ bedeutet?«

»Das, was getan werden sollte, Sir«, sagte Giskard.

»Deine Pflicht ist es, den Gesetzen der Robotik zu gehorchen. Und menschliche Wesen haben auch ihre Gesetze – so wie dein Herr, Dr. Fastolfe, gerade sagte –, denen man gehorchen muß. Ich muß das tun, was man mir aufgetragen hat. Das ist wichtig.«

»Aber ins Freie zu gehen, wo Sie doch nicht...«

»Trotzdem muß es getan werden. Vielleicht geht mein Sohn einmal auf einen anderen Planeten, einen, der viel weniger behaglich ist als dieser hier, und wird sich für den Rest seines Lebens dem Draußen aussetzen. Und wenn ich könnte, würde ich mit ihm gehen.«

»Aber warum würden Sie das tun?«

»Das habe ich dir gesagt. Ich betrachte es als meine Pflicht.«

»Sir, ich kann den Gesetzen nicht zuwiderhandeln. Können Sie gegen die Ihren handeln? Denn ich muß Sie eindringlich auffordern...«

»Ich kann mich dafür entscheiden, meine Pflicht nicht zu tun, aber ich entscheide mich dafür, sie zu tun – und das ist manchmal der stärkere Zwang, Giskard.«

Einen Augenblick lang herrschte Schweigen. Und dann sagte Giskard: »Würde es Sie verletzen, wenn es mir gelänge, Sie dazu zu überreden, nicht ins Freie zu gehen?«

»Insoweit, als ich dann das Gefühl hätte, in meiner Pflicht versagt zu haben, würde es das.«

»Mehr verletzen als etwaiges Unbehagen, das Sie im Freien empfinden könnten?«

»Viel mehr.«

»Danke, daß Sie mir das erklärt haben, Sir«, sagte Giskard, und Baley bildete sich ein, in dem ausdruckslosen Gesicht des Roboters so etwas wie Befriedigung zu entdecken. (Die menschliche Tendenz zur Personifizierung war unwiderstehlich.)

Giskard trat zurück, und jetzt sprach Dr. Fastolfe. »Das war interessant, Mr. Baley. Giskard brauchte Instruktionen, ehe er ganz verstehen konnte, wie er die positronische Potentialreaktion auf die Drei Gesetze arrangieren sollte, oder besser gesagt, wie diese Potentiale angesichts der Situation sich selbst arrangieren sollten. Jetzt weiß er, wie er sich verhalten soll.«

»Ich bemerke, daß Daneel keine Fragen gestellt hat.«

Fastolfe nickte. »Daneel kennt Sie. Er war mit Ihnen auf der Erde und auf Solaria beisammen. – Aber kommen Sie, wollen wir gehen? Wir wollen uns langsam bewegen. Sehen Sie sich sorgfältig um, und wenn Sie irgendwann den Wunsch verspüren sollten, sich auszuruhen, zu warten, ja umzukehren, dann hoffe ich, daß Sie es mich wissen lassen.«

»Das werde ich, aber welchen Zweck hat dieser Spaziergang? Da Sie damit rechnen, daß mir das Ganze möglicherweise unangenehm werden kann, schlagen Sie das ja ganz sicher nicht unbedacht vor.«

»Ganz sicher nicht«, sagte Fastolfe. »Ich nehme an, daß Sie den inaktiven Körper von Jander sehen wollen.«

»Als eine Sache der Form, ja, aber ich bin der Meinung, daß er mir nichts sagen wird.«

»Dessen bin ich sicher, aber Sie könnten darüber hinaus Gelegenheit haben, Janders Quasi-Besitzer zum Zeitpunkt der Tragödie zu befragen. Sie würden doch ganz sicherlich in bezug auf diese Angelegenheit gerne noch mit einem weiteren menschlichen Wesen außer mir sprechen.«

22

Fastolfe ging langsam weiter, pflückte ein Blatt von dem Strauch, an dem er vorbeiging, klappte es zusammen und knabberte daran.

Baley sah ihn neugierig an und wunderte sich darüber, wie Spacers etwas Unbehandeltes, nicht Erhitztes, ja sogar Ungewaschenes in den Mund nehmen konnten, wo sie doch so schreckliche Angst vor Infektionen hatten. Er erinnerte sich daran, daß Aurora frei (*völlig* frei?) von pathogenen Mikroorganismen war, fand das, was er sah, aber dennoch abstoßend. Ein Gefühl des Abgestoßenseins brauchte keine rationale Grundlage, dachte er ein wenig defensiv – und ertappte sich schließlich dabei, wie er kurz davor stand, den Spacers ihre Haltung gegenüber Erdenmenschen nachzusehen.

Er fuhr innerlich zurück! Das war etwas anderes! Da ging es um menschliche Wesen!

Giskard ging weiter, übernahm sozusagen die Vorhut, bog nach rechts ab. Daneel blieb etwas zurück und ging eher links. Auroras orangerote Sonne (Baley bemerkte die orangerote Färbung inzwischen kaum mehr) schien warm auf seinen Rücken, aber ohne die drückende Hitze, die im Sommer von der Sonne der Erde ausging (aber welches Klima und welche Jahreszeit herrschte im Augenblick in diesem Teil Auroras?).

Das Gras, oder was es sonst war (es sah wie Gras aus), war ein wenig steifer und elastischer, als er es von der Erde her in Erinnerung hatte. Und der Boden war hart, als hätte es geraume Zeit nicht geregnet.

Sie näherten sich dem Haus, das vor ihnen lag, mutmaßlich dem Haus von Janders Quasi-Besitzer.

Baley konnte etwas zur Rechten im Gras das Rascheln irgendeines Tieres hören, das plötzliche Schreien eines Vogels irgendwo hinter ihnen auf einem Baum und das leise, keinem besonderen Ort zuzuordnende Summen von Insekten ringsum. Das alles, sagte er sich, waren Lebewesen mit Vorfahren, die einst auf der Erde gelebt hatten. Sie konnten nicht wissen, daß dieses Stück Land, das sie bewohnten, nicht alles war, das es gab – Ewigkeiten in die Zeit zurückreichend.

Auch die Bäume und das Gras waren hervorgegangen aus anderen Räumen und aus Gras, das einst auf der Erde gewachsen war.

Nur menschliche Wesen konnten auf dieser Welt leben und wissen, daß sie keine Autochthonen waren, sondern von Erdenmenschen abstammten – und doch, wußten die Spacers das wirklich oder verdrängten sie es einfach? Würde vielleicht einmal die Zeit kommen, wo sie es überhaupt nicht mehr wußten? Wo sie sich nicht mehr daran erinnerten, von welcher Welt sie einst gekommen waren, oder ob es überhaupt eine Ursprungswelt gab?

»Dr. Fastolfe«, sagte er plötzlich, zum Teil, um die Gedankenkette zu durchbrechen, die ihm zusehends unangenehm wurde, »Sie haben mir Ihr Motiv für die Zerstörung Janders immer noch nicht gesagt.«

»Richtig! Das habe ich nicht! – Nun frage ich Sie, warum glauben Sie wohl, daß ich mir solche Mühe gegeben habe, die theoretische Basis für die Positronengehirne humaniformer Roboter zu erarbeiten?«

»Das kann ich nicht sagen.«

»Nun, denken Sie nach! Die Aufgabe ist es, ein Robotgehirn zu entwickeln, das dem Menschen so nahe wie möglich kommt. Und das würde, scheint mir, einen gewissen Zugriff zur Poesie erfordern.« Er machte eine Pause, und aus seinem leichten Lächeln wurde ein ausgeprägtes Grinsen. »Wissen Sie, einige meiner Kollegen stört es immer, wenn ich ihnen sage, daß ein Schluß, der nicht poetisch ausgewogen ist, auch wissenschaftlich nicht richtig sein kann. Sie sagen dann immer, sie wüßten nicht, was das bedeute.«

»Ich fürchte, mir geht es genauso.«

»Aber ich weiß, was es bedeutet. Ich kann es nicht erklären, aber ich fühle die Erklärung, ohne imstande zu sein, sie in Worte zu kleiden. Und das mag der Grund sein, daß ich Resultate erzielt habe, die meinen Kollegen versagt blieben. Aber ich fange an, hochtrabend zu werden, und es ist Zeit, daß ich prosaisch werde. Ein menschliches Gehirn zu imitieren, wo ich doch fast nichts über die Arbeitsweise des menschlichen Gehirns weiß, erfordert einen intuitiven Sprung – etwas, das mir wie Poesie vorkommt. Derselbe intuitive Sprung, der mir das humaniforme positronische Gehirn liefern würde, sollte mir doch ganz sicher auch Zugang zu neuem Wissen über das menschliche Gehirn selbst liefern. Das war mein Glaube – daß ich über die Humaniformität endlich einen kleinen Schritt in Richtung auf die Psychohistorik machen würde, von der ich gesprochen habe.«

»Ich verstehe.«

»Und wenn es mir gelänge, eine theoretische Struktur auszuarbeiten, die ein humaniformes Positronengehirn implizieren würde, dann würde ich einen humaniformen Körper brauchen, um das Gehirn in ihm unterzubringen. Das Gehirn existiert nicht für sich, verstehen Sie? Es steht in enger Wechselbeziehung mit dem Körper, so daß ein humaniformes Gehirn in einem nicht humaniformen Körper in gewissem Maße selbst nichtmenschlich werden würde.«

»Sind Sie dessen sicher?«

»Unbedingt. Sie brauchen nur Daneel mit Giskard zu vergleichen.«

»Dann ist Daneel als Versuchsvorrichtung konstruiert worden, um das Verständnis des menschlichen Gehirns zu fördern?«

»Sie haben es erkannt. Ich habe zwei Jahrzehnte zusammen mit Sarton an der Aufgabe gearbeitet. Es gab zahlreiche Mißerfolge, und wir mußten häufig von vorne beginnen. Daneel war der erste echte Erfolg, und ich habe ihn natürlich für weitere

Studien bei mir behalten – und auch aus...« – er grinste schief, als würde er etwas Albernes eingestehen – »auch aus Zuneigung. Schließlich kann Daneel die Vorstellung von menschlicher Pflicht erfassen, während Giskard bei all seinen Fähigkeiten da Probleme hat. Sie haben es ja gesehen.«

»Und Daneels Aufenthalt auf der Erde bei mir vor drei Jahren war sein erster Auftrag?«

»Sein erster Auftrag von Bedeutung, ja. Als Sarton ermordet wurde, brauchten wir etwas, das ein Roboter war und die Infektionskrankheiten der Erde ertragen konnte und doch genügend wie ein Mensch aussah, um die antirobotischen Vorurteile der Menschen der Erde zu täuschen.«

»Ein erstaunlicher Zufall, daß Daneel genau zu dem Zeitpunkt zur Hand war.«

»Oh? Glauben Sie an Zufälle? Ich habe das Gefühl, daß zu einer Zeit, in der eine so revolutionäre Entwicklung wie die des humaniformen Roboters abgeschlossen war, sich ganz sicher auch irgendeine Aufgabe, die ihren Einsatz erforderte, stellen würde. Wahrscheinlich hatten sich in all den Jahren, in denen Daneel nicht existierte, in regelmäßigen Abständen ähnliche Aufgaben gestellt – aber weil Daneel nicht existierte, mußte man andere Lösungen und Vorrichtungen einsetzen.«

»Und sind Ihre Bemühungen erfolgreich gewesen, Dr. Fastolfe? Verstehen Sie jetzt das menschliche Gehirn besser als vorher?«

Fastolfe war immer langsamer gegangen, und Baley hatte seine Schritte denen seines Gastgebers angepaßt. Sie standen jetzt still, etwa auf halbem Wege zwischen Fastolfes Niederlassung und der anderen. Es war dies der schwierigste Punkt für Baley, da er in beiden Richtungen gleich weit von Schutz entfernt war, aber er kämpfte das wachsende Gefühl des Unbehagens nieder, entschlossen, Giskard nicht zum Handeln zu provozieren. Er wollte nicht durch irgendeine Bewegung oder einen Ruf – oder auch nur einen Gesichtsausdruck – Giskards Bestreben aktivieren, ihn zu retten. Er wollte nicht aufgehoben und unter ein schützendes Dach getragen werden.

Fastolfe zeigte keinerlei Anzeichen, daß er Baleys Schwierigkeiten verstand. Er sagte: »Es gibt keine Frage, daß Fortschritte in der Mentologie erzielt worden sind. Es bleiben noch riesige

Probleme ungelöst und werden das wahrscheinlich auch immer bleiben, aber einen Fortschritt hat es gegeben. Trotzdem...«

»Trotzdem?«

»Trotzdem ist Aurora nicht mit einer rein theoretischen Studie des menschlichen Gehirns zufrieden. Man hat Einsatzmöglichkeiten für humaniforme Roboter entwickelt, die ich nicht billige.«

»So wie der Einsatz auf der Erde.«

»Nein. Das war ein kurzes Experiment, das ich sehr wohl gebilligt habe, das mich sogar fasziniert hat. Die Frage nämlich, ob Daneel die Erdenmenschen würde täuschen können. Es stellte sich heraus, daß er das konnte, obwohl natürlich die Augen von Erdenmenschen für Roboter nicht sehr geschärft sind. Daneel kann die Augen von Auroranern nicht täuschen, obwohl ich behaupten möchte, daß man künftige humaniforme Roboter so weit verbessern könnte, daß sie durchaus dazu imstande wären. Aber es gibt andere Aufgaben, die vorgeschlagen worden sind.«

»Wie zum Beispiel?«

Fastolfe blickte gedankenversunken in die Ferne. »Ich sagte Ihnen, daß diese Welt gezähmt sei. Als ich anfing, für eine neue Periode der Erforschung und Besiedlung des interstellaren Raums zu werben, waren es nicht die überbehaglichen Auroraner – oder Spacer im allgemeinen – an deren Führung ich dachte. Ich war eher der Ansicht, daß wir die Erdenmenschen dazu ermutigen sollten, die Führung zu übernehmen. Bei ihrer schrecklichen Welt – verzeihen Sie – und ihrer kurzen Lebensspanne haben sie so wenig zu verlieren, daß ich der Ansicht war, sie würden die Gelegenheit sicherlich begrüßen, besonders wenn wir ihnen in technischer Hinsicht helfen würden. Ich habe über so etwas zu Ihnen gesprochen, als ich Sie vor drei Jahren auf der Erde sah. Erinnern Sie sich?« Er sah Baley von der Seite an.

Baley nickte langsam. »Ich erinnere mich sehr wohl. Sie haben tatsächlich sogar in mir einen Denkvorgang ausgelöst, der auf der Erde zu einer kleinen Bewegung in eben dieser Richtung geführt hat.«

»Tatsächlich? Das muß sicher nicht leicht gewesen sein, kann ich mir vorstellen. Da ist die Klaustrophilie von euch Erdenmenschen zu bedenken, das Unbehagen, das Sie und Ihresgleichen empfinden, wenn Sie Ihre Höhlen und Waben verlassen.«

»Wir kämpfen dagegen an, Dr. Fastolfe. Unsere Organisation plant, in den Raum zu ziehen. Mein Sohn ist ein Führer in der Bewegung, und ich hoffe, daß eines Tages der Tag kommt, wo er die Erde an der Spitze einer Expedition verläßt, um eine neue Welt zu besiedeln. Wenn wir tatsächlich die technische Hilfe erhalten, von der Sie sprechen...« Baley ließ den Satz unbeendet.

»Wenn wir die Schiffe lieferten, meinen Sie?«

»Und andere Geräte. Ja, Dr. Fastolfe.«

»Es gibt da Schwierigkeiten. Viele Auroraner wollen nicht, daß Erdenmenschen nach draußen ziehen und neue Welten besiedeln. Sie fürchten die schnelle Ausbreitung der irdischen Kultur, ihrer Bienenwabencities, ihrer Chaotik.« Sein Gesichtsausdruck vermittelte ein Gefühl der Beunruhigung, und er meinte: »Warum stehen wir eigentlich hier? Gehen wir weiter.«

Er setzte sich langsam in Bewegung und sagte: »Meine Argumentation war, daß es nicht so sein würde. Ich habe darauf hingewiesen, daß die Siedler von der Erde keine Erdenmenschen im klassischen Sinne sein würden. Sie würden nicht von Wabenstädten umschlossen sein. Wenn sie eine neue Welt erreichten, würden sie so wie die auroranischen Väter sein, als diese hierherkamen. Sie würden ein ökologisches Gleichgewicht entwickeln, das man unter Kontrolle behalten kann, und würden in ihrer Einstellung den Auroranern näher als den Erdenmenschen sein.«

»Würden sie dann denn nicht all die Schwächen entwickeln, die Sie in der Spacerkultur vorfinden, Dr. Fastolfe?«

»Vielleicht nicht. Sie würden aus unseren Fehlern lernen. Aber das ist akademisch, denn etwas hat sich entwickelt, was mein Argument sehr zweifelhaft macht.«

»Und was ist das?«

»Nun, der humaniforme Roboter. Sehen Sie, es gibt Leute, die im humaniformen Roboter den perfekten Siedler sehen. Sie sind es, die die neuen Welten errichten können.«

»Sie haben doch immer Roboter gehabt«, meinte Baley. »Wollen Sie damit sagen, daß man diese Idee nie verfolgt hat?«

»Oh, das hat man, aber sie war immer aussichtslos. Von

gewöhnlichen, nicht humaniformen Robotern ohne unmittelbare menschliche Überwachung, die eine Welt bauen, die für sie geeignet wäre, könnte man nicht erwarten, daß sie eine Welt zähmen und bauen, die für die delikateren, flexibleren menschlichen Wesen geeignet wäre.«

»Aber man könnte die Welt, die sie bauen würden, doch ganz sicher als brauchbare erste Näherung benutzen.«

»Sicher könnte man das, Mr. Baley. Es ist aber ein Zeichen des auroranischen Niedergangs, daß bei unserer Bevölkerung das überwältigende Gefühl vorherrscht, daß eine ausreichende erste Näherung eben nicht reicht. Eine Gruppe humaniformer Roboter andererseits, die menschlichen Wesen in Körper und Geist so nahe wie möglich käme, würde es schaffen, eine Welt zu bauen, die, indem sie für sie geeignet ist, ganz unvermeidlich auch für Auroraner geeignet wäre. Können Sie der Überlegung folgen?«

»Voll und ganz.«

»Sehen Sie, sie würden eine Welt so gut bauen, daß, wenn sie fertig sind, und die Auroraner am Ende bereit wären, dort hinzugehen, sie nur Aurora verlassen und ein neues Aurora betreten würden. Sie würden dann ihr Zuhause nie verlassen haben, sie würden einfach ein anderes, neueres Zuhause haben, das dem älteren aufs Haar gleicht, und ihr Niedergang würde weitergehen. Können Sie auch dem Gedanken folgen?«

»Ich verstehe, worauf Sie hinauswollen, aber ich gehe wohl richtig in der Annahme, daß die Auroraner das nicht tun.«

»Vielleicht. Ich glaube, daß ich meine Argumentation durchsetzen kann, wenn die Opposition mich nicht mit dieser Angelegenheit der Zerstörung Janders politisch vernichtet. Können Sie die Motive erkennen, die man mir zuschreibt? Man unterstellt mir, ich hätte mir vorgenommen, lieber die humaniformen Roboter zu vernichten als zuzulassen, daß man sie für Besiedelung anderer Planeten einsetzt. Wenigstens behaupten meine Feinde das.«

Diesmal war es Baley, der stehenblieb. Er sah Fastolfe nachdenklich an und sagte: »Sie verstehen doch, Dr. Fastolfe, daß es im Interesse der Erde liegt, wenn Ihre Ansicht die Oberhand behält.«

»Und in Ihrem eigenen Interesse auch, Mr. Baley.«

»Und in meinem. Aber wenn ich mich selbst für den Augenblick einmal beiseite stelle, so bleibt es doch von vitalem Interesse für meine Welt, daß man es unseren Leuten erlaubt, die Galaxis zu erforschen, ja daß man sie dazu ermutigt und ihnen dabei hilft; daß wir von unserer eigenen Art zu leben, so viel behalten, wie es für unser Wohlbefinden nötig ist, daß man uns nicht auf Ewigkeit dazu verurteilt, auf der Erde eingesperrt zu bleiben, wo wir dort doch nur zugrunde gehen können.«

»Einige von Ihnen werden, denke ich, darauf beharren, eingesperrt zu bleiben«, meinte Fastolfe.

»Natürlich. Vielleicht fast alle. Aber zumindest einige von uns – so viele wie möglich – werden entkommen, wenn man ihnen die Erlaubnis gibt. Deshalb ist es meine Pflicht, nicht nur als ein Vertreter des Gesetzes eines großen Teiles der Menschheit, sondern als Erdenmensch, als Vertreter meines ganzen Planeten, daß ich Ihnen dabei helfe, Ihren Namen reinzuwaschen, ob Sie nun schuldig oder unschuldig sind. Nichtsdestoweniger kann ich mich nur dann aus ganzem Herzen in diese Aufgabe stürzen, wenn ich weiß, daß die Anklagen gegen Sie tatsächlich nicht gerechtfertigt sind.«

»Natürlich, ich verstehe.«

»Im Lichte dessen also, was Sie mir bezüglich der Ihnen zugeschriebenen Motive gesagt haben, sollten Sie mich jetzt noch einmal überzeugen, daß Sie die Tat nicht begangen haben.«

Fastolfe sah ihn lange an, ehe er antwortete: »Mr. Baley. Ich kann völlig verstehen, daß Sie in dieser Sache keine Wahl haben. Mir ist auch bewußt, daß ich Ihnen ohne jegliche Gefahr für mich sagen kann, daß ich schuldig bin, und daß Sie durch die Eigenart Ihrer Bedürfnisse und jenen Ihrer Welt immer noch gezwungen wären, mit mir zusammenzuarbeiten, um diese Tatsache zu vertuschen. Tatsächlich würde ich mich, wäre ich tatsächlich schuldig, gezwungen fühlen, Ihnen das zu sagen, damit Sie die Tatsache in Betracht ziehen und im Wissen um die Wahrheit um so effektiver an meiner Rettung arbeiten könnten – und Ihrer eigenen. Aber das kann ich nicht tun, weil es eine Tatsache ist, daß ich unschuldig bin. Wie sehr auch der Schein gegen mich sprechen mag, ich habe Jander nicht zerstört. So etwas ist mir nie in den Sinn gekommen.«

»Nie?«

Fastolfe lächelte traurig. »Oh, ich mag ein paarmal gedacht haben, daß es besser für Aurora gewesen wäre, wenn ich mich nie mit dem Gedanken befaßt hätte, die am Ende zur Entwicklung des humaniformen Positronengehirns führten – oder daß es besser gewesen wäre, wenn sich solche Gehirne als instabil erwiesen hätten und in beständiger Gefahr eines Mentalblocks. Aber das waren flüchtige Gedanken. Ich habe auch nicht den Bruchteil einer Sekunde lang in Betracht gezogen, aus diesem Grund Jander zu zerstören.«

»Dann müssen wir dieses Motiv zerstören, das man Ihnen zuschreibt.«

»Gut. Aber wie?«

»Wir könnten zeigen, daß es keinen Sinn hat. Was nützt es denn, Jander zu zerstören? Man kann mehr humaniforme Roboter bauen. Tausende. Millionen.«

»Ich fürchte, das stimmt nicht, Mr. Baley. Es können keine gebaut werden. Ich allein weiß, wie man sie konstruiert, und solange eine Kolonisierung durch Roboter ein mögliches Ziel wäre, weigere ich mich, weitere zu bauen. Jander gibt es nicht mehr, und nur Daneel ist noch übrig.«

»Ihr Geheimnis wird von anderen entdeckt werden.«

Fastolfes Kinn fuhr nach oben. »Den Robotiker möchte ich sehen, der dazu imstande wäre. Meine Feinde haben ein Robotikinstitut gegründet mit keinem anderen Zweck, als die Methoden zu erarbeiten, die es zur Konstruktion eines humaniformen Roboters braucht, aber sie werden es nicht schaffen. Bis jetzt haben sie sicherlich noch keinen Erfolg, und ich weiß auch, daß sie keinen haben werden.«

Baley runzelte die Stirn. »Wenn Sie der einzige Mensch sind, der das Geheimnis der humaniformen Roboter kennt, und Ihre Feinde so verzweifelt auf dieses Geheimnis warten, werden sie dann nicht versuchen, es aus Ihnen herauszuholen?«

»Natürlich. Indem sie meine politische Existenz bedrohen, indem sie sich vielleicht irgendeine Strafe ausdenken, die es mir verbietet, in diesem Feld tätig zu sein, und indem sie damit auch meine berufliche Existenz beenden, hoffen sie, mich zu zwingen, das Geheimnis mit ihnen zu teilen. Vielleicht bringen sie sogar die Legislatur dazu, daß sie mich anweist, das Geheimnis preiszugeben, indem sie mir die Konfiszierung meines Eigentums oder Gefängnis androht – wer weiß das schon? Aber ich habe mich entschlossen, alles zu erdulden – alles –, ehe ich nachgebe. Aber das will ich natürlich nicht, das verstehen Sie doch.«

»Kennt man Ihre Entschlossenheit zum Widerstand?«

»Das hoffe ich. Ich habe es ihnen deutlich genug gesagt. Ich nehme an, sie glauben, ich würde bluffen, ich würde es nicht ernst meinen. Aber das tue ich.«

»Aber wenn man Ihnen glaubt, könnten ihre Gegner ernsthaftere Schritte unternehmen.«

»Was meinen Sie?«

»Ihre Papiere stehlen. Sie entführen. Sie foltern.«

Fastolfe lachte laut auf, und Baleys Gesicht rötete sich. »Ich rede ja auch nicht gerne wie in einem Hyperwellendrama, aber haben Sie das in Betracht gezogen?«

»Mr. Baley – zum ersten können mich meine Roboter schützen«, sagte Fastolfe. »Es würde eines regelrechten militärischen Einsatzes bedürfen, um mich oder meine Arbeit gewaltsam zu entführen. Zum zweiten: selbst wenn es ihnen irgendwie gelänge, so könnte doch keiner der Robotiker der Gegenseite öffentlich eingestehen, daß das Geheimnis des humaniformen Positronengehirns nur auf die Weise ergründet werden kann, daß man es mir stiehlt oder mit Gewalt abnimmt. Das würde deren Ruf als Wissenschaftler völlig vernichten. Zum dritten gibt es solche Dinge auf Aurora einfach nicht. Die bloße Andeutung eines solchen Versuches würde die Legislatur – *und* die öffentliche Meinung – sofort auf meine Seite umschwenken lassen.«

»Wirklich?« murmelte Baley und verfluchte im stillen die Tatsache, daß er in einer Zivilisation arbeiten mußte, deren Details er einfach nicht begriff.

»Ja. Das dürfen Sie mir ruhig glauben. Ich wünschte, man würde etwas so Melodramatisches versuchen, ich wünschte, sie wären so unglaublich dumm, das zu tun. Tatsächlich wünschte ich, Mr. Baley, ich könnte Sie überzeugen, zu ihnen zu gehen, sich irgendwie in ihr Vertrauen einzuschleichen und sie dazu zu veranlassen, einen Angriff auf meine Niederlassung zu unternehmen oder mich auf einer leeren Straße zu überfallen – oder irgend etwas von der Art, das, wie ich mir vorstelle, auf der Erde durchaus üblich ist.«

»Ich glaube nicht, daß das mein Stil wäre«, sagte Baley etwas steif.

»Das glaube ich auch nicht, und deshalb beabsichtige ich auch nicht, meinen Wunsch so zu artikulieren. Und glauben Sie mir, das ist sehr schade, denn wenn wir sie nicht dazu überreden können, die selbstmörderische Methode der Gewalt anzuwenden, werden sie fortfahren, etwas von ihrem Standpunkt aus viel Besseres zu tun. Sie werden mich durch Falschheiten zerstören.«

»Was für Falschheiten?«

»Man schreibt mir ja nicht nur die Zerstörung eines Roboters zu. Das ist schon schlimm genug und könnte auch ausreichen. Man flüstert – bis jetzt ist es nur ein Flüstern –, daß Janders Tod nur eines meiner Experimente sei und ein gefährlich erfolgreiches. Sie flüstern, daß ich an einem System arbeite, um schnell und effizient humaniforme Gehirne zu zerstören, so daß ich, wenn meine Feinde einmal ihre eigenen humaniformen Roboter geschaffen haben, zusammen mit Mitgliedern meiner Partei imstande wäre, sie alle zu zerstören, womit ich Aurora daran hindern würde, neue Welten zu besiedeln, und die Galaxis meinen Verbündeten, den Erdenmenschen, überlassen würde.«

»Daran ist doch ganz bestimmt kein wahres Wort.«

»Natürlich nicht. Ich sagte Ihnen, daß das Lügen sind. Und lächerliche Lügen obendrein. Eine solche Methode der Zerstörung ist nicht einmal theoretisch möglich, und die Leute vom Robotikinstitut stehen auch keineswegs vor der Schaffung ihrer eigenen humaniformen Roboter. Und selbst wenn ich das wollte, könnte ich mich nicht auf eine Orgie der Massenvernichtung verlassen. Ich *könnte es nicht*.«

»Bricht die ganze Sache dann nicht in sich selbst zusammen?«

»Unglücklicherweise ist das für die nächste Zeit recht unwahrscheinlich. Es kann alberner Unsinn sein, aber wahrscheinlich wird es lange genug andauern, um die öffentliche Meinung so weit gegen mich aufzubringen, daß sie genügend Stimmen in der Legislatur bekommen, um mich zu besiegen. Am Ende wird man das alles als Unsinn erkennen, aber dann wird es zu spät sein. Und bitte, nehmen Sie zur Kenntnis, daß die Erde dabei als Prügelknabe benutzt wird. Der Vorwurf, daß ich für die Erde tätig sei, ist ein sehr starker, und viele werden diesen ganzen Unsinn gegen besseres Wissen glauben, einfach weil sie die Erde und ihre Bewohner nicht mögen.«

»Was Sie mir damit sagen, ist, daß man aktive Ressentiments gegen die Erde aufbaut«, sagte Baley.

»Genau das, Mr. Baley. Die Situation wird jeden Tag schlimmer für mich – und für die Erde –, und wir haben sehr wenig Zeit.«

»Aber gibt es denn nicht eine einfache Methode, die ganze Sache zu Fall zu bringen?« (Baley entschied sich in seiner Verzweiflung dafür, daß es Zeit war, sich Daneels Standpunkt zu eigen zu machen.) »Wenn Sie wirklich so darauf erpicht wären, eine Methode zur Zerstörung humaniformer Roboter zu erproben, warum dann einen in einer anderen Niederlassung dafür aussuchen, einen, mit dem das Experimentieren möglicherweise unbequem sein könnte? Sie hatten doch Daneel selbst im eigenen Hause. Er war zur Hand und bequem. Würde man denn nicht ihn für das Experiment benutzen, wenn an den Gerüchten irgend etwas Wahres wäre?«

»Nein, nein«, sagte Fastolfe. »Ich könnte niemanden dazu bringen, das zu glauben. Daneel war mein erster Erfolg, mein Triumph. Ich würde ihn unter keinen Umständen zerstören. Natürlich würde ich Jander dazu hernehmen. Jeder würde das einsehen, und ich wäre ein Narr, versuchte ich, sie zu überreden, daß es für mich logischer gewesen wäre, Daneel zu opfern.«

Sie waren inzwischen weitergegangen und hatten ihr Ziel beinahe erreicht. Baley ging in tiefem Schweigen dahin und hatte die Lippen zusammengepreßt.

»Wie fühlen Sie sich, Mr. Baley?« fragte Fastolfe.

Baley antwortete darauf mit leiser Stimme. »Wenn Sie meinen, in bezug auf das Draußensein, so ist mir das nicht einmal bewußt. Wenn Sie in bezug auf unser Dilemma meinen, so glaube ich, daß ich so nahe am Aufgeben bin, wie ich überhaupt nur sein kann, ohne mich selbst in die Ultraschallkammer zur Gehirnauflösung zu begeben.« Und dann fügte er leidenschaftlich hinzu: »Warum haben Sie mich kommen lassen, Dr. Fastolfe? Warum haben Sie mir diesen Auftrag geben? Was habe ich getan, daß man mich so behandeln darf?«

»Tatsächlich«, sagte Fastolfe, »war es ursprünglich gar nicht meine Idee, und ich kann mich nur auf meine Verzweiflung berufen.«

»Nun, wessen Idee war es dann?«

»Der Eigentümer dieser Niederlassung, die wir soeben erreicht haben, hat es ursprünglich vorgeschlagen – und ich hatte keine bessere Idee.«

»Der Eigentümer dieses Anwesens? Warum sollte er...«

»Sie.«

»Nun, warum sollte sie so etwas vorschlagen?«

»Oh! Ich habe noch nicht erklärt, daß sie Sie kennt, oder Mr. Baley? Da ist sie, sie erwartet uns.«

Baley blickte verwirrt auf.

»Jehoshaphat«, flüsterte er dann.

Sechster Teil

Gladia

23

Die junge Frau, die ihnen entgegenblickte, sagte mit einem gezwungenen Lächeln: »Ich habe es gewußt, Elijah, das würde das erste Wort sein, das ich zu hören bekomme, wenn wir uns je wiedersehen.«

Baley starrte sie an. Sie hatte sich verändert. Ihr Haar war kürzer, und ihr Gesicht wirkte jetzt noch gequälter als vor zwei Jahren, und es kam ihm irgendwie auch um mehr als zwei Jahre gealtert vor. Trotzdem war sie immer noch unverkennbar Gladia. Da war immer noch das dreieckige Gesicht mit den auffälligen Wangenknochen und dem kleinen Kinn. Sie war immer noch klein, von schmächtiger Gestalt, und irgendwie kindhaft wirkend.

Er hatte häufig von ihr geträumt – wenn es auch keine ausgesprochen erotischen Träume gewesen waren –, nachdem er zur Erde zurückgekehrt war. Seine Träume handelten immer davon, daß er sie nicht ganz erreichen konnte. Sie war immer da, aber ein Stück zu weit entfernt, als daß man leicht zu ihr hätte sprechen können. Sie hörte es nie ganz, wenn er sie rief. Und auch wenn er auf sie zuging, wurde der Abstand nie geringer.

Warum die Träume so gewesen waren, war nicht schwer zu verstehen. Sie war eine Solariageborene, und als solche erwartete man von ihr nur selten, daß sie sich physisch einem anderen menschlichen Wesen näherte.

Elijah war für sie verboten gewesen, weil er ein Mensch war, und darüber hinaus (natürlich), weil er von der Erde kam. Obwohl die Erfordernisse des Mordfalles, den er untersuchte, sie dazu gezwungen hatten, sich persönlich gegenüberzutreten, war sie während ihrer ganzen Beziehung immer völlig bedeckt gewesen, wenn sie physisch beieinander waren, um einen noch intimeren Kontakt zu vermeiden. Und doch hatte sie bei ihrem letzten Zusammensein, gleichsam als ein Akt der Auflehnung, flüchtig seine Wange mit der bloßen Hand berührt. Sie mußte gewußt haben, daß das die Möglichkeit einer Infektion bedeutete, und er hatte die Berührung um so mehr zu schätzen gewußt, weil jeder Aspekt ihrer Erziehung und ihres kulturellen Hintergrundes darauf abgestimmt waren, sie undenkbar zu machen.

Nach einiger Zeit waren die Träume verblaßt.

Baley sagte dümmlich: »*Sie* waren die Besitzerin des...«

Er machte eine Pause, und Gladia führte den Satz für ihn zu Ende. »Des Roboters. Und vor zwei Jahren war ich die Besitzerin des Ehemannes. Was ich auch berühre, wird zerstört.«

Ohne eigentlich zu wissen, was er tat, griff Baleys Hand an seine Wange. Gladia schien es nicht zu bemerken.

Sie sagte: »Jenes erste Mal sind Sie gekommen, um mich zu retten. Verzeihen Sie mir, aber ich mußte Sie wieder in Anspruch nehmen. Kommen Sie herein, Elijah! Kommen Sie herein, Dr. Fastolfe!«

Fastolfe trat einen Schritt zurück, um Baley den Vortritt zu lassen, dann folgte er ihm. Hinter Fastolfe kamen Daneel und Giskard – und sie mit der charakteristischen Demut von Robotern, traten an unbesetzte Wandnischen an gegenüberliegenden Seiten und blieben dort stumm stehen, den Rücken der Wand zugewandt.

Einen Augenblick lang schien es, als würde Gladia sie mit der Gleichgültigkeit behandeln, mit der menschliche Wesen im allgemeinen Roboter behandelten. Aber nach einem Blick auf Daneel wandte sie sich ab und sagte mit halb erstickter Stimme zu Fastolfe: »Der da. Bitte. Er soll weggehen.«

Fastolfe schien überrascht. »Daneel?«

»Er ist Jander zu ähnlich!«

Fastolfe drehte sich um und sah Daneel an, und einen Augenblick lang huschte ein Ausdruck des Schmerzes über sein Gesicht. »Natürlich, meine Liebe. Sie müssen mir verzeihen. Daran habe ich nicht gedacht. Daneel, geh in ein anderes Zimmer und bleib dort, solange wir hier sind!«

Daneel ging ohne ein Wort.

Gladia sah einen Augenblick lang Giskard an, als wollte sie abschätzen, ob er ebenfalls Jander zu ähnlich wäre, wandte sich dann aber mit einem leichten Achselzucken ab.

»Möchte jemand von Ihnen irgendeine Erfrischung?« fragte sie. »Ich habe hier einen ausgezeichneten Kokosnußdrink.«

»Nein, Gladia«, sagte Fastolfe. »Ich habe Mr. Baley nur hergebracht, weil ich es versprochen habe. Ich werde nicht lange bleiben.«

»Wenn ich ein Glas Wasser haben dürfte«, sagte Baley, »dann mache ich Ihnen keine Mühe mehr.«

Gladia hob eine Hand. Ohne Zweifel wurde sie beobachtet, denn im nächsten Augenblick kam lautlos ein Roboter mit einem Glas Wasser auf einem Tablett herein. Auf dem Tablett stand noch ein kleiner Teller mit etwas, das wie Kekse aussah, mit einem rosafarbenen Klecks darauf.

Baley konnte einfach nicht widerstehen, er mußte eines nehmen, obwohl er nicht sicher war, worum es sich handelte. Es mußte etwas von irdischer Abkunft sein, denn er konnte einfach nicht glauben, daß er auf Aurora – er oder sonst jemand – irgend etwas von der spärlichen Eingeborenenflora oder -fauna essen würde oder gar etwas Synthetisches. Nichtsdestoweniger war es möglich, daß sich die Abkommen irdischer Nahrungsspezies im Laufe der Zeit änderten, entweder infolge bewußter Kultivierung oder infolge der fremdartigen Umgebung – und Fastolfe hatte beim Mittagessen gesagt, daß ein großer Teil der auroranischen Speisen der Gewöhnung bedurfte. Er war angenehm überrascht. Der Geschmack war herb und würzig, aber er empfand ihn als angenehm und nahm sich sofort ein zweites Stück. Er sagte ›Danke‹ zu dem Roboter (der keine Einwände dagegen gehabt hätte, endlos stehenzubleiben) und nahm den ganzen Teller mit dem Glas Wasser.

Der Roboter ging.

Es war inzwischen später Nachmittag geworden, und das Licht der Sonne Tau Ceti schien rötlich durch die Westfenster. Baley hatte den Eindruck, daß das Haus kleiner als das Fastolfes war, aber es wäre auch freundlicher gewesen, wenn die traurige Gestalt Gladias nicht in der Mitte eine etwas bedrückende Wirkung ausgeübt hätte.

Natürlich konnte das auch Baleys Phantasie sein. Ihm jedenfalls schien so etwas wie Freude in jeglicher Struktur unmöglich, die der Aufgabe diente, menschliche Wesen zu schützen und ihnen ein Zuhause zu sein und doch dem Draußen vor den Wänden ausgesetzt blieb. Keine einzige Wand, dachte er, hatte auf der anderen Seite die Wärme menschlichen Lebens. In welche Richtung man auch blickte, nirgends war da Gemeinschaft oder Geselligkeit zu erwarten. Durch jede Außenwand, jede Seite, oben und unten, sah oder ahnte man die unbelebte Welt. Kalt! Kalt!

Und Kälte flutete auf Baley selbst zurück, als er wieder an das Dilemma dachte, in dem er sich befand. (Einen Augenblick lang hatte der Schock, Gladia wiederzusehen, dieses Dilemma aus seinem Bewußtsein vertrieben.)

»Kommen Sie, setzen Sie sich, Elijah!« sagte Gladia. »Sie müssen entschuldigen, ich bin etwas verwirrt. Ich bin zum zweitenmal der Mittelpunkt einer planetarischen Sensation – und das erstemal hat mir mehr als gereicht.«

»Ich verstehe, Gladia. Bitte entschuldigen Sie sich nicht«, sagte Baley.

»Und was Sie betrifft, lieber Doktor, bitte glauben Sie nicht, daß Sie gehen müssen.«

»Nun...« Fastolfe blickte auf den Zeitstreifen an der Wand. »Ich werde eine kurze Zeit bleiben, aber dann, meine Liebe, habe ich Arbeit, und die muß erledigt werden, selbst wenn der Himmel einstürzt. Um so mehr, als ich einer nahen Zukunft entgegenblicken muß, in der ich vielleicht davon abgehalten werde, irgendeine Arbeit zu tun.«

Gladia blinzelte schnell, als wollte sie die Tränen zurückhalten. »Ich weiß, Dr. Fastolfe. Sie haben große Schwierigkeiten wegen... wegen dem, was hier geschehen ist, und ich tue so, als gäbe es nichts anderes als mein eigenes – Unbehagen.«

»Ich werde mich bemühen, mein eigenes Problem zu bewältigen, Gladia«, meinte Fastolfe, »und Sie brauchen darüber keine Schuld zu empfinden. Vielleicht wird Mr. Baley uns beiden helfen können.«

Baley preßte die Lippen zusammen, als er das hörte, und sagte ein wenig schwerfällig: »Mir war nicht bewußt, Gladia, daß Sie in irgendeiner Weise in diese Angelegenheit verwickelt waren.«

»Wer denn sonst?« sagte sie und seufzte.

»Sie sind... Sie hatten... Jander Panell in Ihrem Besitz?«

»Nicht Besitz. Ich hatte ihn von Dr. Fastolfe ausgeliehen.«

»Waren Sie bei ihm, als er...« Baley zögerte, unsicher, wie er es formulieren sollte.

»Starb? Könnten wir nicht sagen ›starb‹? – Nein. Und ehe Sie fragen, zu der Zeit war sonst niemand im Hause, ich war allein. Ich bin gewöhnlich allein. Fast immer. Das liegt an meiner solarianischen Erziehung, Sie erinnern sich doch. Natürlich ist das nicht obligatorisch. Sie beide sind hier, und es macht mir nichts aus – nicht viel jedenfalls.«

»Und Sie waren ganz sicher allein, als Jander starb? Sie irren sich da nicht?«

»Ich habe es doch gesagt«, sagte Gladia, ein wenig gereizt klingend. »Nein, schon gut, Elijah, ich weiß schon, daß Sie sich alles wiederholen lassen. Ich *war* allein. Ehrlich.«

»Aber Roboter waren zugegen.«

»Ja, natürlich. Wenn ich ›allein‹ sage, meine ich, daß keine weiteren menschlichen Wesen zugegen waren.«

»Wie viele Roboter besitzen Sie, Gladia?«

Gladia machte eine Pause, als zählte sie in Gedanken. Schließlich sagte sie: »Zwanzig. Fünf im Haus und fünfzehn in der Niederlassung. Außerdem bewegen sich die Roboter frei zwischen meinem Haus und dem Dr. Fastolfes, und man kann daher nicht immer genau feststellen, wenn man einen Roboter schnell einmal in einem der beiden Niederlassungen sieht, ob er einer von den meinen oder von den seinen ist.«

»Ah«, sagte Baley, »und nachdem Dr. Fastolfe auf seinem Anwesen siebenundfünfzig Roboter hat, bedeutet das, wenn wir die beiden Gruppen zusammenzählen, daß insgesamt siebenundsiebzig Roboter zur Verfügung stehen. Gibt es noch weitere Niederlassungen, deren Roboter sich unter die Ihren mischen können, ohne daß man sie unterscheiden kann?«

Darauf antwortete Fastolfe: »Es gibt keine weitere Niederlassung, die dafür nahe genug liegt. Noch ist es üblich, Roboter zu mischen. Gladia und ich sind da ein besonderer Fall, weil sie keine Auroranerin ist, und weil ich... nun... eine Art Verantwortung für sie übernommen habe.«

»Trotzdem. Siebenundsiebzig Roboter«, sagte Baley.

»Ja«, sagte Fastolfe, »aber warum betonen Sie das so?«

»Weil es bedeutet, daß Sie siebenundsiebzig sich bewegende Gegenstände haben können, von denen jeder einzelne von annähernd menschlicher Gestalt ist, Gegenstände, die Sie gewöhnt sind, aus dem Augenwinkel zu sehen, und auf die Sie nie besonders achten. Ist es nicht möglich, Gladia, daß Sie, wenn ein echtes menschliches Wesen aus irgendeinem Grund in das Haus eindringen würde, diesen Menschen kaum wahrnehmen würden? Es wäre ein weiterer, sich bewegender Gegenstand von annähernd menschlicher Gestalt, und Sie würden nicht darauf achten.«

Fastolfe lachte leise, und Gladia schüttelte den Kopf, ohne dabei zu lächeln.

»Elijah«, sagte sie, »man merkt doch gleich, daß Sie Erdenmensch sind. Können Sie sich denn vorstellen, daß irgendein menschliches Wesen, selbst Dr. Fastolfe hier, sich meinem Haus nähern könnte, ohne daß ich durch meine Roboter über die Tatsache informiert würde? Ich könnte vielleicht eine sich bewegende Gestalt ignorieren und annehmen, sie sei ein Roboter, aber ein Roboter würde das nie. Ich habe jetzt auf Sie gewartet, als Sie kamen, aber das war natürlich, weil meine Roboter mich verständigt hatten, daß Sie sich dem Haus näherten. Nein, nein, als Jander starb, war kein anderes menschliches Wesen im Hause.«

»Ausgenommen Sie selbst?«

»Ausgenommen ich selbst. Genau wie niemand außer mir selbst im Hause war, als mein Mann getötet wurde.«

»Das ist etwas anderes«, wandte Fastolfe ruhig ein. »Ihr Mann ist mit einem stumpfen Gegenstand getötet worden. Die physische Anwesenheit des Mörders war notwendig, und wenn Sie die einzig Anwesende waren, dann war das sehr ernsthaft. In diesem Fall ist Jander durch ein subtiles gesprochenes Programm außer Funktion gesetzt worden, eine physische Anwesenheit war nicht notwendig. Ihre Anwesenheit hier allein hat gar nichts zu bedeuten, besonders da Sie nicht wissen, wie man das Bewußtsein eines humaniformen Roboters blokkiert.«

Beide drehten sich um und sahen Baley an, Fastolfe mit fast spöttischem Gesichtsausdruck, Gladia mit trauriger Miene.

(Baley irritierte es, daß Fastolfe, dessen Zukunft ebenso finster war wie Baleys, ihr nichtsdestoweniger mit Humor entgegenzusehen schien. Was, in aller Welt, hat die Situation an sich, daß man darüber lachen muß wie ein Idiot? dachte Baley mürrisch.)

»Unwissenheit«, sagte Baley langsam, »bedeutet möglicherweise überhaupt nichts. Eine Person mag nicht wissen, wie man an einen bestimmten Ort kommt und ihn dennoch zufälligerweise erreichen, indem sie blindlings geht. Man könnte mit Jander sprechen und in völliger Unwissenheit den Knopf für den Mentalblock drücken.«

»Und die Chancen dafür?« fragte Fastolfe.

»Sie sind doch der Fachmann, Dr. Fastolfe, und Sie werden mir jetzt wahrscheinlich sagen, daß sie sehr gering sind.«

»Unglaublich gering. Eine Person mag vielleicht nicht wissen, wie man an einen bestimmten Ort kommt, aber wenn die einzige Route eine Serie von Hochseilen ist, die kreuz und quer in verschiedene Richtungen gespannt sind, wie groß sind dann die Chancen, daß man ein Ziel erreicht, wenn man mit verbundenen Augen einfach drauflosgeht?«

Gladias Hände flatterten in höchster Erregung. Sie ballte die Fäuste, als wollte sie sie damit zur Ruhe bringen, und ließ sie schließlich auf die Knie sinken. »Ich habe es nicht getan, Unfall hin oder her. Ich war nicht bei ihm, als es geschah. Ich *war nicht* bei ihm. Ich habe am Morgen mit ihm gesprochen. Es ging ihm gut, er war völlig normal. Stunden später, als ich ihn zu mir rief, kam er nicht. Ich ging ihn suchen, und er stand an seinem gewohnten Platz und schien mir ganz normal. Die Schwierigkeit war nur, daß er mir nicht antwortete. Er antwortete überhaupt nicht. Er hat seitdem nie wieder geantwortet.«

Baley sah sie an. »Könnte etwas, was Sie zu ihm gesagt hatten, ganz beiläufig vielleicht, den Mentalblock erzeugt haben, nachdem Sie ihn verlassen hatten, eine Stunde später vielleicht?«

Fastolfe fuhr mit scharfer Stimme dazwischen: »Ganz unmöglich, Mr. Baley. Wenn ein Mentalblock auftritt, dann sofort. Bitte bedrängen Sie Gladia nicht auf diese Art. Sie ist außerstande, bewußt einen Mentalblock zu erzeugen, und es ist undenkbar, daß sie ihn zufällig produzieren würde.«

»Ist es nicht undenkbar, daß er, wie Sie sagen, durch die Positronendrift erzeugt würde?«

»Nicht ganz so undenkbar.«

»Beide Alternativen sind in höchstem Maße unwahrscheinlich. Wie groß ist der Unterschied in der Undenkbarkeit?«

»Ziemlich groß. Ich kann mir vorstellen, daß ein Mentalblock infolge Positronendrift eine Wahrscheinlichkeit von 1 zu 10^{12} hat; die durch zufälligen Musteraufbau 1 zu 10^{100}. Das ist nur eine Schätzung, aber eine vernünftige. Der Unterschied ist größer als jener zwischen einem einzelnen Elektron und dem ganzen Universum – und zwar zugunsten der Positronendrift.«

Eine Weile herrschte Schweigen. Dann meinte Baley: »Dr. Fastolfe, Sie sagten vorher, Sie könnten nicht lang bleiben.«

»Ich bin bereits zu lang geblieben.«

»Gut. Würden Sie dann jetzt gehen?«

Fastolfe schickte sich an aufzustehen, sagte dann aber: »Warum?«

»Weil ich mit Gladia allein sprechen möchte.«

»Um sie einzuschüchtern?«

»Ich muß sie befragen, ohne daß Sie sich einmischen. Unsere Situation ist viel zu ernst, als daß wir uns um Fragen der Etikette kümmern können.«

»Ich habe keine Angst vor Mr. Baley, lieber Doktor«, sagte Gladia und fügte dann nachdenklich hinzu: »Meine Roboter werden mich beschützen, wenn seine Unhöflichkeit extreme Ausmaße annehmen sollte.«

Fastolfe lächelte. »Gut, Gladia«, meinte er. Er stand auf und hielt ihr die Hand hin. Sie ergriff sie kurz.

»Ich würde Giskard gerne hierbleiben lassen zum allgemeinen Schutz«, sagte er. »Und Daneel bleibt im nächsten Zimmer, wenn es Ihnen nichts ausmacht. Könnten Sie mir einen von Ihren eigenen Robotern leihen, damit er mich zu meiner Niederlassung zurückbegleitet?«

»Sicher«, sagte Gladia und hob die Arme. »Sie kennen, glaube ich, Pandion.«

»Natürlich! Ein kräftiger, verläßlicher Begleiter.« Er ging, dicht gefolgt von dem Roboter.

Baley wartete, beobachtete Gladia, studierte sie. Sie saß da, die Augen auf ihre Hände gerichtet, die schlaff gefaltet in ihrem Schoß lagen.

Baley war sicher, daß sie noch mehr zu sagen hatte. Wie er sie zum Reden bringen würde, konnte er nicht sagen, aber eines stand für ihn fest: In Fastolfes Gegenwart würde sie nicht die ganze Wahrheit sagen.

24

Schließlich blickte Gladia auf, und ihr Gesicht wirkte wie das eines kleinen Mädchens. Als sie sprach, klang es kleinlaut. »Wie geht es Ihnen, Elijah? Wie fühlen Sie sich?«

»Recht gut, Gladia.«

»Dr. Fastolfe hat gesagt, er würde Sie über das freie Land hierherbringen und dafür sorgen, daß Sie eine Zeitlang im Schlimmsten warten müßten«, sagte sie.

»Oh? Warum das denn? Nur um Spaß zu haben?«

»Nein, Elijah. Ich hatte ihm gesagt, wie Sie auf das Draußensein reagierten. Sie erinnern sich doch, wie Sie ohnmächtig wurden und in den Teich fielen?«

Elijah schüttelte schnell den Kopf. Er konnte das Ereignis oder seine Erinnerung daran nicht leugnen, dennoch war ihm der Hinweis peinlich. So meinte er mürrisch: »Ich bin nicht mehr ganz so. Ich habe mich gebessert.«

»Aber Dr. Fastolfe sagte, daß er Sie testen würde. Wie war es?«

»Es ist hinreichend gut gelaufen. Ich bin nicht ohnmächtig geworden.« Er erinnerte sich an die Episode in dem Raumschiff während des Anflugs auf Aurora und knirschte etwas mit den Zähnen. Das war etwas anderes, und es bestand keine Notwendigkeit, über die Angelegenheit zu sprechen.

So sagte er, indem er bewußt das Thema wechselte: »Wie nenne ich Sie hier? Wie spreche ich Sie an?«

»Sie haben mich doch Gladia genannt.«

»Das ist vielleicht unpassend. Ich könnte Mrs. Delmarre sagen, aber Sie haben vielleicht...«

Sie atmete scharf ein und unterbrach ihn: »Den Namen habe ich seit meiner Ankunft hier nicht mehr gebraucht. Bitte, gebrauchen Sie ihn auch nicht.«

»Wie nennen die Auroraner Sie denn?«

»Sie sagen Gladia Solaria, aber das ist nur ein Hinweis darauf, daß ich vom Außerplanet komme. Das will ich auch nicht. Ich bin einfach Gladia. Ein Name. Es ist kein auroranischer Name, und ich bezweifle, daß es ihn auf diesem Planeten ein zweites Mal gibt. Also reicht er aus. Ich werde Sie weiterhin Elijah nennen, wenn es Ihnen nichts ausmacht.«

»Es macht mir nichts aus.«

»Ich würde gerne Tee servieren«, sagte Gladia plötzlich. Das war eine Feststellung, keine Frage, und Baley nickte.

»Ich wußte gar nicht, daß Spacers Tee trinken«, sagte er.

»Es ist kein Erdtee. Es ist ein Pflanzenextrakt mit angenehmem Geschmack, aber es wird in keiner Weise als gefährlich angesehen. Wir nennen es Tee.«

Sie hob den Arm, und Baley stellte fest, daß der Ärmel am Handgelenk abschloß und in dünne, fleischfarbene Handschuhe überging. Sie hielt ihren Körper in seiner Gegenwart immer noch bedeckt und reduzierte damit die Gefahr einer Infektion auf das Minimum.

Ihr Arm blieb einen Augenblick in der Luft, und nach einigen weiteren Augenblicken erschien ein Roboter mit einem Tablett. Er war sichtlich noch primitiver als Giskard, aber er verteilte die Teetassen, die kleinen Sandwiches und die winzigen Gebäckstückchen mit bemerkenswertem Geschick. Als er den Tee eingoß, wirkte es beinahe elegant.

»Wie machen Sie das, Gladia?« fragte Baley neugierig.

»Wie ich was mache, Elijah?«

»Jedesmal, wenn Sie etwas wollen, heben Sie den Arm, und die Roboter wissen immer, was es ist. Wie wußte dieser, daß Sie Tee serviert haben wollten.«

»Das ist nicht schwierig. Jedesmal, wenn ich den Arm hebe, unterbricht das ein schwaches elektromagnetisches Feld, das dauernd im Raum aufrechterhalten wird. Leicht unterschiedliche Hand- und Fingerhaltungen erzeugen unterschiedliche Unterbrechungen, und meine Roboter können diese als Befehle interpretieren. Ich benutze diese Methode nur für einfache Anweisungen: Komm her! Bring Tee! Und so weiter.«

»Mir ist nicht aufgefallen, daß Dr. Fastolfe das System in seinem Anwesen benutzt hat.«

»Es ist auch kein auroranisches System. Wir machen das auf Solaria so, und ich bin daran gewöhnt. Außerdem trinke ich um die Zeit immer Tee. Borgraf erwartet das.«

»Das ist Borgraf?« Baley musterte den Roboter mit einigem Interesse und wurde sich erst jetzt bewußt, daß er ihm vorher nur einen kurzen Blick zugeworfen hatte. Vertrautheit erzeugte schnell Gleichgültigkeit. Noch ein oder zwei Tage, und er würde die Roboter überhaupt nicht mehr bemerken. Sie würden ungesehen um ihn herumhuschen, und es würde den Anschein haben, als erledigten sich manche Dinge selbst.

Nichtsdestoweniger wollte er nicht verfehlen, sie zur Kenntnis zu nehmen. Er wollte, daß sie verfehlten da zu sein. Deshalb sagte er: »Gladia, ich möchte allein mit Ihnen sein. Nicht einmal Roboter. Giskard, geh zu Daneel! Du kannst dort Wache halten.«

»Ja, Sir«, sagte Giskard, den der Klang seines Namens plötzlich aus seiner Passivität gerissen hatte.

Gladia schien ein wenig amüsiert. »Ihr Erdenleute seid so komisch. Ich weiß, daß es auf der Erde Roboter gibt, aber ihr alle wißt anscheinend nicht, wie man mit ihnen umgeht. Wenn ihr etwas befehlt, dann redet ihr, als wären sie taub.«

Sie drehte sich zu Borgraf um und sagte mit leiser Stimme: »Borgraf, keiner von euch soll diesen Raum betreten, solange man ihn nicht ruft. Unterbrecht uns hier nicht, außer im Fall eines eindeutigen, dringenden Notfalls.«

»Ja, Ma'am«, sagte Borgraf. Er trat zurück, sah den Tisch an, als wolle er prüfen, ob er irgend etwas vergessen hätte, drehte sich um und verließ den Raum..

Jetzt war Baley seinerseits amüsiert. Gladias Stimme war weich gewesen, aber ihr Ton so scharf wie der eines Ausbilders, der mit einem Rekruten spricht. Aber warum überrascht sein? Schließlich wußte er schon lange, um wieviel leichter es war, die Torheiten eines anderen zu sehen als die eigenen.

»Wir sind jetzt allein, Elijah«, sagte Gladia. »Selbst die Roboter sind weg.«

»Sie haben keine Angst, mit mir allein zu sein?«

Zögernd schüttelte sie den Kopf. »Warum sollte ich? Ich brauche nur den Arm zu heben, eine Geste, ein Ruf – und sofort würden einige Roboter hier sein. Niemand auf irgendeiner Spacerwelt hat Anlaß, irgendein anderes menschliches Wesen zu fürchten. Dies ist nicht die Erde. Aber warum fragen Sie so etwas?«

»Weil es andere Ängste als physische gibt. Ich würde Sie nicht mit Gewalt bedrohen oder Sie physisch in irgendeiner Weise mißhandeln. Aber haben Sie nicht Angst vor meinen Fragen und was diese Fragen über Sie offenbaren könnten? Und vergessen Sie auch nicht, daß das nicht Solaria ist. Auf Solaria sympathisierte ich mit Ihnen und war darauf aus, Ihre Unschuld unter Beweis zu stellen.«

»Sympathisieren Sie jetzt nicht mit mir?« fragte sie mit leiser Stimme.

»Diesmal geht es nicht um einen toten Ehemann. Sie stehen nicht unter Mordverdacht. Diesmal ist nur ein Roboter zerstört worden. Und soweit mir bekannt ist, stehen Sie in keinerlei Verdacht. Vielmehr ist mein Problem Dr. Fastolfe. Es ist für mich von höchster Wichtigkeit – aus Gründen, auf die ich nicht einzugehen brauche –, daß ich *seine* Unschuld demonstrieren kann. Falls sich herausstellen sollte, daß dieser Vorgang für Sie gefährlich ist, werde ich nichts dagegen tun können. Ich habe nicht die Absicht, mir besondere Mühe zu geben, Ihnen Schmerzen zu ersparen. Es ist nur fair, wenn ich Ihnen das jetzt sage.«

Sie hob den Kopf und musterte ihn mit arrogantem Blick. »Warum sollte da irgend etwas sein, was mir Schaden zufügen würde?«

»Wir werden vielleicht jetzt daran gehen, es herauszufinden«, sagte Baley kühl, »und zwar ohne die störende Anwesenheit von Dr. Fastolfe.« Er zog sich mit einer kleinen Gabel eines der kleinen Sandwiches aus der Schale (es hatte wenig Sinn, die Finger zu gebrauchen und damit die ganze Schale für Gladia unbrauchbar zu machen), streifte es auf seinen Teller ab, stopfte es sich in den Mund und nahm dann einen Schluck von seinem Tee.

Sie tat es ihm gleich, Sandwich für Sandwich, Schluck für Schluck. Wenn er kühl sein wollte, so war das offenbar auch ihre Absicht.

»Gladia«, sagte Baley, »es ist wichtig, daß ich die Beziehung zwischen Ihnen und Dr. Fastolfe genau kenne. Sie wohnen nahe bei ihm, und Sie beide bilden zusammen etwas, das man praktisch als einzigen robotischen Haushalt bezeichnen muß. Er ist sichtlich besorgt um Sie. Er hat keinerlei Anstalten gemacht, seine eigene Unschuld zu verteidigen, abgesehen von der Feststellung, daß er unschuldig ist. Aber Sie verteidigt er heftig, kaum daß ich mit Fragen angefangen habe.«

Gladia lächelte leicht. »Was vermuten Sie, Elijah?«

»Versuchen Sie jetzt keine Finten«, sagte Baley. »Ich will nichts vermuten. Ich will es wissen.«

»Hat Dr. Fastolfe Fanya erwähnt?«

»Ja, das hat er.«

»Haben Sie ihn gefragt, ob Fanya seine Frau oder nur seine Gefährtin ist? Ob er Kinder hat?«

Baley rutschte unruhig auf seinem Stuhl hin und her. Natürlich hätte er diese Fragen stellen können. Aber bei dem engen Zusammenleben, das auf der überfüllten Erde die Regel war, war das Privatleben das höchste Gut, und zwar genau aus dem Grund, weil es fast verschwunden war. Es war auf der Erde buchstäblich unmöglich, nicht sämtliche Tatsachen über die familiären Arrangements anderer zu kennen, und so fragte man nie und gab sich unwissend. Es war dies eine Art universell geübter Betrug.

Hier, auf Aurora, galten die Gepflogenheiten der Erde natürlich nicht, und doch hatte sich Baley automatisch an sie gehalten. Dumm!

»Ich habe noch nicht gefragt«, sagte er. »Sagen Sie es mir!«

»Fanya ist seine Frau«, sagte Gladia. »Er ist einige Male verheiratet gewesen, nacheinander natürlich. Obwohl auf Aurora auch mehrfache gleichzeitige Ehen für eines oder beide Geschlechter nicht ganz unbekannt sind.« Die Andeutung von Mißbilligung, mit der sie das sagte, löste automatisch eine ebenso milde Verteidigung aus. »Auf Solaria *ist* das unerhört. Aber Dr. Fastolfes gegenwärtige Ehe wird wahrscheinlich bald aufgelöst werden. Dann werden beide frei sein, neue Bindungen einzugehen, obwohl häufig ein Partner oder auch beide damit nicht bis zur Auflösung warten. – Ich sage nicht, daß ich diese beiläufige Art verstehe, mit der diese Angelegenheit behandelt wird, Elijah, aber so bauen die Auroraner eben ihre Beziehungen auf. Dr. Fastolfe ist nach meiner Kenntnis ziemlich konservativ. Er hat immer die eine oder andere Ehe und sucht außerhalb nichts. Auf Aurora betrachtet man das als altmodisch und ziemlich albern.«

Baley nickte. »Ich habe bei meiner Lektüre einiges in dieser Richtung erfahren. Die Ehe wird, soviel ich weiß, geschlossen, wenn die Absicht besteht, gemeinsame Kinder zu haben.«

»Der Theorie nach ist das so. Aber man sagt mir, heutzutage würde das kaum einer mehr ernst nehmen. Dr. Fastolfe hat bereits zwei Kinder und darf keine zusätzlichen haben, aber trotzdem heiratet er und beantragt ein drittes. Sein Antrag wird natürlich abgelehnt, und das weiß er auch. Manche Leute machen sich nicht einmal die Mühe, einen Antrag zu stellen.«

»Warum dann sich die Mühe machen und heiraten?«

»Damit sind gesellschaftliche Vorteile verbunden. Aber es ist ziemlich kompliziert, und da ich selbst keine Auroranerin bin, bin ich nicht sicher, daß ich das richtig verstehe.«

»Nun, lassen wir das! Erzählen Sie mir von Dr. Fastolfes Kindern.«

»Er hat zwei Töchter von zwei verschiedenen Müttern. Fanya war natürlich keine der beiden. Söhne hat er nicht. Jede Tochter ist im Schoß der Mutter ausgetragen worden, wie es auf Aurora Sitte ist. Beide Töchter sind jetzt erwachsen und haben ihre eigenen Niederlassungen.«

»Steht er seinen Töchtern nahe?«

»Ich weiß nicht. Er spricht nie über sie. Die eine ist Robotikerin, und ich nehme an, daß er sich über ihre Arbeit informiert halten muß. Ich glaube, die andere bewirbt sich um ein Amt im Rat einer der Städte, es kann aber auch sein, daß sie das Amt bereits besitzt. Genau weiß ich es wirklich nicht.«

»Wissen Sie, ob es Spannungen in der Familie gibt?«

»Keine, die mir bekannt sind, was natürlich nicht viel zu bedeuten braucht, Elijah. Soweit ich weiß, verkehrt er mit all seinen ehemaligen Frauen höflich. Keine der Auflösungen ist im Zorn erfolgt. Dazu ist Dr. Fastolfe auch gar nicht der Mensch. Ich kann mir nicht vorstellen, daß er irgend etwas im Leben mit etwas Extremerem als einem freundlichen Seufzen der Resignation aufnehmen würde. Der wird noch auf dem Totenbett Witze erzählen.«

Das zumindest klang echt, dachte Baley. Dann meinte er: »Und Dr. Fastolfes Beziehung zu Ihnen? Die Wahrheit bitte. Wir können uns jetzt nicht leisten, um die Wahrheit herumzureden, um irgend jemandem Peinlichkeiten zu ersparen.«

Sie blickte auf und sah ihm gerade in die Augen und meinte dann: »Es gibt da keine Peinlichkeit, die man vermeiden müßte. Dr. Han Fastolfe ist mein Freund, mein sehr guter Freund.«

»Wie gut, Gladia?«

»Wie ich sagte – sehr gut.«

»Warten Sie auf die Auflösung seiner Ehe, um seine nächste Frau zu werden?«

»Nein.« Das sagte sie sehr ruhig.

»Lieben Sie sich, sind Sie ein Liebespaar?«

»Nein.«

»Sind Sie eines gewesen?«

»Nein. – Überrascht Sie das?«

»Ich brauche lediglich Informationen«, sagte Baley.

»Dann lassen Sie mich Ihre Fragen im Zusammenhang beantworten, Elijah, und fahren Sie mich nicht an, als erwarteten Sie, mich zu überrumpeln, damit ich Ihnen etwas sage, was ich sonst geheimhalten würde.« Sie sagte das ohne erkennbaren Zorn. Es war gerade, als wäre sie amüsiert.

Baley errötete leicht und wollte gerade sagen, daß dies keineswegs seine Absicht sei, aber das war es natürlich, und Leugnen würde ihm nichts einbringen. So meinte er mit einem leisen Knurren: »Nun, dann fahren Sie fort!«

Die Reste ihrer Mahlzeit standen zwischen ihnen auf dem Tisch herum. Baley fragte sich, ob sie unter gewöhnlichen Umständen nicht den Arm gehoben und ihn ein wenig gebogen hätte – und ob der Roboter Borgraf dann nicht lautlos hereingekommen wäre und abgetragen hätte.

Störte es Gladia, daß die Reste herumlagen – und würde es dazu führen, daß sie in ihrer Reaktion ein wenig unkontrollierter sein würde? Wenn ja, dann blieben die Essensreste besser liegen – aber Baley erhoffte sich eigentlich nicht viel, denn er konnte keinerlei Anzeichen erkennen, daß Gladia die Unordnung störte, ja, sie auch nur zur Kenntnis nahm.

Gladias Augen hatten sich wieder gesenkt, und ihr Gesicht schien tiefer zu sinken und ein wenig härter zu werden, als griffe sie in eine Vergangenheit hinein, die sie lieber der Vergessenheit überantwortet hätte.

»Sie haben einen Blick auf mein Leben auf Solaria tun können«, sagte sie. »Es war kein glückliches Leben, aber ich kannte kein anderes. Erst als ich einen Anflug von Glück erlebte, wußte ich plötzlich genau, in welchem Maße – und wie intensiv – mein früheres Leben nicht glücklich war. Die erste Andeutung kam durch Sie, Elijah.«

»Durch mich?« Baley sah sich überrascht.

»Ja, Elijah. Unser letztes Zusammentreffen auf Solaria – ich hoffe, Sie erinnern sich daran, Elijah – hat mich etwas gelehrt. Ich habe Sie berührt! Ich entfernte meinen Handschuh, einen, der dem Handschuh ähnlich war, den ich jetzt trage, und habe Sie an der Wange berührt. Der Kontakt dauerte nicht lang. Ich weiß nicht, was es Ihnen bedeutet hat – nein, sagen Sie es mir nicht, es ist nicht wichtig –, aber mir hat das sehr viel bedeutet.«

Sie blickte auf, sah ihm fast herausfordernd in die Augen. »Mir hat es *alles* bedeutet. Es hat mein Leben verändert. Erinnern Sie sich Elijah, bis dahin hatte ich nach meinen wenigen Jahren der Kindheit nie einen Mann – oder überhaupt irgendein menschliches Wesen –, mit Ausnahme meines Ehemannes, berührt. Und meinen Ehemann berührte ich sehr selten. Ich hatte natürlich Männer im Trimensic *gesehen* und war dabei mit jedem physischen Aspekt der Männer vertraut geworden, jedem. In der Hinsicht hatte ich nichts zu lernen.

Aber ich hatte keinen Anlaß zu der Annahme, daß ein Mann sich viel anders anfühlte als ein anderer. Ich wußte, wie die Haut meines Ehemannes sich anfühlte, wie sich seine Hände anfühlten, wenn er sich dazu entschloß, mich zu berühren. Ich hatte keinen Anlaß zu der Annahme, daß irgend etwas bei irgendeinem Mann anders sein würde. In der Berührung mit meinem Ehemann war kein Vergnügen, aber warum sollte da auch eines sein? Wenn meine Finger diesen Tisch berühren, liegt denn darin besonderes Vergnügen, abgesehen von der physischen Glätte, die ich vielleicht als wohltuend empfinde?

Kontakt mit meinem Ehemann war Teil eines gelegentlichen Rituals, dem er sich unterzog, weil man es von ihm erwartete, und als guter Solarianer führte er es deshalb auch durch, nach Kalender und Uhr und auf die Zeitdauer und in der Art und Weise, wie es von einer guten Zucht vorgeschrieben war. Nur daß es in einem anderen Sinne keine gute Zucht war, denn wenn dieser periodische Kontakt auch dem präzisen Zweck des Geschlechtsverkehrs diente, hatte mein Ehemann doch kein

Kind beantragt und interessierte sich, glaube ich, auch nicht dafür, eines zu erzeugen. Ich empfand viel zuviel Ehrfurcht vor ihm, um aus eigener Initiative eines zu beantragen, was mein Recht gewesen wäre.

Wenn ich jetzt darauf zurückblicke, sehe ich, daß das sexuelle Erleben oberflächlich und mechanisch war. Ich hatte nie einen Orgasmus. Kein einziges Mal. Daß es so etwas gab, entnahm ich meiner Lektüre. Aber die Beschreibungen verwirrten mich nur, und da man sie nur in importierten Büchern finden konnte – solarianische Bücher befassen sich nie mit Sex –, konnte ich ihnen nicht vertrauen. Ich dachte, es handle sich nur um exotische Metaphern.

Ebensowenig konnte ich autoerotische Experimente anstellen – zumindest keine erfolgreichen. Man nennt das, glaube ich, Masturbation. Zumindest habe ich das Wort auf Aurora gehört. Auf Solaria gibt es natürlich überhaupt keine Diskussionen über Sex noch gebraucht man in der gebildeten Gesellschaft irgendwelche auf Sex bezogene Wörter. Nicht daß es irgendeine andere Art von Gesellschaft auf Solaria gibt.

Etwas, was ich einmal gelesen hatte, hat mir die Vorstellung vermittelt, wie man masturbiert, und ich habe verschiedentlich halbherzige Versuche unternommen, das dort Beschriebene zu tun. Aber ich habe es nicht fertiggebracht. Das Tabu gegen das Berühren menschlichen Fleisches ließ mir selbst mein eigenes verboten und unangenehm erscheinen. Ich konnte mir mit der Hand über die Seite streichen, ein Bein über das andere schlagen, den Druck eines Schenkels am anderen spüren, aber das waren beiläufige Berührungen, solche, die man nicht beachtete. Aus dem Vorgang der Berührung ein Instrument bewußten Vergnügens zu machen, war etwas anderes. Jede Faser in mir wußte, daß so etwas nicht sein durfte, und weil ich das wußte, stellte sich das Vergnügen auch nicht ein. Und daß es vielleicht ein Vergnügen bereiten könnte, wenn es unter anderen Umständen zu einer solchen Berührung kam, kam mir überhaupt nie in den Sinn, niemals. Warum sollte es auch? Wie könnte es mir in den Sinn kommen?

Bis ich damals Sie berührte. Ich weiß nicht, warum ich das getan habe. Ich empfand eine Aufwallung von Zuneigung für Sie, weil Sie mich davor gerettet hatten, eine Mörderin zu sein.

Und außerdem waren Sie nicht ganz verboten. Sie waren kein Solarianer. Sie waren – verzeihen Sie mir – überhaupt nicht ganz ein Mann. Sie waren ein Geschöpf der Erde. Ihr Aussehen war menschlich, aber Sie waren kurzlebig und ansteckungsgefährdet, etwas, das man bestenfalls als halbmenschlich abtun konnte.

Und deshalb konnte ich, weil Sie mich gerettet hatten und eigentlich gar kein Mann waren, deshalb konnte ich Sie berühren. Und, was noch mehr ist, Sie betrachteten mich nicht mit der Feindseligkeit und dem Abscheu meines Mannes – oder mit der sorgfältig geschulten Gleichgültigkeit von Leuten, die mich im Trimensic betrachteten. Sie waren da, greifbar, und Ihre Augen waren warm und besorgt. Tatsächlich zitterten Sie sogar, als meine Hand sich Ihrer Wange näherte. Das habe ich gesehen.

Warum das so war, weiß ich nicht. Die Berührung war so flüchtig und die physische Empfindung unterschied sich in keiner Weise von der, die ich wahrgenommen hätte, wenn ich meinen Mann oder irgendeinen anderen Mann berührt hätte – oder vielleicht sogar irgendeine Frau. Und trotzdem war daran mehr als nur die bloße physische Empfindung. Sie waren da, Sie begrüßten die Berührung, zeigten mir jedes Anzeichen von dem, was ich als – als Zuneigung akzeptierte. Und als unsere Haut – meine Hand, Ihre Wange – sich berührte, war es, als hätte ich ein sanftes Feuer berührt, das sich im gleichen Augenblick über meine Hand und meinen Arm ausbreitete und mich auflodern ließ.

Ich weiß nicht, wie lange es gedauert hat – es kann ja nur ein oder zwei Augenblicke lang gewesen sein –, aber für mich stand die Zeit still. Mir widerfuhr etwas, das mir noch nie zuvor widerfahren war, und bei der Erinnerung daran, viel später, als ich gelernt hatte, was das war, wurde mir klar, daß ich fast einen Orgasmus erlebt hatte.

Ich versuchte, es nicht zu zeigen...«

Baley, der nicht wagte, sie anzusehen, schüttelte den Kopf.

»Nun, ich zeigte es also nicht. Ich sagte ›Danke, Elijah‹. Ich sagte es für das, was Sie für mich im Zusammenhang mit dem Tod meines Mannes getan hatten, aber ich sagte es viel mehr dafür, daß Sie mein Leben mit Licht erfüllt hatten, und daß Sie mir, ohne es überhaupt zu wissen, gezeigt hatten, was es im

Leben gab; dafür, daß Sie mir eine Tür geöffnet hatten; daß Sie mir einen Weg offenbart hatten; daß Sie mir einen Horizont gezeigt hatten. Der physische Akt an sich war nichts. Nur eine Berührung. Aber es war der Anfang von allem.«

Ihre Stimme war leiser geworden, schließlich war sie ganz verstummt, und einen Augenblick lang sagte sie nichts, gab sich ganz der Erinnerung hin.

Dann hob sie einen Finger. »Nein. Sagen Sie nichts! Ich bin noch nicht fertig.

Ich hatte schon vorher Phantasievorstellungen gehabt, ganz vage, unsichere Dinge. Ein Mann und ich, die das taten, was mein Ehemann und ich taten, aber irgendwie anders – ich wußte nicht einmal wie anders und in welcher Weise – etwas anderes empfindend – etwas, das ich mir nicht einmal vorstellen konnte, obwohl ich mir alle Mühe gab. Vielleicht hätte ich mein ganzes Leben gelebt und immer wieder versucht, mir das Unvorstellbare vorzustellen, und wäre dann gestorben, so wie ich glaube, daß Frauen auf Solaria – und Männer auch – häufig sterben, nach drei oder vier Jahrhunderten, ohne es je zu wissen. Es nie wissend. Kinder bekommend, aber es nie wissend. Aber eine Berührung Ihrer Wange, Elijah, und ich wußte es. Ist das nicht erstaunlich? Sie haben mich gelehrt, was ich mir vielleicht vorstellen konnte. Nicht das Mechanische daran, das schwerfällige, widerstrebende Sichannähern von Körpern, aber etwas, von dem ich mir nie hätte vorstellen können, daß es etwas damit zu tun hatte. Der Blick in einem Gesicht, das Funkeln in einem Auge, das Empfinden von – Sanftheit – Freundlichkeit – etwas, das ich nicht einmal beschreiben kann – Hinnahme vielleicht – ein Absenken der schrecklichen Barriere, die zwischen den Individuen besteht. Liebe, denke ich mir – ein bequemes Wort, um all das und noch viel mehr einzuschließen.

Ich habe Liebe für Sie empfunden, Elijah, weil ich dachte, daß Sie Liebe für mich empfinden könnten. Ich sage nicht, daß Sie mich geliebt haben, aber für mich schien es, daß Sie das könnten. So etwas hatte ich nie gehabt, und obwohl in der antiken Literatur davon die Rede war, wußte ich nicht, was man darunter verstand, genausowenig, wie wenn in jenen Büchern Männer von ›Ehre‹ sprachen und einander um dieser ›Ehre‹ willen töteten. Ich habe das Wort akzeptiert, seine Bedeutung aber nie begreifen können. Das habe ich immer noch nicht. Und so war es auch mit dem Wort ›Liebe‹, bis ich Sie berührte.

Nachher konnte ich es mir vorstellen – und dann kam ich nach Aurora und erinnerte mich an Sie und dachte an Sie und sprach in meinem Bewußtsein endlos zu Ihnen und dachte, daß ich auf Aurora eine Million Elijahs kennenlernen würde.«

Sie hielt inne, einen Augenblick lang in ihren Gedanken versunken, und fuhr dann plötzlich fort.

»Aber das habe ich nicht. Wie sich herausstellte, war Aurora auf seine Art ebenso schlimm wie Solaria. Auf Solaria ist Sex etwas *Unrechtes*. Man haßt den schieren Begriff, und wir alle wandten uns davon ab. Wir konnten nicht lieben, um des Hasses willen, den Sex erzeugte.

Auf Aurora ist Sex *langweilig*. Man akzeptierte Sex ruhig und gelassen – ebenso gelassen wie das Atmen. Wenn man den Impuls empfindet, greift man automatisch nach irgend jemandem, der einem geeignet erscheint, und wenn jene geeignete Person im Augenblick nicht mit etwas beschäftigt ist, das man nicht beiseite schieben kann, dann stellt sich eben Sex ein, auf jede Weise, die eben paßt. So wie das Atmen. – Aber wo ist da Ekstase im Atmen? Wenn man im Begriff ist zu ersticken, wäre vielleicht der erste zuckende, gierige Atemzug, der sich nachher einstellt, ein überwältigendes Entzücken und Erleichterung. Aber wenn man nie zu ersticken droht?

Und wenn man nie auf Sex zu verzichten braucht, wenn man es nicht will? Wenn man den jungen Leuten Sex beibringt, so wie das Lesen und das Programmieren? Wenn man von den Kindern erwartet, daß sie Experimente anstellen, und wenn man von älteren Kindern erwartet, daß sie dabei behilflich sind?

Sex – erlaubt und ebenso einfach erhältlich wie Wasser – hat auf Aurora nichts mit Liebe zu tun, ebenso wie Sex – verboten und etwas, dessen man sich schämt – auf Solaria nichts mit Liebe zu tun hat. In beiden Fällen gibt es nur wenig Kinder, und die darf es auch nur nach einem formellen Antrag geben – und dann, wenn der Antrag bewilligt, wenn die Genehmigung erteilt wird, muß es ein Zwischenspiel von Sex geben, das nur dem Kinderkriegen dient. Langweilig und abgestanden. Wenn es nach einer vernünftigen Zeitspanne nicht zu einer Schwangerschaft kommt, lehnt sich der Geist auf, und man greift zur künstlichen Besamung.

Bald wird, wie auf Solaria, die Ektogenese das Übliche sein, und die Befruchtung und die Entwicklung des Fetus wird in Genotarien stattfinden, und den Sex wird man sich selbst überlassen als eine Form der gesellschaftlichen Begegnung, des Spiels, die ebensowenig mit Liebe zu tun hat wie das Weltraumpolo.

Ich konnte mich dieser auroranischen Haltung nicht anpassen, Elijah. Ich war anders erzogen worden. Von Schrecken erfüllt, hatte ich nach Sex gegriffen, und niemand lehnte ab – und niemand war wichtig. Die Augen der Männer waren leer, wenn ich mich anbot, und blieben leer, wenn sie annahmen. Wieder eine, sagten sie, was soll's schon? Sie waren willig, aber auch nicht mehr als das – willig.

Und sie zu berühren, bedeutete nichts. Ebensogut hätte ich meinen Ehemann berühren können. Ich lernte, mich ihrer Führung anzupassen, ihnen zu folgen, mich von ihnen lenken zu lassen – und alles das bedeutete mir immer noch nichts. Nicht einmal der Drang stellte sich in mir ein, es selbst und an mir zu tun. Das Gefühl, das Sie mir vermittelt hatten, Elijah, kam nie wieder. Nach einer Weile gab ich auf.

In all dem war Dr. Fastolfe mein Freund. Er allein auf ganz Aurora wußte alles, was auf Solaria geschehen war. Zumindest glaube ich das. Sie wissen, daß man nicht die ganze Geschichte der Öffentlichkeit zugänglich gemacht hat, und sie ist auch ganz sicher nicht in diesem schrecklichen Hyperwellenstück ausgebreitet worden, von dem ich gehört habe – es mir anzusehen, habe ich abgelehnt.

Dr. Fastolfe schützte mich gegen das mangelnde Verstehen seitens der Auroraner und gegen ihre allgemeine Verachtung, die sie für Solarianer empfanden. Und dann schützte er mich auch gegen die Verzweiflung, die mich nach einer Weile erfüllte. Nein, er war nicht mein Geliebter. Ich hätte mich angeboten, aber als mir schließlich in den Sinn kam, daß ich das tun könnte, war mir das Gefühl verlorengegangen, daß die Empfindung, die Sie, Elijah, in mir ausgelöst hatten, sich jemals wieder einstellen würde. Ich dachte, das Ganze wäre vielleicht nur ein Produkt meiner Phantasie gewesen, und ich gab es auf. Ich bot mich nicht an. Und er hat sich auch nicht angeboten. Ich weiß nicht, warum er es nicht getan hat. Vielleicht erkannte er, daß meine Verzweiflung daraus entstand, weil ich im Sex nichts Nützliches finden konnte, und wollte diese Verzweiflung nicht dadurch noch verstärken, daß er mir erneut eine Enttäuschung bereitete. Für seine Freundlichkeit wäre es typisch, so um mich besorgt zu sein – also kam es zu keiner sexuellen Beziehung zwischen uns. Er war einfach nur mein Freund, zu einer Zeit, wo ich das viel mehr als alles andere brauchte.

Das wär's, Elijah. Jetzt haben Sie die ganze Antwort auf die Fragen, die Sie gestellt haben. Sie wollten wissen, in welcher Beziehung ich zu Dr. Fastolfe stehe, und hatten gesagt, Sie brauchten Informationen. Jetzt haben Sie sie. Sind Sie zufrieden?«

Baley versuchte, sein Bedauern nicht zu zeigen. »Es tut mir leid, Gladia, daß das Leben für Sie so schwer war. Sie haben mir die Information gegeben, die ich brauchte. Vielleicht haben Sie mir sogar mehr Information gegeben, als Sie glauben.«

Gladia runzelte die Stirn. »In welcher Weise?«

Baley antwortete darauf nicht direkt. Er sagte nur: »Gladia, ich bin froh, daß Ihre Erinnerung an mich Ihnen so viel bedeutet hat. Mir ist niemals während meiner Zeit auf Solaria in den Sinn gekommen, daß ich solchen Eindruck auf Sie gemacht habe. Und selbst wenn das der Fall gewesen wäre, hätte ich nie versucht... – Sie wissen schon.«

»Ich weiß, Elijah«, sagte sie, und ihre Stirn glättete sich wieder. »Es hätte Ihnen auch nichts genutzt, wenn Sie es versucht hätten. Ich wäre nicht dazu fähig gewesen.«

»Und das weiß ich. – Ich empfinde das, was Sie mir jetzt gesagt haben, auch nicht als Einladung. Eine Berührung, ein Moment sexuellen Erkennens braucht nicht mehr als das zu sein. Sehr wahrscheinlich läßt sich so etwas nie wiederholen, und man sollte jenen einmaligen Augenblick nicht dadurch verderben, daß man den närrischen Versuch machte, ihn wieder aufleben zu lassen. Das ist einer der Gründe, weshalb ich mich jetzt nicht – anbiete. Daß ich das nicht tue, sollen Sie nicht wieder als ein schales Ende empfinden. Außerdem...«

»Ja?«

»Sie haben mir vielleicht, wie ich schon vorher sagte, mehr mitgeteilt, als Ihnen vielleicht klar ist. Sie haben mir gesagt, daß die Geschichte nicht mit Ihrer Verzweiflung endet.«

»Warum sagen Sie mir das?«

»Als Sie mir das Gefühl schilderten, das die Berührung meiner Wange in Ihnen ausgelöst hat, haben Sie so ähnlich gesagt, wie ›und bei der Erinnerung daran, viel später, als ich gelernt hatte, was das war, wurde mir klar, daß ich fast einen Orgasmus erlebt hatte‹ –, aber dann fuhren Sie fort und erklärten mir, daß Ihre sexuellen Erlebnisse mit Auroranern nie erfolgreich waren, und ich schließe daher, daß Sie dabei auch keinen Orgasmus erlebt haben. Und doch *müssen* Sie das haben, Gladia, wenn Sie die Empfindung, die Sie damals auf Solaria hatten, wiedererkannten. Sie konnten nicht zurückblicken und sie als das erkennen, was sie war, wenn Sie nicht gelernt hatten, erfolgreich zu lieben. Mit anderen Worten, Sie *hatten* einen Liebhaber und Sie *haben* Liebe erlebt. Wenn ich glauben soll, daß Fastolfe nicht Ihr Liebhaber ist und es auch nicht gewesen ist, folgert daraus, daß jemand anderer das ist – oder war.«

»Und wenn? Warum kümmert Sie das, Elijah?«

»Ich weiß nicht, ob es mich kümmert oder nicht, Gladia. Sagen Sie mir, wer es ist, und wenn sich dann herausstellt, daß es mich nicht betrifft, dann ist das erledigt.«

Gladia schwieg.

Und Baley meinte: »Wenn Sie es mir nicht sagen, Gladia, werde ich es Ihnen sagen müssen. Ich habe Ihnen schon vor einer Weile gesagt, daß ich es mir einfach nicht leisten kann, Ihre Gefühle zu schonen.«

Gladia blieb stumm, und ihre Mundwinkel wurden weiß von dem Druck, unter dem sie stand.

»Es muß jemand sein, Gladia, und die Betrübtheit, die Sie über den Verlust Janders empfinden, ist außergewöhnlich. Sie haben Daneel hinausgeschickt, weil Sie es nicht ertragen konnten, ihn anzusehen, weil sein Gesicht Erinnerungen an Jander in Ihnen wachruft. Wenn der Schluß falsch ist, daß es Jander Panell war...« Er hielt einen Augenblick lang inne und sagte dann schroff: »Wenn der Roboter Jander Panell nicht Ihr Liebhaber war, dann sagen Sie es.«

Und Gladia flüsterte: »Jander Panell, der Roboter, war nicht mein Liebhaber.« Und dann laut und mit fester Stimme: »Er war mein Mann!«

25

Baleys Lippen bewegten sich tonlos, aber der viersilbige Ausruf war klar wahrzunehmen.

»Ja«, sagte Gladia. »Jehoshaphat! Sie sind verblüfft. Warum? Mißbilligen Sie das?«

Baley sagte ohne Betonung: »Es kommt mir nicht zu, etwas zu billigen oder mißbilligen.«

»Das bedeutet, daß Sie es mißbilligen.«

»Das bedeutet, daß ich nur Information suche. Wie unterscheidet man auf Aurora zwischen einem Liebhaber und einem Ehemann?«

»Wenn zwei Leute über einen gewissen Zeitraum in derselben Niederlassung zusammenleben, dann können sie einander als ›Frau‹ oder ›Ehemann‹ bezeichnen, anstatt ›Liebhaber‹.«

»Was ist ein längerer Zeitraum?«

»Das wechselt von Region zu Region, soweit ich das verstanden habe, und hängt von den örtlichen Gepflogenheiten ab. In der Stadt Eos beträgt dieser Zeitraum drei Monate.«

»Wird auch verlangt, daß man sich während dieses Zeitraums sexueller Beziehungen zu anderen enthält?«

Gladias Augenbrauen schoben sich hoch. »Warum?«

»Ich frage nur.«

»Exklusivität ist auf Aurora undenkbar. Ehemann oder Liebhaber, das macht keinen Unterschied. Man tut es, wenn es einem Spaß macht.«

»Und mit Jander – hat es Ihnen da Spaß gemacht?«

»Nein, aber das war meine freie Wahl.«

»Haben sich andere angeboten?«

»Gelegentlich.«

»Und Sie haben abgelehnt?«

»Ich kann immer ablehnen, wenn ich das will. Das ist Teil der Nichtexklusivität.«

»Aber haben Sie abgelehnt?«

»Ja.«

»Und wußten diejenigen, die Sie ablehnten, weshalb Sie das taten?«

»Was meinen Sie?«

»Wußten sie, daß Sie einen Roboter-Ehemann hatten?«

»Ich hatte einen *Ehemann*. Nennen Sie ihn nicht einen ›Roboter-Ehemann‹. Einen solchen Ausdruck gibt es nicht.«

»Wußten sie es?«

Sie machte eine Pause. »Ich weiß nicht, ob sie es wußten.«

»Haben Sie es ihnen gesagt?«

»Welchen Grund hätte es dafür gegeben?«

»Beantworten Sie bitte meine Fragen nicht mit Gegenfragen. Haben Sie es ihnen gesagt?«

»Nein.«

»Wie konnten Sie das vermeiden? Glauben Sie nicht, daß eine Erklärung für Ihre Ablehnung natürlich gewesen wäre?«

»Eine Erklärung wird niemals gefordert. Eine Ablehnung ist einfach eine Ablehnung, und man akzeptiert sie immer. Ich verstehe Sie nicht.«

Baley hielt inne, um seine Gedanken zu sammeln. Gladia und er befanden sich nicht im Konflikt, sie hatten nur Schwierigkeiten, zusammenzukommen.

Er fing noch einmal an. »Wäre es auf Solaria natürlich erschienen, einen Roboter als Ehemann zu haben?«

»Auf Solaria wäre es undenkbar gewesen, und ich hätte auch nie an eine solche Möglichkeit gedacht. Auf Solaria war alles undenkbar. – Auf der Erde auch, Elijah. Hätte Ihre Frau je einen Roboter zum Mann genommen?«

»Das ist unwesentlich, Gladia.«

»Mag sein, aber Ihr Gesichtsausdruck reicht mir als Antwort. Wir mögen keine Auroraner sein, Sie und ich, aber wir befinden uns hier auf Aurora. Ich lebe hier seit zwei Jahren und akzeptiere die hier herrschenden Sitten und Gebräuche.«

»Meinen Sie damit, daß sexuelle Beziehungen zwischen Menschen und Robotern auf Aurora üblich sind?«

»Ich weiß es nicht. Ich weiß nur, daß man sie akzeptiert, weil, soweit es um Sex geht, alles akzeptiert wird, alles, das freiwillig geschieht, wechselseitige Befriedigung erzeugt und niemandem physischen Schaden zufügt. Welchen Unterschied sollte es schon für irgend jemand anderen machen, wie ein Individuum oder eine Kombination von Individuen Befriedigung findet? Meinen Sie, irgend jemand würde sich darüber den Kopf zerbrechen, was für Bücher ich lese, was ich esse, wann ich schlafe oder aufwache, ob ich Katzen mag oder Rosen unschön finde? Und Sex ist ebenfalls eine Sache ohne Belang – auf Aurora.«

»Auf Aurora«, wiederholte Baley. »Aber Sie sind nicht auf Aurora geboren und auch nicht in den hiesigen Gebräuchen erzogen worden. Sie sagten mir vor einer Weile, daß Sie sich nicht an eben diese Gleichgültigkeit gegenüber dem Sex anpassen könnten, die Sie jetzt so loben. Vorher haben Sie Ihren Widerwillen gegenüber polygamen Ehen und einfacher Promiskuität zum Ausdruck gebracht. Wenn Sie denjenigen, die Sie abgelehnt haben, den Grund Ihrer Ablehnung nicht gesagt haben, dann hätte das sein können, weil Sie sich in irgendeinem verborgenen Winkel Ihres Wesens schämten, Jander als Ehemann zu haben. Möglicherweise wußten Sie – oder argwöhnten oder vermuteten vielleicht auch nur –, daß Sie darin ungewöhnlich waren – ungewöhnlich selbst auf Aurora – und haben sich geschämt.«

»Nein, Elijah, Sie werden mich jetzt nicht in irgendwelche Schamgefühle hineinreden. Wenn es selbst auf Aurora ungewöhnlich ist, einen Roboter als Ehemann zu haben, dann wäre das, weil Roboter wie Jander ungewöhnlich sind. Die Roboter, die wir auf Solaria haben oder auf der Erde – oder auf Aurora, mit Ausnahme Janders und Daneels –, sind nicht so konstruiert, daß sie irgendeine sexuelle Befriedigung vermitteln könnten, mit Ausnahme der allerprimitivsten. Man könnte sie vielleicht als Masturbationsgeräte einsetzen, so wie man vielleicht einen mechanischen Vibrator gebraucht, aber sonst nichts. Wenn die neuen humaniformen Roboter sich weiter verbreiten, dann wird sich auch Sex zwischen Menschen und Robotern verbreiten.«

Baley ging darauf nicht ein. »Wie kamen Sie denn in den Besitz Janders, Gladia? Nur zwei existierten – beide in Dr. Fastolfes Niederlassung. Hat er Ihnen einfach einen von ihnen – die Hälfte aller, die es gab – gegeben?«

»Ja.«

»Warum?«

»Aus Freundlichkeit, nehme ich an. Ich war einsam, enttäuscht, fühlte mich elend, eine Fremde im fremden Land. Er gab mir Jander, damit ich Gesellschaft haben sollte, und ich werde ihm dafür nie genügend danken können. Es dauerte nur ein halbes Jahr, aber jenes halbe Jahr ist möglicherweise ebensoviel wert wie mein ganzes bisheriges Leben.«

»Wußte Dr. Fastolfe, daß Jander Ihr... ah... Ehemann war?«

»Er ging nie darauf ein, ich weiß es also nicht.«

»Gingen *Sie* darauf ein?«

»Nein.«

»Warum nicht?«

»Ich hielt es nicht für notwendig. Und – nein – nicht weil ich Scham empfand.«

»Wie kam es dazu?«

»Daß ich es nicht für notwendig hielt?«

»Nein, daß Jander Ihr Ehemann wurde?«

Gladia wurde sichtlich starr. Ihre Stimme klang plötzlich feindselig. »Warum muß ich das erklären?«

Baley sah sie an. »Gladia. Es wird langsam spät«, sagte er. »Sie sollten sich nicht so gegen mich sperren. Betrübt es Sie, daß Jander... daß Jander nicht mehr ist?«

»Müssen Sie das fragen?«

»Wollen Sie herausfinden, was geschehen ist?«

»Noch einmal: Müssen Sie das fragen?«

»Dann helfen Sie mir. Wenn ich auch nur anfangen soll – anfangen – ein scheinbar unlösbares Problem zu lösen, brauche ich alle Informationen, die ich mir beschaffen kann. Wie ist Jander Ihr Ehemann geworden?«

Gladia lehnte sich in ihrem Stuhl zurück, und plötzlich standen ihr Tränen in den Augen. Sie schob den Teller, auf dem einmal Gebäck gelegen hatte, ziellos vor sich herum und sagte dann mit erstickter Stimme:

»Gewöhnliche Roboter tragen keine Kleider, aber sie sind so konstruiert, daß es den Anschein hat, als würden sie Kleider tragen. Ich kenne mich mit Robotern aus, schließlich habe ich auf Solaria gelebt. Und dann habe ich ein gewisses künstlerisches Talent.«

»Ich erinnere mich an Ihre Lichtformen«, sagte Baley leise.

Gladia nickte. »Ich habe ein paar Dessins für neue Modelle entworfen, die nach meiner Ansicht attraktiver sind als einige von denen, die auf Aurora in Gebrauch sind. Einige meiner

Gemälde, die auf diesen Dessins aufbauen, sind hier an den Wänden. Andere habe ich an anderen Stellen in dieser Niederlassung.«

Baleys Blick wanderte zu den Gemälden. Er hatte sie gesehen. Es war unverkennbar, daß sie Roboter darstellten. Sie waren nicht naturalistisch, sondern die Roboter wirkten auf ihnen in die Länge gezogen und unnatürlich gerundet. Jetzt stellte er fest, daß die unnatürlichen Partien so ausgebildet waren, daß sie recht geschickt jene Körperteile hervorhoben, die jetzt, wo er sie aus neuer Perspektive betrachtete, Kleidung suggerierten. Irgendwie entstand bei ihm der Eindruck von Dienstbotenkostümen, wie er sie einmal in einem Buch gesehen hatte, das sich mit dem England des Mittelalters befaßt hatte. Wußte Gladia von diesen Dingen oder wirkte hier nur eine zufällige Ähnlichkeit? Die Frage war wahrscheinlich ohne Bedeutung, aber (vielleicht) eine, die man nicht vergessen durfte.

Als er die Gemälde beim Betreten des Raums wahrgenommen hatte, hatte er geglaubt, Gladia versuche, sich auf diese Weise, sozusagen in Nachahmung des Lebens auf Solaria, mit Robotern zu umgeben. Sie haßte jenes Leben, hatte sie gesagt, aber das war nur ein Produkt ihres bewußten Denkens. Solaria war das einzige Zuhause gewesen, das sie je gekannt hatte, und so etwas wischt man nicht einfach weg – vielleicht überhaupt nie. Und vielleicht blieb das als ein Faktor in ihrer Malerei, selbst wenn ihre neue Tätigkeit ihr ein plausibleres Motiv lieferte.

Sie hatte weitergeredet, während er nachgedacht hatte. »Ich hatte Erfolg. Einige der Roboterhersteller zahlten gut für meine Entwürfe, und in zahlreichen Fällen wurden bereits existierende Roboter nach meinen Empfehlungen neu dekoriert. In all dem lag eine gewisse Befriedigung, die mich für die emotionale Leere meines Lebens entschädigte.

Als ich Jander von Dr. Fastolfe bekam, hatte ich einen Roboter, der natürlich gewöhnliche Kleidung trug. Fastolfe war sogar so liebenswürdig, mir für Jander etwas Kleidung zum Wechseln zu geben.

Nichts davon war in irgendeiner Weise ansprechend, und es bereitete mir Freude, Kleidung zu kaufen, die mir passender erschien. Das bedeutete, daß ich ihm ziemlich exakt Maß nehmen mußte, da ich beabsichtigte, meine Entwürfe nach Maß anfertigen zu lassen – und *das* bedeutete wiederum, daß ich von ihm verlangen mußte, daß er seine Kleidung ablegte.

Das tat er – und erst als er völlig entkleidet war, wurde mir ganz klar, wie menschenähnlich er doch war. Es fehlte nichts, und jene Körperteile, von denen man hätte erwarten müssen, daß sie erigierbar waren, waren dies in der Tat auch. Sie unterlagen etwas, was man bei einem Menschen als bewußte Kontrolle hätte bezeichnen können. Jander konnte sein Glied auf Wunsch an- und abschwellen lassen. Als ich ihn fragte, ob sein Penis in der Beziehung funktionell sei, erklärte er mir das. Ich war neugierig, und er demonstrierte es.

Sie müssen verstehen, daß ich, obwohl er sehr wie ein Mann aussah, sehr wohl wußte, daß er ein Roboter war. Ich empfinde vor dem Berühren von Männern ein gewisses Widerstreben – verstehen Sie –, und ich habe keinen Zweifel, daß das in meiner Unfähigkeit, mit Auroranern befriedigende sexuelle Beziehungen zu haben, eine gewisse Rolle spielte. Aber dies war kein Mann, und ich war mein ganzes Leben lang mit Robotern zusammen gewesen. Ich konnte Jander unbehindert berühren.

Ich brauchte nicht lange, um zu erkennen, daß es mir Freude bereitete, ihn zu berühren. Jander brauchte nicht lang, um seinerseits zu erkennen, daß ich Freude dabei empfand. Er war ein sorgfältig abgestimmter Roboter, der den Drei Gesetzen sorgsam gehorchte. Keine Freude zu geben, wo er dazu imstande war, hätte bedeutet, mich zu enttäuschen. Enttäuschung konnte man als Schaden empfinden, und er war nicht imstande, einem menschlichen Wesen Schaden zuzufügen. So gab er sich unendliche Mühe, mir Freude zu bereiten, und weil ich in ihm den Wunsch sah, Freude zu geben, etwas, das ich nie bei auroranischen Männern gespürt hatte, empfand ich tatsächlich Freude, und am Ende fand ich heraus – im vollen Maße, wie ich denke – was ein Orgasmus ist.«

»Dann waren Sie also völlig glücklich?« fragte Baley.

»Mit Jander? Natürlich. Völlig.«

»Sie haben nie gestritten?«

»Mit Jander? Wie sollte ich? Sein einziges Bestreben, der einzige Grund seiner Existenz war es, mir Freude zu bereiten.«

»Hätte Sie das nicht stören können? Er bereitete Ihnen nur Freude, weil er das mußte.«

»Welches Motiv sollte denn irgend jemand haben, etwas zu tun, als das, daß er es aus dem einen oder anderen Grund tun *mußte*?«

»Und Sie hatten nie den Drang, echte ... ich meine Auroraner auszuprobieren, nachdem Sie gelernt hatten, einen Orgasmus zu empfinden?«

»Das wäre ein unbefriedigender Ersatz gewesen. Ich wollte nur Jander. – Verstehen Sie jetzt, was ich verloren habe?«

Baleys von Natur aus würdiges Gesicht wurde noch länger, so daß es beinahe feierlich wirkte. »Ich verstehe, Gladia«, sagte er. »Wenn ich Ihnen vorher Schmerz zugefügt habe, dann verzeihen Sie mir bitte. Da hatte ich noch nicht ganz begriffen.«

Aber sie weinte, und er wartete, weil er nichts anderes sagen konnte und weil ihm nichts einfiel, womit er sie hätte trösten können.

Schließlich schüttelte sie den Kopf und wischte sich mit dem Handrücken über die Augen. »Ist noch etwas?« flüsterte sie.

»Noch ein paar Fragen zu einem anderen Thema«, sagte Baley mit um Verzeihung heischender Stimme. »Dann höre ich auf, Sie zu belästigen.« Und dann fügte er vorsichtig hinzu: »Für den Augenblick.«

»Was denn?« Sie schien sehr müde.

»Wissen Sie, daß es Leute gibt, die zu glauben scheinen, Dr. Fastolfe sei für die Tötung Janders verantwortlich?«

»Ja.«

»Wissen Sie, daß Dr. Fastolfe selbst zugibt, daß nur er über die Erfahrung verfügt, um Jander auf die Art zu töten, in der er getötet wurde?«

»Ja, das hat der liebe Doktor mir selbst gesagt.«

»Nun denn, Gladia, glauben *Sie*, daß Dr. Fastolfe Jander getötet hat?«

Sie blickte zu ihm auf, ganz plötzlich, ein scharfer Blick, und dann sagte sie zornig. »Natürlich nicht. Warum sollte er? Zu allererst war Jander sein Roboter, und er war voll der Besorgnis um ihn. Sie kennen den lieben Doktor nicht so wie ich, Elijah. Er ist eine sanftmütige Person, die niemandem wehtun möchte, und die ganz bestimmt nie einem Roboter weh tun würde. Sich vorzustellen, daß er einen töten würde, ist gleichbedeutend als stellte man sich vor, ein Stein könnte nach oben fallen.«

»Ich habe keine weiteren Fragen, Gladia, und das einzige, was mir hier noch zu tun bleibt, ist, Jander zu sehen – das, was von Jander übriggeblieben ist –, wenn ich dafür Ihre Genehmigung habe.«

Sofort war sie wieder argwöhnisch, ja feindselig. »Warum? *Warum?*«

»Gladia! Bitte! Ich erwarte auch nicht, daß es mir etwas bringt, aber ich *muß* Jander sehen, auch wenn ich *weiß*, daß es mir nichts bringt, ihn zu sehen. Ich will mich bemühen, nichts zu tun, das Ihre Gefühle verletzen könnte.«

Gladia stand auf. Ihr Kleid, das so einfach geschnitten war, daß es einfach nur wie eine eng anliegende Hülle wirkte, war nicht schwarz (wie es auf der Erde gewesen wäre), aber von einer stumpfen Farbe, ohne den geringsten Glanzeffekt. Baley, der von Kleidung nichts verstand, begriff, wie gut es Trauer vermittelte.

»Kommen Sie mit!« flüsterte sie.

26

Baley folgte Gladia durch mehrere Räume, deren Wände stumpf leuchteten. Ein paarmal fiel ihm eine Bewegung auf, wahrscheinlich ein Roboter, der ihnen schnell aus dem Wege ging, da man ihnen gesagt hatte, daß sie nicht stören sollten.

Dann durch einen Korridor und ein paar Stufen hinauf, in einen kleinen Raum, in dem ein Teil einer Wand leuchtete, so daß es wie ein Spotlight wirkte.

In dem Raum waren ein niedriges Bett und ein Stuhl – kein weiteres Mobiliar.

»Das war sein Zimmer«, sagte Gladia. Und dann, als wolle sie damit Baleys Gedanken beantworten, fuhr sie fort: »Das war alles, was er brauchte. Ich ließ ihn die meiste Zeit allein – den ganzen Tag, wenn ich konnte. Ich wollte nie seiner müde werden.« Sie schüttelte den Kopf. »Jetzt wünschte ich mir, ich wäre jede Sekunde bei ihm geblieben. Ich wußte nicht, daß unsere Zeit so kurz sein würde. – Hier ist er.«

Jander lag auf dem niedrigen Bett, und Baley musterte ihn ernst. Der Roboter war mit einem glatten, irgendwie leuchtenden Laken bis zur Brust bedeckt. Die Wand mit ihrem Lichteffekt warf ihren Schein auf Janders Kopf, der ganz glatt war und in seiner heiteren Gelassenheit fast wieder unmenschlich wirkte. Die Augen waren weit geöffnet, aber sie waren undurchsichtig und glanzlos. Er glich Daneel hinreichend, um Gladias Unbehagen über Daneels Gegenwart verständlich zu machen.

»Hat Dr. Fastolfe ihn inspiziert?« fragte Baley.

»Ja, sehr gründlich. Ich ging in meiner Verzweiflung zu ihm, und wenn Sie gesehen hätten, wie er hergerannt kam, welche Sorge er empfand, welchen Schmerz – Panik geradezu – dann würden Sie nie glauben, daß er der Schuldige sein könnte. Aber er konnte nichts tun.«

»Ist er entkleidet?«

»Ja. Dr. Fastolfe mußte die Kleidung für eine gründliche Untersuchung entfernen. Es hatte keinen Sinn, ihn wieder anzuziehen.«

»Würden Sie erlauben, daß ich das Laken entferne, Gladia?«

»Müssen Sie das?«

»Ich möchte nicht, daß man mir Vorwürfe macht, weil ich irgend etwas nicht gründlich genug überprüft habe.«

»Was könnten Sie finden, das Dr. Fastolfe entgangen ist?«

»Nichts, Gladia, aber ich muß wissen, daß da nichts ist, das ich finden kann. Bitte, helfen Sie mir.«

»Also gut, aber *bitte* decken Sie ihn wieder genauso zu wie jetzt, wenn Sie fertig sind.«

Sie wandte ihm und Jander den Rücken zu, stützte den linken Arm gegen die Wand und legte die Stirn darauf. Kein Laut war von ihr zu hören – keine Bewegung zu erkennen –, aber Baley wußte, daß sie weinte.

Der Körper war vielleicht nicht ganz menschlich. Die Muskelkonturen waren etwas vereinfacht und ein wenig schematisch, aber alle Teile waren vorhanden. Brustwarzen, Nabel, Penis, Hoden, Schamhaar und so weiter. Selbst dünnes, hellblondes Haar auf der Brust.

Wie viele Tage war es her, seit Jander getötet worden war? Baley wurde plötzlich bewußt, daß ihm das nicht bekannt war, aber es war schon einige Zeit vor Beginn seiner Reise nach Aurora geschehen. Über eine Woche war vergangen, und da war keine Spur des Verfalls, weder sichtbar noch dem Geruch nach. Ein ganz klarer robotischer Unterschied.

Baley zögerte und schob dann einen Arm unter Janders Schultern und den anderen unter seine Hüften, schob ihn bis auf die andere Seite durch. Er dachte nicht daran, Gladia um Hilfe zu bitten – *das* wäre unmöglich gewesen. Er setzte seine Kraft ein und schaffte es mit einiger Mühe, Jander umzudrehen, ohne ihn von der Pritsche zu werfen.

Die Pritzsche ächzte. Gladia mußte wissen, was er tat, drehte sich aber nicht um. Obwohl sie keine Hilfe anbot, protestierte sie auch nicht.

Baley zog die Arme zurück. Jander fühlte sich warm an. Vielleicht fuhr seine Energieeinheit fort, etwas so Einfaches zu tun wie die Körpertemperatur aufrechtzuerhalten, selbst bei inoperativem Gehirn. Der Körper fühlte sich auch fest und elastisch an. Vielleicht würde er nie eine Phase durchmachen, die der Leichenstarre entsprach.

Ein Arm hing jetzt auf ganz menschliche Art über den Bettrand. Baley bewegte ihn sacht und ließ ihn dann los. Er schwang ein wenig hin und her und kam dann zum Stillstand. Er bog ein Bein am Knie ab und studierte den Fuß, dann den anderen. Die Gesäßbacken waren perfekt ausgeformt, und es gab sogar einen After.

Baley konnte sich eines unbehaglichen Gefühls nicht erwehren. Die Vorstellung, daß er hier in die privateste Sphäre eines menschlichen Wesens eindrang, wollte ihn nicht loslassen. Wenn das eine menschliche Leiche gewesen wäre, dann hätte ihre Kälte und ihre Steifheit sie der Menschlichkeit beraubt.

Und dann dachte er mit etwas Unbehagen: eine Roboterleiche kommt einem viel menschlicher vor als eine menschliche Leiche.

Wieder schob er die Arme unter Jander, hob ihn an und drehte ihn herum.

Er glättete die Unterlage, so gut er konnte, deckte ihn dann wieder zu und strich auch das Laken glatt. Er trat zurück und prüfte, ob alles so war, wie es vorher gewesen war – oder wenigstens, so gut ihm das möglich war.

»Ich bin fertig, Gladia«, sagte er.

Sie drehte sich um, sah Jander mit feuchten Augen an und sagte: »Können wir dann gehen?«

»Ja, natürlich. Aber... Gladia...«

»Ja?«

»Werden Sie ihn so lassen? Ich stelle mir vor, daß bei ihm kein Verfall eintreten wird.«

»Ist es wichtig, ob ich das tue?«

»In mancher Hinsicht ja. Sie müssen sich selbst die Chance geben, sich zu erholen. Sie können nicht dreihundert Jahre mit Trauern verbringen. Was vorbei ist, ist vorbei.« (Seine Worte klangen ihm selbst hohl und phrasenhaft. Wie mochten sie wohl für sie geklungen haben?)

»Ich weiß, daß Sie das gut meinen, Elijah«, sagte sie. »Man hat mich gebeten, Jander so zu lassen, bis die Ermittlungen abgeschlossen sind. Dann wird er auf meine Bitte gefackelt werden.«

»Gefackelt?«

»Unter einer Plasmafackel auf seine Elemente zurückgeführt, so wie man es auch bei menschlichen Leichen macht. Ich werde Hologramme von ihm haben – und meine Erinnerung. Befriedigt Sie das?«

»Natürlich. Ich muß jetzt zu Dr. Fastolfes Haus zurückkehren.«

»Ja. Haben Sie an Janders Leiche irgend etwas gefunden?«

»Das hatte ich nicht erwartet, Gladia.«

Sie sah ihm voll in die Augen. »Und, Elijah, ich möchte, daß Sie herausfinden, wer das getan hat und warum. Ich muß es wissen.«

»Aber Gladia...«

Sie schüttelte heftig den Kopf, als wollte sie alles von sich drängen, auf das sie noch nicht vorbereitet war. »Ich *weiß*, daß Sie das können.«

Siebter Teil

Noch einmal Fastolfe

27

Baley trat aus Gladias Haus in den Sonnenuntergang hinaus. Er wandte sich dem Horizont zu, den er für den westlichen hielt, und fand Auroras Sonne, von tief scharlachroter Farbe vor einem apfelgrünen Himmel, an dem ein paar dünne, rosafarbene Wolkenstreifen hingen.

»Jehoshaphat«, murmelte er. Es war ganz offenkundig, daß Auroras Sonne, die kühler und orangefarbener als die der Erde war, den Unterschied besonders beim Untergang betonte, wenn ihr Licht die dichteren Schichten der Atmosphäre von Aurora passieren mußte.

Daneel ging hinter ihm; Giskard, wie vorher auch, ein gutes Stück voraus.

Daneels Stimme klang in seinem Ohr: »Fühlen Sie sich wohl, Partner Elijah?«

»Ganz wohl«, sagte Baley, mit sich selbst zufrieden. »Ich komme mit dem Draußen gut zurecht, Daneel. Ich kann sogar den Sonnenuntergang bewundern. Ist der immer so?«

Daneel blickte ungerührt auf die untergehende Sonne und sagte: »Ja. Aber wir wollen uns beeilen, damit wir Dr. Fastolfes Niederlassung schnell erreichen. Um diese Jahreszeit dauert die Dämmerung nicht lange, Partner Elijah, und ich würde wünschen, daß Sie dort ankommen, solange Sie noch gut sehen können.«

»Ich bin bereit. Gehen wir!« Baley fragte sich, ob es nicht vielleicht besser wäre, auf die Dunkelheit zu warten. Es würde nicht angenehm sein, nichts zu sehen, aber andererseits würde ihm das die Illusion des Eingeschlossenseins vermitteln – und tief in seinem Herzen war er keineswegs sicher, wie lange diese

Euphorie, die die Bewunderung eines Sonnenuntergangs erzeugte (wohlgemerkt, eines Sonnenuntergangs Draußen), andauern würde. Aber das war feige Unsicherheit, und er würde so etwas nie zugeben.

Giskard glitt lautlos auf ihn zu und sagte: »Würden Sie lieber warten, Sir? Würde Ihnen die Dunkelheit besser passen? Uns selbst würde das nicht stören.«

Baley bemerkte jetzt weitere Roboter, weiter entfernt, überall. Hatte Gladia ihre Feldroboter als Wachen aufgestellt oder Fastolfe die seinen geschickt?

Es betonte nur die Art und Weise, wie sie alle für ihn sorgten, und irgendeine perverse Regung in ihm wollte keine Schwäche eingestehen. So meinte er: »Nein, wir gehen jetzt«, und setzte sich mit zügigen Schritten in Richtung auf Fastolfes Niederlassung in Bewegung, die er in der Ferne hinter den Bäumen ausmachen konnte.

Sollten die Roboter doch nachkommen oder nicht, ganz wie sie wollten, dachte er mutig. Er wußte, wenn er zuließ, daß er selbst darüber nachdachte, würde irgend etwas in ihm sich gegen die Vorstellung auflehnen, daß er selbst sich auf der Außenhaut eines Planeten befand, ohne irgendeinen Schutz außer Luft zwischen sich und der großen Leere des Raums. Aber er würde einfach nicht daran denken.

Das erhebende Gefühl, frei von Furcht zu sein, ließ seine Kinnladen zittern und seine Zähne klappern. Vielleicht war es auch der kühle Abendwind, der das bewirkte – und auch das ließ eine Gänsehaut auf seinen Armen erscheinen. Es war *nicht* das Draußen.

Es war es *nicht*.

Er sagte, bemüht, die Zähne nicht zusammenzupressen: »Wie gut hast du Jander gekannt, Daneel?«

»Wir waren eine Weile zusammen«, antwortete Daneel. »Von der Zeit, in der Freund Jander konstruiert wurde, bis er schließlich in die Niederlassung von Miß Gladia überging, waren wir fast ständig beisammen.«

»Hat es dich gestört, Daneel, daß Jander dir so ähnlich war?«

»Nein, Sir. Er und ich konnten einander unterscheiden, Partner Elijah, und Dr. Fastolfe hat uns auch nicht verwechselt. Deshalb waren wir zwei Individuen.«

»Und konntest du sie auch unterscheiden, Giskard?« Sie waren ihm jetzt näher, vielleicht weil die anderen Roboter die entfernteren Pflichten übernommen hatten.

»Soweit ich mich erinnere«, sagte Giskard, »gab es keinen Anlaß, an dem es wichtig gewesen wäre, daß ich das konnte.«

»Und wenn es einen solchen Anlaß gegeben hätte, Giskard?«

»Dann hätte ich es tun können.«

»Was hattest du für eine Meinung von Jander, Daneel?«

»Meine Meinung, Partner Elijah? Bezüglich welchen Aspekts von Jander wünschen Sie meine Meinung?«

»Hat er beispielsweise seine Arbeit gut erledigt?«

»Sicherlich.«

»War er in jeder Hinsicht zufriedenstellend?«

»Nach meinem Wissen in jeder Hinsicht.«

»Und was meinst du, Giskard? Was hast du für eine Meinung?«

»Ich war Freund Jander nie so nahe wie Freund Daneel«, antwortete Giskard. »Es wäre daher nicht passend, wenn ich eine Meinung äußere. Ich kann sagen, daß Dr. Fastolfe nach meinem Wissen mit Freund Jander sehr zufrieden war. Er schien in gleicher Weise mit Freund Jander und mit Freund Daneel zufrieden. Aber meine Programmierung ist nicht so, daß ich in solchen Dingen Sicherheit bieten kann.«

»Was ist mit der Periode, als Jander in den Haushalt von Miß Gladia eingetreten war? Hast du ihn damals gekannt, Daneel?«

»Nein, Partner Elijah. Miß Gladia hielt ihn in ihrer Niederlassung. Wenn sie Dr. Fastolfe besuchte, war er nach meiner Kenntnis nie bei ihr. Wenn ich Dr. Fastolfe auf Besuchen in Miß Gladias Niederlassung begleitete, sah ich Freund Jander nie.«

Baley überraschte das ein wenig. Er wandte sich Giskard zu, um ihm dieselbe Frage zu stellen, hielt inne und zuckte dann die Achseln. So kam er nicht weiter, und wie Dr. Fastolfe schon früher angedeutet hatte, machte es wenig Sinn, einen Roboter ins Kreuzverhör zu nehmen. Roboter würden wissentlich nie etwas sagen, das ein menschliches Wesen verletzen würde, noch konnte man sie dazu in irgendeiner Weise drängen, bedrohen oder unter Druck setzen. Sie würden nicht offen lügen, würden aber stur – wenn auch höflich – darauf beharren, unbrauchbare Antworten zu geben.

Und – vielleicht – war es gar nicht mehr wichtig.

Sie hatten inzwischen Fastolfes Türschwelle erreicht, und Baley spürte, wie sein Atem schneller ging. Das Zittern seiner Arme und seiner Unterlippe war, dessen war er sich jetzt ziemlich sicher, tatsächlich nur auf den kalten Wind zurückzuführen.

Die Sonne war untergegangen, ein paar Sterne waren sichtbar geworden, und der Himmel hatte sich zu einem seltsamen grünlichen Purpur verdunkelt, als er durch die Tür in die Geborgenheit der warmleuchtenden Wände trat.

Er war in Sicherheit.

Fastolfe begrüßte ihn. »Sie sind schnell zurückgekommen, Mr. Baley. War Ihre Sitzung mit Gladia zufriedenstellend?«

»Sehr zufriedenstellend, Dr. Fastolfe«, sagte Baley. »Es ist sogar möglich, daß ich bereits den Schlüssel zur Antwort in der Hand halte.«

28

Fastolfe lächelte darauf nur höflich auf eine Art, die weder Überraschung, Freude noch Unglauben signalisierte. Er ging dem anderen in einen Raum voraus, der offenbar als Speisezimmer diente, ein kleineres, freundlicheres Zimmer als dasjenige, in dem sie zu Mittag gegessen hatten.

»Sie und ich, mein lieber Mr. Baley«, meinte Fastolfe freundlich, »werden jetzt allein ein ganz formloses Abendessen zu uns nehmen. Nur wir beide. Wenn Ihnen das angenehm ist, lassen wir sogar die Roboter draußen. Wir werden auch über nichts Geschäftliches reden, sofern es Sie nicht heftig danach drängt.«

Baley sagte nichts, sondern blieb stehen und betrachtete erstaunt die Wände. Sie waren von einem leuchtenden Grün in unterschiedlicher Helligkeit und Tönung, langsam von oben nach unten wechselnd. Eine Andeutung von einem dunkleren Grün war wahrzunehmen, wie Schatten oder vielleicht wie sich bewegende Blätter. Die Wände ließen den Raum wie eine gut beleuchtete Grotte auf dem Grund eines seichten Meeresarms erscheinen. Der Effekt war schwindelerregend – zumindest wirkte er auf Baley so.

Fastolfe bereitete es keine Schwierigkeiten, Baleys Ausdruck zu deuten. Er meinte: »Ein Geschmack, an den man sich gewöhnen muß, Mr. Baley, das gebe ich zu. Giskard, eine schwächere Raumbeleuchtung, bitte! Vielen Dank.«

Baley atmete erleichtert auf. »Ich danke *Ihnen*, Dr. Fastolfe. Kann ich das Personal besuchen, Sir?«

»Aber selbstverständlich.«

Baley zögerte. »Könnten Sie...?«

Fastolfe lachte leise. »Sie werden es ganz normal finden, Mr. Baley. Sie werden keine Klagen haben.«

Baley nickte. »Vielen Dank.«

Ohne die unerträgliche Scheinwelt war das Personal – er nahm an, daß es dasselbe war, das er schon einmal benutzt hatte – einfach das, was es war, nur viel luxuriöser und einladender, als er je eines gesehen hatte. Der Unterschied zu ähnlichen Einrichtungen auf der Erde war unglaublich. Dort gab es nur Reihen identischer Einheiten, die sich in die Unendlichkeit zu erstrecken schienen, jedes für den Gebrauch durch ein – und nur ein – Individuum bestimmt.

Irgendwie ging ein *Strahlen* hygienischer Reinlichkeit davon aus, als hätte man nach jedem Gebrauch die äußerste Molekularschicht abgeschält und eine neue aufgelegt. Baley hatte das unbestimmte Gefühl, daß er, wenn er lange genug auf Aurora blieb, Schwierigkeiten haben würde, sich wieder an die Menschenmengen der Erde zu gewöhnen, die die Hygiene und die Reinlichkeit in den Hintergrund drängten – etwas, dem man zwar Reverenz erwies, das man aber stets als ein nicht ganz erreichbares Ideal betrachtete.

Wie Baley jetzt so dastand, umgeben vom Komfort aus Elfenbein und Gold – natürlich nicht echtes Elfenbein, ohne Zweifel, und auch nicht echtes Gold –, glänzend und glatt, ertappte er sich plötzlich dabei, wie er über den beiläufigen Austausch von Bakterien auf der Erde schauderte und zusammenzuckte bei dem Gedanken, welche Infektionsgefahren dort drohten. War es nicht das, was die Spacer empfanden? Konnte man es ihnen verübeln?

Er wusch sich, in Gedanken versunken, die Hände, spielte mit den winzigen Sensoren da und dort an dem Kontrollstreifen, um die Temperatur zu verändern. Und doch waren diese

Auroraner in ihrer Innendekoration so unnötig vulgär und beharrten immer darauf, vorzugeben, sie lebten in der freien Natur, wo sie die Natur doch gezähmt und sie gebrochen hatten. Oder war das nur Fastolfe?

Gladias Niederlassung war schließlich viel weniger aufdringlich gewesen. Oder war das nur, weil sie auf Solaria aufgewachsen war?

Die sich anschließende Mahlzeit war eine einzige Freude. Wieder stellte sich, wie beim Mittagessen, das deutliche Gefühl ein, der Natur näher zu sein. Die Gerichte waren zahlreich – jedes anders, jedes in kleinen Portionen dargeboten – und in vielen Fällen konnte man deutlich erkennen, daß einzelne Speisen Teile von Pflanzen und Tieren waren. Er begann die Unbequemlichkeiten – gelegentliche kleine Knochen, Fasern, die ihn vielleicht früher abgestoßen hätten – als eine Art Abenteuer zu empfinden.

Der erste Gang war ein kleiner Fisch – ein kleiner Fisch, den man ganz aß, mit all seinen inneren Organen, die er vielleicht besitzen mochte –, und auch das kam ihm auf den ersten Blick so vor, als wollte man ihn mit der Nase auf die Natur stoßen. Aber er schluckte den kleinen Fisch trotzdem hinunter, wie Fastolfe es tat, und der Geschmack bekehrte ihn sofort. Er hatte nie so etwas erlebt. Es war, als hätte man plötzlich Geschmacksknospen erfunden und in seine Zunge eingefügt.

Die Geschmacksempfindungen wechselten von Gericht zu Gericht, und manche waren höchst seltsam und ganz und gar nicht angenehm, aber er stellte fest, daß das nichts ausmachte. Das Prickeln eines ausgeprägten Geschmacks, *unterschiedlicher* ausgeprägter Geschmacksempfindungen (auf Fastolfes Hinweis nahm er zwischen den Gerichten einen Schluck schwach gewürzten Wassers) war, worauf es ankam – nicht die inneren Einzelheiten.

Er versuchte, nicht zu schlingen und auch seine Aufmerksamkeit nicht völlig auf die Speise zu konzentrieren oder den Teller abzulecken. Verzweifelt mühte er sich ab, Fastolfe zu beobachten und zu imitieren und dessen freundlichen, aber eindeutig amüsierten Blick zu ignorieren.

»Ich hoffe, Sie finden das alles nach Ihrem Geschmack«, sagte Fastolfe.

»Ganz gut«, würgte Baley heraus.

»Bitte, Sie sollen sich nicht zwingen, unnötig höflich zu sein. Essen Sie nichts, das Ihnen fremdartig oder ungenießbar erscheint. Ich lasse statt dessen, wenn Ihnen etwas besonders gut schmeckt, davon nachlegen.«

»Nicht notwendig, Dr. Fastolfe. Alles ist sehr zufriedenstellend.«

»Gut.«

Obwohl Fastolfe angeboten hatte, ohne die Anwesenheit von Robotern zu essen, wurden sie von einem Roboter bedient. (Fastolfe, der daran gewöhnt war, bemerkte das wahrscheinlich nicht einmal, dachte Baley – und er erwähnte es nicht.)

Wie zu erwarten, war der Roboter völlig lautlos und seine Bewegungen ohne Makel. Seine hübsche Livree erinnerte Baley an historische Dramen, die er in den Hyperwellen gesehen hatte. Nur wenn man ganz genau hinsah, konnte man erkennen, wie sehr das Kostüm eine Illusion der Beleuchtung war und wie nahe das Äußere des Roboters einer glatten Metallfläche kam – und sonst gar nichts.

»Ist die Oberfläche des Kellners von Gladia entworfen worden?« fragte Baley.

»Ja«, sagte Fastolfe, den das offenbar freute. »Es wird ihr schmeicheln, wenn sie erfährt, daß Sie ihren Stil erkannt haben. Sie ist gut, nicht wahr? Ihre Arbeit wird zusehends populärer, sie scheint da in der Gesellschaft Auroras eine nützliche Nische gefunden zu haben.«

Das Gespräch während der ganzen Mahlzeit war angenehm, aber unwichtig gewesen. Baley verspürte keinerlei Drang, ›über Geschäfte‹ zu reden, und hatte es tatsächlich vorgezogen, fast stumm zu bleiben, und die Mahlzeit zu genießen, und es seinem Unterbewußtsein – oder was auch sonst in Abwesenheit konzentrierten Denkens hier einsprang – zu überlassen, wie er die Angelegenheit angehen sollte, die ihm jetzt in dem Problem Jander das Wichtigste schien. Aber Fastolfe nahm ihm die Entscheidung aus der Hand, indem er sagte: »Und jetzt, wo Sie Gladia schon erwähnt haben, Mr. Baley, darf ich fragen, wie es dazu kam, daß Sie diese Niederlassung anscheinend in ziemlicher Verzweiflung verließen und in fast überschwenglicher Stimmung zurückkehrten und andeuteten, Sie hätten vielleicht den Schlüssel für die ganze Affäre in der Hand? Haben Sie bei Gladia etwas Neues – vielleicht etwas Unerwartetes – erfahren?«

»Das habe ich«, sagte Baley abwesend – aber er war so von dem Nachtisch entzückt, den er überhaupt nicht erkannte und von dem ihm (nachdem offenbar ein sehnsüchtiger Blick den sie bedienenden Roboter dazu veranlaßt hatte) jetzt gerade eine zweite kleine Portion serviert wurde. Sein ganzes Leben lang hatte er den Vorgang des Essens noch nie so genossen, und zum erstenmal bedauerte er die physiologischen Grenzen, die es unmöglich machten, endlos zu essen. Er schämte sich ein wenig, daß er solches empfand.

»Und was haben Sie erfahren, das so neu und unerwartet war?« fragte Fastolfe ruhig und geduldig. »Mutmaßlich etwas, das ich selbst nicht gewußt habe?«

»Vielleicht. Gladia sagte mir, daß Sie ihr Jander etwa vor einem halben Jahr gegeben haben.«

Fastolfe nickte. »Nun, *das* weiß ich auch. Vor einem halben Jahr habe ich ihr Jander zur Verfügung gestellt.«

»Warum?« fragte Baley scharf.

Langsam verblaßte Fastolfes freundlicher Blick und dann sagte er: »Warum nicht?«

»Ich weiß nicht, *warum nicht*, Dr. Fastolfe«, sagte Baley. »Mir ist das gleichgültig. Meine Frage ist: *Warum*?«

Fastolfe schüttelte leicht den Kopf und sagte nichts.

Und Baley sagte: »Dr. Fastolfe, ich bin hier, um etwas in Ordnung zu bringen, das anscheinend in furchtbarem Durcheinander ist. Nichts, was Sie getan haben – *nichts* – hat die Dinge bisher einfacher gemacht. Vielmehr haben Sie allem Anschein nach geradezu Freude dabei empfunden, mir zu zeigen, um was für ein Durcheinander es sich handelt, indem Sie jegliche Spekulation zerstörten, die ich als mögliche Lösung vortrug. Nun erwarte ich nicht, daß andere meine Fragen beantworten. Ich besitze auf dieser Welt keinen offiziellen Status und habe nicht das Recht, Fragen zu stellen, geschweige denn jemanden zum Antworten zu zwingen.

Bei Ihnen ist das anders. Ich bin auf Ihren Wunsch hier und bemühe mich, Ihre Karriere und die meine zu retten. So wie Sie die Dinge dargestellt haben, versuche ich damit gleichzeitig auch noch, Aurora und die Erde zu retten. Deshalb erwarte ich, daß Sie meine Fragen vollständig und der Wahrheit gemäß beantworten. Bitte, sparen Sie sich Hinhaltetaktiken und hören Sie auf, mich ›warum nicht‹ zu fragen, wenn ich ›warum‹ frage. Jetzt noch einmal – zum letztenmal: Warum?«

Fastolfe schob die Lippen vor und sah Baley grimmig an. »Ich bitte um Entschuldigung, Mr. Baley. Wenn ich mit der Antwort gezögert habe, dann nur, weil ich im Rückblick den Eindruck habe, daß es keinen besonders dramatischen Grund dafür gibt. Gladia Delmarre – nein, sie will nicht, daß man ihren Familiennamen benutzt –, Gladia ist eine Fremde auf diesem Planeten; sie hat auf ihrer Heimatwelt traumatische Erlebnisse durchgemacht, wie Sie wissen, und auf dieser Welt ebenfalls traumatische Erlebnisse, die Sie vielleicht nicht wissen...«

»Ich weiß. Bitte werden Sie deutlicher.«

»Nun denn, sie hat mir leid getan. Sie war allein, und ich dachte, Jander würde dazu beitragen, daß sie sich weniger allein fühlt.«

»Leid hat sie Ihnen getan? Einfach so? Lieben Sie sich? Haben Sie sich einmal geliebt?«

»Nein, ganz und gar nicht. Ich habe mich nie angeboten. Und sie auch nicht. Warum? Hat sie Ihnen gesagt, daß wir uns geliebt haben?«

»Nein, das hat sie nicht. Aber ich brauche in jedem Fall eine unabhängige Bestätigung. Wenn es einen Widerspruch gibt, werde ich Sie das wissen lassen; darüber brauchen Sie sich keine Sorgen zu machen. Wie kommt es denn, wo Sie doch mit Ihr Mitgefühl hatten – und nach allem, was ich von Gladia erfuhr, sie Ihnen so dankbar war –, wie kommt es, daß keiner von Ihnen beiden sich angeboten hat? Soweit ich bisher erfahren habe, bietet man auf Aurora Sex etwa ebenso beiläufig an, wie man über das Wetter spricht.«

Fastolfe runzelte die Stirn. »Sie wissen gar nichts davon, Mr. Baley. Sie sollten uns nicht nach den Maßstäben Ihrer eigenen Welt beurteilen. Sex ist für uns keine Sache von großer Wichtigkeit, aber wir denken uns schon etwas dabei. Ihnen mag das nicht so vorkommen, aber von uns macht keiner beiläufig ein solches Angebot. Gladia, die unsere Art zu leben, nicht gewöhnt war und die auf Solaria sexuell frustriert wurde, hat sich vielleicht beiläufig angeboten – vielleicht wäre das bessere Wort ›verzweifelt‹ –, und daher überrascht es vielleicht nicht, daß sie an dem, was dabei herauskam, kein Vergnügen hatte.«

»Haben Sie denn nicht versucht, da Besserung zu schaffen?«

»Indem ich mich selbst angeboten habe? Ich bin nicht das, was sie braucht, und – was das betrifft – sie ist auch nicht, was ich brauche. Sie hat mir einfach leid getan. Ich mag sie. Ich bewundere ihr künstlerisches Talent, und ich möchte, daß sie glücklich ist. Schließlich werden Sie doch ganz sicher zugeben, Mr. Baley, daß die Sympathie eines menschlichen Wesens für ein anderes nicht auf sexuellem Begehren beruhen muß oder auf irgend etwas anderem als menschlichem Anstand und Gefühlen der Zuneigung. Haben Sie nie Sympathie für jemanden empfunden? Haben Sie nie den Wunsch empfunden, jemandem zu helfen, einfach nur, weil es Ihnen guttat, das Leid eines anderen zu lindern? Von was für einem Planeten kommen Sie denn?«

»Was Sie sagen, ist berechtigt, Dr. Fastolfe«, sagte Baley. »Ich stelle keineswegs in Zweifel, daß Sie ein anständiges menschliches Wesen sind. Trotzdem haben Sie bitte Nachsicht mit mir. Als ich Sie das erste Mal fragte, weshalb Sie Jander Gladia gegeben hatten, haben Sie mir das nicht gesagt, was Sie jetzt eben gesagt haben – und einigermaßen erregt, wie ich vielleicht hinzufügen darf. Ihr erster Impuls war, Zeit zu gewinnen, zu zögern, eine Gegenfrage zu stellen.

Wenn ich einmal einräume, daß das, was Sie mir zuletzt gesagt haben, zutrifft, was war Ihnen dann an meiner ursprünglichen Frage so peinlich? Welcher Grund – den Sie *nicht* zugeben wollten – kam Ihnen denn in den Sinn, ehe Sie den Grund nannten, den Sie zugeben *wollten*? Verzeihen Sie mir meine Hartnäckigkeit, aber ich muß es wissen – und zwar nicht aus persönlicher Neugierde, das kann ich Ihnen versichern. Wenn das, was Sie mir sagen, in dieser traurigen Geschichte keinen Nutzen bringt, dann können Sie es so betrachten, als hätten Sie es in ein Schwarzes Loch geworfen.«

Fastolfe antwortete darauf mit leiser Stimme: »Um es ganz ehrlich zu sagen, ich bin nicht sicher, warum ich Ihrer Frage ausgewichen bin. Sie haben mich überrascht und mich dabei in etwas hineingetrieben, dem ich vielleicht nicht in die Augen sehen will. Lassen Sie mich nachdenken, Mr. Baley.«

Sie saßen einander stumm gegenüber. Der Roboter räumte den Tisch ab und verließ den Raum. Daneel und Giskard waren irgendwo anders (wahrscheinlich damit beschäftigt, das Haus zu bewachen). Endlich waren Baley und Fastolfe allein, in einem roboterfreien Raum. Schließlich sagte Fastolfe: »Ich weiß nicht, was ich Ihnen sagen sollte. Aber lassen Sie mich ein paar Jahrzehnte zurückgreifen. Ich habe zwei Töchter. Sie wissen das vielleicht. Sie sind von zwei verschiedenen Müttern...«

»Hätten Sie lieber Söhne gehabt, Dr. Fastolfe?«

Fastolfe sah ihn überrascht an. »Nein, ganz und gar nicht. Die Mutter meiner zweiten Tochter wollte, glaube ich, einen Sohn, aber ich war nicht bereit, einer künstlichen Besamung mit ausgewähltem Sperma zuzustimmen – nicht einmal mit meinem eigenen Sperma –, sondern bestand darauf, die genetischen Würfel so fallen zu lassen, wie der Zufall es wollte. Ehe Sie mich fragen, warum – das liegt daran, daß ich dem natürlichen Wirken des Zufalls im Leben den Vorzug gebe und weil ich, glaube ich, insgesamt die Chance wollte, eine Tochter zu haben. Verstehen Sie, ich hätte einen Sohn akzeptiert, aber ich wollte die Chance nicht aufgeben, eine Tochter zu haben. Irgendwie mag ich Töchter. Nun, mein zweites Kind wurde eine Tochter. Und das war vielleicht einer der Gründe dafür, daß die Mutter kurz nach der Geburt die Ehe auflöste. Andererseits wird ohnehin nach einer Geburt eine beträchtliche Anzahl von Ehen aufgelöst, also brauche ich vielleicht gar nicht nach besonderen Gründen zu suchen.«

»Ich nehme an, sie hat das Kind mitgenommen.«

Fastolfe sah Baley verblüfft an. »Warum sollte sie das tun? – Aber ich vergesse, daß Sie von der Erde sind. Nein, natürlich nicht. Das Kind wäre in einem Kinderheim aufgezogen worden, wo man natürlich angemessen für sie hätte sorgen können. Aber tatsächlich...« – er rümpfte die Nase, als wäre ihm die eigenartige Erinnerung irgendwie peinlich –, »man hat sie nicht dorthin gebracht. Ich entschied mich dafür, sie selbst großzuziehen. Das war gesetzlich durchaus zulässig, aber sehr ungewöhnlich. Ich war natürlich sehr jung, noch nicht einmal hundert Jahre alt, aber ich hatte es in der Robotik bereits zu etwas gebracht.«

»Haben Sie es geschafft?«

»Sie meinen, sie erfolgreich großzuziehen? O ja. Sie ist mir sehr lieb geworden. Ich habe sie Vasilia genannt. Sehen Sie, das war der Name meiner Mutter.« Er lächelte wehmütig bei der Erinnerung. »Manchmal habe ich so seltsame sentimentale Empfindungen – wie meine Zuneigung zu meinen Robotern. Natürlich habe ich meine Mutter nie kennengelernt, aber ihr Name stand in meinen Karten. Und soweit mir bekannt ist, lebt sie noch, ich könnte sie also sehen – aber ich denke, jemanden kennenzulernen, in dessen Leib man sich einmal befunden hat, hat doch – wie soll ich sagen? – ...ah... etwas ziemlich Unangenehmes an sich. – Wo war ich stehengeblieben?«

»Sie haben Ihre Tochter Vasilia genannt.«

»Ja – und ich habe sie großgezogen und sie im Lauf der Zeit tatsächlich liebgewonnen, sehr lieb sogar. Ich konnte durchaus verstehen, daß es etwas Anziehendes an sich hatte, so etwas zu tun, aber für meine Freunde war das natürlich sehr peinlich, und ich mußte sie immer wegbringen, wenn es zu Kontakten kam, sei es nun gesellschaftlich oder beruflich. Ich erinnere mich, einmal...« Er machte eine Pause, dann fuhr er fort: »Das ist etwas, woran ich seit Jahrzehnten nicht mehr gedacht habe. Sie kam herausgerannt, weinte aus irgendeinem Grund und warf sich in meine Arme, als Dr. Sarton bei mir war und mit mir eines der frühesten Konstruktionsprogramme für humaniforme Roboter besprach. Sie war damals, glaube ich, erst sieben Jahre alt, und ich habe sie natürlich an mich gedrückt, sie geküßt und mich einfach nicht um meine Geschäfte gekümmert, was natürlich unverzeihlich war. Sarton ging weg, hustend und würgend – und *höchst* verstimmt. Es dauerte eine ganze Woche, bis ich den Kontakt mit ihm wiederherstellen und unsere Überlegungen wieder von vorne beginnen konnte. Kinder sollten wohl keine solche Wirkung auf Leute haben, aber es gibt so wenig Kinder, und man begegnet ihnen so selten.«

»Und Ihre Tochter – Vasilia – hat sie Sie auch gemocht?«

»O ja – zumindest bis... sie hat mich sehr gemocht. Ich kümmerte mich um ihre Ausbildung und sorgte dafür, daß ihr Geist Gelegenheit bekam, sich im vollsten Maße auszuweiten.«

»Sie sagten, sie hätte Sie gemocht, bis – irgend etwas. Sie haben den Satz nicht zu Ende gesprochen. Es kam also ein Zeitpunkt, an dem sie Sie nicht mehr mochte. Wann war das?«

»Sie wollte ihre eigene Niederlassung haben, als sie dafür alt genug war. Das war nur natürlich.«

»Und Sie wollten das nicht?«

»Was meinen Sie damit, daß ich das nicht *gewollt* hätte? Natürlich wollte ich es. Sie nehmen immer noch an, daß ich ein Monstrum bin, Mr. Baley.«

»Soll ich statt dessen annehmen, daß sie, als sie einmal das Alter erreicht hatte, in dem sie ihre eigene Niederlassung haben sollte, nicht länger dieselbe Zuneigung zu Ihnen empfand, die sie ganz natürlich hatte, während sie als Ihre Tochter von Ihnen abhängig in *Ihrer* Niederlassung wohnte?«

»Es ist nicht ganz so einfach. Es war tatsächlich sogar recht kompliziert. Sehen Sie...« Fastolfe wirkte plötzlich verlegen. »Ich habe sie abgelehnt, als sie sich mir anbot.«

»Sie hat sich *Ihnen* angeboten?« fragte Baley verdattert.

»Das ist etwas ganz Natürliches«, sagte Fastolfe gleichgültig. »Von allen Männern kannte sie mich am besten. Ich hatte ihr selbstverständlich auch Sexualunterricht gegeben, sie bei ihren Experimenten ermutigt, sie zu den Erosspielen gebracht und mein Bestes für sie getan. Es war etwas, mit dem ich hätte rechnen müssen, und es war dumm von mir, daß ich nicht damit rechnete und mich dazu verleiten ließ.«

»Aber *Inzest*?«

Fastolfe hob die Brauen. »Inzest? – Ach ja, ein Begriff von der Erde. Auf Aurora gibt es so etwas nicht, Mr. Baley. Sehr wenige Auroraner kennen ihre unmittelbare Familie. Natürlich wird, wenn von Heirat gesprochen wird und Kinder beantragt werden, eine genealogische Untersuchung durchgeführt. Aber was hat das mit gesellschaftlichem Sex zu tun? Nein, nein, das Unnatürliche ist, daß ich meine eigene Tochter *abgewiesen* habe.« Er wurde rot – ganz besonders seine großen Ohren.

»Das würde ich hoffen«, murmelte Baley.

»Ich hatte auch keinerlei vernünftigen Grund dafür. Wenigstens keinen, den ich Vasilia erklären konnte. Es war kriminell von mir, daß ich die Sache nicht vorhergesehen und nicht eine Basis für die Zurückweisung einer so jungen, unerfahrenen Person vorbereitet hatte, falls das notwendig sein sollte. Eine Basis, die sie nicht verletzt und erniedrigt hätte. Ich schäme mich wirklich, daß ich die ungewöhnliche Verantwortung auf mich genommen habe, ein Kind großzuziehen und es dann einer solch unerträglichen Erfahrung ausgesetzt habe. Mir schien es, daß wir unsere Beziehung als Vater und Tochter fortsetzen konnten – als Freund und Freundin –, aber sie gab nicht auf. Jedesmal, wenn ich sie abwies, ganz gleich, wie liebevoll ich das auch versuchte, wurde es nur noch schlimmer zwischen uns.«

»Bis sie schließlich...«

»Bis sie schließlich ihre eigene Niederlassung haben wollte. Ursprünglich widersetzte ich mich nicht, weil ich nicht wollte, daß sie eine bekam, sondern weil ich unsere liebevolle Beziehung wiederherstellen wollte, ehe sie wegging. Aber nichts, was ich tat, half. Es war vielleicht die anstrengendste Zeit meines Lebens. Schließlich bestand sie einfach – und zwar recht heftig darauf, wegzugehen, und ich konnte nicht länger Widerstand leisten. Sie war inzwischen professionelle Robotikerin geworden – ich bin dankbar dafür, daß sie den Beruf nicht aus Widerwillen mir gegenüber aufgegeben hat – und war damit imstande, auch ohne Hilfe meinerseits eine Niederlassung zu begründen. Das hat sie auch tatsächlich getan, und seitdem hat es nur sehr wenig Kontakt zwischen uns gegeben.«

»Nachdem sie die Robotik *nicht* aufgegeben hat, könnte doch sein, Dr. Fastolfe, daß sie sich nicht ganz so entfremdet vorkam.«

»Das ist der Beruf, auf den sie sich am besten versteht und der sie am meisten interessiert. Das hat nichts mit mir zu tun. Das weiß ich, weil ich zunächst ebenso dachte wie Sie und mich ihr auch auf freundliche Weise näherte, aber das half nichts.«

»Vermissen Sie sie, Dr. Fastolfe?«

»Natürlich vermisse ich sie, Mr. Baley. Das ist ein Beispiel dafür, daß es ein Fehler ist, ein Kind großzuziehen. Man gibt einem irrationalen Impuls nach – einem atavistischen Bestreben –, und es führt dazu, daß das Kind von dem stärksten Liebesgefühl erfüllt wird, das man sich vorstellen kann. Und dann setzt man sich selbst der Möglichkeit aus, das erste Angebot jenes Kindes, mit dem es sich selbst anbietet, abzulehnen und ihm für sein ganzes Leben Narben zuzufügen. Und darüber hinaus setzt man sich selbst diesem ganz und gar irrationalen Gefühl aus, seine Abwesenheit zu bedauern. Das ist etwas, was ich noch nie zuvor und auch seitdem nie mehr empfunden habe. Sie und ich haben beide unnötig gelitten, und der Fehler liegt ganz und gar bei mir.«

Fastolfe wirkte tief in Gedanken versunken, und Baley sagte mit sanfter Stimme: »Und was hat das alles mit Gladia zu tun?«

Fastolfe zuckte zusammen. »Oh! Das hatte ich ganz vergessen. Nun, das ist recht einfach. Alles, was ich über Gladia gesagt habe, ist wahr. Ich habe sie gemocht. Ich habe Mitgefühl mit ihr empfunden. Ihr Talent bewundert. Aber darüber hinaus ähnelt sie Vasilia. Die Ähnlichkeit fiel mir auf, als ich den ersten Hyperwellenbericht von ihrer Ankunft von Solaria sah. Das war ganz überraschend und erregte das erste Interesse in mir.« Er seufzte. »Als mir klar wurde, daß sie ebenso wie Vasilia im Sexualbereich Narben davongetragen hatte, war das mehr, als ich ertragen konnte. Ich veranlaßte, daß sie in meiner Nähe unterkam, wie sie ja sehen. Ich war immer ihr Freund und habe mein Bestes getan, um ihr die Schwierigkeiten der Anpassung an eine neue, fremde Welt leichter zu machen.«

»Sie ist also so etwas wie ein Tochterersatz für Sie.«

»In gewisser Weise, ja, ich glaube, so könnten Sie es nennen, Mr. Baley. – Sie können sich nicht vorstellen, wie froh ich bin, daß sie nie auf den Gedanken kam, sich mir anzubieten. Sie abzulehnen hätte bedeutet, daß ich meine Ablehnung Vasilias noch einmal durchleben mußte. Sie aus der Unfähigkeit heraus zu akzeptieren, diese Ablehnung zu wiederholen, hätte mir mein Leben verbittert, denn dann hätte ich das Gefühl gehabt, für diese Fremde – diesen schwachen Widerschein meiner Tochter – etwas zu tun, was ich für meine Tochter selbst nicht hatte tun können. Wie auch immer – aber lassen wir das, Sie können jetzt wohl begreifen, weshalb ich ursprünglich mit einer Antwort zögerte. Irgendwie führte der Gedanke daran mein Bewußtsein zu dieser Tragödie in meinem Leben zurück.«

»Und Ihre andere Tochter?«

»Lumen?« sagte Fastolfe gleichgültig. »Ich hatte nie engeren Kontakt zu ihr, obwohl ich hin und wieder von ihr höre.«

»Soweit ich weiß, bewirbt sie sich um ein politisches Amt.«

»Eines von lokaler Bedeutung. Bei den Globalisten.«

»Was ist das?«

»Die Globalisten? Sie bevorzugen ganz allein Aurora – einfach unseren eigenen Globus, verstehen Sie? Die Auroraner sollen die Führung bei der Besiedlung der Galaxis übernehmen. Andere sollen davon abgehalten werden, soweit das möglich ist, ganz besonders Erdenmenschen. ›Aufgeklärtes Selbstinteresse‹ nennen sie das.«

»Das ist natürlich nicht Ihre Ansicht.«

»Natürlich nicht. Ich stehe an der Spitze der Humanistenpartei, die daran glaubt, daß alle menschlichen Wesen ein Recht darauf haben, ihren Anteil an der Galaxis zu bekommen. Wenn ich von ›meinen Gegnern‹ spreche, meine ich die Globalisten.«

»Dann ist Lumen einer Ihrer Gegner.«

»Vasilia auch. Sie gehört dem Robotikinstitut von Aurora an – dem RIA –, das vor ein paar Jahren gegründet wurde und von Robotikern geleitet wird, die in mir einen Dämon sehen, der um jeden Preis besiegt werden muß. Soweit mir freilich bekannt ist, sind meine Exehefrauen unpolitisch, vielleicht sogar Humanisten.« Er lächelte und meinte: »Nun, Mr. Baley, haben Sie jetzt all die Fragen gestellt, die Sie mir stellen wollten?«

Baleys Hände suchten ziellos in seinen lose anliegenden auroranischen Hosen nach Taschen – etwas, womit er schon begonnen hatte, als er sie das erste Mal auf dem Schiff getragen hatte –, fand aber keine. Sein Kompromiß war, daß er die Arme verschränkte. »Tatsächlich, Dr. Fastolfe, bin ich nicht einmal sicher, ob Sie mir meine erste Frage schon beantwortet haben. Mir scheint, daß Sie nie müde werden, der Frage auszuweichen: *Warum haben Sie Jander Gladia gegeben?* Wollen wir das doch auf den Tisch bringen, damit wir in etwas, das mir jetzt wie Dunkelheit vorkommt, endlich Licht sehen können.«

29

Wieder wurde Fastolfe rot. Diesmal hätte es Zorn sein können, aber er fuhr fort, mit leiser Stimme zu sprechen.

»Setzen Sie mich nicht unter Druck, Mr. Baley«, sagte er. »Ich habe Ihnen Ihre Antwort gegeben. Gladia hat mir leid getan, und ich dachte, Jander könnte ihr Gesellschaft leisten. Ich habe zu Ihnen offener gesprochen, als ich das mit irgendeinem anderen tun würde, teils wegen der Lage, in der ich mich befinde, und teils, weil Sie kein Auroraner sind. Dafür erwarte ich ein vernünftiges Maß an Respekt von Ihnen.«

Baley biß sich auf die Unterlippe. Er war nicht auf der Erde. Er hatte keinerlei amtliche Autorität hinter sich, und mehr als nur sein beruflicher Stolz stand auf dem Spiel.

»Ich bitte um Entschuldigung, Dr. Fastolfe, wenn ich Ihre Gefühle verletzt habe«, sagte er. »Ich will keineswegs andeuten, daß Sie die Unwahrheit sagen oder mich nicht unterstützen. Dennoch kann ich meine Aufgabe nur erfüllen, wenn ich die ganze Wahrheit kenne. Ich darf andeuten, welche mögliche Antwort ich suche, und Sie können mir dann sagen, ob ich recht habe oder fast recht oder völlig unrecht. Kann es sein, daß Sie Jander Gladia gegeben haben, damit sie sich sexuell ihm zuwende – und damit von *Ihnen* abgelenkt werde? – Vielleicht war das nicht *bewußt* Ihr Grund, aber denken Sie jetzt darüber nach. Ist es möglich, ob nicht vielleicht ein solches Gefühl zu dem Geschenk beigetragen hat?«

Fastolfes Hand griff nach einem leichten, durchsichtigen Nippesgegenstand, der auf dem Tisch stand. Er drehte den Gegenstand in der Hand, unablässig. Abgesehen von jener Bewegung schien Fastolfe wie erstarrt. Schließlich sagte er: »Das könnte sein, Mr. Baley. Ich habe mir ganz sicher, nachdem ich ihr Jander geliehen hatte – ein Geschenk sollte das nie sein –, wenig Sorge gemacht, daß sie sich mir anbieten könnte.«

»Wissen Sie, ob Gladia Jander für sexuelle Zwecke benutzte?«

»Haben Sie Gladia gefragt, ob sie ihn benutzt hat, Mr. Baley?«

»Das hat nichts mit meiner Frage zu tun. Wissen *Sie* es? Haben Sie irgendwelche sexuellen Handlungen zwischen ihnen beobachtet? Haben Ihre Roboter Sie davon unterrichtet? Hat sie selbst es Ihnen gesagt?«

»Die Antwort auf all diese Fragen ist nein. Jetzt, wo ich darüber nachdenke, ist nichts besonders Ungewöhnliches daran, Roboter für sexuelle Zwecke zu gebrauchen, sei es nun durch Männer oder durch Frauen. Gewöhnliche Roboter sind dafür nicht sonderlich gut geeignet, aber menschliche Wesen sind in dieser Hinsicht sehr erfinderisch. Was Jander anlangt, so ist er dafür geeignet, weil er so humaniform ist, wie wir ihn machen konnten ...«

»Damit er sich sexuell betätigen kann.«

»Nein, das ist uns nie in den Sinn gekommen. Es ging dem verstorbenen Dr. Sarton und mir allein um das abstrakte Problem, einen völlig humaniformen Roboter zu bauen.«

»Aber solche humaniformen Roboter sind geradezu ideal für den Geschlechtsverkehr entwickelt, nicht wahr?«

»Wahrscheinlich sind sie das, jetzt, wo ich darüber nachdenke – und ich gebe zu, daß ich das möglicherweise von Anfang an bedacht habe –, und Gladia könnte Jander durchaus so gebraucht haben. Wenn sie es getan hat, so hoffe ich, daß es ihr Vergnügen bereitet hat. In dem Fall würde ich meine Leihgabe als gute Tat betrachten.«

»Hätte es vielleicht mehr als eine noch viel bessere Tat sein können, als sie erwartet haben?«

»In welcher Hinsicht?«

»Was würden Sie davon halten, wenn ich Ihnen sagte, daß Gladia und Jander Mann und Frau waren?«

Fastolfes Hand, die den Nippesgegenstand immer noch festhielt, krampfte sich um ihn, hielt ihn einen Augenblick lang fest unc ließ ihn dann fallen. »Was? Das ist lächerlich. Im juristischen Sinne ist das unmöglich. Kinder kommen nicht in Frage, also kann auch unmöglich ein Antrag auf Kinder gestellt worden sein, und ohne die Absicht eines solchen Antrags kann es keine Ehe geben.«

»Es geht hier nicht um juristische Dinge, Dr. Fastolfe. Gladia ist Solarianerin, vergessen Sie das nicht, und sieht die Dinge anders als ein Auroraner sie sehen würde. Es ist eine Frage der Gefühle. Gladia selbst sagte mir, daß sie Jander als ihren Mann betrachtete. Ich glaube, sie sieht sich selbst jetzt als seine Witwe und leidet unter einem sexuellen Trauma – einem sehr ernsthaften. Wenn Sie in irgendeiner Weise wissentlich dazu beigetragen haben...«

»Bei allen Sternen«, sagte Fastolfe ungewohnt erregt, »das habe ich nicht. Was auch immer sonst ich im Sinn gehabt haben mag, ich habe mir nie vorgestellt, daß Gladia sich die *Ehe* mit einem Roboter hätte erträumen können, so humaniform er auch sein mochte. Kein Auroraner hätte sich so etwas vorstellen können.«

Baley nickte und hob die Hand. »Ich glaube Ihnen. Ich glaube nicht, daß Sie schauspielerisch genügend begabt sind, um mich hier mit gespielter Aufrichtigkeit einzuwickeln. Aber ich mußte es wissen. Immerhin bestand die Möglichkeit, daß...«

»Nein, die hat nicht bestanden. Die Möglichkeit, daß ich diese Situation vorhergesehen hätte? Daß ich aus irgendeinem Grund absichtlich diese widerwärtige Witwenschaft herbeigeführt hätte? Niemals! Es war unvorstellbar, also habe ich es mir auch nicht vorgestellt. Mr. Baley, was auch immer meine Absicht war, als ich ihr Jander gab, es war eine gute Absicht. *Das* war sie jedenfalls nicht. Ich weiß, daß gute Absichten als Verteidigung wenig taugen, aber sonst habe ich nichts anzubieten.«

»Dr. Fastolfe, wir wollen darauf noch einmal eingehen«, sagte Baley. »Was *ich* jetzt anzubieten habe, ist eine mögliche Lösung des Geheimnisses.«

Fastolfe atmete tief durch und lehnte sich in seinem Sessel zurück. »Das haben Sie ja angedeutet, als sie von Gladia zurückkehrten.« Er sah Baley an, und in seinen Augen blitzte es böse. »Hätten Sie mir diesen ›Schlüssel‹, den Sie haben, nicht von Anfang an nennen können? Mußten wir all... all *das* durchmachen?«

»Es tut mir leid, Dr. Fastolfe. Ohne all *das* gibt der Schlüssel keinen Sinn.«

»Nun denn. Fahren Sie fort!«

»Das werde ich. Jander befand sich in einer Lage, die Sie, der größte Robotiktheoretiker aller bewohnten Welten, wie Sie selbst zugeben, nicht vorhergesehen haben. Er bereitete Gladia solches Vergnügen, daß sie sich Hals über Kopf in ihn verliebte und ihn als ihren Ehemann betrachtete. Was, wenn sich herausstellte, daß er, indem er ihr Vergnügen bereitete, ihr auch Mißvergnügen bereitete?«

»Ich bin nicht sicher, was Sie damit meinen.«

»Nun, dann überlegen Sie, Dr. Fastolfe. Sie hat sich in dieser Sache sehr geheimnisvoll gegeben. Ich habe erfahren, daß sexuelle Dinge auf Aurora etwas sind, das man keineswegs um jeden Preis verborgen hält.«

»Nun, wir verbreiten es nicht gerade über Hyperwellen«, sagte Fastolfe trocken, »aber wir machen auch kein größeres Geheimnis daraus als aus anderen persönlichen Dingen. Im allgemeinen wissen wir, wer der letzte Partner von wem war, und wenn man mit Freunden zu tun hat, dann wissen wir oft, wie gut oder wie begeistert oder wie sehr das Gegenteil davon der eine oder andere Partner – oder beide – vielleicht sind. Wir plaudern häufig über solche Dinge.«

»Ja, aber Sie wußten nichts von der Verbindung mit Jander.«

»Ich hatte angenommen...«

»Das ist nicht dasselbe. Sie hat Ihnen nichts gesagt. Sie haben nichts gesehen. Keiner Ihrer Roboter konnte irgend etwas melden. Sie hat es selbst vor Ihnen geheimgehalten, Ihnen, der ihr bester Freund auf Aurora ist. Ihre Roboter hatten ganz offenkundig eindeutige Anweisungen, nie über Jander zu sprechen, und Jander selbst mußte sorgfältige Instruktionen gehabt haben, nichts zu verraten.«

»Ja, der Schluß ist wohl berechtigt.«

»Warum würde sie so etwas tun, Dr. Fastolfe?«

»Das solarianische Bedürfnis, ihr Sexualleben für sich zu behalten?«

»Ist das nicht dasselbe, als sagte man, daß sie sich schämte?«

»Dazu hatte sie keine Ursache, obwohl man sie verspottet hätte, hätte man erfahren, daß sie Jander als ihren Ehemann betrachtete.«

»Den Teil hätte sie leicht verbergen können, ohne alles zu verbergen. Nehmen wir einmal an, daß sie auf ihre solarianische Art Scham empfand.«

»Und?«

»Niemand genießt es, sich zu schämen – und sie hätte Jander die Schuld dafür geben können, auf die recht unvernünftige Art und Weise, wie Leute manchmal anderen die Schuld für Unangenehmes zuschieben, das ganz eindeutig in Wirklichkeit ihre eigene Schuld ist.«

»Ja?«

»Vielleicht hat es Zeiten gegeben, wo Gladia, die zu Temperamentsausbrüchen neigt, sagen wir, in Tränen ausbrach, und Jander Vorwürfe machte, weil er die Ursache ihrer Scham und ihres Leids war. Möglicherweise dauerte das nicht lange, und sie hat sich gleich wieder entschuldigt und ihm geschmeichelt. Aber hätte Jander daraus nicht ganz eindeutig den Schluß ziehen müssen, daß tatsächlich er die Ursache ihrer Scham und ihres Leids war?«

»Vielleicht.«

»Und hätte dies für Jander nicht bedeuten können, daß er ihr Leid zufügte, wenn er die Beziehung fortsetzte, und wenn er sie beendete, ebenfalls? Was auch immer er tat, er würde das Erste Gesetz verletzen, und da er ohne eine solche Verletzung nicht handeln konnte, konnte er nur darin Zuflucht finden, daß er überhaupt nicht handelte – und auf die Weise begab er sich in den Mentalblock. Erinnern Sie sich an die Geschichte, die Sie mir heute früh erzählten, die Geschichte von dem legendären gedankenlesenden Roboter, der von jenem Pionier der Robotik in die Stasis getrieben wurde?«

»Von Susan Calvin, ja. Ich verstehe! Sie bauen Ihr Szenario auf jener alten Legende auf. Sehr geschickt, Mr. Baley, aber so geht es nicht.«

»Warum nicht? Als Sie sagten, daß nur Sie in Jander einen Mentalblock herbeiführen konnten, hatten Sie doch nicht die leiseste Ahnung, daß er so tief in eine so unerwartete Situation verwickelt war. Das läuft doch genau parallel zu der Susan-Calvin-Situation.«

»Wir wollen einmal annehmen, daß die Geschichte über Susan Calvin und den gedankenlesenden Roboter nicht ausschließlich eine gut erfundene Geschichte ist. Wollen wir sie einmal ernst nehmen. Trotzdem würde es zwischen jener Geschichte und der Jander-Situation keine Parallele geben. Im Falle Susan Calvins hätten wir es mit einem unglaublich primitiven Roboter zu tun, einem, der heute nicht einmal als Spielzeug zu gebrauchen wäre. Ein solcher Roboter könnte mit solchen Dingen nur qualitativ befaßt sein: A erzeugt Leid – Nicht-A erzeugt Leid; deshalb Mentalblock.«

»Und Jander?« fragte Baley.

»Jeder moderne Roboter – jeder Roboter des letzten Jahrhunderts – würde solche Dinge quantitativ abwägen. Welche der beiden Situationen A oder Nicht-A würde das *meiste* Leid erzeugen? Der Roboter würde zu einer schnellen Entscheidung gelangen und sich für das Minimum an Leid entscheiden. Die Wahrscheinlichkeit, daß er die beiden sich gegenseitig ausschließenden Alternativen so einschätzen würde, daß sie ein exakt gleiches Maß an Leid erzeugen würden, ist gering, und selbst wenn sich erweisen sollte, daß dies der Fall wäre, so verfügen moderne Roboter über einen Zufallsgenerator. Wenn

A und Nicht-A nach seinem Urteil *exakt gleiches Leid* erzeugen, so wählt er auf völlig unvorhersehbare Weise das eine oder das andere und folgte diesem Weg dann ohne zu fragen. Jedenfalls begibt er sich *nicht* in einen Mentalblock.«

»Wollen Sie damit sagen, daß es für Jander unmöglich ist, den Mentalblock zu erleiden? Sie haben doch die ganze Zeit gesagt, *Sie* hätten eine solche Blockierung erzeugen können.«

»Im humaniformen Positronengehirn gibt es eine Möglichkeit, den Zufallsgenerator auszuschalten, und diese Möglichkeit hängt einzig und allein von der Konstruktionsweise jenes Gehirns ab. Selbst wenn man die Basistheorie kennt, ist es sehr schwierig und langwierig, den Roboter sozusagen vermittels einer geschickten Folge von Fragen und Befehlen auf einen Weg zu führen, der schließlich den Mentalblock erzeugt. Es ist unvorstellbar, daß das zufällig geschieht, und die bloße Existenz eines scheinbaren Widerspruchs, wie er durch gleichzeitige Liebe und Scham erzeugt werden könnte, könnte das niemals ohne die sorgfältigsten quantitativen Anpassungen bewirken. Und somit verbleibt uns, wie ich immer wieder erkläre, nur der Zufall als einzige Möglichkeit.«

»Aber Ihre Gegner werden darauf bestehen, daß Ihre eigene Schuld wahrscheinlicher ist. Könnten wir nicht unsererseits darauf bestehen, daß Jander durch den von Gladias Liebe und Scham herbeigeführten Konflikt in den Mentalblock getrieben wurde? Würde das nicht plausibel klingen? Und würde es nicht die öffentliche Meinung zu Ihrem Vorteil beeinflussen?«

Fastolfe runzelte die Stirn. »Mr. Baley, Sie sind zu eifrig. Überlegen Sie doch einmal ernsthaft. Wenn wir versuchten, auf diese recht unehrenhafte Art aus unserem Dilemma herauszukommen, welche Folgen würde das denn haben? Einmal ganz abgesehen von der Schande und dem Leid, das das für Gladia bedeuten würde, die ja nicht nur unter dem Verlust Janders, sondern auch unter dem Gefühl leiden würde, selbst jenen Verlust herbeigeführt zu haben, dann nämlich, wenn sie derartige Scham tatsächlich empfunden und sie sich irgendwie hatte anmerken lassen. Das würde ich nicht tun wollen. Aber lassen wir das doch einmal für den Augenblick beiseite. Überlegen Sie statt dessen, daß meine Gegner sagen würden, ich hätte ihr Jander genau deshalb geliehen, um das herbeizuführen, was geschehen ist. Sie würden sagen, ich hätte das getan, um eine Methode für den Mentalblock in humaniformen Robotern zu entwickeln, die es mir erlaubte, mich selbst von jeder offenkundigen Verantwortung freizuhalten. Wir wären dann noch viel schlimmer dran, als wir das jetzt sind, denn dann würde man mir nicht nur vorwerfen, daß ich ein raffinierter Intrigant bin, wie man das jetzt tut, sondern außerdem auch noch, daß ich mich gegenüber einer arglosen Frau gemein benommen habe, unter dem Vorwand, ihr freundlich gesonnen zu sein. Und das zumindest ist mir bislang erspart geblieben.«

Baley war erschüttert. Er spürte, wie ihm die Kinnlade heruntersank und seine Stimme in ein Stottern überging. »Aber die würden doch ganz sicher nicht...«

»Doch würden sie das! Sie selbst waren vor gar nicht langer Zeit wenigstens zur Hälfte dazu geneigt, so zu denken.«

»Aber doch nur als äußerste...«

»Meine Gegner würden das gar nicht so unwahrscheinlich empfinden und würden es jedenfalls nicht so darstellen.«

Baley wußte, daß sich sein Gesicht gerötet hatte. Er spürte die Aufwallung von Wärme und hatte das Gefühl, Fastolfe nicht in die Augen sehen zu können. Er räusperte sich und sagte: »Sie haben recht. Ich habe mir einen Ausweg gesucht ohne nachzudenken, und ich kann Sie nur um Verzeihung bitten. Ich schäme mich zutiefst – wahrscheinlich gibt es keinen anderen Ausweg als die Wahrheit, wenn wir sie finden können.«

»Verzweifeln Sie nicht«, sagte Fastolfe. »Sie haben bereits jetzt in Verbindung mit Jander Ereignisse aufgedeckt, von denen ich nie geträumt habe. Vielleicht decken Sie noch mehr auf, und am Ende wird sich möglicherweise das, was uns jetzt wie ein Geheimnis erscheint, aufklären lassen und für uns offenkundig werden. Was beabsichtigen Sie als nächsten Schritt?«

Aber Baley schämte sich über sein Fiasko so, daß er zu keinem klaren Gedanken fähig war. »Ich weiß es wirklich nicht«, sagte er niedergeschlagen.

»Nun, es war auch ziemlich unfair von mir, das zu fragen. Sie haben einen langen Tag hinter sich, einen Tag, der nicht leicht für Sie war. Es überrascht nicht, daß Ihr Gehirn jetzt schon etwas träge ist. Warum ruhen Sie sich nicht aus, sehen sich einen Film an, schlafen? Morgen fühlen Sie sich bestimmt wohler.«

Baley nickte und murmelte: »Vielleicht haben Sie recht.«

Aber im Augenblick hatte er nicht das Gefühl, daß er sich am Morgen wohler fühlen würde.

30

Das Zimmer war kalt, nicht nur was die herrschende Temperatur anging. Baley fröstelte ein wenig. Eine so niedrige Temperatur im Innern eines Raums verlieh ihm das unangenehme Gefühl, Draußen zu sein. Die Wände waren in einem gebrochenen Weiß gehalten und – was für Fastolfes Niederlassung ungewöhnlich war – nicht dekoriert. Vom Ansehen her wirkte der Boden, als bestünde er aus glattem Elfenbein, aber für die bloßen Füße fühlte er sich wie mit Teppich belegt an. Das Bett war weiß, und die glatte Decke fühlte sich kalt an.

Er setzte sich auf den Matratzenrand und stellte fest, daß die Matratze unter seinem Gewicht etwas nachgab.

Er sagte zu Daneel, der mit ihm eingetreten war: »Daneel, stört es dich, wenn ein menschliches Wesen lügt?«

»Mir ist bewußt, daß menschliche Wesen gelegentlich lügen, Partner Elijah. Manchmal kann es sein, daß eine Lüge nützlich ist, ja sogar erforderlich. Mein Empfinden bezüglich einer Lüge hängt vom Lügner, den Umständen und dem Grund ab.«

»Kannst du es immer feststellen, wenn ein menschliches Wesen lügt?«

»Nein, Partner Elijah.«

»Scheint es dir, daß Dr. Fastolfe oft lügt?«

»Ich hatte nie den Eindruck, daß Dr. Fastolfe lügt.«

»Selbst im Zusammenhang mit dem Tod Janders nicht?«

»Soweit ich das feststellen kann, spricht er in jeder Hinsicht die Wahrheit.«

»Vielleicht hat er dir Anweisung gegeben, das zu sagen – falls ich fragen sollte?«

»Das hat er nicht, Partner Elijah.«

»Vielleicht hat er dir auch Anweisung gegeben, das zu sagen.«

Er hielt inne. Wiederum – welchen Nutzen hatte es, einen Roboter ins Kreuzverhör zu nehmen? Und in diesem besonderen Fall forderte er doch geradezu zu endlosem Rückzug auf.

Plötzlich wurde ihm bewußt, daß die Matratze langsam unter ihm nachgegeben hatte, bis sie jetzt seine Hüften halb umfing. Er stand plötzlich auf und sagte: »Gibt es eine Möglichkeit, das Zimmer wärmer zu bekommen, Daneel?«

»Es wird sich wärmer anfühlen, wenn Sie unter der Decke sind und das Licht ausgeschaltet ist, Partner Elijah.«

»Ah.« Er blickte argwöhnisch in die Runde. »Würdest du das Licht ausschalten, Daneel, und dann im Raum bleiben?«

Das Licht ging fast im selben Augenblick aus, und Baley erkannte, daß seine Annahme, der Raum sei undekoriert, falsch gewesen war. Sobald es dunkel geworden war, hatte er das Gefühl, Draußen zu sein. Er meinte das weiche Rascheln des Windes in den Bäumen zu hören und das schläfrige Murmeln irgendwelcher weit entfernter Lebewesen. Dann war da auch die Illusion von Sternen über ihm und gelegentlich eine dahintreibende Wolke, die kaum sichtbar war.

»Schalte das Licht wieder ein!«

Der Raum wurde mit Licht überflutet.

»Daneel«, sagte Baley. »Ich will davon nichts. Ich will keine Sterne, keine Wolken, keine Geräusche, keine Bäume, keinen Wind – und auch keine Gerüche. Ich will Dunkelheit – sonst nichts. Könntest du das arrangieren?«

»Sicherlich, Partner Elijah.«

»Dann tu das! Und zeig mir, wie ich selbst das Licht ausmachen kann, wenn ich so weit bin, daß ich schlafen möchte.«

»Ich bin hier, um Sie zu schützen, Partner Elijah.«

Darauf Baley mürrisch. »Ich bin sicher, daß du das ebenso gut von der anderen Seite der Tür aus tun kannst. Und Giskard, stelle ich mir vor, wird vor den Fenstern stehen, falls hinter den Vorhängen tatsächlich Fenster sind.«

»Ja, da sind welche. – Wenn Sie über jene Schwelle gehen, Partner Elijah, finden Sie ein Personal, das ausschließlich für Sie reserviert ist. Jenes Stück Wand ist nicht materiell, und Sie werden sich ganz leicht hindurchbewegen können. Das Licht wird angehen, wenn Sie das Personal betreten und wieder ausgehen, wenn Sie es verlassen – und es gibt dort keine Dekoration. Wenn Sie es wünschen, werden Sie duschen können oder alles andere, das Sie tun möchten, ehe Sie sich zur Ruhe begeben oder nach dem Aufwachen.«

Baley wandte sich in die angegebene Richtung. Er sah keinen Bruch in der Wand, aber der Bodenbelag an jener Stelle wirkte verdickt, als gäbe es da eine Schwelle.

»Wie sehe ich es im Dunkeln, Daneel?« fragte er.

»Jenes Stück Wand – das keine Wand ist – wird schwach leuchten. Was die Raumbeleuchtung angeht, so gibt es am Kopfteil Ihres Bettes eine Vertiefung. Wenn Sie den Finger hineinlegen, dann wird der Raum verdunkelt, wenn es hell ist, oder hell gemacht, wenn es dunkel ist.«

»Danke. Jetzt kannst du gehen.«

Eine halbe Stunde später war er im Personal fertig und lag eingekuschelt unter der Decke, das Licht ausgeschaltet und eingehüllt von warmer, den Geist umarmenden Dunkelheit.

Wie Fastolfe gesagt hatte, war es ein langer Tag gewesen. Es war fast unglaublich, daß er erst an diesem Morgen auf Aurora angekommen war. Er hatte eine ganze Menge erfahren, und doch hatte ihm nichts davon das Geringste genützt.

Er lag in der Dunkelheit und ging die Ereignisse des Tages nacheinander in Gedanken durch, in der Hoffnung, irgend etwas könnte ihm auffallen, das ihm vorher entgangen war – aber nichts dergleichen geschah.

Soviel für den auf stille Art nachdenklichen, scharf blickenden, subtil denkenden Elijah Baley des Hyperwellendramas.

Die Matratze hüllte ihn halb ein, und es war wie eine Umarmung. Er bewegte sich leicht, und sie richtete sich unter ihm gerade und paßte sich dann langsam seiner neuen Liegehaltung an.

Es hatte wenig Sinn, jetzt mit seinem nach Schlaf suchenden, müden Bewußtsein den Tag noch einmal durchzugehen, aber er konnte einfach nicht anders, er mußte es ein zweites Mal versuchen, und all seinen Schritten auf diesem seinem ersten Tag auf Aurora folgen – vom Raumhafen zu Fastolfes Niederlassung, dann zu der Gladias und dann zurück zu Fastolfe.

Gladia – schöner als er sie in Erinnerung hatte, aber hart – da war irgend etwas Hartes an ihr – oder hatte sie sich vielleicht nur einen Schutzpanzer wachsen lassen? – die arme Frau. Er dachte mit innerlicher Wärme an ihre Reaktion, als ihre Hand seine

Wange berührt hatte. Wenn er bei ihr hätte bleiben können, dann hätte er sie lehren können – die dummen Auroraner – ihre ekelhaft beiläufige Einstellung zum Sex – alles erlaubt – das bedeutet, daß in Wirklichkeit gar nichts erlaubt ist – nicht der Mühe wert – dumm – zu Fastolfe, zu Gladia, zurück zu Fastolfe – zurück zu Fastolfe.

Er bewegte sich ein wenig und spürte dann wie entrückt, daß die Matratze sich neu anpaßte. Nun zu Fastolfe. Was war auf dem Weg zurück zu Fastolfe geschehen? Etwas, das ausgesprochen worden war? Unausgesprochen? Und auf dem Schiff, ehe er überhaupt Aurora erreichte – etwas, das dazu paßte...

Baley befand sich in der Niemals-Niemals-Welt des Halbschlafs, in der der Geist befreit ist und seinen eigenen Gesetzen folgt. Es ist, als flöge der Körper, als schwebte er durch die Lüfte, von der Schwerkraft befreit.

Und jetzt nahm sein Bewußtsein sich die Ereignisse aus eigenem Antrieb vor – kleine Aspekte, die ihm nicht aufgefallen waren – fügte sie aneinander – zählte eines zum anderen – hängte sie aneinander – formte ein Gewebe – ein Geflecht...

Und dann schien ihm, als hörte er ein Geräusch, und er versuchte, wieder wacher zu werden. Er lauschte, hörte nichts und sank aufs neue in den Halbschlaf, um die Gedankenkette aufzugreifen – aber sie entzog sich ihm.

Es war wie ein Kunstwerk, das in einem Morast versinkt. Seine Umrisse konnte er immer noch sehen, seine Farben. Sie wurden undeutlicher, aber er wußte, daß es da war. Und während er verzweifelt danach griff, war es ganz verschwunden, und er erinnerte sich an nichts mehr. Überhaupt nichts.

Hatte er tatsächlich an etwas gedacht oder war die Erinnerung an jenes Denken selbst eine Illusion, geboren aus irgendeinem dahintreibenden Unsinn eines bereits entschlafenen Bewußtseins? Und eingeschlafen war er tatsächlich.

Als er während der Nacht kurz aufwachte, dachte er: Ich hatte eine Idee. Eine wichtige Idee.

Aber er erinnerte sich an nichts, nur daß da etwas gewesen war. Er blieb eine Weile wach und starrte in die Dunkelheit. Wenn tatsächlich etwas dagewesen war – dann würde es sich zur rechten Zeit wieder einstellen. Oder auch nicht! (Jehoshaphat!)

– Und dann schlief er wieder.

ACHTER TEIL

Fastolfe und Vasilia

31

Baley wachte erschreckt auf und schnupperte argwöhnisch. Ein schwacher, undefinierbarer Geruch lag in der Luft, der bei seinem zweiten Atemzug verschwand.

Daneel stand würdig neben dem Bett. »Ich hoffe, Partner Elijah, Sie haben gut geschlafen«, sagte er.

Baley sah sich um. Die Vorhänge waren immer noch vorgezogen, aber Draußen war es offenkundig Tag. Giskard legte ihm Kleidung zurecht, völlig anders von den Schuhen bis zum Jackett als irgend etwas, das er am Tag zuvor getragen hatte.

»Ganz gut, Daneel«, sagte er. »Hat mich etwas geweckt?«

»In den Luftkreislauf des Zimmers ist Antisomnin eingeführt worden, Partner Elijah. Das aktiviert das Aufwachsystem. Wir haben eine geringere Dosis als üblich genommen, weil wir nicht sicher waren, wie Sie reagieren würden. Vielleicht hätten wir eine noch kleinere Dosis verwenden sollen.«

»Mir kam es wie ein Klaps auf den Hintern vor«, sagte Baley. »Wie spät ist es?«

»Nach auroranischem Maß ist es 0705. Physiologisch wird in einer halben Stunde das Frühstück fertig sein.« Er sagte das ohne eine Spur von Humor, obwohl ein menschliches Wesen hier ein Lächeln als passend empfunden hätte.

Und Giskard fügte hinzu, mit einer Stimme, die noch steifer und eine Spur weniger moduliert als die Daneels war: »Sir, Freund Daneel und ich dürfen das Personal nicht betreten. Wenn Sie das tun wollen und uns sagen, ob Sie irgend etwas brauchen, dann besorgen wir es sofort.«

»Ja, natürlich.« Baley erhob sich, drehte sich herum und stieg aus dem Bett.

Giskard begann sofort das Bett abzuziehen. »Kann ich Ihre Pyjamas haben, Sir?«

Baley zögerte nur einen Augenblick lang. Schließlich war es ein Roboter, der die Frage stellte. Er zog sich nackt aus und reichte Giskard das Kleidungsstück, der es mit einem Kopfnikken entgegennahm.

Baley betrachtete sich angewidert. In diesem Augenblick war er sich plötzlich eines Körpers in mittleren Jahren bewußt, der wahrscheinlich bei weitem weniger fit war als der Fastolfes, wo dieser doch fast dreimal so alt war.

Automatisch suchte er nach seinen Pantoffeln und fand, daß sie nicht da waren. Mutmaßlich brauchte er keine. Der Boden fühlte sich unter seinen Füßen warm und weich an.

Er betrat das Personal und rief nach Anweisungen. Auf der anderen Seite des illusorischen Wandstücks erklärte ihm Giskard, wie der Rasierer funktionierte, der Zahnpastaspender, sagte ihm, wie man die Spülung auf Automatik schaltete und wie die Temperatur der Dusche geregelt wurde.

Alles war großzügiger und luxuriöser als irgend etwas, das die Erde zu bieten hatte, und da gab es auch keine Trennwände, hinter denen die Bewegungen und unwillkürlichen Geräusche anderer Menschen zu hören waren, etwas, das man hartnäckig ignorieren mußte, um die Illusion des Alleinseins zu wahren. Irgendwie war das Ganze weichlich, dachte Baley nüchtern, als er sich dem luxuriösen Ritual hingab, aber es war eine Verweichlichung, an die er sich (das wußte er bereits) gewöhnen würde. Wenn er auch nur noch kurze Zeit hier auf Aurora blieb, dann würde der Kulturschock der Rückkehr zur Erde schmerzhaft intensiv sein, *ganz besonders* was das Personal anging. Er hoffte, daß die Anpassung nicht lang dauern würde, hoffte aber gleichzeitig, daß irgendwelche Erdenmenschen, die neue Welten besiedelten, sich nicht genötigt fühlen würden, an dem Konzept der Gemeinschaftspersonals festzuhalten.

Vielleicht, dachte Baley, war das die Art und Weise, wie man ›verweichlicht‹ definieren sollte: etwas, woran man sich leicht gewöhnt.

Baley verließ das Personal nach einigen Verrichtungen mit blitzenden Zähnen, geduscht und trocken. »Giskard, wo finde ich einen Deodorant?« fragte er.

»Ich verstehe nicht, Sir«, sagte Giskard.

Daneel meinte schnell: »Als Sie den Schaumregler betätigt haben, Partner Elijah, hat das auch eine deodorierende Wirkung ausgelöst. Ich bitte für Giskards mangelndes Verstehen um Nachsicht. Ihm fehlt meine Erfahrung auf der Erde.«

Baley hob zweifelnd die Brauen und begann, sich mit Giskards Hilfe anzuziehen.

Dann meinte er: »Wie ich sehe, seid ihr beiden, du und Giskard, die ganze Zeit bei mir. Hat es irgendwelche Anzeichen gegeben, daß jemand versucht hätte, mich aus dem Wege zu räumen?«

»Bis jetzt nicht, Partner Elijah«, sagte Daneel. »Dennoch wäre es klug, wenn Freund Giskard und ich die ganze Zeit bei Ihnen blieben, falls sich das irgendwie bewerkstelligen läßt.«

»Warum ist das so, Daneel?«

»Aus zwei Gründen, Partner Elijah. Zunächst einmal können wir Ihnen mit jedem Aspekt der auroranischen Kultur und der hiesigen Gepflogenheiten behilflich sein, die Ihnen nicht vertraut sind. Zum zweiten kann insbesondere Freund Giskard jedes Wort eines jeden Gesprächs, das Sie möglicherweise führen, aufzeichnen und wiedergeben. Das kann für Sie möglicherweise wertvoll sein. Sie werden sich erinnern, daß es in Ihren Gesprächen sowohl mit Dr. Fastolfe als auch mit Miß Gladia Augenblicke gab, wo Freund Giskard und ich entfernt oder in einem anderen Raum waren...«

»So daß die Gespräche von Giskard nicht aufgezeichnet wurden?«

»Doch, das schon, Partner Elijah, aber mit geringer Wiedergabetreue – und es kann Stellen geben, die nicht so deutlich sein werden, wie wir es gerne hätten. Es wäre besser, wenn wir Ihnen so nahe bleiben könnten, wie das bequem ist.«

»Daneel«, sagte Baley, »bist du der Meinung, daß ich mich gelockerter fühlen werde, wenn ich euch als Führer und Aufzeichnungsgeräte betrachte, anstatt als Wächter? Warum wollen wir nicht einfach zu dem Schluß gelangen, daß ihr beide als Wächter völlig unnötig seid? Da es bis jetzt keine Anschläge auf mich gegeben hat – warum ist es da eigentlich nicht möglich, daraus den Schluß zu ziehen, daß es auch in Zukunft keine solchen Anschläge geben wird?«

»Nein, Partner Elijah, das wäre unvorsichtig. Dr. Fastolfe ist der Ansicht, daß Sie von seinen Gegnern mit großem Argwohn beobachtet werden. Es hat mehrere Versuche gegeben, den Vorsitzenden zu überzeugen, Fastolfe die Erlaubnis zu verweigern, Sie hierherzurufen, und man wird sicherlich in dem Versuch fortfahren, ihn dazu zu bewegen, Sie so früh wie möglich zur Erde zurückzuschicken.«

»Diese Art friedlicher Opposition erfordert keine Wachen.«

»Nein, Sir, aber wenn die Opposition Grund zu der Befürchtung hat, Sie könnten Dr. Fastolfe von Schuld freimachen, dann ist durchaus möglich, daß sie das zu extremen Handlungen veranlaßt. Schließlich sind Sie kein Auroraner, und die Hemmungen gegen Gewalttätigkeit auf unserer Welt wären in Ihrem Falle geschwächt.«

Baley meinte mürrisch: »Die Tatsache, daß ich jetzt seit einem ganzen Tag hier bin und daß bis jetzt nichts geschehen ist, sollte deren Vorstellung sehr erleichtern und die Gefahr einer gewalttätigen Handlung stark reduzieren.«

»Das scheint mir in der Tat auch so«, sagte Daneel und ließ durch nichts erkennen, daß er die Ironie in Baleys Stimme bemerkt hatte.

»Andererseits«, sagte Baley, »wenn es den Anschein gewinnt, ich würde Fortschritte machen, wächst die Gefahr für mich sofort.«

Daneel überlegte und meinte dann: »Das scheint mir eine logische Konsequenz zu sein.«

»Und deshalb wirst du und Giskard immer bei mir sein, wohin auch immer ich gehe, nur für den Fall, daß ich es schaffe, ein wenig zu gut zu arbeiten.«

Wieder machte Daneel eine Pause und sagte dann: »Die Art, wie Sie das formulieren, Partner Elijah, verblüfft mich, aber Sie scheinen recht zu haben.«

»In dem Fall«, sagte Baley, »bin ich für das Frühstück bereit, obwohl es mir ein wenig den Appetit vergällt, wenn man mir sagt, daß die Alternative zu einem Scheitern meiner Bemühungen ein Mordversuch ist.«

32

Fastolfe lächelte Baley über den Frühstückstisch hinweg zu. »Haben Sie gut geschlafen, Mr. Baley?«

Baley studierte fasziniert die dünne Schinkenscheibe. Man mußte sie mit einem Messer abgeschnitten haben. Sie war faserig. An einer Seite war ganz deutlich ein Streifen Fett zu erkennen. Kurz gesagt, sie war nicht künstlich bearbeitet worden. Die Folge war, daß sie sozusagen ›schinkiger‹ schmeckte.

Und dann gab es noch Spiegeleier, wo der Dotter in der Mitte eine abgeflachte Halbkugel bildete, eingerahmt von Weiß, so ähnlich wie Gänseblümchen, die Ben ihm auf dem Feld auf der Erde gezeigt hatte. Intellektuell wußte er, wie ein Ei vor der Bearbeitung aussah, und wußte auch, daß es sowohl einen Dotter als auch Eiweiß enthielt, aber er hatte so etwas in eßfertigem Zustand noch nie getrennt gesehen. Selbst auf dem Schiff auf der Herreise und selbst auf Solaria waren Eier, wenn man sie zu Tisch brachte, immer als Rühreier zubereitet gewesen.

Er blickte scharf zu Fastolfe auf. »Wie bitte?«

»Haben Sie gut geschlafen?« fragte Fastolfe geduldig.

»Ja. Recht gut. Wahrscheinlich würde ich immer noch schlafen, wenn das Antisomnin nicht gewesen wäre.«

»Ah ja. Nicht gerade die Gastfreundlichkeit, die ein Gast erwarten darf, aber ich hatte das Gefühl, Sie würden vielleicht früh anfangen wollen.«

»Da haben Sie völlig recht. Ich bin hier auch nicht gerade ein Gast.«

Fastolfe aß ein paar Augenblicke lang stumm. Dann nippte er an seinem heißen Getränk und sagte: »Ist Ihnen in der Nacht irgendeine Erleuchtung gekommen? Sind Sie vielleicht mit einer neuen Perspektive, einem neuen Gedanken aufgewacht?«

Baley sah Fastolfe argwöhnisch an, aber das Gesicht seines Gegenübers ließ keine Spur von Sarkasmus erkennen. Während Baley sein Glas an die Lippen führte, sagte er: »Ich fürchte, nein. Ich bin jetzt genauso uneffektiv, wie ich das gestern abend war.« Er nahm einen Schluck und schnitt unwillkürlich eine Grimasse.

»Es tut mir leid«, sagte Fastolfe. »Schmeckt Ihnen das Getränk nicht?«

Baley knurrte etwas Unverständliches und kostete vorsichtig noch einmal.

»Das ist einfach Kaffee, wissen Sie«, sagte Fastolfe. »Koffeinfrei.«

Baley runzelte die Stirn. »Es schmeckt nicht wie Kaffee und – entschuldigen Sie, Dr. Fastolfe, ich will wirklich nicht, daß Sie den Eindruck bekommen, ich wäre paranoid, aber Daneel und ich hatten gerade halb im Scherz einen Wortwechsel über die Möglichkeit von Gewaltanwendung gegen mich – halb im Scherz meinerseits natürlich, nicht auf seiten Daneels –, und mir kam plötzlich in den Sinn, daß man am besten an mich herankäme...«

Er sprach nicht weiter.

Fastolfes Augenbrauen schoben sich in die Höhe. Er griff mit einem entschuldigenden Murmeln nach Baleys Kaffee und roch daran. Dann nahm er mit seinem Löffel ein wenig davon und kostete. »Völlig normal«, sagte er dann. »Das ist kein Versuch, Sie zu vergiften.«

»Tut mir leid, daß ich mich so dumm benommen habe, wo ich doch weiß, daß das von Ihren Robotern zubereitet wurde – aber sind Sie auch sicher?«

Fastolfe lächelte. »Man hat sich schon früher an Robotern zu schaffen gemacht – aber diesmal ganz bestimmt nicht. Es ist nur so, daß Kaffee, obwohl er auf den verschiedenen Welten allgemein populär ist, in verschiedenen Geschmacksrichtungen vorkommt. Es ist allgemein bekannt, daß jedes menschliche Wesen den Kaffee seiner eigenen Welt vorzieht. Es tut mir leid, Mr. Baley, ich habe hier keine Sorte von der Erde, die ich Ihnen anbieten könnte. Würden Sie Milch vorziehen? Die ist von Welt zu Welt relativ konstant. Fruchtsaft? Auroras Traubensaft gilt im allgemeinen als ganz hervorragend. Es gibt einige, die finstere Andeutungen machen, daß wir ihn etwas fermentieren lassen, aber das ist natürlich nicht wahr. Wasser?«

»Ich werde Ihren Traubensaft versuchen.« Baley warf einen zweifelnden Blick auf den Kaffee. »Ich denke, ich sollte versuchen, mich daran zu gewöhnen.«

»Aber ganz und gar nicht«, sagte Fastolfe. »Warum das

Unangenehme suchen, wenn es unnötig ist? Und so...« – sein Lächeln wirkte ein wenig gequält, als er auf seine vorangegangene Bemerkung zurückkam – »haben Ihnen die Nacht und der Schlaf keine nützlichen Überlegungen gebracht?«

»Tut mir leid«, sagte Baley. Dann runzelte er die Stirn. »Obwohl...«

»Ja?«

»Ich habe den Eindruck, daß mir kurz vor dem Einschlafen – im Dämmerzustand zwischen Schlafen und Wachen, in dem man frei assoziiert –, daß ich da das Gefühl hatte, etwas zu haben.«

»Tatsächlich? Was?«

»Ich weiß nicht. Der Gedanke hat mich wieder aufgeweckt, aber dann entschwand er mir. Oder irgendein Geräusch, das ich mir eingebildet habe, hat mich abgelenkt. Ich kann mich nicht erinnern. Ich habe versucht, nach dem Gedanken zu schnappen, aber ich bekam ihn nicht mehr zu fassen. Er ist verschwunden. Ich *glaube*, so etwas ist gar nicht ungewöhnlich.«

Fastolfe musterte ihn nachdenklich. »Sind Sie da sicher?«

»Eigentlich nicht. Der Gedanke verblaßte so schnell, daß ich nicht einmal sicher sein konnte, daß ich ihn tatsächlich gehabt habe. Und selbst wenn, dann hat er für mich vielleicht nur deshalb scheinbar einen Sinn ergeben, weil ich halb schlief. Wenn man ihn mir jetzt am hellichten Tag wiederholte, würde er vielleicht überhaupt keinen Sinn ergeben.«

»Aber was auch immer es war und wie flüchtig auch immer, es würde doch ganz sicher eine Spur hinterlassen haben.«

»Ich denke schon, Dr. Fastolfe. Und wenn, dann wird es mir auch wieder einfallen. Darauf vertraue ich ganz sicher.«

»Sollten wir warten?«

»Was bleibt uns denn sonst übrig?«

»Es gibt da etwas, was man Psychosonde nennt.«

Baley lehnte sich in seinem Stuhl zurück und starrte Fastolfe einen Augenblick lang an. Dann sagte er: »Davon habe ich gehört, aber das wird in der Polizeiarbeit auf der Erde nicht eingesetzt.«

»Wir sind nicht auf der Erde, Mr. Baley«, sagte Fastolfe mit leiser Stimme.

»Diese Behandlung kann zu Gehirnschädigungen führen. Habe ich nicht recht?«

»Das ist unwahrscheinlich, wenn sorgfältig gearbeitet wird.«

»Aber nicht unmöglich, selbst wenn sorgfältig gearbeitet wird«, sagte Baley. »Nach meiner Kenntnis darf die Sonde auf Aurora nur unter genau definierten Bedingungen benutzt werden. Leute, an denen man sie einsetzt, müssen sich eines Kapitalverbrechens schuldig gemacht haben oder...«

»Ja, Mr. Baley, aber das gilt für Auroraner. Sie sind kein Auroraner.«

»Sie meinen, weil ich ein Erdenmensch bin, darf ich wie ein Unmensch behandelt werden?«

Fastolfe lächelte und spreizte die Hände. »Kommen Sie, Mr. Baley! Es war ja nur ein Gedanke. Letzte Nacht waren Sie immerhin verzweifelt genug, den Vorschlag zu machen, unser Dilemma dadurch zu lösen, indem wir Gladia in eine schreckliche und tragische Situation bringen. Und deshalb frage ich mich jetzt, ob Sie verzweifelt genug sind, um sich selbst zu riskieren?«

Baley rieb sich die Augen und blieb eine Weile stumm. Dann sagte er mit völlig veränderter Stimme: »Gestern abend hatte ich unrecht. Das habe ich zugegeben. Was jetzt diese Sache angeht, gibt es keinerlei Sicherheit, daß das, woran ich im Halbschlaf dachte, irgendeine Beziehung zu unserem Problem hatte. Möglicherweise war es reine Phantasie, unlogischer Unsinn. Vielleicht war es gar kein Gedanke. Nichts. Würden Sie es für klug halten, bei einer so geringen Erfolgswahrscheinlichkeit eine Schädigung meines Gehirns zu riskieren, wo Sie doch nach Ihren eigenen Worten auf eben dieses Gehirn bauen, um eine Lösung für das Problem zu finden?«

Fastolfe nickte. »Sie vertreten Ihren Fall sehr beredt – und ich hatte es nicht wirklich ernst gemeint.«

»Danke, Dr. Fastolfe.«

»Aber wie machen wir jetzt weiter?«

»Zunächst einmal möchte ich noch einmal mit Gladia sprechen. Es gibt da einige Punkte, die noch näherer Aufklärung bedürfen.«

»Die hätten Sie gestern abend besprechen sollen?«

»Ja, das hätte ich, aber gestern abend war da für mich mehr, als ich aufnehmen konnte. Es gab Punkte, die mir entgangen sind. Ich bin ein Ermittler, kein unfehlbarer Computer.«

»Ich wollte Sie nicht tadeln«, sagte Fastolfe. »Ich würde nur sehr ungern sehen, daß Gladia unnötig beunruhigt wird. Angesichts dessen, was Sie mir gestern abend sagten, kann ich nur vermuten, daß sie sich in einem Zustand tiefer Verzweiflung befinden muß.«

»Bestimmt. Aber sie ist auch verzweifelt darauf aus herauszufinden, was geschehen ist – wer, wenn es überhaupt jemand war, den getötet hat, den sie als ihren Mann betrachtete. Auch das ist verständlich. Ich bin sicher, daß sie bereit sein wird, mir zu helfen. Und dann möchte ich noch mit jemandem sprechen.«

»Mit wem?«

»Mit Ihrer Tochter Vasilia.«

»Mit *Vasilia*? – Warum? Welchen Zweck würde das erfüllen?«

»Sie ist Robotikerin. Ich würde gerne außer mit Ihnen noch mit einem weiteren Robotiker sprechen.«

»Das wünsche ich nicht, Mr. Baley.«

Sie hatten die Mahlzeit inzwischen beendet. Baley stand auf. »Dr. Fastolfe, ich muß Sie noch einmal daran erinnern, daß ich auf Ihre Aufforderung hin hier bin. Ich habe keinerlei formelle Vollmacht, hier Polizeiarbeit zu leisten. Ich habe keinerlei Verbindung zu irgendwelchen auroranischen Behörden. Meine einzige Chance, dieser schlimmen Geschichte auf den Grund zu gehen, liegt in der Hoffnung, daß verschiedene Leute freiwillig mit mir zusammenarbeiten und meine Fragen beantworten werden.

Wenn Sie mich daran hindern, dies zu versuchen, dann ist klar, daß ich nicht weiter komme, als ich jetzt bin, und da stehe ich am Nullpunkt. Außerdem sieht das auch für Sie sehr schlecht aus – und damit für die Erde. Ich fordere Sie also eindringlich auf, sich mir nicht in den Weg zu stellen. Wenn Sie es mir möglich machen, jede Person zu befragen, die ich wünsche – oder einfach *versuchen*, es mir möglich zu machen, indem Sie mich unterstützen –, dann werden die Leute auf Aurora das ganz sicher als ein Zeichen selbstbewußter Unschuld Ihrerseits betrachten. Wenn Sie andererseits meine Ermittlungen beeinträchtigen – zu welchem anderen Schluß können sie dann gelangen, als daß Sie schuldig sind und Angst haben, überführt zu werden?«

Fastolfes Verstimmung war in seinen Worten kaum zu überhören. »Das verstehe ich, Mr. Baley. Aber warum Vasilia? Es gibt andere Robotfachleute.«

»Vasilia ist Ihre Tochter. Sie kennt Sie. Vielleicht hat sie hinsichtlich der Wahrscheinlichkeit, daß Sie einen Roboter zerstören könnten, eine ausgeprägte Meinung. Da sie Mitglied des Robotikinstituts ist und auf der Seite Ihrer politischen Gegner steht, wäre jegliche positive Aussage ihrerseits von großer Überzeugungskraft.«

»Und wenn sie gegen mich aussagt?«

»Damit werden wir uns auseinandersetzen, wenn es soweit ist. Würden Sie sich jetzt bitte mit ihr in Verbindung setzen und sie bitten, mich zu empfangen?«

Fastolfes Stimme klang jetzt resigniert: »Ich werde Ihren Wunsch erfüllen, aber Sie irren, wenn Sie meinen, daß ich sie leicht dazu überreden kann, Sie zu empfangen. Möglicherweise ist sie zu beschäftigt – oder meint das wenigstens. Vielleicht befindet sie sich nicht einmal auf Aurora. Oder sie will möglicherweise nicht in die Sache hineingezogen werden. Ich versuchte gestern abend zu erklären, daß sie Anlaß hat – glaubt Anlaß zu haben –, mir gegenüber feindselige Gefühle zu hegen. Indem ich sie bitte, Sie zu empfangen, könnte ich sie leicht dazu bringen, diesen Wunsch abzulehnen. Allein schon als Zeichen ihrer Abneigung mir gegenüber.«

»Würden Sie es trotzdem versuchen, Dr. Fastolfe?«

Fastolfe seufzte. »Ich werde es versuchen, während Sie bei Gladia sind. Ich nehme an, Sie wollen sie persönlich aufsuchen? Ich darf vielleicht darauf hinweisen, daß ein trimensionales Sichten ausreichen würde. Das Bild ist von hinreichender Qualität, so gut, daß Sie es nicht von Ihrer persönlichen Anwesenheit unterscheiden können.«

»Das ist mir bekannt, Dr. Fastolfe, aber Gladia ist Solarianerin und verbindet mit dem trimensionalen Sichten unangenehme Assoziationen. Außerdem bin ich der Ansicht, daß es wesentlich effizienter ist, sich so nahe zu sein, daß man sich berühren könnte, auch wenn sich das nicht beweisen läßt. Die gegenwärtige Situation ist zu delikat, und die Schwierigkeiten sind zu groß, als daß ich diesen zusätzlichen Vorteil aufgeben möchte.«

»Nun, ich werde Gladia verständigen.« Er wandte sich ab, zögerte und drehte sich dann wieder um. »Aber, Mr. Baley...«

»Ja, Dr. Fastolfe?«

»Gestern abend sagten Sie mir, die Situation sei so ernst, daß Sie auf irgendwelche Unbequemlichkeiten keine Rücksicht nehmen könnten, die das vielleicht Gladia verursachen könnte. Es gebe, wie Sie sagten, größere Dinge, die auf dem Spiel stünden.«

»Das ist richtig, aber Sie können sich darauf verlassen, daß ich sie nicht stören werde, wenn ich das vermeiden kann.«

»Ich spreche jetzt nicht von Gladia. Ich warne Sie nur, daß diese im wesentlichen richtige Ansicht, die Sie da haben, auch in bezug auf meine Person gelten sollte. Ich erwarte nicht von Ihnen, daß Sie sich um meine Bequemlichkeit oder um meinen Stolz sorgen, wenn Sie die Gelegenheit bekommen sollten, mit Vasilia zu sprechen. Ich freue mich nicht auf die Resultate eines solchen Gesprächs, aber wenn Sie mit ihr sprechen, dann muß ich jede Peinlichkeit, die sich daraus ergibt, ertragen, und Sie dürfen nicht versuchen, mich zu schonen. Verstehen Sie?«

»Um ganz ehrlich zu sein, Dr. Fastolfe, ich hatte nie die Absicht, Sie zu schonen. Wenn ich Ihre Scham oder irgendwelche Peinlichkeit gegen das Wohlbefinden meiner Welt in die Waagschale legen muß, würde ich keinen Augenblick zögern, Sie zu verletzen.«

»Gut! Und, Mr. Baley, diese Einstellung muß auch gegenüber Ihrer Person gelten. Auch *Ihre* Bequemlichkeit darf dem größeren Ziel nicht im Wege stehen.«

»Das durfte sie auch nicht, als Sie sich dafür entschieden, mich hierher bringen zu lassen, ohne sich vorher mit mir zu besprechen.«

»Ich meine etwas anderes. Wenn Sie nach vernünftiger Zeit – nicht einer sehr langen, sondern einer vernünftigen Zeitspanne – keine Fortschritte erzielen, werden wir trotzdem die Möglichkeit einer Psychosondierung in Betracht ziehen müssen. Herauszufinden, was Ihr Bewußtsein weiß und Ihnen verborgen hält, könnte unsere letzte Chance sein.«

»Vielleicht weiß es gar nichts, Dr. Fastolfe.«

Fastolfe sah Baley traurig an. »Zugegeben. Aber wie Sie bezüglich der Möglichkeit einer Aussage Vasilias gegen mich erwähnten – damit setzen wir uns auseinander, wenn es soweit ist.«

Er wandte sich wieder ab und verließ das Zimmer.

Baley blickte ihm nachdenklich nach. Für ihn hatte es jetzt den Anschein, daß er es, wenn er Fortschritte erzielte, mit physischem Druck einer unbekannten – aber möglicherweise gefährlichen – Art zu tun haben würde. Und wenn er keine Fortschritte machte, dann stand ihm die Psychosonde bevor, und das würde kaum besser sein.

»Jehoshaphat!« murmelte er halblaut zu sich.

33

Der Weg zu Gladias Niederlassung kam ihm kürzer als am Vortag vor. Es war wieder ein sonniger und angenehmer Tag, aber das Bild, das sich ihm bot, wirkte völlig anders. Das Licht der Sonne kam natürlich aus der entgegengesetzten Richtung, und die Färbung wirkte anders.

Vielleicht sah die Pflanzenwelt am Morgen ein wenig anders als am Abend aus oder roch anders. Baley erinnerte sich, daß er bezüglich der Pflanzenwelt der Erde gelegentlich ähnliche Gedanken gehabt hatte.

Daneel und Giskard begleiteten ihn wieder, aber sie hielten sich diesmal näher bei ihm und wirkten weniger wachsam.

»Scheint die Sonne hier die ganze Zeit?« fragte Baley beiläufig.

»Nein, das tut sie nicht, Partner Elijah«, sagte Daneel. »Wenn sie das täte, wäre das für die Pflanzenwelt katastrophal und somit auch für die Menschheit. Tatsächlich ist vorhergesagt, daß der Himmel sich im Verlauf des Tages bewölken wird.«

»Was war das?« fragte Baley verblüfft. Ein kleines, graubraunes Tier kauerte im Gras. Als es sie sah, hoppelte es davon.

»Ein Hase, Sir«, sagte Giskard.

Baley entspannte sich. Er hatte sie auch auf den Feldern der Erde gesehen.

Gladia wartete diesmal nicht an der Tür auf sie, aber es war deutlich zu erkennen, daß sie sie erwartete. Als ein Roboter sie ins Haus führte, stand sie nicht auf, sondern sagte mit einer Mischung aus Müdigkeit und Gereiztheit: »Dr. Fastolfe hat mir gesagt, Sie müßten mich unbedingt noch einmal sprechen. Was ist denn?«

Sie trug ein Kleid, das eng an ihrem Körper lag, und ganz offensichtlich nichts darunter. Ihr Haar war hinten formlos zusammengebunden, und ihr Gesicht war blaß. Sie wirkte erschöpfter als am Vortag, und es war klar zu erkennen, daß sie nur wenig geschlafen hatte.

Daneel, der sich an das erinnerte, was am Tag zuvor geschehen war, betrat den Raum nicht. Giskard trat ein, blickte in die Runde und zog sich in eine Wandnische zurück. Einer von Gladias Robotern stand in einer weiteren Nische.

»Es tut mir furchtbar leid, Gladia, daß ich Sie noch einmal belästigen muß«, sagte Baley.

Und Gladia antwortete: »Ich vergaß, Ihnen gestern abend zu sagen, daß Jander, nachdem man ihn gefackelt hat, natürlich einen Recyclingprozeß durchmacht, um in den Roboterfabriken wieder verwendet zu werden. Irgendwie wird es wahrscheinlich amüsant sein zu wissen, daß ich jedesmal, wenn ich einen neu gebauten Roboter sehe, daran denken kann, daß viele von Janders Atomen in ihm weiterleben.«

»Wir machen ja auch einen Recyclingprozeß durch, wenn wir sterben«, sagte Baley. »Und wer weiß schon, welche Atome von wem jetzt in Ihnen und mir sind, oder in wem die unseren eines Tages einmal sein werden.«

»Sie haben sehr recht, Elijah. Und Sie erinnern mich damit daran, wie leicht es ist, über die Sorgen anderer philosophische Betrachtungen anzustellen.«

»Das ist ebenfalls richtig, Gladia, aber ich bin nicht hierher gekommen, um philosophische Betrachtungen anzustellen.«

»Dann tun Sie das, weshalb Sie gekommen sind.«

»Ich muß Fragen stellen.«

»Haben die von gestern nicht genügt? Haben Sie die Zeit seit gestern damit verbracht, sich neue auszudenken?«

»Zum Teil ja, Gladia. Gestern sagten Sie, daß es selbst nachdem Sie mit Jander zusammen waren – als Mann und Frau –, daß es Männer gegeben hat, die sich Ihnen angeboten haben, und daß Sie sie abgelehnt haben. Das ist es, worüber ich Sie befragen muß.«

»Warum?«

Baley ignorierte die Frage. »Sagen Sie mir«, fuhr er fort, »wie viele Männer sich Ihnen während der Zeit Ihrer Ehe mit Jander angeboten haben?«

»Ich führe keine Aufzeichnungen, Elijah. Drei oder vier.«

»Waren welche darunter hartnäckig? Hat irgend jemand sich mehr als einmal angeboten?«

Gladia, die seinen Augen ausgewichen war, sah ihn jetzt voll an und fragte: »Haben Sie darüber mit anderen gesprochen?«

Baley schüttelte den Kopf. »Ich habe mit niemandem außer mit Ihnen über dieses Thema gesprochen. Aber aus Ihrer Frage schließe ich, daß es wenigstens einen gegeben hat, der hartnäckig war.«

»Einen. Santirix Gremionis.« Sie seufzte. »Auroraner haben so seltsame Namen, und er *war* seltsam – für einen Auroraner. Mir ist noch nie jemand begegnet, der in dieser Sache so wie er immer wieder dasselbe wiederholte. Er war immer höflich, nahm meine Ablehnung immer mit einem kleinen Lächeln und einer würdevollen Verbeugung entgegen und versuchte es dann eine Woche darauf, oder manchmal sogar schon am nächsten Tag wieder. Die Wiederholung allein schon war eine kleine Unhöflichkeit. Ein anständiger Auroraner würde eine Ablehnung für dauernd akzeptieren, sofern der in Aussicht genommene Partner nicht erkennen ließ, daß er es sich anders überlegt hatte.«

»Sagen Sie noch einmal – haben diejenigen, die sich Ihnen angeboten haben, von Ihrer Beziehung zu Jander gewußt?«

»Ich habe davon in beiläufigen Gesprächen nichts erwähnt.«

»Nun, dann wollen wir uns doch einmal mit diesem Gremionis befassen. Wußte *er*, daß Jander Ihr Mann war?«

»Ich habe es ihm nie gesagt.«

»Sie dürfen das nicht so abtun, Gladia. Es geht nicht darum, ob man es ihm *gesagt* hat. Er hat sich im Gegensatz zu den anderen wiederholt angeboten. Wie oft, würden Sie denn sagen, übrigens? Dreimal? Viermal? Wie oft?«

»Ich habe es nicht gezählt«, sagte Gladia müde. »Möglicherweise ein dutzendmal oder noch öfter. Wenn er sonst nicht so sympathisch wäre, hätte ich meinen Robotern Anweisung gegeben, ihn nicht mehr hereinzulassen.«

»Ah, aber das haben Sie nicht getan. Und es braucht Zeit, um mehrfache Angebote zu machen. Er kam Sie besuchen. Er begegnete Ihnen. Er hatte Zeit, Janders Anwesenheit und die Art und Weise, wie Sie sich ihm gegenüber verhielten, zur Kenntnis zu nehmen. Hätte er nicht daraus auf die Art der Beziehung schließen können?«

Gladia schüttelte den Kopf. »Das glaube ich nicht. Jander drängte sich nie dazwischen, wenn ich mit irgendeinem menschlichen Wesen zusammen war.«

»War das Ihre Anweisung? Ich nehme an, daß es so gewesen sein muß.«

»Ja. Und ehe Sie jetzt andeuten, daß ich mich der Beziehung schämte – es war lediglich ein Versuch, lästigen Komplikationen aus dem Weg zu gehen. Ich habe mir bezüglich meiner Intimsphäre in Sachen Sex einen gewissen Instinkt bewahrt, den Auroraner nicht besitzen.«

»Überlegen Sie noch einmal. Könnte es sein, daß er es geahnt hat? Stellen Sie sich doch vor – ein verliebter Mann...«

»Verliebt?« Sie schrie es fast hinaus. »Was wissen denn Auroraner von Liebe?«

»Ein Mann, der sich für verliebt hält. Und Sie gehen nicht auf ihn ein. Könnte er nicht mit der Sensibilität und dem Argwohn eines enttäuschten Liebhabers etwas erraten haben? Denken Sie nach! Hat er irgendwann versteckte Hinweise auf Jander gebracht? Irgend etwas, das Sie auch nur zur Andeutung von Argwohn veranlaßte...«

»Nein! Nein! Es wäre für jeden Auroraner unerhört, negative Bemerkungen über die sexuellen Präferenzen oder Gewohnheiten eines anderen zu machen.«

»Nicht notwendigerweise negativ. Eine humorvolle Bemerkung vielleicht. *Irgendeine* Andeutung, daß er die Beziehung ahnte.«

»Nein! Wenn der junge Gremionis je auch nur eine Andeutung dieser Art gemacht hätte, hätte er meine Niederlassung nie wieder von innen gesehen, und ich hätte dafür gesorgt, daß er nie wieder in meine Nähe kam. Aber so etwas hätte er nie getan. Er war eine Seele von Höflichkeit mir gegenüber.«

»Sie sagen ›jung‹. Wie alt ist dieser Gremionis?«

»Etwa so alt wie ich. Fünfunddreißig. Vielleicht auch ein oder zwei Jahre jünger.«

»Ein Kind«, sagte Baley traurig. »Sogar noch jünger als ich. Aber in dem Alter – angenommen, er hat Ihre Beziehung zu Jander geahnt und nichts gesagt – überhaupt nichts. Könnte er nicht dennoch eifersüchtig gewesen sein?«

»Eifersüchtig?«

Baley kam in den Sinn, daß das Wort vielleicht auf Aurora oder Solaria nichts bedeutete. »Nun, sich ärgern, daß Sie einen anderen ihm vorziehen.«

»Ich kenne die Bedeutung des Wortes ›eifersüchtig‹«, sagte Gladia scharf. »Ich habe es nur wiederholt, weil ich überrascht war, daß Sie meinten, irgendein Auroraner sei eifersüchtig. Auf Aurora sind die Leute in Sexfragen nicht eifersüchtig. In anderen Dingen sicherlich, aber nicht, wenn es um Sex geht.« Sie lächelte jetzt fast spöttisch. »Und selbst wenn er eifersüchtig gewesen wäre, was hätte das schon ausgemacht? Was hätte er tun können?«

»War es denn nicht möglich, daß Jander hätte sagen können, die Beziehung zu einem Roboter könnte Ihre Position auf Aurora gefährden...«

»Das wäre nicht wahr gewesen!«

»Jander hätte es glauben können, wenn man es ihm gesagt hätte – hätte glauben können, er würde Sie gefährden, verletzen. Hätte das nicht der Grund für den Mentalblock sein können?«

»Jander hätte so etwas nie geglaubt. Er hat mich jeden Tag, den er mein Mann war, glücklich gemacht, und das habe ich ihm gesagt.«

Baley blieb ruhig. Sie verstand nicht, was er sagen wollte, aber er würde es einfach noch deutlicher ausdrücken müssen. »Ich bin sicher, daß er Ihnen geglaubt hat, aber ebenso hätte er sich gezwungen sehen können, jemand anderem zu glauben, der ihm das Gegenteil sagte. Wenn er dadurch in ein unerträgliches Dilemma des Ersten Gesetzes geraten wäre...«

Gladias Gesicht verzerrte sich, und sie kreischte: »Das ist *verrückt*! Das ist das alte Märchen von Susan Calvin und dem gedankenlesenden Roboter. Niemand, der älter als zehn Jahre ist, kann so etwas glauben.«

»Ist es denn nicht möglich, daß...?«

»Nein, das ist es *nicht*! Ich komme von Solaria und verstehe genug von Robotern, um zu wissen, daß das nicht möglich ist. Es würde einen unglaublichen Experten erfordern, um in einem Roboter einen solchen Knoten zu knüpfen. Das Erste Gesetz! Daß ich nicht lache! Dr. Fastolfe könnte das vielleicht schaffen, aber ganz sicher nicht Santirix Gremionis. Gremionis ist Stylist. Er arbeitet an menschlichen Wesen, er entwirft Frisuren, schneidert Kleidung. Ich tue dasselbe, aber zumindest arbeite ich an Robotern. Gremionis hat nie einen Roboter berührt. Er weiß nichts über sie, weiß nur, wie man einem den Befehl erteilt, die Fenster zu schließen oder so etwas. Wollen Sie mir sagen, daß die Beziehung zwischen Jander und mir – *mir*...« – sie tippte sich mit dem ausgestreckten Finger gegen die Brust, eine Brust, deren sanfte Schwellung kaum unter ihrem Kleid sichtbar war – »Janders Tod verursacht hat?«

»Nichts, was Sie wissend getan haben«, sagte Baley, der am liebsten aufgehört hätte, aber außerstande war, das Fragen einzustellen. »Was, wenn Gremionis von Dr. Fastolfe erfahren hätte, wie man...«

»Gremionis kannte Dr. Fastolfe nicht und hätte jedenfalls nichts verstanden, was Dr. Fastolfe ihm hätte sagen können.«

»Sie können nicht sicher wissen, was Gremionis verstehen würde oder nicht, und was das betrifft, daß er Dr. Fastolfe nicht kannte – Gremionis muß doch häufig in Ihrer Niederlassung gewesen sein, wenn er Sie so bedrängt hat und...«

»Und Dr. Fastolfe war fast nie in meiner Niederlassung. Gestern abend, als er mit Ihnen kam, war das das zweite Mal, daß er meine Schwelle überschritt. Er hatte Angst, daß er mich vertreiben würde, wenn er mir zu nahe kam. Einmal hat er das zugegeben. Er dachte, er hätte seine Tochter auf diese Weise verloren – irgend so etwas Dummes. – Sehen Sie, Elijah, wenn man einige Jahrhunderte lang lebt, hat man genügend Zeit, *Tausende* von Dingen zu verlieren. Seien Sie d-d-dankbar für Ihr kurzes Leben, Elijah.« Sie weinte hemmungslos.

Baley empfand ein Gefühl der Hilflosigkeit. »Es tut mir leid, Gladia. Ich habe keine Fragen mehr. Soll ich einen Roboter rufen? Werden Sie Hilfe brauchen?«

Sie schüttelte den Kopf und machte eine abwehrende Handbewegung. »Gehen Sie einfach weg – gehen Sie weg«, sagte sie mit halb erstickter Stimme. »Gehen Sie!«

Baley zögerte und ging dann aus dem Zimmer, warf, als er durch die Tür trat, einen letzten, unsicheren Blick auf sie. Giskard folgte ihm auf den Fersen, und Daneel schloß sich ihm an, als er das Haus verließ. Er bemerkte es kaum. Unbestimmt kam ihm in den Sinn, daß er anfing, ihre Gegenwart so zu akzeptieren wie die seines Schattens oder seiner Kleidung, daß er im Begriff war, einen Punkt zu erreichen, wo er sich ohne die Roboter nackt und bloß vorkam.

Er ging schnell zu Fastolfes Niederlassung zurück, und seine Gedanken rasten. Sein Wunsch, Vasilia zu sehen, war zuerst eine Sache der Verzweiflung gewesen, einfach, weil ihm ein anderes Objekt seiner Neugierde fehlte, aber jetzt hatten sich die Dinge geändert. Es bestand immerhin die Chance, daß er zufällig auf etwas Wichtiges gestoßen war.

34

Als Baley zurückkehrte, musterte ihn Fastolfe finster.

»Irgendwelche Fortschritte?« fragte er.

»Ich habe eine Möglichkeit teilweise eliminiert. – Vielleicht.«

»*Teilweise*? Und wie eliminieren Sie den anderen Teil? Und was noch wichtiger wäre, wie *kommen* Sie zu einer Möglichkeit?«

»Indem man sich außerstande sieht, eine Möglichkeit zu eliminieren, fängt man damit an, zu einer Möglichkeit zu gelangen«, sagte Baley.

»Und wenn es Ihnen nicht gelingt, den anderen Teil dieser Möglichkeit zu eliminieren, die Sie so geheimnisvoll erwähnten?«

Baley zuckte die Achseln. »Ehe wir unsere Zeit mit solchen Überlegungen vergeuden, muß ich Ihre Tochter sprechen.«

Fastolfe senkte den Blick. »Nun, Mr. Baley, ich habe getan, worum Sie mich gebeten haben, und versucht, mit ihr Verbindung aufzunehmen. Ich mußte sie dazu wecken.«

»Sie meinen, sie befindet sich auf einem Teil des Planeten, wo es Nacht ist? Daran hatte ich nicht gedacht.« Baley wirkte ein wenig verstimmt. »Ich fürchte, ich stelle mir immer noch vor, auf der Erde zu sein. In den unterirdischen Städten verlieren

Tag und Nacht ihre Bedeutung, und die Zeit verläuft gleichförmig.«

»So schlimm ist es nicht. Eos ist das Robotikzentrum von Aurora, und Sie werden nur wenige Robotiker finden, die nicht dort leben. Nein, sie hat einfach geschlafen, und es hat sie anscheinend nicht besser gestimmt, daß sie aufgeweckt wurde. Sie war nicht bereit, mit mir zu sprechen.«

»Rufen Sie noch einmal an«, bat Baley eindringlich.

»Ich habe mit ihrem Sekretariatsroboter gesprochen, und es gab einige peinliche Nachrichtenübermittlungen. Sie hat klar zu verstehen gegeben, daß sie nicht bereit ist, in irgendeiner Weise mit mir zu sprechen. In bezug auf Sie war sie ein wenig flexibler. Der Roboter hat mich wissen lassen, daß sie Ihnen fünf Minuten auf ihrer privaten Sichtleitung einräumen würde, wenn Sie...« – Fastolfe sah auf den Zeitstreifen an der Wand – »in einer halben Stunde anrufen. Sie ist nicht bereit, Sie unter irgendwelchen Umständen persönlich zu empfangen.«

»Das geht nicht. Weder zeitlich noch sonst. Ich muß sie persönlich sprechen, und zwar so lange, wie es eben nötig ist. Haben Sie ihr erklärt, wie wichtig das ist, Dr. Fastolfe?«

»Ich habe es versucht. Es interessiert sie nicht.«

»Sie sind doch ihr Vater. Sie wird doch sicher...«

»Sie würde um meinetwillen eine Entscheidung noch viel weniger umstoßen als für einen willkürlich ausgewählten Fremden. Das wußte ich, also habe ich Giskard eingesetzt.«

»Giskard?«

»Ja. Giskard ist ein großer Favorit von ihr. Als sie an der Universität Robotik studierte, hat sie sich die Freiheit genommen, einige unwesentliche Aspekte seiner Programmierung zu ändern – und nichts erzeugt eine engere Beziehung zu einem Roboter als das – abgesehen natürlich von Gladias Methode. Es war gerade, als wäre Giskard Andrew Martin...«

»Wer ist Andrew Martin?«

»*War*, nicht *ist*«, sagte Fastolfe. »Haben Sie nie von ihm gehört?«

»Niemals!«

»Wie seltsam! All diese alten Legenden spielen auf der Erde, und doch kennt man sie auf der Erde nicht. – Andrew Martin war ein Roboter, der angeblich Schritt für Schritt humaniform wurde. Natürlich hat es vor Daneel humaniforme Roboter gegeben, aber das waren alles einfache Spielzeuge, nicht viel mehr als Automaten. Trotzdem erzählt man sich erstaunliche Geschichten von den Fähigkeiten Andrew Martins – ein sicheres Zeichen, daß es sich um eine Legende handelt. Es gibt da eine Frau, die in diesen Legenden eine Rolle spielt und die man gewöhnlich als Little Miss bezeichnete. Die Beziehung ist zu kompliziert, um sie jetzt zu beschreiben, aber ich glaube, jedes kleine Mädchen auf Aurora hat schon einmal davon geträumt, Little Miss zu sein und Andrew Martin als Roboter zu haben. So war das auch bei Vasilia – und Giskard war ihr Andrew Martin.«

»Nun?«

»Ich habe ihren Roboter gebeten, ihr zu sagen, daß Sie in Begleitung von Giskard kommen würden. Sie hat ihn seit Jahren nicht mehr gesehen, und ich dachte, das könnte sie vielleicht dazu bringen, einer Zusammenkunft zuzustimmen.«

»Aber das hat es wohl nicht.«

»Richtig.«

»Dann müssen wir uns etwas anderes einfallen lassen. Es muß doch irgendeine Möglichkeit geben, sie dazu zu überreden, mich zu empfangen.«

»Vielleicht fällt Ihnen etwas ein«, sagte Fastolfe. »In ein paar Minuten werden Sie sie im Trimensic sichten, und dann haben Sie fünf Minuten Zeit, um Sie zu überzeugen, Sie persönlich zu empfangen.«

»Fünf Minuten! Was kann ich in fünf Minuten tun?«

»Ich weiß nicht. Immerhin sind fünf Minuten besser als nichts.«

35

Fünfzehn Minuten später stand Baley vor dem Trimensicschirm, bereit, Vasilia Fastolfe gegenüberzutreten.

Fastolfe hatte den Raum verlassen, nachdem er mit einem schiefen Lächeln erklärt hatte, seine Anwesenheit würde es eher noch schwieriger machen, seine Tochter zu überreden. Auch Daneel war nicht zugegen. Nur Giskard blieb zurück, um Baley Gesellschaft zu leisten.

»Dr. Vasilias Trimensic-Kanal ist jetzt empfangsbereit«, sagte Giskard. »Sind Sie so weit, Sir?«

»Allerdings«, sagte Baley grimmig. Er hatte es abgelehnt, sich zu setzen, denn er glaubte, imposanter zu wirken, wenn er stehenblieb. (Aber wie imposant konnte ein Erdenmensch schon sein?)

Der Bildschirm wurde hell, während der Rest des Zimmers düster wurde, und eine Frau erschien – zuerst ziemlich unscharf. Sie stand ihm gegenüber, und ihre rechte Hand ruhte auf einem Arbeitstisch, der mit Diagrammen überhäuft war. (Ohne Zweifel hatte auch *sie* die Absicht, imposant zu wirken.)

Als ihr Bild dann schärfer wurde, entstand der Anschein, als würden die Bildränder wegschmelzen, und das Bild Vasilias (wenn sie es war) wurde tiefer und dreidimensional. Sie stand mitten im Raum mit allen Anzeichen solider Realität, nur daß die Dekoration des Raumes, in dem sie sich befand, nicht zu dem paßte, in dem Baley stand. Und der Bruch war ein sehr scharfer.

Sie trug einen dunkelbraunen Rock, der in Hosenbeine überging, die durchsichtig waren, so daß ihre Beine von der Schenkelmitte abwärts schattenhaft sichtbar waren. Ihre Bluse lag eng an und hatte keine Ärmel, so daß ihre Arme bis zu den Schultern unbedeckt waren. Sie hatte einen tiefen Ausschnitt, und ihr blondes Haar war gelockt.

Sie hatte nichts von dem faden Aussehen ihres Vaters und ganz bestimmt nicht seine großen Ohren. Baley konnte nur vermuten, daß sie eine schöne Mutter gehabt und mit der Verteilung ihrer Gene Glück gehabt hatte.

Sie war klein, und Baley konnte in ihren Gesichtszügen die erstaunliche Ähnlichkeit mit Gladia feststellen, obwohl ihr Ausdruck viel kälter war und auf eine dominierende Persönlichkeit hindeutete.

Sie sagte mit scharfer Stimme: »Sind Sie der Erdenmensch, der gekommen ist, um die Probleme meines Vaters zu lösen?«

»Ja, Dr. Fastolfe«, sagte Baley ähnlich kühl und knapp.

»Sie können mich Dr. Vasilia nennen. Ich möchte nicht, daß ich in irgendeiner Weise mit meinem Vater verwechselt werde.«

»Dr. Vasilia, ich muß Gelegenheit haben, eine vernünftig lange Zeit mit Ihnen von Angesicht zu Angesicht zu sprechen.«

»Der Ansicht sind Sie ohne Zweifel. Sie sind natürlich ein Erdenmensch und daher eine sichere Infektionsquelle.«

»Ich bin medizinisch behandelt worden, und das Zusammensein mit mir ist völlig ungefährlich. Ihr Vater ist seit über einem Tag dauernd mit mir zusammen.«

»Mein Vater tut so, als wäre er Idealist, und muß gelegentlich närrische Dinge tun, um den Schein zu wahren. Ich bin nicht bereit, ihn zu imitieren.«

»Ich nehme an, Sie wollen nicht, daß er zu Schaden kommt. Wenn Sie ablehnen, mich zu empfangen, fügen Sie ihm Schaden zu.«

»Sie vergeuden Ihre Zeit. Ich bin nicht bereit, Sie zu treffen. Ein Kontakt über Trimensic muß Ihnen genügen. Und die Hälfte des Zeitraums, den ich Ihnen zur Verfügung gestellt habe, ist bereits um. Wenn Sie es wünschen, können wir jetzt gleich Schluß machen, wenn Ihnen das befriedigend erscheint.«

»Giskard ist hier, Dr. Vasilia, und möchte Sie gerne auffordern, mich zu empfangen.«

Giskard trat ins Sichtfeld. »Guten Morgen, Little Miss«, sagte er mit leiser Stimme.

Einen Augenblick wirkte Vasilia verlegen, und als sie dann wieder sprach, klang ihre Stimme weicher. »Freut mich, dich zu sichten, Giskard. Ich bin auch bereit, mich jederzeit mit dir zu treffen. Aber diesen Erdenmenschen zu empfangen, bin ich nicht bereit, selbst nicht auf dein Drängen.«

»In dem Fall«, sagte Baley, verzweifelt seine letzten Reserven einsetzend, »muß ich den Fall von Santirix Gremionis in aller Öffentlichkeit ausbreiten, ohne ihn vorher mit Ihnen besprochen zu haben.«

Vasilias Augen weiteten sich, und ihre Hand hob sich vom Tisch und ballte sich zur Faust. »Was ist mit Gremionis?«

»Nun, er ist ein attraktiv aussehender junger Mann und kennt Sie gut. Soll ich diese Angelegenheit in Angriff nehmen, ohne mir anzuhören, was Sie mir zu sagen haben?«

»Ich will Ihnen gleich sagen, daß...«

»Nein«, sagte Baley laut. »Sie werden mir gar nichts sagen. Nur von Angesicht zu Angesicht.«

Ihr Mund zuckte. »Dann bin ich bereit, Sie zu empfangen, aber ich werde keinen Augenblick länger in Ihrer Gesellschaft bleiben, als ich unbedingt will. Ich warne Sie – und bringen Sie Giskard mit.«

Die trimensionale Verbindung riß mit einem Knacken ab, und Baley empfand die Anwandlung eines Schwindelgefühls, als der Hintergrund sich plötzlich veränderte. Er ging zu einem Stuhl und setzte sich.

Giskards Hand lag an seinem Ellbogen und stellte sicher, daß er den Stuhl ungefährdet erreichte. »Kann ich Ihnen irgendwie behilflich sein, Sir?« fragte er.

»Schon gut«, sagte Baley. »Ich muß nur schnaufen.«

Dr. Fastolfe stand vor ihm. »Ich muß mich noch einmal entschuldigen, daß ich in meinen Gastgeberpflichten versagt habe. Ich habe an einem Nebenapparat mitgehört, der nur empfangen, nicht senden kann. Ich wollte meine Tochter sehen, selbst wenn sie mich nicht gesehen hat.«

»Ich verstehe«, sagte Baley, dessen Atem immer noch stokkend ging. »Wenn die guten Manieren für das, was Sie getan haben, eine Entschuldigung notwendig machen, dann verzeihe ich Ihnen.«

»Aber was ist mit diesem Santirix Gremionis? Der Name ist mir nicht vertraut.«

Baley blickte zu Fastolfe auf und sagte: »Dr. Fastolfe, ich habe seinen Namen heute morgen von Gladia gehört. Ich weiß nur sehr wenig über ihn, bin aber trotzdem das Risiko eingegangen, ihn Ihrer Tochter gegenüber zu erwähnen. Die Chancen standen gegen mich, aber es ist trotzdem das eingetreten, was ich wollte. Wie Sie sehen, bin ich imstande, nützliche Schlüsse zu ziehen, selbst wenn mir nur sehr wenig Informationen zur Verfügung stehen. Also ist es wohl besser, wenn Sie mich in Frieden lassen, damit ich damit fortfahren kann. Bitte unterstützen Sie mich in Zukunft nach vollen Kräften und erwähnen Sie die Psychosonde nicht wieder.«

Fastolfe schwieg, und Baley empfand ein Gefühl grimmiger Befriedigung darüber, daß er seinen Willen zuerst der Tochter und dann dem Vater aufgezwungen hatte.

Wie lange er würde fortfahren können, das zu tun, wußte er nicht.

Neunter Teil

Vasilia

36

Baley blieb an der Tür des Schwebers stehen und sagte entschieden: »Giskard, ich wünsche *nicht*, daß die Fenster undurchsichtig gemacht werden. Ich wünsche *nicht*, auf dem Rücksitz zu sitzen. Ich möchte vorne sitzen und mir das Draußen ansehen. Da ich zwischen dir und Daneel sitzen werde, sollte das völlig ungefährlich sein, es sei denn, der Wagen selbst würde zerstört. Und in dem Fall würden wir alle zerstört werden, und es wäre gleichgültig, ob ich vorne oder hinten sitze.«

Giskard reagierte auf die Eindringlichkeit des Wunsches, indem er noch respektvoller wurde. »Sir, wenn Ihnen schlecht werden sollte...«

»Dann wirst du anhalten, und ich setze mich nach hinten, und du kannst die Hinterfenster abdunkeln, oder du brauchst nicht einmal anzuhalten. Ich kann während der Fahrt über die Rückenlehne steigen. Das Wichtigste ist, Giskard, daß ich mich so gut wie möglich mit Aurora vertraut mache. Darüber hinaus ist auch noch wichtig, daß ich mit dem Draußen vertraut werde. Das ist ein Befehl, Giskard.«

Jetzt schaltete Daneel sich mit leiser Stimme ein. »Partner Elijah hat mit seinem Wunsch recht, Freund Giskard. Er wird in vernünftigem Maße sicher sein.«

Giskard gab, vielleicht widerstrebend (Baley konnte den Ausdruck seines nicht ganz menschlichen Gesichts nicht deuten), nach und setzte sich ans Steuer. Baley folgte ihm und blickte mit nicht ganz dem Selbstvertrauen, das seine Stimme ausgedrückt hatte, durch das klare Glas der Windschutzscheibe. Immerhin wirkte die Anwesenheit eines Roboters zu beiden Seiten beruhigend.

Das Fahrzeug erhob sich auf seinen Druckluftdüsen und schwankte etwas, als müsse es erst Fuß fassen. Baley empfand ein schwindelndes Gefühl in der Magengrube und versuchte, die ein paar Augenblicke zuvor zur Schau gestellte Tapferkeit nicht zu bereuen. Sich einzureden, daß Daneel und Giskard keine Anzeichen von Furcht erkennen ließen, daß man sie imitieren mußte, half nichts. Sie waren Roboter; sie konnten keine Furcht empfinden.

Und dann bewegte sich das Fahrzeug plötzlich nach vorne, und Baley spürte, wie er hart gegen den Sitz gepreßt wurde. Binnen einer Minute bewegte er sich mit demselben Tempo, das er von den Expreßbändern der City kannte. Vor ihm dehnte sich eine breite, grasbewachsene Straße.

Die Geschwindigkeit kam ihm um so größer vor, als da nirgends die freundlichen Lichter und Strukturen der City waren, sondern nur breite, grüne Schluchten und unregelmäßige Formationen. Baley gab sich große Mühe, sich nichts anmerken zu lassen und ganz natürlich über neutrale Dinge zu sprechen.

»Das sieht nicht wie landwirtschaftlich genutztes Land aus, Daneel«, meinte er. »Es kommt mir ungenutzt vor.«

»Das ist Stadtgebiet, Partner Elijah«, sagte Daneel. »Es handelt sich um Parks und Niederlassungen in Privatbesitz.«

»Stadtgebiet?« Das Wort konnte Baley nicht akzeptieren. Er wußte, was eine City war.

»Eos ist die größte und wichtigste Stadt auf Aurora. Die erste, die hier gegründet wurde. Die Gesetzgebende Körperschaft von Aurora hat hier ihren Sitz. Der Vorsitzende der Gesetzgebenden Körperschaft hat hier seine Niederlassung, wir kommen gleich daran vorbei.«

Nicht nur eine Stadt, sondern sogar noch die größte. Baley blickte nach beiden Seiten. »Ich war der Ansicht, die Fastolfe- und Gladia-Niederlassungen lägen am Rand von Eos. Ich hätte gedacht, daß wir inzwischen die Stadtgrenzen passiert haben.«

»Ganz und gar nicht, Partner Elijah. Wir befinden uns gerade im Zentrum. Die Grenzen sind sieben Kilometer entfernt, und unser Ziel liegt fast vierzig Kilometer dahinter.«

»Das Zentrum? Ich sehe aber keine Bauten.«

»Die soll man auch nicht von der Straße aus sehen. Aber dort zwischen den Bäumen ist ein Gebäude. Das ist die Niederlassung von Fuad Labord, einem bekannten Schriftsteller.«

»Kennst du alle Niederlassungen vom Sehen?«

»Sie sind in meinen Gedächtnisspeichern«, sagte Daneel fast würdevoll.

»Auf der Straße ist gar kein Verkehr. Warum?«

»Große Entfernungen werden in Aircars oder Magnetbahnen zurückgelegt. Trimensionale Verbindungen entheben...«

»Auf Solaria nennt man das ›Sichten‹«, sagte Baley.

»Hier auch in der Umgangssprache, oder TVC, wenn man etwas formeller sein will. Das macht einen Großteil des Reisens überflüssig. Schließlich gehen die Auroraner gerne zu Fuß, und es ist ganz und gar nicht ungewöhnlich, ein paar Kilometer zu gehen, um einen Besuch zu machen, oder sogar zu einer geschäftlichen Besprechung, wenn es nicht auf die Zeit ankommt.«

»Und wir müssen an einen Ort, der zu Fuß zu weit entfernt ist und zu nahe für einen Aircar. Trimensionales Sichten ist unerwünscht – also benutzen wir einen Schwebewagen.«

»Einen Schweber, um den richtigen Ausdruck zu verwenden, Partner Elijah, aber das läuft wohl auf dasselbe hinaus.«

»Wie lange brauchen wir zu Vasilias Niederlassung?«

»Nicht lange, Partner Elijah. Sie ist im Robotikinstitut, wie Sie vielleicht wissen.«

Ein paar Augenblicke lang herrschte Schweigen, dann meinte Baley: »Das sieht wie Wolken aus am Horizont.«

Giskard nahm in hohem Tempo eine Kurve, wobei der Schweber um dreißig Grad abkippte. Baley hielt die Luft an und klammerte sich an Daneel, der sofort den linken Arm um Baleys Schultern legte und ihn wie ein Schraubstock festhielt, auf jeder Schulter eine Hand. Dann richtete der Schweber sich wieder gerade, und Baley atmete langsam aus.

»Ja, diese Wolken werden im weiteren Tagesverlauf zu Niederschlägen führen, wie es vorhergesagt ist«, sagte Daneel.

Baley runzelte die Stirn. Er war einmal – *einmal* – während seiner Arbeit auf der Erde im Regen Draußen gewesen. Das war, als würde man in Kleidern unter einer kalten Dusche stehen. Einen Augenblick lang hatte ihn Panik erfüllt, als ihm klar wurde, daß da keine Drehknöpfe waren, mit denen man das Wasser abstellen konnte. Das Prasseln des Wassers hatte einfach nicht aufgehört. Und dann waren alle gerannt, und er mit ihnen, in die trockene, geregelte Umgebung der City.

Aber dies war Aurora, und er hatte keine Ahnung, was man tat, wenn es zu regnen anfing und es nirgends eine City gab, in die man fliehen konnte. Ob man in die nächste Niederlassung rannte? Und ob Flüchtlinge dort automatisch willkommen sein würden?

Wieder ein kleiner Bogen, und Giskard sagte: »Sir, wir sind jetzt auf dem Parkplatz des Robotikinstituts. Jetzt können wir eintreten und die Niederlassung besuchen, die Dr. Vasilia auf dem Gelände des Instituts unterhält.«

Baley nickte. Die Fahrt hatte zwischen fünfzehn und zwanzig Minuten in Anspruch genommen (soweit er das abschätzen konnte, nach Erdzeit), und er war froh, daß sie vorbei war. So meinte er ziemlich atemlos: »Ich möchte etwas über Dr. Fastolfes Tochter wissen, ehe ich ihr gegenübertrete. Du hast sie nicht gekannt, nicht wahr, Daneel?«

»Zu der Zeit, da meine Existenz begann«, sagte Daneel, »waren Dr. Fastolfe und seine Tochter bereits seit geraumer Zeit getrennt. Ich bin ihr nie begegnet.«

»Aber was dich betrifft, Giskard, du hast sie doch recht gut gekannt. Stimmt das?«

»Das stimmt, Sir«, sagte Giskard ausdruckslos.

»Und ihr habt einander gemocht?«

»Ich glaube«, sagte Giskard, »daß es der Tochter Dr. Fastolfes Vergnügen bereitet hat, mit mir beisammen zu sein, Sir.«

»Hat es dir Vergnügen bereitet, mit ihr beisammen zu sein?«

Giskard schien seine Worte sorgfältig auszuwählen. »Es gibt mir ein Gefühl, das menschliche Wesen, glaube ich, als ›Freude‹ bezeichnen, mit irgendwelchen menschlichen Wesen beisammen zu sein.«

»Aber mit Vasilia mehr, denke ich. Habe ich recht?«

»Das Vergnügen, das sie dabei empfand, mit mir beisammen zu sein, Sir«, sagte Giskard, »schien jene positronischen Potentiale zu stimulieren, die Aktionen in mir erzeugen, die jenen äquivalent sind, die in menschlichen Wesen Freude erzeugt. So hat es mir Dr. Fastolfe zumindest einmal erklärt.«

»Warum hat Vasilia ihren Vater verlassen?« fragte Baley.

Giskard sagte nichts.

Und Baley sagte mit der plötzlichen Anmaßung eines Erdenmenschen, der zu einem Roboter spricht: »Ich habe dich etwas gefragt, Boy.«

Giskard drehte den Kopf und starrte Baley an, der einen Augenblick lang dachte, das Glühen in den Augen des Roboters könnte sich auf das geringschätzige Wort hin zu einem Aufflammen der Verärgerung verstärken.

Aber Giskard antwortete mit milder Stimme, und in seinen Augen war kein erkennbarer Ausdruck zu sehen, als er sagte: »Ich würde gerne antworten, Sir. Aber Miß Vasilia hat mir in allen Angelegenheiten, die jene Trennung betreffen, den Befehl erteilt, nichts zu sagen.«

»Aber ich erteile dir den Befehl, mir zu antworten, und ich kann diesen Befehl sehr entschieden erteilen – wenn ich das wünsche.«

»Es tut mir leid«, sagte Giskard. »Miß Vasilia war schon damals in der Robotik sehr erfahren, und die Befehle, die sie mir gab, waren hinreichend nachdrücklich, um trotz allem, was Sie möglicherweise sagen werden, in Kraft zu bleiben, Sir.«

»Sie muß in der Tat in der Robotik erfahren gewesen sein«, meinte Baley. »Dr. Fastolfe hat mir gesagt, sie hätte dich gelegentlich umprogrammiert.«

»Das war nicht gefährlich. Dr. Fastolfe konnte irgendwelche Fehler stets korrigieren.«

»Mußte er das?«

»Nein, Sir.«

»Welcher Art war diese Umprogrammierung?«

»Belanglose Dinge, Sir.«

»Mag sein, aber ich möchte trotzdem eine Antwort haben. Was hat sie getan?«

Giskard zögerte, und Baley wußte sofort, was das bedeutete. Dann meinte der Roboter: »Ich fürchte, daß Fragen bezüglich der Umprogrammierung von mir nicht beantwortet werden können.«

»Man hat es dir verboten?«

»Nein, Sir, aber die Umprogrammierung löscht automatisch alles, was voranging. Wenn ich in irgendeinem besonderen Punkt verändert bin, würde es mir erscheinen, daß ich immer so war, und ich könnte an den Zustand vor der Veränderung keine Erinnerung haben.«

»Woher weißt du dann, daß die Umprogrammierung belanglos war?«

»Da Dr. Fastolfe es nie für notwendig hielt, das zu korrigieren, was Miß Vasilia getan hat – so hat er es mir zumindest einmal dargestellt –, kann ich nur annehmen, daß es belanglose Änderungen waren. Sie könnten ja Miß Vasilia fragen, Sir.«

»Das werde ich«, sagte Baley.

»Ich fürchte freilich, daß sie nicht antworten wird, Sir.«

Baleys Herz sank. Bis jetzt hatte er nur Dr. Fastolfe, Gladia und die beiden Roboter befragt, und alle hatten gute Gründe, ihn zu unterstützen. Jetzt würde er zum erstenmal mit jemandem zu tun haben, der ihm nicht freundlich gesinnt war.

37

Baley stieg aus dem Schweber, der auf einer Grasfläche stand, und empfand ein gewisses Vergnügen daran, wieder festen Boden unter den Füßen zu verspüren.

Er sah sich überrascht um, denn er sah sich von ziemlich vielen Gebäuden umgeben, wovon besonders ein großes zu seiner Rechten auffiel, das sehr einfach gebaut war, so wie ein rechtwinkliger Block aus Metall und Glas, gleichsam wie ein Fabrikbau.

»Ist das das Robotikinstitut?« fragte er.

»Dieser ganze Komplex ist das Institut, Partner Elijah«, erklärte Daneel. »Sie sehen nur einen Teil davon, und die Bauweise ist hier dichter, als es sonst auf Aurora üblich ist, weil es sich um eine selbständige politische Einheit handelt. Die Anlage enthält Privatniederlassungen, Labors, Bibliotheken, gemeinschaftliche Sportanlagen und dergleichen. Der große Bau hier ist das Verwaltungszentrum.«

»Das ist so unauroranisch mit so viel sichtbaren Bauten – zumindest nach dem zu schließen, was ich von Eos gesehen habe –, daß ich mir vorstellen kann, daß diese Anlage einige Mißbilligung hervorruft.«

»Ich glaube, so war es auch, Partner Elijah, aber der Leiter des

Instituts ist ein guter Freund des Vorsitzenden, der sehr einflußreich ist. Außerdem hat es, soweit mir bekannt ist, eine besondere Freigabe wegen technischer Notwendigkeiten gegeben.« Daneel sah sich nachdenklich um. »Das Ganze ist tatsächlich kompakter, als ich angenommen hatte.«

»Als du *angenommen* hattest? Bist du noch nie hier gewesen, Daneel?«

»Nein, Partner Elijah.«

»Und du, Giskard?«

»Nein, Sir«, sagte Giskard.

»Ihr habt aber ohne Schwierigkeiten hergefunden«, sagte Baley. »Und ihr scheint hier Bescheid zu wissen.«

»Wir sind entsprechend informiert worden«, sagte Daneel, »weil es ja notwendig war, daß wir mit Ihnen mitkommen.«

Baley nickte nachdenklich und meinte dann: »Warum ist denn Dr. Fastolfe nicht mitgekommen?«, entschied dann aber wieder, daß es keinen Sinn hatte, den Versuch zu machen, einen Roboter zu überrumpeln. Stellte man eine Frage schnell – oder unerwartet –, dann warteten sie einfach, bis sie die Frage in sich aufgenommen hatten, und antworteten dann. Sie ließen sich nicht überrumpeln.

So meinte Daneel jetzt: »Dr. Fastolfe sagte, er sei kein Mitglied des Instituts, und es wäre daher unpassend, es uneingeladen zu besuchen.«

»Aber warum ist er kein Mitglied?«

»Den Grund dafür hat man mir nie gesagt, Partner Elijah.«

Baleys Augen wandten sich Giskard zu, der sofort sagte: »Mir auch nicht, Sir.«

Wußten sie es nicht? Hatte man ihnen befohlen, es nicht zu wissen? – Baley zuckte die Achseln. Es war gleichgültig. Menschliche Wesen konnten lügen, und Roboter konnten instruiert werden.

Natürlich konnte man menschliche Wesen aus einer Lüge herausdrängen oder herausmanövrieren – wenn man die Frage geschickt genug oder brutal genug stellte. Und Roboter konnte man aus Instruktionen herausmanövrieren – wenn man die Frage geschickt oder skrupellos genug stellte, aber da ging es um eine andere Art von Geschicklichkeit, und die besaß Baley in bezug auf Roboter nicht.

»Wo werden wir denn vermutlich Dr. Vasilia Fastolfe finden?« fragte er.

»Das hier ist ihre Niederlassung«, sagte Daneel. »Unmittelbar vor uns.«

»Man hat dich also informiert, wo sie liegt?«

»Das hat man unseren Speichern eingeprägt, Partner Elijah.«

»Nun, dann geh voraus!«

Die orangerote Sonne stand inzwischen ziemlich hoch am Himmel und stieg sichtlich der Mittagsposition entgegen. Während sie sich Vasilias Niederlassung näherten, gingen sie durch den Schatten der ›Fabrik‹, und Baley fröstelte ein wenig, als er den Temperaturrückgang fühlte.

Seine Lippen preßten sich zusammen bei dem Gedanken, Welten ohne Cities zu erkunden und zu besiedeln, wo die Temperatur ungeregelt und plötzlichen, nicht vorhersehbaren idiotischen Veränderungen unterworfen waren. Und dann stellte er unruhig fest, daß die Wolken am Horizont etwas nähergerückt waren. Es konnte auch jederzeit regnen, wenn es wollte, und dann würde einfach Wasser vom Himmel fallen.

Wie er sich nach den Cities der Erde sehnte!

Giskard hatte die Niederlassung als erster betreten, und Daneel streckte den Arm vor, um Baley daran zu hindern, ihm zu folgen.

Natürlich! Giskard mußte erst das Terrain erforschen.

Daneel übrigens auch. Seine Augen suchten die Landschaft mit einer Intensität ab, wie kein Mensch es gekonnt hätte. Baley war sicher, daß diesen Roboteraugen nichts entging. (Er fragte sich, weshalb Roboter eigentlich nicht mit vier Augen ausgestattet waren, die in gleichen Abständen rings um den Schädel angeordnet waren – oder einem Optikstreifen, der den Kopf völlig umgab. Von Daneel konnte man das natürlich nicht erwarten, da er wie ein Mensch aussehen mußte, aber warum nicht Giskard? Oder führte das zu optischen Komplikationen, mit denen die Positronenbahnen nicht zu Rande kamen? Einen Augenblick lang hatte Baley eine schwache Vorstellung von all den Kompliziertheiten, die das Leben eines Robotikers belasteten.)

Jetzt erschien Giskard wieder unter der Tür und nickte. Daneels Arm übte respektvollen Druck aus, und Baley setzte sich in Bewegung. Die Tür stand offen.

Vasilias Niederlassung hatte kein Schloß, aber auch an der Gladias war keines gewesen (wie Baley sich plötzlich erinnerte) und auch nicht an dem von Dr. Fastolfe. Eine spärliche Bevölkerung und reichlich Platz halfen mit, die persönliche Intimsphäre sicherzustellen, und dann half ohne Zweifel auch die Sitte, sich nicht in die Angelegenheiten anderer zu mischen. Und wenn man einmal darüber nachdachte, waren die allgegenwärtigen Robotwächter natürlich wesentlich effizienter als das irgendein Schloß sein konnte.

Der Druck, den Daneels Hand auf seinen Oberarm ausübte, brachte Baley zum Stehen. Giskard vor ihnen sprach mit leiser Stimme zu zwei Robotern, die selbst ziemlich giskardähnlich waren. Plötzlich hatte Baley ein eisiges Gefühl in der Magengrube. Was, wenn durch ein schnelles Manöver ein anderer Roboter gegen Giskard ausgetauscht wurde? Würde er die Auswechslung bemerken? Zwei solche Roboter auseinanderkennen? Würde er plötzlich einen Roboter haben, der keine besonderen Anweisungen hatte, ihn zu bewachen, einen, der ihn ganz unschuldig in eine Gefahr hineinführen und dann mit unzureichender Schnelligkeit reagieren würde, wenn Schutz notwendig war?

Bemüht, seine Stimme unter Kontrolle zu halten, sagte er ruhig zu Daneel: »Bemerkenswert, die Ähnlichkeit jener Roboter, Daneel. Kannst du sie unterscheiden?«

»Sicherlich, Partner Elijah. Ihre Kleidungsmuster sind unterschiedlich und ihre Codenummern auch.«

»Auf mich wirken sie nicht unterschiedlich.«

»Sie sind es nicht gewohnt, diese Art von Details zu beachten.«

Wieder starrte Baley zu den Robotern hinüber. »Was für Codenummern?«

»Sie sind leicht zu erkennen, Partner Elijah, wenn man weiß, wo man hinsehen muß, und wenn man Augen hat, die etwas infrarotempfindlicher sind, als das bei menschlichen Augen der Fall ist.«

»Nun, dann würde es mir wohl Schwierigkeiten bereiten, wenn ich sie identifizieren müßte, nicht wahr?«

»Ganz und gar nicht, Partner Elijah. Sie brauchten einen Roboter nur nach seinem vollen Namen und seiner Seriennummer zu fragen, dann würde er sie Ihnen sagen.«

»Selbst wenn er Anweisung hätte, mir eine falsche Nummer zu nennen?«

»Warum sollte irgendein Roboter eine solche Anweisung haben?«

Baley beschloß, darauf nicht zu antworten.

Im übrigen kam Giskard jetzt zurück. Er sagte zu Baley: »Sir, man wird Sie empfangen. Folgen Sie mir bitte!«

Die beiden Roboter der Niederlassung gingen voraus. Hinter ihnen kamen Baley und Daneel, wobei letzterer immer noch schützend Baleys Arm umfaßt hielt.

Die Nachhut bildete Giskard.

Die beiden Roboter blieben vor einer Doppeltür stehen, die sich anscheinend automatisch nach beiden Richtungen öffnete. Der Raum dahinter war von einem schwachen, grau wirkenden Licht erfüllt – Tageslicht, durch dicke Vorhänge gedämpft.

Baley konnte in dem Raum nicht besonders deutlich eine kleine menschliche Gestalt ausmachen, die auf einem hohen Hocker saß, wobei der eine Ellbogen auf einer Tischplatte ruhte, die an der Wand entlang verlief.

Baley und Daneel traten ein, dicht gefolgt von Giskard. Die Tür schloß sich, wodurch der Raum noch düsterer wirkte.

Eine Frauenstimme sagte scharf: »Nicht näherkommen! Bleiben Sie, wo Sie sind!«

Und plötzlich erfüllte volles Tageslicht den Raum.

38

Baley blinzelte und blickte nach oben. Die Decke war verglast, und durch sie konnte man die Sonne sehen. Sie wirkte freilich eigenartig düster, und man konnte sie ansehen, obwohl das die Qualität der Beleuchtung nicht zu beeinträchtigen schien. Anscheinend zerstreute das Glas (oder um was es sich bei der durchsichtigen Substanz sonst handeln mochte) das Licht, ohne es zu absorbieren.

Er blickte auf die Frau herunter, die immer noch auf dem Hocker saß, und sagte: »Dr. Vasilia Fastolfe?«

»Dr. Vasilia Aliena, wenn Sie schon einen ganzen Namen haben wollen. Ich leihe mir nicht die Namen von anderen. Sie können mich Dr. Vasilia nennen. Das ist der Name, unter dem man mich im allgemeinen im Institut kennt.« Ihre Stimme, die ziemlich schroff gewesen war, wurde jetzt weicher. »Und wie geht es dir, mein alter Freund Giskard?«

Giskard antwortete mit einer Stimme, die seltsam verändert klang: »Ich grüße Sie...« Er hielt inne und sagte dann: »Ich grüße Sie, Little Miß.«

Vasilia lächelte. »Und dies ist vermutlich der humaniforme Roboter, von dem ich gehört habe – Daneel Olivaw?«

»Ja, Dr. Vasilia«, sagte Daneel munter.

»Und schließlich haben wir noch – den Erdenmenschen.«

»Elijah Baley, Doktor«, sagte Baley steif.

»Ja, mir ist bekannt, daß Erdenmenschen Namen haben und daß der Ihre Elijah Baley ist«, sagte sie kühl. »Sie ähneln dem Schauspieler nicht im geringsten, der Sie in dem Hyperwellenstück gespielt hat.«

»Das ist mir bekannt, Doktor.«

»Der, der Daneel gespielt hat, war ihm ziemlich ähnlich, aber ich nehme an, wir sind nicht hier, um über das Stück zu sprechen.«

»So ist es.«

»Ich nehme an, wir sind hier, Erdenmensch, um über das zu reden, was Sie bezüglich Santirix Gremionis sagen wollen. Und das wollen wir hinter uns bringen. Stimmt das?«

»Nicht ganz«, sagte Baley. »Das ist nicht der Hauptgrund für mein Kommen. Obwohl ich mir vorstelle, daß wir darauf kommen werden.«

»Tatsächlich? Haben Sie den Eindruck, daß wir hier sind, um uns auf eine lange und komplizierte Diskussion über irgendein Thema einzulassen, das Sie wählen?«

»Ich denke, Dr. Vasilia, Sie wären gut beraten, wenn Sie mir gestatten würden, dieses Interview so zu führen, wie ich das wünsche.«

»Ist das eine Drohung?«

»Nein.«

»Nun, ich bin noch nie einem Erdenmenschen begegnet, und es könnte ganz interessant sein, einmal zu sehen, wie sehr Sie dem Schauspieler ähneln, der Ihre Rolle gespielt hat. Ich meine, abgesehen von Ihrem Äußeren. Sind Sie wirklich die dominierende Persönlichkeit, die Sie anscheinend in dem Stück waren?«

»Das Stück«, sagte Baley mit sichtlichem Widerwillen, »war eine einzige Übertreibung und hat meine Persönlichkeit in jeder Richtung verzerrt. Ich würde es vorziehen, wenn Sie mich so akzeptierten, wie ich bin, und mich ganz und gar danach beurteilten, wie ich Ihnen im Augenblick erscheine.«

Vasilia lachte. »Zumindest scheinen Sie mir gegenüber keine übertriebene Ehrfurcht zu empfinden. Das ist ein Punkt zu Ihrem Vorteil. Oder glauben Sie, daß diese Gremionisgeschichte, die Sie im Sinn haben, Sie in die Lage versetzt, mich herumzukommandieren?«

»Ich will hier nichts anderes als die Wahrheit bezüglich des toten humaniformen Roboters Jander Panell herausfinden.«

»Tot? Hat er denn je gelebt?«

»Ich ziehe eine Silbe anstelle komplizierter Formulierungen wie ›funktionsunfähig gemacht‹ vor. Verwirrt es Sie, wenn ich ›tot‹ sage?«

»Sie fechten gut«, meinte Vasilia. »Debrett, bring dem Erdenmenschen einen Stuhl. Er wird des Stehens müde werden, wenn das ein langes Gespräch sein soll. Und dann geh in deine Nische. Und du darfst dir auch eine auswählen, Daneel. – Giskard, komm zu mir!«

Baley setzte sich. »Danke, Debrett. – Dr. Vasilia, ich besitze keinerlei Autorität, die mich berechtigen würde, Sie zu verhören; ich habe keinerlei juristische Mittel, mit denen ich Sie zwingen könnte, meine Fragen zu beantworten. Der Tod Jander Panells hat jedoch Ihren Vater in eine Lage...«

»Er hat *wen* in eine Lage gebracht?«

»Ihren Vater.«

»Erdenmensch, ich bezeichne manchmal ein bestimmtes Individuum als meinen Vater, aber sonst tut das niemand. Bitte benutzen Sie seinen Namen.«

»Dr. Han Fastolfe. Er ist doch Ihr Vater, oder? Das ist doch aktenkundig?«

»Sie gebrauchen da einen biologischen Terminus«, sagte Vasilia. »Ich habe gewisse Gene mit ihm gemeinsam in einer Art, die man auf der *Erde* als charakteristisch für eine Vater-Tochter-Beziehung ansehen würde. Auf Aurora ist das ohne

Belang – außer in medizinischer und genetischer Hinsicht. Ich kann mir vorstellen, daß ich unter gewissen Stadien des Stoffwechsels leide, in denen es angemessen wäre, über die Physiologie und Biochemie jener nachzudenken, mit denen ich Gene gemeinsam habe – Eltern, Geschwister, Kinder und so weiter. Davon abgesehen, erwähnt man diese Beziehungen in der auroranischen Gesellschaft gewöhnlich nicht. Ich erkläre Ihnen das, weil Sie ein Erdenmensch sind.«

»Falls ich gegen die guten Sitten verstoßen habe«, sagte Baley, »dann infolge meiner Unwissenheit, und ich bitte dafür um Entschuldigung. Darf ich den in Rede stehenden Herrn namentlich erwähnen?«

»Selbstverständlich.«

»In dem Fall hat der Tod Jander Panells also Dr. Han Fastolfe in eine einigermaßen diffizile Lage gebracht, und ich kann mir vorstellen, daß Sie den Wunsch empfinden, ihm zu helfen.«

»So, das nehmen Sie also an? Warum?«

»Er ist Ihr ... Er hat Sie aufgezogen. Er hat für Sie gesorgt. Sie haben tiefe gegenseitige Zuneigung füreinander empfunden. Er empfindet immer noch tiefe Zuneigung für Sie.«

»Hat er Ihnen das gesagt?«

»Das ging aus den Einzelheiten unseres Gesprächs ganz klar hervor – selbst aus der Tatsache, daß er sich für die solarianische Frau Gladia Delmarre interessiert hat, weil sie Ihnen ähnelt.«

»Hat er Ihnen *das* gesagt?«

»Das hat er, aber selbst wenn er es nicht getan hätte – die Ähnlichkeit ist offensichtlich.«

»Nichtsdestoweniger, Erdenmensch, schulde ich Dr. Fastolfe nichts. Ihre Vermutungen sind ohne Belang.«

Baley räusperte sich. »Abgesehen von irgendwelchen persönlichen Gefühlen, die Sie empfinden mögen oder nicht, geht es hier noch um die Zukunft der Galaxis. Dr. Fastolfe wünscht, daß neue Welten von menschlichen Wesen erforscht und besiedelt werden. Wenn es im Zusammenhang mit dem Tod Janders zu politischen Störungen kommt und dies dazu führt, daß die neuen Welten durch Roboter erforscht und besiedelt werden, dann glaubt Dr. Fastolfe, daß dies für Aurora und die Menschheit katastrophal wäre. Sie wollen doch ganz sicherlich nicht an einer solchen Katastrophe die Mitschuld tragen.«

Vasilia beobachtete ihn scharf und meinte gleichgültig: »Ganz sicher nicht, falls ich Dr. Fastolfes Meinung teilte. Aber das tue ich nicht. Ich kann es nicht für schädlich halten, daß humaniforme Roboter die Arbeit tun. Tatsächlich befinde ich mich hier am Institut, um eben das zu ermöglichen. Ich bin Globalistin. Da Dr. Fastolfe Humanist ist, ist er mein politischer Gegner.«

Ihre Antworten waren kurz und bündig, nicht länger, als sie unbedingt sein mußten. Jedesmal schloß sich ihnen ein eindeutiges Schweigen an, so als warte sie interessiert auf die nächste Frage. Baley hatte den Eindruck, daß sie in bezug auf ihn neugierig war, ihn amüsant fand, mit sich selbst Wetten abschloß, was wohl seine nächste Frage sein mochte, und entschlossen war, ihm nur ein Minimum an Informationen zu liefern, um damit die nächste Frage herauszufordern.

»Seit wann gehören Sie diesem Institut an?« fragte er.

»Seit seiner Gründung.«

»Gibt es viele Mitglieder?«

»Nach meiner Schätzung sind etwa ein Drittel der Robotiker Auroras Mitglied, obwohl nur etwa die Hälfte davon tatsächlich auf dem Institutsgelände lebt und arbeitet.«

»Teilen andere Mitglieder des Instituts Ihre Ansichten bezüglich der Erforschung anderer Welten durch Roboter? Stehen alle gegen Dr. Fastolfes Ansichten?«

»Ich vermute, die meisten von ihnen sind Globalisten, aber nach meiner Kenntnis wurde über diese Frage nie abgestimmt, ja nicht einmal formell darüber diskutiert. Es ist besser, Sie fragen jeden einzeln.«

»Ist Dr. Fastolfe Institutsmitglied?«

»Nein.«

Baley wartete ein wenig, aber sie ließ es bei dem knappen ›Nein‹ bewenden. So meinte er: »Ist das nicht überraschend? Man sollte doch meinen, daß ausgerechnet er Mitglied wäre.«

»Tatsächlich wollen wir ihn nicht haben. Und darüber hinaus, wenn das auch unwichtiger ist, er will uns nicht haben.«

»Ist das nicht noch überraschender?«

»Ich glaube nicht.« – Und dann, als drängte sie etwas, noch mehr zu sagen, fügte sie hinzu: »Er wohnt in der Stadt Eos. Ich nehme an, Sie kennen die Bedeutung dieses Namens, Erdenmensch?«

Baley nickte und meinte: »Eos ist die antike griechische Göttin der Morgendämmerung, so wie Aurora die antike römische Göttin der Morgendämmerung ist.«

»Genau! Dr. Han Fastolfe lebt in der Stadt der Morgendämmerung auf der Welt der Morgendämmerung, aber er selbst glaubt nicht an die Morgendämmerung. Er versteht die notwendige Methode der Ausdehnung durch die Galaxis nicht, weiß nicht, wie man die Morgendämmerung der Spacer in einen allumfassenden galaktischen Tag verwandeln muß. Die Erforschung der Galaxis durch Roboter ist die einzig praktische Methode, diese Aufgabe durchzuführen, und er ist nicht bereit, diese Methode zu akzeptieren – sie nicht und uns auch nicht.«

Baley meinte langsam: »Warum ist das die einzig praktische Methode? Aurora und die anderen Spacerwelten sind auch nicht von Robotern erforscht und besiedelt worden, sondern von menschlichen Wesen.«

»Da muß ich Sie korrigieren. Von Erdenleuten. Es war eine verschwenderische und uneffiziente Vorgehensweise, und heute gibt es keine Erdenleute, denen wir erlauben würden, als weitere Siedler tätig zu werden. Wir sind zu Spacern geworden, gesund und langlebig, und wir besitzen Roboter, die unendlich vielseitiger und flexibler sind als jene, die den menschlichen Wesen zur Verfügung standen, die ursprünglich unsere Welten besiedelt haben. Das waren völlig andere Zeiten – und *heute* ist nur noch die robotische Erforschung und Erschließung möglich.«

»Wir wollen einmal annehmen, Sie hätten recht und Dr. Fastolfe unrecht. Trotzdem hat er eine in sich logische Ansicht. Warum können er und das Institut einander nicht gegenseitig akzeptieren? Einfach, weil sie in diesem einen Punkt uneins sind?«

»Nein, diese Meinungsverschiedenheit ist vergleichsweise geringfügig. Es gibt einen viel grundlegenderen Konflikt.«

Wieder wartete Baley, aber sie fügte ihrer Bemerkung nichts hinzu. Er hielt es nicht für klug, sich seine Gereiztheit anmerken zu lassen, und so sagte er leise, fast tastend: »Worin liegt dieser grundlegendere Konflikt?«

Die Amüsiertheit in Vasilias Stimme kam der Oberfläche näher, irgendwie ließ sie die harten Linien ihres Gesichtes etwas weicher erscheinen, und einen Augenblick lang ähnelte sie Gladia noch mehr. »Sie würden das nie erraten, wenn man es Ihnen nicht erklärte, denke ich.«

»Genau der Grund, weshalb ich frage, Dr. Vasilia.«

»Nun denn, Erdenmensch, man hat mir gesagt, daß die Erdenleute kurzlebig sind. In dem Punkt hat man mich doch nicht falsch informiert, oder?«

Baley zuckte die Achseln. »Einige von uns werden nach Erdzeit etwa hundert Jahre alt.« Er überlegte. »Vielleicht hundertdreißig metrische Jahre.«

»Und wie alt sind Sie?«

»Fünfundvierzig standard, sechzig metrisch.«

»Ich bin sechsundsechzig metrisch. Ich rechne damit, mindestens noch drei metrische Jahrhunderte zu leben – wenn ich aufpasse.«

Baley spreizte die Hände. »Ich gratuliere Ihnen.«

»Es hat auch Nachteile.«

»Man hat mir heute morgen gesagt, daß sich in drei oder vier Jahrhunderten viele, viele Verluste ansammeln können.«

»Ja, ich fürchte schon«, sagte Vasilia. »Dafür haben aber auch viele, viele Gewinne die Chance, sich ebenfalls anzusammeln. Insgesamt gleicht es sich wohl aus.«

»Nun, worin liegen denn dann die Nachteile?«

»Sie sind natürlich kein Wissenschaftler.«

»Ich bin Ermittlungsbeamter – Polizist, wenn Sie so wollen.«

»Aber vielleicht kennen Sie Wissenschaftler auf Ihrer Welt.«

»Ich bin einigen begegnet«, sagte Baley vorsichtig.

»Sie wissen, wie sie arbeiten? Man hat uns gesagt, daß sie auf der Erde aus Notwendigkeit kooperieren. Sie haben im Laufe ihres kurzen Lebens höchstens ein halbes Jahrhundert für die aktive Arbeit zur Verfügung. Weniger als sieben metrische Jahrzehnte. In der Zeit kann man nicht viel tun.«

»Einige unserer Wissenschaftler haben in wesentlich kürzerer Zeit eine ganze Menge geschafft.«

»Weil sie die Erkenntnisse ausgenutzt haben, die andere vor ihnen gewonnen haben, und Nutzen aus zeitgenössischen Erkenntnissen anderer ziehen. Stimmt das nicht?«

»Sicher. Wir haben eine Gemeinschaft der Wissenschaftler, zu der alle ihren Beitrag leisten, quer durch Raum und Zeit.«

»Richtig. Anders würde es nicht funktionieren. Jeder Wissenschaftler ist, weil er weiß, wie unwahrscheinlich es ist, daß er ganz allein viel zuwege bringt, gezwungen, an dieser Gemeinschaft teilzuhaben. Auf die Weise wird der Fortschritt unendlich größer, als er das sonst wäre, wenn es diese Gemeinschaft nicht gäbe.«

»Ist das auf Aurora und den anderen Spacerwelten nicht der Fall?« fragte Baley.

»Der Theorie nach schon, in der Praxis nicht so sehr. Der Druck, der in einer langlebigen Gesellschaft auf einem lastet, ist nicht so groß. Die Wissenschaftler hier haben drei oder dreieinhalb Jahrhunderte zur Verfügung, um sich einem Problem zu widmen, und das führt zu dem Gedanken, daß in der Zeit auch ein einzelner allein und auf sich gestellt, Fortschritte erzielen kann. Es wird möglich, eine Art intellektueller Habgier zu empfinden – den *Wunsch*, etwas ganz allein zu schaffen, Besitzrecht auf einen ganz bestimmten Teil des Fortschritts zu erwerben, bereit zu sein, den allgemeinen Fortschritt etwas zu verlangsamen – anstatt etwas aufzugeben, von dem man der Ansicht ist, es gehöre einem ganz allein. Und der allgemeine Fortschritt wird demzufolge auf den Spacerwelten verlangsamt, und zwar in einem Maße, daß es schwierig ist, Fortschritte gegenüber der Arbeit der Erde zu erzielen, und das trotz der ungeheuren Vorteile, die wir besitzen.«

»Ich nehme an, Sie würden das nicht sagen, wenn ich nicht den Schluß ziehen sollte, daß Dr. Han Fastolfe sich so verhält.«

»Ganz sicherlich tut er das. Seine theoretische Analyse des Positronengehirns hat den humaniformen Roboter möglich gemacht. Er hat sie eingesetzt, um – mit Hilfe des verstorbenen Dr. Sarton – Ihren Roboterfreund Daneel zu konstruieren, hat aber die wichtigen Einzelheiten seiner Theorie nicht veröffentlicht und stellt sie auch niemandem zur Verfügung. Auf diese Weise besitzt er – und nur er allein – ein Monopol, mit dem er die Herstellung humaniformer Roboter verhindern kann.«

Baley runzelte die Stirn. »Und das Robotikinstitut hat sich der Zusammenarbeit zwischen den Wissenschaftlern verschrieben?«

»Genau. Dieses Institut besteht aus mehr als hundert erstklassigen Robotikern verschiedenen Alters, verschiedener Erfahrungen und verschiedener Fähigkeiten, und wir hoffen, Zweigstellen auf anderen Welten zu errichten und eine interstellare Vereinigung daraus zu machen. Wir alle sind daran interessiert, unsere Einzelerkenntnisse oder Theorien der Allgemeinheit zugänglich zu machen. Wir wollen freiwillig zum Nutzen aller das tun, was ihr Erdenleute gezwungenermaßen tut, weil ihr nur so kurze Zeit lebt.

Aber Dr. Han Fastolfe ist dazu nicht bereit. Ich bin sicher, daß Sie in Dr. Han Fastolfe einen edelmütig idealistischen auroranischen Patrioten sehen. Aber er ist nicht bereit, seinen intellektuellen Besitz – so wie er ihn sieht – der Öffentlichkeit zur Verfügung zu stellen, und deshalb will er uns nicht haben. Und weil er sich persönliches Besitzrecht an wissenschaftlichen Entdeckungen anmaßt, wollen wir nichts mit ihm zu tun haben. – Jetzt wundern Sie sich nicht mehr über die gegenseitige Abneigung, kann ich mir vorstellen.«

Baley nickte und meinte dann: »Sie glauben, daß das funktionieren wird – diese freiwillige Aufgabe persönlichen Ruhms?«

»Das muß es«, sagte Vasilia finster.

»Und hat das Institut durch gemeinsame Anstrengung Dr. Fastolfes Arbeit duplizieren und die Theorie des humaniformen Positronengehirns entwickeln können?«

»Das werden wir zur rechten Zeit. Das ist unvermeidbar.«

»Und Sie versuchen nicht, die Zeit abzukürzen, die das erfordern wird, indem Sie Dr. Fastolfe überreden, das Geheimnis preiszugeben?«

»Ich glaube, wir sind auf dem richtigen Weg, um ihn zu überzeugen.«

»Durch den Janderskandal?«

»Ich glaube nicht, daß Sie diese Frage wirklich stellen müssen. – Nun, habe ich Ihnen jetzt gesagt, was Sie wissen wollten, Erdenmensch?«

»Sie haben mir einige Dinge gesagt, die ich nicht wußte«, meinte Baley.

»Dann ist jetzt für Sie die Zeit gekommen, mir etwas über Gremionis zu sagen. Warum haben Sie den Namen dieses Friseurs im Zusammenhang mit mir erwähnt?«

»Friseur?«

»Er hält sich unter anderem für einen begnadeten Haarstylisten, aber für mich ist er einfach ein Friseur, ganz einfach. Sagen Sie, was Sie über ihn sagen wollen – oder wir wollen dieses Gespräch als beendet betrachten.«

Baley empfand tiefe Müdigkeit. Ihm schien es klar, daß Vasilia das Wortgeplänkel genossen hatte. Sie hatte ihm genug geliefert, um seinen Appetit anzuregen, und jetzt würde er gezwungen sein, sich durch Preisgabe eigener Information zusätzliches Material zu erkaufen – aber er besaß keines. Zumindest verfügte er nur über Vermutungen. Und wenn irgendeine davon falsch war, wirklich falsch, dann war er erledigt.

Deshalb mußte er sehr vorsichtig sein. »Sie verstehen doch, Dr. Vasilia, daß Sie mit der Behauptung nicht durchkommen, es gäbe keine Beziehung zwischen Gremionis und Ihnen.«

»Warum denn?«

»Nein, so kommen wir nicht weiter. Wenn daran nichts wäre, hätten Sie mir ins Gesicht gelacht und das Trimensic abgeschaltet. Die bloße Tatsache, daß Sie bereit waren, Ihren ursprünglichen Standpunkt aufzugeben und mich zu empfangen – die bloße Tatsache, daß Sie sich längere Zeit mit mir unterhalten haben und mir eine ganze Menge Dinge gesagt haben –, ist ein klares Eingeständnis, daß Sie das Gefühl haben, ich könnte möglicherweise ein Messer an Ihrer Halsschlagader haben.«

Vasilias Backenmuskeln spannten sich, und sie sagte mit leiser, zorniger Stimme: »Sehen Sie, kleiner Erdenmensch, meine Position ist verletzbar, und das wissen Sie wahrscheinlich. Ich *bin* die Tochter von Dr. Fastolfe, und es gibt hier einige Leute im Institut, die so dumm sind – oder so unvernünftig –, mir aus diesem Grunde zu mißtrauen. Ich weiß nicht, was Sie vielleicht für eine Geschichte gehört haben – aber daß es sich mehr oder weniger um eine Farce handelt, ist offenkundig. Nichtsdestoweniger könnte man die Geschichte, und wäre sie noch so lächerlich, wirksam gegen mich einsetzen. Also bin ich bereit, dafür einen Handel abzuschließen. Ich habe Ihnen einige Dinge gesagt und könnte Ihnen noch mehr sagen, aber nur, wenn Sie mir jetzt sagen, was Sie in der Hand haben und mich überzeugen, daß Sie die Wahrheit sprechen. *Also!*

Wenn Sie versuchen, ein Spiel mit mir zu treiben, dann bin ich in keiner schlechteren Lage, als wenn ich Sie jetzt gleich hinauswerfe – und das würde mir zumindest Vergnügen bereiten. Und ich werde beim Vorsitzenden alle Hebel in Bewegung setzen, um ihn dazu zu veranlassen, Sie zur Erde zurückzuschicken. Er steht im Augenblick schon unter beträchtlichem Druck, das zu tun, und Sie werden ganz sicher nicht wollen, daß ich mich diesem Druck anschließe.

Also reden Sie! Jetzt sofort!«

39

Eigentlich drängte es Baley danach, zum Kernpunkt vorzudringen, sich vorzutasten, um zu sehen, ob er recht hatte. Aber gleichzeitig war er auch überzeugt, daß das nicht funktionieren würde. Sie würde erkennen, was er vorhatte – sie war nicht dumm – und würde ihn aufhalten. Er wußte, daß er etwas auf der Spur war und wollte es nicht verderben. Sie hatte gesagt, daß sie als Folge ihrer Beziehung zu ihrem Vater sehr verletzbar war, und das mochte durchaus stimmen, aber sie hätte sich dennoch nicht dazu erpressen lassen, ihn zu empfangen, wenn sie nicht den Verdacht gehabt hätte, irgendeine seiner Überlegungen sei nicht *völlig* unsinnig.

Er mußte also mit irgend etwas Wichtigem herauskommen, das mit einem Schlag seine Überlegenheit über sie herstellte. Daher – das Risiko.

Er sagte: »Santirix Gremionis hat sich Ihnen angeboten.« Und ehe Vasilia reagieren konnte, steigerte er seinen Einsatz noch, indem er mit bewußt unfreundlich klingender Stimme hinzufügte: »Und zwar nicht einmal, sondern mehrmals.«

Vasilia umfaßte ihr Knie mit beiden Händen, stand dann auf und nahm gleich wieder auf dem Hocker Platz, als legte sie Wert darauf, bequemer zu sitzen. Sie sah zu Giskard hinüber, der reglos und ohne Ausdruck neben ihr stand.

Dann sah sie Baley an und sagte: »Nun, der Idiot bietet sich jedem an, den er sieht, gleichgültig wie alt er ist und welchem Geschlecht er angehört. Ich müßte schon nicht ganz normal sein, wenn er nicht auf mich achtete.«

Baley machte eine wegwerfende Handbewegung. (Sie hatte nicht gelacht. Sie hatte das Gespräch nicht beendet. Sie hatte sich nicht einmal wütend gegeben. Sie wartete darauf, was er auf seine Feststellung aufbauen würde, er hatte also tatsächlich etwas.)

»Das ist übertrieben, Dr. Vasilia«, sagte er. »Niemand geht völlig wahllos vor, und im Falle dieses Gremionis hat man Sie ausgewählt, und er fuhr trotz Ihrer Ablehnung fort, sich Ihnen anzubieten, was überhaupt nicht den auroranischen Sitten entspricht.«

»Ich bin froh, wenn Ihnen klar ist, daß ich ihn abgewiesen habe«, meinte Vasilia. »Es gibt welche, die der Ansicht sind, es gehöre sich einfach, jedes Angebot – oder fast jedes Angebot – zu akzeptieren. Meine Meinung ist da anders. Ich sehe keinen Anlaß, mich auf irgend etwas Uninteressantes einzulassen, womit ich nur meine Zeit vergeude. Finden Sie daran etwas Anstößiges, Erdenmensch?«

»Mir steht es nicht zu, im Zusammenhang mit auroranischen Gepflogenheiten eine Meinung zu äußern – sei sie nun positiv oder negativ.« (Sie wartete immer noch, hörte ihm zu. Worauf wartete sie? Auf das, was er sagen wollte, er sich aber noch nicht sicher war, ob er es wagen sollte?)

Jetzt meinte sie, besonders beiläufig klingen zu müssen: »Haben Sie noch irgend etwas beizutragen – oder sind wir fertig?«

»Nein, das sind wir nicht«, sagte Baley, der jetzt gezwungen war, das nächste Risiko einzugehen. »Diese ganz unauroranische Hartnäckigkeit an Gremionis fiel Ihnen auf, und es kam Ihnen in den Sinn, daß Sie daraus Nutzen schlagen könnten.«

»Wirklich? Das ist doch verrückt! Welchen Nutzen könnte ich denn daraus schlagen?«

»Da er sich ganz eindeutig sehr zu Ihnen hingezogen fühlte, würde es nicht schwierig sein, es so einzurichten, daß er von einer anderen Frau angezogen wurde, die Ihnen sehr ähnelte. Sie drängten ihn dazu, vielleicht indem Sie ihm versprachen, ihn zu akzeptieren, falls die andere ablehnen sollte.«

»Wer ist diese arme Frau, die mir so ähnelt?«

»Das wissen Sie nicht? Kommen Sie, das ist naiv, Dr. Vasilia. Ich spreche von der solarianischen Frau, Gladia, die, wie ich bereits sagte, Dr. Fastolfe unter seinen Schutz gestellt hat, und zwar genau aus dem Grund, weil sie Ihnen ähnelt. Sie äußerten keinerlei Überraschung, als ich mich bei Beginn unseres Gespräches dahingehend äußerte. Jetzt ist es zu spät, sich unwissend zu geben.«

Vasilia musterte ihn scharf. »Und aus seinem Interesse an ihr schlossen Sie, daß er ursprünglich für mich Interesse gezeigt haben muß? Diese verrückte Idee hat Sie veranlaßt, mich aufzusuchen?«

»So verrückt ist die Idee nicht. Es gibt andere Faktoren, die sie stützen. Wollen Sie das alles leugnen?«

Ihr Blick wanderte zu dem Schreibtisch neben ihr, und Baley fragte sich, womit sich wohl die vielen Papiere darauf befassen mochten. Aus der Ferne konnte er komplizierte Zahlenkolonnen und Diagramme erkennen, die für ihn sicher ohne jede Bedeutung waren, ganz gleich, wie sorgfältig und gründlich er sie studieren mochte.

»Ich fange an, müde zu werden«, sagte Vasilia. »Sie haben mir gesagt, daß Gremionis sich zuerst für mich interessierte und dann für jemanden, der mir ähnelt, nämlich diese Solarianerin. Und jetzt wollen Sie, daß ich es leugne. Warum sollte ich mir die Mühe machen, es zu leugnen? Weshalb ist das wichtig? Selbst wenn es stimmte, wie könnte das mir in irgendeiner Weise schaden? Sie sagen, Annäherungsversuche, die ich nicht haben wollte, seien mir lästig gewesen, und ich hätte sie geschickt abgelenkt. Na und?«

Baley ließ nicht locker. »Es geht nicht so sehr um das, was Sie getan haben, sondern weshalb Sie es taten. Sie wußten, daß Gremionis die Art von Mensch war, die zur Hartnäckigkeit neigt. Er hatte sich Ihnen immer wieder angeboten und würde sich Gladia immer wieder anbieten.«

»Falls sie ihn ablehnte.«

»Sie war Solarianerin, hatte Schwierigkeiten in ihrem Sexualleben und lehnte jeden ab – und ich wage zu behaupten, daß Sie es wußten, da ich mir vorstellen kann, daß Sie trotz all Ihrer Entfremdung von Ihrem Va... von Dr. Fastolfe genügend Gefühl haben, Ihren Ersatz im Auge zu behalten.«

»Na schön, um so besser für sie. Wenn sie Gremionis abgelehnt hat, hat sie guten Geschmack bewiesen.«

»Sie wußten, daß daran kein ›wenn‹ war. Sie wußten, daß sie so handeln würde.«

»Trotzdem – was soll das Ganze?«

»Wiederholte Angebote an sie würden bedeuten, daß Gremionis sich häufig in Gladias Niederlassung aufhalten würde, daß er sich an ihr festklammern würde.«

»Zum letztenmal – na und?«

»Und in Gladias Niederlassung befand sich ein sehr ungewöhnlicher Gegenstand, einer der beiden existierenden humaniformen Roboter, Jander Panell.«

Vasilia zögerte. Dann: »Worauf wollen Sie hinaus?«

»Ich glaube, es kam Ihnen in den Sinn, daß man – falls der humaniforme Roboter irgendwie unter Umständen getötet würde, die Dr. Fastolfe belasteten – dies als Waffe benutzen könnte, um ihm das Geheimnis des humaniformen Positronengehirns abzupressen. Man könnte Gremionis, verärgert über Gladias hartnäckige Ablehnung und angesichts der Gelegenheit, die sich ihm durch seine dauernde Anwesenheit in Gladias Niederlassung bot, dazu bringen, schreckliche Rache zu nehmen, indem er den Roboter tötete.«

Vasilia blinzelte schnell. »Dieser arme Friseur könnte zwanzig solche Motive haben und zwanzig solche Gelegenheiten, und es würde doch nichts ausmachen. Er würde nicht einmal wissen, wie man einem Roboter den Befehl gibt, einem die Hand zu schütteln. Wie sollte er es jemals schaffen, einen Roboter in den Mentalblock zu treiben?«

»Was uns endlich zum entscheidenden Punkt bringt«, sagte Baley leise, »einen Punkt, den Sie, wie ich annehme, längst erwartet haben, denn Sie haben sich wohlweislich gehütet, mich hinauszuwerfen, weil Sie sichergehen wollten, ob ich nun diesen Punkt im Sinn hatte oder nicht. Ich behaupte, daß Gremionis mit der Hilfe dieses Robotikinstitutes gearbeitet hat, *über Sie*.«

ZEHNTER TEIL

Noch einmal Vasilia

40

Es war, als wäre ein Hyperwellenspiel plötzlich in einer holografischen Standaufnahme zum Stillstand gekommen.

Natürlich bewegte sich keiner der Roboter, aber ebensowenig bewegten sich Baley oder Dr. Vasilia Aliena. Lange Sekunden – außergewöhnlich lange – verstrichen, ehe Vasilia wieder zu atmen begann und sich – sehr langsam – erhob.

Ihr Gesicht war zu einer Maske humorlosen Lächelns erstarrt, und ihre Stimme klang tief: »Sie behaupten also, Erdenmensch, daß ich Mittäter bei der Zerstörung des humaniformen Roboters gewesen sei?«

Baley nickte. »Etwas von der Art war mir in den Sinn gekommen, Doktor.«

»Vielen Dank. Das Gespräch ist beendet, und Sie werden gehen.« Sie wies auf die Tür.

»Ich fürchte, das wünsche ich nicht«, sagte Baley.

»Ihre Wünsche sind für mich ohne Belang, Erdenmensch.«

»Das müssen sie aber sein, denn wie könnten Sie mich dazu bringen, gegen meinen Wunsch zu gehen?«

»Ich habe Roboter, die Sie auf meinen Befehl hin höflich, aber entschieden hinausbefördern, und dabei nichts außer Ihrer Selbstachtung verletzen werden – falls Sie eine solche besitzen.«

»Sie haben hier nur einen Roboter. Ich habe zwei, die nicht zulassen werden, daß das geschieht.«

»Ich habe zwanzig, die auf meinen Ruf hin sofort erscheinen werden.«

»Bitte verstehen Sie doch, Dr. Vasilia!« bat Baley. »Sie waren überrascht, Daneel zu sehen. Ich vermute, daß Sie, obwohl Sie im Robotikinstitut arbeiten, wo sich alles um humaniforme

Roboter dreht, niemals einen kompletten und funktionierenden Humaniformroboter gesehen haben. Ihre Roboter haben deshalb ebenfalls noch keinen gesehen. Jetzt sehen Sie sich Daneel an. Er sieht aus wie ein Mensch. Er wirkt menschlicher als irgendein Roboter, der je existiert hat, mit Ausnahme vielleicht des toten Jander. Ihren Robotern wird Daneel sicherlich wie ein Mensch erscheinen. Er wird wissen, wie man eine Anweisung in solcher Form vorträgt, daß sie ihm gehorchen werden, vielleicht sogar mehr als Ihnen.«

»Wenn notwendig, kann ich zwanzig menschliche Wesen aus dem Institut herbeirufen, die Sie hinausbefördern werden, vielleicht sogar *mit* kleinem Schaden für Sie, und Ihre Roboter, selbst Daneel, werden dagegen nichts unternehmen können.«

»Und wie beabsichtigen Sie zu rufen? Meine Roboter werden Ihnen keine Bewegung erlauben. Ihre Reflexe sind außergewöhnlich schnell.«

Vasilia zeigte ihre Zähne, etwas, das man selbst bei großzügigster Auslegung nicht als ein Lächeln bezeichnen konnte. »Ich kann nicht für Daneel sprechen, aber Giskard kenne ich jetzt den größten Teil meines Lebens. Ich glaube nicht, daß er *irgend etwas* tun wird, um mich davon abzuhalten, Hilfe herbeizurufen. Und ich kann mir sogar vorstellen, daß er Daneel daran hindern wird, sich einzumischen.«

Baley gab sich große Mühe, kein Zittern in seiner Stimme hörbar werden zu lassen. Er wußte, daß er sich jetzt auf noch dünnerem Eis bewegte. »Ehe Sie irgend etwas tun, könnten Sie vielleicht Giskard fragen, was er tun würde, wenn Sie und ich miteinander in Konflikt stehende Anweisungen erteilen«, sagte er.

»Giskard?« sagte Vasilia voll Zuversicht.

Giskards Augen wandten sich ganz Vasilia zu, und als er sprach, hatte seine Stimme einen seltsamen Klang. »Little Miß, ich bin gezwungen, Mr. Baley zu schützen. Er hat den Vorrang.«

»Wirklich? Auf wessen Anordnung? Auf Anordnung dieses Erdenmenschen? Dieses Fremden?«

»Auf Anweisung Dr. Han Fastolfes.«

Vasilia schloß die Augen, und sie ließ sich langsam wieder auf den Hocker sinken. Ihre Hände, die in ihrem Schoß lagen, zitterten, und als sie sprach, bewegten sich ihre Lippen kaum. »Selbst *dich* hat er weggenommen.«

»Wenn das nicht genügt, Dr. Vasilia«, sagte Daneel, der plötzlich ungefragt zu sprechen begonnen hatte, »würde auch ich das Wohlergehen Partner Elijahs über das Ihre stellen.«

Vasilia sah Daneel mit einem Gesichtsausdruck an, in dem sich Bitterkeit und Verblüffung mischten. »Partner Elijah? So nennst du ihn also?«

»Ja, Dr. Vasilia. Meine Wahl in dieser Angelegenheit – daß ich den Erdenmenschen Ihnen vorziehe – erwächst nicht nur aus Dr. Fastolfes Anweisungen, sondern auch daraus, daß der Erdenmensch und ich Partner in dieser Ermittlung sind, weil...« – Daneel machte eine Pause, als verwirrte ihn das, was er zu sagen im Begriff war, und dann sagte er es trotzdem – »wir Freunde sind.«

Vasilia sah ihn mit großen Augen an. »*Freunde?* Ein Erdenmensch und ein humaniformer Roboter? Nun, ein hübsches Paar. Keiner ein ganzer Mensch.«

»Nichtsdestoweniger durch Freundschaft verbunden«, sagte Baley scharf. »Sie sollten um Ihrer selbst willen nicht versuchen, die Kraft unserer...« – jetzt war er es, der die Pause machte und dann den Satz zu seiner eigenen Überraschung auf unmögliche Weise zu Ende führte – »Liebe auf die Probe zu stellen.«

Vasilia wandte sich zu Baley um. »Was wollen Sie?«

»Informationen. Man hat mich nach Aurora gerufen – diese Welt der Morgendämmerung –, um einen Vorgang aufzuklären, der, wie es scheint, nicht leicht geklärt werden kann. Einen Vorgang, in dem Dr. Fastolfe zu Unrecht unter Anklage steht, und aus dem die Möglichkeit schrecklicher Konsequenzen für Ihre Welt und die meine erwachsen könnte. Daneel und Giskard verstehen diese Situation gut und wissen, daß nichts außer dem Ersten Gesetz im vollsten und unmittelbaren Maße den Vorrang über meine Bemühungen haben darf, dieses Geheimnis aufzuklären. Da sie gehört haben, was ich gesagt habe, und wissen, daß Sie möglicherweise in die Tat verwickelt sein könnten, begreifen sie, daß sie eine Beendigung dieses Interviews, wie Sie es angedeutet haben, nicht zulassen dürfen. Deshalb sage ich noch einmal, riskieren Sie die Maßnahmen nicht, die sie möglicherweise gezwungenermaßen ergreifen müßten, falls Sie sich weigern sollten, meine Fragen zu beantworten. Ich habe Sie angeklagt, Mittäterin in der Ermordung Jander Panells zu sein. Leugnen Sie diese Anklage oder nicht? Sie *müssen* antworten!«

Vasilia erwiderte bitter: »Ich werde antworten. Keine Angst! Mord? Ein Roboter wird funktionsunfähig gemacht, und das ist *Mord?* Nun, ich leugne es, Mord oder was auch sonst immer! Ich leugne es mit allem Nachdruck. Ich habe Gremionis keine Informationen über Robotik gegeben mit dem Zweck, ihn in die Lage zu versetzen, Jander ein Ende zu machen. Ich weiß nicht genug, um das zu tun, und ich vermute, daß niemand im Institut genug weiß.«

»Ich kann nicht sagen, ob Sie genug wissen, um an der Ausführung des Verbrechens mitgeholfen zu haben, oder ob sonst jemand im Institut genug weiß. Aber das Motiv können wir diskutieren. Zunächst könnte es sein, daß Sie für diesen Gremionis zarte Gefühle empfinden. So sehr Sie auch vielleicht seine Anträge zurückgewiesen haben – so widerwärtig er Ihnen vielleicht als möglicher Liebhaber sein mag –, wäre es denn so seltsam, daß seine Hartnäckigkeit Ihnen schmeichelte, in hinreichendem Maße, daß Sie bereit sein würden, ihm zu helfen, falls er sich bittend an Sie wendete, in diesem Fall ohne irgendwelche sexuellen Anträge, die Sie verärgerten?«

»Sie meinen, er könnte zu mir gekommen sein und gesagt haben ›Vasilia, Liebste, ich möchte einen Roboter funktionsunfähig machen. Bitte, sag mir, wie man das anstellt, dann bin ich dir schrecklich dankbar.‹ Und ich würde darauf sagen ›Aber sicher, Liebster, ich wüßte nicht, was ich lieber täte, als dir bei der Ausübung eines Verbrechens zu helfen.‹ – Lächerlich! Niemand außer einem Erdenmenschen, der nichts von auroranischen Gepflogenheiten versteht, würde annehmen, daß so etwas passieren könnte. Ein besonders *dummer* Erdenmensch übrigens.«

»Das mag sein, aber wir müssen alle Möglichkeiten in Betracht ziehen. Zum Beispiel als zweite Möglichkeit: Könnte es denn nicht sein, daß Sie eifersüchtig darüber sind, weil Gremionis sich jemand anderem zugewandt hat, so daß Sie ihm nicht aus zarten Gefühlen heraus helfen würden, sondern wegen des konkreten Wunsches, ihn zurückzugewinnen?«

»Eifersüchtig? Das ist eine irdische Empfindung. Wenn ich Gremionis nicht für mich will, wie kann es mir dann etwas bedeuten, wenn er sich einer anderen Frau anbietet, und sie das akzeptiert, oder, was das betrifft, wenn eine andere Frau sich ihm anbietet, und er akzeptiert?«

»Man hat mir schon einmal gesagt, daß sexuelle Eifersucht auf Aurora unbekannt ist, und ich bin bereit einzuräumen, daß das in der Theorie stimmt. Aber solche Theorien haben in der Praxis nur selten Bestand. Es muß doch ganz sicher irgendwelche Ausnahmen geben. Und darüber hinaus ist die Eifersucht nur zu häufig eine irrationale Empfindung, die man nicht mit bloßer Logik abtun kann. Aber wollen wir das doch für den Augenblick beiseite lassen. Eine dritte Möglichkeit – Sie könnten Eifersucht auf Gladia empfinden und wünschen, ihr Schaden zuzufügen, obwohl Ihnen Gremionis nicht das geringste bedeutet.«

»Auf Gladia? Ich habe sie nie gesehen, nur einmal über Hyperwelle, als sie auf Aurora ankam. Die Tatsache, daß die Leute gelegentlich erwähnten, sie sehe mir ähnlich, hat mir nie etwas ausgemacht.«

»Macht es Ihnen vielleicht etwas aus, daß sie so etwas wie die Schutzbefohlene von Dr. Fastolfe ist, seine Favoritin, fast die Tochter, die Sie einmal waren? Sie hat Sie ersetzt.«

»Soll sie doch. Mir ist das gleichgültig.«

»Selbst wenn sie ein sexuelles Verhältnis haben sollten?«

Vasilia starrte Baley mit wachsender Wut an, und man konnte jetzt an ihrem Haaransatz winzige Schweißtropfen erkennen.

»Es ist unnötig, darüber zu diskutieren«, sagte sie. »Sie haben mich aufgefordert, die Behauptung zu leugnen, ich wäre Mittäterin in etwas, was Sie als Mord bezeichnen, und ich habe das geleugnet. Ich habe gesagt, daß mir sowohl die Fähigkeit als auch das Motiv dazu fehlten. Tragen Sie Ihren Fall doch meinetwegen ganz Aurora vor, präsentieren Sie doch Ihre verrückten Versuche, mir ein Motiv unterzuschieben. Wenn Sie wollen, können Sie sogar behaupten, daß ich über die Fähigkeit zur Tat verfüge. Sie werden nicht weiterkommen. Absolut nicht.«

Und obwohl sie vor Zorn zitterte, schien es Baley, daß ihre Stimme überzeugend klang.

Sie fürchtete die Anklage nicht.

Sie hatte sich bereit erklärt, ihn zu empfangen. Er *war* also etwas auf der Spur, das sie fürchtete – vielleicht verzweifelt fürchtete.

Aber *dies* war es nicht.

Wo war er also in die Irre gegangen?

41

»Angenommen, ich akzeptiere Ihre Aussage, Dr. Vasilia«, sagte Baley (beunruhigt, nach einem Ausweg suchend). »Angenommen, ich räume ein, daß mein Verdacht, Sie könnten eine Mittäterin in diesem – Robotizid – gewesen sein, falsch war. Selbst das würde nicht bedeuten, daß es für Sie unmöglich ist, mir zu helfen.«

»Warum sollte ich Ihnen helfen?«

»Aus menschlichem Anstand«, sagte Baley. »Dr. Han Fastolfe versichert uns, daß er die Tat nicht verübt hat, daß er kein Robotkiller ist, daß er diesen ganz speziellen Roboter Jander nicht außer Funktion gesetzt hat. Sie haben, möchte man annehmen, Dr. Fastolfe besser gekannt, als das sonst jemand von sich behaupten kann. Sie haben Jahre in einer intimen Beziehung mit ihm, als geliebtes Kind und heranwachsende Tochter, verbracht. Wie auch immer Ihre gegenwärtigen Gefühle ihm gegenüber sein mögen, sie ändern damit das Vergangene nicht. Indem Sie ihn so kennen, wie Sie das tun, müssen Sie Zeugnis dafür ablegen können, daß er charakterlich außerstande ist, einem Roboter Schaden zuzufügen, ganz sicher nicht einem Roboter, der eine seiner höchsten Leistungen darstellt. Wären Sie bereit, offen solches Zeugnis abzulegen? Vor allen Welten? Es würde sehr helfen.«

Vasilias Gesicht schien sich zu verhärten. »Verstehen Sie mich doch«, sagte sie, jede Silbe betonend. »Ich bin nicht bereit, mich da hineinziehen zu lassen.«

»Sie *müssen* sich hineinziehen lassen.«

»Warum?«

»Sind Sie Ihrem Vater gar nichts schuldig? Er *ist* Ihr Vater. Ob das Wort für Sie nun etwas bedeutet oder nicht, es gibt eine biologische Verbindung. Und davon abgesehen – Vater oder nicht –, er hat für Sie gesorgt, Sie über Jahre hinweg ernährt und aufgezogen. Dafür sind Sie ihm etwas schuldig.«

Vasilia zitterte. Es war ein sichtbares Zittern, ihre Zähne klapperten. Sie versuchte zu sprechen, schaffte es nicht, atmete tief durch, noch einmal, und versuchte es dann erneut. »Giskard«, sagte sie, »hörst du, was hier vorgeht?«

Giskard beugte den Kopf. »Ja, Little Miß.«

»Und du, der Humaniforme – Daneel?«

»Ja, Dr. Vasilia.«

»Du hörst das alles auch?«

»Ja, Dr. Vasilia.«

»Ihr versteht beide, daß der Erdenmensch darauf besteht, daß ich Zeugnis für Dr. Fastolfes Charakter ablege?«

Beide nickten.

»Dann werde ich sprechen – gegen meinen Willen und im Zorn. Genau weil ich der Meinung war, daß ich diesem meinem *Vater* einiges schuldete, als dem Träger meiner Gene und im gewissen Maße als dem, der mich aufgezogen hat, habe ich nämlich *nicht* Zeugnis abgelegt. Aber jetzt werde ich das tun. Erdenmensch, hören Sie mir zu! Dr. Han Fastolfe, mit dem ich einige Gene teile, hat sich um mich – *mich* – *mich* – nicht als ein separates menschliches Wesen gekümmert. Für ihn war ich nicht mehr als ein Experiment, ein Phänomen, das man beobachtet.«

Baley schüttelte den Kopf. »Das ist es nicht, worum ich gebeten habe.«

Sie schrie ihn wütend nieder: »Sie haben darauf bestanden, daß ich spreche, und ich *werde* sprechen – und das wird Ihnen die Antwort liefern. Eines interessiert Dr. Han Fastolfe. Eines. Nur eines. Das ist die Funktion des menschlichen Gehirns. Er will diese Funktion und das Gehirn auf Gleichungen zurückführen, auf ein Schaltdiagramm, auf ein Labyrinth mit einer Lösung. Damit will er eine mathematische Wissenschaft des menschlichen Verhaltens begründen, die es ihm erlauben soll, die menschliche Zukunft vorherzusagen. Er nennt diese Wissenschaft ›Psychohistorie‹. Ich kann mir einfach nicht vorstellen, daß Sie auch nur eine Stunde mit ihm gesprochen haben, ohne daß er dies erwähnt hätte. Das ist die Manie, die ihn treibt.«

Vasilia sah in Baleys Gesicht und rief in wilder Freude aus: »Ja! Er *hat* mit Ihnen darüber gesprochen. Dann muß er Ihnen auch gesagt haben, daß er sich nur insoweit für Roboter interessiert, als sie ihn zum menschlichen Gehirn führen können. Für humaniforme Roboter interessiert er sich nur insoweit, als sie ihn noch *näher* an das menschliche Gehirn heranführen können – ja, auch das hat er Ihnen gesagt.

Die grundlegende Theorie, die humaniforme Roboter möglich machte, ist, da bin ich ganz sicher, aus seinem Versuch erwachsen, das menschliche Gehirn zu verstehen, und jene Theorie drückt er an sich und läßt sie niemand anderen sehen, weil er das Problem des menschlichen Gehirns ganz allein lösen will, in den zwei Jahrhunderten, die ihm vielleicht noch zur Verfügung stehen. Alles andere ist dem untergeordnet. Und das schloß unbedingt auch mich ein.«

Baley, der versuchte, gegen die Flut des Zorns anzukämpfen, sagte mit leiser Stimme: »In welcher Weise hat das Sie eingeschlossen, Dr. Vasilia?«

»Als ich zur Welt kam, hätte man mich zu anderen meiner Art bringen müssen, zu Fachleuten, die wußten, wie man für Säuglinge sorgt. Man hätte mich nicht im Gewahrsam eines Amateurs festhalten dürfen – ob er nun mein Vater war oder nicht, ob Wissenschaftler oder nicht. Man hätte nicht zulassen dürfen, daß Dr. Fastolfe ein Kind einer solchen Umgebung aussetzt, das hätte man auch nicht – wenn er irgendein anderer als Han Fastolfe gewesen wäre. Er hat sein ganzes Prestige eingesetzt, um das herbeizuführen, jede wichtige Persönlichkeit überredet, die er kannte, bis er das Sorgerecht für mich hatte.«

»Er hat Sie geliebt«, murmelte Baley.

»Mich *geliebt*? Jedes andere kleine Kind wäre ihm ebenso recht gewesen, aber es stand kein anderes zur Verfügung. Was er wollte, war ein heranwachsendes Kind in seiner Umgebung, ein sich entwickelndes Gehirn. Er wollte dessen Entwicklung sorgfältig studieren, wollte sehen, wie es wuchs. Er wollte ein menschliches Gehirn in einfacher Form, das komplexer wurde, um es in Einzelheiten studieren zu können. Zu diesem Zweck hat er mich einer abnormalen Umgebung ausgesetzt und subtilen Experimenten, in denen auf mich als menschliches Wesen überhaupt keine Rücksicht genommen wurde.«

»Das kann ich nicht glauben. Selbst wenn er sich für Sie als Experimentierobjekt interessierte, konnte er Sie als menschliches Wesen immer noch lieben.«

»*Nein*. Sie sprechen als Erdenmensch. Vielleicht gibt es auf der Erde irgendeine Rücksicht auf biologische Verbindungen. Hier gibt es die nicht. Ich war ein Experimentierobjekt für ihn. Sonst nichts.«

»Selbst wenn das am Anfang so gewesen sein sollte, dann mußte Dr. Fastolfe im Laufe der Zeit doch einfach lernen, Sie zu lieben – ein hilfloses Objekt, seiner Sorge anvertraut. Selbst wenn es überhaupt keine biologische Verbindung gäbe, selbst wenn Sie, wir wollen einmal sagen: nur ein Tier gewesen wären, hätte er es gelernt, Sie zu lieben.«

»Oh, hätte er das?« sagte sie bitter. »Sie kennen die Kraft der Gleichgültigkeit in einem Menschen wie Dr. Fastolfe nicht. Wenn es sein Wissen gefördert hätte, mein Leben auszulöschen, dann hätte er das ohne zu zögern getan.«

»Das ist lächerlich, Dr. Vasilia. Die Art und Weise, wie er Sie behandelt hat, war so besorgt und freundlich, daß sie Liebe in Ihnen hervorrief. Das weiß ich. Sie – Sie haben sich ihm angeboten.«

»Das hat er Ihnen gesagt, wie? Ja, das ist typisch für ihn. Er würde niemals, selbst heute nicht, auch nur einen Augenblick darüber nachdenken, ob mir so etwas vielleicht peinlich sein könnte. – Ja, ich habe mich ihm angeboten, und warum auch nicht? Er war das einzige menschliche Wesen, das ich wirklich kannte. Er war, oberflächlich betrachtet, freundlich zu mir, und ich habe seine wahren Ziele nicht verstanden, also war er für mich ein ganz natürliches Ziel. Dann hat er auch dafür gesorgt, daß ich mit sexueller Stimulation unter kontrollierten Begleitumständen vertraut gemacht wurde – Kontrollen, die *er* einrichtete. Es war ganz unvermeidlich, daß ich mich am Ende ihm zuwenden würde. Das mußte ich, denn sonst war da niemand – und er hat abgelehnt.«

»Und dafür haben Sie ihn gehaßt?«

»*Nein*. Nicht zu Anfang. Jahrelang nicht. Obwohl meine sexuelle Entwicklung beeinträchtigt und verzerrt wurde, mit Auswirkungen, die ich noch heute spüre, gab ich ihm keine Schuld. Dazu wußte ich einfach nicht genug. Ich fand Ausreden für ihn. Er war beschäftigt. Er hatte andere. Er brauchte ältere Frauen. Sie würden staunen, mit welcher Findigkeit ich immer wieder Gründe für seine Ablehnung erfand. Erst Jahre später wurde mir bewußt, daß etwas nicht stimmte, und das habe ich ihm auch ins Gesicht gesagt. ›Warum hast du mich abgelehnt?‹ fragte ich. ›Wenn du mir nachgegeben hättest, hättest du mich vielleicht auf den richtigen Weg gebracht, hättest alles gelöst.‹«

Sie hielt inne, schluckte und bedeckte einen Moment lang ihre Augen. Baley wartete, vor Verlegenheit wie erstarrt. Die Roboter waren ohne Ausdruck (aber wahrscheinlich waren sie außerstande, irgendein Gleichgewicht oder Ungleichgewicht der Positronenbahnen zu empfinden, die eine Wahrnehmung produzieren konnte, die der menschlichen Verlegenheit in irgendeiner Weise analog war).

»Er wich der Frage, so lange er konnte, aus«, sagte sie, etwas ruhiger geworden. »Aber ich habe sie ihm immer wieder gestellt. ›Warum hast du mich abgelehnt?‹ ›Warum hast du mich abgelehnt?‹ Er hatte sonst in sexueller Hinsicht keinerlei Hemmungen. Ich erinnere mich noch gut, daß ich mich manchmal fragte, ob er einfach Männer vorzog. Soweit es nicht um Kinder geht, sind die persönlichen Präferenzen ohne jeden Belang, und es ist durchaus nichts dabei, wenn manche Männer Frauen widerwärtig finden, oder, was das betrifft, umgekehrt. Bei diesem Mann, den Sie meinen Vater nennen, war das freilich nicht so. Er hatte Freude an Frauen – manchmal jungen Frauen – so jung wie ich es war, als ich mich ihm das erstemal anbot. ›Warum hast du mich abgelehnt?‹ Am Ende gab er mir Antwort – und Sie können ja raten, was das für eine Antwort war?«

Sie hielt inne und wartete mit einem sarkastischen Blick auf ihn.

Baley wurde noch verlegener und murmelte schließlich: »Er wollte sich nicht mit seiner Tochter einlassen?«

»Oh, seien Sie kein Narr! Welchen Unterschied macht das schon? Wenn man bedenkt, daß es kaum einen Mann auf Aurora gibt, der weiß, wer seine Tochter ist, könnte das jeder Mann sein, der sich mit einer Frau einläßt, die mehr als zwei Jahrzehnte jünger ist als er. – Aber lassen Sie, es liegt ja auf der Hand – seine Antwort – oh, wie ich mich an die Worte erinnere! – war ›Du Dummchen! Wenn ich mich mit dir so einlassen würde, wie könnte ich dann meine Objektivität bewahren – und welchen Nutzen hätte dann mein weiteres Studium deiner Person?‹

Um die Zeit, sehen Sie, kannte ich sein Interesse für das menschliche Gehirn bereits. Ich war sogar in seine Fußstapfen getreten und dabei, selbst Robotikerin zu werden. Ich arbeitete in dieser Richtung mit Giskard und experimentierte mit seiner Programmierung. Ich habe es auch sehr gut gemacht, nicht wahr, Giskard?«

»Ja, das haben Sie, Little Miß«, sagte Giskard.

»Aber ich konnte erkennen, daß dieser Mann, den Sie meinen Vater nennen, in mir nicht das menschliche Wesen sah. Er war eher bereit zuzusehen, wie ich für das ganze Leben verbogen und verkorkst wurde, als seine Objektivität aufs Spiel zu setzen. Seine Beobachtungen bedeuteten ihm mehr als meine Normalität. Von diesem Augenblick an wußte ich, was ich war und was er war – und verließ ihn.«

Das Schweigen war schwer und lastend.

Baleys Kopf dröhnte. Er wollte fragen: Konnten Sie denn die Selbstbezogenheit eines großen Wissenschaftlers nicht ins Kalkül ziehen? Die Wichtigkeit eines großen Problems? Konnten Sie ihm nicht etwas nachsehen, das er vielleicht in gereiztem Zustand gesagt hatte, gereizt darüber, weil man ihn gezwungen hatte, etwas zu diskutieren, was er nicht diskutieren wollte? War denn Vasilias augenblicklicher Zorn nicht ganz dasselbe? Stellte denn Vasilias Konzentration auf ihre eigene ›Normalität‹ (was auch immer sie darunter verstand) eine Konzentration, die vielleicht die zwei wichtigsten Probleme der Menschheit verdrängte – die Natur des menschlichen Gehirns und die Besiedlung der Galaxis –, eine ähnliche Ichbezogenheit dar, die man noch viel weniger entschuldigen konnte?

Aber diese Fragen konnte er nicht stellen. Er wußte nicht, wie er sie formulieren sollte, damit sie für diese Frau etwas bedeuteten, und war auch gar nicht sicher, ob er sie, falls sie antworten sollte, verstehen würde.

Was hatte er auf dieser Welt verloren? Er konnte das, was diese Spacer bewegte, einfach nicht begreifen, so sehr sie sich auch um Erklärungen bemühten. Und sie konnten ihn nicht begreifen, ihn und das, was ihn bewegte.

So sagte er müde: »Tut mir leid, Dr. Vasilia. Ich verstehe, daß Sie zornig sind, aber wenn Sie Ihren Zorn einen Augenblick verdrängen und statt dessen über Dr. Fastolfe und den ermordeten Roboter nachdenken könnten, könnten Sie dann nicht verstehen, daß wir mit zwei ganz unterschiedlichen Dingen zu tun haben? Mag sein, daß Dr. Fastolfe den Wunsch hatte, Sie distanziert und objektiv zu beobachten, selbst um den Preis Ihres Glücks – und daß er dennoch Lichtjahre weit von dem Wunsch entfernt sein kann, einen fortgeschrittenen humaniformen Roboter zu zerstören.«

Vasilias Gesicht rötete sich. Sie schrie: »Verstehen Sie denn nicht, was ich Ihnen sage, Erdenmensch? Glauben Sie denn, ich habe Ihnen das, was ich Ihnen gerade gesagt habe, nur deshalb erzählt, weil ich glaube, Sie – oder sonst jemand – würden sich für die traurige Geschichte meines Lebens interessieren? Glauben Sie denn überhaupt, daß es mir Freude macht, mich auf diese Weise bloßzustellen?

Ich sage Ihnen alles dies nur, um Ihnen zu zeigen, daß Dr. Han Fastolfe – mein biologischer Vater, wie Sie nie müde werden zu betonen – Jander zerstört hat. Natürlich hat er es getan. Ich habe mich zurückgehalten, es zu sagen, weil niemand – vor Ihnen – dumm genug war, mich zu fragen, und ich mir einen blöden Rest an Rücksicht für diesen Mann bewahrt habe. Aber jetzt, wo Sie mich gefragt haben, sage ich es und – bei der Galaxis! – werde fortfahren, es zu sagen – jedem und allen zu sagen, in aller Öffentlichkeit, wenn nötig.

Dr. Han Fastolfe *hat* Jander Panell zerstört. Dessen bin ich sicher. Sind Sie jetzt zufrieden?«

42

Baley starrte die erregte Frau erschrocken an.

Er stotterte, fing noch einmal an: »Jetzt verstehe ich überhaupt nichts mehr, Dr. Vasilia. Beruhigen Sie sich und überlegen Sie. Warum sollte Dr. Fastolfe den Roboter zerstören? Was hat das damit zu tun, wie er Sie behandelt hat? Meinen Sie, das sei eine Art Vergeltung gegen Sie?«

Vasilias Atem ging heftig (Baley stellte abwesend und ohne es zu wollen fest, daß Vasilia ebenso feinknochig wie Gladia war, aber große Brüste hatte) und sie schien förmlich an ihrer Stimme zu zerren, um sie unter Kontrolle zu halten.

»Ich sagte Ihnen doch, Erdenmensch, oder nicht, daß Han Fastolfe sich dafür interessierte, das menschliche Gehirn zu beobachten?« sagte sie. »Er zögerte nicht, es Belastungen auszusetzen, um die Ergebnisse beobachten zu können. Und er zog Gehirne vor, die von der Norm abwichen – zum Beispiel das eines Säuglings –, um ihre Entwicklung verfolgen zu können. Irgendein Gehirn, nur kein gewöhnliches.«

»Aber was hat das damit zu tun, daß...«

»Dann fragen Sie sich einmal selbst, woher sein Interesse für die Frau von Außerplanet kam.«

»Für Gladia? Ich hatte *ihn* gefragt, und er hat es mir gesagt. Sie hat ihn an Sie erinnert, und die Ähnlichkeit ist tatsächlich deutlich.«

»Und als Sie mir das vorher sagten, war ich amüsiert und habe Sie gefragt, ob Sie ihm das geglaubt hätten. Ich frage jetzt noch einmal. Glauben Sie ihm?«

»Warum sollte ich ihm nicht glauben?«

»Weil es nicht wahr ist. Es mag sein, daß die Ähnlichkeit seine Aufmerksamkeit erregt hat, aber der wahre Grund seines Interesses ist, daß die außerplanetarische Frau eben das ist – eine Frau von Außerplanet. Sie ist auf Solaria herangewachsen, unter Voraussetzungen und gesellschaftlichen Axiomen, die anders sind als die auf Aurora. Er konnte deshalb ein Gehirn studieren, das anders geprägt war als die unseren, und daraus interessante Perspektiven gewinnen. Verstehen Sie das denn nicht? Was das betrifft, warum interessiert er sich denn für *Sie*, Erdenmensch? Ist er so dumm, daß er sich einbildet, Sie könnten ein auroranisches Problem lösen, wo Sie doch nichts über Aurora wissen?«

Plötzlich schaltete sich wieder Daneel ein, und Baley zuckte zusammen, als er seine Stimme hörte. Daneel sagte: »Dr. Vasilia, Partner Elijah hat auf Solaria ein Problem gelöst, obwohl er nichts über Solaria wußte.«

»Ja«, sagte Vasilia mürrisch, »das haben ja alle Welten durch dieses Hyperwellenstück erfahren. Und es mag auch sein, daß der Blitz einmal einschlägt, aber ich glaube nicht, daß Han

Fastolfe davon überzeugt ist, er werde hintereinander zweimal an derselben Stelle einschlagen. Nein, Erdenmensch, er ist in erster Linie deshalb von Ihnen angezogen worden, weil Sie ein Erdenmensch sind. Sie besitzen auch ein fremdes Gehirn, das er studieren und manipulieren kann.«

»Sie glauben doch sicher nicht, Dr. Vasilia, daß er ein so großes Risiko eingehen und jemand nach Aurora rufen würde, von dem er weiß, daß er keine Erfolgschance hat – und das alles nur, um ein ungewöhnliches Gehirn zu studieren.«

»Natürlich würde er das tun. Das versuche ich Ihnen doch die ganze Zeit klarzumachen. Es gibt keine Krise für Aurora, die er auch nur einen Augenblick lang für ebenso wichtig halten würde wie die Lösung des Gehirnproblems. Ich kann Ihnen genau sagen, was er antworten würde, wenn Sie ihn fragten. Aurora könnte aufsteigen oder fallen, blühen oder untergehen, und das alles wäre von geringem Belang im Vergleich mit dem Problem des Gehirns, denn wenn menschliche Wesen das Gehirn wirklich verstehen würden, würde man alles, was man vielleicht im Lauf eines Jahrtausends der Vernachlässigung oder der falschen Entscheidungen verloren hätte, in einem einzigen Jahrzehnt geschickt geleiteter menschlicher Entwicklung wiedergewinnen, die von seinem Traum der ›Psychohistorie‹ gelenkt würde. Dieselben Argumente würde er gebrauchen, um alles zu rechtfertigen, Lügen, Grausamkeit, eben *alles* – einfach indem er sagte, daß alles dem Zweck diente, die Kenntnisse um das Gehirn zu fördern.«

Ich kann mir nicht vorstellen, daß Dr. Fastolfe grausam sein würde. Er ist der sanftmütigste Mensch, den ich kenne.«

»Ist er das? Wie lange waren Sie mit ihm beisammen?«

»Ein paar Stunden auf der Erde vor drei Jahren. Einen Tag jetzt hier auf Aurora.«

»Einen Tag. Einen *ganzen* Tag. Ich war fast dreißig Jahre lang ständig mit ihm beisammen und habe seitdem seine Laufbahn mit einiger Aufmerksamkeit aus der Entfernung verfolgt. Und Sie sind einen *ganzen* Tag mit ihm beisammengewesen, Erdenmensch? Nun, hat er an jenem einen Tag nichts getan, das Ihnen Angst gemacht oder Sie erniedrigt hat?«

Baley blieb stumm. Er dachte an den plötzlichen Angriff mit dem Würzer, vor dem Daneel ihn bewahrt hatte, von dem

Personal, das ihm solche Schwierigkeiten bereitet hatte wegen seiner Maskierungen; er dachte an den langen Spaziergang Draußen, der den Sinn gehabt hatte, seine Fähigkeiten zu erproben, sich an das Leben im Freien zu gewöhnen.

Vasilia hatte ihn angesehen und meinte jetzt: »Ich sshe, daß er es getan hat. Ihr Gesicht, Erdenmensch, ist keine ganz so gute Tarnung, wie Sie vielleicht glauben. Hat er Sie mit einer Psychosonde bedroht?«

»Sie wurde erwähnt«, nickte Baley.

»Ein Tag – und er hat sie bereits erwähnt. Ich nehme an, das hat in Ihnen ein unangenehmes Gefühl hervorgerufen?«

»Ja, das hat es.«

»Und ich nehme an, es gab keinen Grund, sie zu erwähnen?«

»O doch«, sagte Baley schnell. »Ich hatte gesagt, ich hätte einen Augenblick lang einen Gedanken gehabt, der mir dann wieder verlorenging, und es war ganz sicher ein legitimer Vorschlag, die Psychosonde einzusetzen, um jenen Gedanken wieder aufzuspüren.«

»Nein, das war es nicht«, sagte Vasilia. »Man kann die Psychosonde für so etwas nicht hinreichend feinfühlig einsetzen – und wenn man es versuchte, wäre die Gefahr beträchtlich, daß es zu dauernden Gehirnschädigungen kommt.«

»Doch sicher nicht, wenn Sie von einem Fachmann bedient würde, von Dr. Fastolfe beispielsweise.«

»Von *ihm*? Der kann ein Ende der Sonde nicht vom anderen unterscheiden. Er ist Theoretiker, nicht Techniker.«

»Dann eben von jemand anderem. Tatsächlich hat er auch nicht gesagt, daß er es tun würde.«

»Nein, Erdenmensch. *Niemand*. Überlegen Sie doch! Überlegen Sie! Wenn *irgend jemand* die Psychosonde ohne Gefahr an Menschen einsetzen könnte, und wenn Han Fastolfe bezüglich des Problems des desaktivierten Roboters besorgt wäre, warum hat er dann nicht vorgeschlagen, daß man die Psychosonde an ihm einsetzt?«

»An ihm?«

»Jetzt sagen Sie mir bloß nicht, daß Ihnen das nicht auch schon in den Sinn gekommen ist! Jeder denkende Mensch würde zu dem Schluß gelangen, daß Fastolfe schuldig ist. Der einzige Punkt, der für seine Unschuld spricht, ist, daß er selbst darauf beharrt, unschuldig zu sein. Warum bietet er dann nicht an, seine Unschuld dadurch zu dokumentieren, daß er sich psychosondieren läßt und damit beweist, daß man aus den tiefsten Tiefen seines Gehirns keine Spur von Schuld herauskratzen kann? Hat er dergleichen vorgeschlagen?«

»Nein, das hat er nicht. Wenigstens nicht mir gegenüber.«

»Weil er sehr gut weiß, daß das höchst gefährlich ist. Und doch zögert er nicht, die Behandlung in Ihrem Fall vorzuschlagen, einfach, um beobachten zu können, wie Ihr Gehirn unter Druck arbeitet, wie Sie auf Furcht reagieren. Oder es ist ihm vielleicht in den Sinn gekommen, daß die Sonde, gleichgültig wie gefährlich sie für *Sie* ist, vielleicht *ihm* ein paar interessante Daten liefern könnte. Daten bezüglich der Details Ihres auf der Erde geprägten Gehirns. Und jetzt sagen Sie mir, ist das nicht grausam?«

Baley wischte das Thema mit der Hand weg. »Welchen Bezug hat das auf den vorliegenden Fall – auf den Robotizid?«

»Die solarianische Frau Gladia stach meinem ehemaligen Vater in die Augen. Sie hatte ein interessantes Gehirn – für seine Zwecke. Deshalb gab er ihr den Roboter Jander, um zu sehen, was passieren würde, wenn eine nicht auf Aurora aufgewachsene Frau sich einem Roboter gegenübersähe, der in jeder Einzelheit wie ein Mensch erschien. Er wußte, daß eine auroranische Frau höchstwahrscheinlich den Roboter sofort für den Geschlechtsverkehr benutzen und dabei auch keine Skrupel haben würde. Ich selbst würde da einige Skrupel haben, das gebe ich zu, aber eben nur, weil ich nicht normal aufgewachsen bin. Eine normale Auroranerin hätte diese Probleme nicht. Die solarianische Frau andererseits würde beträchtliche Schwierigkeiten haben, weil sie auf einer extrem robotischen Welt herangewachsen ist und daher gegenüber Robotern eine ungewöhnlich starre Haltung hat. Sehen Sie, der Unterschied könnte für meinen Vater sehr interessant sein, wo er doch stets versuchte, aus diesen Variationen seine Theorie der Gehirnfunktionen aufzubauen. Han Fastolfe wartete ein halbes Jahr, bis die solarianische Frau an den Punkt kam, wo sie möglicherweise die ersten Annäherungsversuche machen würde.«

Baley unterbrach. »Ihr Vater wußte überhaupt nichts über die Beziehung zwischen Gladia und Jander.«

»Wer hat Ihnen das gesagt, Erdenmensch? Mein Vater? Gladia? Wenn ersterer, dann hat er natürlich gelogen; wenn letztere, dann wußte sie es höchstwahrscheinlich einfach nicht. Sie können ganz sicher sein, daß Fastolfe wußte, was vorging. Das mußte er, denn es muß Teil seiner Studie gewesen sein, wie ein menschliches Gehirn unter solarianischen Umständen verformt wird.

Und dann dachte er – und ich bin dessen so sicher, wie ich es wäre, wenn ich seine Gedanken lesen könnte –, was würde geschehen, wenn diese Frau an dem Punkt, da sie gerade dabei ist, mit Jander eine enge Bindung einzugehen, ihn plötzlich ohne Grund verlöre? Er wußte, was eine auroranische Frau tun würde. Sie würde eine gewisse Enttäuschung empfinden und sich dann einen Ersatz suchen. Aber was würde eine solarianische Frau tun? Also arrangierte er, daß Jander funktionsunfähig wurde.«

»Einen ungeheuer wertvollen Roboter zerstören, nur um triviale Neugierde zu befriedigen.«

»Ungeheuerlich, nicht wahr? Das genau ist es, was Han Fastolfe tun würde. Gehen Sie also zu ihm zurück, Erdenmensch, und sagen Sie ihm, daß sein kleines Spiel vorbei ist. Wenn der Planet ihn im allgemeinen jetzt noch nicht für schuldig hält, wird man das ganz bestimmt tun, nachdem ich gesagt habe, was ich zu sagen habe.«

43

Einen Augenblick lang saß Baley wie benommen da, während Vasilia ihn mit einer Art grimmigen Vergnügens musterte. Ihr Gesicht wirkte jetzt hart, völlig anders als das Gladias.

Er wußte nicht weiter, wußte nicht, was er tun sollte...

Baley stand auf. Er kam sich alt vor – viel älter als seine fünfundvierzig Standardjahre (das Alter eines Kindes für diese Auroraner). Bis jetzt hatte alles, was er getan hatte, zu nichts geführt. Ja, schlimmer noch als zu nichts, denn bei jedem seiner Schritte schienen sich die Bande noch enger um Fastolfe zu schlingen.

Er blickte zu der durchsichtigen Decke auf. Die Sonne stand

ziemlich hoch; vielleicht hatte sie den Zenit bereits hinter sich gelassen, weil es dunkler geworden war. Gelegentlich wurde sie von Streifen dünner Wolken verdunkelt.

Vasilia schien seinen Blick nach oben bemerkt zu haben. Ihr Arm bewegte sich zu der Bank hin, in deren Nähe sie saß, und die Decke wurde undurchsichtig. Zu gleicher Zeit erfüllte strahlendes Licht den Raum, das ähnlich orangerot getönt war wie das Sonnenlicht.

»Ich glaube, das Gespräch ist damit beendet«, sagte sie. »Ich werde keinen Grund haben, Sie wiederzusehen, Erdenmensch – oder Sie mich. Vielleicht ist es besser, Sie verlassen Aurora. Sie haben...« – sie lächelte humorlos, und die nächsten Worte klangen aus ihrem Mund fast heftig – »meinem Vater genügend Schaden zugefügt, wenn auch kaum soviel Schaden, wie er verdient.«

Baley ging einen Schritt auf die Tür zu, und seine beiden Roboter schlossen sich ihm an. Giskard sagte mit leiser Stimme: »Fühlen Sie sich wohl, Sir?«

Baley zuckte die Achseln. Was konnte man darauf antworten?

Vasilia rief: »Giskard! Wenn Dr. Fastolfe feststellt, daß er dich nicht mehr gebrauchen kann, kannst du dich ja meinem Stab anschließen?«

Giskard sah sie ruhig an. »Wenn Dr. Fastolfe das erlaubt, werde ich es tun, Little Miss.«

Ihr Lächeln wurde warm. »Bitte tu das, Giskard! Ich vermisse dich heute noch genauso wie einst.«

»Ich denke oft an Sie, Little Miss.«

Baley drehte sich an der Tür um. »Dr. Vasilia, hätten Sie ein Personal, das ich benutzen dürfte?«

Vasilias Augen weiteten sich. »Natürlich nicht, Erdenmensch. Es gibt im Institut verschiedentlich Gemeinschaftspersonals. Ihre Roboter sollten Sie zu einem führen können.«

Er starrte sie an und schüttelte den Kopf. Es überraschte ihn nicht, daß sie ihre Räume nicht durch einen Erdenmenschen infizieren lassen wollte, und dennoch ärgerte es ihn.

Er sagte, eher aus Zorn als aus vernünftiger Überlegung: »Dr. Vasilia, an Ihrer Stelle würde ich nicht von der Schuld Dr. Fastolfes sprechen.«

»Was sollte mich daran hindern?«

»Die Gefahr, daß bekannt werden könnte, was Sie mit Gremionis zu tun hatten. Das bedeutet eine gewisse Gefahr für Sie.«

»Machen Sie sich nicht lächerlich. Sie haben selbst zugegeben, daß es keine Verschwörung zwischen mir und Gremionis gegeben hat.«

»Eigentlich nicht. Ich habe nur eingeräumt, es scheint ein begründeter Schluß zu sein, daß es keine direkte Verschwörung zwischen Ihnen und Gremionis gegeben hat, um Jander zu zerstören. Die Möglichkeit einer indirekten Verschwörung indes bleibt.«

»Sie sind verrückt. Was ist eine indirekte Verschwörung?«

»Ich bin nicht bereit, das vor Dr. Fastolfes Robotern zu diskutieren – es sei denn, Sie bestehen darauf. Und weshalb sollten Sie? Sie wissen sehr wohl, was ich meine.« Es gab keinen Grund, diesen Bluff aufzunehmen, dachte Baley. Vielleicht würde es die Lage sogar noch schwieriger machen.

Aber das tat es nicht! Vasilia schien förmlich einzuschrumpfen; sie runzelte die Stirn.

Und Baley dachte: also *gibt es* eine indirekte Verschwörung, worin auch immer sie bestehen mag, und damit kann man sie vielleicht unter Druck halten, bis sie meinen Bluff durchschaut hat. Und so meinte er, wieder etwas besser gestimmt: »Ich wiederhole, sagen Sie nichts über eine Schuld von Dr. Fastolfe.«

Aber er wußte natürlich nicht, wieviel Zeit er damit gekauft hatte – vielleicht sehr wenig.

Elfter Teil

Gremionis

44

Sie saßen wieder in dem Schweber – alle drei vorne, und Baley wiederum in der Mitte; zu beiden Seiten spürte er den Druck der Roboter. Baley war ihnen für die Fürsorge dankbar, die sie ihm ohne Fehl zuteil werden ließen, obwohl sie nur Maschinen waren, unfähig, gegen Anweisungen zu handeln.

Und dann dachte er: Warum tue ich sie eigentlich mit dem Wort ›Maschinen‹ ab? Es sind *gute* Maschinen in einem Universum von Menschen, die manchmal böse sind. Ich habe nicht das Recht, der Unterkategorie Maschine/Mensch den Vorzug zu geben gegenüber jener, die gut/böse heißt. Und von Daneel zumindest kann ich gar nicht in der Kategorie Maschine denken.

Giskard sagte: »Ich muß wieder fragen, Sir. Fühlen Sie sich wohl?«

Baley nickte. »Ausgezeichnet, Giskard. Ich bin froh, mit euch beiden hier Draußen zu sein.«

Der Himmel war zum größten Teil weiß – ein gebrochenes Weiß. Ein sanfter Wind wehte, und ehe sie in den Wagen gestiegen waren, hatte er deutlich die Kühle empfunden.

»Partner Elijah«, sagte Daneel, »ich habe dem Gespräch zwischen Ihnen und Dr. Vasilia sorgfältig zugehört. Ich möchte zu dem, was Dr. Vasilia gesagt hat, keine unfreundlichen Bemerkungen machen, aber ich muß Ihnen sagen, daß Dr. Fastolfe nach meiner Beobachtung ein freundliches und höfliches menschliches Wesen ist. Er ist nach meinem Wissen niemals bewußt grausam gewesen, noch hat er je, soweit ich das beurteilen kann, das Wohlergehen eines menschlichen Wesens den Bedürfnissen seiner Neugierde geopfert.«

Baley sah Daneels Gesicht an, das irgendwie den Eindruck eindringlicher Aufrichtigkeit vermittelte. Er sagte: »Könntest du etwas gegen Dr. Fastolfe sagen, selbst wenn er tatsächlich grausam und unbedacht wäre?«

»Ich könnte stumm bleiben.«

»Aber würdest du das?«

»Wenn ich, indem ich lüge, einer die Wahrheit sprechenden Dr. Vasilia Schaden zufügte, indem ich ihre Wahrheitsliebe unberechtigterweise in Zweifel zöge und wenn ich durch mein Schweigen Dr. Fastolfe Schaden zufügte, indem ich die wahren Anklagen gegen ihn stützte, und wenn die beiden Beschädigungen für mein Verständnis in ihrer Intensität etwa gleich stark wären, dann würde es für mich notwendig sein, stumm zu bleiben. Schaden durch aktives Handeln überwiegt im allgemeinen Schaden durch Passivität – wenn alles einigermaßen gleich ist.«

»Dann sind die beiden Hälften des Gesetzes, obwohl es im Ersten Gesetz heißt: ›Ein Roboter darf kein menschliches Wesen verletzen oder durch *Untätigkeit* gestatten, daß einem menschlichen Wesen Schaden zugefügt wird‹ nicht völlig gleich? Du sagst jetzt, daß ein Fehler durch Handeln schwerwiegender als einer durch Untätigkeit ist?«

»Die Worte des Gesetzes sind lediglich eine näherungsweise Beschreibung der beständigen Variationen in der positronomotiven Kraft, die auf den Bahnen des Robotgehirns wirkt, Partner Elijah. Ich weiß nicht genug, um die Sache mathematisch zu beschreiben, aber ich weiß, was meine Tendenzen sind.«

»Und sie schreiben dir stets vor, Untätigkeit dem Handeln vorzuziehen, wenn der Schaden nach beiden Richtungen etwa gleich ist?«

»Im allgemeinen, ja. Und immer die Wahrheit vor der Unwahrheit zu wählen, wenn der Schaden in beiden Richtungen etwa gleich ist. Im allgemeinen, heißt das.«

»Und in diesem Falle, da du gegen Dr. Vasilia sprichst und ihr damit Schaden zufügst, kannst du das nur tun, weil das Erste Gesetz hinreichend durch die Tatsache besänftigt wird, daß du die Wahrheit sprichst?«

»So ist es, Partner Elijah.«

»Und doch ist es auch eine Tatsache, daß du das, was du

gerade gesagt hast, auch dann sagen würdest, wenn es eine Lüge wäre – wenn Dr. Fastolfe dich mit hinreichender Intensität instruiert hätte, wenn nötig, diese Lüge vorzubringen und auch nicht zuzugeben, daß man dich so instruiert hatte.«

Eine kleine Pause, dann sagte Daneel: »So ist es, Partner Elijah.«

»Das ist ganz schön kompliziert, Daneel – aber du glaubst immer noch, daß Dr. Fastolfe Jander Panell nicht ermordet hat?«

»Meine Erfahrung mit ihm ist, daß er die Wahrheit liebt, Partner Elijah, und daß er Freund Jander keinen Schaden zufügen würde.«

»Und doch hat Dr. Fastolfe selbst ein mächtiges Motiv dafür geschildert, daß er die Tat begangen haben könnte, während Dr. Vasilia ein völlig anderes Motiv beschrieben hat, das ebenso mächtig ist und noch schändlicher als das erste.« Baley brütete eine Weile vor sich hin. »Wenn man die Öffentlichkeit mit dem einen oder anderen vertraut machte, würde jeder an Dr. Fastolfes Schuld glauben.«

Baley wandte sich plötzlich Giskard zu. »Wie ist es mit dir, Giskard? Du kennst Dr. Fastolfe schon länger als Daneel. Bist du auch nach deinem Verständnis von Dr. Fastolfes Charakter der Ansicht, daß Dr. Fastolfe die Tat nicht begangen haben und Jander nicht zerstört haben kann?«

»Ja, das bin ich, Sir.«

Baley sah den Roboter unsicher an. Er war kein so fortgeschrittenes Modell wie Daneel. Wie weit konnte man ihm als Zeugen vertrauen? Konnte es nicht sein, daß er gezwungen war, Daneel in jeder Richtung zu folgen, die dieser einschlug?

»Dr. Vasilia hast du auch gut gekannt, nicht wahr?«

»Ich kannte sie sehr gut«, sagte Giskard.

»Und hast sie wohl auch gemocht?«

»Sie war viele Jahre meiner Obhut anvertraut, und die Aufgabe hat mir in keiner Weise Schwierigkeiten bereitet.«

»Obwohl sie sich an deiner Programmierung zu schaffen machte?«

»Sie war sehr geschickt.«

»Würde sie bezüglich ihres Vaters lügen – in bezug auf Dr. Fastolfe, meine ich?«

Giskard zögerte. »Nein, Sir. Das würde sie nicht.«

»Dann sagst du, daß das, was sie sagt, die Wahrheit ist.«

»Nicht ganz, Sir. Ich sage nur, daß sie *glaubt*, die Wahrheit zu sagen.«

»Aber warum sollte sie denn so böse Dinge über ihren Vater für wahr halten, wenn er tatsächlich eine so freundliche Person ist, wie Daneel mir gerade gesagt hat?«

Giskard antwortete langsam: »Sie ist durch verschiedene Vorgänge in ihrer Jugend verbittert, Vorgänge, für die sie Dr. Fastolfe die Schuld gibt, und für die er vielleicht tatsächlich, ohne es zu wollen, die Schuld hat – in gewissem Maße. Mir scheint, daß es nicht seine Absicht war, daß die fraglichen Vorgänge die Konsequenzen haben sollten, die sie dann hatten. Aber menschliche Wesen werden nicht von den geradlinigen Gesetzen der Robotik geleitet. Es ist daher unter den meisten Umständen schwierig, die Kompliziertheit ihrer Motive einzuschätzen.«

»Das ist wahr«, murmelte Baley.

»Glauben Sie, daß die Aufgabe, Dr. Fastolfes Unschuld zu demonstrieren, hoffnungslos ist?« fragte Giskard.

Baleys Augenbrauen schoben sich zusammen, und seine Stirn furchte sich. »Möglicherweise. Im Augenblick sehe ich keinen Ausweg – und wenn Dr. Vasilia redet, wie sie das angedroht hat...«

»Aber Sie haben ihr doch befohlen, nicht zu reden. Sie haben erklärt, es wäre für sie gefährlich, wenn sie redete.«

Baley schüttelte den Kopf. »Das war ein Bluff. Ich wußte nicht, was ich sonst sagen sollte.«

»Dann haben Sie also vor, aufzugeben?«

Und Baley sagte heftig: »Nein! Wenn es nur um Fastolfe ginge, würde ich das vielleicht. Welcher physische Schaden könnte ihm schon entstehen? Robotizid ist anscheinend nicht einmal ein Verbrechen, sondern bloß eine Ordnungswidrigkeit. Im schlimmsten Fall verliert er seinen politischen Einfluß und kann seine wissenschaftlichen Arbeiten eine Weile nicht fortsetzen. Es würde mir leid tun, wenn es dazu käme, aber wenn ich nichts mehr tun kann, kann ich eben nichts mehr tun.

Und wenn es nur um mich ginge, würde ich vielleicht ebenfalls aufgeben. Der Mißerfolg würde meinem Ruf schaden, aber wer kann schon ein Ziegelhaus ohne Ziegelsteine bauen?

Ich würde etwas angekratzt zur Erde zurückkehren, würde ein trauriges Leben außerhalb der Klassifikation führen, aber das ist ein Risiko, das jeder Erdenmann und jede Erdenfrau auf sich nehmen muß. Es hat schon bessere Männer als mich gegeben, die sich damit abfinden mußten.

Aber es geht hier um die Erde. Wenn ich versage, dann würde zu dem Verlust für Dr. Fastolfe und mich noch kommen, daß jede Hoffnung enden würde, die die Erdenmenschen sonst vielleicht haben, die Erde zu verlassen und in die Galaxis hinauszuziehen. Aus diesem Grund darf ich nicht versagen und muß irgendwie weitermachen, solange man mich nicht physisch von dieser Welt entfernt.«

Er hatte am Ende nur noch im Flüsterton gesprochen, und jetzt blickte er plötzlich auf und sagte mit fast beleidigt klingender Stimme: »Warum parken wir hier, Giskard? Läßt du den Motor zu deinem Vergnügen laufen?«

»Verzeihen Sie, Sir«, sagte Giskard. »Sie haben mir nicht gesagt, wo ich Sie hinbringen soll.«

»Richtig! Ich bitte um Entschuldigung, Giskard. Bring mich zuerst zum nächsten öffentlichen Personal, das Dr. Vasilia erwähnt hat! Ihr beiden mögt für solche Dinge immun sein, aber ich muß meine Blase leeren. Dann sucht einen Ort, wo ich etwas zu essen bekomme. Mein Magen ist leer. Und dann...«

»Ja, Partner Elijah?« fragte Daneel.

»Um dir die Wahrheit zu sagen, Daneel, ich weiß es nicht. Aber sobald ich mich um diese physischen Bedürfnisse gekümmert habe, wird mir schon was einfallen.«

Wie sehr Baley sich doch wünschte, das glauben zu können.

45

Der Schweber glitt nicht lang über den Boden dahin. Er kam zum Stillstand, schwankte ein wenig, und Baley verspürte das ihm jetzt schon vertraute Sich-Verkrampfen in der Magengrube. Das Schwanken verriet ihm, daß er sich in einem Fahrzeug befand, und es vertrieb das kurzzeitige Gefühl, sicher zwischen Wänden und Robotern eingeschlossen zu sein. Durch das Glas vorne und zu beiden Seiten (und nach hinten, wenn er den Hals streckte) war das Weiß des Himmels und das Grün von Blattwerk zu sehen, alles lief auf das Draußen hinaus – also auf nichts. Er schluckte ein wenig unsicher.

Sie hatten an einem kleinen Gebäude haltgemacht.

»Ist das das Gemeinschaftspersonal?« fragte Baley.

»Das ist das nächste im Institutsgelände, Partner Elijah«, sagte Daneel.

»Das habt ihr schnell gefunden. Sind diese Gebäude auch Teil der Karte, die man dir in das Gedächtnis geprägt hat?«

»Das ist der Fall, Partner Elijah.«

»Ist das hier gerade in Gebrauch?«

»Das mag sein, Partner Elijah, aber es kann von drei oder vier Menschen gleichzeitig benutzt werden.«

»Ist für mich Platz?«

»Sehr wahrscheinlich, Partner Elijah.«

»Nun, dann laßt mich hinaus! Ich werde hingehen und nachsehen...«

Die Roboter bewegten sich nicht. Giskard sagte: »Sir, wir dürfen nicht mit Ihnen eintreten.«

»Ja, das ist mir bekannt, Giskard.«

»Wir werden Sie nicht richtig bewachen können.«

Baley runzelte die Stirn. Der geringere Roboter würde natürlich auch den starreren Verstand haben, und Baley erkannte plötzlich die Gefahr, daß man ihm einfach nicht erlauben würde, sich aus ihrer Sichtweite zu entfernen, und daß man ihm deshalb nicht erlauben würde, das Personal zu betreten. Er legte etwas mehr Eindringlichkeit in seine Stimme und wandte seine Aufmerksamkeit Daneel zu, von dem er erwarten konnte, daß er mehr Verständnis für menschliche Bedürfnisse hatte. »Daran kann ich nichts ändern, Giskard – Daneel, ich habe keine Wahl. Bitte laß mich aus dem Wagen!«

Giskard sah Baley an, ohne sich zu bewegen, und einen Augenblick lang dachte Baley entsetzt, der Roboter würde den Vorschlag machen, daß er sich im naheliegenden Feld erleichtern solle, im Freien, wie ein Tier.

Der Augenblick verstrich. Daneel sagte: »Ich glaube, wir müssen Partner Elijah in diesem Punkt nachgeben.«

Worauf Giskard zu Baley sagte: »Wenn Sie etwas warten können, Sir, ich möchte zuerst auf das Gebäude zugehen.«

Baley schnitt eine Grimasse. Giskard ging langsam auf den Bau zu, umschritt ihn dann langsam und bedächtig. Baley hätte vorhersagen können, daß, sobald Giskard verschwunden war, die Dringlichkeit seiner Notdurft zunehmen würde.

Er versuchte, seine Nervenenden dadurch abzulenken, indem er sich umsah. Nach einer Weile fielen ihm dünne Drähte auf, die da und dort den Himmel überspannten – feine, dunkle Haare vor dem weißen Himmel. Zuerst sah er sie nicht. Was ihm zuerst auffiel, war ein ovaler Gegenstand, der unter den Wolken dahinglitt. Jetzt registrierte er den Gegenstand als Fahrzeug und erkannte, daß er nicht schwebte, sondern von einem langen horizontalen Draht hing. Jenem langen Draht folgte er mit den Augen nach vorne und hinten und bemerkte andere der gleichen Art. Dann sah er ein weiteres Fahrzeug, etwas weiter entfernt – dann noch eines dahinter. Das von den dreien am weitesten entfernte war einfach nur ein Punkt, den er nur deshalb in die gleiche Kategorie wie die beiden anderen einordnete, weil er diese zuerst gesehen hatte.

Ohne Zweifel waren dies Seilbahnkabinen für den internen Transport von einem Teil des Robotikinstituts zum anderen.

Wie weitläufig das alles war, dachte Baley. Wie verschwenderisch das Institut doch mit dem Platz umging.

Und doch beeinträchtigte es damit die Oberfläche nicht. Die Bauten waren hinreichend weit voneinander entfernt, daß das Grün unberührt schien und das Pflanzen- und Tierleben (nahm Baley wenigstens an) sich entfalten konnte, als wäre kein menschliches Bauwerk da.

Solaria, daran erinnerte sich Baley, war leer gewesen. Ohne Zweifel waren alle Spacerwelten leer, da Aurora, die mit der höchsten Bevölkerungszahl, so leer war, selbst hier, in der relativ dicht besiedelten Region des Planeten. Was das betraf, war selbst die Erde – außerhalb der Cities – leer.

Aber es *gab* die Cities, und Baley empfand ein nagendes Gefühl des Heimwehs, das er beiseite schieben mußte.

»Giskard hat seine Untersuchung beendet«, sagte Daneel.

Giskard war zurückgekommen, und Baley meinte bissig: »Nun? Würdest du jetzt so freundlich sein und mir gestatten...« Er hielt inne. Warum Sarkasmus an die undurchdringliche Haut eines Roboters vergeuden?

»Es scheint ganz sicher, daß das Personal nicht besetzt ist«, sagte Giskard.

»Gut! Dann laß mich vorbei!« Baley schwang sich durch die Tür des Schwebers und trat auf den schmalen Kiesweg, neben dem sie parkten. Er schritt schnell aus, und Daneel folgte ihm.

Als er die Tür des Gebäudes erreichte, wies Daneel wortlos auf den Kontakt, mit dem man sie öffnen konnte. Daneel erbot sich nicht, den Kontakt selbst zu berühren. Wahrscheinlich, dachte Baley, hätte eine solche Berührung ohne ausdrückliche Anweisung die Absicht angedeutet, das Personal zu betreten – und selbst diese Absicht war nicht gestattet.

Baley drückte den Kontakt und trat ein, ließ die beiden Roboter hinter sich.

Erst als er sich drinnen befand, kam ihm in den Sinn, daß Giskard das Personal unmöglich betreten haben konnte, um sich zu vergewissern, daß es nicht besetzt war, und daß der Roboter seinen Schluß daher nach dem äußeren Anschein gezogen hatte – zumindest ein zweifelhaftes Unterfangen.

Und dann wurde Baley mit einem gewissen Unbehagen bewußt, daß er zum erstenmal völlig allein und von allem Schutz isoliert war – und daß die Beschützer auf der anderen Seite der Tür nicht ohne weiteres eintreten konnten, falls er plötzlich in Schwierigkeiten geraten sollte. Was also, wenn er in diesem Augenblick doch nicht ganz allein sein sollte? Was, wenn Vasilia, die wußte, daß er ein Personal suchte, irgendeinen Feind herbeigerufen hatte und jener Feind sich im Augenblick in diesem Bau verborgen hielt?

Plötzlich wurde Baley auf unbehagliche Art und Weise bewußt, daß er (was auf der Erde nie der Fall gewesen wäre) völlig unbewaffnet war.

46

Das Gebäude war freilich nicht groß; ein halbes Dutzend kleiner Urinale nebeneinander, ein halbes Dutzend kleiner Waschbekken. Keine Duschen, keine Kleiderauffrischer, keine Rasiergeräte. Ein halbes Dutzend Kabinen, durch Wände voneinander getrennt, und jede mit einer kleinen Tür versehen, Ob in einer dieser Kabinen jemand wartete?

Die Türen reichten nicht bis zum Boden. Mit leisen Schritten näherte er sich ihnen, bückte sich, sah unter jeder Tür durch, suchte nach Beinen. Dann öffnete er eine Tür nach der anderen, bereit, sie auf die geringste Andeutung von irgend etwas Unerwartetem zuzuschlagen und dann auf die Tür zuzurennen, die ins Draußen führte. Aber sämtliche Kabinen waren leer.

Er sah sich um, um sicherzugehen, daß es kein weiteres Versteck gab. Er konnte keins entdecken.

Er ging zu der Tür ins Draußen und fand nichts, womit man sie versperren konnte. Dann kam ihm in den Sinn, daß es natürlich keinen solchen Sperrmechanismus geben konnte. Das Personal war ganz eindeutig für den Gebrauch mehrerer Männer zur gleichen Zeit bestimmt. Andere mußten es bei Bedarf betreten können.

Und doch konnte er nicht gut weggehen und ein anderes suchen, weil die Gefahr in jedem lauern konnte. Außerdem konnte er nicht länger warten.

Einen Augenblick lang konnte er sich nicht entscheiden, welches der Urinale er benutzen sollte. Er konnte auf jedes zugehen und es benutzen. Und jeder andere konnte das auch.

Er zwang sich dazu, eines zu wählen, und mußte, des freien Raums bewußt, der ihn umgab, plötzlich feststellen, daß seine Blase streikte. Er empfand den Drang, mußte aber ungeduldig darauf warten, bis das Gefühl der Verlegenheit, weil möglicherweise jemand hereinkommen könnte, sich gelegt hatte.

Er fürchtete nun weniger das Eindringen von Feinden, sondern einfach, daß irgend jemand hereinkommen könnte.

Und dann dachte er: Wenn sich jemand nähern sollte, werden die Roboter ihn zumindest eine Zeitlang aufhalten.

Damit schaffte er es endlich, sich zu entspannen.

Als er fertig war, sehr erleichtert, und gerade im Begriff, zu einem der Waschbecken zu gehen, hörte er eine ziemlich hohe und einigermaßen angespannte Stimme: »Sind Sie Elijah Baley?«

Baley erstarrte. Nach all seiner Unsicherheit und all seinen Vorsichtsmaßnahmen hatte er doch nicht bemerkt, daß jemand eingetreten war. Am Ende war er ganz und gar damit beschäftigt gewesen, seine Blase zu entleeren, etwas, das nicht einmal den winzigsten Teil seines Bewußtseins hätte beschäftigen dürfen. (Begann er alt zu werden?)

Freilich, in der Stimme, die er hörte, war allem Anschein nach nicht die leiseste Andeutung einer Drohung. Sie schien völlig frei von Gefahr. Vielleicht war es auch so, daß Baley sich einfach sicher fühlte – und das sichere Vertrauen in sich verspürte, daß zumindest Daneel, wenn schon nicht Giskard, nicht zugelassen hätte, daß jemand eintrat, der ihn bedrohen konnte.

Was Baley beunruhigte, war lediglich die Tatsache des Eintretens. In seinem ganzen Leben war es ihm noch nie vorgekommen, daß sich ihm in einem Personal ein Mann genähert, geschweige denn ihn angesprochen hatte. Auf der Erde war dies das strengste Tabu, das es gab, und auf Solaria (und bis zur Stunde auf Aurora) hatte er nur Ein-Personen-Personals benutzt.

Jetzt war die Stimme wieder zu hören. Ungeduldig. »Kommen Sie! Sie *müssen* Elijah Baley sein.«

Langsam drehte Baley sich um. Es war ein Mann mittlerer Größe, sorgsam in gut sitzende Kleidung in verschiedenen Blautönen gekleidet. Er war hellhäutig, blond und trug einen kleinen Schnurrbart, der eine Spur dunkler als das Haar auf seinem Kopf war. Baley ertappte sich dabei, wie er fasziniert den kleinen Haarstreifen an der Oberlippe anstarrte. Es war das erstemal, daß er einen Spacer mit einem Schnurrbart zu sehen bekam.

Baley sagte (und war von Scham erfüllt, weil er in einem Personal sprach): »Ich bin Elijah Baley.« Seine Stimme schien ihm, selbst in den eigenen Ohren, ein kratzendes, wenig überzeugendes Flüstern.

Auch der Spacer schien seine Stimme wenig überzeugend zu finden. Er sagte und kniff dabei die Augen zusammen und starrte ihn an. »Die Roboter Draußen haben gesagt, Elijah Baley sei hier drinnen. Sie sehen gar nicht so wie im Hyperwellenstück aus. Überhaupt nicht.«

Dieses alberne Stück! dachte Baley verstimmt. Bis ans Ende aller Zeiten würde ihm niemand entgegentreten, ohne vorher durch diese unmögliche Darstellung vergiftet worden zu sein. Niemand würde ihn von Anfang an als menschliches Wesen akzeptieren, als menschliches Wesen, das sich irren konnte –

und wenn sie dann jene Fähigkeit, sich zu irren, in ihm entdeckten, würden sie ihn in ihrer Enttäuschung für einen Narren halten.

Er wandte sich verstimmt dem Waschbecken zu, ließ Wasser über die Hände laufen und schüttelte sie dann vage in der Luft, während er sich fragte, wo wohl die Heißluftdüse zu finden sein mochte. Der Spacer berührte einen Kontakt und schien dann einen dünnen Streifen absorbierendes Gewebe aus der Luft zu ziehen.

»Danke«, sagte Baley und nahm das Gewebe an. »In dem Stück, das war nicht ich. Das war ein Schauspieler.«

»Das weiß ich. Aber die hätten sich auch einen aussuchen können, der Ihnen ähnlicher sah, oder nicht?« Den anderen schien das zu verstimmen. »Ich möchte mit Ihnen sprechen.«

»Wie sind Sie an meinen Robotern vorbeigekommen?«

Anscheinend verstimmte ihn das ebenfalls. »Ich hätte es fast nicht geschafft«, sagte der Spacer. »Sie haben versucht, mich aufzuhalten, und ich hatte nur einen Roboter bei mir. Ich mußte so tun, als wäre es äußerst dringend, daß ich hier hereinkomme, und dann haben die mich *durchsucht*. Stellen Sie sich vor, *Hand* haben die an mich gelegt, um festzustellen, ob ich irgend etwas Gefährliches bei mir hätte. Ich würde Sie anzeigen – wenn Sie kein Erdenmensch wären. Sie dürfen Robotern keine Befehle geben, die für Menschen Peinlichkeiten hervorrufen.«

»Tut mir leid«, sagte Baley steif, »aber ich habe denen ihre Befehle nicht gegeben. Was kann ich für Sie tun?«

»Ich möchte mit Ihnen sprechen.«

»Das tun Sie doch. Wer sind Sie?«

Der andere schien zu zögern und sagte dann: »Gremionis.«

»Santirix Gremionis?«

»Richtig.«

»Warum wollen Sie mit mir sprechen?«

Einen Augenblick lang starrte Gremionis Baley an, anscheinend war ihm die ganze Situation peinlich. Dann murmelte er: »Nun, wo ich schon hier bin – wenn es Ihnen nichts ausmacht – könnte ich ja auch...« Er trat an eines der Urinale.

Von Schrecken erfüllt erkannte Baley, was Gremionis beabsichtigte. Er wandte sich hastig ab und sagte: »Ich warte Draußen auf Sie.«

»Nein, nein, gehen Sie nicht«, sagte Gremionis verzweifelt, mit beinahe schriller Stimme. »Es dauert nur einen Augenblick. Bitte!«

Nur die Tatsache, daß Baley ebenso verzweifelt darauf aus war, mit Gremionis zu sprechen und den anderen unter keinen Umständen beleidigen wollte, veranlaßte ihn, der Bitte zu entsprechen.

Er wandte ihm den Rücken zu und kniff die Augen fest zu, eine Art schreckerfüllter Reflex. Erst als Gremionis um ihn herumkam, mit den Händen seinerseits eine Art Handtuch knetend, konnte Baley sich in gewisser Weise wieder entspannen.

»Warum wollen Sie mich sprechen?« sagte er noch einmal.

»Gladia – die Frau von Solaria...« Gremionis sah ihn unsicher an.

»Ich kenne Gladia«, sagte Baley kühl.

»Gladia hat mich gesichtet – trimensional, wissen Sie – und hat mir gesagt, daß Sie sich nach mir erkundigt hätten. Und dann fragte sie mich, ob ich in irgendeiner Weise einen Roboter mißhandelt hätte, den sie einmal besessen hatte – einen menschlich aussehenden Roboter, wie einer von denen da Draußen...«

»Nun, und haben Sie das, Mr. Gremionis?«

»*Nein*! Ich wußte ja nicht einmal, daß sie einen solchen Roboter besaß, bis... – haben Sie das ihr gegenüber behauptet?«

»Ich habe nur Fragen gestellt, Mr. Gremionis.«

Gremionis hatte die rechte Hand zur Faust geballt und drückte sie nervös gegen die linke. Er sagte eindringlich: »Ich will nicht fälschlich solcher Dinge bezichtigt werden – ganz besonders dann nicht, wenn eine solche falsche Bezichtigung meine Beziehung zu Gladia beeinträchtigen könnte.«

»Wie haben Sie mich gefunden?« fragte Baley.

»Sie hat mich wegen des Roboters befragt und gesagt, Sie hätten sich nach mir erkundigt. Ich hatte gehört, daß Sie von Dr. Fastolfe nach Aurora gerufen worden waren, um dieses... dieses Rätsel bezüglich des Roboters aufzuklären. Es war in den Hyperwellen. Und...« Er quetschte die Worte heraus, als bereiteten sie ihm die größte Schwierigkeit.

»Weiter!« sagte Baley.

»Ich mußte mit Ihnen reden und erklären, daß ich nichts mit diesem Roboter zu tun hatte. *Nichts!* Gladia wußte nicht, wo Sie sind, aber ich dachte, Dr. Fastolfe könnte es wisssen.«

»Also haben Sie ihn angerufen?«

»O nein, ich – ich glaube nicht, daß ich den Mut dazu hätte – er ist solch ein wichtiger Wissenschaftler. Aber Gladia hat ihn für mich angerufen. Sie – sie ist eben so. Er sagte ihr, Sie wären zu seiner Tochter gefahren, Dr. Vasilia Aliena. Das war gut, weil ich sie kenne.«

»Ja, das weiß ich«, sagte Baley.

Gremionis sah ihn unsicher an. »Woher haben Sie... haben Sie sich bei ihr auch nach mir erkundigt?« Seine Unsicherheit schien jetzt in wahre Pein überzugehen. »Ich habe Dr. Vasilia angerufen, und sie sagte mir, Sie wären gerade weggegangen, und ich würde Sie wahrscheinlich in irgendeinem Gemeinschaftspersonal finden; und das hier liegt am nächsten bei ihrer Niederlassung. Ich war sicher, daß Sie das nächste nehmen würden. Ich meine, warum sollten Sie auch weitersuchen?«

»Das haben Sie sich ganz richtig zurechtgelegt, aber wie kommt es, daß Sie so schnell hierherkamen?«

»Ich arbeite im Robotikinstitut, und meine Niederlassung befindet sich auf dem Institutsgelände. Ich bin in wenigen Minuten mit dem Scooter hierhergekommen.«

»Sind Sie alleine gekommen?«

»Ja! Mit nur einem Roboter. Der Scooter ist ein Zweisitzer, müssen Sie wissen.«

»Und Ihr Roboter wartet Draußen?«

»Ja.«

»Sagen Sie mir noch einmal, warum Sie mich sprechen möchten.«

»Ich muß ganz sichergehen, daß Sie nicht glauben, ich hätte mit diesem Roboter etwas zu tun gehabt. Ich habe nicht einmal von ihm *gehört*, bis diese ganze Sache in den Nachrichten aufkam. Also, kann ich *jetzt* mit Ihnen sprechen?«

»Ja, aber nicht hier«, sagte Baley mit fester Stimme. »Gehen wir hinaus!«

Wie seltsam es doch war, dachte Baley, daß er so froh war, den von Wänden eingeschlossenen Raum zu verlassen und ins

Draußen zu gelangen. Dieses Personal war etwas viel Fremdartigeres als alles andere, was er bisher auf Aurora oder Solaria erlebt hatte. Noch beunruhigender als die Tatsache einer planetenweiten Benützung war der Schrecken gewesen, daß man ihn ganz offen und beiläufig an einem solchen Ort angesprochen hatte.

Die Buchfilme, die er gesichtet hatte, hatten davon nichts erwähnt. Sie waren ganz offensichtlich, wie Fastolfe gesagt hatte, nicht für Erdenleute geschrieben, sondern für Auroraner und in geringerem Maße für mögliche Touristen von den anderen neunundvierzig Spacerwelten. Schließlich besuchten Erdenleute die Spacerwelten fast nie, am allerwenigsten Aurora. Sie waren dort nicht willkommen. Warum sollten die Bücher also auf sie eingehen?

Oder warum sich mit Dingen befassen, die jeder wußte? Sollten sie sich etwa auch damit aufhalten, daß Aurora kugelförmiger Gestalt war, daß Wasser naß war oder daß jeder jeden in einem Personal einfach ansprechen konnte?

Und doch, war dies nicht gleichsam Hohn und Spott auf den Namen dieses Gebäudes? Und doch mußte Baley gleichzeitig an die Frauenpersonals auf der Erde denken, wo, wie Jessie häufig erzählt hatte, die Frauen unablässig schnatterten und dabei keinerlei Unbehagen empfanden. Warum Frauen, aber nicht Männer? Baley hatte nie ernsthaft darüber nachgedacht, sondern es einfach als Sitte akzeptiert –, eine festgefügte Sitte – aber wenn Frauen, warum dann nicht Männer?

Es war nicht wichtig. Der Gedanke beschäftigte nur seinen Intellekt und nicht jenen Teil seines Bewußtseins, der ihn überwältigenden Ekel für die ganze Vorstellung empfinden ließ. Er wiederholte: »Gehen wir hinaus!«

»Aber dort Draußen sind Ihre Roboter«, protestierte Gremionis.

»Dann sind sie eben Draußen. Was macht das?«

»Aber das ist etwas, über das ich unter vier Augen mit Ihnen sprechen will. Von Mann zu M-M-Mann.« Er kam ins Stottern.

»Ich nehme an, Sie meinen Spacer zu Erdenmensch.«

»Wenn Sie so wollen.«

»Meine Roboter sind notwendig. Sie sind meine Partner bei dieser Ermittlung.«

»Aber das hier hat nichts mit der Ermittlung zu tun. Das ist es doch, was ich Ihnen klarmachen möchte.«

»Das zu beurteilen müssen Sie schon mir überlassen«, sagte Baley mit fester Stimme und verließ das Personal.

Gremionis zögerte und folgte ihm dann.

47

Daneel und Giskard warteten – ausdruckslos, geduldig. Baley dachte, er könne auf Daneels Gesicht eine Andeutung von Sorge ausmachen, andererseits war es durchaus möglich, daß er diese Empfindung in jene unmenschlich-menschlichen Züge hineinlas. Giskard, der weniger menschlich Aussehende, zeigte natürlich nichts, selbst für jemanden, der noch so bereit war, Roboter zu personifizieren.

Und dann wartete da noch ein dritter Roboter – mutmaßlich der von Gremionis. Er sah noch einfacher aus als selbst Giskard und wirkte irgendwie schäbig. Es war deutlich zu erkennen, daß Gremionis nicht besonders wohlhabend war.

Daneel sagte mit einem Ausdruck, in den Baley automatisch Wärme und Erleichterung hineinlas: »Es freut mich, daß Sie sich wohlbefinden, Partner Elijah.«

»Völlig. Aber mich interessiert etwas. Wenn ihr mich von drinnen hättet rufen hören, wäret ihr dann hineingegangen?«

»Sofort, Sir«, sagte Giskard.

»Obwohl eure Programmierung nicht erlaubt, daß ihr ein Personal betretet?«

»Die Notwendigkeit, ein menschliches Wesen zu schützen – insbesondere Sie –, wäre überwältigend, Sir.«

»So ist es, Partner Elijah«, sagte Daneel.

»Das freut mich zu hören«, sagte Baley. »Diese Person ist Santirix Gremionis. Mr. Gremionis, dies ist Daneel, und dies ist Giskard.«

Jeder der beiden Roboter beugte würdevoll den Kopf. Gremionis sah sie nur kurz an und hob dann in gleichgültiger Bestätigung die Hand. Er machte keine Anstalten, seinen eigenen Roboter vorzustellen.

Baley sah sich um. Das Licht war deutlich schwächer geworden, der Wind wehte heftiger, die Luft war kühler, und die Sonne war völlig von Wolken verborgen. Düstere Stimmung lag über allem, die aber Baley nicht zu beeinträchtigen schien, der vielmehr erfreut schien, dem Personal entkommen zu sein. Es verlieh ihm erstaunlichen Auftrieb, daß er tatsächlich ein Gefühl der Freude empfinden konnte, Draußen zu sein. Es war ein besonderer Fall, das wußte er, aber es war ein Anfang, und er mußte das einfach als Triumph aufnehmen.

Baley wollte sich gerade zu Gremionis herumdrehen, um das Gespräch fortzusetzen, als sein Auge eine Bewegung wahrnahm. Eine Frau kam in Begleitung eines Roboters über den Rasen. Sie kam auf sie zu, schien sie aber überhaupt nicht zu beachten. Sie ging ganz eindeutig auf das Personal zu.

Baley hob den Arm in Richtung auf die Frau, als wollte er sie aufhalten, obwohl sie noch dreißig Meter entfernt war und murmelte: »Weiß sie nicht, daß das ein Männerpersonal ist?«

»Was?« fragte Gremionis.

Die Frau ging geradewegs darauf zu. Baley sah ihr verwirrt nach. Schließlich trat der Roboter der Frau zur Seite, um zu warten. Die Frau betrat das Gebäude.

»Aber sie kann doch da nicht hineingehen«, sagte Baley hilflos.

»Warum nicht?« sagte Gremionis. »Das ist ein Gemeinschaftspersonal.«

»Aber doch für Männer.«

»Für jeden«, sagte Gremionis. Er schien völlig verwirrt.

»Beide Geschlechter? Das kann doch sicher nicht Ihr Ernst sein?«

»Natürlich ist das mein Ernst! Wie würden Sie es denn gerne haben? Ich verstehe das nicht.«

Baley wandte sich ab. Noch vor wenigen Augenblicken hatte er gedacht, ein offenes Gespräch in einem Personal sei der Gipfel schlechten Geschmacks, der Gipfel der Dinge, die man einfach nicht tat. Wenn er versucht hätte, sich etwas noch Schlimmeres vorzustellen, wäre er ganz bestimmt nicht auf die Möglichkeit gekommen, in einem Personal einer Frau zu begegnen. Die Konvention auf der Erde forderte von ihm, daß er die Anwesenheit anderer Personen in den großen Gemeinschaftspersonals geflissentlich ignorierte, aber keine der je erfundenen

Konventionen hätte ihn davon abhalten können zu wissen, ob eine Person, die an ihm vorbeiging, nun ein Mann oder eine Frau war.

Was, wenn während seiner Anwesenheit in dem Personal eine Frau eingetreten wäre – beiläufig, gleichgültig –, so wie es diese hier gerade getan hatte? Oder, noch schlimmer, wenn er ein Personal betreten und bereits eine Frau vorgefunden hätte?

Er konnte seine Reaktion nicht abschätzen. Er hatte nie über die Möglichkeit nachgedacht, geschweige denn je eine solche Situation erlebt, aber er empfand den Gedanken als völlig unerträglich.

Und auch darauf hatten ihn die Buchfilme nicht vorbereitet.

Er hatte jene Filme gesichtet, um seine Ermittlungen nicht in völliger Unwissenheit über das Leben auf Aurora beginnen zu müssen – und sie hatten ihn in völliger Unwissenheit aller wirklich wichtigen Dinge gelassen.

Wie sollte er dann dieses dreifach verknotete Rätsel von Janders Tod in die Hand nehmen, wo er doch bei jedem Schritt aufs neue feststellte, wie groß seine Ignoranz war?

Noch vor einem Augenblick hatte er Triumph über einen kleinen Sieg über die Schrecken des Draußen empfunden, während er sich jetzt wieder mit dem Gefühl totaler Ignoranz konfrontiert sah, Ignoranz, die selbst das Maß seiner Ignoranz betraf.

Und in diesem Augenblick, während er darum kämpfte, sich kein Bild von der Frau zu machen, wie sie durch den Raum trat, den vor ganz kurzer Zeit er noch eingenommen hatte, war er der völligen Verzweiflung nahe.

48

Wieder sagte Giskard (und zwar in einer Art und Weise, die es möglich machte, Sorge aus seinen Worten herauszulesen – wenn schon nicht aus seinem Tonfall): »Fühlen Sie sich unwohl, Sir? Brauchen Sie Hilfe?«

Baley murmelte: »Nein, nein. Ich bin schon in Ordnung – aber gehen wir hier weg! Wir sind den Leuten im Wege, die diesen Bau benutzen wollen.«

Er ging mit schnellen Schritten auf den Schweber zu, der neben dem Kiesweg parkte. Auf der anderen Seite stand ein kleines zweirädriges Fahrzeug mit zwei Sitzen, die hintereinander angeordnet waren. Baley vermutete, daß dies Gremionis' Scooter war.

Das Gefühl der Deprimiertheit und des Elends, das Baley empfand, wurde, das war ihm klar, noch durch die Tatsache verstärkt, daß er sich hungrig fühlte. Die Zeit des Mittagessens war schon lange verstrichen, und er hatte nicht gegessen.

Er wandte sich Gremionis zu. »Wir können reden – aber, wenn es Ihnen nichts ausmacht, machen wir es doch beim Mittagessen. Ich meine, falls Sie nicht bereits gegessen haben – und falls es Ihnen nichts ausmacht, mit mir zu essen.«

»Wo werden Sie essen?«

»Ich weiß nicht. Wo ißt man denn im Institut?«

»Nicht im Gemeinschaftsspeisesaal«, sagte Gremionis. »Dort können wir nicht reden.«

»Gibt es eine Alternative?«

»Kommen Sie in meine Niederlassung«, sagte Gremionis sofort. »Sie ist nicht besonders luxuriös. Ich bin keiner der großen Chefs. Aber ich habe immerhin ein paar brauchbare Roboter, und wir können einen ordentlichen Tisch decken – ich will Ihnen etwas sagen. Ich steige mit Brundij – das ist mein Roboter, wissen Sie – auf meinen Scooter, und Sie folgen mir. Sie werden langsam fahren müssen, aber meine Niederlassung ist nur einen knappen Kilometer von hier entfernt. Wir brauchen bloß zwei oder drei Minuten.«

Er entfernte sich fast im Laufschritt. Baley blickte ihm nach und dachte, daß der Mann etwas Schlaksiges, Jungenhaftes an sich hatte. Sein Alter konnte man natürlich nicht ohne weiteres einschätzen; Spacer zeigten ihr Alter nicht, und Gremionis konnte ebensogut fünfzig sein. Aber er *gab* sich jung, etwas zu jung, wie es auf die Erde bei Teenagern zu beobachten war. Baley war nicht ganz sicher, was eigentlich diesen Eindruck bei ihm vermittelte.

Baley wandte sich plötzlich Daneel zu. »Kennst du Gremionis, Daneel?«

»Ich bin ihm noch nie zuvor begegnet, Partner Elijah.«

»Du, Giskard?«

»Ich bin ihm einmal begegnet, Sir, aber nur im Vorübergehen.«

»Weißt du etwas über ihn, Giskard?«

»Nichts, was nicht äußerlich sichtbar wäre, Sir.«

»Sein Alter? Seine Persönlichkeit?«

»Nein, Sir.«

»Fertig?« rief Gremionis. Sein Scooter brummte ziemlich rauh. Es war klar zu erkennen, daß er keine Drucklufthilfsdüsen hatte. Die Räder würden den Boden nicht verlassen. Brundij saß hinter Gremionis.

Giskard, Daneel und Baley stiegen schnell wieder in ihren Schweber.

Gremionis entfernte sich in einem weiten Bogen. Sein Haar flog im Wind, und Baley hatte plötzlich eine Empfindung, wie sich der Wind wohl anfühlen mußte, wenn man sich auf einem offenen Fahrzeug wie einem Scooter bewegte. Er war dankbar, daß er völlig umschlossen war. Der Schweber erschien ihm plötzlich als ein wesentlich zivilisierteres Fahrzeug.

Der Scooter schlug einen geraden Kurs ein und schoß mit einem gedämpften Brausen davon, wobei Gremionis mit der Hand eine winkende Bewegung machte, daß man ihm folgen solle. Der Roboter hinter ihm hielt sein Gleichgewicht mit fast gleichgültiger Geschicklichkeit, und hielt sich nicht an Gremionis Hüften fest, wie das nach Baleys Ansicht ein menschliches Wesen ganz bestimmt getan hätte.

Der Schweber folgte ihnen. Obwohl der Scooter sich sehr schnell zu bewegen schien, war dies offenbar eine Illusion, die auf seine Kleinheit zurückzuführen war. Der Schweber hatte einige Schwierigkeiten, langsam genug zu bleiben, um nicht aufzufahren.

»Trotzdem«, sagte Baley nachdenklich, »eines verblüfft mich.«

»Und was ist das, Partner Elijah?« fragte Daneel.

»Vasilia hat diesen Gremionis ziemlich geringschätzig als ›Friseur‹ bezeichnet. Offenbar hat er mit Haaren, Kleidern und anderen Dingen des persönlichen menschlichen Schmucks zu tun. Wie kommt es dann, daß er eine Niederlassung auf dem Gelände des Robotikinstitutes hat?«

Zwölfter Teil

Noch einmal Gremionis

49

Es dauerte nur wenige Minuten, bis Baley sich in der vierten auroranischen Niederlassung befand, die er seit seiner Ankunft vor eineinhalb Tagen auf dem Planeten zu Gesicht bekommen hatte: Fastolfes, Gladias, Vasilias und jetzt die Gremionis'.

Gremionis' Niederlassung erschien kleiner und eintöniger als die der anderen, obwohl sie auf Baley, dessen Blick in auroranischen Angelegenheiten ungeübt war, den Eindruck machte, als wäre sie erst kürzlich eingerichtet worden. Trotzdem waren die typischen Kennzeichen der auroranischen Niederlassung – die Robotnischen – vorhanden. Beim Eintreten traten Giskard und Daneel schnell in zwei, die leer waren, und blickten reglos und stumm in den Raum. Gremionis' Roboter, Brundij, suchte fast ebenso schnell eine dritte Nische auf.

Daß sie bei der Wahl irgendwelche Schwierigkeiten gehabt hätten, oder daß etwa zwei Roboter ein und dieselbe Nische hätten aufsuchen wollen, und wäre es auch nur für einen Moment, war nicht festzustellen. Baley fragte sich, wie die Roboter wohl einen solchen Konflikt vermieden, und sagte sich, daß es zwischen ihnen eine Art Signalkommunikation geben mußte, die unter der Bewußtseinsschwelle menschlicher Wesen lag. Er beschloß, Daneel gelegentlich danach zu fragen.

Auch Gremionis studierte die Nischen, stellte Baley fest.

Gremionis' Hand war zur Oberlippe gewandert, und sein Zeigefinger strich einen Augenblick lang über den kleinen Schnurrbart. Er sagte, ein wenig unsicher: »Ihr Roboter da, dieser verblüffend menschlich Aussehende, kommt mir in der Nische irgendwie unpassend vor. Das ist doch Daneel Olivaw, nicht wahr? Dr. Fastolfes Roboter?«

»Ja«, sagte Baley. »Er war auch in dem Hyperwellenstück. Oder zumindest ein Schauspieler – einer, der sich besser für die Rolle eignete.«

»Ja, ich erinnere mich.«

Baley stellte fest, daß Gremionis – wie Vasilia und selbst wie Gladia und Fastolfe – einen gewissen Abstand bewahrte. Es schien da eine Art Kraftfeld zu geben – unsichtbar, nicht wahrzunehmen, in keiner Weise spürbar –, das Baley umgab und jene Spacer davon abhielt, ihm zu nahe zu kommen. Ein Feld, das sie in einer sanften Kurve um ihn herumlenkte, wenn sie sich ihm näherten.

Baley fragte sich, ob Gremionis sich dessen bewußt war, oder ob es ganz automatisch war. Und was machten sie mit den Stühlen, auf denen er saß, während er sich in ihren Niederlassungen befand, den Tellern, von denen er aß, den Handtüchern, die er benutzte? Ob da das gewöhnliche Waschen ausreichte? Oder gab es besondere Sterilisierungsprozeduren? Oder vernichteten sie alles und ersetzten es wieder? Wurden die Niederlassungen mit Desinfektionsmittel ausgesprüht – jeden Abend, oder erst, wenn er den Planeten verlassen hatte? Und was war mit dem Gemeinschaftspersonal, das er benutzt hatte? Würden sie es abreißen und neu erbauen? Und die Frau, die es, ohne zu wissen, betreten hatte, nachdem er es verlassen hatte? Oder war sie vielleicht für die Desinfizierung zuständig gewesen?

Er bemerkte, daß er anfing, albern zu werden.

In den Weltraum damit! Was die Auroraner taten und wie sie sich mit ihren Problemen auseinandersetzten, war ihre Angelegenheit. Und er würde sich den Kopf nicht länger darüber zerbrechen. Jehoshaphat! Er hatte seine eigenen Probleme, und im Augenblick war Gremionis eines davon. Und damit würde er sich nach dem Mittagessen befassen.

Das Mittagessen war ziemlich einfach, fast ganz vegetarisch. Aber diesmal hatte er zum erstenmal einige Schwierigkeiten. Jede einzelne Speise wies deutlich definierten Geschmack auf. Die Karotten schmeckten ziemlich kräftig nach Karotten, und die Erbsen nach Erbsen – sozusagen.

Ein wenig zu stark vielleicht.

Er aß ziemlich widerstrebend und gab sich Mühe, sich das nicht zu sehr anmerken zu lassen.

Und dabei wurde ihm bewußt, daß er anfing, sich daran zu gewöhnen – als sättigten sich seine Geschmacksknospen und würden dadurch leichter mit dem Übermaß fertig. Es dämmerte Baley, und er war darüber ziemlich traurig, daß er, wenn er noch längere Zeit auroranischem Essen ausgesetzt war, bei der Rückkehr zur Erde jenen deutlich ausgeprägten Geschmack vermissen und das Ineinanderfließen der Geschmacksausprägungen auf der Erde bedauern würde.

Und dann zeigten verschiedene Speisen einen ausgeprägten Biß – was ihn zuerst verblüffte, da jedesmal, wenn er hineinbiß, ein Geräusch zu entstehen schien, das (wie er meinte) sicherlich die Konversation störte –, und auch daraus war inzwischen so etwas wie ein Beweis dafür entstanden, daß er tatsächlich aß. Bei irdischen Mahlzeiten herrschte absolute Lautlosigkeit. Auch in der Beziehung würde er etwas vermissen.

Er begann, dem Essen mehr Aufmerksamkeit zu widmen, um die einzelnen Geschmacksrichtungen zu studieren. Vielleicht würde dieses Essen nach Spacerart eine neue Diät auszeichnen, wenn die Erdenmenschen sich auf anderen Welten niederließen, ganz besonders, wenn es keine Roboter gab, um die Mahlzeiten zuzubereiten und zu servieren.

Und dann dachte er, von Unbehagen erfüllt, nicht wenn, sondern *falls* sich Erdenmenschen auf anderen Welten niederließen – und dieses ›falls‹ hing von ihm ab, von Elijah Baley, dem Ermittlungsbeamten im Sonderauftrag. Die Last dieser Erkenntnis drückte ihn schwer.

Die Mahlzeit war vorüber. Roboter brachten feuchte, heiße Tücher, mit denen man sich Hände und Gesicht säubern konnte, nur daß es keine gewöhnlichen Servietten waren, denn als Baley die seine auf den Teller legte, schien sie sich etwas zu bewegen, dünner zu werden, wie eine Spinnwebe. Und dann sprang das Tuch plötzlich in die Höhe, als wäre es völlig körperlos, und wurde von einer Öffnung in der Decke aufgesogen. Baley zuckte etwas zusammen, und seine Augen folgten dem verschwindenden Tuch, sein Mund stand dabei offen.

»Ich habe eben etwas Neues entdeckt«, sagte Gremionis. »Ich weiß noch nicht, ob es mir gefällt. Manche Leute sagen, die Absaugdüsen würden nach einer Weile davon verstopft, und andere machen sich Sorgen um die Umweltverschmutzung, weil sie sagen, etwas davon würde einem ganz sicher in die Lungen geraten. Der Hersteller behauptet, das wäre nicht so, aber...«

Plötzlich bemerkte Baley, daß er während der ganzen Mahlzeit kein Wort gesagt hatte und dies das erste Mal überhaupt war, daß einer von ihnen beiden gesprochen hatte, seit dem kurzen Wortwechsel über Daneel, ehe die Mahlzeit serviert worden war. Und über Servietten konnte man nicht gut plaudern.

So meinte Baley ziemlich schroff: »Sind Sie Friseur, Mr. Gremionis?«

Gremionis wurde rot, seine helle Haut lief bis unter den Haaransatz rot an. Dann würgte er heraus: »Wer hat Ihnen das gesagt?«

»Wenn dies eine unhöfliche Bezeichnung für Ihren Beruf ist, so bitte ich Sie um Entschuldigung«, sagte Baley. »Auf der Erde ist das ein ganz normales Wort und gilt dort nicht als Beleidigung.«

»Ich bin Haardesigner«, sagte Gremionis. »Und außerdem auch Kleidungsdesigner. Das ist ein anerkannter Kunstzweig. Tatsächlich bin ich Stilberater.« Wieder strich er über seinen Schnurrbart.

Baley sagte schwerfällig. »Ich habe Ihren Bart bemerkt. Ist es auf Aurora üblich, sich einen Bart wachsen zu lassen?«

»Nein, das ist es nicht. Ich hoffe, daß es einmal üblich sein wird. Nehmen Sie doch ein männliches Gesicht – wenn man das Gesichtshaar kunstvoll gestaltet, kann man viele Männergesichter stärker machen und verbessern. Im Entwurf liegt alles – das ist Teil meines Berufes. Man kann natürlich zu weit gehen. Auf der Welt Pallas ist Gesichtshaar allgemein verbreitet, aber man färbt es dort. Jedes einzelne Haar wird separat getönt, um irgendeine Mischung zu erzeugen. – Das halte ich nun wieder für albern. Es hält nicht an, die Farben verändern sich mit der Zeit, und dann sieht es schrecklich aus. Aber trotzdem ist es in mancher Hinsicht besser als Kahlheit im Gesicht. Nichts ist weniger attraktiv als eine Gesichtswüste – das ist ein Ausdruck, den ich geprägt habe. Ich verwende ihn in Gesprächen mit potentiellen Klienten, und das ist sehr wirksam. Frauen kommen ohne Gesichtshaar durch, weil sie es anders ausgleichen können. Auf der Welt Smitheus...«

Die Schnelligkeit, mit der er leise, mit ernster Miene, auf Baley einredete, und die Art, wie seine Augen sich weiteten und Baley fixierten, hatten etwas Hypnotisches an sich. Baley kostete es fast physische Kraftanwendung, um sich davon loszureißen.

»Sind Sie Robotiker, Mr. Gremionis?« fragte er.

Gremionis blickte verblüfft und ein wenig verwirrt darüber, daß man ihn mitten im Redefluß unterbrochen hatte. »Robotiker?«

»Ja. Robotiker.«

»Nein, überhaupt nicht. Ich verwende natürlich Roboter, wie jeder andere auch, aber ich weiß nicht, was in ihnen steckt. Das ist mir auch nicht wichtig.«

»Aber Sie leben hier auf dem Gelände des Robotikinstituts. Wie kommt das?«

»Warum sollte ich nicht?« Gremionis Stimme klang jetzt erkennbar feindseliger.

»Wenn Sie kein Robotiker sind...«

Gremionis schnitt eine Grimasse. »Das ist Unsinn! Als das Institut vor einigen Jahren errichtet wurde, sollte es zu einer selbständigen Gemeinschaft werden. Wir haben unsere eigenen Reparaturwerkstätten für unsere Fahrzeuge, unsere eigenen Wartungsstätten für Roboter, unsere eigenen Ärzte, unsere eigenen Strukturisten. Und wenn sie einen Stilberater brauchen, dann ist das Santirix Gremionis, und deshalb lebe ich auch hier. – Stimmt etwas nicht an meinem Beruf, und spricht das dagegen, daß ich hier lebe?«

»Das habe ich nicht gesagt.«

Gremionis wandte sich mit etwas beleidigter Miene ab, offenbar hatte Baleys letzter Satz ihn in dieser Beziehung nicht zufriedengestellt. Er drückte einen Knopf, studierte dann einen mehrfarbigen, rechteckigen Streifen und tat etwas, das so wirkte, als trommelte er kurz mit den Fingern.

Eine Kugel fiel von der Decke und blieb etwa einen Meter über ihnen schweben. Sie öffnete sich so, als wäre es eine Orange, die sich in ihre einzelnen Segmente auflöst, und in ihr begann ein Farbenspiel, in das sich weiche Töne mischten. Die beiden Manifestationen vermengten sich so geschickt, daß Baley, der das Ganze erstaunt in sich aufnahm, nach einer Weile feststellte, daß es schwerfiel, Klang und Farbe voneinander zu unterscheiden.

Die Fenster wurden undurchsichtig, und die Segmente wurden heller.

»Zu hell?« fragte Gremionis.

»Nein«, sagte Baley nach einigem Zögern.

»Das ist als Hintergrund gedacht; ich habe eine beruhigende Kombination ausgewählt, die es uns leichtermachen sollte, auf zivilisierte Art miteinander zu reden, wissen Sie.« Und dann, etwas schärfer: »Wollen wir zur Sache kommen?«

Baley löste mit einiger Mühe seine Aufmerksamkeit von dem – was immer es war (Gremionis hatte keine Bezeichnung genannt) – und sagte: »Wenn es Ihnen recht ist. Ich würde gerne zur Sache kommen.«

»Haben Sie mich angeklagt, etwas mit der Immobilisierung jenes Roboters Jander zu tun gehabt zu haben?«

»Ich habe Nachforschungen nach den Umständen von Janders Ende angestellt.«

»Aber Sie haben mich im Zusammenhang mit diesem Ende erwähnt. – Tatsächlich fragten Sie mich sogar vor einer kleinen Weile, ob ich Robotiker wäre. Ich weiß, was Sie im Sinn haben. Sie wollten mich zu dem Eingeständnis bringen, daß ich etwas von Robotik verstünde, um eine Anklage gegen mich aufzubauen, als... als den – *Beendiger* des Roboters.«

»Wir könnten sagen, den, der ihn getötet hat.«

»Getötet? Man kann einen Roboter nicht töten. – Jedenfalls habe ich ihn nicht beendet oder getötet oder wie Sie es auch sonst nennen wollen. Ich bin kein Robotiker. Ich verstehe *nichts* von Robotik. Wie können Sie auch nur *denken*, daß...«

»Ich muß alle Verbindungen untersuchen, Mr. Gremionis. Jander gehörte Gladia – der solarianischen Frau –, und Sie waren mit ihr befreundet. Das ist eine Verbindung.«

»Es könnte eine ganze Anzahl Leute geben, die mit ihr befreundet waren. Das ist keine Verbindung.«

»Wollen Sie sagen, Sie hätten all die vielen Male, die Sie vielleicht in Gladias Niederlassung waren, Jander nie gesehen?«

»Nie! Nicht ein einziges Mal!«

»Sie haben nicht gewußt, daß sie einen humaniformen Roboter hatte?«

»*Nein!*«

»Sie hat ihn nie erwähnt?«

»Sie hatte überall Roboter. Alles gewöhnliche Roboter. Sie hat nie gesagt, daß sie etwas anderes hätte.«

Baley zuckte die Achseln. »Gut. Ich habe – bis jetzt – keinen Anlaß zu der Annahme, daß das nicht die Wahrheit ist.«

»Dann sagen Sie das Gladia. *Das* ist der Grund, weshalb ich Sie sprechen wollte, um Sie darum zu bitten. Um darauf zu *bestehen*.«

»Hat Gladia Anlaß, etwas anderes zu glauben?«

»Natürlich. Sie haben ihren Verstand vergiftet. Sie haben sie in diesem Zusammenhang über mich befragt, und sie nahm an... – sie ist unsicher geworden – tatsächlich hat sie heute morgen angerufen und mich gefragt, ob ich etwas damit zu tun hätte. Das habe ich Ihnen gesagt.«

»Und Sie haben es geleugnet?«

»Natürlich habe ich es geleugnet, und zwar sehr heftig, weil ich *wirklich* nichts damit zu tun hatte. Aber es ist natürlich nicht überzeugend, wenn *ich* es leugne. Ich möchte, daß *Sie* es tun. Ich möchte Sie bitten, ihr zu sagen, daß ich Ihrer Meinung nach mit der ganzen Geschichte nichts zu tun habe. Sie haben gerade gesagt, daß es so ist. Und Sie können doch nicht ohne jegliche Beweise einfach meinen Ruf zerstören. Ich kann Sie melden.«

»Wem?«

»Dem Ausschuß für persönliche Verteidigung. Der Gesetzgebung. Der Chef dieses Instituts ist ein persönlicher Freund des Vorsitzenden selbst, und ich habe ihm bereits einen ausführlichen Bericht über diese Angelegenheit geschickt. Ich warte nicht, verstehen Sie. Ich handle.«

Gremionis schüttelte den Kopf und versuchte, damit den Eindruck von Heftigkeit zu vermitteln, was ihm freilich, wenn man seinen milden Gesichtsausdruck in Betracht zog, nicht ganz gelang. »Schauen Sie«, sagte er, »dies ist nicht die Erde. Wir sind hier *beschützt*. Ihr Planet mit seiner Übervölkerung zwingt Ihre Leute, in Bienenwaben zu existieren, in Ameisenhaufen. Sie reiben sich aneinander, ersticken einander – und es hat nichts zu sagen. Ein Leben oder eine Million Leben – es ist ohne Bedeutung.«

Baley mußte sich anstrengen, um seine Verachtung nicht in

seiner Stimme mitklingen zu lassen, als er sagte: »Sie haben historische Romane gelesen.«

»Natürlich habe ich das – und die beschreiben die Dinge so, wie sie sind. Man kann nicht einfach Milliarden Menschen auf einer einzigen Welt haben, ohne daß es so ist. – Auf Aurora ist jeder von uns ein *wertvolles* Leben. Wir werden physisch beschützt, jeder einzelne von uns, von unseren Robotern, so daß es nie einen Überfall, geschweige denn einen Mord auf Aurora gibt.«

»Mit Ausnahme Janders.«

»Das war kein *Mord*. Es handelte sich nur um einen Roboter. Und dann schützt uns unsere Gesetzgebung vor jener Art der Verletzung, die subtiler ist als ein körperlicher Angriff. Der Ausschuß für persönliche Verteidigung hält nicht viel – *gar nicht viel* – von irgendwelchen Aktionen, die den Ruf oder den gesellschaftlichen Status eines einzelnen Bürgers in unfairer Weise schädigen. Ein Auroraner, der so handeln würde wie Sie, würde Schwierigkeiten bekommen. Was Erdenmenschen angeht – nun...«

Baley ließ ihn nicht weiterreden. »Ich führe Ermittlungen durch auf Einladung, wie ich annehme, Ihrer Behörden. Ich glaube nicht, daß Dr. Fastolfe mich ohne die Erlaubnis der gesetzgebenden Körperschaft hätte hierherholen können.«

»Das mag sein, aber das würde Ihnen noch lange nicht das Recht geben, die Grenzen einer fairen Ermittlung zu überschreiten.«

»Sie wollen diesen Fall also der Legislatur vorlegen?«

»Ich werde veranlassen, daß der Institutsleiter...«

»Wie heißt er übrigens?«

»Kelden Amadiro. Ich werde ihn bitten, es der Legislatur vorzulegen – und er gehört der Legislatur an, müssen Sie wissen, er ist einer der Führer der Globalistenpartei. Ich glaube also, Sie tun gut daran, es Gladia klarzumachen, daß ich völlig unschuldig bin.«

»Das würde ich gerne, Mr. Gremionis, weil ich vermute, daß Sie *tatsächlich* unschuldig sind. Aber wie kann ich Gewißheit erlangen, wenn Sie mir nicht erlauben, Ihnen einige Fragen zu stellen?«

Gremionis zögerte. Dann lehnte er sich in einer Art, die

irgendwie herausfordernd wirkte, in seinem Sessel zurück und legte die Hände hinter den Kopf – das Bild eines Mannes, der alles andere als gelockert ist. »Also fragen Sie!« sagte er. »Ich habe nichts zu verbergen. Und wenn Sie fertig sind, werden Sie Gladia anrufen, mit dem Trimensicsender hinter Ihnen, und ihr Bescheid sagen, sonst bekommen Sie mehr Ärger als Sie sich vorstellen können.«

»Ich verstehe. Aber zunächst: Seit wann kennen Sie Dr. Vasilia Fastolfe, Mr. Gremionis? Oder Dr. Vasilia Aliena, falls Sie sie unter dem Namen kennen?«

Gremionis zögerte und sagte dann mit gespannt klingender Stimme: »Warum fragen Sie das? Was hat das damit zu tun?«

Baley seufzte, und sein finsteres Gesicht schien noch trauriger zu blicken. »Ich erinnere Sie daran, Mr. Gremionis, daß Sie nichts zu verbergen haben, und daß Sie mich von Ihrer Unschuld überzeugen wollen, damit ich meinerseits Gladia davon überzeugen kann. Sagen Sie mir also einfach, seit wann Sie sie kennen. Wenn Sie sie nicht kennen, dann sagen Sie mir das auch. Aber ehe Sie das tun, ist es nur fair, daß ich Ihnen sage, Dr. Vasilia hat mir gegenüber erklärt, daß Sie sie gut kennen – zumindest so gut, daß Sie sich ihr angeboten haben.«

Gremionis wirkte beleidigt. Seine Stimme klang brüchig. »Ich weiß nicht, warum manche Leute daraus immer eine so große Sache machen müssen. Ein solches Angebot ist eine ganz normale gesellschaftliche Geste, die sonst niemanden etwas angeht. – Sie sind natürlich Erdenmensch und *müssen* daraus etwas Besonderes machen.«

»Ich habe gehört, daß sie Ihr Angebot nicht angenommen hat.«

Gremionis legte seine Hände in den Schoß, und seine Fäuste ballten sich. »Es liegt einzig und allein bei ihr, anzunehmen oder abzulehnen. Es hat auch Leute gegeben, die sich mir angeboten haben und die *ich* abgelehnt habe. Das ist keine große Sache.«

»Nun gut. Seit wann kennen Sie sie?«

»Einige Jahre. Vielleicht fünfzehn.«

»Kannten Sie sie schon, als sie noch bei Dr. Fastolfe lebte?«

»Da war ich noch ein Junge«, sagte er, und sein Gesicht rötete sich.

»Wie haben Sie sie kennengelernt?«

»Als ich meine Ausbildung als Stilberater beendet hatte, rief man mich, um eine Garderobe für sie zu entwerfen. Sie war damit zufrieden und hat meine Dienste – in dieser Hinsicht – seitdem ausschließlich benutzt.«

»Haben Sie dann Ihre augenblickliche Position als – können wir sagen – offizieller Stilberater für die Angehörigen des Robotikinstituts auf ihre Empfehlung bekommen?«

»Sie hat meine Qualifikation erkannt. Man hat mich gemeinsam mit anderen geprüft, und ich habe infolge meiner Leistung die Position bekommen.«

»Aber sie hat Sie empfohlen?«

»Ja.« Das klang verstimmt.

»Und Sie hatten das Gefühl, Sie könnten sich am besten dadurch erkenntlich zeigen, daß Sie sich ihr anboten.«

Gremionis verzog das Gesicht und fuhr sich mit der Zunge über die Lippen, als schmeckte er etwas Unangenehmes. »Das... das ist – *widerlich!* Ich kann mir denken, daß man auf der Erde vielleicht so denkt. Mein Angebot besagte einzig und allein, daß es mir Freude machte, mich ihr anzubieten.«

»Weil sie attraktiv ist und eine warme Persönlichkeit hat?«

Gremionis zögerte. »Nun, ich würde nicht sagen, daß sie eine warme Persönlichkeit hat«, sagte er vorsichtig, »aber attraktiv ist sie sicherlich.«

»Man hat mir gesagt, Sie würden sich allen anbieten – ohne Unterscheidung.«

»Das ist eine Lüge.«

»Was ist eine Lüge? Daß Sie sich allen anbieten oder daß man es mir gesagt hat?«

»Daß ich mich allen anbiete. Wer hat das gesagt?«

»Ich weiß nicht, welchen Nutzen es hätte, wenn ich auf diese Frage antwortete. Würden Sie von mir erwarten, daß ich Sie als Quelle einer peinlichen Information zitierte? Würden Sie offen zu mir sprechen, wenn Sie der Meinung wären, daß ich das tun würde?«

»Nun, wer auch immer es gesagt hat, ist ein Lügner.«

»Vielleicht war es nur eine dramatische Übertreibung. Hatten Sie sich anderen angeboten, ehe Sie sich Dr. Vasilia angeboten haben?«

Gremionis wandte den Blick ab. »Ein paarmal. Nie ernsthaft.«

»Aber Dr. Vasilia war jemand, bei dem Sie es ernst meinten?«

»Nun...«

»Nach meiner Kenntnis haben Sie sich ihr mehrfach angeboten, und das widerspricht den auroranischen Sitten.«

»Oh, auroranische Sitten...«, begann Gremionis wütend. Dann preßte er die Lippen aufeinander, und seine Stirn runzelte sich. »Sehen Sie, Mr. Baley, kann ich einmal im Vertrauen etwas sagen?«

»Ja. Alle meine Fragen sollen mich einzig und allein davon überzeugen, daß Sie nichts mit Janders Tod zu tun hatten. Sobald ich davon überzeugt bin, können Sie sicher sein, daß ich all Ihre Bemerkungen vertraulich behandeln werde.«

»Nun gut. Daran ist nichts Unrechtes – ich meine, nichts, dessen ich mich schäme, verstehen Sie? Es ist nur so, ich lege großen Wert darauf, daß man sich nicht in mein Privatleben mischt. Und darauf habe ich doch ein Recht, oder nicht?«

»Absolut«, sagte Baley mit einer Stimme, die irgendwie tröstend klang.

»Sehen Sie, meinem Gefühl nach hat man dann das meiste vom gesellschaftlichen Sex, wenn zwischen den Partnern tiefe Liebe und Zuneigung besteht.«

»Ich denke, das ist sehr wahr.«

»Und dann braucht man doch keine anderen, finden Sie nicht auch?«

»Nun, für mich klingt das – plausibel.«

»Ich habe immer davon geträumt, die perfekte Partnerin zu finden, und dann niemals mehr jemand anderen zu suchen. Man nennt das Monogamie. Auf Aurora existiert so etwas nicht, aber auf einigen Welten – und auf der Erde hat man es auch, nicht wahr, Mr. Baley?«

»Der Theorie nach, Mr. Gremionis.«

»Das ist es, was ich will. Ich suche seit Jahren danach. Wenn ich gelegentlich mit Sex experimentierte, spürte ich immer, daß da etwas fehlte. Dann lernte ich Dr. Vasilia kennen, und sie hat mir gesagt – nun, die Leute ziehen ihre Stilberater ins Vertrauen, weil das eine *sehr* persönliche Arbeit ist – und das ist der *wirklich* vertrauliche Teil...«

»Nun, fahren Sie fort!«

Gremionis leckte sich die Lippen. »Wenn das, was ich jetzt sage, herauskommt, bin ich ruiniert. Sie wird alles tun, um dafür zu sorgen, daß ich keine Aufträge mehr bekomme. Sind Sie *sicher*, daß das etwas mit dem Fall zu tun hat?«

»Ich versichere Ihnen mit allem Nachdruck, dessen ich fähig bin, Mr. Gremionis, daß das von ungeheurer Wichtigkeit sein kann.«

»Nun, dann...« – Gremionis wirkte nicht ganz überzeugt – »Tatsache ist, daß ich aus dem, was Dr. Vasilia mir gesagt hat, stückchenweise, verstehen Sie – entnommen habe, daß sie...« – er flüsterte jetzt nur noch – »daß sie Jungfrau ist.«

»Aha«, sagte Baley leise (und erinnerte sich an Vasilias Überzeugung, daß die Ablehnung ihres Vaters ihr Leben in Unordnung gebracht hatte, und begann, den Haß, den sie für ihren Vater empfand, etwas besser zu verstehen).

»Das erregte mich. Es schwebte mir vor, daß ich sie ganz für mich haben könnte und der einzige sein könnte, den sie je haben würde. Ich kann Ihnen nicht erklären, wieviel mir das bedeutet hat. Jedenfalls machte es sie in meinen Augen wunderschön, und ich wollte sie, wollte sie mehr als alles andere.«

»Also haben Sie sich ihr angeboten?«

»Ja.«

»Wiederholt. Ihre Ablehnung hat Sie nicht entmutigt?«

»Im Gegenteil, das hat ihre Jungfernschaft sozusagen verstärkt und mich noch eifriger gemacht. Daß es nicht leicht war, machte das Ganze noch aufregender. Ich kann das nicht erklären und erwarte auch nicht, daß Sie mich verstehen.«

»Tatsächlich verstehe ich sogar, Mr. Gremionis. – Aber dann kam eine Zeit, wo Sie aufhörten, sich Dr. Vasilia anzubieten?«

»Nun – ja.«

»Und anfingen, sich Gladia anzubieten?«

»Nun, ja.

»Wiederholt?«

»Nun – ja.«

»Warum? Warum haben Sie Ihre Ansicht geändert?«

Gremionis senkte den Blick. »Dr. Vasilia hat mir schließlich klargemacht, daß ich keine Aussicht hatte, und dann tauchte Gladia auf, und sie sah wie Dr. Vasilia aus und... und... das war es.«

»Aber Gladia ist keine Jungfrau«, sagte Baley. »Sie war auf Solaria verheiratet und hat auf Aurora, wie man mir sagt, ziemlich viel herumexperimentiert.«

»Das war mir bekannt, aber sie – hat aufgehört. Sehen Sie, sie ist von Geburt Solarianerin, nicht Auroranerin. Und sie hat die auroranischen Sitten nicht ganz begriffen. Aber dann hat sie aufgehört, weil sie das nicht mag, was sie ›Promiskuität‹ nennt.«

»Hat sie Ihnen das gesagt?«

»Ja. Auf Solaria ist die Monogamie Sitte. Sie war nicht glücklich verheiratet. Trotzdem ist es die Sitte, die sie gewöhnt ist, also hatte sie an der auroranischen Art nie so recht Freude, als sie sie ausprobierte – und Monogamie ist das, was ich auch will. Verstehen Sie?«

»Ja. Aber wie haben Sie sie denn ursprünglich kennengelernt?«

»Ich bin ihr einfach begegnet. Sie war auf Hyperwelle zu sehen, als sie auf Aurora eintraf. Ein romantischer Flüchtling von Solaria. Und sie hat in jenem Hyperwellenstück eine Rolle gespielt...«

»Ja, ja, aber da war doch noch etwas, oder?«

»Ich weiß nicht, was Sie sonst noch wollen.«

»Nun, lassen Sie mich raten. War da nicht ein Punkt, an dem Dr. Vasilia sagte, sie würde Sie für immer ablehnen – und hat sie Ihnen da nicht eine Alternative vorgeschlagen?«

Gremionis war plötzlich wütend. Er schrie: »Hat Ihnen Dr. Vasilia *das* gesagt?«

»Nicht ausdrücklich. Aber ich glaube, ich weiß trotzdem, was geschehen ist. Hat sie Ihnen nicht gesagt, es könnte vorteilhaft sein, wenn Sie einen Neuankömmling auf dem Planeten besuchten, eine junge Dame von Solaria, die so etwas wie ein Schützling oder ein Protegé von Dr. Fastolfe ist – von dem Sie wissen, daß er Dr. Vasilias Vater ist? Hat Dr. Vasilia Ihnen nicht vielleicht gesagt, die Leute meinten, diese junge Dame Gladia ähnelte ihr, sei aber jünger und von wärmerer Persönlichkeit? Hat Dr. Vasilia, um es kurz zu machen, Sie nicht ermutigt, daß Sie Ihre Zuneigung von ihr auf Gladia übertragen?«

Es war sichtbar, daß Gremionis litt. Seine Augen flackerten, wandten sich Baley zu und lösten sich wieder von ihm. Es war das erste Mal, daß Baley in den Augen irgendeines Spacers Furcht las – oder war es gar Ehrfurcht? (Baley schüttelte leicht den Kopf. Er durfte sich nicht zuviel darauf einbilden, daß er einem Spacer Ehrfurcht eingeflößt hatte, das könnte seine Objektivität beeinträchtigen.)

»Nun?« sagte er. »Habe ich recht oder nicht?«

Und Gremionis sagte leise: »Dann war dieses Hyperwellenstück doch nicht übertrieben. – Können Sie Gedanken lesen?«

50

»Ich stelle nur Fragen«, antwortete Baley ruhig. »Und Sie haben noch nicht geantwortet. Habe ich recht oder nicht?«

»Ganz so war es nicht«, sagte Gremionis. »Nicht genau so. Sie hat über Gladia gesprochen, aber...« Er biß sich auf die Unterlippe und meinte dann: »Nun, es lief in etwa auf das hinaus, was Sie gesagt haben. Es war etwa so, wie Sie es beschrieben haben.«

»Und Sie waren nicht enttäuscht. Sie stellten fest, daß Gladia Dr. Vasilia ähnelte?«

»Ja, in gewisser Weise schon.« Gremionis Augen wurden heller. »Aber in Wirklichkeit nicht. Wenn Sie sie nebeneinanderstellen, sehen Sie den Unterschied genau. Gladia hat viel mehr Eleganz an sich und Grazie. Und irgendwie vermittelt sie das Gefühl – es würde Spaß machen, mit ihr beisammen zu sein.«

»Haben Sie sich Vasilia angeboten, seit Sie Gladia begegnet sind?«

»Sind Sie wahnsinnig? Natürlich nicht.«

»Aber Gladia haben Sie sich angeboten?«

»Ja.«

»Und sie hat Sie zurückgewiesen?«

»Nun, ja, aber Sie müssen begreifen, daß sie sicher sein muß, so wie ich das sein müßte. Bedenken Sie doch, was ich für einen Fehler gemacht hätte, wenn ich Dr. Vasilia dazu bewegt hätte, mich zu akzeptieren. Gladia will diesen Fehler nicht machen. Und ich kann es ihr nicht verübeln.«

»Aber *Sie* glauben nicht, daß es ein Fehler für sie wäre, Sie zu akzeptieren, also haben Sie sich erneut angeboten – und noch einmal – immer wieder.«

Gremionis starrte Baley einen Augenblick lang mit leerem Blick an und schien dann zu schaudern. Er schob seine Unterlippe vor wie ein aufsässiges Kind. »Sie sagen das auf eine derart beleidigende Weise...«

»Tut mir leid. Ich meine es nicht beleidigend. Bitte, beantworten Sie die Frage.«

»Nun, ja, das habe ich.«

»Wie oft haben Sie sich angeboten?«

»Das habe ich nicht gezählt. Viermal. Oder fünfmal. Vielleicht auch öfter.«

»Und sie hat Sie immer zurückgewiesen.«

»Ja. Sonst hätte ich mich ja nicht wieder anzubieten brauchen, oder?«

»Hat sie Sie zornig zurückgewiesen?«

»O nein. Das würde Gladia nicht tun. Sehr freundlich.«

»Hat Sie das dazu veranlaßt, sich jemand anderem anzubieten?«

»Was?«

»Nun, Gladia hat Sie zurückgewiesen. Eine Art, darauf zu reagieren, könnte sein, daß Sie sich jemand anderem anbieten. Warum nicht? Wenn Gladia Sie nicht will...«

»*Nein*. Ich will niemand anderen.«

»Warum, meinen Sie, ist das so?«

Und Gremionis antwortete darauf energisch: »Woher sollte ich wissen, warum das so ist? Ich will Gladia. Es ist... es ist eine Art von Verrücktheit, nur daß es meiner Meinung nach die beste Art von Verrücktheit ist. Ich würde wahnsinnig sein, diese Art von Wahnsinn *nicht* zu haben. – Ich erwarte nicht, daß Sie das verstehen.«

»Haben Sie versucht, Gladia das zu erklären? Vielleicht würde sie es verstehen.«

»Niemals. Ich würde ihr damit wehtun. Es würde ihr peinlich sein. Man spricht nicht über solche Dinge. Ich sollte einen Mentologen aufsuchen.«

»Und haben Sie das getan?«

»Nein.«

»Warum nicht?«

Gremionis runzelte die Stirn. »Sie haben eine Art an sich, die unhöflichsten Fragen zu stellen, Erdenmensch!«

»Vielleicht kommt das daher, weil ich ein Erdenmensch bin. Ich weiß es nicht anders. Aber außerdem bin ich ein Ermittler und muß diese Dinge wissen. Warum haben Sie keinen Mentologen aufgesucht?«

Zu seiner Überraschung lachte Gremionis. »Das habe ich Ihnen doch gesagt. Die Heilung wäre ein größerer Wahnsinn als die Krankheit. Ich würde lieber mit Gladia beisammensein und von ihr zurückgewiesen werden als mit jemand anderem und akzeptiert. – Stellen Sie sich einmal vor, Ihr Verstand wäre durcheinander und Sie wollten, daß er so *bleibt*. Jeder Mentologe würde mich zur Behandlung einweisen.«

Baley überlegte eine Weile und sagte dann: »Wissen Sie, ob Dr. Vasilia in irgendeiner Weise Mentologin ist?«

»Sie ist Robotikerin. Man sagt, das käme dem näher als sonst irgendeine Fachrichtung. Wenn man weiß, wie ein Roboter funktioniert, dann ahnt man auch, wie das menschliche Gehirn funktioniert. Wenigstens sagen das die Leute.«

»Haben Sie schon einmal darüber nachgedacht, daß Vasilia diese seltsamen Gefühle kennt, die Sie in bezug auf Gladia haben?«

Gremionis' Haltung wurde deutlich starrer. »Ich habe es ihr nie gesagt – ich meine nicht ausdrücklich.«

»Ist es nicht möglich, daß sie Ihre Gefühle begreift, ohne danach fragen zu müssen? Ist ihr bekannt, daß Sie sich wiederholt Gladia angeboten haben?«

»Nun – natürlich fragt sie mich gelegentlich, wie es mir geht. Wie man das unter langjährigen Bekannten eben so macht. Und ich unterhalte mich auch gelegentlich mit ihr. Aber über nichts Intimes.«

»Sind Sie sicher, daß Sie nie über etwas Intimes gesprochen haben? Sie hat Sie doch sicherlich dazu ermuntert, sich weiterhin anzubieten.«

»Wissen Sie – jetzt, wo Sie es erwähnen, habe ich das Gefühl, ich würde das alles in einem ganz neuen Licht sehen. Eigentlich begreife ich gar nicht, wie Sie es fertig gebracht haben, mir das so einzutrichtern. Das muß an den Fragen liegen, die Sie stellen, denke ich. Ich habe jetzt tatsächlich das Gefühl, daß sie irgendwie daran interessiert war, meine Freundschaft mit Gladia zu fördern. Sie hat sie aktiv unterstützt.« Er wirkte jetzt irgendwie beunruhigt. »Daran hatte ich bisher nie gedacht. Wirklich.«

»Warum, meinen Sie wohl, hat sie das getan?«

Gremionis' Stirn runzelte sich ein paarmal nervös, und seine Finger griffen wieder an den Schnurrbart. »Wahrscheinlich würden manche denken, sie versuchte damit, mich loszuwerden. Indem sie dafür sorgte, daß ich *sie* nicht mehr belästigte.« Er gab ein leises Geräusch von sich, das wie ein Lachen klang. »Ein besonderes Kompliment für mich ist das nicht gerade, oder?«

»Hat Dr. Vasilia aufgehört, zu Ihnen freundlich zu sein?«

»Aber ganz und gar nicht! Sie war eher noch freundlicher – wenn das überhaupt geht.«

»Hat sie versucht, Ihnen zu sagen, wie Sie mit Gladia mehr Erfolg haben könnten? Beispielsweise, indem Sie sich stärker für Gladias Arbeit interessierten?«

»Das brauchte sie nicht. Gladias Arbeit und die meine sind einander sehr ähnlich. Ich arbeite mit menschlichen Wesen und sie mit Robotern, aber wir sind beide Designer – Künstler. Das bringt eine gewisse Nähe, wissen Sie. Manchmal helfen wir einander sogar. Wenn ich mich nicht anbiete und Sie mich nicht zurückweist, sind wir gute Freunde. – Eigentlich ist das eine ganze Menge, wenn man einmal darüber nachdenkt.«

»Hat Dr. Vasilia Ihnen empfohlen, größeres Interesse für Dr. Fastolfes Arbeit zu zeigen?«

»Warum sollte sie das empfehlen? Ich weiß überhaupt nichts von Dr. Fastolfes Arbeit.«

»Gladia könnte an der Arbeit ihres Wohltäters interessiert sein, und Sie könnten auf diese Weise vielleicht ihre Gunst gewinnen.«

Gremionis' Augen verengten sich. Er stand auf, man hätte auch sagen können, er sprang auf, es war wie eine Explosion, ging an das andere Ende des Raums, kam zurück, baute sich vor Baley auf und sagte: »*Jetzt hören Sie mir einmal zu!* Mag sein, daß ich nicht das größte Gehirn auf dem Planeten hier bin, nicht einmal das zweitgrößte, aber ein völliger Idiot bin ich auch nicht. Ich weiß schon, worauf Sie hinauswollen, wissen Sie?«

»Oh?«

»All Ihre Fragen haben mich irgendwie dorthin gedrängt, daß ich sagen sollte, Dr. Vasilia hätte mich dazu gebracht, mich zu verlieben – ich meine...« – er hielt plötzlich überrascht inne – »ich bin verliebt wie in den historischen Romanen.« Er dachte darüber nach, und in seinen Augen war das Dämmern einer neuen Erkenntnis zu sehen, in die sich Staunen mischte. Dann war da wieder der Zorn. »Daß sie mich dazu gebracht hat, mich zu verlieben und verliebt zu bleiben, damit ich Dinge von Dr. Fastolfe erfuhr und lernte, wie man diesen Roboter immobilisierte, diesen Jander.«

»Und Sie glauben nicht, daß das so ist?«

»Nein, so ist es nicht!« schrie Gremionis. »Ich weiß überhaupt nichts über Robotik. *Gar nichts.* Ganz gleich, wie sorgfältig man mir auch irgend etwas über Robotik erklärte, ich würde es nicht begreifen. Und ich glaube auch nicht, daß Gladia es begreifen würde. Außerdem habe ich mich nie bei irgend jemandem nach robotischen Dingen erkundigt. Und niemand – weder Dr. Fastolfe noch sonst jemand – hat mir je etwas über Robotik gesagt. Niemand hat mir empfohlen, mich mit Robotik zu beschäftigen. Dr. Vasilia hat es nie empfohlen. Ihre ganze widerwärtige Theorie funktioniert nicht.« Er breitete die Arme aus. »Sie funktioniert nicht. Vergessen Sie sie!«

Er setzte sich wieder, verschränkte die Arme steif über der Brust und preßte die Lippen zu einem schmalen Strich zusammen, so daß sich sein kleiner Schnurrbart sträubte.

Baley blickte zu der ›Orange‹ auf, die immer noch ihre leise Melodie vor sich hinsummte und sanft die Farben veränderte, während sie hypnotisch einen kleinen, langsamen Kreisbogen beschrieb.

Wenn Gremionis' Ausbruch seine Angriffstaktik gestört hatte, so ließ er sich jedenfalls nichts anmerken. Er sagte: »Ich verstehe, was Sie sagen, aber es stimmt doch trotzdem, daß Sie ziemlich viel mit Gladia beisammen sind, oder nicht?«

»Ja, so ist es.«

»Ihre wiederholten Angebote beleidigen sie nicht und ihre wiederholten Zurückweisungen beleidigen Sie nicht?«

Gremionis zuckte die Achseln. »Meine Angebote sind höflich. Ihre Abweisungen sind nicht unfreundlich. Warum sollten wir beleidigt sein?«

»Aber wie ist es denn, wenn Sie beisammen sind? Ich meine, was tun Sie? Sex kommt ja offensichtlich nicht in Frage, und über Robotik sprechen Sie nicht. Was tun Sie also?«

»Ist das alles, was die Beziehung zwischen zwei Menschen bedeuten kann – Sex und Robotik? Wir tun sehr viel miteinander. Wir unterhalten uns beispielsweise. Sie hat sehr viele Fragen über Aurora, und ich verbringe Stunden damit, ihr unseren Planeten zu beschreiben. Sie hat nur sehr wenig davon gesehen, müssen Sie wissen. Und sie erzählt mir stundenlang über Solaria und was für ein Höllenloch das ist. Da würde ich lieber auf der Erde leben – aber damit will ich Ihnen nicht zu nahe treten. Und dann ist da ihr toter Ehemann. Was für ein jämmerlicher Typ *das* doch war. Gladia hat ein schweres Leben hinter sich, die arme Frau.

Und dann gehen wir in Konzerte, ich habe sie ein paarmal ins Kunstinstitut mitgenommen. Und wir *arbeiten* zusammen. Das habe ich Ihnen doch gesagt. Wir sehen uns gemeinsam meine Entwürfe an – oder ihre Entwürfe. Um ehrlich zu sein, ich finde nicht, daß es einen sehr befriedigt, an Robotern zu arbeiten. Aber da hat natürlich jeder seine eigene Meinung, wissen Sie. Was das angeht, schien es sie zu amüsieren, als ich ihr erklärte, weshalb es so wichtig ist, das Haar korrekt zu schneiden – ihr eigenes Haar ist nicht *ganz* richtig geschnitten, wissen Sie. Aber die meiste Zeit gehen wir miteinander spazieren.«

»Spazieren? Wo?«

»An keinem bestimmten Ort. Wir gehen einfach spazieren. Das ist ihre Gewohnheit – das liegt an der Art und Weise, wie sie auf Solaria aufgewachsen ist. Sind Sie je auf Solaria gewesen? – Ja, natürlich sind Sie das. Tut mir leid. – Auf Solaria gibt es diese riesigen Ländereien, auf denen nur ein oder zwei menschliche Wesen leben und sonst nur Roboter. Man kann meilenweit gehen und völlig allein sein. Und Gladia sagt, man bekommt dabei das Gefühl, als gehöre einem der ganze Planet. Die Roboter sind natürlich immer da und achten auf einen und kümmern sich um einen, aber sie halten sich natürlich außer Sichtweite. Gladia sagt, dieses Gefühl, eine ganze Welt zu besitzen, fehlte ihr hier auf Aurora.«

»Meinen Sie, sie möchte gerne eine ganze Welt besitzen?«

»Sie meinen, eine Art Machthunger? – Gladia? – Das ist

verrückt! Sie meint nur, es fehlt ihr das Gefühl, mit der Natur allein zu sein. Ich sehe das selbst nicht so, verstehen Sie, aber ich will es ihr nicht ausreden. Natürlich kann man auf Aurora nicht das gleiche Gefühl wie auf Solaria bekommen. Hier sind immer Leute um einen herum, besonders im Stadtbereich von Eos. Und die Roboter sind hier nicht dazu programmiert, sich außer Sichtweite zu halten. Tatsächlich gehen Auroraner gewöhnlich *mit* Robotern. Trotzdem kenne ich ein paar Wege, die angenehm und nicht sehr überfüllt sind. Und Gladia hat Spaß daran.«

»Haben Sie auch Spaß daran?«

»Nun, nur weil ich dann mit Gladia beisammen bin. Auroraner gehen auch gern zu Fuß, im großen und ganzen wenigstens, aber ich muß zugeben, daß es mir keinen allzu großen Spaß macht. Meine Muskeln mochten das zuerst gar nicht, und Vasilia hat mich ausgelacht.«

»Sie wußte, daß Sie Spaziergänge machten, wie?«

»Nun, ich kam eines Tages angehumpelt, und die Gelenke taten mir weh, also mußte ich es ihr erklären. Sie lachte und sagte, das sei eine gute Idee, und man würde einen Spaziergänger am besten dadurch dazu gewinnen, ein Angebot zu akzeptieren, wenn man mit ihm spazierenginge. ›Machen Sie nur weiter so‹, sagte sie, ›dann wird sie Ihre Ablehnung zurücknehmen, ehe Sie die Chance bekommen, noch einmal ein Angebot zu machen. Sie wird das Angebot selbst machen.‹ Das hat Gladia zwar nicht getan, aber mit der Zeit gefielen mir diese Spaziergänge trotzdem ganz gut.«

Er schien seine Aufwallung von Ärger überwunden zu haben und war jetzt ganz gelockert. Vielleicht denkt er an seine Spaziergänge, sagte sich Baley, denn er hatte ein leichtes Lächeln im Gesicht. Er wirkte jetzt geradezu liebenswert – und verwundbar – jetzt, wo seine Gedanken sich mit irgendeiner Passage in einem Gespräch befaßten, auf einem Spaziergang irgendwo. Fast hätte Baley sein Lächeln erwidert.

»Dann wußte Vasilia also, daß Sie die Spaziergänge fortgesetzt haben?«

»Ich denke schon. Ich fing an, mir Mittwoch und Samstag freizunehmen, weil das in Gladias Zeitplan paßte – und Vasilia machte manchmal Scherze über meine ›MS Spaziergänge‹, wenn ich ein paar Skizzen brachte.«

»Hat Dr. Vasilia Sie je auf Ihren Spaziergängen begleitet?«

»Ganz sicher nicht.«

Baley rutschte etwas zur Seite und starrte seine Fingerspitzen an, als er fragte: »Ich nehme an, Sie hatten auf ihren Spaziergängen Roboter zur Begleitung mit.«

»Natürlich. Einen der meinen und einen der ihren. Aber sie haben sich ziemlich entfernt gehalten. Sie sind nicht in auroranischer Art, wie Gladia es nannte, mitgetrottet. Sie wollte solarianische Einsamkeit, sagte sie. Also habe ich ihr den Gefallen getan, obwohl ich mich anfänglich ständig irritiert umsah, ob mir Brundij auch wirklich folgte, und mir dabei fast den Hals verrenkt hätte.«

»Und welcher Roboter hat Gladia begleitet?«

»Es war nicht immer derselbe. Jedenfalls hat er sich immer ziemlich ferngehalten. Ich habe nicht mit ihm gesprochen.«

»Was ist mit Jander?«

Gremionis' Ausdruck verlor plötzlich einen Teil seiner Sonnigkeit.

»Was ist mit ihm?« fragte er.

»Ist er je mitgekommen? Wenn das der Fall gewesen wäre, würden Sie es doch wissen, oder?«

»Ein humaniformer Roboter? Sicher würde ich das. Und er hat uns nicht begleitet – niemals.«

»Sind Sie sicher?«

»Völlig sicher.« Gremionis runzelte die Stirn. »Wahrscheinlich hielt sie ihn für viel zu wertvoll, um ihn für Aufgaben einzusetzen, die jeder gewöhnliche Roboter verrichten konnte.«

»Sie scheinen verstimmt. Haben Sie das auch so gesehen?«

»Er war ihr Roboter. Ich habe mir keine Gedanken darüber gemacht.«

»Und wenn Sie in Gladias Niederlassung waren, haben Sie ihn nie gesehen?«

»Niemals.«

»Hat sie je etwas über ihn gesagt? Über ihn gesprochen?«

»Nicht, daß ich mich erinnere.«

»Kam Ihnen das nicht eigenartig vor?«

Gremionis schüttelte den Kopf. »Nein. Warum über Roboter reden?«

Baleys ernste Augen fixierten das Gesicht seines Gegenübers. »Hatten Sie eine Ahnung, welche Beziehung zwischen Gladia und Jander herrschte?«

Gremionis sah ihn an. »Werden Sie mir jetzt sagen, daß die beiden sexuelle Beziehungen hatten?«

»Würde Sie das überraschen, wenn ich das sagte?« fragte Baley dagegen.

Gremionis schien ungerührt. »Das kommt vor. Es ist nicht ungewöhnlich. Man kann manchmal einen Roboter benutzen, wenn einem danach ist. Und ein humaniformer Roboter – völlig humaniform, glaube ich...«

»Völlig«, sagte Baley mit einer entsprechenden Handbewegung.

Gremionis zog die Mundwinkel herunter. »Nun, dann würde es einer Frau ja schwerfallen, da zu widerstehen.«

»*Ihnen* hat sie widerstanden. Stört es Sie nicht, daß Gladia Ihnen einen Roboter vorgezogen hat?«

»Nun, wenn es darauf hinausläuft, bin ich nicht sicher, daß ich es überhaupt glaube – aber wenn es so ist, so gibt es daran nichts, worüber man sich aufzuregen brauchte. Ein Roboter ist eben nur ein Roboter. Eine Frau und ein Roboter – oder ein Mann und ein Roboter –, das ist doch nur Masturbation.«

»Sie haben ehrlich nichts von der Beziehung gewußt, Mr. Gremionis? Niemals etwas geargwöhnt?«

»Ich habe nie darüber nachgedacht«, beharrte Gremionis.

»Sie haben es nicht gewußt? Oder es gewußt, aber ihm keine Bedeutung beigemessen?«

Gremionis blickte finster. »Jetzt wollen Sie mich wieder in die Enge treiben. Was wollen Sie denn, daß ich sage? Jetzt, wo Sie es mir in den Mund gelegt haben, scheint mir, wenn ich zurückblicke, daß ich vielleicht gelegentlich über so etwas nachgedacht habe. Trotzdem, ich hatte nie das Gefühl, daß etwas geschah, ehe Sie anfingen, diese Fragen zu stellen.«

»Sind Sie sicher?«

»Ja, ich bin sicher. Sie sollen mich nicht bedrängen.«

»Ich bedränge Sie nicht. Ich frage mich nur, ob Sie wußten, daß Gladia regelmäßige sexuelle Beziehungen mit Jander hatte, ob Sie wußten, daß Sie nie, solange das so war, als ihr Liebhaber akzeptiert werden würden, und sie so sehr begehrten, daß Sie vor nichts haltgemacht hätten, um Jander auszuschalten, daß Sie, kurz gesagt, so eifersüchtig waren, daß Sie...«

Und in dem Augenblick warf sich Gremionis – als hätte sich eine straff gespannte Feder in ihm, die minutenlang unter Mühe festgehalten worden war, plötzlich gelöst – mit einem lauten Schrei auf Baley, der, völlig überrascht, instinktiv zurückfuhr, daß sein Stuhl umkippte.

51

Starke Arme hielten ihn. Baley spürte, wie man ihn aufhob, den Stuhl wieder aufrichtete, und dann wurde ihm bewußt, daß er sich im Griff eines Roboters befand. Wie leicht man doch vergaß, daß sie sich im Raum befanden, wenn sie stumm und reglos in ihren Nischen standen.

Aber es war weder Daneel noch Giskard, der ihm zu Hilfe gekommen war. Es war Gremionis' Roboter, Brundij.

»Sir«, sagte Brundij, und seine Stimme klang ein wenig unnatürlich. »Ich hoffe, Sie sind nicht verletzt.«

Wo waren Daneel und Giskard?

Die Frage beantwortete sich sofort. Die Roboter hatten sich die Arbeit sauber und schnell geteilt. Daneel und Giskard, abschätzend, daß ein umgekippter Stuhl die geringere Wahrscheinlichkeit eines Schadens für Baley bot als ein Gremionis, der die Kontrolle über sich verloren hatte, hatten sich auf den Gastgeber gestürzt. Brundij, sofort erkennend, daß er in jener Richtung nicht benötigt wurde, kümmerte sich um das Wohlbefinden des Gastes.

Gremionis hing schwer atmend und völlig bewegungsunfähig im vorsichtigen Doppelgriff von Baleys Robotern.

Gremionis sagte mit einer Stimme, die kaum lauter als ein Flüstern war: »Laßt mich los! Ich habe mich unter Kontrolle.«

»Ja, Sir«, sagte Giskard.

»Natürlich, Mr. Gremionis«, sagte Daneel in einem Tonfall, der fast überlegen wirkte.

Aber obwohl ihre Hände ihn losließen, machte keiner Anstalten, von Gremionis' Seite zu weichen. Der blickte nach rechts und links, ordnete seine Kleidung und setzte sich dann. Sein

Atem ging immer noch heftig, und sein Haar war etwas verwirrt.

Baley stand jetzt wieder, mit einer Hand auf die Lehne des Stuhles gestützt, auf dem er gesessen war.

»Mr. Baley«, sagte Gremionis, »es tut mir leid, daß ich die Kontrolle über mich verloren habe. So etwas ist mir in meinem ganzen Leben als Erwachsener noch nicht widerfahren. Sie haben mich bezichtigt, ei... eifersüchtig gewesen zu sein. Das ist ein Wort, das kein anständiger Auroraner für einen anderen verwenden würde, aber ich hätte daran denken müssen, daß Sie ein Erdenmensch sind. Es ist dies ein Wort, das *uns* nur in historischen Romanzen begegnet, und selbst dann steht dort gewöhnlich nur ›e‹ und dahinter ein Strich. Natürlich ist das auf Ihrer Welt nicht so. Das verstehe ich.«

»Mir tut es auch leid, Mr. Gremionis«, sagte Baley würdig. »daß meine Unwissenheit um die Gebräuche auf Aurora mich in diesem Punkt in die Irre geführt hat. Ich versichere Sie, daß mir so etwas nicht wieder unterlaufen wird.« Er setzte sich und sagte: »Ich wüßte nicht, daß noch viel zu besprechen wäre...«

Gremionis schien gar nicht zuzuhören. »Als ich noch ein Kind war«, sagte er, »stieß ich manchmal ein anderes Kind, und wurde darauf von ihm gestoßen, und es dauerte natürlich eine Weile, bis die Roboter sich die Mühe machten, uns zu trennen...«

»Ich darf das vielleicht erklären, Partner Elija«, sagte Daneel. »Es herrscht allgemeine Einigkeit darüber, daß die völlige Unterdrückung der Aggression in sehr jungen Menschen unerwünschte Folgen hat. Ein gewisses Maß jugendlichen Spiels unter Einschluß körperlichen Wettbewerbs ist erlaubt – ja wird sogar gefördert –, vorausgesetzt, daß dabei keine echten Verletzungen entstehen. Die Roboter, die sich um die jungen Menschen kümmern, sind sorgfältig programmiert, um die Wahrscheinlichkeit und das Maß des Schadens unterscheiden zu können, der sich dabei ergeben könnte. Ich, beispielsweise, bin in dieser Hinsicht nicht richtig programmiert und würde daher als Hüter der Jungen ungeeignet sein, mit Ausnahme von Notfällen, und das auch nur auf kurze Zeit. – Und Giskard ebensowenig.«

»Derartig aggressives Verhalten wird ja dann vermutlich während des Heranwachsens eingedämmt«, meinte Baley.

»Schrittweise«, sagte Daneel, »in dem Maße wie das Niveau des möglichen Schadens zunimmt und ein ausgeprägterer Wunsch dafür besteht, Selbstkontrolle zu lernen.«

»Als ich für höhere Schulung bereit war«, sagte Gremionis, »wußte ich wie alle Auroraner ganz gut, daß jeglicher Wettbewerb auf dem Vergleich geistiger Kapazitäten und Talente beruht...«

»Kein körperlicher Wettbewerb?« sagte Baley.

»Sicher, aber nur in einer Art und Weise, die den bewußten physischen Kontakt mit der Absicht der Verletzung ausschließt.«

»Aber seit Ihrer Jugend...«

»...habe ich niemanden angegriffen. Natürlich habe ich das nicht. Es gab einige Anlässe, wo ich den Drang verspürte, das zu tun, selbstverständlich. Ich nehme an, ich wäre nicht ganz normal, wenn das nicht so gewesen wäre. Aber bis zu diesem Augenblick habe ich diesen Drang unter Kontrolle halten können. Aber bisher hat mich auch niemand – *das* genannt.«

»Es würde ja auch nichts nützen, jemanden anzugreifen«, meinte Baley. »Man wird ja doch von den Robotern aufgehalten. Ich nehme an, es gibt immer einen Roboter in Reichweite, sowohl des Angreifers als auch des Angegriffenen.«

»Sicherlich. Um so mehr Grund, mich zu schämen, daß ich meine Selbstkontrolle verloren habe. Ich hoffe, das braucht nicht in Ihren Bericht aufgenommen zu werden.«

»Ich versichere Ihnen, ich werde niemandem etwas davon sagen. Es hat nichts mit dem Fall zu tun.«

»Danke. Sagten Sie, das Gespräch sei beendet?«

»Ich denke schon.«

»In dem Fall – werden Sie tun, worum ich sie gebeten habe?«

»Was denn?«

»Gladia sagen, daß ich nichts mit Janders Immobilisierung zu tun hatte.«

Baley zögerte. »Ich werde ihr sagen, daß das meine Meinung ist.«

Gremionis war damit nicht zufrieden. »Bitte, machen Sie es deutlicher. Sie sollte absolut sicher sein, daß ich nichts damit zu tun hatte; um so mehr, da sie doch den Roboter vom sexuellen Standpunkt aus mochte. Ich könnte nicht ertragen, wenn sie dächte, ich sei ei…, ei… – als Solarianerin könnte sie das vielleicht glauben.«

»Ja, das könnte sie«, sagte Baley nachdenklich.

»Aber schauen Sie doch«, sagte Gremionis schnell und eifrig. »Ich verstehe doch überhaupt nichts von Robotern, und niemand – Dr. Vasilia nicht und auch sonst niemand – hat mir etwas über sie gesagt – wie sie funktionieren, meine ich. Ich *könnte* einfach Jander nicht zerstört haben.«

Baley schien einen Augenblick lang tief in Gedanken versunken. Dann sagte er mit sichtlichem Widerstreben: »Ich kann nicht anders, ich muß Ihnen einfach glauben. Sicher, ich weiß nicht alles, und es ist auch möglich – ich sage das, ohne Ihnen zu nahe treten zu wollen –, daß entweder Sie oder Dr. Vasilia – oder Sie beide – lügen. Ich weiß überraschend wenig über das Intimleben der auroranischen Gesellschaft, und daher kann man mich möglicherweise sehr leicht täuschen. Und trotzdem muß ich Ihnen einfach glauben. Nichtsdestoweniger kann ich nicht mehr tun als Gladia sagen, daß Sie meiner Meinung nach völlig unschuldig sind. Aber ›meiner Meinung nach‹ muß ich sagen. Ich bin sicher, daß das für sie kräftig genug sein wird.«

»Dann muß ich mich damit wohl zufriedengeben«, sagte Gremionis niedergeschlagen. »Aber, falls das hilft, versichere ich Ihnen auf das Wort eines auroranischen Bürgers, daß ich unschuldig bin.«

Baley lächelte leicht. »Ich würde nicht einmal im Traum an Ihrem Wort zweifeln, aber meine Ausbildung zwingt mich dazu, mich einzig und allein auf objektive Beweise zu verlassen.«

Er stand auf, sah Gremionis einen Augenblick lang ernst an und meinte dann: »Sie sollten das, was ich jetzt sagen werde, ja nicht falsch verstehen, Mr. Gremionis. Ich nehme an, Sie sind deshalb daran interessiert, daß ich Gladia gegenüber diese Versicherung abgebe, weil Sie Ihre Freundschaft bewahren wollen.«

»Ja, das wünsche ich mir sehr, Mr. Baley.«

»Und Sie beabsichtigen auch, sich ihr bei geeigneter Gelegenheit wieder anzubieten?«

Gremionis wurde rot, schluckte sichtbar. »Ja, das will ich.«

»Darf ich Ihnen dann einen Rat geben? – Tun Sie es nicht!«

»Sie können Ihren Rat für sich behalten, wenn das alles ist, was Sie mir zu sagen haben. Ich habe nicht die Absicht, je aufzugeben.«

»Ich meine, Sie sollten auf die hier übliche Prozedur verzichten. Sie könnten in Betracht ziehen, einfach...« Baley wandte den Blick von ihm, unerklärlicherweise war ihm das, was er sagte, peinlich. »Die Arme um sie zu legen und sie zu küssen.«

»*Nein*«, sagte Gremionis voll Ernst. »*Bitte,* eine auroranische Frau würde das nicht ertragen und ebensowenig ein auroranischer Mann.«

»Mr. Gremionis, erinnern Sie sich daran, daß Gladia *keine* Auroranerin ist? Sie ist Solarianerin und mit anderen Gebräuchen und Traditionen aufgewachsen. An Ihrer Stelle würde ich es versuchen.«

Baleys ausdrucksloser Blick verbarg einen plötzlichen inneren Zorn. Was bedeutete Gremionis ihm, daß er ihm einen solchen Rat gab? Warum einem anderen etwas anraten, wonach er sich selbst sehnte?

Dreizehnter Teil

Amadiro

52

Baley wurde wieder geschäftsmäßig, und seine Stimme nahm einen tieferen Bariton an, als dies gewöhnlich der Fall war, als er sagte: »Mr. Gremionis, Sie haben vorher den Namen des Leiters des Robotikinstituts erwähnt. Können Sie mir den Namen noch einmal nennen?«

»Kelden Amadiro.«

»Und gäbe es eine Möglichkeit, ihn von hier aus zu erreichen?«

»Nun, ja und nein«, sagte Gremionis. »Sie können seine Sekretärin oder seinen Assistenten erreichen. Ich bezweifle, daß Sie ihn selbst erreichen werden. Wie ich höre, ist er ziemlich unnahbar. Ich kenne ihn natürlich nicht persönlich. Ich habe ihn zwar hie und da gesehen, aber gesprochen habe ich nie mit ihm.«

»Daraus schließe ich, daß er Sie nicht als Kleidungsdesigner oder für seine persönliche Körperpflege einsetzt?«

»Ich weiß nicht, ob er dafür überhaupt jemanden hat, und nach den wenigen Gelegenheiten zu schließen, wo ich ihn gesehen habe, kann ich Ihnen sagen, daß er ganz genauso aussieht. Aber es wäre mir lieb, wenn Sie diese Bemerkung nicht wiederholten.«

»Ich bin sicher, daß Sie recht haben, aber ich werde das vertraulich behandeln«, versicherte Baley. »Ich würde trotz seiner Unnahbarkeit gerne versuchen, ihn zu erreichen. Wenn Sie hier ein Trimensicgerät haben – würde es Ihnen dann etwas ausmachen, wenn ich es dazu benutzte?«

»Brunij kann das Gespräch für Sie führen.«

»Nein, ich glaube, das sollte mein Partner Daneel tun – natürlich nur, wenn es Ihnen nichts ausmacht.«

»Es macht mir überhaupt nichts aus«, sagte Gremionis. »Der Apparat ist da drin. Komm mit, Daneel! Die Nummer ist 75–30–Auf–20.«

Daneel machte eine leichte Verbeugung. »Danke, Sir.«

Der Raum mit dem Trimensic war völlig leer, abgesehen von einer dünnen Säule an einer Seite des Raums. Die Säule endete in Hüfthöhe in einer flachen Platte, auf der eine ziemlich komplizierte Konsole befestigt war. Die Säule stand inmitten eines Kreises, der in neutralem Grau in den hellgrünen Boden eingelassen war. Ganz in der Nähe war ein zweiter, in Farbe und Größe identischer Kreis zu sehen, in dem allerdings keine Säule stand.

Daneel trat an die Säule, worauf der Kreis, in dem die Säule stand, in schwachem, weißem Licht zu strahlen begann. Seine Hand strich über die Konsole, wobei seine Finger sich so schnell bewegten, daß Baley nicht klar erkennen konnte, was sie taten. Es dauerte nur eine Sekunde, und dann leuchtete der andere Kreis in genau derselben Weise. Ein Roboter erschien in dem Kreis, dreidimensional wirkend, mit einem ganz schwachen Flimmern, das verriet, daß es sich um ein holografisches Bild handelte. Neben dem Roboter war eine Konsole zu erkennen, die der ganz ähnlich war, neben der Daneel stand. Aber die Konsole des Roboters flimmerte ebenfalls und war damit ebenfalls als Hologramm zu erkennen.

Daneel sagte: »Ich bin R. Daneel Olivaw« – er betonte das ›R‹ etwas, damit der Roboter ihn nicht für ein menschliches Wesen halten solle – »und ich vertrete meinen Partner Elijah Baley, einen Ermittlungsbeamten von der Erde. Mein Partner würde gerne mit Meisterrobotiker Kelden Amadiro sprechen.«

»Meisterrobotiker Amadiro befindet sich in einer Besprechung«, antwortete der andere Roboter. »Würde es ausreichen, mit Robotiker Cicis zu sprechen?«

Daneel sah zu Baley hinüber. Der nickte, worauf Daneel sagte: »Ja, das wäre uns recht.«

»Wenn Sie Mr. Baley bitten würden, Ihre Stelle einzunehmen, werde ich versuchen, Robotiker Cicis ausfindig zu machen.«

Daneel schien damit nicht einverstanden. »Es wäre vielleicht besser, wenn du zuerst...«

Aber Baley unterbrach ihn: »Schon gut, Daneel. Es macht mir nichts aus zu warten.«

Doch Daneel wandte ein: »Partner Elijah, als persönlicher Vertreter von Meisterrobotiker Han Fastolfe haben Sie seinen gesellschaftlichen Status angenommen, zumindest für den Augenblick. Es entspricht nicht Ihrem Rang, daß Sie warten, bis...«

»*Schon gut,* Daneel«, sagte Baley eindringlich, um jede weitere Diskussion zu unterbinden. »Ich will keine Verzögerung wegen einer Auseinandersetzung über gesellschaftliche Etikette.«

Daneel verließ den Kreis, worauf Baley in ihn trat. Er spürte dabei ein leichtes Prickeln (vielleicht auch nur in seiner Phantasie), aber es ging schnell vorüber.

Das Bild des Roboters in dem anderen Kreis verblaßte und verschwand dann. Baley wartete geduldig, und nach einer Weile verdunkelte sich die Holografie und gewann scheinbare Dreidimensionalität.

»Hier Robotiker Maloon Cicis«, sagte die Gestalt mit ziemlich scharfer, klarer Stimme. Er hatte das kurzgestutzte bronzefarbene Haar, das allein schon ausreichte, um ihm das typische Spaceraussehen zu verleihen, zumindest nach Baleys Ansicht, wenn auch an seiner Nase eine gewisse Asymmetrie zu erkennen war, die ganz und gar nicht spacerhaft war.

Baley sagte mit leiser Stimme: »Ich bin Detektiv Elijah Baley von der Erde. Ich würde gerne mit Meisterrobotiker Kelden Amadiro sprechen.«

»Haben Sie eine Terminverabredung, Detektiv?«

»Nein, Sir.«

»Wenn Sie ihn sprechen möchten, müssen Sie einen Termin verabreden – und in dieser und der nächsten Woche ist kein Termin mehr frei.«

»Ich bin Detektiv Elijah Baley von der Erde...«

»Das habe ich zur Kenntnis genommen. Das ändert nichts an den Tatsachen.«

Baley gab nicht nach. »Ich führe auf Bitten von Dr. Han Fastolfe und mit Unterstützung der Weltlegislatur von Aurora Ermittlungen in dem Mord an Roboter Jander Panell durch...«

»Dem *Mord* an Roboter Jander Panell?« fragte Cicis mit solch auffälliger Höflichkeit, daß seine Verachtung nicht zu übersehen war.

»Dann eben Robotizid, wenn Sie das vorziehen. Auf der Erde wäre die Zerstörung eines Roboters keine so große Sache, aber auf Aurora, wo man Roboter mehr oder weniger wie menschliche Wesen behandelt, schien es mir, daß man das Wort ›Mord‹ verwenden könne.«

»Nichtsdestoweniger«, meinte Cicis, »ob nun Mord, Robotizid oder überhaupt nichts, es ist trotzdem unmöglich, Meisterrobotiker Amadiro zu sprechen.«

»Kann ich eine Nachricht für ihn hinterlassen?«

»Das können Sie.«

»Wird sie ihm sofort vorgelegt werden? Jetzt?«

»Ich kann es versuchen, aber ich kann natürlich keine Garantien abgeben.«

»Einverstanden. Ich werde auf einige Punkte eingehen und sie numerieren. Vielleicht möchten Sie sich gerne Notizen machen.«

Cicis lächelte geringschätzig. »Ich glaube, ich werde es mir merken können.«

»Erstens, wo es einen Mord gibt, gibt es auch einen Mörder, und ich möchte Dr. Amadiro die Chance geben, sich selbst zu seiner Verteidigung zu äußern...«

»Was!« sagte Cicis.

(Und Gremionis, der von der anderen Seite des Raumes zusah, ließ die Kinnlade herunterfallen.)

Baley gelang es, das dünne Lächeln zu imitieren, das so plötzlich von den Lippen des anderen verschwunden war. »Geht es Ihnen zu schnell, Sir? Möchten Sie sich vielleicht doch Notizen machen?«

»Bezichtigen Sie etwa den Meisterrobotiker, etwas mit dieser Jander-Panell-Sache zu tun gehabt zu haben?«

»Im Gegenteil, Robotiker. Gerade weil ich ihn *nicht* bezichtigen möchte, muß ich ihn sprechen. Ich würde höchst ungern irgendwelche Beziehungen zwischen dem Meisterrobotiker und dem immobilisierten Roboter herstellen, weil ich unvollständig informiert bin, wo doch ein Wort von ihm alles klären könnte.«

»Sie sind wahnsinnig!«

»Gut. Dann sagen Sie dem Meisterrobotiker, ein Wahnsinniger würde ihn gerne sprechen, um zu vermeiden, ihn des Mordes bezichtigen zu müssen. Das ist mein erster Punkt. Jetzt kommt der zweite: Könnten Sie ihm sagen, daß eben derselbe Wahnsinnige soeben ein detailliertes Verhör von Stilberater Santirix Gremionis abgeschlossen hat und von Gremionis' Niederlassung aus spricht. Und der dritte Punkt – geht es Ihnen zu schnell?«

»Nein! Kommen Sie zum Ende!«

»Mein dritter Punkt ist folgender: Möglicherweise erinnert sich der Meisterrobotiker, der sicherlich sehr viele wichtige Dinge im Kopf hat, nicht daran, wer Stilberater Santirix Gremionis ist. In diesem Falle identifizieren Sie ihn doch bitte als jemanden, der auf dem Institutsgelände wohnt und im letzten Jahr viele lange Spaziergänge mit Gladia unternommen hat, einer Frau von Solaria, die jetzt auf Aurora lebt.«

»Ich kann unmöglich eine so lächerliche und beleidigende Nachricht übermitteln, Erdenmensch.«

»Würden Sie ihm in dem Fall bitte sagen, daß ich unmittelbar zur Legislatur gehen und dort erklären werde, daß ich meine Ermittlungen nicht fortsetzen kann, weil ein gewisser Maloon Cicis darauf besteht, daß Meisterrobotiker Kelden Amadiro mich weder in den Ermittlungen bezüglich der Zerstörung von Roboter Jander Panell unterstützen noch sich gegen eine Anklage verteidigen will, selbst die Verantwortung für jene Zerstörung zu tragen?«

Cicis lief rot an. »Sie würden es nicht *wagen*, etwas dergleichen zu sagen.«

»Würde ich nicht? – Was würde ich denn zu verlieren haben? – Andererseits, wie würde das für die Öffentlichkeit klingen? Schließlich weiß man auf Aurora sehr wohl, daß Dr. Amadiro in seiner Erfahrung und seinem Wissen in der Robotik nur Dr. Fastolfe selbst nachsteht und daß, wenn Fastolfe selbst nicht für den Robotizid verantwortlich ist... Muß ich fortfahren?«

»Sie werden feststellen, Erdenmensch, daß es auf Aurora sehr strikte Gesetze gegen Verleumdung gibt.«

»Ohne Zweifel, aber wenn Dr. Amadiro mit Erfolg verleumdet wird, dann leidet er größeren Schaden als ich. Aber warum überbringen Sie ihm nicht einfach *jetzt* meine Nachricht? Wenn er dann ein paar Kleinigkeiten erklärt, können wir jede Frage von Verleumdung oder Anklage oder irgend etwas dergleichen vermeiden.«

Cicis runzelte die Stirn und sagte steif: »Ich werde das Dr. Amadiro sagen und ihm eindringlich raten, Sie nicht zu empfangen.« Er verschwand.

Wieder wartete Baley geduldig, während Gremionis heftig gestikulierte und laut flüsterte: »So etwas können Sie nicht tun, Baley! Das können Sie einfach nicht.« Baley gebot ihm mit einer Handbewegung Schweigen.

Nach etwa fünf Minuten (die Baley viel länger erschienen) erschien Cicis wieder. Diesmal wirkte er äußerst zornig. Er sagte: »Dr. Amadiro wird in wenigen Minuten meinen Platz hier einnehmen und mit Ihnen sprechen. Warten Sie!«

»Es hat keinen Sinn zu warten«, sagte Baley. »Ich werde mich sofort zu Dr. Amadiros Büro begeben und ihn dort sprechen.«

Er trat aus dem grauen Kreis und machte eine Handbewegung, als wolle er etwas abschneiden, worauf Daneel sofort die Verbindung unterbrach.

Gremionis war sichtlich erschüttert. »So können Sie nicht mit Dr. Amadiros Leuten reden, Erdenmensch.«

»Aber das habe ich gerade getan«, sagte Baley.

»Er wird Sie binnen zwölf Stunden des Planeten verweisen lassen.«

»Wenn ich nicht bald bei der Aufklärung dieses Durcheinanders Fortschritte mache, kann es sein, daß man mich so oder so binnen zwölf Stunden des Planeten verweist.«

»Partner Elijah«, meinte Daneel, »ich fürchte, Mr. Gremionis' Unruhe ist berechtigt. Die auroranische Weltlegislatur kann nicht mehr tun, als Sie ausweisen, da Sie kein Bürger Auroras sind. Aber sie kann auch verlangen, daß die Behörden der Erde Sie streng bestrafen, und das wird die Erde tun. Man könnte sich in diesem Fall einer auroranischen Forderung nicht widersetzen. Ich würde wirklich nicht wollen, daß Sie so bestraft werden, Partner Elijah.«

Baley seufzte. »Ich wünsche mir die Bestrafung auch nicht, Daneel, aber ich muß das Risiko eingehen. – Mr. Gremionis, es tut mir leid, daß ich ihm sagen mußte, ich führte dieses Gespräch von Ihrer Niederlassung aus. Ich mußte etwas tun, um ihn dazu zu überreden, mich zu empfangen, und ich war der Ansicht, er könnte jenem Umstand Bedeutung beimessen. Was ich gesagt habe, entsprach ja schließlich der Wahrheit.«

Gremionis schüttelte den Kopf. »Wenn ich gewußt hätte, was Sie vorhaben, Mr. Baley, hätte ich nicht erlaubt, daß Sie von meiner Niederlassung aus sprechen. Ich bin sicher, daß ich meine Stellung hier verlieren werde, und...« – fügte er verbittert hinzu – »was werden Sie für mich tun, um mich dafür zu entschädigen?«

»Ich will mich mit aller Kraft dafür einsetzen, daß Sie Ihre Stellung nicht verlieren, Mr. Gremionis. Ich bin überzeugt, daß Sie keine Schwierigkeiten bekommen werden. Aber wenn mir das nicht gelingt, dann dürfen Sie mich gerne als Wahnsinnigen beschreiben, der ungeheuerliche Anklagen gegen Sie erhoben und Sie mit Verleumdungen bedroht und eingeschüchtert hat, so daß Sie sich gezwungen sahen, mich Ihr Trimensic benutzen zu lassen. Ich bin sicher, daß Ihnen Dr. Amadiro glauben wird. Schließlich haben Sie ihm doch bereits eine Mitteilung geschickt und sich darüber beklagt, daß ich Sie verleumdet hätte, oder nicht?«

Baley hob in einer Geste des Abschieds die Hand. »Leben Sie wohl, Mr. Gremionis. Noch einmal vielen Dank. Machen Sie sich keine Sorgen und – vergessen Sie nicht, was ich über Gladia gesagt habe.«

Zwischen Daneel und Giskard, von denen einer vor und einer hinter ihm ging, verließ Baley Gremionis' Niederlassung, wobei ihm diesmal kaum bewußt wurde, daß er sich erneut ins Freie begab.

53

Draußen freilich war das ganz anders. Baley blieb stehen und blickte zum Himmel.

»Seltsam«, sagte er. »Ich hätte nicht gedacht, daß schon so viel Zeit verstrichen war, selbst wenn man in Betracht zieht, daß der auroranische Tag ein wenig kürzer als ein Standardtag ist.«

»Was ist denn, Partner Elijah?« fragte Daneel beflissen.

»Die Sonne ist untergegangen. Das hätte ich nicht gedacht.«

»Die Sonne ist noch nicht untergegangen, Sir«, widersprach Giskard. »Bis zum Sonnenuntergang sind es noch etwa zwei Stunden.«

»Das ist ein Gewitter, das sich zusammenbraut, Partner Elijah«, sagte Daneel. »Die Wolken werden dichter, aber es wird noch eine Weile dauern, bis es losbricht.«

Baley schauderte. Dunkelheit allein machte ihm nichts aus. Tatsächlich war die Nacht Draußen viel beruhigender als der Tag, mit ihrer Andeutung von Mauern, die einen umgaben, weil der Tag den Horizont erweiterte und den Raum nach allen Richtungen öffnete.

Das Unangenehme war, daß dies weder Tag noch Nacht war.

Wieder versuchte er, sich daran zu erinnern, wie es damals gewesen war, als es geregnet hatte, während er Draußen gewesen war.

Plötzlich kam ihm in den Sinn, daß er nie bei Schneefall Draußen gewesen war und daß er nicht einmal sicher war, wie es war, wenn massives, kristallines Wasser vom Himmel fiel. Bloße Beschreibungen in Worten reichten da ohne Zweifel nicht. Die Jüngeren gingen manchmal hinaus, um Schlitten zu fahren, oder einfach auf dem Schnee herumzurutschen – oder was auch immer sie sonst taten – und wenn sie dann zurückkamen, kreischten sie vor Freude, waren aber immer froh, wieder die schützenden Mauern der City um sich zu haben. Ben hatte einmal versucht, sich nach einer Anleitung in irgendeinem antiken Buch ein Paar Ski anzufertigen, und war in dem weißen Zeug fast versunken. Aber selbst Bens Schilderungen vom Schnee waren beunruhigend vage und unbefriedigend.

Aber dann ging auch niemand hinaus, wenn es tatsächlich schneite, sondern nur, wenn das Zeug bloß auf dem Boden herumlag. Baley sagte sich, daß alle nur in dem Punkt übereinstimmten: Es schneite nur, wenn es sehr kalt war. Jetzt war es nicht sehr kalt; lediglich kühl war es. Die Wolken bedeuteten also nicht, daß es schneien würde. – Aber irgendwie schien ihm das nur ein schwacher Trost.

Dies war nicht wie die wolkigen Tage auf der Erde, die er gesehen hatte. Auf der Erde waren die Wolken heller; dessen war er sicher. Sie waren grauweiß, selbst wenn sie den ganzen Himmel bedeckten. Hier war das Licht – das wenige, was davon noch zu sehen war – irgendwie gallig, ein gespenstisches Schiefergelb.

Lag das daran, daß Auroras Sonne orangefarbener als die der Erde war?

Er fragte seine Begleiter: »Ist die Farbe des Himmels – ungewöhnlich?«

Daneel blickte zum Himmel auf. »Nein, Partner Elijah, das ist nur ein Gewitter.«

»Gibt es hier oft diese Art von Wetter?«

»Um die Jahreszeit, ja. Das ist nichts Ungewöhnliches. Es ist gestern im Wetterbericht vorhergesagt worden und heute morgen noch einmal. Es wird zu Ende sein, ehe es Tag wird, und die Felder können Wasser gebrauchen. Wir hatten in letzter Zeit ungewöhnlich wenig Regen.«

»Und so kalt wird es auch? Ist das auch normal?«

»O ja. – Aber steigen wir doch in den Schweber, Partner Elijah. Man kann ihn heizen.«

Baley nickte und ging auf den Schweber zu, der immer noch auf der Grasfläche lag, wo sie ihn vor dem Mittagessen abgestellt hatten. Er hielt inne.

»Wartet! Ich habe Gremionis nicht gefragt, wie man zu Amadiros Niederlassung kommt – oder seinem Büro.«

»Nicht nötig, Partner Elijah«, sagte Daneel, die Hand in Baleys Armbeuge. Er schob ihn sanft, aber unerbittlich weiter. »Freund Giskard hat den Plan des Instituts in seinen Gedächtnisspeichern und wird uns zum Verwaltungsgebäude bringen. Höchstwahrscheinlich hat Dr. Amadiro dort sein Büro.«

»Nach meinen Informationen befindet sich Dr. Amadiros Büro tatsächlich im Verwaltungsgebäude«, meinte Giskard. »Wenn er zufälligerweise nicht in seinem Büro, sondern in seiner Niederlassung sein sollte, so ist auch diese nahe.«

Wieder fand sich Baley auf dem Vordersitz zwischen den beiden Robotern eingezwängt. Besonders Daneel mit seiner menschenähnlichen Körperwärme war ihm willkommen. Obwohl Giskards textile Außenschicht isolierte und sich nicht so kalt anfühlte, wie das bei nacktem Metall der Fall gewesen wäre, war er für Baleys augenblicklichen Zustand der weniger attraktive der beiden.

Baley ertappte sich dabei, wie er beinahe Daneel den Arm um

die Schulter gelegt hätte, mit der Absicht, ihn noch näher an sich heranzuziehen und dabei Behagen zu empfinden. Er zog verwirrt seinen Arm wieder zurück.

»Es gefällt mir gar nicht, wie es Draußen aussieht«, sagte er.

Daneel schien sichtlich bemüht, Baley von dem sich bietenden Anblick abzulenken, und meinte: »Partner Elijah, woher wußten Sie, daß Dr. Vasilia Mr. Gremionis' Interesse an Miß Gladia gefördert hatte? Nach meiner Kenntnis haben Sie keinerlei Beweise in der Richtung erhalten.«

»Das habe ich auch nicht«, sagte Baley. »Ich war so verzweifelt, daß ich einen Schuß ins Blaue abgegeben habe – ich meine, auf Dinge von geringer Wahrscheinlichkeit gebaut habe. Gladia hatte mir gesagt, Gremionis sei die einzige Person gewesen, die sich hinreichend für sie interessiert hätte, um sich wiederholt anzubieten. Ich sagte mir, er hätte Jander vielleicht aus Eifersucht getötet haben können. Ich dachte nicht, daß er genügend robotisches Fachwissen besaß, um das zu tun, aber dann hörte ich, daß Fastolfes Tochter Vasilia Robotikerin war und Gladia äußerlich ähnelte. Ich fragte mich, ob Gremionis, den Gladia fasziniert hatte, vielleicht nicht früher schon von Vasilia fasziniert gewesen sein könnte – und ob die Tötung möglicherweise das Resultat einer Verschwörung zwischen den beiden hätte sein können. Indem ich versteckt auf eine solche Verschwörung anspielte, konnte ich Vasilia dazu überreden, mich zu empfangen.«

»Aber es gab doch gar keine Verschwörung, Partner Elijah – zumindest soweit es die Zerstörung Janders betrifft«, sagte Daneel. »Vasilia und Gremionis hätten die Zerstörung nicht bewirken können, selbst wenn sie zusammengearbeitet hätten.«

»Zugegeben – und doch reichte für Vasilia bereits die bloße Andeutung einer Verbindung mit Gremionis aus, um sie nervös zu machen. Warum? Als Gremionis uns sagte, daß er sich zuerst zu Vasilia und später zu Gladia hingezogen gefühlt hätte, fragte ich mich, ob die Verbindung zwischen den beiden indirekter gewesen wäre, wenn Vasilia seine Aufmerksamkeit aus irgendeinem Grunde, der mit Janders Tod in Verbindung stand – wenn auch nur sehr entfernt –, auf sie gelenkt hatte. Schließlich mußte es irgendeine Verbindung zwischen den beiden geben;

das war aus Vasilias Reaktion auf meine ursprüngliche Andeutung deutlich zu erkennen.

Mein Verdacht erwies sich als richtig. Vasilia hatte Gremionis dazu veranlaßt, sich Gladia zuzuwenden. Gremionis war überrascht, daß ich das wußte, und auch das war nützlich, denn wenn die Sache völlig unschuldig gewesen wäre, hätte es keinen Grund dafür gegeben, ein Geheimnis daraus zu machen – und ein Geheimnis war es ja offensichtlich. Du erinnerst dich, Vasilia erwähnte nichts davon, daß sie Gremionis ermuntert hatte, sich Gladia zuzuwenden. Als ich ihr sagte, daß Gremionis sich Gladia angeboten hatte, verhielt sie sich, als hörte sie das zum erstenmal.«

»Aber, Partner Elijah, inwiefern ist das wichtig?«

»Das werden wir möglicherweise herausfinden. Mir schien, daß es weder für Gremionis noch für Vasilia wichtig war. Deshalb könnte es sein, wenn es überhaupt wichtig war, daß noch eine dritte Person involviert war. Wenn es überhaupt etwas mit der Jander-Affäre zu tun hatte, dann müßte das ein Robotiker sein, der noch geschickter als Vasilia ist – und das könnte Amadiro sein. Also machte ich ihm gegenüber Andeutungen auf die Existenz einer Verschwörung, indem ich bewußt darauf hinwies, daß ich Gremionis verhört hätte und von seiner Niederlassung aus anriefe – und auch das funktionierte.«

»Und trotzdem weiß ich immer noch nicht, was das alles bedeutet, Partner Elijah.«

»Ich auch nicht – abgesehen von ein paar Spekulationen. Aber vielleicht werden wir es bei Amadiro erfahren. Siehst du, unsere Lage ist so schlecht, daß wir nichts zu verlieren haben, indem wir Vermutungen anstellen und Risiken eingehen.«

Während dieses Gesprächs hatte sich der Schweber auf seinen Luftdüsen erhoben, überflog eine Reihe von Büschen und schwebte über Grasflächen und kiesbedeckte Straßen dahin. Baley stellte fest, daß das Gras an den Stellen, wo es höher war, vom Wind zur Seite gefegt wurde, als flöge ein unsichtbarer – und viel größerer – Schweber darüber.

»Giskard«, sagte Baley, »du hast doch die Gespräche aufgezeichnet, die in deiner Gegenwart stattgefunden haben, nicht wahr?«

»Ja, Sir.«

»Und kannst sie bei Bedarf wiedergeben?«

»Ja, Sir.«

»Und leicht bestimmte Aussagen ausfindig machen – und wiedergeben –, die von bestimmten Personen gemacht wurden?«

»Ja, Sir. Sie würden sich nicht die ganze Aufzeichnung anzuhören brauchen.«

»Und du könntest auch bei Bedarf als Zeuge vor Gericht auftreten?«

»Ich, Sir? Nein, Sir.« Giskards Augen fixierten die Straße. »Da man einen Roboter durch geschickte Befehle zum Lügen bringen kann und alle Drohungen oder Ermahnungen eines Richters nichts daran ändern könnten, betrachtet das Gesetz klugerweise Roboter als nicht kompetent für Zeugenaussagen.«

»Aber welchen Nutzen haben denn in dem Fall deine Aufzeichnungen?«

»Das ist etwas völlig anderes, Sir. Eine einmal hergestellte Aufzeichnung kann nicht auf einfachen Befehl geändert werden; sie kann nur gelöscht werden. Eine solche Aufzeichnung ist deshalb als Beweismittel zulässig. Es gibt dafür freilich keine sicheren Präzedenzfälle; ob die Aufzeichnung daher zugelassen wird oder nicht, hängt vom Einzelfall und dem einzelnen Richter ab.«

Baley konnte nicht sagen, ob diese Feststellung für sich deprimierend war oder ob ihn das unangenehm gelbliche Licht beeinflußte, das die Landschaft einhüllte. »Kannst du zum Fahren gut genug sehen, Giskard?« fragte er.

»Sicher, Sir, aber das brauche ich nicht. Der Schweber ist mit einem Computerradar ausgerüstet und kann daher den Hindernissen selbsttätig ausweichen, selbst wenn ich unerklärlicherweise in meiner Aufgabe versagen sollte. Das Radar war gestern in Betrieb, als wir sehr behaglich reisten, obwohl sämtliche Fenster verdunkelt waren.«

»Partner Elijah«, sagte Daneel und lenkte das Gespräch wieder von dem nahenden Gewitter ab, »haben Sie denn die Hoffnung, daß uns Dr. Amadiro tatsächlich behilflich sein könnte?«

Giskard brachte den Schweber auf einer weiten Rasenfläche vor einem breiten, aber nicht besonders hohen Gebäude zum

Stillstand. Die Fassade des Bauwerks hatte ein kompliziertes Muster, war sichtlich neu und vermittelte den Eindruck, als solle damit etwas sehr Altes imitiert werden.

Baley wußte, daß sie sich vor dem Verwaltungsgebäude befanden, ohne daß ihm das jemand zu sagen brauchte. Er beantwortete Daneels Frage: »Nein, Daneel, ich vermute, daß Amadiro viel zu intelligent ist, um uns auch nur die geringste Handhabe zu liefern, an der wir ihn packen könnten.«

»Und was beabsichtigen Sie in diesem Falle als nächsten Schritt?«

»Ich weiß es nicht«, sagte Baley, der plötzlich das Gefühl hatte, das alles schon einmal erlebt zu haben, »aber ich werde versuchen, mir etwas einfallen zu lassen.«

54

Als Baley das Verwaltungsgebäude betrat, war seine erste Empfindung die der Erleichterung darüber, die unnatürliche Beleuchtung hinter sich zu lassen, die Draußen herrschte. Die zweite war eine leichte Amüsiertheit.

Hier auf Aurora waren die Niederlassungen – wie man hier die privaten Wohnstätten nannte – durch und durch auroranisch. Wenn er in Gladias Wohnzimmer saß oder in Fastolfes Speisezimmer frühstückte oder in Vasilias Arbeitszimmer redete oder Gremionis' trimensionales Sichtgerät benutzte, hätte er nie glauben können, sich auf der Erde zu befinden. Alle vier unterschieden sich voneinander, aber alle fielen doch in eine gewisse Kategorie, die sich völlig von der der Untergrundapartments der Erde unterschied.

Das Verwaltungsgebäude jedoch verbreitete einen Hauch von Amtlichkeit, und der ging über die gewöhnliche menschliche Vielfalt hinaus. Dieses Gebäude gehörte nicht der gleichen Kategorie an wie die Wohnstätten auf Aurora, ebensowenig wie ein Amtsgebäude in Baleys City einem Apartment in den Wohnsektoren glich – dafür herrschte zwischen den zwei Amtsgebäuden auf den zwei Welten, die sich sonst so grundsätzlich voneinander unterschieden, eine seltsame Ähnlichkeit.

Dies war der erste Ort auf Aurora, wo Baley sich einen

Augenblick lang hätte vorstellen können, er befände sich auf der Erde. Hier waren dieselben langen, kalten, nackten Korridore, derselbe kleinstmögliche gemeinsame Nenner in Entwurf und Dekoration, wobei jede Lichtquelle so konstruiert war, um so wenig Menschen wie möglich zu reizen und einigen wenigen Freude zu bereiten.

Es gab ein paar Kleinigkeiten, die auf der Erde gefehlt hätten – zum Beispiel da und dort hängende Töpfe mit Pflanzen, die im Licht gediehen und mit Geräten ausgestattet waren (wie Baley vermutete), die eine kontrollierte und automatische Wässerung garantierten. Diese Andeutung von Natur fehlte auf der Erde, und daß es sie hier gab, erweckte in ihm keineswegs Freude. War es nicht möglich, daß solche Töpfe manchmal herunterfielen? War es nicht möglich, daß sie Insekten anzogen? Oder daß das Wasser heruntertropfte?

Andere Dinge fehlten hier. Wenn man sich auf der Erde im Inneren einer City befand, gab es dort immer das allgegenwärtige warme Summen von zahllosen Menschen und Maschinen – selbst wenn ein Verwaltungsbau noch so kalt und amtlich war. Man nannte es ›das Summen und Brummen gutnachbarlicher Freundschaft‹, um eine Formel zu verwenden, die sich die Politiker und Journalisten der Erde angewöhnt hatten.

Hier hingegen herrschte Stille. In den Niederlassungen, die er an diesem Tag und dem davor besucht hatte, war Baley diese Stille nicht besonders aufgefallen, da ihm dort alles so unnatürlich vorgekommen war, daß eine weitere Seltsamkeit seiner Aufmerksamkeit entgangen war. Tatsächlich war ihm das leichte Summen des Insektenlebens Draußen oder das Rascheln des Windes in der Vegetation mehr aufgefallen als das Fehlen des gleichmäßigen ›menschlichen Brummens‹ (eine weitere populäre Formulierung).

Hier jedoch, wo eine gewisse Verwandtschaft mit der Erde zutage trat, war das Fehlen des ›Brummens‹ ebenso beunruhigend wie die deutlich orangefarbene Tönung der künstlichen Beleuchtung – die vor dem kahlen Weiß der Wände viel deutlicher auffiel als vor den vielfältigen Dekorationen, die die auroranischen Niederlassungen kennzeichneten.

Doch Baleys Versunkenheit dauerte nicht lange. Sie standen unmittelbar innerhalb des Haupteingangs, und Daneel hatte den Arm ausgestreckt, um sie aufzuhalten. Etwa dreißig Sekunden verstrichen, bis Baley, automatisch in den Flüsterton verfallend, weil rings um ihn völlige Stille herrschte, fragte: »Warum warten wir?«

»Weil das ratsam ist, Partner Elijah«, sagte Daneel. »Vor uns ist ein Prickelfeld.«

»Ein was?«

»Ein Prickelfeld, Partner Elijah. Tatsächlich ist die Bezeichnung ein Euphemismus. Es stimuliert die Nervenenden und erzeugt einen ziemlich scharfen Schmerz. Roboter können das Feld passieren, nicht aber menschliche Wesen, und jede Störung des Feldes, ob nun durch einen Menschen oder durch einen Roboter, löst natürlich einen Alarm aus.«

»Wie erkennt man ein solches Prickelfeld?« fragte Baley.

»Man kann es sehen, Partner Elijah, wenn man weiß, worauf man achten muß. Die Luft scheint ein wenig zu flimmern, und die Wand dahinter wirkt ein wenig grünlicher als die Wand davor.«

»Ich bin gar nicht sicher, ob ich das erkenne«, sagte Baley verstimmt. »Was hindert mich – oder jeden anderen Unbefangenen – daran, in das Feld hineinzulaufen und Schmerz zu empfinden?«

»Die Angehörigen des Instituts tragen ein neutralisierendes Gerät bei sich«, erklärte Daneel. »Besucher befinden sich fast ausnahmslos in Begleitung von ein oder mehreren Robotern, die das Prickelfeld mit Sicherheit wahrnehmen.«

Auf der anderen Seite des Feldes kam jetzt ein Roboter den Korridor herunter (das Flimmern des Feldes war vor der gedämpften Glätte seiner metallischen Oberfläche leichter zu erkennen). Er schien Giskard zu ignorieren, zögerte aber einen Augenblick lang, als sein Blick von Baley zu Daneel wanderte und dann wieder zu Baley zurück. Dann schien er seine Entscheidung getroffen zu haben und sprach Baley an. (Vielleicht, dachte Baley, sieht Daneel zu menschlich aus, um ein Mensch zu sein.)

Der Roboter sagte: »Ihr Name, Sir?«

Baley antwortete: »Ich bin Detektiv Elijah Baley von der Erde. Ich befinde mich in Begleitung zweier Roboter der Niederlassung von Dr. Han Fastolfe – Daneel Olivaw und Giskard Reventlov.«

»Legitimation?«

Giskards Seriennummer leuchtete in weichem, phosphoreszierendem Licht auf seiner linken Brustseite auf. »Ich verbürge mich für die beiden, Freund«, sagte er.

Der Roboter studierte die Nummer einen Augenblick lang, als vergliche er sie mit etwas in seinen Datenbänken. Dann nickte er und sagte: »Seriennummer akzeptiert. Sie dürfen passieren.«

Daneel und Giskard setzten sich sofort in Bewegung, aber Baley ertappte sich dabei, wie er nur langsam einen Fuß vor den anderen setzte. Er streckte einen Arm aus, um damit eine etwaige Schmerzreaktion zu testen.

»Das Feld ist abgeschaltet, Partner Elijah«, sagte Daneel. »Es wird wieder aufgebaut, nachdem wir es passiert haben.«

Besser Vorsicht, als es dann bedauern müssen, dachte Baley und fuhr fort, sich tastend zu bewegen, bis er die Stelle hinter sich hatte, wo die Sperre des Feldes hätte existieren können.

Die Roboter warteten, ohne irgendwelche Anzeichen von Ungeduld oder Verstimmung erkennen zu lassen, bis Baley sie eingeholt hatte.

Dann betraten sie eine schraubenförmig angelegte Rampe, die so schmal war, daß sie nur von zwei Personen nebeneinander benutzt werden konnte. Der Roboter des Instituts ging allein an der Spitze; Baley und Daneel standen nebeneinander hinter ihm (wobei Daneels Hand leicht, aber beinahe besitzergreifend auf Baleys Ellbogen lag), und Giskard bildete die Nachhut.

Baley bemerkte, daß seine Schuhe nach oben wiesen, und hatte das unbestimmte Gefühl, daß es etwas mühsam sein würde, diese zu steile Rampe hinaufzugehen und sich dabei die ganze Zeit nach vorne beugen zu müssen, um nicht auszugleiten. Entweder seine Schuhsohlen oder die Rampe – oder beides – hätten gerippt sein müssen. Und das waren sie nicht.

Der Roboter vorne sagte: »Mr. Baley« – als wollte er vor etwas warnen, und dann wurde der Griff der Roboterhand an dem Geländer sichtlich fester.

Gleichzeitig teilte sich die Rampe in Sektionen, die sich aneinanderschoben und Stufen bildeten. Im nächsten Augenblick begann sich die ganze Rampe nach oben zu bewegen. Sie beschrieb eine komplette Drehung, bewegte sich durch die

Decke, die sich teilweise geöffnet hatte, und als sie schließlich zum Stillstand kam, befanden sie sich (mutmaßlich) im ersten Stockwerk. Die Stufen verschwanden, und die vier verließen die Rampe.

Baley blickte sich neugierig um. »Ich nehme an, die Rampe dient ebenso auch Leuten, die nach unten wollen. Aber was ist, wenn mehr Leute hinauf- als hinuntergehen wollen? Dann würde sie doch einen halben Kilometer in den Himmel ragen – oder umgekehrt in den Boden.«

»Das ist eine Auf-Helix«, sagte Daneel leise. »Es gibt separate Ab-Helices.«

»Aber sie muß doch wieder hinunter, oder?«

»Sie bricht oben zusammen – oder unten –, je nachdem, wovon wir sprechen, Partner Elijah, und wenn sie nicht gebraucht wird, wickelt sie sich sozusagen auf. Diese Auf-Helix fährt jetzt wieder hinunter.«

Baley sah sich um. Vielleicht glitt die glatte Oberfläche tatsächlich nach unten, aber sie ließ keinerlei Unregelmäßigkeit erkennen, deren Bewegung ihm aufgefallen wäre.

»Und wenn jemand sie benutzen möchte, wenn sie ganz oben ist?«

»Dann muß er warten, bis sie sich zurückgewickelt hat, und das dauert weniger als eine Minute. – Es gibt auch gewöhnliche Treppenstufen, Partner Elijah, und die meisten Auroraner zögern nicht, sie zu benutzen. Roboter benutzen die Treppen fast immer. Da Sie ein Besucher sind, bietet man Ihnen höflichkeitshalber die Helix an.«

Sie gingen einen Korridor entlang auf eine Tür zu, die etwas auffälliger als die anderen war. »Man bemüht sich also, mir gegenüber höflich zu sein«, sagte Baley. »Das stimmt mich hoffnungsfroh.«

Vielleicht war es ebenfalls ein hoffnungerweckendes Zeichen, daß jetzt in der Tür ein Auroraner erschien. Er war groß, wenigstens acht Zentimeter größer als Daneel, der seinerseits Baley um fünf Zentimeter überragte, etwas untersetzt, mit einem runden Gesicht, einer etwas knollenförmigen Nase, welligem, dunklem Haar, dunkler Gesichtshaut – und einem Lächeln.

Das Lächeln war es, das am meisten auffiel. Breit und allem

Anschein nach ungezwungen, ließ es kräftige Zähne erkennen, die weiß und wohlgeformt waren.

»Ah, Mr. Baley, der berühmte Ermittler von der Erde«, sagte er. »Auf unseren kleinen Planeten gekommen, um zu zeigen, daß ich ein schrecklicher Schurke bin. Kommen Sie herein! Sie sind willkommen. Es tut mir leid, wenn Ihnen mein tüchtiger Assistent, Robotiker Maloon Cicis, den Eindruck vermittelt hat, ich stünde nicht zur Verfügung. Aber er ist ein vorsichtiger Bursche und macht sich viel mehr Sorgen um meine Zeit als ich selbst.«

Er trat einen Schritt zur Seite, während Baley eintrat, und tippte ihm leicht mit der flachen Hand auf die Schulter, als er an ihm vorüberging. Es schien sich dabei um eine Freundschaftsgeste von einer Art zu handeln, die Baley bislang auf Aurora noch nicht erlebt hatte.

Baley sagte vorsichtig (unterstellte er zuviel?): »Ich nehme an, Sie sind Meisterrobotiker Kelden Amadiro?«

»Genau. Genau. Der Mann, der Dr. Han Fastolfe als politische Kraft auf diesem Planeten zu zerstören beabsichtigt – aber das macht mich wirklich noch nicht zu einem Schurken, und ich hoffe, es wird mir gelingen, Sie davon zu überzeugen. Schließlich versuche ich ja auch nicht zu beweisen, daß Fastolfe ein Schurke ist, einfach nur wegen dem Vandalismus, den er an dem Gebilde seiner eigenen Schöpfung begangen hat – dem armen Jander. Wir wollen lediglich sagen, daß ich demonstrieren möchte, daß Fastolfe... äh... unrecht hat.«

Er machte eine leichte Handbewegung, und der Roboter, der sie hereingeführt hatte, trat vor und begab sich in eine Nische.

Während die Tür sich schloß, wies Amadiro Baley jovial auf einen wohlgepolsterten Sessel und deutete unterdessen mit einer knappen Bewegung seiner anderen Hand auf Wandnischen für Daneel und Giskard.

Baley stellte fest, daß Amadiro einen Augenblick lang begierig Daneel anstarrte und daß in dem Augenblick sein Lächeln verschwand und sein Gesicht einen geradezu habgierigen Ausdruck annahm. Aber dann verschwand er gleich wieder, und er lächelte wieder. Baley mußte sich fragen, ob jener kurze Wechsel im Ausdruck vielleicht nur eine Erfindung seiner eigenen Phantasie gewesen war.

»Da es so aussieht, als würden wir schlechtes Wetter bekommen, wollen wir doch ohne das wenig effektive Tageslicht auskommen, mit dem wir jetzt gesegnet sind«, sagte Amadiro.

Irgendwie (Baley konnte nicht ganz mitverfolgen, was Amadiro an der Schaltkonsole seines Schreibtisches tat) wurden die Fenster undurchsichtig, und von den Wänden ging ein sanftes, an Tageslicht erinnerndes Leuchten aus.

Amadiros Lächeln schien noch breiter zu werden. »Eigentlich gibt es nicht viel, was wir besprechen müßten, Mr. Baley. Ich habe mich bei Mr. Gremionis erkundigt, während Sie hierher unterwegs waren. Was er gesagt hat, hat mich dazu veranlaßt, auch Dr. Vasilia anzurufen. Allem Anschein nach, Mr. Baley, haben Sie beide mehr oder weniger der Komplizenschaft an der Zerstörung von Jander bezichtigt, und wenn ich richtig verstanden habe, haben Sie auch mich bezichtigt.«

»Ich habe lediglich Fragen gestellt, Dr. Amadiro, so wie ich es jetzt auch vorhabe.«

»Ohne Zweifel. Aber Sie sind ein Erdenmensch, also ist Ihnen nicht bewußt, wie ungeheuerlich das ist, was Sie tun, und es tut mir wirklich leid, daß Sie dennoch die Folgen Ihres Handelns tragen müssen – Sie wissen vielleicht, daß Gremionis mir eine Notiz geschickt hat, in der er erklärt, Sie hätten ihn verleumdet.«

»Das hat er mir gesagt, aber er hat das, was ich getan habe, falsch interpretiert. Das war keine Verleumdung.«

Amadiro schürzte die Lippen, als würde er über das Gehörte nachdenken. »Wahrscheinlich haben Sie von Ihrem Standpunkt aus recht, Mr. Baley, aber Sie verstehen die auroranische Definition des Wortes nicht. Ich war gezwungen, Gremionis' Notiz an den Vorsitzenden weiterzuleiten, und die Folge wird höchstwahrscheinlich sein, daß man Sie auffordern wird, den Planeten bis morgen früh zu verlassen. Mir tut dies natürlich leid, aber ich fürchte, Ihre Ermittlungen hier werden bald beendet sein.«

Vierzehnter Teil

Noch einmal Amadiro

55

Baley war verblüfft. Er wußte nicht, was er aus Amadiros Worten für Schlüsse ziehen sollte, und hatte auch nicht erwartet, daß er selbst so verwirrt sein würde. Gremionis hatte ihn als ›abweisend‹ beschrieben. Nach dem, was Cicis gesagt hatte, hatte er erwartet, daß Amadiro sich autoritär geben würde. Tatsächlich wirkte Amadiro aber jovial, locker, ja freundlich, und doch war er, wenn man seinen Worten trauen durfte, offenbar in aller Ruhe damit beschäftigt, seinen Ermittlungen ein Ende zu machen. Völlig mitleidlos, wie es schien – und doch mit einem Lächeln, das irgendwie sein Mitgefühl auszudrücken schien.

Was war er?

Baleys Blick wanderte automatisch zu den Nischen, in denen Giskard und Daneel standen, der primitive Giskard natürlich ohne Ausdruck, der hochentwickelte Daneel ruhig und still. Daß Daneel Amadiro in seiner kurzen Existenz je begegnet sein sollte, war eigentlich unwahrscheinlich. Giskard andererseits in seinen – wie vielen eigentlich? – Lebensjahrzehnten hätte ihm sehr wohl schon einmal begegnet sein können.

Baleys Lippen preßten sich zusammen, als ihm in den Sinn kam, daß er Giskard vorher hätte fragen können, wie Amadiro wohl sein würde. In dem Fall hätte er sich jetzt vielleicht besser ein Urteil darüber bilden können. Wieviel von dem Eindruck, den dieser Robotiker zu vermitteln versuchte, echt war und wieviel nur geschickte Verstellung.

Warum, in aller Welt, fragte sich Baley, setzte er eigentlich seine robotischen Hilfstruppen nicht intelligenter ein? Und warum bot Giskard nicht von sich aus Informationen an – aber nein, das war unfair. Giskard fehlte ganz offensichtlich die Kapazität für unabhängiges Handeln dieser Art. Er würde auf Aufforderung hin Informationen liefern, dachte Baley, keineswegs aber aus eigener Initiative.

Amadiro hatte Baleys Blick bemerkt und sagte: »Ich bin einer gegen drei, denke ich. Wie Sie sehen, habe ich keinen meiner Roboter hier in meinem Büro – obwohl, wie ich zugebe, eine ganze Anzahl auf Zuruf zur Verfügung steht –, während Sie zwei von Fastolfes Robotern hier haben: den alten, verläßlichen Giskard und dieses Wunderwerk Daneel.«

»Ich sehe, Sie kennen sie beide«, sagte Baley.

»Nur ihrem Ruf nach. Tatsächlich sehe ich sie – ich als Robotiker wollte gerade sagen ›in Fleisch und Blut‹ – tatsächlich sehe ich sie jetzt zum erstenmal – obwohl ich Daneel, von einem Schauspieler dargestellt – in diesem Hyperwellenstück gesehen habe.«

»Jedermann auf allen Welten hat offenbar dieses Hyperwellenstück gesehen«, sagte Baley ein wenig mürrisch, »das macht mein Leben – als echtes und beschränktes Individuum – schwierig.«

»Nicht soweit es mich betrifft«, sagte Amadiro, und sein Lächeln wurde wieder breiter. »Ich versichere Ihnen, daß ich Ihre fiktive Darstellung in keiner Weise ernstgenommen habe. Ich bin durchaus davon ausgegangen, daß Sie im wirklichen Leben Beschränkungen unterworfen sein würden. Und das sind Sie auch – sonst hätten Sie nicht so ohne weiteres auf Aurora unbegründete Anklagen ausgesprochen.«

»Dr. Amadiro«, sagte Baley, »ich versichere Ihnen, daß ich keine formellen Anklagen oder Beschuldigungen ausgesprochen habe. Ich war lediglich mit Ermittlungen beschäftigt und habe Möglichkeiten in Betracht gezogen.«

»Verstehen Sie mich bitte nicht falsch«, sagte Amadiro, plötzlich sehr ernst geworden. »Ich nehme es Ihnen nicht übel. Ich bin sicher, daß Sie sich nach den Maßstäben der Erde völlig korrekt verhalten haben. Es ist nur so, daß Sie es hier mit den Maßstäben Auroras zu tun haben. Wir legen unglaublich großen Wert auf unseren Ruf.«

»Wenn das so wäre, Dr. Amadiro, haben dann nicht Sie und andere Globalisten Dr. Fastolfe in viel größerem Maße mit

Verdächtigungen verleumdet, als alles, was ich vielleicht getan habe?«

»Völlig richtig«, räumte Amadiro ein, »aber ich bin ein prominenter Auroraner und verfüge über gewissen Einfluß, während Sie ein Erdenmensch sind, der keinerlei Einfluß besitzt. Das ist in höchstem Maße unfair, das gebe ich zu und bedaure es auch, aber so ist das Leben nun mal. Was können wir tun? Außerdem kann man die Anklage gegen Fastolfe aufrechterhalten – und *wird* das auch tun –, und Verleumdung ist nicht Verleumdung, wenn sie die Wahrheit ist. Ihr Fehler war es, Anklagen zu erheben, die einfach nicht aufrechterhalten werden *können*. Ich bin sicher, Sie werden zugeben, daß weder Mr. Gremionis noch Dr. Vasilia Aliena – noch beide zusammen – den armen Jander hätten zerstören können.«

»Ich habe keinen von beiden formell angeklagt.«

»Mag sein, aber auf Aurora können Sie sich nicht hinter dem Wörtchen ›formell‹ verstecken. Bedauerlicherweise hat Fastolfe Sie nicht davor gewarnt, als er Sie hierherholte, um diese Ermittlung in Angriff zu nehmen, diese – wie man Sie jetzt ja leider bezeichnen muß – mißglückte Ermittlung.«

Baley spürte, wie seine Mundwinkel zuckten, während er dachte, daß Fastolfe ihn tatsächlich hätte warnen können.

»Bekomme ich eine Chance, mich in dieser Angelegenheit zu äußern, oder ist das alles schon erledigt?« fragte er.

»Natürlich wird man Sie anhören, ehe man Sie verurteilt. Wir Auroraner sind ja keine Barbaren. Der Vorsitzende wird die Notiz und meine Vorschläge, die ich ihr beigefügt habe, in Betracht ziehen. Wahrscheinlich wird er Fastolfe als die andere betroffene Partei befragen und dann ein Gespräch mit uns allen dreien arrangieren, vielleicht morgen. Vielleicht wird dann eine Entscheidung getroffen – oder später –, und die würde dann von der ganzen Legislatur ratifiziert werden. Ich versichere Ihnen, alle Vorschriften des Gesetzes werden befolgt werden.«

»Ohne Zweifel wird das Gesetz buchstabengetreu befolgt werden. Was aber, wenn der Vorsitzende sich bereits entschieden hat? Was, wenn man nichts, was ich sagen werde, akzeptiert? Und was, wenn die Legislatur dann einfach eine vorgefaßte Entscheidung einfach abstempelt? Ist das möglich?«

Amadiro lächelte nicht gerade über diese Frage, schien aber in subtiler Weise amüsiert. »Sie sind Realist, Mr. Baley, das freut mich. Leute, die von Gerechtigkeit träumen, werden so leicht enttäuscht – und gewöhnlich sind es so wunderbare Leute, daß es einem wirklich leid tut, wenn so etwas passiert.«

Amadiros Blick wanderte jetzt wieder zu Daneel hinüber. »Eine bemerkenswerte Leistung, dieser humaniforme Roboter«, sagte er. »Es ist wirklich erstaunlich, wie Fastolfe es geschafft hat, das alles so für sich zu behalten. Und es ist wirklich jammerschade, daß Jander zerstört ist. Da hat Fastolfe etwas Unverzeihliches getan.«

»Dr. Fastolfe stellt entschieden in Abrede, Sir, daß er damit irgend etwas zu tun hatte.«

»Ja, Mr. Baley, natürlich würde er das tun. Sagt er denn, *ich* hätte etwas damit zu tun? Oder ist das einzig und allein Ihre Idee?«

Baley überlegte kurz und sagte dann ganz langsam: »Ich habe keinerlei Idee dieser Art. Ich möchte Sie nur in dieser Angelegenheit befragen. Was Dr. Fastolfe betrifft, so würde ihn Ihr Vorwurf der Verleumdung völlig unschuldig treffen. Er ist sicher, daß Sie nichts mit dem zu tun hatten, was Jander widerfahren ist, weil er ganz sicher ist, daß Ihnen das Wissen und die Fähigkeit fehlen, einen humaniformen Roboter zu immobilisieren.«

Falls Baley gehofft hatte, Amadiro damit aus der Fassung zu bringen, so hatte er sich geirrt. Dieser nahm den Hieb gelassen hin, ohne die gute Laune zu verlieren, und sagte: »Darin hat er recht, Mr. Baley. Kein Robotiker, mit Ausnahme Fastolfes selbst, verfügt über hinreichende Fähigkeit. Ist es nicht das, was er sagt, unser bescheidener Meister der Meister?«

»So ist es.«

»Dann frage ich mich nur, was seiner Ansicht nach Jander widerfahren ist?«

»Ein Zufallsereignis. Reiner Zufall.«

Amadiro lachte. »Hat er die Wahrscheinlichkeit eines so zufälligen Ereignisses ausgerechnet?«

»Ja, Meisterrobotiker. Aber auch etwas sehr Unwahrscheinliches kann passieren, besonders wenn es etwa Vorfälle gegeben hat, die die Chancen verbessert haben.«

»Was, zum Beispiel?«

»Genau das ist es, was ich herauszufinden hoffe. Da Sie bereits veranlaßt haben, daß man mich des Planeten verweist, würde mich interessieren, ob Sie jetzt die Absicht haben, jede Befragung Ihrer Person zu verhindern. Oder darf ich meine Ermittlungen fortsetzen, bis meine Aktivitäten legal beendet sind? Doch ehe Sie antworten, Dr. Amadiro, sollten Sie bitte bedenken, daß die Ermittlung noch *nicht* legal beendet wurde, und ich werde Sie daher, falls Sie darauf bestehen sollten, das Gespräch jetzt zu beenden, in einer etwaigen Anhörung, ob nun morgen oder später, bezichtigen können, daß Sie es abgelehnt haben, meine Fragen zu beantworten. Das könnte den Vorsitzenden in seiner Entscheidung beeinflussen.«

»Das würde es nicht, mein lieber Mr. Baley. Bilden Sie sich bloß nicht ein, daß Sie mich in irgendeiner Weise unter Druck setzen könnten. – Aber Sie dürfen mich so lange befragen, wie Sie dies wünschen. Ich werde Sie in vollem Maße unterstützen und wäre es nur, um das Schauspiel zu genießen, wie der gute Fastolfe erfolglos versucht, sich aus den Folgen seiner unglücklichen Tat herauszuwinden. Ich bin nicht besonders rachsüchtig, Mr. Baley, aber die Tatsache, daß Jander Fastolfes eigene Schöpfung war, gibt ihm noch lange nicht das Recht, ihn zu zerstören.«

»Da noch nicht beweiskräftig festgestellt ist, daß er das tatsächlich getan hat, ist das, was Sie gerade gesagt haben, zumindest potentiell Verleumdung«, meinte Baley. »Lassen wir das aber beiseite und fahren wir mit der Befragung fort. Ich brauche Informationen. Ich werde meine Fragen kurz und direkt stellen. Und wenn Sie in der gleichen Weise antworten, kann dieses Gespräch schnell beendet werden.«

»Nein, Mr. Baley. *Sie* werden die Umstände dieses Gesprächs nicht festlegen«, sagte Amadiro. »Ich nehme an, daß einer oder beide Ihrer Roboter dazu ausgerüstet sind, unser Gespräch aufzuzeichnen.«

»Ja, das glaube ich.«

»Ich weiß es. Ich habe selbst ein Aufnahmegerät. Glauben Sie ja nicht, mein guter Mr. Baley, daß Sie mich durch einen Dschungel kurzer Antworten zu etwas hinführen können, das Fastolfes Zwecken dienen wird. Ich werde so antworten, wie ich es für richtig halte, und sicherstellen, daß ich nicht falsch interpretiert werde, und meine eigene Aufzeichnung wird mich dabei unterstützen.« Jetzt war zum erstenmal die Andeutung des Wolfes hinter Amadiros freundlicher Fassade zu bemerken.

»Nun gut, aber wenn Ihre Antworten bewußt langatmig und ausweichend sind, wird auch das aus den Aufzeichnungen hervorgehen.«

»Selbstverständlich.«

»Nachdem das nun klar ist, darf ich bitte zuerst ein Glas Wasser haben?«

»Aber natürlich. – Giskard, würdest du Mr. Baley bedienen?«

Giskard verließ seine Nische sofort. An der Bar am einen Ende des Raumes war das unvermeidliche Klirren von Eis zu hören, und im nächsten Augenblick stand ein großes Glas Wasser vor Baley auf dem Tisch.

»Danke, Giskard«, sagte Baley und wartete, bis er sich wieder in seine Nische zurückgezogen hatte. Dann sagte er: »Dr. Amadiro, gehe ich richtig in der Annahme, daß Sie der Leiter des Robotikinstituts sind?«

»Ja, so ist es.«

»Und sein Gründer?«

»Korrekt. – Sie sehen, ich antworte kurz.«

»Wie lange existiert es bereits?«

»Als Konzept – Jahrzehnte. Ich war wenigstens fünfzehn Jahre damit beschäftigt, ähnlich denkende Leute zu sammeln. Die Legislatur hat ihre Erlaubnis vor zwölf Jahren erteilt. Der Bau begann vor neun Jahren, und die aktive Arbeit vor sechs. In seinem augenblicklich fertiggestellten Zustand ist das Institut zwei Jahre alt, und es gibt langfristige Pläne für eine spätere weitere Ausdehnung. – Da haben Sie jetzt eine lange Antwort, Sir, aber einigermaßen knapp präsentiert.«

»Warum haben Sie es für notwendig gehalten, das Institut zu gründen?«

»Ah, Mr. Baley. Hier erwarten Sie doch sicher eine langatmige Antwort.«

»Wie Sie wünschen, Sir.«

In diesem Augenblick brachte ein Roboter ein Tablett mit kleinen Sandwiches und noch kleinerem Gebäck, das auf Baley völlig fremdartig wirkte. Er probierte ein Sandwich, das er zwar als knusprig und nicht gerade unangenehm empfand, dessen

Geschmack aber doch so fremdartig war, daß er sich anstrengen mußte, es aufzuessen. Er spülte es mit dem restlichen Wasser aus seinem Glas hinunter.

Amadiro sah mit einem Ausdruck sanfter Amüsiertheit zu und sagte: »Sie müssen begreifen, Mr. Baley, daß wir Auroraner ungewöhnliche Leute sind. Das sind Spacer im allgemeinen, aber ich spreche jetzt ganz speziell von Auroranern. Wir stammen von den Erdenmenschen ab – etwas, worüber die meisten von uns nicht gerne nachdenken –, aber wir sind selbstgewählt.«

»Was bedeutet das, Sir?«

»Die Erdenmenschen haben lange auf einem zunehmend überfüllten Planeten gelebt und sich in noch überfüllteren Städten zusammengedrängt, aus denen schließlich Bienenwaben und Ameisenhügel wurden, die sie ›Cities‹ nennen. Welche Art von Erdenmenschen würde nun wohl die Erde verlassen und andere Welten aufsuchen, die leer und feindselig sind, um dort aus dem Nichts neue Gesellschaften zu errichten, Gesellschaften, von denen – wie sie wissen müßten – zu ihren eigenen Lebzeiten keinen Nutzen ziehen würden –, von Bäumen sozusagen, die immer noch Schößlinge sein werden, wenn sie selbst nicht mehr sind?«

»Ziemlich ungewöhnliche Leute, denke ich.«

»Sehr ungewöhnliche. Genauer gesagt, Leute, die nicht so davon abhängig sind, Scharen von ihresgleichen um sich zu haben, daß ihnen die Fähigkeit fehlte, der Leere ins Auge zu sehen. Leute, die sogar die Leere vorziehen, die auf eigene Faust arbeiten und auf eigene Faust sich Problemen stellen, und dies lieber tun, als sich in der Herde verstecken und die Bürde zu teilen, so daß ihre eigene Last praktisch auf Null zusammenschrumpft. Individualisten, Mr. Baley, *Individualisten!*«

»Das leuchtet mir ein.«

»Und darauf ist unsere Gesellschaft gegründet. Jede Richtung, in die sich die Spacerwelten entwickelt haben, bestätigt unsere Individualität. Wir sind hier auf Aurora stolz darauf, Menschen zu sein, Menschen, nicht zusammengedrängte Schafe, wie auf der Erde. – Bitte verstehen Sie, Mr. Baley, ich will mit dieser Formulierung in keiner Weise die Erde verspotten. Sie haben einfach eine andere Gesellschaftsform, die ich nicht bewundernswert finde, aber die Sie, wie ich vermute, als behaglich und ideal empfinden.«

»Was hat das mit der Gründung des Instituts zu tun, Dr. Amadiro?«

»Selbst stolzer und gesunder Individualismus hat seine Nachteile. Die besten Köpfe – wenn sie einzeln arbeiten, selbst Jahrhunderte lang – können keine schnellen Fortschritte machen, wenn sie sich weigern, ihre Erkenntnisse anderen mitzuteilen. Ein kniffliges Problem kann einen Gelehrten vielleicht ein Jahrhundert lang aufhalten, dabei kann es durchaus sein, daß ein Kollege die Lösung bereits besitzt und das Problem nicht einmal kennt, das man damit lösen könnte. – Das Institut ist ein Versuch, zumindest im engen Bereich der Robotik eine gewisse Gemeinschaft des Denkens herbeizuführen.«

»Ist es möglich, daß das spezielle Problem, mit dem Sie sich befassen wollen, das der Konstruktion eines humaniformen Roboters ist?«

Amadiros Augen funkelten. »Ja, das ist offensichtlich, nicht wahr? Es ist jetzt sechsundzwanzig Jahre her, daß Fastolfes neues mathematisches System, das er ›intersektionelle Analyse‹ nennt, es möglich machte, humaniforme Roboter zu entwerfen – aber er hat das System für sich behalten. Jahre später, als all die schwierigen technischen Einzelheiten gelöst waren, wandten er und Dr. Sarton die Theorie auf die Konstruktion Daneels an. Dann stellte Fastolfe allein Jander fertig. Aber all jene Einzelheiten wurden ebenfalls geheimgehalten.

Die meisten Robotiker zuckten die Achseln und empfanden das als ganz natürlich. Sie konnten nur versuchen, die Details individuell für sich herauszufinden. Ich andererseits dachte an die Möglichkeit eines Instituts, in dem man die Bemühungen zusammenfassen und koordinieren konnte. Es war nicht leicht, andere Robotiker davon zu überzeugen, daß der Plan nützlich wäre, oder die Legislatur davon zu überzeugen, die Mittel dafür bereitzustellen, wo Fastolfe doch dagegen opponierte. Oder all die Jahre nicht den Mut zu verlieren. Aber da sind wir nun.«

»Warum war Dr. Fastolfe dagegen?« sagte Baley.

»Am Anfang ganz gewöhnliche Eitelkeit – und daran habe ich nichts auszusetzen, verstehen Sie. Wir alle sind in solchen Dingen eitel. Das ist eine Folge unseres Individualismus. Worauf es ankommt, ist, daß Fastolfe sich für den größten Robotiker der Geschichte hält und auch den humaniformen Roboter als seine ganz persönliche Leistung betrachtet. Er möchte nicht, daß diese Leistung von einer Gruppe von Robotikern dupliziert wird, die im Vergleich zu ihm als Individuen gesichtslos sind. Ich kann mir vorstellen, daß er darin eine Verschwörung kleiner Geister sah, die seinen großen Sieg verwässern und entstellen wollten.«

»Sie sagen, das sei ›am Anfang‹ sein Motiv für seinen Widerstand gewesen. Das bedeutet, daß es noch andere Motive gab. Welche Motive waren das?«

»Er ist auch nicht mit unseren Plänen für unseren künftigen Einsatz der humaniformen Roboter einverstanden.«

»Und was für Pläne sind das, Dr. Amadiro?«

»Nicht jetzt. Jetzt tun Sie doch nicht so unschuldig! Dr. Fastolfe hat Ihnen doch sicherlich von den Globalistenplänen für die Besiedlung der Galaxis erzählt?«

»Das hat er, und außerdem hat Dr. Vasilia mir gegenüber von den Schwierigkeiten des wissenschaftlichen Fortschritts unter Individualisten gesprochen. Aber das hält mich nicht davon ab, Ihre Ansichten über diese Dinge hören zu wollen. Und Sie sollte es nicht davon abhalten, sie mir zu schildern. Was das betrifft, wollen Sie denn, daß ich Dr. Fastolfes Interpretation der Globalistenpläne als völlig vorurteilslos und neutral akzeptiere – und würden Sie das in dem Fall bitte eindeutig für die Akten erklären? Oder würden Sie es vorziehen, Ihre Pläne mit Ihren eigenen Worten zu beschreiben?«

»So formuliert, Mr. Baley, haben Sie nicht vor, mir eine Wahl zu lassen.«

»Richtig, Dr. Amadiro.«

»Nun gut. Ich ... – ich sollte sagen wir, denn die Angehörigen des Instituts haben in diesem Punkt die gleiche Meinung – sehen in die Zukunft und wünschen uns, daß die Menschheit immer mehr Planeten für die Besiedlung erschließt. Wir wollen aber nicht, daß der Prozeß der Selbstselektion die älteren Planeten zerstört oder sie zu einem langsamen Tod verurteilt, wie es – verzeihen Sie mir – im Falle der Erde ist. Wir wollen nicht, daß die neuen Planeten unsere besten Kräfte anziehen, so daß nur der karge Rest, der Abschaum sozusagen, zurückbleibt. Das können Sie doch verstehen, oder?«

»Bitte fahren Sie fort!«

»In jeder roboterorientierten Gesellschaft, so wie in der unseren, ist die einfache Lösung die, Roboter als Siedler auszuschicken. Die Roboter werden die Gesellschaft und die Welt aufbauen, und dann können wir alle später folgen, ohne eine Auswahl zu treffen, denn die neue Welt wird für uns ebenso behaglich und so gut auf uns angepaßt sein, wie es die alten Welten waren. Auf die Weise können wir also sozusagen zu den neuen Welten gehen, ohne unser Zuhause zu verlassen.«

»Werden denn die Roboter nicht eher Roboterwelten schaffen als menschliche Welten?«

»Genau, wenn wir nämlich Roboter ausschicken, die nichts als nur Roboter sind. Aber wir haben die Chance, humaniforme Roboter wie Daneel auszuschicken, die, indem sie neue Welten für sich schaffen, automatisch Welten für uns schaffen würden. Aber dem widersetzt sich Dr. Fastolfe. Für ihn liegt in der Vorstellung, daß menschliche Wesen aus einem fremden, feindseligen Planeten eine neue Welt schaffen, eine Tugend. Er will nicht sehen, daß diese Anstrengung nicht nur einen enormen Preis an menschlichen Leben fordern würde, sondern auch eine Welt schaffen würde, die von katastrophalen Ereignissen zu etwas geformt wird, das den Welten, die wir kennen, in nichts gleicht.«

»So wie sich die Spacerwelten heute von der Erde und voneinander unterscheiden?«

Einen Augenblick lang war an Amadiro nichts Joviales, und er sah Baley nachdenklich an. »Damit rühren Sie an einen wichtigen Punkt, Mr. Baley. Ich spreche hier nur von Aurora. Die Spacerwelten unterscheiden sich in der Tat voneinander, und ich mag die meisten nicht sonderlich. Für mich ist es klar – wenn ich auch in dem Punkt vielleicht ein Vorurteil habe –, daß Aurora, die älteste der Spacerwelten, auch die beste und erfolgreichste ist. Ich will keine Vielzahl neuer Welten, von denen vielleicht nur einige wenige wirklich wertvoll sein könnten. Ich will viele Auroras – zahllose Millionen Auroras –, und aus diesem Grund wünsche ich mir, daß neue Welten in Auroras umgeformt werden, *bevor* menschliche Wesen dorthin gehen. Deshalb nennen wir uns übrigens ›Globalisten‹. Uns interessiert *dieser* Globus, den wir haben – Aurora – kein anderer.«

»Sehen Sie in der Vielfalt keinen Wert, Dr. Amadiro?«

»Wenn die Vielfältigkeiten gleichmäßig gut wären, gäbe es vielleicht einen solchen Wert, aber wenn einige – oder die meisten – einen geringeren Wert haben, welchen Nutzen würde das dann für die Menschheit bringen?«

»Wann beginnen Sie mit dieser Arbeit?«

»Wenn wir die humaniformen Roboter dafür haben. Bis jetzt gab es die zwei von Fastolfe, wovon er einen zerstört hat, so daß Daneel das einzige Exemplar ist.« Seine Augen schweiften dabei kurz zu Daneel hinüber.

»Wann werden Sie humaniforme Roboter haben?«

»Das ist schwer zu sagen. Bis jetzt haben wir Dr. Fastolfe noch nicht eingeholt.«

»Obwohl er allein ist und Sie viele sind, Dr. Amadiro?«

Amadiro zuckte leicht die Achseln. »Sie vergeuden Ihren Sarkasmus, Mr. Baley. Fastolfe hatte von Anfang an einen großen Vorsprung, und obwohl das Institut schon lange Zeit im embryonalen Zustand existiert hat, arbeiten wir erst seit zwei Jahren. Außerdem werden wir nicht nur Fastolfe einholen, sondern ihn auch überholen müssen. Daneel ist ein gutes Produkt, aber er ist nur ein Prototyp und nicht gut genug.«

»In welcher Weise müssen die humaniformen Roboter über Daneel hinaus verbessert werden?«

»Sie müssen noch menschlicher werden, das liegt auf der Hand. Es muß sie in beiden Geschlechtern geben, und es muß das Äquivalent von Kindern geben. Es muß eine Generationenverteilung geben, wenn auf den Planeten eine hinreichend menschliche Gesellschaft aufgebaut werden soll.«

»Ich glaube, ich sehe da Schwierigkeiten, Dr. Amadiro.«

»Ohne Zweifel. Es gibt viele. Welche Schwierigkeiten sehen Sie, Mr. Baley?«

»Wenn Sie humaniforme Roboter erzeugen, die so humaniform sind, daß sie eine menschliche Gesellschaft imitieren können, und wenn sie in beiden Geschlechtern und über mehrere Generationen verteilt hergestellt werden, wie werden Sie sie dann von menschlichen Wesen unterscheiden können?«

»Wird das wichtig sein?«

»Vielleicht. Wenn derartige Roboter zu menschlich sind, könnten sie mit der auroranischen Gesellschaft verschmelzen und Teil der menschlichen Familiengruppen werden – und dann wären sie möglicherweise nicht für den Dienst als Pioniere geeignet.«

Amadiro lachte. »Der Gedanke ist Ihnen wegen Gladia Delmarres Beziehung zu Jander gekommen. Sehen Sie, ich weiß aus meinen Gesprächen mit Gremionis und Dr. Vasilia einiges über Ihr Gespräch mit dieser Frau. Ich darf Sie daran erinnern, daß Gladia von Solaria stammt und daß ihre Vorstellung von einem Ehemann nicht notwendigerweise der auf Aurora üblichen Vorstellung entspricht.«

»Ich habe nicht speziell an sie gedacht. Ich dachte, daß auf Aurora eine sehr liberale Haltung hinsichtlich des Geschlechtslebens vorherrscht und daß man selbst heute schon Roboter als Sexualpartner toleriert, wo sie doch nur annähernd humaniform sind. Wenn man einen Roboter wirklich nicht von einem menschlichen Wesen unterscheiden kann...«

»Da ist die Frage der Kinder. Roboter können keine Kinder haben.«

»Aber das bringt uns zum nächsten Punkt. Die Roboter werden langlebig sein, da der Aufbau der Gesellschaft vielleicht Jahrhunderte in Anspruch nehmen wird.«

»Sie würden in jedem Fall langlebig sein müssen, wenn sie den Auroranern ähneln sollen.«

»Und die Kinder – ebenfalls langlebig?«

Amadiro sagte nichts.

Und Baley fuhr fort: »Es werden künstliche Roboterkinder sein, und sie werden nie älter werden – sie werden nicht altern und reifen. Dies wird doch ganz sicherlich ein hinreichend nichtmenschliches Element sein, das diese Gesellschaft in Zweifel ziehen wird.«

Amadiro seufzte. »Sie denken sehr scharf, Mr. Baley. Wir denken in der Tat daran, irgendeinen Plan zu entwickeln, wodurch Roboter Babys erzeugen können, die in irgendeiner Weise wachsen und reifen können – zumindest so lange, um die Gesellschaft zu etablieren, die wir uns wünschen.«

»Und dann, wenn die menschlichen Wesen eintreffen, wird man die Roboter wieder auf robotischere Verhaltensweisen zurückführen?«

»Vielleicht – falls das dann ratsam erscheint.«

»Und diese Babyerzeugung? Es wäre doch sicherlich am besten, wenn das benutzte System dem menschlichen so ähnlich wie möglich wäre, nicht wahr?«

»Wahrscheinlich.«

»Sex, Befruchtung, Geburt?«

»Möglich.«

»Und wenn diese Roboter eine Gesellschaft bilden, die so menschlich ist, daß man sie nicht von einer menschlichen unterscheiden kann, könnte es dann nicht sein, daß die Roboter, wenn die echten menschlichen Wesen eintreffen, mit den Einwanderern nicht einverstanden sind und versuchen, sie fernzuhalten? Könnten die Roboter nicht auf Auroraner so reagieren, wie Sie auf Erdenmenschen reagieren?«

»Mr. Baley, die Roboter würden immer noch durch die Drei Gesetze gebunden sein.«

»Die Drei Gesetze sprechen davon, daß man menschlichen Wesen keinen Schaden zufügen darf und ihnen gehorchen muß.«

»Genau.«

»Was ist aber, wenn diese Roboter menschlichen Wesen so ähnlich sind, daß sie *sich selbst* als die menschlichen Wesen betrachten, die sie beschützen und denen sie gehorchen sollen? Sie könnten sich, sehr zu Recht, selbst über die Einwanderer stellen.«

»Mein guter Mr. Baley, warum beunruhigen Sie all diese Dinge so? Sie sind für die ferne Zukunft gedacht. Es wird Lösungen geben, je weiter wir fortschreiten und je besser wir durch Beobachtung verstehen lernen, worin die Probleme wirklich liegen.«

»Es kann sein, Dr. Amadiro, daß die Auroraner das, was Sie planen, gar nicht sehr billigen werden, sobald sie einmal verstehen, was es ist. Möglicherweise würden sie Dr. Fastolfes Ansichten vorziehen.«

»Wirklich? Fastolfe glaubt, daß man, wenn Auroraner neue Planeten nicht direkt und ohne die Hilfe von Robotern besiedeln können, Erdenmenschen dazu ermutigen sollte.«

Baley nickte. »Mir scheint das recht vernünftig.«

»Weil Sie ein Erdenmensch sind, mein guter Baley. Ich versichere Ihnen, daß es die Auroraner nicht als angenehm empfinden würden, wenn Erdenmenschen über die neuen Welten ausschwärmen und dort neue Bienenwaben bauen und eine Art galaktisches Imperium bauen, und das zu Trillionen und Quadrillionen. Und was würde dann aus den Spacerwelten werden? Belanglos würden sie werden, im besten Fall, und ausgelöscht im schlimmsten.«

»Aber die Alternative dazu sind Welten mit humaniformen Robotern, die quasimenschliche Gesellschaften bauen und in ihrer Mitte keine echten menschlichen Wesen zulassen. Sie würden mit der Zeit ein robotisches galaktisches Imperium entwickeln, und die Spacerwelten im besten Falle auf den Status von Belanglosigkeit führen und im schlimmsten Fall auslöschen. Sicherlich würden die Auroraner doch ein menschliches galaktisches Imperium einem robotischen vorziehen.«

»Was macht Sie dessen so sicher, Mr. Baley?«

»Die Form, die Ihre Gesellschaft jetzt angenommen hat, macht mich sicher. Auf meinem Weg nach Aurora hat man mir gesagt, daß man auf Aurora keine Unterscheidung zwischen Robotern und menschlichen Wesen trifft, aber das ist eindeutig falsch. Das mag ein erwünschtes Ideal sein, und man schmeichelt sich auf Aurora, daß es existiert, aber das tut es nicht.«

»Sie sind hier seit... – was? – seit weniger als zwei Tagen hier und können das schon sagen?«

»Ja, Dr. Amadiro. Das mag exakt daran liegen, daß ich ein Fremder bin und daher klar sehen kann. Ich bin nicht von Sitte und Idealen geblendet. Roboter dürfen kein Personal betreten, und das ist eine Unterscheidung, die ganz deutlich besteht. Sie erlaubt es menschlichen Wesen, einen Ort zu finden, wo sie allein sein können. Sie und ich sitzen hier bequem, während die Roboter in ihren Nischen stehen, wie Sie sehen« – Baley deutete mit einer Handbewegung auf Daneel –, »und das ist eine weitere Unterscheidung. Ich glaube, daß menschliche Wesen – selbst Auroraner – stets eifrig darauf bedacht sein werden, diese Unterscheidungen zu machen und ihre eigene Menschlichkeit zu bewahren.«

»Erstaunlich, Mr. Baley.«

»Gar nicht erstaunlich, Dr. Amadiro. Sie haben verloren. Selbst wenn es Ihnen gelingt, den Auroranern im allgemeinen Ihren Glauben aufzudrängen, daß Dr. Fastolfe Jander zerstört hat, selbst wenn Sie Dr. Fastolfe politisch entmachteten, selbst wenn Sie die Legislatur und die Menschen auf Aurora dazu bewegen, Ihren Plan der Roboterbesiedlung zu billigen, werden Sie nur Zeit gewonnen haben. Sobald die Auroraner die Folgen Ihres Planes erkennen, werden sie sich gegen Sie stellen. Daher wäre es besser, wenn Sie Ihre Kampagne gegen Dr. Fastolfe beendeten und sich mit ihm träfen, um irgendeinen Kompromiß auszuarbeiten, wodurch man die Besiedlung neuer Welten durch Erdenmenschen so einrichten kann, daß dadurch weder Aurora noch die anderen Spacerwelten im allgemeinen bedroht werden.«

»Erstaunlich, Mr. Baley«, sagte Amadiro zum zweitenmal.

»Sie haben keine Wahl«, sagte Baley ausdruckslos.

Aber Amadiro antwortete gelassen, ja beinahe amüsiert: »Wenn ich sage, daß Ihre Bemerkungen erstaunlich sind, dann meine ich damit nicht den Inhalt Ihrer Aussage, sondern lediglich die Tatsache, daß Sie das überhaupt sagen – und daß Sie glauben, daß das Gesagte den geringsten Wert hätte.«

56

Baley sah Amadiro dabei zu, wie dieser das letzte Stück Gebäck von der Platte nahm und es sich zur Hälfte in den Mund steckte, was ihm sichtliches Vergnügen bereitete.

»Köstlich«, sagte Amadiro, »aber wahrscheinlich esse ich ein wenig zu gern. Was sagte ich gerade? O ja. Mr. Baley, glauben Sie, Sie haben ein Geheimnis entdeckt? Glauben Sie, ich habe Ihnen etwas gesagt, was unsere Welt nicht bereits weiß? Daß meine Pläne gefährlich sind, ich sie aber jedem Fremden gegenüber ausplappere? Ich kann mir vorstellen, daß Sie glauben, wenn ich lange genug mit Ihnen spreche, würde mir sicherlich irgendein verbales Ungeschick unterlaufen, das Sie ausnutzen können. Sie können versichert sein, daß das nicht geschehen wird. Meine Pläne für immer mehr humaniforme Roboter, für Robotfamilien und für eine Kultur, die so menschlich ist wie nur gerade möglich, sind alle aktenkundig. Sie stehen der Legislatur und jedem, der sich dafür interessiert, zur Verfügung.«

»Weiß die Öffentlichkeit darüber Bescheid?« fragte Baley.

»Wahrscheinlich nicht. Die allgemeine Öffentlichkeit hat ihre eigenen Prioritäten und interessiert sich mehr für die nächste Mahlzeit, das nächste Hyperwellenstück, das nächste Weltraumpoloturnier, als für das nächste Jahrhundert oder das nächste Jahrtausend. Trotzdem wird die Allgemeinheit meine Pläne mit Vergnügen akzeptieren, genauso wie die Intellektuellen, die bereits Bescheid wissen. Diejenigen, die opponieren, werden nicht zahlreich genug sein, um Bedeutung zu haben.«

»Können Sie dessen sicher sein?«

»Seltsamerweise ja. Ich fürchte, Sie verstehen die Intensität der Gefühle nicht, die Auroraner – und Spacer im allgemeinen – gegenüber Erdenmenschen haben. Ich teile diese Gefühle nicht, verstehen Sie mich richtig, und fühle mich beispielsweise in Ihrer Gegenwart durchaus wohl. Ich besitze nicht diese primitive Furcht vor Ansteckung und kann mir auch nicht vorstellen, daß Sie schlecht riechen, und schreibe Ihnen nicht alle möglichen persönlichen Eigenschaften zu, die mir widerwärtig sind. Ich glaube auch nicht, daß Sie und Ihresgleichen dauernd Pläne schmieden, um uns nach dem Leben zu trachten und unser Eigentum zu stehlen – aber die große Mehrzahl der Auroraner lebt in dieser Haltung. Sie mag vielleicht nicht ohne weiteres zutage treten, und Auroraner können sich vielleicht sogar dazu durchringen, zu einzelnen Erdenmenschen, die ihnen harmlos erscheinen, sehr höflich zu sein. Aber stellen Sie sie auf die Probe, und sofort wird all ihr Haß und Argwohn wieder zutage treten. Sagen Sie ihnen, daß die Erdenmenschen zu neuen Welten ausschwärmen und die Galaxis für sich beanspruchen, und schon wird ein Geheul losbrechen, die Erde zu vernichten, ehe es dazu kommen kann.«

»Selbst wenn die Alternative eine Robotergesellschaft wäre?«

»Sicherlich. Sie verstehen auch nicht, welche Gefühle wir bezüglich der Roboter haben. Wir sind mit ihnen vertraut, fühlen uns mit ihnen wohl.«

»Nein. Sie sind Ihre Diener. Sie fühlen sich ihnen überlegen und fühlen sich in ihrer Gegenwart nur dann wohl, solang diese Überlegenheit aufrechterhalten wird. Wenn man Sie mit einem Umsturz bedroht, damit, daß *sie* Ihre Vorgesetzten werden, werden Sie voll Schrecken reagieren.«

»Sie sagen das nur, weil das die Reaktion der Erdenmenschen wäre.«

»Nein. Sie verwehren ihnen den Zutritt zu den Personals. Das ist ein Symptom.«

»Ach was! Sie brauchen diese Räume nicht. Sie haben ihre eigenen Möglichkeiten, sich zu waschen, und haben keine Körperausscheidungen. – Natürlich sind sie nicht wirklich humaniform. Wenn sie das wären, würden wir diese Unterscheidung vielleicht nicht machen.«

»Sie würden sie noch mehr fürchten.«

»Wirklich?« sagte Amadiro. »Das ist albern. Fürchten Sie Daneel? Wenn ich diesem Hyperwellenstück Glauben schenken kann – und ich gebe zu, daß ich das wahrscheinlich nicht sollte –, dann haben Sie ja sogar einige Zuneigung für Daneel entwickelt. Die empfinden Sie jetzt doch auch, oder?«

Baleys Schweigen sprach Bände, und Amadiro nutzte seinen Vorteil aus.

»Im Augenblick«, sagte er, »stört Sie die Tatsache überhaupt nicht, daß Giskard stumm und ohne zu reagieren in einem Alkoven steht, aber Ihre Körpersprache verrät mir, daß es Sie stört, daß Daneel das auch tut. Sie haben das Gefühl, daß er dem Aussehen nach zu menschlich ist, um wie ein Roboter behandelt zu werden. Sie fürchten ihn nicht, um so mehr, weil er menschlich aussieht.«

»Ich bin ein Erdenmensch. Wir haben Roboter«, sagte Baley, »aber keine Roboterkultur. Sie dürfen nicht nach mir urteilen.«

»Und Gladia, die Jander menschlichen Wesen vorzog?«

»Sie ist Solarianerin. Nach ihr dürfen Sie ebenfalls nicht urteilen.«

»Nach wem kann man dann urteilen? Sie stellen nur Vermutungen an. Mir scheint es offenkundig, daß ein Roboter, wenn er genügend menschlich ist, als Mensch akzeptiert werden würde. Verlangen Sie einen Beweis dafür, daß *ich* kein Roboter bin? Die Tatsache, daß ich menschlich *scheine*, reicht. Am Ende werden wir uns nicht den Kopf darüber zerbrechen, ob eine neue Welt von Auroranern besiedelt ist, die der Tatsache oder dem Anschein nach menschlich sind, wenn niemand den Unterschied feststellen kann. Aber – ob Mensch oder Roboter – die Siedler werden jedenfalls *Auroraner* sein, nicht Erdenmenschen.«

Baleys Sicherheit begann sich zu verflüchtigen. »Und wenn Sie nie lernen, einen humaniformen Roboter zu konstruieren?« fragte er, nicht sehr überzeugend.

»Warum erwarten Sie, daß wir das nicht schaffen? Beachten Sie bitte, daß ich ›wir‹ sage. Wir arbeiten hier in großer Zahl an diesem Projekt.«

»Möglicherweise reicht auch eine noch so große Zahl an Mittelmäßigkeit nicht aus, ein Genie zu ersetzen.«

Darauf antwortete Amadiro schroff: »Wir sind keine Mittelmäßigkeiten. Außerdem kann es durchaus sein, daß Fastolfe es doch noch als nützlich empfindet, sich uns anzuschließen.«

»Das glaube ich nicht.«

»Ich schon. Es wird ihm keine Freude machen, ohne Macht in der Legislatur zu sein, und wenn unsere Pläne zur Besiedlung der Galaxis Fortschritte machen und er erkennt, daß seine Gegnerschaft uns nicht aufhält, wird er sich uns anschließen. Es wäre nur menschlich, das zu tun.«

»Ich glaube nicht, daß Sie siegen werden«, sagte Baley.

»Vielleicht, weil Sie meinen, daß Ihre Ermittlung irgendwie Fastolfe reinwaschen und vielleicht mich oder jemand anderen belasten wird.«

»Vielleicht«, sagte Baley verzweifelt.

Amadiro schüttelte den Kopf. »Mein Freund, wenn ich glaubte, irgend etwas, was Sie tun könnten, würde meine Pläne stören, würde ich dann stillsitzen und auf die Vernichtung warten?«

»Das tun Sie ja nicht. Sie tun ja alles in Ihrer Macht Stehende, um diese Ermittlung abzubrechen. Warum sollten Sie das tun, wenn Sie überzeugt wären, daß nichts, was ich tun kann, Sie stören würde?«

»Nun«, meinte Amadiro, »Sie *können* mich stören, indem Sie einige Mitglieder des Instituts demoralisieren. Gefährlich können Sie nicht sein, aber lästig, und das dulde ich nicht. Also werde ich, wenn ich das kann, dieser Lästigkeit ein Ende machen – aber ich werde das in vernünftiger Weise tun, selbst auf sanfte Weise. Wenn Sie tatsächlich *gefährlich* wären...«

»Was könnten Sie in dem Falle tun, Dr. Amadiro?«

»Dann würde ich Sie festnehmen und gefangenhalten lassen bis zu Ihrer Deportation. Ich glaube nicht, daß die Auroraner sich im allgemeinen große Sorgen über das machen würden, was ich vielleicht einem Erdenmenschen antue.«

»Jetzt versuchen Sie mich einzuschüchtern, und damit erreichen Sie nichts«, sagte Baley. »Sie wissen sehr wohl, daß Sie in Gegenwart meiner Roboter nicht Hand an mich legen könnten.«

Amadiro sah ihn an. »Ist es Ihnen einmal in den Sinn gekommen, daß ich hundert Roboter in Rufweite habe? Was könnten die Ihren gegen *sie* tun?«

»Alle hundert könnten mir keinen Schaden zufügen. Sie können nicht zwischen Erdenmenschen und Auroranern unterscheiden. Ich bin menschlich im Sinne der Drei Gesetze.«

»Sie könnten Sie bewegungsunfähig festhalten – ohne Ihnen Schaden zuzufügen – während man Ihre Roboter zerstören würde.«

»Nein, das ist nicht so«, sagte Baley. »Giskard kann Sie hören, und wenn Sie Anstalten machen, Ihre Roboter zu rufen, wird Giskard *Sie* bewegungsunfähig machen. Er kann sich sehr schnell bewegen, und wenn das einmal geschehen ist, werden Ihre Roboter hilflos sein, selbst wenn Sie es schaffen, sie zu rufen. Sie werden verstehen, daß jede Handlung gegen mich einen Schaden für Sie zur Folge haben würde.«

»Sie meinen, Giskard würde mich verletzen?«

»Um mich vor Schaden zu bewahren? Aber gewiß! Er wird Sie töten, wenn es absolut notwendig ist.«

»Das ist doch sicherlich nicht Ihr Ernst.«

»Doch«, sagte Baley. »Daneel und Giskard haben Befehl, mich zu schützen. In dieser Beziehung ist das Erste Gesetz verstärkt worden, und zwar mit all dem Geschick, zu dem Dr. Fastolfe fähig ist – und zwar ganz speziell im Hinblick auf mich. Man hat mir das nicht ausdrücklich gesagt, aber ich bin ganz sicher, daß es so ist. Wenn meine Roboter zwischen Schaden unterscheiden müssen, den man Ihnen zufügt, und Schaden, den man mir zufügt, auch wenn ich ein Erdenmensch bin, so wird es für sie leicht sein, den Schaden für *Sie* zu wählen. Ich stelle mir vor, es ist Ihnen wohlbekannt, daß Dr. Fastolfe nicht sehr darauf erpicht ist, *Ihr* Wohlergehen sicherzustellen.«

Amadiro lachte glucksend. »Ich bin sicher, daß Sie in jeder Hinsicht recht haben, Mr. Baley, aber es ist wirklich gut, daß Sie das sagen. Wissen Sie, mein guter Mann, ich zeichne dieses Gespräch natürlich ebenfalls auf – das habe ich Ihnen zu Anfang gesagt –, und ich bin froh darüber. Es ist möglich, daß Dr. Fastolfe den letzten Teil dieses Gesprächs löschen wird, aber ich kann Ihnen versichern, daß ich das nicht tun werde. Aus dem, was Sie gesagt haben, geht ganz klar hervor, daß er darauf vorbereitet ist, einen robotischen Weg zu entwickeln, um mir Schaden zuzufügen – selbst mich zu töten, wenn er das zuwegebringt – wohingegen man aus nichts, was ich in diesem Gespräch sagte – oder in sonst einem – entnehmen kann, daß ich ihm oder auch Ihnen in irgendeiner Weise physischen Schaden zuzufügen beabsichtigte. Wer von uns ist nun der Schurke, Mr. Baley? – Ich glaube, das haben Sie jetzt klargestellt, und ich glaube daher, daß dies nun ein sehr guter Punkt ist, um das Gespräch zu beenden.«

Er erhob sich, noch immer lächelnd, und Baley schluckte und stand fast automatisch ebenfalls auf.

»Eines habe ich allerdings noch zu sagen«, meinte Amadiro. »Das hat nichts mit unserer kleinen Meinungsverschiedenheit hier auf Aurora zu tun – der zwischen Fastolfe und mir. Eher mit Ihrem eigenen Problem, Mr. Baley.«

»Meinem Problem?«

»Vielleicht sollte ich sagen, dem Problem der Erde. Ich kann mir vorstellen, daß Sie sehr darauf bedacht sind, den armen Fastolfe vor den Folgen seiner eigenen Unvernunft zu bewahren, weil Sie meinen, das würde Ihrem Planeten eine Chance zur Expansion liefern. – Sie sollten das nicht denken, Mr. Baley. Sie irren sich da sehr, haben das Problem sozusagen ärschlings angegangen, um einen vulgären Ausdruck zu benutzen, auf den ich in einem der historischen Romane Ihres Planeten gestoßen bin.«

»Ich bin mit diesem Ausdruck nicht vertraut«, sagte Baley.

»Ich meine, Sie sehen das Problem vom falschen Ende. Sehen Sie, wenn meine Absicht in der Legislatur obsiegt – und nehmen Sie bitte zur Kenntnis, daß ich ›wenn‹ und nicht ›falls‹ gesagt habe –, werden die Erdenmenschen gezwungen sein, in ihrem eigenen Planetensystem zu bleiben, das gebe ich zu. Aber das wird tatsächlich zu ihrem Nutzen sein. Aurora wird die Chance der Expansion und der Errichtung eines gewaltigen

Imperiums haben. Wenn wir wissen, daß die Erde nur die Erde sein wird und nie etwas mehr, was wird sie uns dann schon bedeuten? Wo uns die ganze Galaxis zur Verfügung steht, werden wir den Erdenmenschen ihre eine Welt nicht neiden. Wir wären sogar geneigt, die Erde für ihre eigenen Bewohner zu einer möglichst behaglichen Welt zu machen.

Andererseits, Mr. Baley, wenn die Auroraner das tun, was Fastolfe verlangt, und es der Erde erlauben, Siedlertrupps auszusenden, dann wird es nicht lange dauern, bis eine immer größer werdende Anzahl von uns denkt, die Erde würde die Galaxis übernehmen, und wir würden umzingelt und beengt werden, zum Niedergang und schließlich zum Tode verurteilt. Und danach könnte ich nichts mehr tun. Meine eigene, recht freundliche Empfindung gegenüber den Erdenmenschen würde dann nicht ausreichen, um dem Argwohn und dem Vorurteil Einhalt zu gebieten, die sich dann auf Aurora entwickeln würden, und dann wäre es *sehr* schlimm für die Erde.

Wenn Sie also wirklich um die Mitbewohner Ihres Planeten besorgt sind, Mr. Baley, sollten Sie darauf bedacht sein, daß es Fastolfe *nicht* gelingt, diesem Planeten seinen fehlgeleiteten Plan aufzudrängen. Sie sollten mein Verbündeter sein. Denken Sie darüber nach. Ich versichere Ihnen das aus ehrlicher Freundschaft und Zuneigung zu Ihnen und Ihrem Planeten.«

Amadiro lächelte immer noch breit, aber jetzt war es ganz das Grinsen eines Wolfes.

57

Baley und seine Roboter folgten Amadiro aus dem Zimmer und den Korridor hinab.

Amadiro blieb vor einer unauffälligen Tür stehen und sagte: »Würden Sie sich gerne erfrischen, ehe Sie gehen?«

Einen Augenblick lang runzelte Baley verwirrt die Stirn, weil er nicht begriff. Dann erinnerte er sich aus seiner eigenen Lektüre historischer Romane an den antiquierten Satz, den Amadiro gebracht hatte, und sagte: »In der Antike hat es einen General gegeben, dessen Name ich vergessen habe, der angesichts der Notwendigkeiten, die sich plötzlich in militärischen

Angelegenheiten ergeben können, einmal gesagt hat: ›Man soll nie eine Gelegenheit zum Pissen ausschlagen.‹«

Amadiro lächelte breit und sagte: »Ein ausgezeichneter Rat. Ebensogut wie mein Rat, ernsthaft über das nachzudenken, was ich Ihnen gesagt habe. – Aber ich stelle fest, daß Sie trotzdem zögern. Sie glauben doch sicher nicht, daß ich Ihnen eine Falle stelle. Glauben Sie mir, ich bin kein Barbar. Sie sind mein Gast in diesem Gebäude und schon allein aus dem Grund völlig sicher.«

Baley meinte vorsichtig: »Wenn ich zögere, dann, weil ich überlege, ob es sich geziemt, daß ich mich ... äh ... erfrische, wo ich doch kein Auroraner bin.«

»Unsinn, mein lieber Baley. Was für eine Alternative haben Sie denn? Was sein muß, muß sein. Bitte, benutzen Sie das Personal. Lassen Sie es ein Symbol sein, daß ich selbst den allgemeinen auroranischen Vorurteilen nicht anhänge, und Ihnen und der Erde alles Gute wünsche.«

»Könnten Sie einen Schritt weitergehen?«

»In welcher Weise, Mr. Baley?«

»Könnten Sie mir zeigen, daß Ihnen auch das Vorurteil dieses Planeten gegenüber Robotern nichts ausmacht...«

»Es gibt kein Vorurteil gegen Roboter«, sagte Amadiro schnell.

Baley nickte verständnisvoll, als würde er die Bemerkung akzeptieren, und beendete dann seinen Satz: »... indem Sie ihnen erlaubten, das Personal mit mir zu betreten. Ich fühle mich inzwischen ohne sie unbehaglich.«

Einen Augenblick lang schien Amadiro aus der Fassung, aber er fing sich sofort wieder und sagte mit etwas finsterer Miene: »Aber gerne, Mr. Baley.«

»Aber wenn im Augenblick jemand drin ist, dann könnte er Winwände haben. Ich möchte keinen Skandal herbeiführen.«

»Niemand ist drin. Es ist ein Ein-Personen-Personal, und wenn es jemand benutzen würde, dann würde das von einem Besetztzeichen angezeigt werden.«

»Danke, Dr. Amadiro«, sagte Baley. Er öffnete die Tür und sagte: »Giskard, bitte tritt ein!«

Giskard zögerte sichtlich, erwiderte aber nichts und trat ein. Auf eine Handbewegung Baleys folgte Daneel, griff aber, als er durch die Tür schritt, nach Baleys Ellbogen und zog ihn ebenfalls hinein.

Bevor die Tür sich hinter ihm schloß, sagte Baley: »Ich komme gleich wieder. Danke, daß Sie mir das erlaubt haben.«

Er betrat den Raum so freimütig, wie er das konnte, und spürte doch, wie sich in seiner Magengrube etwas verkrampfte. Ob ihn eine unangenehme Überraschung erwartete?

58

Doch Baley fand das Personal leer. Es gab nicht einmal viel zu suchen. Es war kleiner als das in Fastolfes Niederlassung. Schließlich bemerkte er, wie Daneel und Giskard stumm Seite an Seite dastanden, den Rücken der Tür zugewandt, als gäben sie sich Mühe, den Raum so wenig wie möglich betreten zu haben.

Baley versuchte normal zu sprechen, aber seine Kehle gab nur ein schwaches Krächzen von sich. Er räusperte sich unnötig geräuschvoll und sagte: »Ihr könnt weiter hereinkommen – und du brauchst nicht stumm zu bleiben, Daneel.« (Daneel war auf der Erde gewesen. Er kannte das irdische Tabu gegen das Sprechen im Personal.)

Daneel gab sofort zu erkennen, daß er das wußte. Er legte den Zeigefinger an die Lippen.

Baley nickte. »Ich weiß, ich weiß, aber das kannst du vergessen. Wenn Amadiro das auroranische Tabu bezüglich Roboter in Personals vergessen kann, kann ich das Erdtabu über das Sprechen dort ebenfalls aufgeben.«

»Ist Ihnen das nicht unbehaglich, Partner Elijah?« fragte Daneel mit leiser Stimme.

»Gar nicht«, sagte Baley mit ganz gewöhnlicher Stimme. (Tatsächlich fühlte es sich anders an, mit Daneel – einem Roboter – zu sprechen. Der Klang der Sprache in einem Raum wie diesem, so lang tatsächlich kein *menschliches* Wesen zugegen war, war nicht so erschreckend, wie er hätte sein können. Tatsächlich war es überhaupt nicht erschreckend, wenn nur Roboter zugegen waren, so humaniform auch einer von ihnen sein mochte. Aber das konnte Baley natürlich nicht sagen.

Obwohl Daneel keine Gefühle hatte, die ein menschliches Wesen verletzen konnte, hatte Baley Empfindungen für ihn.)

Und dann dachte Baley an etwas anderes und hatte das ganz intensive Gefühl, ein Dummkopf zu sein.

»Oder«, sagte er zu Daneel, mit einer Stimme, die plötzlich sehr leise war, »empfiehlst du Schweigen, weil dieser Raum abgehört wird?« Die letzten Worte waren kaum zu hören, nur von seinen Lippen abzulesen.

»Wenn Sie meinen, Partner Elijah, daß Leute außerhalb dieses Raumes durch irgendeine Lauschvorrichtung feststellen können, was in dem Raum gesprochen wird, ist das völlig unmöglich.«

»Warum unmöglich?«

Die Toilette spülte sich schnell und mit lautloser Effizienz, und Baley ging zum Waschbecken.

»Auf der Erde macht die Dichte der Bevölkerung der Cities jegliche Abgeschiedenheit unmöglich«, sagte Daneel. »Es gilt als selbstverständlich, daß man das hört, was andere sprechen, und es könnte daher natürlich erscheinen, ein Gerät zu benutzen, das dieses Zuhören wirksamer macht. Wenn ein Erdenmensch nicht gehört zu werden wünscht, spricht er einfach nicht. Und das ist vielleicht der Grund dafür, weshalb an Orten, wo der Schein der Abgeschiedenheit gewahrt wird, Stille so obligatorisch ist, wie es in den Räumen der Fall ist, die man auf der Erde als Personal bezeichnet.

Auf Aurora andererseits, wie auf allen Spacerwelten, ist die Abgeschiedenheit ein echtes Faktum und in hohem Maße geschätzt. Sie erinnern sich an Solaria und wie krankhaft extrem das dort ausgelegt wurde. Aber selbst auf Aurora ist jedes menschliche Wesen von jedem anderen menschlichen Wesen durch eine Art von Weiträumigkeit isoliert, wie sie auf der Erde undenkbar ist, und zusätzlich noch durch eine Mauer von Robotern. Diese Abgeschiedenheit zu stören, wäre ein undenkbarer Akt.«

»Du meinst, es wäre ein Verbrechen, diesen Raum anzuzapfen?«

»Viel schlimmer, Partner Elijah. Es wäre etwas, was ein zivilisierter auroranischer Gentleman nicht tut.«

Baley sah sich um. Daneel, der seinen Blick mißverstand,

zupfte ein Handtuch aus dem Spender, den das ungeschulte Auge des anderen vielleicht nicht gesehen hatte, und bot es Baley an.

Baley nahm das Handtuch an, aber das war nicht das Ziel seines suchenden Blicks gewesen. Seine Augen suchten das Lauschmikrofon, weil er einfach nicht glauben konnte, daß jemand auf einen bequemen Vorteil verzichten würde, nur weil es unzivilisiert war. Doch er fand nichts, und Baley dachte niedergeschlagen, daß er es hätte wissen müssen. Er würde ein auroranisches Lauschmikrofon nicht entdecken können, selbst wenn eins da wäre. In einer so fremden Kultur würde er nicht einmal wissen, nach was er suchen sollte.

Worauf er einem anderen Argwohn nachging, der ihn beschäftigte. »Sag mir, Daneel, da du die Auroraner besser kennst als ich, warum, meinst du, gibt Amadiro sich soviel Mühe mit mir? Er nimmt sich viel Zeit für sein Gespräch mit mir, und er führt mich hinaus, er läßt mich diesen Raum benutzen, etwas, das Vasilia nicht getan hätte. Er scheint reichlich Zeit für mich zu haben. Höflichkeit?«

»Viele Auroraner sind stolz auf ihre Höflichkeit. Vielleicht ist das bei Amadiro der Fall. Er hat einige Male betont, daß er kein Barbar sei.«

»Noch eine Frage. Warum, meinst du wohl, hat er zugestimmt, daß ich dich und Giskard in diesen Raum mitnehme?«

»Mir schien, er wollte damit Ihren Verdacht ausräumen, daß dieser Raum eine Falle enthalten könnte.«

»Warum sollte er sich die Mühe machen? – Weil ihn die Möglichkeit beunruhigte, ich könnte unnötig Angst empfinden?«

»Wieder die Geste eines zivilisierten auroranischen Gentleman, würde ich meinen.«

Baley schüttelte den Kopf. »Nun, wenn dieser Raum abgehört wird und Amadiro mich hören kann, dann soll er mich hören. Ich betrachte ihn nicht als einen zivilisierten auroranischen Gentleman. Er hat keinen Zweifel daran gelassen, daß er, wenn ich meine Ermittlungen nicht aufgäbe, dafür sorgen würde, daß die Erde als Ganzes darunter leidet. Ist das der Akt eines zivilisierten Gentleman? Oder eines unglaublich brutalen Erpressers?«

»Ein auroranischer Gentleman kann es als notwendig empfinden, Drohungen auszusprechen«, antwortete Daneel, »aber in dem Fall würde er es nach Art eines Gentleman tun.«

»So wie Amadiro es getan hat. Es kommt nicht auf das an, was man sagt, sondern wie man es sagt, wenn man ein Gentleman ist. Aber dann bist du auch ein Roboter, Daneel, und kannst deshalb ein menschliches Wesen nicht wirklich kritisieren, nicht wahr?«

»Es wäre für mich schwierig«, sagte Daneel. »Aber darf ich eine Frage stellen, Partner Elijah? Warum haben Sie um Erlaubnis gebeten, Freund Giskard und mich in diesen Raum mitzunehmen? Ich hatte den Eindruck, daß Sie früher nicht glauben wollten, in Gefahr zu sein. Sind Sie jetzt zu dem Schluß gelangt, daß Sie nur in unserer Gegenwart sicher sind?«

»Nein, ganz und gar nicht, Daneel. Ich bin jetzt durchaus überzeugt, daß ich nicht in Gefahr bin und es auch nicht war.«

»Und doch wirkte Ihr Verhalten sehr argwöhnisch, als Sie diesen Raum betraten, Partner Elijah. Sie haben ihn durchsucht.«

»Natürlich!« sagte Baley. »Ich sagte, ich bin nicht in Gefahr, aber ich sage nicht, daß es keine Gefahr gibt.«

»Ich glaube nicht, daß ich den Unterschied erkennen kann, Partner Elijah«, sagte Daneel.

»Darüber werden wir später sprechen, Daneel. Ich bin immer noch nicht sicher, ob dieser Raum nun abgehört wird oder nicht.«

Inzwischen war Baley mit Händewaschen fertig und meinte: »Nun, ich habe mir Zeit gelassen. Jetzt bin ich bereit, wieder hinauszugehen, und frage mich, ob Amadiro immer noch auf uns wartet, oder ob er die Aufgabe, uns hinauszugeleiten irgendeinem Untergebenen delegiert hat. Schließlich ist Amadiro ein vielbeschäftigter Mann und kann nicht den ganzen Tag mit mir verbringen. Was meinst du, Daneel?«

»Es wäre logischer, wenn Dr. Amadiro die Aufgabe delegiert hätte.«

»Und du, Giskard? Was meinst du?«

»Ich stimme Freund Daneel zu, obwohl nach meiner Erfahrung menschliche Wesen nicht immer das tun, was logisch erscheint.«

»Ich meinerseits argwöhne, daß Amadiro da draußen ganz geduldig auf uns wartet«, sagte Baley. »Wenn ihn etwas dazu veranlaßt hat, soviel Zeit für uns zu vergeuden, dann würde ich eher meinen, daß diese treibende Kraft – was immer sie sein mag – noch nicht nachgelassen hat.«

»Ich weiß nicht, was das für eine treibende Kraft sein könnte, Partner Elijah«, sagte Daneel.

»Ich auch nicht, Daneel«, sagte Baley, »und das beunruhigt mich sehr. Aber wir wollen jetzt die Tür öffnen und nachsehen.«

59

Amadiro wartete vor der Tür auf sie, genau an der Stelle, wo Baley ihn verlassen hatte. Er lächelte ihnen zu und ließ keine Anzeichen von Ungeduld erkennen. Baley konnte nicht widerstehen, Daneel einen ›Habe ich es dir nicht gesagt‹-Blick zuzuwerfen, auf den dieser aber mit undurchsichtiger Ausdruckslosigkeit reagierte. Amadiro sagte: »Ich habe es einigermaßen bedauert, Mr. Baley, daß Sie Giskard nicht haben draußen warten lassen. Ich hätte ihn aus der Vergangenheit möglicherweise kennen können, als Fastolfe und ich noch ein besseres Verhältnis zueinander hatten, aber irgendwie habe ich ihn nie kennengelernt. Sie müssen wissen, Fastolfe war einmal mein Lehrer.«

»So, war er das?« sagte Baley. »Das wußte ich tatsächlich nicht.«

»Dafür gibt es auch keinen Anlaß, sofern man es Ihnen nicht gesagt hat – und in der kurzen Zeit, die Sie auf dem Planeten verbracht haben, können Sie unmöglich Zeit gehabt haben, viel von diesen Trivialitäten in Erfahrung zu bringen. – Kommen Sie jetzt! Ich habe mir überlegt, daß Sie mich kaum für gastfreundlich halten können, wenn ich nicht Ihre Anwesenheit im Institut dazu benutze, Sie ein wenig herumzuführen.«

»Wirklich«, sagte Baley und wurde etwas steif. »Ich muß...«

»Ich bestehe darauf«, sagte Amadiro, und seine Stimme klang plötzlich so, als wolle er einen Befehl erteilen. »Sie sind gestern morgen auf Aurora eingetroffen, und ich bezweifle, daß Sie noch lange auf dem Planeten bleiben werden. Vielleicht ist das die einzige Chance, die Sie je bekommen, einen Blick auf ein modernes Laboratorium zu werfen, in dem Robotforschung getrieben wird.«

Er hakte sich bei Baley ein und fuhr fort, vertraulich auf ihn einzureden.

»Sie haben sich gewaschen«, sagte Amadiro. »Sie haben Ihre Bedürfnisse erledigt. Möglicherweise gibt es hier weitere Robotiker, die Sie befragen wollen, und das würde ich begrüßen, da ich fest entschlossen bin, allen zu zeigen, daß ich Ihnen in der kurzen Zeit, in der Sie Ihre Ermittlungen durchführen dürfen, keine Hindernisse in den Weg gelegt habe. Tatsächlich gibt es keinen Grund, weshalb wir nicht zusammen zu Abend essen sollten.«

»Wenn Sie mir die Unterbrechung erlauben...«, sagte Giskard.

»Die erlaube ich nicht!« sagte Amadiro, unverkennbar entschlossen, und der Roboter verstummte. Dann meinte er zu Baley gewandt: »Mein lieber Mr. Baley, ich verstehe diese Roboter. Wer sollte sie besser kennen? – Mit Ausnahme des bedauerlichen Fastolfe natürlich. – Giskard wollte Sie ganz sicherlich an irgendeine Verabredung erinnern, ein Versprechen, eine geschäftliche Angelegenheit – und das hat jetzt keinen Sinn. Da die Ermittlung so gut wie beendet ist, verspreche ich Ihnen, daß nichts von dem, woran er Sie erinnern wollte, irgendeine Bedeutung haben wird. Wollen wir all den Unsinn vergessen und für die kurze Zeit Freunde sein.

Sie müssen verstehen, mein guter Mr. Baley«, fuhr er fort, »daß ich so etwas wie ein Fan der Erde und ihrer Kultur bin. Das ist nicht gerade das populärste Thema auf Aurora, aber ich finde es faszinierend. Ich interessiere mich ganz besonders für die Frühgeschichte der Erde, die Zeit, als es dort noch an die hundert Sprachen gab und Interstellar Standard noch nicht entwickelt worden war. – Darf ich Ihnen übrigens ein Kompliment dazu machen, wie gut Sie Interstellar sprechen?

Hier entlang, hier entlang«, sagte er und bog um eine Ecke. »Wir kommen jetzt zum Bahnsimulationsraum, der eine eigene, seltsame Schönheit hat. Und vielleicht gibt es hier einen Probeaufbau. Recht symphonisch übrigens. – Aber ich sprach davon, wie gut Sie Interstellar sprechen. Es ist eines der vielen auroranischen Vorurteile bezüglich der Erde, daß man dort eine nahezu unverständliche Abart des Interstellar spricht. Als das Hyperwellenstück über Sie produziert wurde, gab es viele, die behaupteten, die Schauspieler könnten keine Erdenmenschen sein, weil man sie verstehen konnte, und doch kann ich Sie sehr gut verstehen.« Er lächelte, als er das sagte.

»Ich habe versucht, Shakespeare zu lesen«, fuhr er mit vertraulicher Miene fort. »Aber ich kann ihn natürlich nicht im Original lesen, und die Übersetzung ist eigenartig ausdruckslos. Wahrscheinlich liegt das aber an der Übersetzung und nicht an Shakespeare. Bei Dickens und Tolstoj ist das besser, aber das liegt vielleicht daran, weil es Prosa ist, obwohl die Namen der wichtigen Personen in beiden Fällen unaussprechlich für mich sind.

Worauf ich hinausmöchte, Mr. Baley, ist, daß ich ein Freund der Erde bin. Das bin ich wirklich. Ich will ihr Bestes. Verstehen Sie?« Er sah Baley an, und wieder lauerte der Wolf hinter seinen funkelnden Augen.

Baley hob die Stimme und brachte damit Amadiro zum Schweigen. »Ich fürchte, ich muß Ihnen widersprechen, Dr. Amadiro. Ich muß meinen Geschäften nachgehen, und ich habe keine weiteren Fragen, weder an Sie noch an sonst jemanden hier. Wenn Sie...« Baley hielt inne. Ein schwaches, eigenartiges Poltern war zu hören. Er blickte erschreckt auf. »Was ist das?«

»Was ist was?« fragte Amadiro. »Ich kann nichts wahrnehmen.« Er sah die Roboter an, die den beiden Menschen stumm gefolgt waren. »Nichts!« sagte er heftig. »Nichts.«

Baley erkannte das als das Äquivalent eines Befehls. Keiner der beiden Roboter konnte jetzt behaupten, das Poltern gehört zu haben, wo dies doch im direkten Widerspruch zur Aussage eines menschlichen Wesens stehen würde, es sei denn, Baley selbst übte Gegendruck aus – und er war sicher, daß er das angesichts Amadiros professionellem Geschick nicht schaffen würde.

Aber es hatte ohnehin nichts zu besagen. Er hatte etwas gehört, und er war kein Roboter. Er würde es sich nicht ausreden lassen. »Nach Ihrer eigenen Aussage, Dr. Amadiro«, sagte Baley, »steht mir nur noch wenig Zeit zur Verfügung. Ein Grund mehr für mich...« Wieder das Poltern, lauter.

Nun wurde Baleys Stimme scharf, schneidend. »Ich nehme an, das ist exakt das, was Sie vorher nicht gehört haben und was Sie auch jetzt nicht hören. Lassen Sie mich gehen, Sir, oder ich werde meine Roboter um Hilfe bitten!«

Amadiro lockerte sofort den Griff, mit dem er Baleys Oberarm festgehalten hatte. »Mein Freund, Sie brauchen doch nur den Wunsch auszusprechen. Kommen Sie! Ich bringe Sie zum nächsten Ausgang. Und wenn Sie wieder einmal nach Aurora kommen sollten, was äußerst unwahrscheinlich ist, dann kommen Sie bitte zurück, dann können Sie den Rundgang unternehmen, den ich Ihnen versprochen habe.«

Sie gingen jetzt schneller, die Spiralrampe hinunter, durch einen Korridor zu dem jetzt leeren Vorraum und zu der Tür, durch die sie hereingekommen waren.

Die Fenster im Vorraum waren völlig dunkel. Konnte es sein, daß es bereits Nacht war?

Das war es nicht. Amadiro murmelte bei sich: »Scheußliches Wetter! Sie haben die Fenster abgedunkelt.«

Er wandte sich Baley zu. »Ich denke, es regnet. Das war vorhergesagt, und die Wetterprognosen sind gewöhnlich verläßlich – vor allem dann, wenn sie unangenehm sind.«

Die Tür öffnete sich, und Baley machte einen Satz zurück und stöhnte auf. Ein kalter Wind fegte herein, und die Baumwipfel peitschten vor dem Himmel – der nicht schwarz war, aber dunkelgrau – hin und her.

Wasser goß vom Himmel – und fiel in Strömen herunter. Und während Baley noch erschrocken hinausstarrte, fuhr ein Lichtstrahl von blendender Helligkeit schräg über den Himmel, dann war wieder das Poltern zu hören, diesmal mit einem lauten Knall, als hätte der Lichtstrahl den Himmel aufgespalten und als wäre das Poltern das dabei verursachte Geräusch.

Baley drehte sich um und floh, rannte den Weg zurück, den er gekommen war, wimmerte.

Fünfzehnter Teil

Noch einmal Daneel und Giskard

60

Baley spürte Daneels starke Hände an seinen Armen unmittelbar unter den Schultern. Er blieb stehen und zwang sich dazu, das infantile Wimmern einzustellen. Er spürte, wie er zitterte.

Daneel sagte mit unendlichem Respekt: »Partner Elijah, es ist ein Gewitter – erwartet – vorhergesagt – normal.«

»Das weiß ich«, flüsterte Baley.

Er wußte es. In den Büchern, die er gelesen hatte, ob es nun Romane oder Sachbücher gewesen waren, hatte es unzählige Beschreibungen von Gewittern gegeben. Er hatte sie in Holografien und in Hyperwellenstücken gesehen – die Geräusche, den Anblick, alles.

Aber das echte, das wirkliche Geräusch, der echte Anblick, waren nie bis in die Eingeweide der Stadt durchgedrungen, und er hatte in seinem Leben nie tatsächlich so etwas erlebt.

Mit allem, was er – intellektuell – über Gewitter wußte, konnte er dieses echte – in seinen Eingeweiden – nicht ertragen. Trotz der Beschreibungen, der Ansammlungen von Wörtern, dem Anblick in kleinen Bildern und auf kleinen Bildschirmen, den Geräuschen, die in Aufzeichnungen festgehalten waren; trotz alledem hatte er keine Ahnung gehabt, daß die Blitze so grell waren und so über den Himmel zuckten; daß das Geräusch ein so tiefes Vibrieren in den Bässen war, wenn es über eine Welt ratterte; daß beides so *plötzlich* kam; und daß Regen so wie eine umgedrehte Schüssel voll Wasser sein konnte, endlos herunterströmend.

Verzweifelt stieß er hervor: »Ich kann nicht in das hinausgehen.«

»Das brauchen Sie nicht«, sagte Daneel eindringlich. »Giskard holt den Schweber. Er bringt ihn für Sie an die Tür. Kein Tropfen Regen wird auf Sie fallen.«

»Warum nicht warten, bis es vorbei ist?«

»Das wäre sicherlich nicht ratsam, Partner Elijah. Es wird wahrscheinlich bis nach Mitternacht regnen, und wenn der Vorsitzende morgen eintrifft, wie Dr. Amadiro das angedeutet hat, dann könnte es klug sein, den Abend mit Dr. Fastolfe zu verbringen und zu beraten.«

Baley zwang sich dazu, sich umzudrehen, in die Richtung zu blicken, aus der er fliehen wollte, und Daneel in die Augen zu sehen. Sie schienen tief besorgt, aber Baley dachte niedergeschlagen, daß das nur die Folge seiner eigenen Interpretation des Aussehens jener Augen war. Der Roboter hatte keine Gefühle, nur positronische Aufwallungen, die Gefühle nachahmten. (Und vielleicht hatten menschliche Wesen keine Gefühle, nur neuronische Aufwallungen, die als Gefühle interpretiert wurden.)

Irgendwie nahm er erst jetzt zur Kenntnis, daß Amadiro gegangen war. Er sagte: »Amadiro hat mich bewußt aufgehalten – indem er mich in das Personal drängte, durch dieses sinnlose Gerede, indem er dich oder Giskard daran hinderte, uns zu unterbrechen und mich vor dem Gewitter zu warnen. Er hätte sogar versucht, mich zu einer Führung durch das Gebäude zu überreden, oder mit ihm das Abendessen einzunehmen. Est als man das Gewitter hören konnte, hörte er auf. Das war es, worauf er gewartet hat!«

»So scheint es. Wenn das Gewitter Sie jetzt hier festhält, ist es möglicherweise *das*, worauf er gewartet hat.«

Baley atmete tief ein. »Du hast recht. Ich muß hier weg – irgendwie.«

Widerstrebend machte er einen Schritt in Richtung auf die Tür, die immer noch offenstand, angefüllt mit dem drohenden dunkelgrauen Bild herunterpeitschenden Regens. Noch ein Schritt. Und noch einer – schwer auf Daneel gestützt.

Giskard wartete stumm an der Tür.

Baley blieb stehen und schloß kurz die Augen. Dann sagte er mit leiser Stimme, mehr für sich selbst als zu Daneel gewandt: »Ich muß es tun.« Und dann ging er weiter.

61

»Fühlen Sie sich wohl, Sir?« fragte Giskard.

Es war eine dumme Frage, von der Programmierung des Roboters diktiert, dachte Baley, obwohl sie, was das anging, auch nicht schlimmer war als die Frage, die menschliche Wesen manchmal völlig unpassend aus der Programmierung der Etikette heraus stellten. »Ja«, sagte Baley mit einer Stimme, die eher wie ein verschwörerisches Flüstern klang; und er hätte sich gewünscht, daß sie kräftiger wäre. Es war eine nutzlose Antwort auf die alberne Frage, denn Giskard konnte, obwohl er ein Roboter war, sicherlich sehen, daß Baley sich nicht wohlfühlte und daß Baleys Antwort eine leicht durchschaubare Lüge war.

Aber die Antwort wurde gegeben und akzeptiert, und das machte Giskard frei für den nächsten Schritt. Er sagte: »Ich gehe jetzt und hole den Schweber und bringe ihn zur Tür.«

»Wird er denn – bei all dem... dem Wasser – funktionieren, Giskard?«

»Ja, Sir. Das ist kein ungewöhnlicher Regen.«

Er ging hinaus, schritt mit gleichmäßigen Schritten durch den Wolkenbruch. Die Blitze zuckten jetzt fast ununterbrochen über den Himmel, und der Donner war ein gedämpftes Grollen, das alle paar Minuten in ein lauteres Crescendo überging. Zum erstenmal in seinem Leben ertappte sich Baley dabei, daß er einen Roboter beneidete. Man stelle sich vor, durch *das* gehen zu können; gleichgültig zu sein gegenüber dem Wasser, dem Anblick, dem Lärm; imstande zu sein, seine Umgebung zu ignorieren und ein Pseudoleben zu haben, das absolut couragiert war; keine Furcht vor Schmerz oder Tod zu kennen, weil es keinen Schmerz und keinen Tod gab.

Und doch unfähig zur Originalität des Gedankens zu sein, unfähig der unvorhersehbaren Sprünge der Intuition...

Waren solche Gaben das wert, was die Menschheit für sie bezahlte?

Im Augenblick konnte Baley es nicht sagen. Er wußte, sobald er keinen Schrecken mehr empfand, würde er wissen, daß kein Preis für das Menschsein zu hoch war. Aber jetzt, wo er nichts außer dem Pochen seines Herzens und dem Zusammenbruch seines Willens empfand, mußte er sich einfach fragen, was es wohl nützte, ein menschliches Wesen zu sein, wenn man diese tiefsitzenden Ängste, diese intensive Platzangst nicht überwinden konnte.

Und doch war er den größten Teil von zwei Tagen im Freien gewesen und hatte es geschafft, sich beinahe behaglich zu fühlen.

Aber die Furcht war nicht besiegt. Das wußte er jetzt. Er hatte sie unterdrückt, indem er intensiv an andere Dinge gedacht hatte, aber das Gewitter war stärker als alle Gedanken.

Er durfte das nicht zulassen. Wenn alles andere versagte – das Denken, der Stolz, der Wille –, dann würde er auf das Schamgefühl zurückgreifen müssen. Er durfte nicht unter dem unpersönlichen, überlegenen Blick der Roboter zusammenbrechen. Sein Schamgefühl würde stärker sein müssen als Furcht.

Er spürte Daneels Arm an seiner Hüfte, und die Scham hinderte ihn daran, das zu tun, was er sich im Augenblick am meisten wünschte – nämlich sich umzudrehen und sein Gesicht an der Brust des Roboters zu bergen. Wenn Daneel ein Mensch gewesen wäre, wäre es ihm vielleicht unmöglich gewesen, dem Drang zu widerstehen...

Er hatte den Kontakt zur Realität verloren, denn er nahm jetzt Daneels Stimme wahr, als käme sie aus weiter Ferne zu ihm. Sie klang, als empfände Daneel etwas, das der Panik verwandt war.

»Partner Elijah, hören Sie mich?«

Und Giskards Stimme kam aus ähnlicher Ferne und sagte: »Wir müssen ihn tragen.«

»Nein«, murmelte Baley. »Laßt mich gehen!«

Vielleicht hörten sie ihn nicht. Vielleicht sprach er in Wirklichkeit gar nicht, sondern glaubte das nur. Er spürte, wie er vom Boden hochgehoben wurde. Sein linker Arm baumelte hilflos herunter, und er mühte sich ab, ihn anzuheben, ihn gegen die Schulter von irgend jemandem zu stemmen, sich von der Hüfte an aufzurichten, mit den Füßen nach dem Boden zu tasten, sich hinzustellen. Aber sein linker Arm baumelte weiter hilflos herunter, und seine Mühe war vergeblich.

Irgendwie wurde ihm bewußt, daß er sich durch die Luft bewegte, und er spürte etwas Feuchtes im Gesicht. Nicht

Wasser, nur feuchte Luft. Dann spürte er an der linken Seite den Druck einer harten Fläche und einer, die etwas nachgiebiger war, an der rechten Seite.

Er war in dem Schweber, wieder eingezwängt zwischen Giskard und Daneel. Und am deutlichsten wurde ihm bewußt, daß Giskard sehr naß war.

Er spürte, wie ein warmer Luftstrom über ihn strich. Bei der fast völligen Dunkelheit, die draußen herrschte, und dem Wasser, das über das Glas strömte, hätten die Scheiben ebensogut verdunkelt sein können – das glaubte Baley wenigstens, bis sie tatsächlich undurchsichtig wurden und sich völlige Dunkelheit über sie herabsenkte. Das leise Geräusch der Düse dämpfte den Donner etwas, als der Schweber sich aus dem Gras erhob und etwas schwankte.

»Ich bedaure meine Nässe, Sir«, sagte Giskard. »Ich werde schnell trocknen. Wir warten hier einen Augenblick, bis Sie sich erholt haben.«

Baleys Atem ging jetzt regelmäßiger. Er fühlte sich wunderbar und behaglich umschlossen. Er dachte: Gebt mir meine City zurück! Blendet das ganze Universum aus! Sollen doch die Spacer es kolonisieren! Die Erde ist alles, was wir brauchen.

Und während er noch den Gedanken dachte, wußte er, daß es sein Wahnsinn war, der das glaubte, nicht er.

Er verspürte das Bedürfnis, seinen Verstand zu beschäftigen.

So sagte er schwach: »Daneel.«

»Ja, Partner Elijah?«

»Wegen des Vorsitzenden. Ist es deine Ansicht, daß Amadiro die Lage richtig eingeschätzt hat, indem er annahm, daß der Vorsitzende die Ermittlung beenden würde, oder war das vielleicht nur Wunschdenken?«

»Es mag sein, Partner Elijah, daß der Vorsitzende tatsächlich Dr. Fastolfe und Amadiro in der Angelegenheit befragen wird, das wäre für die Beilegung einer solchen Auseinandersetzung das übliche. Es gibt dafür viele Präzedenzfälle.«

»Aber warum?« fragte Baley mit schwacher Stimme. »Wenn Amadiro über so große Überredungskünste verfügt, warum sollte dann der Vorsitzende nicht einfach den Befehl erteilen, daß die Ermittlung eingestellt wird?«

»Der Vorsitzende befindet sich in einer schwierigen politischen Lage«, sagte Daneel. »Er hat sich ursprünglich auf Drängen Dr. Fastolfes damit einverstanden erklärt, daß Sie nach Aurora gebracht werden, und kann jetzt nicht einfach plötzlich eine Kehrtwendung machten, ohne dabei schwach und unschlüssig zu wirken. Und ohne Dr. Fastolfe zu verärgern, der immer noch eine sehr einflußreiche Figur in der Legislatur ist.«

»Warum hat er dann nicht einfach Amadiros Forderung abgelehnt?«

»Dr. Amadiro ist ebenfalls einflußreich, Partner Elijah, und sein Einfluß wird wahrscheinlich noch wachsen. Der Vorsitzende muß Zeit gewinnen, indem er sich beide Seiten anhört und zumindest den Schein erweckt, als würde er überlegen, ehe er seine Entscheidung trifft.«

»Und worauf wird diese Entscheidung basieren?«

»Doch wohl auf der Darstellung des Falles.«

»Dann muß ich bis morgen früh etwas finden, das den Vorsitzenden überzeugt und ihn veranlaßt, Fastolfes Partei zu ergreifen, anstatt sich gegen ihn zu stellen. Wenn ich das tue, bedeutet das den Sieg?«

»Der Vorsitzende ist nicht allmächtig, aber sein Einfluß ist groß«, antwortete Daneel. »Wenn er sich für Dr. Fastolfe ausspricht, dann wird bei der augenblicklich herrschenden politischen Lage Dr. Fastolfe wahrscheinlich die Unterstützung der Legislatur gewinnen.«

Baley merkte, daß er wieder anfing, klar zu denken. »Das scheint mir Erklärung genug für Amadiros Versuch, uns aufzuhalten. Vielleicht hatte er überlegt, daß ich bislang noch nichts hatte, was ich dem Vorsitzenden anbieten konnte, und er brauchte mich nur aufzuhalten, um mich daran zu hindern, in der mir verbleibenden Zeit noch etwas zu finden.«

»So scheint es, Partner Elijah.«

»Und er ließ mich erst gehen, als er glaubte, er könne sich darauf verlassen, daß das Gewitter mich noch länger aufhalten würde.«

»Mag sein, Partner Elijah.«

»In dem Fall dürfen wir nicht zulassen, daß das Gewitter uns aufhält.«

»Wohin wünschen Sie gebracht zu werden, Sir?« fragte Giskard ruhig.

»Zurück zur Niederlassung von Dr. Fastolfe.«

»Dürfen wir noch einen Augenblick warten, Partner Elijah?« fragte Daneel. »Ist es Ihre Absicht, Dr. Fastolfe zu sagen, daß Sie die Ermittlung nicht fortsetzen können?«

»Warum sagst du das?« fragte Baley scharf. Daß seine Stimme laut und zornig klang, ließ erkennen, daß er sich weitgehend erholt hatte.

»Ich fürchtete lediglich, Sie hätten einen Augenblick lang vergessen, daß Dr. Amadiro Sie gedrängt hat, dies um der Erde willen zu tun«, erklärte Daneel.

»Das habe ich nicht vergessen«, sagte Baley grimmig, »und es überrascht mich, Daneel, daß du meinst, dies könnte mich beeinflussen. Fastolfe muß von dem Vorwurf freigesprochen werden, und die Erde muß ihre Siedler in die Galaxis hinaussenden. Wenn seitens der Globalisten dafür Gefahr besteht, dann muß man das Risiko dieser Gefahr eingehen.«

»Aber in dem Fall, warum zu Dr. Fastolfe zurückkehren, Partner Elijah? Mir scheint, wir haben nichts von Belang, was wir ihm melden müssen. Gibt es denn keine Richtung, in der wir unsere Ermittlungen fortsetzen können, *ehe* wir Dr. Fastolfe berichten?«

Baley richtete sich auf und legte Giskard die Hand auf den jetzt wieder völlig trockenen Schenkel. Als er sprach, klang seine Stimme ganz normal. »Ich bin mit dem Fortschritt zufrieden, den ich bereits erzielt habe, Daneel. Fahren wir, Giskard! Zu Fastolfes Niederlassung!« Und dann fügte Baley hinzu, indem er die Fäuste ballte und sich aufrichtete: »Und noch eines, Giskard. Mach die Fenster durchsichtig! Ich will das Gewitter sehen.«

62

Baley hielt den Atem an, um sich auf die Durchsichtigkeit vorzubereiten. Gleich würde die kleine, in sich geschlossene Kabine des Schwebers nicht mehr völlig eingehüllt sein; sie würde nicht länger Wände haben, die ihn völlig abschirmten.

Während die Fenster transparent wurden, gab es einen Lichtblitz, der zu schnell kam und verging, um mehr zu bewirken, als die Welt durch seinen Kontrast dunkel zu machen.

Baley konnte sein Zusammenzucken nicht verhindern, mit dem er sich auf den Donner vorbereitete, der nach ein oder zwei Augenblicken rollte und polterte.

Daneel sagte besänftigend: »Das Gewitter wird nicht schlimmer werden und bald nachlassen.«

»Es ist mir egal, ob es nachläßt oder nicht«, sagte Baley mit zitternden Lippen. »Komm! Weiter!« Er versuchte um seiner selbst willen die Illusion eines menschlichen Wesens zu wahren, der die Befehlsgewalt über Roboter hatte.

Der Schweber hob sich leicht in die Lüfte und erfuhr sofort eine Seitwärtsbewegung, die ihn etwas abkippen ließ, so daß Baley hart gegen Giskard gedrückt wurde.

Baley schrie (oder er stöhnte): »Richte das Fahrzeug auf, Giskard!«

Daneel legte den Arm um Baleys Schulter und zog ihn sanft zurück. Seine andere Hand hielt einen Griff am Rahmen des Schwebers.

»Das geht nicht, Partner Elijah«, sagte Daneel. »Der Wind ist ziemlich kräftig.«

Baley fühlte, wie ihm die Haare zu Berge standen. »Du meinst – wir werden weggeblasen werden?«

»Nein, natürlich nicht«, sagte Daneel. »Wenn das ein Antigrav-Fahrzeug wäre – eine Technologie, die es leider noch nicht gibt – und wenn seine Masse und seine Trägheit ausgeschaltet wären, dann würde es wie eine Feder hoch in die Luft geblasen werden. Wir hingegen behalten unsere volle Masse, selbst wenn unsere Düsen uns heben und in der Luft im Schwebezustand erhalten; unsere Massenträgheit widersetzt sich also dem Wind. Nichtsdestoweniger läßt der Wind uns schwanken, obwohl das Fahrzeug völlig unter Giskards Kontrolle bleibt.«

»So fühlt es sich aber nicht an.« Baley glaubte, ein dünnes Pfeifen zu hören und stellte sich vor, dies wäre der Wind, der sich um die Karosserie des Schwebers schmiegte, während dieser sich seine Bahn durch die protestierende Atmosphäre schnitt. Dann machte der Schweber einen Satz, und Baley, der das um nichts in der Welt hätte vermeiden können, packte Daneel verzweifelt um den Hals.

Daneel wartete einen Augenblick lang. Als Baley wieder Luft geholt und seinen Griff etwas gelockert hatte, löste sich Daneel behutsam aus der Umarmung, während er gleichzeitig den Druck seines eigenen Armes um Baley etwas verstärkte.

Er meinte: »Um den Kurs zu halten, Partner Elijah, muß Giskard gegen den Wind ankämpfen, indem er die Düsen des Schwebers asymmetrisch einsetzt. Sie sind so angeordnet, daß der Schweber sich etwas gegen den Wind lehnt, und diese Düsen müssen jetzt in Richtung und Kraft so justiert werden, wie es die Veränderungen der Windrichtung und -stärke erfordern. Darauf versteht sich keiner besser als Giskard. Trotzdem kann es gelegentlich zu kleinen Unregelmäßigkeiten kommen. Sie müssen dann Giskard entschuldigen, wenn er sich nicht an unserem Gespräch beteiligt. Er konzentriert sich ganz auf den Schweber.«

»Ist das – sicher?« Baley spürte, wie sein Magen sich bei der Vorstellung verkrampfte, so mit dem Wind zu spielen. Er war entschieden froh, daß er seit ein paar Stunden nichts gegessen hatte. Es durfte nicht dazu kommen – er wagte es nicht –, daß ihm in dem engen Raum des Schwebers schlecht wurde. Allein schon der Gedanke daran beunruhigte ihn noch mehr, und er versuchte, sich auf etwas anderes zu konzentrieren.

Er dachte daran, wie es war, wenn man auf der Erde über die Streifen lief, wie man von einem Transportband zu dem daneben sich bewegenden schnelleren sprang und dann weiter zu dem noch schnelleren, und dann wieder zurück in die langsameren Regionen, wobei man sich geschickt gegen den Wind beugte; in der einen Richtung, wenn man schnellerte (ein seltsames Wort, das nur von Streifenläufern benutzt wurde) und in die andere Richtung, wenn man langsamerte. In seinen jüngeren Tagen hatte Baley das ohne Pause und fehlerfrei beherrscht.

Daneel hatte das seinerzeit schnell und ohne Schwierigkeiten gelernt, und das eine Mal, als sie gemeinsam die Streifen gelaufen waren, hatte Daneel es perfekt geschafft. Nun, dies war ganz genauso! Der Schweber lief Streifen. Absolut! Es war genau dasselbe!

Natürlich nicht ganz genau dasselbe. In der City war die Geschwindigkeit der Streifen eine festgelegte Größe. Der Wind wehte dort in einer völlig vorhersagbaren Weise, da seine Geschwindigkeit ja nur aus der Bewegung der Streifen resultierte. Hier im Gewitter hingegen hatte der Wind seinen eigenen Willen, oder besser gesagt, er hing von so vielen Variablen ab (Baley mühte sich verzweifelt um eine rationale Betrachtung), daß es den Anschein hatte, er hätte seinen eigenen Willen – und das mußte Giskard mit ins Kalkül ziehen. Das war alles. Davon abgesehen war es einfach so, wie wenn man Streifen lief, nur mit einer zusätzlichen Komplikation. Die Streifen bewegten sich hier mit variablen – und sich plötzlich ändernden – Geschwindigkeiten.

»Und wenn wir gegen einen Baum geblasen werden?« murmelte Baley.

»Sehr unwahrscheinlich, Partner Elijah. Dafür ist Giskard viel zu geschickt. Wir fliegen nur in geringer Höhe. Die Düsen sind also besonders kräftig.«

»Und wenn wir gegen einen Felsen prallen, dann werden wir unten eingedrückt.«

»Wir werden nicht gegen einen Felsen prallen, Partner Eliah.«

»Warum nicht? Wie, in aller Welt, kann Giskard denn sehen, wo er hinfliegt?« Baley starrte in die Finsternis vor ihnen.

»Es ist etwa die Zeit des Sonnenuntergangs«, sagte Daneel, »und da kommt noch etwas Licht durch die Wolken. Das reicht für uns aus, um mit Hilfe der Scheinwerfer zu sehen. Und wenn es dunkler wird, wird Giskard die Scheinwerfer heller schalten.«

»Welche Scheinwerfer?« fragte Baley gereizt.

»Sie sehen sie nicht besonders gut, weil sie einen starken Infrarotanteil enthalten, für den Giskards Augen empfindlich sind, im Gegensatz zu den Ihren. Außerdem ist das infrarote Licht durchdringender als kurzwelliges, und aus diesem Grund ist es in Regen, Nebel und Dunst wirksamer.«

Baley brachte es zuwege, trotz seiner Unruhe etwas Neugierde zu empfinden. »Und *deine* Augen, Daneel?«

»Meine Augen, Partner Elijah, sind von der Konstruktion her den menschlichen Augen so ähnlich wie möglich. Das ist in diesem Augenblick vielleicht bedauerlich.«

Der Schweber zitterte, und Baley ertappte sich dabei, wie er wieder den Atem anhielt. Im Flüsterton sagte er: »Spaceraugen sind immer noch an die Sonne der Erde angepaßt, selbst wenn

Roboteraugen das nicht mehr sind. Das ist gut so, das erinnert sie daran, daß sie von Erdenmenschen abstammen.«

Er verstummte. Es wurde dunkler. Er konnte jetzt überhaupt nichts mehr sehen, und die gelegentlichen Blitze erhellten auch nichts. Sie blendeten ihn nur. Er schloß die Augen, aber das half nichts. Er war sich des zornigen, drohenden Donners um so bewußter.

Sollten sie nicht landen? Sollten sie nicht warten, bis wenigstens die schlimmste Wut des Unwetters vorüber war?

»Das Fahrzeug reagiert nicht richtig«, sagte Giskard plötzlich.

Baley spürte, wie ihr Flug unruhiger wurde, so als bewegten sie sich auf Rädern über unebenes Terrain.

»Kann das Gewitter irgendeinen Schaden angerichtet haben, Freund Giskard?« fragte Daneel.

»Es fühlt sich nicht so an, Freund Daneel. Es kommt mir auch unwahrscheinlich vor, daß diese Maschine in diesem oder einem anderen Unwetter die Art von Schaden davontragen sollte.«

Baley hatte einige Schwierigkeiten, dem Gespräch zu folgen. »Schaden?« murmelte er. »Was für eine Art Schaden?«

Giskard sagte: »Ich glaube, daß der Kompressor leckt. Aber ganz langsam. Das ist nicht die Folge einer gewöhnlichen Panne.«

»Wie ist es dann passiert?« fragte Baley.

»Eine absichtliche Schädigung vielleicht, während der Schweber vor dem Verwaltungsgebäude stand. Ich merke jetzt schon eine ganze Weile, daß man uns verfolgt, und darauf achtet, uns nicht zu überholen.«

»Warum, Giskard?«

»Eine Möglichkeit wäre, Sir, daß sie darauf warten, daß wir flugunfähig werden.« Die Bewegungen des Schwebers wurden jetzt noch ruckartiger.

»Schaffen wir es bis zu Dr. Fastolfe?«

»Ich denke nicht, Sir.«

Baley versuchte, seinen Verstand in Aktion zu bringen. »In dem Fall habe ich Amadiros Absichten, uns aufzuhalten, völlig falsch eingeschätzt. Er hat uns festgehalten, damit einer oder mehrere seiner Roboter den Schweber so beschädigen konnten, daß wir mitten im Gewitter heruntergehen müssen.«

»Aber warum sollte er das tun?« sagte Daneel schockiert. »Um Sie zu bekommen? – In gewisser Weise hatte er Sie doch schon.«

»Er will nicht mich. Niemand will *mich*«, sagte Baley mit einer Art von Zorn, die irgendwie milde wirkte. »Dir gilt die Gefahr!«

»Mir, Partner Elijah?«

»Ja, *dir*! Daneel – Giskard, wähle eine sichere Stelle für die Landung, und sobald wir gelandet sind, muß Daneel das Fahrzeug schnellstens verlassen und irgendwo Zuflucht suchen.«

»Das ist unmöglich, Partner Elijah«, wandte Daneel ein. »Ich könnte Sie unmöglich verlassen, wenn Ihnen nicht wohl ist – und ganz besonders dann nicht, wenn uns jemand verfolgt und Ihnen Schaden zufügen könnte.«

»Daneel, die verfolgen *dich*«, sagte Baley. »Du *mußt* weg! Was mich betrifft, so werde ich im Schweber bleiben. Ich bin nicht in Gefahr.«

»Wie kann ich das glauben?«

»Bitte! Bitte! Wie kann ich das Ganze erklären, wenn sich alles dreht – Daneel« – Baleys Stimme wurde verzweifelt ruhig –, »du bist hier das wichtigste Individuum. Viel wichtiger als Giskard und ich zusammengenommen. Es geht nicht nur darum, daß ich mich um dich sorge und nicht will, daß dir Schaden zugefügt wird. Die ganze Menschheit hängt von dir ab! Mach dir meinetwegen keine Sorgen! Ich bin nur ein Mensch; mach dir um *Milliarden* Sorge! Daneel – bitte...«

63

Baley konnte spüren, wie er leicht vor- und zurückschwankte. Oder war es der Schweber? War er im Begriff, völlig auseinanderzubrechen? Oder verlor Giskard die Kontrolle über das Fahrzeug? Oder flog er ein Ausweichmanöver?

Baley war es gleichgültig. Es war ihm *gleichgültig*! Sollte der Schweber doch abstürzen, sollte er doch in Stücke zerschmettert werden. Er würde das totale Vergessen begrüßen. Alles, um nur diese schreckliche Angst loszuwerden, diese totale Unfähigkeit, eine Übereinkunft mit dem Universum zu treffen.

Nur daß es sicherstellen mußte, daß Daneel entkam – daß er sicher entkam. Aber wie?

Alles war unwirklich, und er würde nicht imstande sein, diesen Robotern irgend etwas zu erklären. Dabei war ihm die Situation so klar. Aber wie sollte er dieses Verstehen auf diese Roboter übertragen, auf diese Nichtmenschen, die nichts begriffen, außer ihren Drei Gesetzen, und die die ganze Erde und auf lange Sicht die ganze Menschheit zum Teufel gehen lassen würden, weil sie sich nur für den einen Mann interessieren konnten, den sie gerade vor sich hatten?

Warum hatte man je die Roboter erfunden?

Und dann kam ihm ausgerechnet Giskard, der weniger wichtige der beiden, zu Hilfe.

Er sagte in seiner ausdruckslos klingenden Stimme: »Freund Daneel, ich kann diesen Schweber nicht mehr lange in Bewegung halten. Vielleicht wäre es passender, das zu tun, was Mr. Baley vorschlägt. Er hat dir einen sehr starken Befehl gegeben.«

»Kann ich ihn verlassen, wenn ihm unwohl ist, Freund Giskard?« fragte Daneel perplex.

»Du kannst ihn nicht mit in das Unwetter hinaus mitnehmen, Freund Daneel. Außerdem scheint ihm sehr an deinem Weggehen zu liegen, daß es ihm vielleicht Schaden zufügt, wenn du bleibst.«

Baley spürte, wie seine Lebensgeister erwachten. »Ja! Ja!« quälte er sich ab. »Es ist so, wie Giskard sagt. Giskard, geh du mit ihm, verberge ihn und sorge dafür, daß er nicht zurückkehrt! Und dann komm zurück zu mir!«

Dem widersprach Daneel heftig. »Das kann nicht sein, Partner Elijah. Wir können Sie nicht allein zurücklassen.«

»Keine Gefahr – ich bin nicht in Gefahr. Tu was ich sage!«

»Uns folgen wahrscheinlich Roboter«, sagte Giskard. »Menschliche Wesen würden zögern, in das Unwetter hinauszutreten. Und Roboter würden Mr. Baley keinen Schaden zufügen.«

»Sie könnten ihn wegschaffen«, meinte Daneel.

»Nicht während des Gewitters, Freund Daneel, da ihm das offensichtlich Schaden bereiten würde. Ich werde den Schweber jetzt anhalten, Freund Daneel. Du mußt bereit sein, das zu tun, was Mr. Baley befiehlt, und ich auch.«

»Gut!« flüsterte Baley. »Gut!« Er war für das einfachere Gehirn dankbar, das leichter beeindruckt werden konnte, und dem die Fähigkeit fehlte, unsicher zu werden, sich zu verlieren in immer komplexer werdenden Verfeinerungen.

Vage dachte er daran, wie Daneel jetzt gefangen war zwischen seiner Wahrnehmung von Baleys Unwohlsein und der Eindringlichkeit des Befehls – und wie sein Gehirn unter dem Konflikt zerbrach.

Baley dachte: Nein, nein, Daneel. Tu nur, was ich sage und setze es nicht in Zweifel.

Es fehlte ihm die Kraft, fast der Wille, den Gedanken zu artikulieren, und so sprach er den Befehl nicht aus.

Der Schweber setzte mit einem Stoß und einem kurzen scharrenden Geräusch auf.

Die Türen zu beiden Seiten flogen auf und schlossen sich dann mit einem weichen, seufzenden Geräusch. Die Roboter waren sofort verschwunden. Jetzt, da sie ihre Entscheidung getroffen hatten, gab es kein Zögern, und sie bewegten sich mit einer Geschwindigkeit, die für menschliche Wesen unerreichbar war.

Baley atmete tief und schauderte. Der Schweber stand jetzt felsenfest, war ein Teil des Bodens geworden.

Plötzlich war ihm bewußt, wie sehr sein Elend aus dem Schwanken und Stoßen des Fahrzeuges entstanden war, dem Gefühl der Körperlosigkeit, dem Gefühl, nicht mit dem Universum verbunden, sondern seelenlosen, gleichgültigen Kräften auf Gnade und Barmherzigkeit ausgeliefert zu sein.

Jetzt hingegen waren er und seine Umgebung zum Stillstand gekommen, und er schlug die Augen auf. Es war ihm gar nicht bewußt gewesen, daß er sie geschlossen hatte.

Am Horizont zuckten immer noch Blitze, und der Donner war ein gedämpftes Grollen, während der Wind, dem sich jetzt ein widerstandsfähiger und weniger nachgiebiger Gegenstand entgegenstellte als bislang, schriller pfiff als vorher.

Es war dunkel. Baleys Augen waren nicht mehr als menschlich, und so sah er kein Licht irgendeiner Art, abgesehen von den gelegentlichen Blitzen. Die Sonne mußte ganz sicher untergegangen sein, und die Wolken waren dicht.

Baley war zum erstenmal, seit er die Erde verlassen hatte, völlig allein!

64

Allein! – Ihm war zu übel gewesen, er war zu benommen, um logisch zu denken. Selbst jetzt ertappte er sich dabei, wie er sich abmühte, zu verstehen, was er eigentlich hätte tun sollen und was er getan hätte – wenn er in seinem wirren Bewußtsein Platz für mehr als den einen Gedanken gehabt hätte, daß Daneel verschwinden mußte.

So hatte er beispielsweise nicht gefragt, wo er jetzt war, in der Nähe welchen Ortes, wo Daneel und Giskard hinzugehen beabsichtigten. Er hatte nicht die leiseste Ahnung, wie irgend etwas an dem Schweber funktionierte. Er konnte ihn natürlich nicht in Bewegung setzen, aber er hätte sich Wärme verschaffen können, sofern ihm kalt war, oder die Heizung abschalten, falls es zu warm wurde – nur daß er auch nicht wußte, wie man die Maschine dazu veranlaßte.

Er wußte nicht, wie man die Fenster undurchsichtig machte, wenn er eingeschlossen sein wollte, oder wie eine Tür zu öffnen war, falls er hinaus wollte.

Das einzige, was er jetzt tun konnte, war, darauf zu warten, daß Giskard zu ihm zurückkam. Sicherlich war es das, was Giskard von ihm erwarten würde. Die Anweisungen an ihn waren da sehr eindeutig gewesen: Komm zurück und hol mich!

Da war keine Andeutung gewesen, daß Baley seine Position in irgendeiner Weise verändern würde, und Giskards klarer und ordentlich aufgeräumter Verstand würde dieses ›Komm zurück‹ sicherlich so interpretieren, daß er zu dem Schweber zurückkommen mußte.

Baley versuchte sich darauf einzustellen. In gewisser Weise war es erleichternd, nur warten zu müssen, eine Weile keine Entscheidungen zu treffen, weil es einfach keine Entscheidungen gab, die er treffen konnte. Es war eine Erleichterung, festen Boden unter den Füßen zu haben und die schrecklichen Lichtblitze und das beunruhigende Krachen los zu sein.

Vielleicht konnte er sich sogar ein kleines Schläfchen leisten.

Und dann erstarrte er. – Durfte er das wagen?

Sie wurden verfolgt. Sie wurden beobachtet. Jemand hatte

sich an dem Schweber zu schaffen gemacht, während dieser vor dem Verwaltungsgebäude des Robotikinstitutes parkte und auf sie wartete. Und die, die sich zu schaffen gemacht hatten, würden bald bei ihm sein.

Er wartete auch auf sie und nicht nur auf Giskard.

Hatte er das alles inmitten seines Elends klar bedacht? Man hatte sich an der Maschine vor dem Verwaltungsgebäude zu schaffen gemacht. Jeder hätte das tun können, aber höchstwahrscheinlich war es jemand, der wußte, daß die Maschine dort war – und wer hätte das besser gewußt als Amadiro?

Amadiro hatte sie bis zum Gewitter aufhalten wollen. Das war offensichtlich. Er sollte während des Unwetters reisen und mitten im Unwetter notlanden müssen. Amadiro hatte die Erde und ihre Bevölkerung studiert. Dessen brüstete er sich. Er würde ganz gut wissen, welche Schwierigkeiten Erdenmenschen mit dem Draußen im allgemeinen und mit einem Gewitter im besonderen haben würden.

Er würde ganz sicher sein, daß das Baley völlig hilflos machen würde.

Aber warum sollte er das wollen?

Um Baley ins Institut zurückzubringen? Er hatte ihn bereits dort gehabt, aber das war ein Baley im vollen Besitz all seiner Möglichkeiten gewesen, und er hatte zwei Roboter bei sich gehabt, die durchaus imstande waren, Baley physisch zu verteidigen. Jetzt würde es anders sein!

Wenn der Schweber während eines Unwetters bewegungsunfähig gemacht wurde, so würde Baley emotionell bewegungsunfähig sein. Vielleicht würde er sogar bewußtlos sein, und sicherlich nicht fähig, sich dagegen zu wehren, daß man ihn zum Institut zurückbrachte. Und auch die beiden Roboter würden sich nicht widersetzen. Und wenn Baley eindeutig unwohl war, würde ihre einzig passende Reaktion die sein, Amadiros Robotern bei seiner Rettung behilflich zu sein.

Tatsächlich würden die beiden Roboter mit Baley mitkommen müssen und das völlig hilflos tun.

Und wenn je irgend jemand Amadiros Handlung in Frage stellte, würde er sagen können, daß er wegen des Unwetters um Baleys Wohlergehen gefürchtet hätte; daß er versucht hätte, ihn im Institut festzuhalten, dies aber nicht geschafft hätte; daß er seine Roboter hinter ihm hergeschickt hätte, um seine Sicherheit zu garantieren. Und daß diese Roboter, als der Schweber zu Schaden kam, Baley in Sicherheit gebracht hätten. Sofern die Leute nicht erfuhren, daß Amadiro die Sabotage des Schwebers veranlaßt hatte (und wer würde das glauben und wie würde man es beweisen können?), würde die einzig mögliche Reaktion in der Öffentlichkeit sein, daß man Amadiro für seine Bereitschaft lobte – die um so erstaunlicher war, da sie doch einem Untermenschen von der Erde galt.

Was würde Amadiro dann mit Baley tun?

Nichts, außer ihn eine Weile in einem Zustand der Hilflosigkeit festhalten. Baley selbst war nicht das gesuchte Opfer. Das war das Entscheidende.

Amadiro würde auch zwei Roboter haben – und die würden hilflos sein. Ihre Instruktionen zwangen sie, auf stärkste Weise Baley zu bewachen, und wenn Baley Anzeichen von Unwohlsein aufwies und man sich um ihn kümmerte, so konnten sie nur Amadiros Befehle befolgen, wenn jene Befehle klar und offenkundig zu Baleys Nutzen waren. Noch würde Baley (vielleicht) hinreichend er selbst sein, um sie mit weiteren Befehlen zu schützen – ganz sicher nicht, falls er unter Drogen gesetzt wurde.

Es war klar! Es war ganz klar! Amadiro hatte Baley, Daneel und Giskard gehabt – aber in ungeeigneter Weise. Er hatte sie in das Unwetter hinausgeschickt, um sie zurückzubringen und sie wieder zu haben – in brauchbarer Weise. Besonders Daneel! Daneel war der Schlüssel!

Sicherlich würde Fastolfe am Ende nach ihnen suchen und sie auch finden und zurückholen, aber bis dahin würde es zu spät sein. Nicht wahr?

Und was beabsichtigte Amadiro mit Daneel?

Baley, dessen Kopf schmerzte, war sicher, daß er das wußte – aber wie konnte er es nur beweisen?

Er konnte nicht mehr denken. – Wenn er die Fenster verdunkeln könnte, so könnte er wieder eine kleine, innere Welt herstellen, eingeschlossen und ohne Bewegung, und dann vielleicht seine Gedanken fortsetzen.

Aber er wußte nicht, wie man die Fenster undurchsichtig machte. Er konnte nur dasitzen und in das Unwetter hinausblicken, das hinter den Fenstern tobte, konnte den Regen gegen die Fenster peitschen hören, den schwächer werdenden Blitzen zusehen, und dem grollenden Donner lauschen.

Er schloß die Augen. Auch seine Augenlider bildeten eine Mauer, aber er wagte nicht zu schlafen.

Die Tür zu seiner Rechten öffnete sich. Er hörte das seufzende Geräusch, das dabei entstand. Er fühlte, wie eine kühle, feuchte Brise hereinwehte, wie die Temperatur in der Kabine augenblicklich sank, und nahm den scharfen Geruch von grünen, feuchten Dingen wahr, der hereinschlug, und den schwachen, behaglichen Duft von Öl und Polsterung verdrängte, der ihn irgendwie an die City erinnerte, die er vielleicht nie mehr wiedersehen würde.

Er schlug die Augen auf und hatte das eigenartige Gefühl eines Robotergesichts, das ihn anstarrte – und sich zur Seite schob und sich doch eigentlich nicht bewegte. Baley war schwindlig.

Der Roboter, der als dunkler Schatten vor der Dunkelheit sichtbar war, schien sehr groß zu sein. Irgendwie umgab ihn eine Aura von Tüchtigkeit und Kompetenz. Er sagte: »Verzeihen Sie, Sir. Befinden Sie sich nicht in Gesellschaft von zwei Robotern?«

»Die sind weg«, murmelte Baley und gab sich so elend er konnte, wobei er sich bewußt war, daß dies gar keine besondere Verstellung erforderte. Ein hellerer Blitz am Himmel bahnte sich seinen Weg durch die Augenlider, die jetzt halb geöffnet waren.

»Weg! Wohin sind sie denn gegangen, Sir?« Und dann, während er noch auf Antwort wartete: »Geht es Ihnen nicht gut, Sir?«

Baley empfand ein leichtes Zucken der Befriedigung in jenem inneren Fetzen seiner selbst, der noch zum Denken fähig war. Wenn der Roboter keine besonderen Instruktionen gehabt hätte, so hätte er auf Baleys klare Anzeichen von Unwohlsein reagiert, ehe er irgend etwas anderes getan hätte. Daß er zuerst nach den Robotern gefragt hatte, ließ erkennen, daß er harte und klare Anweisungen bezüglich ihrer Wichtigkeit hatte.

Es paßte.

Er versuchte, eine Kraft und eine Normalität an den Tag zu

legen, die er nicht besaß und sagte: »Mir fehlt nichts. Kümmere dich nicht um mich!«

Einen gewöhnlichen Roboter hätte das unmöglich überzeugen können, aber dieser hier hatte so intensive Instruktionen bezüglich Daneels (das war offenkundig), daß er die Zurückweisung sofort akzeptierte. Er sagte: »Wo sind die Roboter hingegangen, Sir?«

»Zurück zum Robotikinstitut.«

»Zum Institut? Warum, Sir?«

»Meisterrobotiker Amadiro hat sie gerufen und ihnen die Rückkehr befohlen. Ich warte auf sie.«

»Aber warum sind Sie nicht mit ihnen gegangen, Sir?«

»Meisterrobotiker Amadiro wollte nicht, daß ich dem Unwetter ausgesetzt werde. Er hat mir befohlen, hier zu warten. Ich befolge die Anweisung von Meisterrobotiker Amadiro.«

Er hoffte, daß die Wiederholung des prestigereichen Namens unter Einschluß des Titels im Verein mit dem Wort ›Anweisung‹ auf den Roboter wirken und diesen veranlassen würde, Baley dort zu lassen, wo er war.

Andererseits, wenn man sie mit besonderem Nachdruck beauftragt hatte, Daneel zurückzubringen, und wenn sie überzeugt waren, daß Daneel bereits zum Institut unterwegs war, würde die Intensität ihres Bedürfnisses im Zusammenhang mit jenem Roboter geringer werden. Sie würden dann Zeit haben, wieder an Baley zu denken. Sie würden sagen...

»Aber es scheint, daß Sie sich nicht wohl fühlen, Sir«, sagte der Roboter.

Wieder empfand Baley ein leichtes Zucken der Befriedigung. Er sagte: »Ich fühle mich wohl.«

Hinter dem Roboter konnte er undeutlich eine Gruppe weiterer Roboter erkennen; er konnte sie nicht zählen – ihre Gesichter leuchteten gelegentlich im Widerschein eines Blitzes. Und als Baleys Augen sich der Rückkehr der Dunkelheit angepaßt hatte, konnte er das schwache Leuchten ihrer Augen ausmachen.

Er drehte den Kopf. Auch an der linken Tür waren Roboter, obwohl diese geschlossen blieb.

Wie viele hatte Amadiro geschickt? Hätten sie, wenn nötig, gewaltsam zurückgebracht werden sollen?

Er sagte: »Die Anweisungen von Meisterrobotiker Amadiro

lauteten, daß meine Roboter zum Institut zurückkehren sollten und daß ich hier warten sollte. Du siehst, daß sie auf dem Weg zurück sind und daß ich warte. Wenn man euch hergeschickt hat, um zu helfen, dann solltet ihr, wenn ihr ein Fahrzeug habt, die Roboter finden, die zum Institut unterwegs sind, und sie transportieren. Dieser Schweber funktioniert nicht mehr.« Er versuchte, das alles ohne Zögern zu sagen und fest wie ein Mann im Vollbesitz seiner Kräfte. Es gelang ihm nicht ganz.

»Sind sie zu Fuß zurückgekehrt, Sir?«

»Findet sie!« sagte Baley. »Eure Befehle sind klar.«

Er spürte Zögern. Deutliches Zögern.

Am Ende erinnerte sich Baley daran, den rechten Fuß zu bewegen, wie er hoffte, richtig. Er hätte das vorher tun sollen, aber sein Körper reagierte nicht richtig auf seine Gedanken.

Die Roboter zögerten noch immer, und Baley war darüber besorgt. Er war kein Spacer, er kannte die richtigen Worte nicht, den richtigen Tonfall, die richtige Art und Weise, mit der man Roboter wirksam behandelt. Ein geschickter Robotiker konnte mit einer Handbewegung, ja mit hochgezogenen Brauen seinen Roboter dirigieren, als wäre er eine Marionette, deren Fäden er in der Hand hielt – ganz besonders, wenn er den Roboter selbst konstruiert hatte.

Aber Baley war nur ein Erdenmensch.

Er runzelte die Stirn – in seiner Situation fiel ihm das nicht schwer –, flüsterte ein müdes »Geht!« und machte eine entsprechende Handbewegung.

Vielleicht fügte das seinem Befehl das letzte nötige Quentchen an Gewicht hinzu – oder vielleicht war inzwischen auch einfach nur die Zeit zu Ende gegangen, die die Positronenbahnen der Roboter brauchten, um nach Potential und Gegenpotential festzustellen, wie ihre Instruktionen gemäß der Drei Gesetze auseinanderzusortieren waren.

Jedenfalls hatten sie sich entschieden, und jetzt gab es kein Zögern mehr. Sie bewegten sich so schnell zu ihrem Fahrzeug zurück, was und wo auch immer es sein mochte, daß sie den Anschein erweckten, sie würden vom Erdboden verschluckt.

Die Tür, die der Roboter offengehalten hatte, schloß sich jetzt selbsttätig. Baley hatte den Fuß bewegt, um die sich schließende Tür damit aufzuhalten. Er fragte sich, ob die Tür seinen Fuß abschneiden würde, ob seine Knochen zerquetscht werden würden, bewegte ihn aber nicht. Sicherlich würde ein Fahrzeug so sinnvoll konstruiert sein, daß ein derartiges Mißgeschick vermieden wurde.

Er war wieder allein. Er hatte Roboter gezwungen, ein sich offensichtlich unwohl fühlendes menschliches Wesen zu verlassen, indem er die Kraft der Anweisungen manipuliert hatte, die ihnen ein kompetenter Robotmeister erteilt hatte, der darauf aus gewesen war, das Zweite Gesetz für seine eigenen Zwecke zu verstärken – und es in dem Maße getan hatte, daß Baleys offenkundige Lügen ihm das Erste Gesetz untergeordnet hatten.

Wie gut er das gemacht hatte, dachte Baley zufrieden – und bemerkte jetzt, daß die Tür immer noch einen Spalt offenstand, von seinem Fuß festgehalten, und daß der Fuß dabei nicht im geringsten beschädigt worden war.

65

Baley spürte, wie kalte Luft und ein Rinnsal kalten Wassers seinen Fuß umströmte. Es war erschreckend unnormal, so etwas wahrzunehmen, und doch durfte er nicht zulassen, daß sich die Tür schloß, denn er wußte nicht, wie sie wieder zu öffnen war. (Wie öffneten die Roboter diese Türen? Ohne Zweifel war das für Angehörige dieser Zivilisation kein Rätsel, aber in seiner Lektüre über das Leben auf Aurora hatte es keine sorgfältigen Instruktionen darüber gegeben, wie man die Tür eines Schwebers öffnete. Alles wirklich Wichtige wird als selbstverständlich unterstellt und bleibt unerwähnt. Man erwartet von einem, daß man es *weiß*, obwohl man theoretisch über alles informiert wird.)

Während er diesen Gedanken nachhing, tastete er in seinen Taschen herum, und selbst die Taschen waren nicht leicht zu finden. Sie befanden sich nicht an den richtigen Stellen, und sie waren verschlossen, und er mußte an ihnen herumfummeln, um sie zu öffnen, bis er herausgefunden hatte, wie man den Klettstreifen löste. Er zog ein Taschentuch heraus, knüllte es zusammen und stopfte es zwischen Tür und Rahmen, hoffte, daß die Tür sich so nicht ganz schließen konnte. Dann zog er den Fuß heraus.

Nun galt es nachzudenken – wenn er konnte. Es hatte keinen Sinn, die Tür offenzuhalten, sofern er nicht vorhatte, das Fahrzeug zu verlassen. Aber hatte es irgendeinen Sinn, das zu tun?

Wenn er wartete, wo er war, würde Giskard schließlich zurückkommen und ihn mutmaßlich in Sicherheit bringen.

Durfte er es wagen, so lange zu warten?

Er wußte nicht, wie lange Giskard dazu brauchen würde, Daneel in Sicherheit zu bringen und dann zurückzukehren.

Aber ebensowenig wußte er, wie lange die verfolgenden Roboter brauchen würden, bis sie entschieden, daß sie Daneel und Giskard auf keiner der Straßen finden konnten, die zum Institut zurückführten. (Sicherlich war es unmöglich, daß Daneel und Giskard auf der Suche nach Zuflucht tatsächlich den Weg zum Institut eingeschlagen hatten. Baley hatte ihnen das nicht ausdrücklich verboten – was aber, wenn das der einzige brauchbare Weg war? – Nein! Unmöglich!)

Baley schüttelte den Kopf und tat damit stumm die Möglichkeit ab. Er spürte einen bohrenden Schmerz, griff sich mit den Händen an die Schläfen und biß die Zähne zusammen.

Wie lange würden die verfolgenden Roboter ihre Suche fortsetzen, ehe sie zu der Entscheidung fanden, daß Baley sie in die Irre geleitet hatte – oder selbst in die Irre geführt worden war? Würden sie dann zurückkehren und ihn in Gewahrsam nehmen, sehr höflich und besorgt, um ihm keinen Schaden zuzufügen? Würde er sie aufhalten können, indem er ihnen sagte, daß er sterben würde, wenn er dem Unwetter ausgesetzt würde?

Würden sie das glauben? Würden sie das Institut anrufen und Meldung machen? Ganz sicher würden sie das tun. Und würden dann menschliche Wesen kommen? *Sie* würden um sein Wohlergehen nicht übermäßig besorgt sein.

Wenn Baley aus dem Wagen stieg und unter den Bäumen der Umgebung ein Versteck suchte, würde es für die Verfolger wesentlich schwieriger sein, ihn ausfindig zu machen – und das würde ihm Zeit verschaffen.

Ebenso würde es auch für Giskard schwieriger sein, ihn

ausfindig zu machen. Aber Giskard würde viel eindringlichere Anweisungen habe, Baley zu beschützen, als die verfolgenden Roboter, ihn zu finden. Die Hauptaufgabe Giskards würde es sein, Baley zu finden – die der letzteren, Daneel zu finden.

Außerdem war Giskard von Fastolfe selbst programmiert, und Amadiro, so geschickt er auch sein mochte, war Fastolfe nicht gewachsen. Wenn man also alles in Betracht zog, so würde sicherlich Giskard lange vor den anderen Robotern zurück sein.

Aber stimmte das? Mit einem schwachen Versuch, zynisch zu sein, dachte Baley: Ich bin ausgepumpt und kann nicht mehr richtig denken. Ich greife einfach verzweifelt nach allen Möglichkeiten, die mich etwas trösten.

Und doch, welche andere Wahl hatte er schon, als die Chancen so wahrzunehmen, wie sie sich ihm darstellten?

Er lehnte sich gegen die Tür und trat ins Freie. Das Taschentuch fiel ins feuchte Gras, und er bückte sich automatisch, um es aufzuheben, hielt es in den Händen, während er sich taumelnd vom Wagen entfernte.

Der Regen, der ihm ins Gesicht peitschte und ihm Gesicht und Hände näßte, überwältigte ihn. Schon nach wenigen Schritten klebten seine nassen Kleider am Körper, und er schauderte vor Kälte. Ein Blitz riß den Himmel auf – zu schnell, als daß er die Augen hätte schließen können –, und dann war ein scharfes Hämmern zu hören, das ihn erschreckt zusammenzucken ließ und ihn dazu veranlaßte, die Hände über die Ohren zu pressen. War das Gewitter zurückgekehrt? Oder schien es nur lauter, weil er sich im Freien befand?

Er mußte sich bewegen. Er mußte Abstand zu dem Fahrzeug gewinnen, damit die Verfolger ihn nicht so leicht finden konnten. Er durfte nicht zögern und sich zu lange in seiner unmittelbaren Umgebung aufhalten, sonst hätte er ebensogut drin sitzenbleiben können – wo es trocken war.

Er versuchte, sich das Gesicht mit dem Taschentuch abzuwischen, aber es war ebenso naß wie sein Gesicht, und so ließ er es fallen. Es war nutzlos.

Er bewegte sich mit ausgestreckten Händen weiter. Gab es einen Mond, der Aurora umkreiste? Er glaubte sich zu erinnern, daß so etwas erwähnt worden war, und er wäre für sein Licht dankbar gewesen. – Aber was hatte es schon zu bedeuten? Selbst wenn es einen Mond gab, der jetzt am Himmel stand, die Wolken würden ihn verdecken.

Er spürte etwas. Er konnte nicht sehen, was es war, wußte aber, daß es die rauhe Rinde eines Baums sein mußte. Ohne Zweifel ein Baum. Selbst ein Mann aus der City, der sein Leben lang die Stahlhöhlen nicht verlassen hatte, wußte so etwas.

Und dann erinnerte er sich daran, daß der Blitz Bäume treffen und Menschen töten konnte. Er konnte sich nicht daran erinnern, je eine Schilderung gelesen zu haben, was man dabei empfand, wenn man von einem Blitz getroffen wurde, oder ob es irgendwelche Maßnahmen gab, um das zu verhindern. Seines Wissens war auf der Erde nie jemand vom Blitz getroffen worden.

Er tastete sich an dem Baum entlang, von Furcht und Sorge gequält. Wie weit war halb um den Baum herum, so daß er sich in derselben Richtung weiterbewegte?

Weiter!

Das Unterholz wurde dichter, behinderte ihn. Es fühlte sich wie knochige Finger an, die nach ihm krallten und ihn festhielten. Er zerrte hartnäckig und hörte das Zerreißen von Stoff.

Weiter!

Seine Zähne klapperten, und er zitterte.

Wieder ein Blitz. Kein schlechter. Einen Augenblick lang konnte er seine Umgebung wahrnehmen.

Bäume! Eine Menge Bäume. Er war inmitten einer Baumgruppe. Waren viele Bäume in bezug auf Blitze gefährlicher als ein Baum?

Er wußte es nicht.

Würde es helfen, wenn er es vermied, einen Baum zu berühren?

Auch das wußte er nicht. Tod durch Blitzschlag war in den Citys einfach kein Faktor, und die historischen Romane, in denen so etwas gelegentlich erwähnt wurde, enthielten keine Einzelheiten.

Er blickte zum dunklen Himmel auf und spürte die Nässe, die herunterkam. Er wischte sich mit feuchten Händen das feuchte Gesicht.

Er stolperte weiter, versuchte, hohe Schritte zu machen.

Einmal durchquerte er einen schmalen Bach, wäre beinahe auf den Kieselsteinen ausgeglitten.

Wie seltsam! Es machte ihn nicht nässer als er ohnehin schon war.

Er stolperte weiter. Die Roboter würden ihn nicht finden. Ob Giskard ihn finden würde?

Er wußte nicht, wo er war. Oder wohin er ging. Oder wie weit er von irgend etwas entfernt war.

Wenn er zum Wagen zurückkehren wollte, würde er das nicht können.

Wenn er versuchen würde, sich selbst zu finden, würde er es nicht können.

Und das Unwetter würde ewig dauern, und am Ende würde er sich auflösen und als kleines Rinnsal davonfließen, und niemand würde ihn jemals wiederfinden.

Und seine aufgelösten Moleküle würden weiterfließen und schließlich in den Ozean gespült werden.

Gab es auf Aurora einen Ozean?

Natürlich gab es den! Er war größer als die Wasserfläche der Erde, aber es gab auch mehr Eis an den Polen Auroras.

Ah, er würde zum Eis fließen und dort gefrieren und in der kalten orangeroten Sonne glitzern.

Wieder berührten seine Hände einen Baum – nasse Hände – nasser Baum – Donnergrollen – komisch, daß er den Blitz nicht sah – der Blitz kam immer zuerst – war er getroffen?

Er spürte nichts – nur den Boden.

Der Boden war unter ihm, weil seine Finger über nasse Pflanzen und feuchtes Erdreich tasteten. Er drehte den Kopf zur Seite, um atmen zu können. Es war ziemlich behaglich. Er brauchte nicht weiterzugehen. Er konnte warten. Giskard würde ihn finden.

Plötzlich war er sich dessen ganz sicher. Giskard würde ihn finden müssen, weil...

Nein, das Weil hatte er vergessen. Das war das zweite Mal, daß er etwas vergessen hatte. Ehe er eingeschlafen war – war es dasselbe, was er die beiden Male vergessen hatte? – Dasselbe? –

Es war nicht wichtig. Es würde schon gut werden – alles...

Und dann lag er da, allein und bewußtlos im Regen am Fuß eines Baumes, und das Unwetter tobte weiter.

SECHZEHNTER TEIL

Noch einmal Gladia

66

Später, im Rückblick, schien ihm, als er versuchte, die Zeit abzuschätzen, daß er mindestens zehn, höchstens aber zwanzig Minuten bewußtlos gewesen war.

Im Augenblick freilich hätten es ebensogut null Minuten oder unendlich viele sein können. Er war sich einer Stimme bewußt. Er konnte die Worte nicht verstehen, die sie sprach, er hörte nur eine Stimme. Er rätselte über die Tatsache nach, daß sie seltsam klang, und löste die Angelegenheit zu seiner Befriedigung, indem er die Stimme als die einer Frau erkannte.

Arme umfingen ihn, hoben ihn auf, ein Arm – sein Arm – baumelte herunter. Der Kopf hing ihm zur Seite.

Er versuchte schwächlich, sich aufzurichten, aber nichts geschah. Und dann war da wieder die Frauenstimme.

Er schlug die Augen auf. Er spürte jetzt, daß er fror und naß war, und plötzlich wurde ihm klar, daß kein Wasser mehr auf ihn herunterprasselte. Und es war auch nicht dunkel, zumindest nicht völlig. Ein schwacher Lichtschein war zu erkennen, und in ihm sah er das Gesicht eines Roboters.

Er erkannte es. »Giskard«, flüsterte er, und damit erinnerte er sich an das Unwetter und seine Flucht. Und Giskard war der erste, der ihn erreicht hatte. Er hatte ihn vor den anderen Robotern gefunden.

Und Baley dachte zufrieden: Ich wußte doch, daß es so sein würde.

Er ließ zu, daß sich seine Augen wieder schlossen, und spürte, daß er schnell bewegt wurde, aber mit der leichten – aber unverkennbaren – Ungleichmäßigkeit, die bedeutete, daß jemand ihn trug, der selbst ging. Dann ein Halt und eine langsame Veränderung, bis er auf etwas ganz Warmem und Bequemem lag. Er wußte, daß es ein Wagensitz war, vielleicht mit Handtüchern bedeckt, aber woher er das wußte, fragte er sich nicht.

Es folgte die Empfindung einer glatten Bewegung durch die Luft, das Gefühl eines weichen, saugenden Gewebes über seinem Gesicht und seinen Händen, das Aufreißen seiner Bluse, kalte Luft auf seiner Brust, und dann wieder das Trocknen und Abtupfen.

Und danach drängten die Empfindungen auf ihn ein.

Er befand sich in einer Niederlassung. Da waren Wände, Beleuchtungskörper, Gegenstände (verschiedene Möbelstükke), die er da und dort sah, wenn er die Augen aufschlug.

Er fühlte, wie ihm methodisch die Kleider abgestreift wurden, und machte ein paar schwächliche, nutzlose Versuche, dabei mitzuhelfen. Dann fühlte er warmes Wasser und heftiges Schrubben. Und so ging das immer weiter, und er wollte, daß es nie aufhörte.

Einmal kam ihm ein Gedanke, und er packte den Arm, der ihn hielt. »Giskard! Giskard!«

Er hörte Giskards Stimme. »Hier bin ich, Sir.«

»Giskard, ist Daneel in Sicherheit?«

»Er ist völlig sicher, Sir.«

»Gut.« Baley schloß wieder die Augen und machte keinerlei Anstrengungen in Verbindung mit dem Trocknen. Er spürte, wie er in dem Strom trockener Luft herumgedreht wurde, und dann wurde er wieder mit etwas bekleidet, das wie ein warmer Bademantel wirkte.

Luxus! Seit seiner Säuglingszeit war ihm nicht dergleichen widerfahren, und plötzlich taten ihm die Babys leid, für die alles getan wurde, und die sich dessen nicht hinreichend bewußt waren, um es zu genießen.

Oder genossen sie es? War es die verborgene Erinnerung an jenen Säuglingsluxus, das später solches Erwachsenenverhalten beeinflußte? War sein eigenes Empfinden jetzt nur ein Ausdruck der Freude darüber, wieder ein Säugling zu sein?

Und er hatte eine Frauenstimme gehört. Mutter?

– Mama?

Nein, das konnte nicht sein.

Er saß nun auf einem Stuhl. Soviel konnte er wahrnehmen, und er konnte auch irgendwie fühlen, daß die kurze, glückliche Periode erneuten Säuglingstums sich dem Ende näherte. Er mußte in die traurige Welt des Bewußtseins und der Selbsthilfe zurückkehren.

Aber da war eine Frauenstimme gewesen. – Welcher Frau?

Baley schlug die Augen auf. »Gladia?«

67

Es war eine Frage, eine überraschte Frage, aber tief in seinem Innern war er eigentlich gar nicht überrascht. Wenn er zurückdachte, hatte er natürlich ihre Stimme erkannt.

Er sah sich um. Giskard stand in seinem Alkoven, aber er ignorierte ihn. Zuerst das Wichtigere.

»Wo ist Daneel?« fragte er.

»Er hat sich im Roboterquartier gesäubert und getrocknet und trockene Kleidung angezogen«, antwortete Gladia. »Er ist von meinem Haushaltsstab umgeben, und der hat seine Instruktionen. Ich kann Ihnen sagen, daß sich kein Fremder meiner Niederlassung aus irgendeiner Richtung auf mehr als fünfzig Meter nähern wird, ohne daß wir alle es sofort wissen. – Giskard ist ebenfalls gesäubert und getrocknet.«

»Ja, das kann ich sehen«, sagte Baley. Aber Giskard bekümmerte ihn nicht, nur Daneel. Er war erleichtert, daß Gladia die Notwendigkeit zu akzeptieren schien, Daneel zu bewachen, und daß er sich nicht mit den Komplikationen würde auseinandersetzen müssen, ihr die Sache zu erklären.

Und doch war in der Mauer der Sicherheit eine Lücke, und seine Stimme klang ein wenig verweisend, als er sagte: »Warum haben Sie ihn verlassen, Gladia? Ohne Sie war kein menschliches Wesen im Haus, um die Annäherung einer Truppe fremder Roboter zu verhindern. Daneel hätte gewaltsam entführt werden können.«

»Unsinn«, sagte Gladia munter. »Wir waren nicht lange weg, und Dr. Fastolfe war informiert worden. Viele seiner Roboter hatten sich den meinen angeschlossen, und er hätte, wenn nötig, in Minutenschnelle hier sein können – und ich möchte sehen, wie irgendeine Gruppe fremder Roboter *ihm* Widerstand leistet.«

»Haben Sie Daneel seit Ihrer Rückkehr gesehen, Gladia?«

»Natürlich! Er ist in Sicherheit, das sage ich Ihnen doch.«

»Danke!« Baley entspannte sich und schloß die Augen. Seltsamerweise dachte er: So schlimm war das nicht.

Natürlich war es das nicht. Schließlich hatte er überlebt, oder? Und bei dem Gedanken grinste etwas in ihm und war glücklich.

Er hatte überlebt, nicht wahr? Er schlug die Augen auf und sagte: »Wie haben Sie mich gefunden, Gladia?«

»Das war Giskard. Sie waren hierher gekommen – beide – und Giskard hat mir die Situation schnell erklärt. Ich habe mich gleich daran gemacht. Daneel in Sicherheit zu bringen, aber der wollte sich nicht zufrieden geben, so lange ich nicht versprochen hatte, Giskard nach Ihnen auszuschicken. Er war sehr beredt. Seine Reaktionen in bezug auf Ihre Person sind sehr intensiv, Elijah. Daneel blieb natürlich zurück. Ich machte ihn damit sehr unglücklich, aber Giskard bestand darauf, daß ich ihn mit lauter Stimme anwies zu bleiben. Sie müssen Giskard ein paar sehr kräftige Befehle gegeben haben. Dann nahmen wir mit Dr. Fastolfe Verbindung auf und ausschließend nahmen wir meinen Schweber.«

Baley schüttelte müde den Kopf. »Sie hätten nicht mitkommen sollen, Gladia. Ihr Platz war hier bei Daneel, um sicherzustellen, daß ihm nichts passierte.«

Gladias Gesicht verzog sich und sie blickte etwas verstimmt. »Und Sie hätte ich wohl im Gewitter umkommen lassen sollen, was? Oder zulassen, daß Dr. Fastolfes Feinde Sie mitnehmen? Nein, Elijah, man hätte mich vielleicht gebraucht, um die anderen Roboter fernzuhalten, falls die zuerst zu Ihnen gekommen wären. Ich mag nicht sehr viel von den Dingen hier verstehen, aber jeder Solarianer kann mit einer Bande Robotern umgehen, das kann ich Ihnen sagen. Wir sind das gewöhnt.«

»Aber wie haben Sie mich gefunden?«

»Das war nicht so schrecklich schwierig. Tatsächlich war Ihr Schweber nicht sehr weit entfernt. Wir hätten also sogar zu Fuß gehen können, wenn das Gewitter nicht gewesen wäre. Wir...«

Baley unterbrach sie. »Sie meinen, wir hatten es fast bis zu Fastolfes Niederlassung geschafft?«

»Ja«, sagte Gladia. »Entweder war Ihr Schweber nicht genügend beschädigt worden, um Sie früher zur Landung zu zwingen, oder Giskard hat ihn länger in der Luft gehalten, als die Vandalen erwartet hatten. Und das ist gut so. Wenn Sie näher beim Institut heruntergekommen wären, hätten die Sie vielleicht alle erwischt. Jedenfalls flogen wir mit meinem Schweber zu der Stelle, wo Ihrer heruntergekommen war. Giskard wußte natürlich, wo das war, und wir stiegen aus...«

»Und Sie sind ganz naß geworden, nicht wahr, Gladia?«

»Kein bißchen«, antwortete sie. »Ich hatte einen großen Regenschutz und außerdem eine Lichtkugel. Meine Schuhe wurden schmutzig und meine Füße ein wenig naß, weil ich keine Zeit hatte, Latex aufzusprühen, aber das schadet nichts. – Jedenfalls waren wir nach weniger als einer halben Stunde, nachdem Giskard und Daneel Sie verlassen hatten, bei Ihrem Schweber, und Sie waren natürlich nicht dort.«

»Ich hatte versucht...«, begann Baley.

»Ja, das wissen wir. Ich dachte schon, sie – die anderen – hätten Sie weggeholt, weil Giskard gesagt hatte, man hätte Sie verfolgt. Aber Giskard fand Ihr Taschentuch etwa fünfzig Meter vom Schweber entfernt und sagte, Sie müßten wohl in jener Richtung weggegangen sein. Giskard sagte, das sei etwas sehr Unlogisches, aber menschliche Wesen seien eben oft unlogisch, und wir sollten Sie deshalb suchen. Also suchten wir – wir beide –, indem wir die Lichtkugel benutzten. Aber er war es, der Sie schließlich gefunden hat. Er sagte, er hätte den Infrarotschein Ihrer Körperwärme am Fuß eines Baumes gesehen, und wir brachten Sie zurück.«

»Warum war es unlogisch, daß ich weggegangen bin?« meinte Baley etwas verstimmt.

»Das hat er nicht gesagt, Elijah. Wollen Sie ihn fragen?« Sie deutete auf Giskard.

»Giskard, was soll das?« fragte Baley.

Giskards starre Gestalt erwachte sofort zum Leben. Seine Augen sahen Baley an. Er sagte: »Ich hatte das Gefühl, daß Sie sich unnötig dem Unwetter ausgesetzt hatten. Wenn Sie gewartet hätten, hätten wir Sie früher hierher bringen können.«

»Die anderen Roboter hätten mich vorher erreichen können.«

»Das haben sie auch – aber Sie hatten sie doch weggeschickt.«

»Woher weißt du das?«

»Um die Türen zu beiden Seiten waren viele Roboterfußabdrücke. Aber im Schweber war keine Spur von Feuchtigkeit. Das wäre doch der Fall gewesen, wenn nasse Arme hineingegriffen und Sie herausgehoben hätten. Ich nehme an, daß Sie nicht freiwillig aus dem Schweber gestiegen wären, um mit den Robotern zu kommen. Und nachdem Sie sie weggeschickt hatten, hätten Sie nicht zu befürchten brauchen, daß sie sehr schnell zurückkehren würden, da sie ja schließlich hinter Daneel her waren – nach Ihrer eigenen Einschätzung der Lage – und nicht hinter Ihnen. Außerdem hätten Sie auch sicher sein können, daß *ich* schnell zurückgekommen wäre.«

Baley murmelte: »Genau das habe ich mir auch überlegt. Aber ich dachte, es würde weiterhelfen, wenn ich die Sache noch etwas mehr verwirrte. Ich habe das getan, was mir am besten erschien. Du hast mich ja trotzdem gefunden.«

»Ja, Sir.«

»Aber warum mich hierherbringen?« fragte Baley. »Wenn wir in der Nähe von Gladias Niederlassung waren, dann waren wir auch ebenso nahe, vielleicht sogar näher bei der Niederlassung von Dr. Fastolfe.«

»Nicht ganz, Sir. Gladias Niederlassung lag etwas näher, und ich schloß aus der Eindringlichkeit Ihrer Anweisungen, daß jeder Augenblick zählte, soweit es um Daneels Sicherheit ging. Daneel schloß sich da meiner Meinung an, obwohl er sich nur sehr widerstrebend von Ihnen trennte. Und als er dann hier war, dachte ich, Sie würden auch hier sein wollen, um sich, falls Sie das wünschten, aus erster Hand von seiner Sicherheit zu überzeugen.«

Baley nickte und meinte brummig (die Bemerkung seines unlogischen Verhaltens ärgerte ihn immer noch etwas): »Das hast du gut gemacht, Giskard.«

»Ist es Ihnen wichtig, mit Dr. Falstolfe zu sprechen, Elijah?« fragte Gladia. »Ich kann ihn hierher rufen lassen. Oder Sie können ihn über das Trimensic sichten.«

Baley lehnte sich in seinem Stuhl zurück. Er hatte jetzt genügend Muße, um zu erkennen, daß seine Denkvorgänge ziemlich abgestumpft waren, und daß er sehr müde war. Es würde ihm nichts bringen, jetzt mit Fastolfe zu reden. Deshalb meinte er: »Nein, ich werde mich morgen nach dem Frühstück mit ihm in Verbindung setzen. Das hat Zeit. Und dann denke ich, werde ich mir diesen Kelden Amadiro, den Leiter des Robotikinstituts, noch einmal vornehmen. Und einen hohen Beamten – wie nennen Sie ihn? – den Vorsitzenden. *Er* wird auch dort sein, nehme ich an.«

»Sie sehen schrecklich müde aus, Elijah«, sagte Gladia. »Wir haben natürlich nicht diese Mikroorganismen – diese Viren und Bakterien, die es bei Ihnen auf der Erde gibt – und man hat Sie gesäubert. Sie werden also keine von den Krankheiten bekommen, die es auf Ihrem Planeten gibt. Aber Sie sind müde.«

Nach all dem keine Erkältung? dachte Baley. Keine Grippe? Keine Lungenentzündung? – Es hatte doch etwas für sich, auf einer Spacerwelt zu sein.

»Ich gebe zu, daß ich müde bin, aber das läßt sich mit ein wenig Ruhe kurieren.«

»Haben Sie Hunger? Es ist Abendessenszeit.«

Baley schnitt eine Grimasse. »Mir ist nicht nach Essen.«

»Ich bin nicht sicher, daß das klug ist. Sie wollen vielleicht keine schwere Mahlzeit, aber wie wäre es mit etwas heißer Suppe? Das wird Ihnen guttun.«

Baley empfand den Drang zu lächeln. Sie mochte Solarianerin sein, aber unter den gegebenen Umständen reagierte sie genau wie eine Erdenfrau. Vermutlich würde das auch für Auroraner gelten. Es gibt einige Dinge, die auch in unterschiedlichen Kulturen gleich sind.

»Haben Sie Suppe?« fragte er. »Ich will keine Umstände machen.«

»Wie könnten Sie Umstände machen? Ich habe meinen Stab – keinen so großen wie auf Solaria, aber genug, um in kurzer Zeit jede Mahlzeit zuzubereiten – und jetzt setzen Sie sich hin und sagen Sie mir, was für eine Suppe Sie gern hätten. Dann lasse ich eine machen.«

Baley konnte nicht widerstehen. »Hühnersuppe?«

»Natürlich.« Dann unschuldig: »Genau das, was ich auch vorgeschlagen hätte – und mit großen Stücken Hühnerfleisch, damit die Suppe auch nahrhaft ist.«

Die Schale wurde ihm überraschend schnell hingestellt. Er sagte: »Werden Sie nicht essen, Gladia?«

»Ich habe bereits gegessen, während man Sie gebadet und behandelt hat.«

»Behandelt?«

»Nur routinemäßige biochemische Anpassung, Elijah. Sie haben einiges durchgemacht, und wir wollten keine Nachwirkungen. Essen Sie doch!«

Baley führte prüfend einen Löffel an die Lippen. Die Suppe war nicht schlecht, aber wie alles Essen auf Aurora würziger, als Baley das vorgezogen hätte. Vielleicht war die Suppe auch mit anderen Gewürzen zubereitet, als er sie gewöhnt war.

Plötzlich erinnerte er sich an seine Mutter – ein scharfer Stoß seiner Erinnerung, die sie jünger erscheinen ließ, als er selbst im Augenblick war. Er erinnerte sich daran, wie sie über ihm gestanden und ihm zugeredet hatte, wenn er sich weigerte, sein ›gutes Süppchen‹ zu essen.

Sie hatte dann immer gesagt: ›Komm, Lije! Das ist echtes Huhn und sehr teuer. Selbst die Spacers haben nichts Besseres.‹

Hatten sie auch nicht. Er rief ihr in Gedanken, über die Jahre hinweg zu: ›Haben sie wirklich nicht, Mom!‹

Wirklich? Wenn man sich auf seine Erinnerung verlassen und den jugendlichen Geschmacksknospen vertrauen konnte, war die Hühnersuppe, wie sie seine Mutter gekocht hatte, entschieden besser gewesen.

Er nahm wieder einen Löffel voll und noch einen – und als er fertig war, murmelte er etwas verschämt: »Ist noch etwas da?«

»Soviel Sie wollen, Elijah.«

»Nur noch ein wenig.«

Und als er mit dem zweiten Teller fertig war, sagte Gladia: »Elijah, diese Zusammenkunft morgen früh...«

»Ja, Gladia?«

»Bedeutet das, daß Ihre Ermittlungen beendet sind? Wissen Sie, was mit Jander passiert ist?«

Baley meinte vorsichtig: »Ich habe eine Ahnung, was Jander passiert sein *könnte*. Ich bin aber nicht sicher, daß ich irgend jemanden davon überzeugen kann, daß ich recht habe.«

»Warum machen Sie dann diese Konferenz?«

»Das ist nicht meine Idee, Gladia. Meisterrobotiker Amadiro will es so haben. Er ist gegen die Ermittlung und wird versuchen, mich zur Erde zurückschicken zu lassen.«

»Ist er es, der Ihren Schweber beschädigt und versucht hat, Daneel von seinen Robotern entführen zu lassen?«

»Ich glaube schon.«

»Nun, kann man ihn dafür nicht vor Gericht stellen und verurteilen und bestrafen?«

»Sicher könnte man das«, sagte Baey vorsichtig, »wenn das kleine Problem nicht wäre, daß ich es nicht beweisen kann.«

»Und er kann all das tun und damit durchkommen – und sogar die Ermittlung abbrechen lassen?«

»Ich fürchte, er hat eine sehr gute Chance, das zu schaffen. Wie er selbst sagte, Leute, die keine Gerechtigkeit erwarten, brauchen auch keine Enttäuschung zu erleiden.«

»Aber das darf er nicht. Sie dürfen nicht zulassen, daß es dazu kommt. Sie müssen Ihre Ermittlung zu Ende führen und die Wahrheit herausfinden.«

Baley seufzte. »Was, wenn ich die Wahrheit nicht herausfinden kann? Oder was, wenn ich es kann – aber es nicht fertigbringe, daß die Leute mir zuhören?«

»Sie *können* die Wahrheit herausfinden. Und Sie *können* die Leute dazu bringen, daß sie Ihnen zuhören.«

»Ihr Vertrauen in mich ist rührend, Gladia. Trotzdem, wenn die auroranische Weltlegislatur mich zurückschicken will und anordnet, daß die Ermittlung beendet wird, werde ich nichts dagegen tun können.«

»Sie werden doch sicherlich nicht zurückkehren wollen, ohne etwas erreicht zu haben?«

»Natürlich will ich das nicht. Das ist schlimmer, als einfach nichts zu erreichen. Ich würde dann zurückkehren, und meine Laufbahn wäre erledigt, und die Zukunft der Erde zerstört.«

»Dann lassen Sie eben nicht zu, daß die das tun, Elijah.«

»Jehoshaphat, Gladia. Ich werde es versuchen, aber ich kann schließlich nicht mit bloßen Händen einen ganzen Planeten aus den Angeln heben. Sie dürfen keine Wunder von mir verlangen.«

Gladia nickte und saß mit gesenktem Blick, die Faust gegen die Lippen gepreßt, reglos da, als dächte sie nach. Baley brauchte eine Weile, bis er erkannte, daß sie lautlos weinte.

Baley stand schnell auf und ging um den Tisch herum auf sie zu. Er stellte abwesend – und ein wenig verstimmt – fest, daß seine Beine zitterten, und ein Muskel an seinem rechten Schenkel zuckte.

»Gladia«, sagte er eindringlich, »Sie dürfen nicht weinen.«

»Lassen Sie nur, Elijah«, flüsterte sie. »Das vergeht schon wieder.«

Er stand hilflos an ihrer Seite, versucht, nach ihr zu greifen, zögerte doch. »Ich berühre Sie nicht«, sagte er. »Ich glaube, das sollte ich nicht...«

»Oh, berühren Sie mich ruhig. Berühren Sie mich! Ich mag meinen Körper gar nicht so sehr, und ich werde mich an Ihnen nicht anstecken. Ich bin nicht – was ich einmal war.«

Und so berührte Baley sie am Ellbogen und strich ganz vorsichtig, ja verlegen, mit den Fingerspitzen darüber. »Ich werde morgen tun, was ich kann, Gladia«, sagte er. »Ich werde mir die größte Mühe geben.«

Als sie das hörte, stand sie auf, drehte sich zu ihm um und sagte: »O Elijah.«

Und Baley breitete automatisch, ohne zu wissen, was er tat, die Arme aus. Und sie ging ebenso automatisch auf ihn zu, und dann hielt er sie fest, den Kopf an seine Brust gedrückt.

Er hielt sie so sacht er konnte und wartete auf ihre Reaktion, wenn ihr bewußt wurde, daß sie einen Erdenmenschen umarmte. (Sie hatte ohne Zweifel einen humaniformen Roboter umarmt, aber das war kein Erdenmensch gewesen.)

Sie schniefte laut und sprach, den Mund halb in Baleys Hemd vergraben.

»Es ist nicht fair«, sagte sie. »Es ist nur, weil ich Solarianerin bin. Keiner interessiert sich wirklich dafür, was mit Jander passiert ist, und das würden sie, wenn ich Auroranerin wäre. Das Ganze läuft auf Vorurteile und Politik hinaus.«

Spacer sind eben auch nur Menschen, sagte sich Baley. Das ist genau das, was Jessie in einer ähnlichen Situation sagen würde. Und wenn jetzt Gremionis Gladia festhalten würde, dann würde er genau das sagen, was ich sagen werde – wenn ich wüßte, was ich sagen soll.

Und dann sagte er: »Das ist nicht ganz so. Ich bin sicher, daß es Dr. Fastolfe etwas bedeutet, was Jander passiert ist.«

»Nein. In Wirklichkeit nicht. Er will sich nur in der Legislatur durchsetzen. Und dieser Amadiro will sich auch durchsetzen. Und jeder von beiden würde Jander dafür eintauschen, wenn er recht bekäme.«

»Ich verspreche Ihnen, Gladia, ich werde Jander für nichts eintauschen.«

»Nein? Wenn die Ihnen sagen, daß Sie zur Erde zurückkehren dürfen und Ihre Laufbahn gerettet ist und es keine Strafe für Ihre Welt gibt, solange Sie nur alles über Jander vergessen, was würden Sie da tun?«

»Es hat keinen Sinn, hier hypothetische Situationen aufzubauen, die sich unmöglich ereignen können. Die werden mir gar nichts dafür geben, wenn ich Jander fallen ließe. Die werden einfach versuchen, mich zurückzuschicken, ohne irgend etwas, nur daß sie mich dabei ruinieren und meine Welt auch. Aber wenn die mich lassen würden, dann würde ich den Mann bekommen, der Jander zerstört hat, und dafür sorgen, daß er angemessen bestraft wird.«

»Was meinen Sie damit, *wenn* die Sie lassen würden? *Bringen Sie sie dazu*, daß sie Sie lassen!«

Baley lächelte bitter. »Wenn Sie schon denken, daß die Auroraner nicht auf Sie achten, weil Sie Solarianerin sind, dann stellen Sie sich vor, wie wenig Sie bekommen würden, wenn Sie von der Erde wären, so wie ich.«

Er hielt sie an sich gepreßt und vergaß, daß er von der Erde war, obwohl er gerade das Wort ausgesprochen hatte. »Aber ich will es versuchen, Gladia. Es hat wenig Sinn, hier Hoffnungen zu erwecken, aber ich gehe nicht mit ganz leeren Händen hin. Ich will es jedenfalls versuchen...« Und dann verstummte er.

»Sie sagen immer wieder, daß Sie es versuchen wollen. Aber *wie*?« Sie schob ihn ein Stück von sich, um ihm in die Augen zu sehen.

Baley sagte verwirrt: »Nun, ich könnte...«

»Den Mörder finden?«

»Was auch immer. – Gladia, bitte, ich muß mich setzen.«

Er griff nach dem Tisch, lehnte sich daran.

»Was ist denn, Elijah?« fragte sie.

»Ich habe einen schwierigen Tag hinter mir, das ist offenkundig. Und ich habe mich wohl noch nicht ganz davon erholt.«

»Dann sollten Sie besser zu Bett gehen.«

»Ehrlich gesagt, würde ich das gerne, Gladia.«

Sie ließ ihn los, das Gesicht von Sorge gezeichnet, aber inzwischen ohne Tränen. Sie hob den Arm und machte eine schnelle Bewegung, und dann war er (so schien es ihm) plötzlich von Robotern umgeben.

Und als er schließlich im Bett lag und der letzte Roboter ihn verlassen hatte, ertappte er sich dabei, wie er in die Dunkelheit hinaufstarrte.

Er konnte nicht sagen, ob es draußen noch regnete, oder ob noch ein paar letzte schwache Blitze ihre Funken über den Himmel zogen, aber er stellte fest, daß er keine Donner mehr hörte.

Er atmete tief und dachte: Was habe ich jetzt eigentlich Gladia versprochen? Was wird morgen geschehen?

Letzter Akt: Versagen?

Und während Baley in das Grenzland des Schlafes schwebte, dachte er an jenen unglaublichen Blitz der Erleuchtung, der vor dem Schlaf gekommen war.

69

Es war zweimal geschehen. Einmal in der Nacht zuvor, als er, so wie jetzt, am Einschlafen war. Und noch einmal an diesem Abend, als er unter dem Baum im Sturm in Bewußtlosigkeit gesunken war. Jedesmal war ihm etwas in den Sinn gekommen, eine Erleuchtung, die das Problem entmystifiziert hatte, so wie der Blitz die Nacht erhellt hatte.

Und dieses Etwas war so kurz bei ihm geblieben wie der Blitz.

Was war es?

Würde es sich wieder einstellen?

Dieses Mal versuchte er bewußt, es zu packen, die flüchtige Wahrheit einzufangen – oder war es die flüchtige Illusion? War es das Entgleiten bewußter Vernunft, das Kommen attraktiven Unsinns, das man in Abwesenheit eines korrekt denkenden Verstandes nicht richtig analysieren konnte?

Die Suche nach jenem Etwas, was auch immer es sein mochte und wie auch immer, entglitt ihm langsam. Es stellte sich ebensowenig auf seinen Ruf hin ein, wie sich ein Einhorn nicht in einer Welt einstellen würde, in der es keine Einhörner gab.

Es war leichter, an Gladia zu denken und daran, wie sie sich angefühlt hatte: Die unmittelbare Berührung des Seidenstoffs ihrer Bluse, darunter die schlanken, zarten Arme und ihr glatter Rücken.

Ob er es gewagt hätte, sie zu küssen, wenn seine Beine ihm den Dienst nicht fast versagt hätten? Oder wäre er damit zu weit gegangen?

Er hörte, wie ihm der Atem in einem weichen Schnarchlaut entwich, und das war ihm, wie jedesmal, unangenehm. Er zwang sich wieder in den Wachzustand und dachte erneut an Gladia. Er würde ganz sicherlich, ehe er abreiste – aber nicht, wenn er ihr als Gegenleistung nicht etwas für sie gew... Würde das Bezahlung für geleistete Dien... Wieder hörte er das weiche Schnarchen, und diesmal machte es ihm weniger aus.

Gladia – er hatte nie geglaubt, daß er sie wiedersehen würde – geschweige denn, sie berühren – geschweige denn sie in den Armen halten... sie halten...

Er wußte nicht, an welchem Punkt er vom bewußten Denken in den Traum hinübergeglitten war.

Er hielt sie wieder in den Armen, wie zuvor – aber diesmal trug sie keine Bluse – und ihre Haut war warm und weich – und seine Hand bewegte sich langsam über den Abhang ihres Schulterblatts und über die verborgenen Vorsprünge ihrer Rippen...

Das Ganze hatte die Aura völliger Realität an sich. All seine Sinne waren eingeschaltet, Er roch ihr Haar, und seine Lippen nahmen den schwachen Salzgeschmack ihrer Haut wahr – und irgendwie standen sie nicht mehr. Hatten sie sich hingelegt, oder waren sie schon von Anfang an gelegen? Und was war mit dem Licht passiert?

Er spürte die Matratze unter sich und die Decke über sich – Dunkelheit – und sie war immer noch in seinen Armen, und ihr Körper war nackt.

Er erschrak so, daß er plötzlich hellwach war. »Gladia?«

In fragendem Ton... ungläubig...

»Sch. Elijah.« Sie legte die Finger einer Hand sanft auf seine Lippen. »Sag jetzt nichts!«

Ebensogut hätte sie ihn auffordern können, seinen Blutstrom zum Stillstand zu bringen.

»Was *machen* Sie?« sagte er.

»*Weißt du* nicht, was ich tue?« sagte sie. »Ich bin im Bett – mit dir.«

»Aber warum?«

»Weil ich es will!« Ihr Körper bewegte sich gegen den seinen. Sie berührte sein Nachtgewand am Hals, und der Saum, der es zusammenhielt, öffnete sich.

»Beweg dich nicht, Elijah. Du bist müde, und ich möchte nicht, daß du dich noch mehr anstrengst.«

Elijah spürte eine warme Aufwallung in sich. Er beschloß, Gladia nicht gegen sich selbst zu beschützen. Er sagte: »*So* müde bin ich nicht, Gladia.«

»Nein«, sagte sie scharf. »Ruh' dich aus! Ich möchte, daß du dich ausruhst. Laß mich nur machen. Beweg dich nicht.«

Ihr Mund war jetzt auf dem seinen, als wollte sie ihn zwingen, ruhig zu bleiben. Er entspannte sich, und der winzige Gedanke zog an ihm vorbei, daß er Anweisungen befolgte, daß er wirklich müde war und willens, etwas tun zu lassen, anstatt etwas zu tun. Und mit ein wenig Schamgefühl kam ihm in den Sinn, daß das seine Schuld etwas milderte. (Ich konnte nichts dagegen tun, hörte er sich sagen. Sie hat mich dazu genötigt.) Jehoshaphat, wie feige! Wie unerträglich armselig!

Aber auch jene Gedanken verflogen. Irgendwie war da weiche Musik in der Luft, und es war ein wenig wärmer geworden. Die Zudecke war verschwunden, und ebenso auch sein Nachtgewand. Er spürte, wie sein Kopf in die Wiege ihrer Arme bewegt und gegen Weiches gepreßt wurde.

Überrascht und so, als geschähe das gar nicht ihm, wußte er von der Haltung, die sie einnahm, daß das Weiche ihre linke Brust war, und daß wie im Kontrast dazu die Brustwarze hart gegen seine Lippen drückte.

Leise sang sie zu der Musik eine schläfrig vergnügte Melodie, die er nicht erkannte.

Sie wiegte ihn sanft vor und zurück, und ihre Fingerspitzen strichen über sein Kinn und seinen Hals. Er entspannte sich, war bereit, gar nichts zu tun, alles ihr zu überlassen. Als sie seine Arme bewegte, sträubte er sich nicht und ließ sie dort liegen, wo sie sie hinlegte.

Er half nicht mit, und als er dann mit zunehmender Erregung reagierte, sie sich aufsetzte und ihn behutsam in sich aufnahm, und er schließlich den Höhepunkt erreichte, geschah das nur aus der Hilflosigkeit, der Unfähigkeit, etwas anderes zu tun.

Sie aber schien unermüdlich, und er wollte nicht, daß sie aufhörte. Und abgesehen von der Sinnlichkeit der sexuellen Reaktion verspürte er wieder das, was er schon früher verspürt hatte, den totalen Luxus der Passivität eines Säuglings.

Und schließlich konnte er nicht mehr reagieren, und wie es schien, konnte sie auch nicht mehr, und dann lag sie, und ihr Kopf ruhte in der Halsbeuge seiner linken Schulter. Und ihr linker Arm lag über seinen Rippen, und ihre Finger strichen zärtlich über seine kurzen, gekräuselten Haare.

Er hörte sie murmeln. »Ich danke dir – danke dir...«

Wofür? fragte er sich.

Er nahm sie jetzt kaum mehr wahr, denn dieses ungemein weiche Ende eines harten Tages machte ebenso schläfrig wie das berühmte Nepenthe, und er konnte spüren, wie er davonglitt. So als entspannten sich seine Fingerspitzen vom Rand der Klippe der harten Realität, um ihn fallenzulassen – fallen... durch die weichen Wolken des Schlafes in den langsam wogenden Ozean der Träume.

Und während ihm so geschah, kam das, was sich auf sein Rufen nicht eingestellt hatte, von selbst. Zum drittenmal hob sich der Vorhang, und alle Ereignisse, seit er die Erde verlassen hatte, erschienen plötzlich in einem scharfen Bild vor ihm. Wieder war alles klar. Er mühte sich ab zu sprechen, die Worte zu hören, die er hören mußte, sie zu fixieren und sie zu einem Teil seiner Denkprozesse zu machen. Aber obwohl er mit jeder Faser seines Bewußtseins nach ihnen krallte, glitten sie vorbei und davon und verschwanden.

Und so endete in dieser Hinsicht Baleys zweiter Tag auf Aurora ganz so, wie sein erster geendet hatte.

Siebzehnter Teil

Der Vorsitzende

70

Als Baley die Augen aufschlug, strömte das Sonnenlicht durchs Fenster, und er begrüßte es. Zu seiner immer noch schläfrigen Überraschung begrüßte er es.

Es bedeutete, daß das Unwetter vorüber war, und es war gerade so, als hätte es das Gewitter nie gegeben. Sonnenlicht – wenn man es nur als eine Alternative zu dem glatten, weichen, warmen, kontrollierten Licht der Citys betrachtete – konnte nur als hart und unsicher angesehen werden. Aber wenn man es mit dem Gewitter verglich, war es wie das Versprechen des Friedens selbst. Alles ist relativ, dachte Baley, und er wußte, daß er für seine Person im Sonnenlicht nie wieder etwas völlig Böses würde sehen können.

»Partner Elijah?« Daneel stand neben dem Bett. Ein Stück hinter ihm stand Giskard.

Baleys langes Gesicht löste sich in ein seltenes Lächeln schieren Vergnügens auf. Er streckte die Hände aus, streckte jedem eine hin. »Jehoshaphat, Männer« – und in dem Augenblick war ihm überhaupt nicht bewußt, daß in dem Wort irgend etwas Unpassendes lag –, »als ich euch beide das letzte Mal zusammen sah, war ich ganz und gar nicht sicher, daß ich euch jemals wiedersehen würde.«

»Aber sicherlich wäre doch keiner von uns unter irgendwelchen Umständen verletzt worden«, sagte Daneel leise.

»Jetzt, wo die Sonne wieder strahlt, sehe ich das«, sagte Baley. »Aber letzte Nacht war mir zumute, als würde das Gewitter mich töten, und ich war sicher, daß du in tödlicher Gefahr warst, Daneel. Es schien sogar möglich, daß Giskard irgendwie beschädigt werden könnte, wenn er versuchte, mich gegen eine überwältigende Übermacht zu verteidigen. Melodramatisch, das gebe ich zu. Aber ich war wohl nicht ganz ich selbst, wißt ihr.«

»Das war uns bewußt, Sir«, sagte Giskard. »Das hat es uns auch so schwer gemacht, Sie trotz Ihrer eindringlichen Anweisung allein zu lassen. Wir hoffen, daß Ihnen dies im Augenblick kein Mißvergnügen bereitet.«

»Ganz und gar nicht, Giskard.«

»Und außerdem«, sagte Daneel, »wissen wir auch, daß man Sie gut versorgt hat, seit wir Sie verlassen haben.«

Erst in dem Augenblick erinnerte sich Baley an die Ereignisse der vergangenen Nacht.

Gladia!

Er sah sich in plötzlichem Erstaunen um. Sie war nirgends im Zimmer. Hatte er sich nur eingebildet... Nein, natürlich nicht. Das war unmöglich.

Und dann sah er Daneel mit gerunzelter Stirn an, als argwöhnte er, daß seine Bemerkung einen libidinösen Charakter hätte.

Aber nein, auch das würde unmöglich sein. Ein Roboter, und wäre er noch so humaniform, würde nicht in einer Art und Weise konstruiert sein, um schlüpfriges Vergnügen bei Andeutungen zu finden.

»*Sehr gut* versorgt«, sagte er. »Aber im Augenblick ist es notwendig, daß man mich zum Personal führt.«

»Wir sind hier, um Ihnen während des Morgens behilflich zu sein, Sir«, sagte Giskard. »Miß Gladia war der Ansicht, Sie würden sich mit *uns* behaglicher fühlen als mit irgendeinem Angehörigen Ihres eigenen Stabes. Und sie hat betont, daß wir Ihnen jeden Wunsch erfüllen sollten.«

Baley sah ihn zweifelnd an. »Wie weit ist sie denn in ihren Anweisungen gegangen? Ich fühle mich jetzt ziemlich wohl, also ist es nicht notwendig, daß jemand mich wäscht und trocknet. Ich kann mich um mich selbst kümmern. Das ist ihr doch hoffentlich klar.«

»Sie brauchen keine Peinlichkeiten zu fürchten, Partner Elijah«, sagte Daneel mit dem kleinen Lächeln, das (wie es Baley schien) sich genau in den Augenblicken einstellte, wenn man in einem menschlichen Wesen vielleicht ein Gefühl der Zuneigung vermutet hätte. »Wir sollen lediglich dafür sorgen, daß Sie sich behaglich fühlen. Wenn Sie sich irgendwann allein behaglicher fühlen, warten wir in einiger Entfernung.«

»In dem Fall, Daneel, ist alles bereit.« Baley kroch aus dem Bett. Es bereitete ihm Vergnügen, daß er wieder fest auf den Beinen stehen konnte. Die nächtliche Ruhe und die Behandlung, als man ihn zurückgebracht hatte (worin auch immer sie bestanden haben mochte) hatten Wunder bewirkt. – Und Gladia auch.

71

Immer noch nackt und vom Duschen noch feucht genug, um sich gründlich erfrischt zu fühlen, studierte Baley, nachdem er sich das Haar gebürstet hatte, das Resultat kritisch. Ihm kam es natürlich vor, daß er mit Gladia frühstücken würde, und er war nicht sicher, wie man ihn wohl empfangen würde. Vielleicht würde es am besten sein, wenn er eine Haltung einnahm, als wäre nichts geschehen, und sich dann von ihrer Haltung lenken ließ. Und irgendwie empfand er, daß es vielleicht helfen würde, wenn er einigermaßen gut aussah – vorausgesetzt, daß dies im Bereich des Möglichen lag. Er schnitt seinem Ebenbild im Spiegel eine Grimasse.

»Daneel!« rief er.

»Ja, Partner Elijah.«

»Mir scheint, das, was du trägst, sind neue Kleider.«

»Sie haben ursprünglich nicht mir gehört, Partner Elijah. Sie gehörten Freund Jander.«

»Sie hat dir Janders Kleider gegeben?« fragte Baley, und seine Augenbrauen schoben sich in die Höhe.

»Miß Gladia wünschte nicht, daß ich entkleidet bleibe, während ich darauf wartete, daß meine vom Regen durchnäßten Kleider gewaschen und getrocknet wurden. Jetzt sind sie fertig, aber Miß Gladia sagte, daß ich diese hier behalten darf.«

»Wann hat sie das gesagt?«

»Heute morgen, Partner Elijah.«

»Dann ist sie also wach?«

»Ja, das ist sie. Und Sie werden sich ihr beim Frühstück anschließen, wenn Sie bereit sind.«

Baleys Lippen wurden schmal. Es war seltsam, daß er im Augenblick mehr darüber beunruhigt war, Gladia gegenüberzutreten, als ein wenig später dem Vorsitzenden. Alles, was den Vorsitzenden betraf, lag immerhin im Schoß des Schicksals. Er hatte sich für seine Strategie entschieden, und sie würde entweder funktionieren oder nicht. Was Gladia betraf... hatte er einfach keine Strategie.

Nun, er würde ihr gegenübertreten müssen.

Und als er das tat, sagte er mit so bedachter Gleichgültigkeit, wie er es nur gerade schaffte: »Und wie geht es Miß Gladia heute morgen?«

»Anscheinend gut«, sagte Daneel.

»Vergnügt? Deprimiert?«

Daneel zögerte. »Es ist schwierig, die innere Haltung eines menschlichen Wesens einzuschätzen. An ihrem Verhalten ist nichts, was auf inneren Aufruhr deutet.«

Baley warf einen schnellen Blick auf Daneel und fragte sich erneut, ob er sich damit etwa auf die Ereignisse der letzten Nacht bezog. – Und dann tat er die Möglichkeit wiederum ab.

Es brachte auch keinen Nutzen, Daneels Gesicht zu studieren. Man konnte einen Roboter nicht anstarren, um aus seinem Gesichtsausdruck auf seine Gedanken zu schließen, denn da gab es keine Gedanken im menschlichen Sinne.

Er trat ins Schlafzimmer hinaus und sah sich die Kleider an, die man ihm bereitgelegt hatte, musterte sie nachdenklich und fragte sich, ob er sie ohne Fehler würde anziehen können, ohne robotische Hilfe zu benötigen. Das Unwetter und die Nacht waren vorüber, und er wollte wieder den Mantel des Erwachsenseins und der Unabhängigkeit umlegen.

»Was ist dies?« sagte er. Er hob ein langes, breites Band auf, das mit kompliziert gemusterten Arabesken bedeckt war.

»Das ist eine Schärpe«, sagte Daneel. »Sie ist nur Schmuck. Man trägt sie über der linken Schulter und bindet sie an der rechten Hüfte. Auf manchen Spacerwelten trägt man so etwas üblicherweise zum Frühstück, aber auf Aurora ist das nicht sehr populär.«

»Warum sollte ich es dann tragen?«

»Miß Gladia dachte, die Schärpe würde Ihnen gut zu Gesicht stehen, Partner Elijah. Der Knoten ist ziemlich kompliziert, und ich helfe Ihnen gerne.«

Jehoshaphat, dachte Baley etwas beunruhigt. Sie möchte, daß ich hübsch aussehe. Was sie nur vorhaben mag?

Denk nicht darüber nach!

Und zu Daneel gewandt, meinte er: »Laß nur, ich mache eine ganz gewöhnliche Schleife. Aber hör zu, Daneel, nach dem Frühstück werde ich zu Fastolfe hinübergehen und mich mit ihm, mit Amadiro und dem Vorsitzenden der Legislatur treffen. Ich weiß nicht, ob sonst noch jemand zugegen sein wird.«

»Ja, Partner Elijah, das ist mir bekannt. Ich glaube nicht, daß noch weitere Personen zugegen sein werden.«

»Nun denn«, sagte Baley und fing an, seine Unterkleidung anzulegen, was er ganz langsam tat, um keinen Fehler zu machen und damit auf Daneels Hilfe verzichten zu können, »erzähl mir etwas vom Vorsitzenden. Ich weiß aus meiner Lektüre, daß er auf Aurora so etwas wie der Regierungschef ist, aber ich habe andererseits derselben Lektüre entnommen, daß es sich um ein reines Ehrenamt handelt. Er verfügt also, wie ich daraus schließe, über keine Macht.«

Daneel antwortete darauf: »Ich fürchte, Partner Elijah...«

Giskard unterbrach ihn. »Sir, ich bin mir der politischen Situation auf Aurora bewußter als Freund Daneel. Ich bin sehr viel länger im Einsatz als er. Wäre es Ihnen recht, wenn ich die Frage beantwortete?«

»Aber selbstverständlich, Giskard. Nur zu!«

»Als die Regierung von Aurora gebildet wurde«, begann Giskard lehrhaft, so als drehte sich eine Informationsspule irgendwo in seinem Innern, »war man der einhelligen Meinung, daß der Leitende Beamte nur zeremonielle Pflichten erfüllen sollte. Er sollte Würdenträger von anderen Welten begrüßen, alle Zusammenkünfte der Legislatur eröffnen, den Vorsitz bei ihren Beratungen führen und nur dann stimmberechtigt sein, wenn es darum ging, im Falle von Stimmengleichheit eine Entscheidung herbeizuführen. Nach der Flußkontroverse freilich...«

»Ja, davon habe ich gelesen«, sagte Baley. Es war eine besonders langweilige Episode in der auroranischen Geschichte gewesen, mit undurchdringlichen Auseinandersetzungen über die richtige Aufteilung von Wasserkraft, was immerhin fast zu einem Bürgerkrieg geführt hatte, den ersten Bürgerkrieg, den der Planet je gesehen hätte. »Du kannst auf Einzelheiten verzichten.«

»Jawohl, Sir«, sagte Giskard. »Nach der Flußkontroverse war man allgemein entschlossen, nie mehr zuzulassen, daß solche Kontroversen die auroranische Gesellschaft gefährdeten. Es ist daher üblich geworden, alle Dispute außerhalb der Legislatur privat und friedlich beizulegen. Wenn die Gesetzgeber schließlich abstimmen, so geschieht das in vorher verabredeter Art und Weise, so daß immer auf der einen oder anderen Seite eine riesige Mehrheit zur Verfügung steht.

Die Schlüsselgestalt in der Beilegung von Disputen ist der Vorsitzende der Legislatur. Er ist gehalten, sich aus Streitereien herauszuhalten, und seine Macht – die allerdings theoretisch gleich Null ist, praktisch aber beträchtlich – hält nur so lange vor, als man von ihm annimmt, daß er das tut. Der Vorsitzende wacht daher eifersüchtig über seine Objektivität, und solange ihm dies gelingt, ist gewöhnlich er derjenige, der die Entscheidung trifft, die jegliche Kontroverse in der einen oder anderen Richtung beilegt.«

»Du meinst also, der Vorsitzende wird mich anhören, dann Fastolfe, dann Amadiro und dann seine Entscheidung treffen?«

»Möglich. Andererseits, Sir, trifft er möglicherweise keine Entscheidung und fordert weitere Aussagen, weitere Überlegungen – oder beides.«

»Und wenn der Vorsitzende zu einer Entscheidung gelangt, wird sich Amadiro ihr dann beugen, falls sie gegen ihn ausfällt – oder wird Fastolfe sich beugen, wenn sie gegen *ihn* lautet?«

»Dafür besteht keine absolute Notwendigkeit. Es gibt fast immer Leute, die die Entscheidung des Vorsitzenden nicht akzeptieren. Und sowohl Dr. Amadiro als auch Dr. Fastolfe sind hartnäckige, starrköpfige Individuen – wenn man aus ihrem Verhalten Schlüsse ziehen darf. Die meisten Legislatoren freilich werden der Entscheidung des Vorsitzenden folgen, gleich, wie diese lauten mag. Dr. Fastolfe oder Dr. Amadiro – gegen welchen von beiden auch immer sich der Vorsitzende entscheidet – werden daher sicher bei der Abstimmung nur eine winzige Minderheit für sich einnehmen können.«

»Wie sicher ist das, Giskard?«

»Fast hundertprozentig. Die Amtsperiode des Vorsitzenden

beträgt gewöhnlich dreißig Jahre, und dann besteht die Möglichkeit, daß die Legislatur ihn auf weitere dreißig Jahre wiederwählt. Falls freilich eine Abstimmung gegen die Empfehlung des Vorsitzenden ausgehen sollte, wäre der Vorsitzende gezwungen, sofort zurückzutreten, und es würde zu einer Regierungskrise kommen, während die Legislatur, von bitteren Disputen zerrissen, versuchte, einen anderen Vorsitzenden zu finden. Wenige Legislatoren sind bereit, dieses Risiko einzugehen, und die Chance, eine Mehrheit zur Abstimmung gegen den Vorsitzenden zu bekommen, falls das bedeutungsvoll wäre, ist fast gleich Null.«

»Dann hängt tatsächlich alles von der Konferenz heute morgen ab«, sagte Baley etwas bedrückt.

»Höchstwahrscheinlich.«

»Danke, Giskard.«

Etwas niedergeschlagen ordnete Baley seine Gedanken. Ihm schien das Ganze hoffnungsvoll, aber er hatte keine Ahnung, was Amadiro etwa sagen oder wie der Vorsitzende sein würde. Amadiro war es, der das Gespräch vorbereitet hatte, und *er* mußte sich zuversichtlich fühlen, seiner selbst sicher.

Und in dem Augenblick erinnerte Baley sich erneut: Als er eingeschlafen war, mit Gladia in den Armen, hatte er die Bedeutung all der Ereignisse auf Aurora gesehen – oder zu sehen geglaubt – oder sich vorgetäuscht, sie zu sehen. Alles war ihm klar, offensichtlich und sicher vorgekommen. Und wiederum, nun zum drittenmal, war es ebenso schnell verschwunden, als wäre es nie dagewesen.

Und mit jenem Gedanken schien auch seine Hoffnung zu schwinden.

72

Daneel führte Baley in den Raum, in dem für das Frühstück gedeckt war – er schien ihm intimer als ein gewöhnliches Speisezimmer. Der Raum war klein und schlicht und enthielt nur einen Tisch und zwei Stühle, und als Daneel sich zurückzog, trat er nicht in eine Nische. Tatsächlich gab es gar keine Nischen, und einen Augenblick lang fand Baley sich allein – völlig allein – in dem Zimmer.

Er war sicher, daß er nicht wirklich allein war. Es mußte Roboter geben, die ihm sofort auf Zuruf zur Verfügung stehen würden. Trotzdem war es ein Raum für zwei – ein Keine-Roboter-Raum – ein Raum (Baley zögerte bei dem Gedanken) für Liebende.

Auf dem Tisch standen zwei Stapel pfannkuchenartiger Gebilde, die nicht wie Pfannkuchen rochen, aber gut rochen. Zwei Behälter mit etwas, das wie geschmolzene Butter aussah (was aber vielleicht keine Butter war) standen daneben. Und ein Topf mit dem heißen Getränk (das Baley versucht und als nicht sehr angenehm empfunden hatte und das hier anstelle von Kaffee getrunken wurde).

Gladia trat ein. Sie war ziemlich streng gekleidet, und ihr Haar glänzte, als wäre es frisch gewaschen und frisiert. Sie blieb unter der Tür stehen, und ein leichtes Lächeln formte sich auf ihrem Gesicht. »Elijah?«

Baley, den ihr plötzliches Auftauchen ein wenig überrascht hatte, sprang auf. »Wie geht es, Gladia?« Fast stotterte er ein wenig.

Doch sie ignorierte das. Sie schien vergnügt, sorglos. Dann sagte sie: »Wenn du dir Sorgen machst, weil Daneel nicht zu sehen ist, das brauchst du nicht. Er ist völlig sicher und wird es auch bleiben. Was uns betrifft...« Sie kam zu ihm, trat ganz nahe an ihn heran und legte behutsam die Hand auf seine Wange, so wie sie es vor langer Zeit auf Solaria getan hatte.

Sie lachte leicht. »Das war alles, was ich damals getan habe, Elijah. Erinnerst du dich?«

Elijah nickte stumm.

»Hast du gut geschlafen, Elijah? – Setz dich, Liebster!«

Er setzte sich. »Sehr gut. Danke, Gladia.« Er zögerte, ehe er sich dazu entschloß, das Kosewort nicht zu erwidern.

»Du brauchst nicht *mir* zu danken«, sagte sie. »Ich habe seit *Wochen* nicht mehr so gut geschlafen, und das hätte ich nicht, wenn ich nicht aus dem Bett gestiegen wäre, als ich sicher war, daß du fest schliefst. Wenn ich geblieben wäre – und ich wäre gern geblieben –, dann hätte ich dich, ehe die Nacht um war, noch einmal gewollt, und dann wärst du jetzt nicht ausgeschlafen.«

Er begriff, daß jetzt eine galante Antwort vonnöten war. »Es gibt Dinge, die wichtiger sind als Ruhe, Gladia«, sagte er, aber er brachte es so formell heraus, daß sie wieder lachte.

»Armer Elijah«, sagte sie. »Du bist verlegen.«

Die Tatsache, daß sie das erkannte, machte ihn noch verlegener. Baley war auf alles mögliche vorbereitet gewesen, Scham, Ekel, gespielte Gleichgültigkeit, Tränen, alles, nur nicht die offenkundig erotische Haltung, die sie angenommen hatte.

»Nun, du sollst nicht so leiden«, sagte sie. »Du bist hungrig. Du hast gestern abend kaum etwas gegessen. Sieh zu, daß du ein paar Kalorien in dich hineinbekommst, damit du fleischlichere Gefühle kriegst.«

Baley blickte zweifelnd auf die Pfannkuchen, die keine waren.

Gladia bemerkte seinen Blick. »Oh! Du hast so etwas wahrscheinlich noch nie gesehen. Das ist eine Delikatesse von Slolrai. Pachinkas! Ich mußte meinen Koch neu programmieren, ehe er sie richtig zubereiten konnte. Zuallererst einmal muß man importiertes solarianisches Mehl benutzen. Mit dem, das man auf Aurora bekommt, geht es nicht. Und sie sind gefüllt. Tatsächlich gibt es etwa tausend Füllungen, aber das hier ist mein Lieblingsrezept, und ich *weiß*, daß es dir schmecken wird. Ich werde dir nicht sagen, was drin ist, außer Kastanienpüree und einer Spur Honig. Aber versuche es und sag mir, was du davon hältst! Man ißt sie mit den Fingern. Aber sei beim Beißen vorsichtig.«

Sie nahm sich einen Pfannkuchen, wobei sie ihn ein bißchen affektiert mit Daumen und Mittelfinger beider Hände hielt, und nahm dann langsam einen kleinen Bissen und leckte die goldene, halb flüssige Füllung ab, die herausfloß.

Baley machte es ihr nach. Die Pachinkas fühlten sich hart an und waren nicht besonders heiß. Er schob das eine Ende vorsichtig in den Mund und stellte fest, daß es beim Biß Widerstand leistete. Er drückte kräftiger, der Pachinka brach auf, und er sah zu, wie ihm sein Inhalt über die Hände lief.

»Du hast zu kräftig zugebissen«, sagte Gladia und reichte ihm eine Serviette. »Jetzt mußt du es ablecken. Niemand ißt einen Pachinka korrekt. So etwas gibt es nicht. Man verschmiert sich immer Mund und Hände damit. Idealerweise ißt man sie nackt und duscht dann.«

Baley versuchte zögernd, an dem Stück zu lecken, das er noch in der Hand hielt. Sein Gesichtsausdruck sprach Bände.

»Es schmeckt dir, nicht wahr?« sagte Gladia.

»Es schmeckt köstlich«, versicherte Baley, und dann biß er wieder ab, langsam, vorsichtig. Es schmeckte nicht zu süß und schien im Mund weich zu werden und zu schmelzen. Schlucken war kaum erforderlich.

Er aß drei Pachinkas und schämte sich dann, noch mehr zu verlangen. Dann leckte er sich die Finger ab, ohne daß es einer Aufforderung bedurfte und verschmähte die Serviette, weil er nicht wollte, daß irgend etwas von dieser Köstlichkeit an einen leblosen Gegenstand vergeudet wurde.

»Du mußt die Finger und die Hände in den Reiniger tauchen, Elijah«, sagte sie und zeigte es ihm. Die ›geschmolzene Butter‹ war offensichtlich eine Fingerschale.

Baley tat, wie sie es ihm gezeigt hatte, und trocknete dann die Hände. Er roch an ihnen, aber es war keinerlei Geruch wahrzunehmen.

»*Bist* du denn wegen der letzten Nacht verlegen, Elijah?« fragte sie. »Ist das alles, was du empfindest?«

Was sagte man darauf? fragte sich Baley.

Schließlich nickte er. »Ich fürchte, ja, Gladia. Das ist nicht alles, was ich empfinde, bei weitem nicht, aber irgendwie bin ich verlegen. Überleg doch einmal. Ich bin ein Erdenmensch, und das weißt du, aber unterdrückst es für den Augenblick. Und ›Erdenmensch‹ ist für dich nur ein bedeutungsloses dreisilbiges Geräusch. Letzte Nacht habe ich dir leid getan. Du warst beunruhigt wegen meines Problems mit dem Unwetter, hast mir gegenüber Gefühle empfunden wie gegenüber einem Kind – Mitgefühl vielleicht, das aus der Verletzlichkeit heraus entstand, die ein eigener Verlust in dir erzeugt hat. – Und da bist du zu mir gekommen. Aber dieses Gefühl wird vergehen – ich bin überrascht, daß es nicht schon vergangen ist –, und dann wirst du dich daran erinnern, daß ich ein Erdenmensch bin, und wirst Scham empfinden, ein Gefühl, dich beschmutzt zu haben. Du wirst mich für das hassen, was ich für dich getan habe, und ich will nicht gehaßt werden – ich will nicht gehaßt werden, Gladia.« (Wenn er so unglücklich aussah, wie er sich fühlte, dann mußte er wirklich unglücklich aussehen.)

Sie mußte das ebenso empfunden haben, denn sie streckte die Hand aus und strich über die seine. »Ich werde dich nicht hassen, Elijah. Warum sollte ich? Du hast mir nichts getan, an dem ich etwas aussetzen kann. Ich habe es getan und werde den Rest meines Lebens froh sein, daß ich es getan habe. Du hast mich durch deine Berührung vor zwei Jahren frei gemacht, Elijah, und letzte Nacht hast du mich wieder frei gemacht. Es war für mich wichtig zu wissen, damals vor zwei Jahren, daß ich Begehren empfinden konnte – und letzte Nacht war es für mich wichtig zu wissen, daß ich *wieder* Begehren empfinden konnte, *nach* Jander. Elijah – bleib bei mir! Es wäre...«

Er unterbrach sie ernsthaft. »Wie könnte ich das, Gladia? Ich muß zu meiner eigenen Welt zurück. Ich habe dort Pflichten und Aufgaben, und du kannst nicht mit mir kommen. Du würdest das Leben nicht aushalten, das man auf der Erde lebt. Du würdest an den Krankheiten der Erde sterben – wenn dich nicht vorher die Menschenmengen und das Eingeschlossensein töten würden. Das verstehst du doch sicherlich.«

»Ich kann mir vorstellen, wie es auf der Erde sein muß«, sagte Gladia und seufzte, »aber du brauchst doch ganz sicher nicht sofort abzureisen.«

»Es kann sein, daß ich, ehe der Vormittag um ist, vom Vorsitzenden des Planeten verwiesen werde.«

»Das wirst du nicht«, sagte Gladia energisch. »Du wirst dich nicht ausweisen lassen. – Und wenn doch, dann können wir uns eine andere Spacerwelt suchen. Es gibt Dutzende, unter denen wir wählen können. Bedeutet dir die Erde soviel, daß du nicht auf einer Spacerwelt leben möchtest?«

Baley sah sie offen an. »Ich könnte dir jetzt ausweichen, Gladia, und dich darauf hinweisen, daß keine andere Spacerwelt meine Niederlassung auf Dauer erlauben würde – und du weißt, daß es so ist. Aber die grundlegende Wahrheit ist, daß mir die Erde – selbst *wenn* irgendeine Spacerwelt mich annehmen würde – soviel bedeutet, daß ich zurückkehren müßte. – Selbst wenn das bedeutete, dich zu verlassen.«

»Und Aurora nie wieder zu besuchen? Mich nie wiederzusehen?«

»Wenn ich dich wiedersehen könnte, würde ich das«, sagte Baley, von dem Wunsch erfüllt. »Immer wieder würde ich das tun, glaube mir! Aber was nützt es, wenn ich es sage? Du weißt, daß man mich nicht wieder einladen wird. Und du weißt auch, daß ich ohne Einladung nicht zurückkehren kann.«

Als Gladia antwortete, klang ihre Stimme ganz leise, ein Flüstern nur. »Das will ich nicht glauben, Elijah.«

»Gladia, mach dich nicht unglücklich«, sagte Baley. »Zwischen uns ist etwas Wunderbares geschehen, aber es gibt andere wunderbare Dinge, die für dich geschehen werden – viele, alle möglichen Dinge, aber nicht *dasselbe* Wunderschöne. Freu dich auf die anderen Dinge!«

Sie schwieg.

»Gladia«, sagte er eindringlich, »braucht jemand zu wissen, was zwischen uns geschehen ist?«

Sie blickte zu ihm auf, ihr Gesichtsausdruck wirkte schmerzlich. »Schämst du dich *so*?«

»Über das, was geschehen ist, ganz sicherlich nicht. Aber obwohl ich mich nicht schäme, könnte es Konsequenzen geben, die unangenehm wären. Man würde über die Sache reden. Dieses widerwärtige Hyperwellenstück, das ja auch eine verzerrte Darstellung unserer Beziehung enthielt, hat uns prominent gemacht. Der Mann von der Erde und die Frau von Solaria. Wenn auch nur der geringste Argwohn entsteht, daß zwischen uns Liebe ist, dann fliegt das mit Hyperraumgeschwindigkeit zur Erde.«

Gladia hob die Augenbrauen, und plötzlich war ein Anflug von Hochmut an ihr. »Und die Erde würde das als eine Erniedrigung für dich empfinden? Weil du sexuelle Beziehungen mit jemandem gehabt hast, der deiner nicht würdig ist?«

»Nein, natürlich nicht«, versicherte Baley hastig, doch er wußte, daß Milliarden von Erdenmenschen genau das empfinden würden. »Ist dir in den Sinn gekommen, daß meine Frau davon hören würde? Ich bin verheiratet.«

»Na und? Was macht das?«

Baley atmete tief. »Das verstehst du nicht. Die Gepflogenheiten auf der Erde sind anders als bei den Spacers. Es hat Zeiten in unserer Geschichte gegeben, wo die Sitten im sexuellen Bereich ziemlich locker waren, zumindest an manchen Orten und für manche Klassen. Dies ist keine jener Zeiten. Die Erdenmenschen leben dicht aufeinander, und es bedarf einer puritanischen Ethik, um das Familiensystem unter solchen Umständen stabil zu halten.«

»Jeder hat nur einen Partner, meinst du, und sonst niemanden?«

»Nein«, sagte Baley. »Um ehrlich zu sein, so ist es nicht. Aber man bemüht sich darum, Unregelmäßigkeiten hinreichend verborgen zu halten, damit jeder... jeder...«

»So tun kann, als wüßte er es nicht?«

»Nun ja, aber in diesem Fall...«

»Wird alles so an die Öffentlichkeit gezogen werden, daß niemand vorgeben könnte, es nicht zu wissen – und deine Frau wird zornig auf dich sein und dich schlagen.«

»Nein, schlagen wird sie mich nicht, aber sie wird sich schämen, und das ist schlimmer. Und ich würde auch beschämt sein, und mein Sohn auch. Meine gesellschaftliche Position würde leiden und – Gladia, wenn du es nicht verstehst, dann verstehst du es eben nicht, aber bitte sag mir, daß du nicht über diese Sache reden wirst, so wie es Auroraner so unbefangen tun.« Er war sich bewußt, daß er in diesem Augenblick ein ziemlich jämmerliches Bild bot.

Gladia meinte nachdenklich. »Ich will dich nicht verspotten, Elijah. Du bist freundlich zu mir gewesen, und ich möchte nicht unfreundlich zu dir sein. Aber...« – sie machte eine Handbewegung, die Hoffnungslosigkeit andeutete – »die Art und Weise, wie ihr auf der Erde lebt, ist so unsinnig.«

»Ohne Zweifel. Aber ich muß damit leben – so wie du mit den solarianischen Gepflogenheiten gelebt hast.«

»Ja.« Ihr Gesicht verdunkelte sich bei der Erinnerung. Und dann meinte sie: »Verzeih mir, Elijah. Wirklich und aufrichtig, ich bitte um Entschuldigung. Ich will etwas, was ich nicht haben kann, und ich lasse meine Verstimmung an dir aus.«

»Schon gut.«

»Nein, es ist nicht gut! Bitte, Elijah, ich muß dir etwas erklären. Ich glaube nicht, daß du verstehst, was letzte Nacht geschehen ist. Wirst du noch verlegener sein, wenn ich dir das erkläre?«

Baley fragte sich, was wohl Jessie empfinden und was sie tun würde, wenn sie dieses Gespräch hören könnte. Dabei war Baley sich durchaus bewußt, daß er sich auf die Konfrontation mit dem Vorsitzenden vorbereiten sollte, die unmittelbar bevorstand, und nicht auf sein persönliches Dilemma. Er sollte an die Gefahr für die Erde und nicht die für seine Frau denken, aber tatsächlich war es nun einmal so, daß er an Jessie dachte.

»Wahrscheinlich wird es mir peinlich sein«, meinte er, »aber erkläre es mir trotzdem.«

Gladia schob sich ihren Stuhl zurecht und verzichtete darauf, dazu einen ihrer Roboter herbeizurufen. Er wartete nervös, ohne sich zu erheben, um ihr die kleine Mühe abzunehmen.

Sie stellte ihren Stuhl unmittelbar vor den seinen, daß sie ihm direkt ins Gesicht sehen konnte, als sie sich hinsetzte. Als sie das tat, streckte sie die Hand aus und legte sie in die seine, und er fühlte, wie seine Hand die ihre drückte.

»Siehst du«, sagte sie, »ich habe keine Angst mehr vor einer Berührung. Ich befinde mich nicht länger in dem Stadium, wo ich allerhöchstens einen Augenblick lang über deine Wange streichen kann.«

»Das mag sein, aber das hat doch nicht dieselbe Wirkung auf dich, Gladia, oder, wie es damals bei jener bloßen Berührung der Fall war.«

Sie nickte. »Nein, so wirkt es nicht auf mich, aber es gefällt mir trotzdem. Ich glaube, das ist wirklich ein Fortschritt, daß ich von einer einzigen kurzen Berührung von innen nach außen gekehrt wurde, zeigt nur, wie abnormal ich gelebt hatte und wie lange Zeit. Jetzt ist es besser. Darf ich dir sagen, wie das ist? Was ich gerade gesagt habe, ist tatsächlich nur der Prolog.«

»Ja, sag es mir!«

»Ich wünschte, wir wären im Bett und es wäre dunkel. Dann könnte ich freier sprechen.«

»Wir sitzen, und es ist hell, Gladia, aber ich höre zu.«

»Ja. – Auf Solaria hat es für mich praktisch keinen Sex gegeben, Elijah. Das weißt du.«

»Ja, das weiß ich.«

»Ich habe nie eine befriedigende sexuelle Beziehung erlebt. Einige Male – nur sehr selten – ist mein Mann zu mir gekommen, aus Pflichtgefühl. Ich werde nicht einmal beschreiben, wie das war, aber wenn ich dir das sage, wirst du mir glauben, daß es im Rückblick schlimmer als gar nichts war.«

»Das glaube ich dir.«

»Aber ich wußte über Sex Bescheid. Ich habe darüber gelesen. Ich habe manchmal mit anderen Frauen darüber gesprochen, und alle taten so, als wäre es eine widerwärtige Pflicht, die alle Solarianer auf sich nehmen müssen. Wenn sie die ihnen erlaubte Kinderzahl hatten, sagten sie immer, sie wären entzückt, daß sie damit – so haben sie es genannt – *›damit‹* jetzt nichts mehr zu tun hätten.«

»Hast du ihnen geglaubt?«

»Natürlich habe ich das. Ich hatte nie etwas anderes gehört, und das wenige von außerhalb Solaria, was ich gehört hatte, galt als Übertreibung. Auch das habe ich geglaubt. Mein Mann fand ein paar Bücher, die ich hatte, bezeichnete sie als Pornografie und ließ sie vernichten. Und dann ist es auch so, weißt du, daß die Leute sich selbst dazu bringen können, alles zu glauben. Ich denke, die solarianischen Frauen glaubten, was sie sagten, und fanden Geschlechtsverkehr *wirklich* widerwärtig. Es klang sehr aufrichtig, wenn sie davon redeten, und in mir entstand dabei das Gefühl, daß etwas in mir schrecklich falsch sein mußte, weil da bei mir eine gewisse Neugierde war – und seltsame Gefühle, die ich nicht verstehen konnte.«

»Du hast damals keine Roboter benutzt, um dich irgendwie zu befriedigen?«

»Nein, das ist mir nie in den Sinn gekommen. Auch keine leblosen Gegenstände. Gelegentlich wurde von solchen Dingen geflüstert, aber mit solchem Entsetzen – oder vorgeblichem Entsetzen –, daß ich nicht einmal im Traum daran gedacht hätte, etwas Derartiges zu tun. Natürlich hatte ich Träume, und manchmal wachte ich von etwas auf, das, wie ich jetzt rückblikkend glaube, eine Art Orgasmus war. Damals habe ich das natürlich nicht verstanden und wagte auch nicht, davon zu reden. Ich schämte mich sogar sehr darüber. Noch schlimmer, das Vergnügen, das mir diese Gefühle bereiteten, machte mir Angst. Und dann kam ich natürlich nach Aurora.«

»Davon hast du mir erzählt. Mit Auroranern war der Sex aber auch unbefriedigend.«

»Ja. Ich dachte damals, daß die Solarianer doch recht hatten. Sex war ganz und gar nicht wie meine Träume. Bis Jander kam, verstand ich es nicht. Das, was die hier auf Aurora haben, ist nicht Sex, das ist... das ist... nun ja, so eine Art Choreographie. Jeder Schritt dazu wird von der Mode diktiert, von der Art der Annäherung bis zum Augenblick, in dem man sich wieder trennt. Da ist nichts Unerwartetes, nichts Spontanes. Auf Solaria ist kein Geben und kein Nehmen, weil da so wenig Sex ist. Und auf Aurora ist das Ganze so stilisiert, daß am Ende auch kein Geben und Nehmen stattfindet, verstehst du?«

»Ich weiß es nicht, Gladia, weil ich nie mit einer auroranischen Frau Verkehr gehabt habe, noch, was das angeht, nie ein auroranischer Mann gewesen bin. Aber eine Erklärung ist nicht notwendig. Ich habe so in etwa eine Vorstellung, was du meinst.«

»Und sie ist dir schrecklich peinlich, nicht wahr?«

»Nicht so, daß ich nicht zuhören könnte.«

»Aber dann lernte ich Jander kennen, und lernte es, ihn zu gebrauchen. Er war kein auroranischer Mann. Sein einziges Ziel, sein einzig mögliches Ziel war es, mir Freude zu bereiten. Er gab, und ich nahm, so erlebte ich zum erstenmal Sex so, wie es sein sollte. Kannst du *das* verstehen? Kannst du dir vorstellen, wie es sein muß, wenn man plötzlich weiß, daß man nicht verrückt oder verdreht oder pervertiert ist oder einfach nur unrecht hat – sondern zu wissen, daß man eine Frau ist und einen Körper hat und einen Sexpartner, der einen befriedigt?«

»Ich glaube, ich kann mir das vorstellen.«

»Und dann wird mir das nach so kurzer Zeit alles weggenommen. Ich dachte... ich dachte, das sei das Ende. Nie wieder, mein ganzes Leben lang, ein paar Jahrhunderte lang sollte ich wieder eine gute sexuelle Beziehung haben. Sie von Anfang an nicht gehabt zu haben – und sie dann überhaupt nicht zu haben – war schon schlimm genug. Aber sie entgegen aller Erwartungen zu bekommen, sie zu haben und sie dann plötzlich zu *verlieren* und wieder zum Nichts zurückzukehren, *das* war unerträglich! Jetzt weißt du, wie wichtig die vergangene Nacht für mich war.«

»Aber warum ich, Gladia? Warum nicht jemand anderer?«

»Nein, Elijah, das *mußtest* du sein. Wir kamen und fanden dich, Giskard und ich, und du warst hilflos. Wahrhaft hilflos. Du warst nicht bewußtlos, aber du hattest die Herrschaft über deinen Körper verloren. Man mußte dich aufheben und tragen und in den Wagen legen. Ich war dabei, als man dich wärmte und behandelte, badete und trocknete. Und die ganze Zeit über warst du völlig hilflos. Die Roboter haben alles höchst effizient getan, bedacht, für dich zu sorgen und zu verhindern, daß dir Schaden entstünde, aber völlig ohne jedes Gefühl. Ich andererseits sah zu und *fühlte.*«

Baley beugte den Kopf und biß die Zähne bei dem Gedanken an seine Hilflosigkeit zusammen. Er hatte es genossen, als es geschah, aber jetzt konnte er nur Scham darüber empfinden, daß man ihn unter solchen Umständen beobachtet hatte.

»Ich wollte das alles für dich tun«, fuhr sie fort. »Ich nahm es den Robotern übel, daß sie sich das Recht nahmen, zärtlich zu dir zu sein – und zu geben. Und während ich daran dachte, es selbst zu tun, verspürte ich eine wachsende sexuelle Erregung, etwas, was ich seit Janders Tod nicht mehr gefühlt hatte. – Und da kam mir in den Sinn, daß ich während jener ganzen Beziehung, so wohltuend sie für mich gewesen war, nur genommen hatte. Jander gab, was ich wünschte, aber er hat nie genommen. Er war unfähig zu nehmen, da sein einziges Vergnügen darin lag, mir Vergnügen zu bereiten. Und zu geben kam mir nie in den Sinn, weil ich mit Robotern aufgewachsen war und wußte, daß sie nicht nehmen konnten.

Und während ich zusah, kam mir in den Sinn, daß ich bisher nur die eine Hälfte von Sex kannte, und ich wünschte mir verzweifelt, die andere Hälfte zu erleben. Aber dann, beim Abendessen, das du nachher bei mir eingenommen hast, als du deine heiße Suppe aßest, kamst du mir erholt vor, stark. Du warst stark genug, mich zu trösten, und weil ich dieses Gefühl für dich gehabt hatte, als man dich versorgte, empfand ich nicht länger Furcht darüber, daß du von der Erde stammtest, und verspürte den Wunsch, von dir umarmt zu werden. Ich *wünschte* es mir. Aber selbst während du mich in den Armen hieltest, hatte ich ein Gefühl des Verlustes, denn ich nahm schon wieder und gab nicht.

Und du hast zu mir gesagt ›Gladia, bitte, ich muß mich hinsetzen‹. O Elijah, das war das Herrlichste, was du hättest sagen können.«

Baley spürte, wie sich sein Gesicht rötete. »Das war mir in dem Augenblick schrecklich peinlich. Ein solches Eingeständnis der Schwäche.«

»Und genau das wünschte ich mir. Es hat mich vor Begierde ganz wild gemacht. Ich zwang dich ins Bett, kam zu dir, und zum erstenmal in meinem Leben habe ich gegeben, habe ich nicht genommen. Und der Zauber Janders verging, denn ich wußte, daß auch er nicht genug gewesen war. Es muß möglich sein, zu nehmen und zu geben, *beides* – Elijah, bleib bei mir!«

Baley schüttelte den Kopf. »Gladia, selbst wenn ich mein Herz in Stücke risse, würde das nichts an den Tatsachen ändern. Ich kann nicht auf Aurora bleiben. Ich muß zur Erde zurückkehren. Und du kannst nicht zur Erde kommen.«

»Elijah, was, wenn ich zur Erde kommen *kann*?«

»Warum sagst du etwas so Unsinniges? Selbst wenn du es könntest, würde ich schnell altern und bald nutzlos für dich sein. In zwanzig Jahren, höchstens dreißig, werde ich ein alter Mann sein, wahrscheinlich tot, während du noch Jahrhunderte so bleiben wirst, wie du bist.«

»Aber das ist es ja, was ich meine, Elijah. Auf der Erde werde ich eure Infektionen bekommen und auch schnell altern.«

»Das würdest du nicht wollen. Außerdem ist das Alter keine Infektion. Du wirst nur krank werden, und das sehr schnell, und dann wirst du sterben. Gladia, du kannst einen anderen Mann finden.«

»Einen Auroraner?« Sie sagte das voll Verachtung.

»Du kannst ihn lehren. Jetzt, wo du weißt, wie man nimmt *und* gibt, kannst du sie lehren, wie man beides tut.«

»Wenn ich das tue, werden sie lernen?«

»Einige schon. Einige sogar ganz bestimmt. Du hast soviel Zeit, den zu finden, der es lernen wird. Es gibt...« (nein, dachte er, es ist nicht klug, Gremionis jetzt zu erwähnen, aber vielleicht wenn er zu ihr kommt, weniger höflich und – ein wenig entschlossener...)

Sie wirkte nachdenklich. »Ist es möglich?« Und dann sah sie Baley mit ihren graublauen Augen an, die feucht geworden waren. »O Elijah, erinnerst du dich überhaupt an irgend etwas von dem, was letzte Nacht geschah?«

»Ich muß zugeben«, sagte Baley ein wenig traurig, »daß einiges davon erschütternd nebelhaft ist.«

»Wenn du dich erinnern würdest, würdest du mich nicht verlassen wollen.«

»Ich will dich ohnehin nicht verlassen, Gladia. Es ist nur so, daß ich es muß.«

»Und nachher«, sagte sie, »schienst du so glücklich, so ausgeruht. Ich lag an deine Schulter geschmiegt da und spürte, wie dein Herz zuerst schnell schlug und dann immer langsamer, bis dann, wo du dich so plötzlich aufsetztest. Erinnerst du dich daran?«

Baley zuckte zusammen und beugte sich etwas zur Seite, starrte verstört in ihre Augen. »Nein, daran erinnere ich mich nicht. Was meinst du? Was habe ich getan?«

»Ich sagte es doch. Du hast dich plötzlich aufgesetzt.«

»Ja, aber was noch?« Sein Herz schlug jetzt schnell, so schnell, wie es wahrscheinlich gestern geschlagen haben mußte, nachdem Gladia sich von ihm gelöst hatte. Dreimal war etwas zu ihm gekommen, das ihm wahr und wichtig erschien, aber die ersten beiden Male war er völlig allein gewesen. Aber das dritte Mal, letzte Nacht, war Gladia bei ihm gewesen. Er hatte einen Zeugen gehabt.

»Sonst eigentlich nichts«, sagte Gladia. »Ich sagte ›Was ist denn, Elijah?‹, aber du hast nicht auf mich geachtet. Du sagtest ›Ich hab's! Ich hab's!‹ Du hast nicht deutlich gesprochen, und deine Augen blickten glasig. Es war ein wenig beunruhigend.«

»War das alles, was ich gesagt habe? Jehoshaphat, Gladia! Habe ich sonst nichts gesagt?«

Gladia runzelte die Stirn. »Ich erinnere mich nicht. Aber dann hast du dich zurückgelegt, und ich sagte: ›Hab keine Angst, Elijah, hab keine Angst! Du bist jetzt in Sicherheit.‹ Und dann hab' ich dich gestreichelt, du hast dich zurückgelegt und bist eingeschlafen – und hast *geschnarcht*. – Ich habe noch nie jemanden schnarchen hören, aber das muß es gewesen sein – den Beschreibungen nach.« Der Gedanke schien sie offenkundig zu amüsieren.

Und Baley ließ nicht locker. »Hör mir zu, Gladia, was habe ich gesagt? ›Ich hab's! Ich hab's!‹ Hab' ich nicht gesagt, *was* ich hatte?«

Wieder runzelte sie die Stirn. »Nein. Ich erinnere mich nicht. – Warte, eines hast du noch gesagt, ganz leise. Du sagtest: ›Er war als erster da.‹«

»›Er war als erster da‹. Das habe ich gesagt?«

»Ja. Für mich war klar, daß du damit Giskard meintest, weil er vor den anderen Robotern da war. Ich dachte, du versuchtest deine Furcht zu überwinden, daß man dich wegbringen würde, indem du jene Zeit im Unwetter noch einmal durchlebtest. Ja! Deshalb habe ich dich gestreichelt und gesagt: ›Keine Angst, Elijah. Du bist jetzt in Sicherheit‹, bis du dich wieder entspanntest.«

»›Er war als erster da.‹ ›Er war als erster da.‹ – Jetzt werde ich es nicht mehr vergessen. Gladia, danke für letzte Nacht. Danke, daß du jetzt mit mir gesprochen hast.«

Gladia sah ihn fragend an. »Ist daran etwas Wichtiges, daß du gesagt hast, Giskard hätte dich als erster gefunden? Er *hat* dich ja auch gefunden. Das weißt du doch.«

»Das kann es nicht sein, Gladia. Es muß etwas sein, was ich *nicht weiß*, aber entdecken kann, wenn mein Geist völlig entspannt ist.«

»Aber was bedeutet es denn dann?«

»Da bin ich nicht sicher, aber wenn ich das gesagt habe, muß es auch etwas bedeuten. Und ich habe eine Stunde Zeit, um es herauszufinden.« Er stand auf. »Ich muß jetzt gehen.«

Er war ein paar Schritte auf die Tür zugegangen, aber Gladia eilte zu ihm und legte die Arme zärtlich um ihn. »Warte, Elijah!«

Baley zögerte und senkte dann den Kopf, um sie zu küssen. Dann hielten sie sich lange Zeit schweigend umschlungen.

»Werde ich dich wiedersehen, Elijah?« fragte sie schließlich.

»Das kann ich nicht sagen«, meinte Baley traurig. »Ich hoffe es.«

Und dann ging er hinaus, um Daneel und Giskard zu finden und die notwendigen Vorbereitungen für die Konfrontation zu treffen, die ihm bevorstand.

73

Baleys niedergeschlagene Stimmung hielt an, während er über den Rasen zu Fastolfes Niederlassung ging.

Die Roboter gingen links und rechts von ihm. Daneel schien ruhig, aber Giskard, seiner Programmierung getreu und allem

Anschein nach außerstande, sie zu lockern, fuhr fort, die Umgebung scharf zu beobachten.

»Wie ist der Name des Vorsitzenden der Legislatur, Daneel?« fragte Baley.

»Das kann ich nicht sagen, Partner Elijah. Wenn in meiner Gegenwart von ihm gesprochen wurde, hieß es immer nur ›der Vorsitzende‹. Man spricht ihn als ›Mr. Chairman‹ an.«

»Er heißt Rutilan Horder, Sir«, sagte Giskard. »Aber der Name wird nie offiziell erwähnt. Man verwendet nur den Titel. Das soll die Kontinuität der Regierung hervorheben. Die Amtsträger haben jeweils ihre Amtsperioden, aber ›der Vorsitzende‹ existiert immer.«

»Und dieser Vorsitzende – wie alt ist er?«

»Ziemlich alt, Sir. Dreihunderteinunddreißig«, sagte Giskard, der typischerweise statistische Daten jederzeit auf Abruf bereit hatte.

»In guter Gesundheit?«

»Ich weiß nichts Gegenteiliges, Sir.«

»Irgendwelche besonderen persönlichen Eigenheiten, auf die ich vielleicht vorbereitet sein sollte?«

Das schien Giskard aus der Fassung zu bringen. Er brauchte eine kleine Pause, ehe er sagte: »Das ist schwer für mich zu sagen, Sir. Er befindet sich in seiner zweiten Amtsperiode. Er gilt als tüchtiger Vorsitzender, ein harter Arbeiter, der Ergebnisse erzielt.«

»Ist er ungeduldig? Eine dominante Persönlichkeit? Geduldig? Verständnisvoll?«

Darauf antwortete Giskard: »Solche Dinge müssen Sie selbst beurteilen, Sir.«

Und Daneel fügte hinzu: »Partner Elijah, der Vorsitzende steht über den Parteien. Er ist per Definition gerecht und von ausgleichender Natur.«

»Sicher ist er das«, murmelte Baley. »Aber Definitionen sind abstrakt, so wie ›der Vorsitzende‹, während individuelle Vorsitzende – mit Namen – konkret sind, persönliche Eigenschaften besitzen.«

Er schüttelte den Kopf. Er selbst wünschte sich, er könnte im Augenblick etwas konkreter sein. Nachdem er dreimal an etwas gedacht und es dreimal wieder verloren hatte, kannte er jetzt seinen eigenen Kommentar zu dem Zeitpunkt, als der Gedanke ihn beschäftigt hatte, und das half immer noch nichts.

Er war als erster da.

Wer war als erster da? – Wann?

Baley hatte keine Antwort.

71

Fastolfe erwartete Baley an der Tür seiner Niederlassung, mit einem Roboter hinter sich, der höchst unrobotisch unruhig schien, als wäre er außerstande, seine angemessene Funktion zu erfüllen, die darin bestand, einen Besucher zu begrüßen, und als verstimmte ihn das.

(Aber dann las man natürlich immer menschliche Motivationen und Reaktionen in Roboter hinein. Vermutlich lag hier gar keine Verstimmung vor – überhaupt keinerlei Gefühl – lediglich ein leichtes Schwanken der positronischen Potentiale, was aus der Tatsache resultierte, daß seine Befehle darin bestanden, alle Besucher zu begrüßen und zu inspizieren, und er diese Aufgabe nicht ganz erfüllen konnte, ohne Fastolfe zur Seite zu schieben, was er bei Fehlen einer besonderen Notwendigkeit ebenfalls nicht tun konnte. Also setzte er immer zum einen oder anderen an, und das verlieh ihm den Anschein der Unruhe und Nervosität.)

Baley ertappte sich dabei, wie er den Roboter geistesabwesend anstarrte, und einige Mühe hatte, den Blick wieder Fastolfe zuzuwenden. (Er dachte an Roboter, wußte aber nicht warum.)

»Es freut mich, Sie wiederzusehen, Dr. Fastolfe«, sagte er und streckte die Hand aus. Nach seiner Begegnung mit Gladia hatte er einige Mühe, sich daran zu erinnern, daß Spacern physische Kontakte mit Erdenmenschen ziemlich zuwider waren.

Fastolfe zögerte einen Augenblick lang, aber dann siegten die guten Manieren über seine Vorsicht, und er nahm die angebotene Hand, hielt sie kurz und ließ sie wieder los. Er sagte: »Meine Freude, Sie zu sehen, Mr. Baley, ist noch viel größer. Ich war über das, was Sie gestern abend erlebt haben, sehr bestürzt. Es war kein besonders schlimmes Gewitter, aber auf einen Erdenmenschen muß es erschütternd gewirkt haben.«

»Sie wissen also, was geschehen ist?«

»Daneel und Giskard haben mich in der Beziehung vollständig informiert. Mir wäre wohler gewesen, wenn sie unmittelbar hierhergekommen wären und Sie am Ende mitgebracht hätten, aber ihre Entscheidung basierte auf der Tatsache, daß Gladias Niederlassung näher bei dem Landeort des Schwebers war, und daß Ihre Anweisungen äußerst eindringlich waren und Sie Daneels Sicherheit vor Ihre eigene gestellt hatten. Die haben das doch nicht falsch interpretiert?«

»Nein. Ich habe sie gezwungen, mich zu verlassen.«

»War das klug?« Fastolfe ging ins Haus voraus und wies auf einen Stuhl.

Baley setzte sich. »Mir schien es in dem Augenblick richtig. Wir wurden verfolgt.«

»Das hat mir Giskard gemeldet. Außerdem hat er noch gemeldet, daß...«

Baley unterbrach ihn. »Dr. Fastolfe, bitte, ich habe sehr wenig Zeit, und da sind einige Fragen, die ich Ihnen stellen muß.«

»Bitte stellen Sie sie«, sagte Fastolfe sofort in seiner makellosen Höflichkeit.

»Man hat mir gegenüber angedeutet, daß Ihnen Ihre Arbeit bezüglich der Gehirnfunktion über alles andere geht, daß Sie...«

»Lassen Sie mich diesen Satz für Sie beenden, Mr. Baley. Daß ich es nicht dulde, wenn sich mir irgend etwas in den Weg stellt, daß ich völlig rücksichtslos bin, in dem Zusammenhang alle ethischen und moralischen Erwägungen beiseite schiebe und vor nichts halt machen würde, und im Namen der Bedeutung meiner Arbeit das entschuldigen würde.«

»Ja.«

»Wer hat Ihnen das gesagt, Mr. Baley?« fragte Fastolfe.

»Ist das wichtig?«

»Vielleicht nicht. Außerdem ist es nicht schwer zu erraten. Es war meine Tochter Vasilia. Da bin ich ganz sicher.«

»Vielleicht«, sagte Baley. »Was ich wissen möchte, ist, ob diese Einschätzung Ihres Charakters korrekt ist?«

Fastolfe lächelte betrübt. »Erwarten Sie von mir bezüglich meines eigenen Charakters eine ehrliche Antwort? In mancher Hinsicht sind die Anklagen gegen mich wahr. Ich betrachte meine Arbeit wirklich als das Wichtigste, was es gibt, und ich habe tatsächlich den Drang, ihr alles und jedes unterzuordnen. Ich würde konventionelle Vorstellungen der Ethik und der Moral ignorieren, wenn diese sich mir in den Weg stellten. – Es ist nur so, daß ich es nicht tue. Ich kann mich nicht dazu bringen. Und wenn man mir im besonderen vorwirft, ich hätte Jander getötet, weil das in irgendeiner Weise meine Studien des menschlichen Gehirns fördern würde, so stelle ich das in Abrede. Es ist nicht so. Ich habe Jander nicht getötet.«

»Sie haben vorgeschlagen, ich solle mich psychosondieren lassen, um damit an eine Information heranzukommen, die mir in meinem Bewußtsein sonst nicht zugänglich ist. Ist es Ihnen in den Sinn gekommen, daß man Ihre Unschuld beweisen könnte, wenn *Sie* sich einer solchen Behandlung unterzögen?«

Fastolfe nickte nachdenklich. »Ich kann mir vorstellen, daß Vasilia angedeutet hat, es sei ein Beweis meiner Schuld, daß ich eine solche Behandlung nicht vorgeschlagen habe. Aber das ist nicht so. Eine Psychosonde ist ein nicht ungefährliches Ding, und ich habe dieselben Vorbehalte wie Sie, mich ohne Not dieser Behandlung zu unterziehen. Dennoch hätte ich das trotz meiner Ängste getan, wenn ich nicht zugleich wüßte, daß dies der größte Wunsch meiner Widersacher wäre. Sie würden gegen jeden Beweis argumentieren, der meine Unschuld untermauert, und die Psychosonde ist kein ausreichend empfindliches Instrument, um einen *einwandfreien* Unschuldsbeweis zu liefern. Aber wenn man die Sonde einsetzte, würden sie Informationen über die Theorie und die Konstruktion humaniformer Roboter bekommen. *Das* ist es, worauf sie aus sind, und *das* werde ich ihnen nicht geben!«

Baley nickte. »Sehr gut. Danke, Dr. Fastolfe.«

»Gern geschehen«, sagte Fastolfe. »Und jetzt, wenn ich auf das zurückkommen darf, was ich vorher sagte. Giskard meldete mir, Sie wären, nachdem er Sie allein im Schweber zurückgelassen hatte, von fremden Robotern bedrängt worden, zumindest haben sie ziemlich zusammenhanglos von fremden Robotern gesprochen, nachdem man Sie bewußtlos und dem Unwetter ausgesetzt aufgefunden hatte.«

»Die Roboter haben mich tatsächlich bedrängt, Dr. Fastolfe. Ich habe es fertiggebracht, sie abzulenken und wegzuschicken.

Aber anschließend hielt ich es für klug, lieber den Schweber zu verlassen, als ihre Rückkehr abzuwarten. Vielleicht habe ich nicht ganz klar gedacht, als ich zu jener Entscheidung gelangte. Giskard hat das zumindest gesagt.«

Fastolfe lächelte. »Giskard hat ein ziemlich einfaches Bild des Universums im Kopf. Haben Sie eine Vorstellung, wessen Roboter das waren?«

Baley rutschte unruhig herum und schien auf dem Stuhl keine ihm angenehme Sitzposition zu finden. Dann fragte er: »Ist der Vorsitzende schon eingetroffen?«

»Nein, aber er wird jeden Augenblick kommen. Ebenso Amadiro, der Chef des Instituts, den Sie, wie mir die Roboter sagten, gestern kennengelernt haben. Ich bin nicht sicher, ob das klug war. Sie haben ihn gereizt.«

»Ich mußte ihn sprechen, Dr. Fastolfe, und mir schien er nicht gereizt.«

»Das sagt bei Amadiro nichts. Er hat als Folge dessen, was er als Ihre Verleumdungen und Ihre unerträgliche Besudelung seiner professionellen Reputation bezeichnet, den Vorsitzenden zum Handeln gezwungen.«

»In welcher Weise?«

»Es ist Aufgabe des Vorsitzenden, dafür zu sorgen, daß miteinander im Wettbewerb stehende Gruppen zusammenkommen und Kompromisse ausarbeiten. Wenn Amadiro sich mit mir treffen möchte, könnte der Vorsitzende per Definition davon nicht abraten, geschweige denn, die Zusammenkunft verbieten. Er muß das Gespräch führen, und wenn Amadiro genügend Beweise gegen Sie finden kann – und es ist leicht, Beweise gegen einen Erdenmenschen zu finden – wird das die Ermittlungen beenden.«

»Dann hätten Sie vielleicht keinen Erdenmenschen zu Hilfe rufen sollen, Fastolfe, wenn man bedenkt, wie verletzbar wir sind.«

»Mag sein, Mr. Baley, aber mir ist nichts anderes eingefallen. Mir fällt immer noch nichts anderes ein, also muß ich es Ihnen überlassen, den Vorsitzenden von der Richtigkeit Ihrer Betrachtungsweise zu überzeugen – wenn Sie das können.«

»Die Verantwortung liegt bei mir?« fragte Baley ein wenig bedrückt.

»Einzig und allein bei Ihnen«, sagte Fastolfe glatt.

»Es sind nur wir vier zugegen?« wollte Baley wissen.

»Genauer gesagt«, meinte Fastolfe, »wir drei: der Vorsitzende, Amadiro und ich. Wir sind die beiden Parteien und der Vermittler sozusagen. Sie werden als Vierter nur geduldet, Mr. Baley. Der Vorsitzende kann Sie jederzeit auffordern, zu gehen, also hoffe ich, daß Sie nichts tun werden, was ihn verärgert.«

»Ich werde es versuchen, Dr. Fastolfe.«

»Sie sollten ihm beispielsweise nicht die Hand reichen – wenn Sie mir die Unhöflichkeit verzeihen...«

Baley spürte, wie ihm in nachträglicher Verlegenheit warm wurde. »Das werde ich nicht tun.«

»Und seien Sie von makelloser Höflichkeit. Bringen Sie nicht im Zorn irgendwelche Anklagen vor. Beharren Sie nicht auf Feststellungen, für die es keine Beweise gibt...«

»Sie meinen, ich soll niemanden überfahren, um ihn dazu zu bringen, sich selbst zu verraten. Amadiro zum Beispiel.«

»Ja, unterlassen Sie das! Damit würden Sie sich des Vergehens der Verleumdung schuldig machen, und das wäre schädlich. Seien Sie also höflich! Wenn Ihre Höflichkeit einen Angriff kaschiert, wird dagegen nichts zu sagen sein. Und versuchen Sie, nicht zu sprechen, solange man Sie nicht angesprochen hat.«

Baley musterte Fastolfe nachdenklich. »Wie kommt es, Dr. Fastolfe, daß Sie jetzt so voll von bedächtigen Ratschlägen sind, mich vorher aber nie vor der Gefahr der Verleumdung gewarnt haben?«

»Das ist in der Tat meine Schuld«, sagte Dr. Fastolfe. »Für mich war das eine solche Selbstverständlichkeit, daß mir nie in den Sinn kam, ich müsse so etwas erklären.«

»Ja, das habe ich mir gedacht«, brummte Baley.

Plötzlich hob Fastolfe den Kopf. »Ich höre einen Schweber. Ja und noch mehr, die Schritte eines meiner Roboter, die sich auf den Eingang zubewegen. Ich nehme an, der Vorsitzende und Amadiro sind eingetroffen.«

»Zusammen?« fragte Baley.

»Ohne Zweifel. Sehen Sie, Amadiro hat meine Niederlassung als Ort der Zusammenkunft vorgeschlagen und mir daher den Heimvorteil eingeräumt. Das gibt ihm die Chance, als Akt der

Höflichkeit anzubieten, den Vorsitzenden abzuholen und hierher zu bringen. Schließlich müssen sie beide hierher kommen. Das verschafft ihm ein paar Minuten, die er dazu nutzen kann, unter vier Augen mit dem Vorsitzenden zu sprechen. Seine Ansichten vorzubringen.«

»Das ist eigentlich nicht ganz fair«, sagte Baley. »Hätten Sie das verhindern können?«

»Das wollte ich nicht. Amadiro geht ein kalkuliertes Risiko ein. Vielleicht sagt er etwas, womit er den Vorsitzenden reizt.«

»Ist denn der Vorsitzende von besonders reizbarer Natur?«

»Nein, nicht mehr als jeder Vorsitzende im fünften Jahrzehnt seiner Amtszeit. Trotzdem – die Notwendigkeit, sich immer strikt protokollgemäß zu verhalten, die Notwendigkeit, nie Partei zu ergreifen, und das Ausmaß seiner schiedsrichterlichen Gewalt erzeugen einfach eine gewisse Reizbarkeit. Das ist unvermeidlich. Und Amadiro ist nicht immer klug. Sein joviales Lächeln, seine weißen Zähne, seine zur Schau gestellte Bonhomie können einen sehr irritieren, wenn man aus irgendeinem Grund nicht besonders gut gelaunt ist. – Aber ich muß sie jetzt empfangen, Mr. Baley, und – hoffentlich – etwas substanzielleren Charme zur Schau stellen. Bitte bleiben Sie hier und verlassen Sie diesen Stuhl nicht.«

Baley konnte jetzt nichts tun als warten. Plötzlich kam ihm in den Sinn, daß er noch nicht einmal fünfzig Standardstunden auf Auror war.

Achtzehnter Teil

Noch einmal der Vorsitzende

75

Der Vorsitzende war klein. Amadiro überragte ihn um fast dreißig Zentimeter. Aber da diese Kleinheit sich besonders auf seine Schenkel bezog, war der Vorsitzende, als alle Platz genommen hatten, nicht nennenswert kleiner als die anderen. Tatsächlich war er kräftig gebaut, mit einem breiten Brustkasten und ebensolchen Schultern, und wirkte daher in sitzender Haltung dominierend.

Auch sein Kopf war groß, aber sein Gesicht hatte viele Falten und war vom Alter gezeichnet. Diese Falten waren nicht von der Art, wie das Lachen sie in das Gesicht eines Menschen gräbt. Sie waren, dieses Gefühl vermittelte er, durch die Ausübung von Macht in seine Wangen und die Stirn geprägt worden. Sein Haar war weiß und spärlich, und an der Stelle, wo sein Haar einen Wirbel gebildet hätte, war sein Schädel kahl.

Die Stimme paßte zu ihm – tief und entscheidend. Das Alter hatte sie vielleicht ein wenig schroffer gemacht, aber einem Vorsitzenden (dachte Baley) würde das eher helfen als ihn hindern.

Fastolfe zelebrierte das Begrüßungsritual, tauschte mit seinen Gästen ein paar höfliche Bemerkungen ohne Bedeutung und bot zu essen und zu trinken an. Während der ganzen Zeit wurde der Außenseiter nicht erwähnt und auch nicht zur Kenntnis genommen. Erst als die Präliminarien beendet waren und alle Platz genommen hatten, wurde Baley (der etwas weiter von der Mitte entfernt saß als die anderen) vorgestellt.

Er sagte »Mr. Chairman«, ohne die Hand auszustrecken, und dann mit einem beiläufigen Nicken: »Und Dr. Amadiro habe ich natürlich schon kennengelernt.«

Amadiros Lächeln ließ nicht erkennen, ob ihn die Anmaßung in Baleys Stimme ärgerte.

Der Vorsitzende, der Baleys Gruß nicht erwidert hatte, legte die Hände auf die Knie, die Finger gespreizt, und sagte: »Wir wollen anfangen und sehen, daß wir das so schnell und so produktiv wie möglich gestalten.

Lassen Sie mich zuerst betonen, daß es mein Wunsch ist, diese Sache eines schlechten Benehmens – oder möglicherweise schlechten Benehmens – eines Erdenmenschen beiseite zu lassen und gleich zum Kern der Sache vorzudringen. Und wenn wir mit dem Kern der Sache zu tun haben, sprechen wir auch nicht von dieser aufgeblähten Angelegenheit dieses Roboters. Die Aktivität eines Roboters zu zerstören ist eine Sache der Zivilgerichte; es geht dabei um die Beeinträchtigung von Eigentumsrechten und vielleicht eine Geldstrafe, aber sonst nichts. Und was viel wichtiger ist, wenn bewiesen werden sollte, daß Dr. Fastolfe den Roboter Jander Panell funktionsunfähig gemacht hat, dann ist es immerhin ein Roboter, an dessen Konstruktion er mitgewirkt hat, dessen Bau er überwacht hat und der sich zum Zeitpunkt der Funktionsfähigkeit in seinem Besitz befand. Wahrscheinlich würde es also nicht zu einer Geldstrafe kommen, da jedermann mit seinem Besitz tun kann, was er will.

Worum es hier wirklich geht, ist die Frage der Erforschung und Besiedlung der Galaxis; die Frage, ob wir sie von Aurora aus allein durchführen, ob wir es in Zusammenarbeit mit den anderen Spacerwelten tun, oder ob wir es der Erde überlassen. Dr. Amadiro und die Globalisten sind dafür, daß Aurora die Last allein auf seine Schultern nimmt. Und Dr. Fastolfe wünscht, dies der Erde zu überlassen.

Wenn wir diese Angelegenheit hier klären können, dann kann man die Frage des Roboters den Zivilgerichten überlassen. Und ob der Erdenmensch sich korrekt verhalten hat oder nicht, wird dann ohne Belang sein, und wir können ihn einfach wegschicken. Lassen Sie mich daher mit der Frage beginnen, ob Dr. Amadiro bereit ist, Dr. Fastolfes Standpunkt zu übernehmen und damit eine einheitliche Entscheidung zu treffen, oder ob Dr. Fastolfe bereit ist, sich mit derselben Zielsetzung Dr. Amadiros Meinung anzuschließen.«

Er machte eine Pause und wartete.

Amadiro antwortete als erster. »Es tut mir leid, Mr. Chairman, aber ich muß darauf bestehen, daß die Erdenmenschen auf ihren Planeten beschränkt bleiben, und daß die Galaxis nur von Auroranern besiedelt wird. Ich wäre allenfalls bereit, in dem Punkt einen Kompromiß einzugehen, daß man es auch den anderen Spacerwelten erlaubt, an der Besiedlung teilzunehmen, falls dies unnötigen Streit vermeidet.«

»Ich verstehe.« Der Vorsitzende nickte. »Würden Sie, Dr. Fastolfe, Ihre Position angesichts dieser Aussage aufgeben?«

Fastolfe schüttelte den Kopf. »Dr. Amadiros Kompromiß hat wenig Substanz, Mr. Chairman. Ich bin bereit, einen Kompromiß von größerer Bedeutung anzubieten. Warum sollte man nicht die Welten der Galaxis in gleicher Weise Spacern und Erdenmenschen öffnen? Die Galaxis ist groß und hat Platz für beide. Ich wäre bereit, eine solche Lösung zu akzeptieren.«

»Ohne Zweifel«, sagte Amadiro schnell, »weil das kein Kompromiß ist. Die über acht Milliarden Bevölkerung der Erde sind mehr als eineinhalbmal die Bevölkerung aller Spacerwelten zusammengenommen. Die Menschen der Erde sind kurzlebig und sind es gewöhnt, ihre Verluste schnell zu ersetzen. Sie haben nicht denselben hohen Wertbegriff wie wir für ein individuelles Menschenleben. Sie werden zu den neuen Welten ausschwärmen um jeden Preis, sich wie Insekten vermehren und sich in der Galaxis festsetzen, während wir gerade noch mit dem Anfang beschäftigt sind. Der Erde die angeblich gleiche Chance zum Besitz der Galaxis einzuräumen, heißt, ihnen die Galaxis zu *überlassen* – und das ist nicht Gleichheit. Die Erdenmenschen müssen unter allen Umständen auf die Erde beschränkt bleiben.«

»Und was haben Sie dazu zu sagen, Dr. Fastolfe?« fragte der Vorsitzende.

Fastolfe seufzte. »Meine Ansichten sind aktenkundig. Ich brauche sie hier sicher nicht zu wiederholen. Dr. Amadiro hat den Plan, humaniforme Roboter einzusetzen, um besiedelte Welten zu schaffen, die, wenn sie fertig sind, dann von menschlichen Auroranern besetzt werden sollen. Und doch hat er nicht einmal humaniforme Roboter. Er kann sie nicht bauen, und das Projekt würde, selbst wenn er sie hätte, nicht funktionieren. Es ist kein Kompromiß möglich, sofern Dr. Amadiro nicht dem Prinzip zustimmt, daß die Erdenmenschen an der Besiedlung der neuen Welten zumindest teilhaben dürfen.«

»Dann ist kein Kompromiß möglich«, sagte Amadiro.

Der Vorsitzende blickte mißvergnügt. »Ich fürchte, einer von Ihnen beiden *muß* nachgeben. Ich werde nicht zulassen, daß Aurora über eine Frage dieser Wichtigkeit in einer emotionalen Orgie zerrissen wird.«

Er sah Amadiro ausdruckslos an, bemüht, aus seinen Zügen weder Gunst noch Ablehnung erkennen zu lassen. »Sie beabsichtigen, die Funktionsunfähigkeit des Roboters Jander als Argument gegen Fastolfes Standpunkt zu benutzen, nicht wahr?«

»Ja«, sagte Amadiro.

»Ein rein emotionelles Argument. Sie werden behaupten, Fastolfe versuchte, Ihren Standpunkt unglaubwürdig zu machen, indem er fälschlicherweise den Anschein erweckt, als wären humaniforme Roboter weniger nützlich, als sie es tatsächlich sind.«

»Ja, genau das versucht er...«

»Verleumdung!« warf Fastolfe mit leiser Stimme ein.

»Nicht, wenn ich es beweisen kann, und das kann ich«, sagte Amadiro. »Mag sein, daß mein Argument emotionell ist, aber es ist wirksam. Das verstehen Sie doch, Mr. Chairman, oder? Mein Standpunkt wird sicherlich den Sieg davontragen, aber es kann sehr unangenehm werden. Ich würde vorschlagen, daß Sie Dr. Fastolfe dazu überreden, die unvermeidbare Niederlage zu akzeptieren und Aurora das jämmerliche Schauspiel zu ersparen, das unsere Position bei den anderen Spacerwelten schwächen und unseren Glauben an uns selbst erschüttern würde.«

»Wie können Sie beweisen, daß Fastolfe den Roboter funktionsunfähig gemacht hat?«

»Er selbst gibt zu, daß er das einzige menschliche Wesen ist, das es getan haben konnte. Das wissen Sie.«

»Ich weiß«, sagte der Vorsitzende, »aber ich wollte hören, wie Sie das sagen, nicht zu Ihren Wählern, nicht zu den Medien, sondern zu mir – hier in diesem Kreis. Das haben Sie jetzt getan.«

Er wandte sich zu Fastolfe. »Und was sagen Sie, Dr. Fastolfe?

Sind Sie der einzige Mensch, der den Roboter zerstört haben könnte?«

»Ohne physische Spuren zu hinterlassen? Ja, soweit mir bekannt ist, bin ich das. Ich glaube nicht, daß Dr. Amadiro über genügend Erfahrung im Umgang mit Robotern verfügt, und es erstaunt mich immer wieder, daß er nach Gründung seines Robotikinstituts so darauf erpicht ist, diese Unfähigkeit auch in die Welt hinauszuschreien, und das mit all seinen Kollegen im Rücken – und noch dazu in der Öffentlichkeit.« Er lächelte Amadiro nicht ohne eine gewisse Boshaftigkeit zu.

Der Vorsitzende seufzte. »Nein, Dr. Fastolfe, jetzt bitte keine rhetorischen Tricks. Ersparen wir uns Sarkasmus und diese raffinierten Seitenhiebe. Wie verteidigen Sie sich?«

»Nun, einzig und allein damit, daß ich Jander keinen Schaden zugefügt habe. Ich sage nicht, daß irgend jemand das getan hat. Es war Zufall – das Unsicherheitsprinzip, das auf die Positronenbahnen eingewirkt hat. Das kann gelegentlich passieren. Lassen Sie doch Dr. Amadiro zugeben, daß es Zufall war, daß man niemanden ohne Beweise anklagen kann, und dann können wir über die konkurrierenden Vorschläge über die Besiedlung der Galaxis diskutieren, ohne uns durch Nebensächlichkeiten stören zu lassen.«

»Nein«, sagte Amadiro. »Die Wahrscheinlichkeit einer zufälligen Zerstörung ist zu gering, als daß man sie in Betracht ziehen kann, viel geringer als die Wahrscheinlichkeit, daß Dr. Fastolfe verantwortlich ist – so viel geringer, daß es unverantwortlich wäre, Dr. Fastolfes Schuld zu ignorieren. Ich werde mich nicht zurückziehen, und ich werde siegen. Mr. Chairman, Sie wissen, daß ich siegen werde, und mir scheint, der einzig vernünftige Schritt, den man tun kann, ist der, Dr. Fastolfe dazu zu zwingen, seine Niederlage im Interesse der globalen Einheit zu akzeptieren.«

Fastolfe warf rasch ein: »Und das bringt mich zu der Ermittlung, die ich Mr. Baley von der Erde durchzuführen gebeten habe.«

Worauf Amadiro ebenso schnell sagte: »Ein Schritt, gegen den ich mich ausgesprochen hatte, als er das erstemal vorgeschlagen wurde. Der Erdenmensch mag ein geschickter Detektiv sein, aber er ist nicht mit Aurora vertraut und kann hier nichts bewirken. Nichts außer Verbreitung von Verleumdungen, wodurch Aurora vor den Spacerwelten in einem würdelosen, ja lächerlichen Licht erscheint. Auf einem halben Dutzend Hyperwellenprogrammen von ebenso vielen unterschiedlichen Welten sind bereits satirische Stücke darüber verbreitet worden. Aufzeichnungen sind Ihrem Büro zugänglich gemacht worden.«

»Und mir zur Kenntnis gebracht worden«, sagte der Vorsitzende.

»Und hier auf Aurora fängt man auch schon an, sich damit zu befassen«, bohrte Amadiro weiter. »Eigentlich würde es ja in meinem Interesse liegen, die Fortsetzung der Ermittlungen zuzulassen. Das kostet Fastolfe die Unterstützung der Bevölkerung und Stimmen in der Legislatur. Je länger das anhält, desto sicherer bin ich meines Sieges. Aber gleichzeitig ist es ein Schaden für Aurora, und ich wünsche nicht, daß meine Siegeschancen wachsen, wenn meine Welt dabei Schaden leidet. Ich schlage vor – mit allem Respekt –, daß Sie die Ermittlung beenden, Mr. Chairman, und Dr. Fastolfe überreden, sich gutwillig dem zu unterwerfen, was er am Ende doch wird akzeptieren müssen – nur daß der Preis dann viel höher sein wird.«

Der Vorsitzende sagte: »Ich räume ein, daß es *vielleicht* unklug war, Dr. Fastolfe zu gestatten, diese Ermittlung zu beginnen. Ich sage ›*vielleicht*‹. Ich gebe zu, daß die Versuchung groß ist, sie zu beenden. Und doch ist der Erdenmensch...« – er ließ durch nichts erkennen, daß er wußte, daß Baley im Raum war – »schon seit einiger Zeit hier...«

Er hielt inne, als wollte er damit Fastolfe die Chance geben, das zu bestätigen, und Fastolfe ergriff die Chance und sagte: »Dies ist der dritte Tag seiner Ermittlungen, Mr. Chairman.«

»In diesem Fall«, meinte der Vorsitzende, »wäre es, glaube ich, fair, ehe ich die Ermittlungen beende, die Frage zu stellen, ob bis jetzt irgendwelche bedeutenden Erkenntnisse gewonnen wurden.«

Wieder machte er eine Pause. Fastolfe warf Baley einen schnellen Blick zu und machte eine leichte Kopfbewegung.

Baley sagte mit leiser Stimme: »Mr. Chairman, ich möchte nicht ungefragt irgendwelche Bemerkungen aufdrängen. Stellt man mir eine Frage?«

Der Vorsitzende runzelte die Stirn. Dann sagte er, ohne Baley anzusehen: »Ich bitte Mr. Baley von der Erde, uns zu sagen, ob er irgendwelche Erkenntnisse von Bedeutung besitzt.«

Baley holte tief Luft. Der Augenblick war da.

76

»Mr. Chairman«, begann er. »Gestern nachmittag habe ich mit Dr. Amadiro ein Gespräch geführt. Er war sehr kooperativ und mir nützlich. Als mein Stab und ich ihn verließen...«

»Ihr Stab?« fragte der Vorsitzende.

»Ich befand mich in allen Phasen meiner Ermittlungen in Gesellschaft zweier Roboter, Mr. Chairman«, sagte Baley.

»Roboter, die Dr. Fastolfe gehören?« fragte Amadiro. »Ich stelle die Frage für das Protokoll.«

»Jawohl«, sagte Baley. »Der eine ist Daneel Olivaw, ein humaniformer Roboter, und der andere ist Giskard Reventlov, ein älterer nichthumaniformer Roboter.«

»Danke«, sagte der Vorsitzende. »Fahren Sie fort!«

»Als wir das Institutsgelände verließen, stellten wir fest, daß jemand sich an dem Schweber, den wir benutzten, zu schaffen gemacht und ihn beschädigt hatte.«

»Zu schaffen gemacht?« fragte der Vorsitzende verblüfft. »Wer denn?«

»Das wissen wir nicht, aber es geschah auf dem Institutsgelände. Man hatte uns dorthin eingeladen, das Institutspersonal wußte also, daß wir dort sein würden. Außerdem ist nicht anzunehmen, daß jemand ohne Einladung und Wissen des Institutsstabes dort sein würde. Falls das überhaupt denkbar wäre, müßte man notwendigerweise den Schluß ziehen, daß die Beschädigung von einem Angehörigen des Institutsstabes vorgenommen worden wäre, und das wäre jedenfalls unmöglich – außer auf Anweisung von Dr. Amadiro selbst, und auch das wäre undenkbar.«

»Sie scheinen ja viel über das Undenkbare nachzudenken«, meinte Amadiro. »Ist der Schweber von einem qualifizierten Techniker untersucht worden, um festzustellen, ob er tatsächlich bewußt beschädigt worden ist? Könnte es nicht sein, daß es sich um einen natürlich aufgetretenen Effekt handelt?« fragte Amadiro.

»Nein, Sir«, sagte Baley, »aber Giskard, der die Qualifikation besitzt, einen Schweber zu lenken, und der dieses spezielle Fahrzeug häufig benutzt, hat erklärt, daß es sich um eine bewußte und absichtliche Beschädigung handelte.«

»Und er gehört Dr. Fastolfes Stab an und ist von ihm programmiert und erhält seine täglichen Anweisungen von ihm«, sagte Amadiro.

»Wollen Sie damit andeuten...?« begann Fastolfe.

»Ich will gar nichts andeuten.« Amadiro hob in einer gütig wirkenden Geste die Hand. »Ich mache nur eine Aussage – für das Protokoll.«

Der Vorsitzende machte eine beruhigende Handbewegung. »Würde Mr. Baley von der Erde bitte fortfahren?«

»Als der Schweber notlanden mußte, waren da andere, die uns verfolgten«, sagte Baley.

»Andere?« fragte der Vorsitzende.

»Andere Roboter. Sie trafen ein, und zu dem Zeitpunkt waren meine Roboter weg.«

»Einen Augenblick«, sagte Amadiro. »Wie war zu dem Zeitpunkt Ihr Zustand, Mr. Baley?«

»Mir war nicht ganz wohl.«

»Nicht ganz wohl? Sie sind ein Erdenmensch und das Leben außerhalb der künstlichen Umgebung Ihrer Citys nicht gewöhnt. Sie fühlen sich im Freien unwohl. Stimmt das, Mr. Baley?« fragte Amadiro.

»Ja, Sir.«

»Und gestern abend tobte ein heftiges Gewitter, wie sich Mr. Chairman sicherlich erinnern kann. Wäre es nicht richtiger zu sagen, daß Sie ziemlich krank waren? Nur bei halbem Bewußtsein, wenn nicht schlimmer?«

»Ich war ziemlich krank«, sagte Baley widerstrebend.

»Wie kommt es dann, daß Ihre Roboter weg waren?« fragte der Vorsitzende scharf. »Hätten sie bei Ihrer Krankheit nicht bei Ihnen bleiben müssen?«

»Ich hatte ihnen befohlen, mich zu verlassen, Mr. Chairman.«

»Warum?«

»Ich hielt es für das Beste«, sagte Baley, »und ich werde das erklären – wenn Sie mir gestatten fortzufahren.«

»Fahren Sie fort!«

»Wir wurden tatsächlich verfolgt, denn die verfolgenden Roboter kamen kurz nachdem meine Roboter mich verlassen hatten, an. Die Verfolger fragten mich, wo meine Roboter wären, und ich sagte ihnen, daß ich sie weggeschickt hätte. Erst dann fragten sie mich, ob ich krank wäre. Ich sagte ihnen, ich wäre nicht krank, und sie verließen mich, um die Suche nach meinen Robotern fortzusetzen.«

»Um Daneel und Giskard zu suchen?« fragte der Vorsitzende.

»Ja, Mr. Chairman. Mir war klar, daß sie den eindringlichen Befehl hatten, die Roboter zu finden.«

»In welcher Weise war Ihnen das klar?«

»Obwohl ich sichtlich krank war, fragten sie nach den Robotern, ehe sie sich nach meinem Befinden erkundigten. Später haben sie mich dann in meiner Krankheit verlassen, um meine Roboter zu suchen. Sie müssen ungemein eindringliche Anweisungen erhalten haben, diese Roboter zu finden, sonst wäre es ihnen unmöglich gewesen, ein offenkundig krankes menschliches Wesen allein zu lassen. Tatsächlich hatte ich diese Suche nach meinen Robotern vorhergesehen und sie deshalb weggeschickt. Mir schien es äußerst wichtig, dafür zu sorgen, daß sie nicht in unbefugte Hände fielen.«

»Mr. Chairman«, fragte Amadiro, »darf ich fortfahren, Mr. Baley zu diesem Punkt zu befragen, um zu zeigen, wie wertlos diese Aussage ist?«

»Sie dürfen.«

»Mr. Baley«, sagte Amadiro, »Sie waren allein, nachdem Ihre Roboter Sie verlassen hatten?«

»Ja, Sir.«

»Deshalb haben Sie keine Aufzeichnung der Ereignisse? Sie selbst haben kein Gerät für die Aufzeichnung?«

»Nein zu beiden Fragen, Sir.«

»Und Sie waren krank?«

»Ja, Sir.«

»Leidend? Möglicherweise zu angegriffen, um sich deutlich zu erinnern?«

»Nein, Sir. Ich erinnere mich ganz deutlich.«

»Das glauben Sie vielleicht. Aber es ist durchaus möglich, daß Sie sich im Delirium befanden und Halluzinationen hatten. Unter diesen Umständen scheint mir klar, daß diese angeblichen Äußerungen der Roboter, ja sogar, ob überhaupt Roboter erschienen, höchst zweifelhaft erscheinen muß.«

Der Vorsitzende sagte nachdenklich: »Die Ansicht teile ich. Mr. Baley von der Erde, angenommen, das, woran Sie sich erinnern – oder woran sich zu erinnern behaupten – wäre richtig, wie interpretieren Sie die Ereignisse, die Sie schildern?«

»Ich zögere, Gedanken dazu bekanntzugeben, Mr. Chairman«, sagte Baley, »um Dr. Amadiro nicht zu verleumden.«

»Da Sie auf meine Aufforderung hin sprechen und Ihre Bemerkungen auf diesen Raum beschränkt sind« – der Vorsitzende sah sich um, in den Wandnischen standen keine Roboter –, »stellt sich die Frage der Verleumdung nicht, außer ich gewinne den Eindruck, Sie sprechen in böser Absicht.«

»In dem Fall, Mr. Chairman«, sagte Baley, »hätte ich es für möglich gehalten, daß Dr. Amadiro mich in seinem Büro festhielt, indem er ausführlicher als dies vielleicht notwendig war, gewisse Dinge mit mir diskutierte, um Zeit für die Beschädigung meiner Maschine zu haben, und daß er mich dann noch weiter aufgehalten hat, um zu bewirken, daß ich das Institut erst nach Beginn des Gewitters verließ, womit er sicherstellte, daß ich unterwegs krank werden würde. Er hat die Zustände auf der Erde studiert, wie er mir einige Male versicherte, und mußte daher wissen, wie ich auf das Gewitter reagieren würde. Mir schien, daß es sein Plan war, uns seine Roboter nachzuschicken und uns von diesen dann, sobald sie unseren beschädigten Schweber erreichten, ins Institutsgelände zurückbringen zu lassen, scheinbar damit man mich gegen meine Übelkeit behandeln konnte, in Wirklichkeit in der Absicht, sich in den Besitz von Dr. Fastolfes Robotern zu setzen.«

Amadiro lachte leise. »Was für ein Motiv soll ich denn für all das haben? Sie sehen ja, Mr. Chairman, daß dies eine Annahme ist, die auch wieder nur auf anderen Annahmen beruht, und daß das Ganze vor jedem Gericht auf Aurora als Verleumdung bezeichnet würde.«

Der Vorsitzende fragte streng: »Hat Mr. Baley von der Erde irgend etwas, um diese Hypothesen zu untermauern?«

»Eine Reihe logischer Annahmen, Mr. Chairman.«

Der Vorsitzende stand auf und verlor sofort einen Teil seiner imposanten Ausstrahlung, da er dabei kaum größer als im Sitzen wurde. »Lassen Sie mich einen kurzen Spaziergang machen, damit ich mir überlegen kann, was ich bislang gehört habe. Ich bin bald wieder zurück.« Er ging zum Personal.

Fastolfe lehnte sich zu Baley hinüber, und Baley kam ihm auf halbem Wege entgegen. (Amadiro sah beiläufig desinteressiert zu, als wäre es für ihn ohne Belang, was die beiden einander etwa zu sagen hätten.)

Fastolfe flüsterte: »Haben Sie etwas Besseres zu sagen?«

»Ich glaube schon. Wenn ich Gelegenheit dazu bekomme. Aber der Vorsitzende scheint keine besonderen Sympathien für mich zu hegen.«

»Das tut er auch nicht. Bis jetzt haben Sie die Dinge nur schlimmer gemacht, und ich wäre nicht überrascht, wenn er die Zusammenkunft bei seiner Rückkehr als beendet erklärte.«

Baley schüttelte den Kopf und starrte seine Schuhspitzen an.

77

Baley starrte immer noch seine Schuhspitzen an, als der Vorsitzende zurückkehrte, wieder Platz nahm und den Erdenmenschen mit einem starren und nicht besonders freundlichen Blick musterte.

»Mr. Baley von der Erde?« sagte er.

»Ja, Mr. Chairman.«

»Ich glaube, Sie verschwenden meine Zeit, aber ich möchte nicht, daß man sagt, ich hätte nicht beide Seiten gehört, *obwohl* es so schien, daß es nur Zeitvergeudung ist. Können Sie mir ein Motiv nennen, aus dem Dr. Amadiros unsinniges Verhalten, dessen Sie ihn bezichtigen, erklärlich würde?«

»Mr. Chairman«, sagte Baley in einem Tonfall, aus dem Verzweiflung klang, »ein solches Motiv gibt es tatsächlich – ein sehr gutes. Es beruht auf der Tatsache, daß Dr. Amadiros Plan der Besiedlung der Galaxis in sich zusammenfällt, wenn er und sein Institut keine humaniformen Roboter produzieren können. Bis jetzt hat er keine produziert und kann auch keine produzieren. Fragen Sie ihn, ob er bereit ist, sein Institut durch eine Kommission der Legislatur darauf überprüfen zu lassen, ob irgendwelche Anzeichen vorliegen, daß erfolgreiche humaniforme Roboter konstruiert oder hergestellt werden. Wenn er weiterhin behaupten will, daß erfolgreiche Humaniforms in Konstruktion oder in Bau sind – oder auch nur in hinreichend erfolgversprechender theoretischer Konzeption – und wenn er bereit ist, diese Behauptung vor einem qualifizierten Ausschuß zu demonstrieren, dann sage ich nichts mehr und gebe zu, daß meine Ermittlungen erfolglos waren.« Er hielt den Atem an.

Der Vorsitzende sah zu Amadiro hinüber, dessen Lächeln verblaßt war.

»Ich gebe zu«, sagte Amadiro, »daß wir im Augenblick keine Aussicht auf humaniforme Roboter haben.«

»Dann werde ich fortfahren«, sagte Baley und begann mit einem Ton, der wie ein Keuchen klang, wieder zu atmen. »Dr. Amadiro kann natürlich alle für sein Projekt benötigten Informationen finden, wenn er sich an Dr. Fastolfe wendet, der diese Informationen im Kopf hat, aber Dr. Fastolfe ist nicht bereit, ihn auf diese Weise zu unterstützen.«

»Nein, das bin ich nicht«, murmelte Fastolfe. »Unter keiner Bedingung.«

»Aber, Mr. Chairman«, fuhr Baley fort, »Dr. Fastolfe ist *nicht* das einzige Individuum, das über das Geheimnis der humaniformen Roboter verfügt.«

»Nein?« sagte der Vorsitzende. »Wer kennt es denn sonst noch? Dr. Fastolfe selbst scheint über Ihre Bemerkung ziemlich erstaunt zu sein, Mr. Baley.« (Zum erstenmal fügte er diesmal nicht ›von der Erde‹ hinzu.)

»Ich bin in der Tat erstaunt«, sagte Fastolfe. »Nach meinem Wissen bin ich ganz sicher der einzige. Ich weiß nicht, was Mr. Baley meint.«

Amadiros Lippen kräuselten sich ein wenig. »Ich vermute, daß es Mr. Baley auch nicht weiß.«

Baley fühlte sich eingeengt. Er sah von einem zum anderen und hatte das Gefühl, daß keiner von ihnen – keiner – auf seiner Seite stand.

»Stimmt es denn nicht, daß jeder humaniforme Roboter es wissen würde?« sagte er. »Nicht bewußt vielleicht, nicht so, daß er entsprechende Instruktionen geben könnte – aber die Information wäre doch in ihm ganz sicher vorhanden, nicht wahr? Wenn ein humaniformer Roboter richtig befragt würde, dann würden seine Antworten und Reaktionen seine Konstruktion verraten. Am Ende, wenn man genügend Zeit aufwendete und die Fragen richtig formulierte, würde ein humaniformer Roboter Informationen liefern, die es möglich machen würden, die Konstruktion anderer humaniformer Roboter darauf aufzubauen. – Kurz gesagt: die Konstruktion einer Maschine kann nie geheimgehalten werden, wenn die Maschine selbst für eine hinreichend gründliche Untersuchung zur Verfügung steht.«

Fastolfe schien erschrocken. »Ich verstehe, was Sie meinen, Mr. Baley, und Sie haben recht. Daran habe ich nie gedacht.«

»Mit allem Respekt, Dr. Fastolfe«, sagte Baley, »ich muß Ihnen sagen, daß Sie, wie alle Auroraner, einen ganz eigenartigen individualistischen Stolz haben. Sie sind viel zu überzeugt davon, der beste Robotiker zu sein, der *einzige* Robotiker, der humaniforme Roboter konstruieren kann – also verschließen Sie selbst Ihre Augen vor dem Offensichtlichen.«

Der Vorsitzende lächelte. Er wirkte jetzt beinahe entspannt. »Jetzt hat er Sie, Dr. Fastolfe. Ich habe mich schon gefragt, warum Sie so darauf bedacht waren, immer wieder zu betonen, daß Sie der einzige waren, der über das Wissen verfügte, Jander zu zerstören, wo das doch Ihre politische Position entscheidend schwächte. Jetzt kann ich erkennen, daß Sie es eher zulassen würden, Ihre politischen Ziele vereitelt zu sehen, als Ihre Einmaligkeit in Zweifel zu ziehen.«

Fastolfe kniff die Lippen zusammen und schwieg.

Amadiro runzelte die Stirn und sagte: »Hat das irgend etwas mit dem Problem zu tun, das wir hier diskutieren?«

»Ja, allerdings«, sagte Baley, der jetzt wieder selbstbewußter geworden war. »Sie können Dr. Fastolfe nicht unmittelbar zwingen, Ihnen Informationen zugänglich zu machen. Sie können Ihre Roboter nicht anweisen, ihm Schaden zuzufügen, beispielsweise, ihn zu foltern, damit er seine Geheimnisse preisgibt. Und ihn selbst können Sie gegen den Schutz seines Stabes auch nicht verletzen. Aber einen Roboter können Sie isolieren und veranlassen, daß andere Roboter ihn entführen, wenn das menschliche Wesen, mit dem er beisammen ist, zu krank ist, um die notwendigen Schritte zu unternehmen, Sie daran zu hindern. Alle Ereignisse des gestrigen Nachmittags waren Teil eines schnell improvisierten Plans, mit dem Sie sich in den Besitz Daneels setzen wollten. Sie erkannten Ihre Chance in dem Augenblick, in dem ich darauf bestand, Sie im Institut aufzusuchen. Wenn ich meine Roboter nicht weggeschickt hätte, wenn ich nicht noch über genügend Kraft verfügt hätte, um darauf zu beharren, daß es mir gut ginge, und wenn ich Ihre Roboter nicht in die falsche Richtung geschickt hätte, dann hätten Sie ihn gehabt. Und am Ende hätten Sie sich das Geheimnis der humaniformen Roboter erschließen können – durch eine gründliche Analyse des Verhaltens und der Reaktionen Daneels.«

Amadiro blickte empört. »Mr. Chairman, ich protestiere. Ich habe nie eine so bösartige Verleumdung gehört. Alles das beruht nur auf den Wahnvorstellungen eines Kranken. Wir wissen nicht – werden es vielleicht nie erfahren –, ob der Schweber wirklich beschädigt war – und wenn ja, durch wen; ob wirklich Roboter den Schweber verfolgt und mit Mr. Baley gesprochen haben oder nicht. Er häuft einfach eine Behauptung auf die andere, und alle basieren auf zweifelhaften Zeugenaussagen bezüglich Vorgängen, deren einziger Zeuge er ist. Und das zu einer Zeit, wo er vor Angst halb verrückt war und vielleicht Halluzinationen hatte. Nichts von alledem würde vor Gericht auch nur einen Augenblick Bestand haben.«

»Dies ist kein Gericht, Dr. Amadiro«, sagte der Vorsitzende, »und es ist meine Pflicht, mir alles anzuhören, das in Beziehung zu einer hier diskutierten Frage steht.«

»Eine solche Beziehung besteht nicht, Mr. Chairman. Das Ganze ist ein Spinnennetz.«

»Und doch hängt es irgendwie zusammen. Mir ist es bis jetzt noch nicht gelungen, an dem, was Mr. Baley sagt, irgendeine Unlogik zu entdecken. Wenn man das glaubt, was er erlebt zu haben behauptet, dann sind die Schlüsse, die er daraus zieht, durchaus vernünftig. Leugnen Sie alles das, Dr. Amadiro? Die Beschädigung des Schwebers, die Verfolgung, die Absicht, den humaniformen Roboter in Ihren Besitz zu bringen?«

»Ja! Absolut! Nichts davon ist wahr!« sagte Amadiro. Seit seinem letzten Lächeln war jetzt beträchtliche Zeit vergangen.

»Der Erdenmensch kann eine Aufzeichnung unseres ganzen Gespräches vorlegen und wird ohne Zweifel darauf hinweisen, daß ich versuchte, ihn aufzuhalten, indem ich ausführlich mit ihm sprach, indem ich mich erbötig machte, ihm das Institut zu zeigen, und ihn schließlich sogar zum Abendessen einlud – aber all das kann man ebensogut auch so interpretieren, daß ich mir die größte Mühe gab, höflich und gastfreundlich zu sein. Vielleicht bin ich von einer gewissen Sympathie, die ich für Erdenmenschen empfinde, in die Irre geleitet worden, das ist alles. Ich weise seine Behauptungen ganz entschieden zurück, und nichts von dem, was er sagt, kann gegen mein Wort standhalten. Mein Ruf reicht aus, um mich gegen bloße Spekulationen zu schützen, wie sie dieser Erdenmensch hier anstellt.«

Der Vorsitzende kratzte sich nachdenklich am Kinn und sagte: »Sicherlich, ich habe nicht die Absicht, Sie auf der Basis dessen, was der Erdenmensch bisher gesagt hat, unter Anklage zu stellen. – Mr. Baley, wenn das alles ist, was Sie haben, ist das zwar interessant, aber nicht ausreichend. Gibt es noch mehr, was Sie zu sagen haben? Mit mehr Substanz? Ich warne Sie, wenn nicht, dann habe ich jetzt alle Zeit, die ich mir leisten kann, hierfür verbraucht.«

78

»Nur noch ein Thema möchte ich anschneiden«, sagte Baley. »Sie haben vielleicht von Gladia Delmarre gehört, Mr. Chairman – oder Gladia Solaria. Sie nennt sich einfach Gladia.«

»Ja, Mr. Baley«, sagte der Vorsitzende mit einem seltsamen Unterton in der Stimme. »Ich habe von ihr gehört. Ich habe das Hyperwellenstück gesehen, in dem Sie beide eine solch bemerkenswerte Rolle spielten.«

»Sie war viele Monate mit dem Roboter Jander verbunden. Tatsächlich war er am Ende ihr Ehemann.«

Der Blick, mit dem der Vorsitzende Baley musterte, wurde ausgesprochen unfreundlich. »Ihr *was*?«

»Ehemann, Mr. Chairman.«

Fastolfe, der sich halb erhoben hatte, setzte sich wieder, etwas verstört.

»Das ist gegen das Gesetz«, sagte der Vorsitzende streng. »Ja schlimmer noch, es ist lächerlich. Ein Roboter könnte sie nicht schwängern. Eine derartige Verbindung bliebe kinderlos. Der Status eines Ehemanns – oder einer Ehefrau – wird nie gewährt, wenn nicht irgendeine Aussage vorliegt, daß die Bereitschaft besteht, ein Kind zu zeugen, falls dafür die Genehmigung erteilt wird. Ich würde meinen, daß selbst ein Erdenmensch das wissen sollte.«

»Es ist mir bekannt, Mr. Chairman«, sagte Baley. »Gladia wußte es sicherlich auch. Sie hat auch das Wort ›Ehemann‹ nicht in seinem juristischen, sondern mehr in einem emotionalen Sinn gebraucht. Sie betrachtete Jander als Äquivalent eines Ehemannes. Ihre Empfindungen ihm gegenüber waren die, die eine Frau gegenüber ihrem Ehemann hat.«

Der Vorsitzende wandte sich Fastolfe zu. »Haben Sie davon gewußt, Dr. Fastolfe? Er war ein Roboter Ihrer Niederlassung.«

Fastolfe, sichtlich verlegen, sagte: »Ich wußte, daß sie ihn gern mochte. Ich vermutete auch, daß sie ihn für sexuellen Verkehr benutzte, aber von dieser illegalen Albernheit wußte ich nichts, bis Mr. Baley mir davon erzählt hat.«

»Sie war Solarianerin«, sagte Baley. »Ihre Vorstellung von dem, was ein Ehemann ist, war nicht die gleiche, wie man sie auf Aurora hat.«

»Ja, ganz offensichtlich«, sagte der Vorsitzende.

»Aber ihr Realitätssinn reichte aus, daß sie die Tatsache für sich behielt, Mr. Chairman. Sie hat keinem Auroraner je etwas von dieser... dieser Albernheit, wie Dr. Fastolfe sie nennt, erzählt. Mir hat sie es vorgestern gesagt, weil sie mich darin bestärken wollte, die Ermittlungen mit allem Nachdruck zu führen, weil sie ihr sehr viel bedeuteten. Trotzdem hätte sie wahrscheinlich das Wort nicht gebraucht, wenn sie nicht gewußt hätte, daß ich ein Erdenmensch bin und es in ihrem Sinne verstehen würde – und nicht im auroranischen Wortgebrauch.«

»Nun gut«, sagte der Vorsitzende. »Ich will ihr soviel gesunden Menschenverstand zubilligen – für eine Solarianerin. Ist das das Thema, zu dem Sie sich noch äußern wollten?«

»Ja, Mr. Chairman.«

»In dem Falle halte ich es für völlig ohne Belang. Jedenfalls kann es in unseren Überlegungen keine Rolle spielen.«

»Mr. Chairman, da ist eine Frage, die ich noch stellen muß. Eine Frage. Ein Dutzend Worte, Sir, und dann bin ich fertig.« Er sagte das so ernst er konnte, denn alles hing jetzt davon ab.

Der Vorsitzende zögerte. »Also gut. Eine letzte Frage.«

»Ja, Mr. Chairman.« Baley hätte die Worte gerne mit Nachdruck hinausgeschrien, aber er hielt sich zurück. Er hob nicht einmal die Stimme, selbst seine Hände ließ er dort, wo sie waren, auf dem Tisch. Alles hing jetzt davon ab. Alles. Und doch erinnerte er sich an Fastolfes Warnung und sagte es beinahe beiläufig: »Wie kommt es, daß Dr. Amadiro wußte, daß Jander Gladias Mann war?«

»*Was?*« Die weißen, buschigen Augenbrauen des Vorsitzenden gingen überrascht in die Höhe. »Wer hat gesagt, daß er etwas davon gewußt hat?«

Jetzt, da ihm eine direkte Frage gestellt worden war, konnte Baley fortfahren. »Fragen Sie ihn, Mr. Chairman.«

Und er deutete einfach mit einer Kopfbewegung in Richtung Amadiro, der sich von seinem Stuhl erhoben hatte und Baley in sichtlichem Schrecken anstarrte.

79

Und Baley sagte noch einmal, ganz leise, um nur ja nicht die Aufmerksamkeit von Amadiro abzulenken: »Fragen Sie ihn, Mr. Chairman. Er scheint erregt.«

Und der Vorsitzende sagte: »Was ist, Dr. Amadiro? Haben Sie gewußt, daß der Roboter angeblich der Mann dieser solarianischen Frau war?«

Amadiro stotterte, dann preßte er die Lippen einen Augenblick zusammen und versuchte es noch einmal. Seine Blässe war verschwunden, sein Gesicht hatte sich jetzt gerötet. »Diese sinnlose Bezichtigung überrascht mich, Mr. Chairman«, sagte er. »Ich weiß nicht, was das alles soll.«

»Darf ich erklären, Mr. Chairman? Ganz kurz?« fragte Baley. (Würde man ihm das Wort abschneiden?)

»Ja, das sollten Sie wohl«, sagte der Vorsitzende grimmig. »Wenn Sie eine Erklärung haben, würde ich die ganz sicher gerne hören.«

»Mr. Chairman«, sagte Baley. »Ich hatte gestern nachmittag dieses Gespräch mit Dr. Amadiro. Da er vorhatte, mich so lang festzuhalten, bis das Gewitter einsetzte, sprach er ausführlicher, als dies vielleicht ursprünglich seine Absicht gewesen war, und wie es scheint, auch etwas unvorsichtiger. Als er von Gladia sprach, erwähnte er den Roboter Jander beiläufig als ihren Mann. Mich interessiert sehr, woher er diese Tatsache wußte.«

»Ist das wahr, Dr. Amadiro?« fragte der Vorsitzende.

Amadiro stand immer noch und wirkte jetzt fast wie ein Gefangener vor einem Richter. Jetzt stieß er hervor: »Ob es wahr ist oder nicht, hat doch nichts mit der hier zu diskutierenden Frage zu tun?«

»Vielleicht nicht«, sagte der Vorsitzende. »Trotzdem hat mich Ihre Reaktion auf die Frage erstaunt. Ich denke, daß diese Frage eine Bedeutung hat, die Mr. Baley und Sie beide begreifen und ich nicht. Deshalb möchte ich sie auch begreifen. Wußten Sie oder wußten Sie nicht um diese unmögliche Beziehung zwischen Jander und der solarianischen Frau?«

Amadiro würgte halb erstickt hervor: »Ich konnte es unmöglich gewußt haben.«

»Das ist keine Antwort«, sagte der Vorsitzende. »Sie weichen aus. Sie fällen ein Urteil, wo ich Sie doch gebeten habe, eine Tatsache festzustellen. Haben Sie die Aussage gemacht, die man Ihnen unterstellt, oder nicht?«

»Ehe er antwortet«, sagte Baley, der sich jetzt viel sicherer fühlte, jetzt, da der Vorsitzende sichtlich moralisch empört war, »ist es Dr. Amadiro gegenüber nur fair, ihn daran zu erinnern, daß Giskard, ein Roboter, der bei unserem Gespräch zugegen war, falls man ihn darum bittet, das ganze Gespräch Wort für Wort wiederholen kann, wobei er Stimme und Tonfall beider Gesprächspartner wiedergeben kann. Kurz gesagt, das Gespräch ist aufgezeichnet worden.«

Amadiro wurde wütend. »Mr. Chairman. Der Roboter Giskard ist von Dr. Fastolfe entwickelt, konstruiert und programmiert worden. Sie wissen, daß Dr. Fastolfe sich für den besten Robotiker auf allen Welten hält und mein erbitterter Widersacher ist. Können wir einer Aufzeichnung vertrauen, die von solch einem Roboter wiedergegeben wird?«

Baley sah den Vorsitzenden an und meinte ruhig: »Vielleicht sollten Sie sich die Aufzeichnung anhören und Ihre eigene Entscheidung treffen, Mr. Chairman.«

»Vielleicht sollte ich das«, sagte der Vorsitzende. »Dr. Amadiro, ich bin nicht hier, damit man meine Entscheidungen für mich trifft, aber lassen wir das doch einen Augenblick beiseite. Unabhängig davon, was uns die Aufzeichnung lehren wird, Dr. Amadiro, wollen Sie jetzt sagen, Sie wußten nicht, daß die solarianische Frau ihren Roboter für ihren Ehemann hielt, und daß Sie ihn nie im Gespräch als solchen bezeichnet haben? Bitte bedenken Sie – und das sollten Sie beide als Angehörige der Legislatur –, daß dieses Gespräch, obwohl kein Roboter anwesend ist, von mir mit meinem eigenen Gerät aufgezeichnet wird.« Er tippte an eine leichte Ausbuchtung seiner Brusttasche. »Also bitte ganz klar, Dr. Amadiro. Ja oder nein?«

Jetzt klang Amadiros Stimme verzweifelt. »Mr. Chairman, ich kann mich ehrlich nicht daran erinnern, was ich in einem beiläufigen Gespräch gesagt habe. Wenn ich das Wort benutzt habe – und ich gebe das keineswegs zu –, dann war das vielleicht die Folge irgendeiner anderen beiläufigen Unterhaltung, in der jemand die Tatsache erwähnte, daß Gladia sich ihrem Roboter gegenüber so verliebt gab, als wäre er ihr Mann.«

»Und mit wem hatten Sie diese andere beiläufige Unterhaltung?« fragte der Vorsitzende. »Wer hat diese Aussage Ihnen gegenüber gemacht?«

»Das kann ich im Augenblick nicht sagen.«

Baley war jetzt nicht mehr aufzuhalten. »Mr. Chairman, wenn Dr. Amadiro so freundlich sein könnte, jede einzelne Person aufzulisten, die *möglicherweise* dieses Wort ihm gegenüber gebraucht haben könnte, dann können wir ja jeden Einzelnen befragen, um herauszufinden, wer sich daran erinnert.«

Amadiro gab noch nicht auf. »Ich hoffe, Mr. Chairman, Sie bedenken, welche Auswirkungen es auf die Moral des Instituts hätte, wenn so etwas getan würde.«

Der Vorsitzende nickte langsam. »Hoffentlich bedenken Sie das auch, Mr. Amadiro, und liefern uns eine bessere Antwort auf unsere Frage, damit wir nicht zu solchen extremen Maßnahmen gezwungen sind.«

»Einen Augenblick, Mr. Chairman«, sagte Baley so beflissen, als ihm das möglich war, »es bleibt noch eine Frage.«

»Wie? Noch eine?« Der Vorsitzende sah Baley wieder unfreundlich an. »Was denn?«

»Warum gibt sich denn Dr. Amadiro solche Mühe, sich darum herumzudrücken, daß er um Janders Beziehung zu Gladia wußte? Er sagt, das sei belanglos. Warum sagt er denn in diesem Fall nicht, daß er von der Beziehung wußte, und bringt es hinter sich? *Ich* sage, es *ist* von Belang, und Dr. Amadiro weiß, daß sein Geständnis dazu benutzt werden könnte, kriminelles Handeln seinerseits zu beweisen.«

Jetzt donnerte Amadiro: »Ich verbitte mir diesen Ausdruck und verlange eine Entschuldigung!«

Fastolfe lächelte dünn, und Baley preßte die Lippen grimmig zusammen. Er hatte Amadiro so weit gebracht, daß dieser die Fassung verlor.

Das Gesicht des Vorsitzenden rötete sich fast beunruhigend, als er erregt sagte: »Sie verlangen? Sie *verlangen*? Von wem verlangen Sie das? Ich bin der Vorsitzende. Ich höre alle Ansichten, ehe ich entscheide, was am besten getan werden soll. Lassen Sie mich hören, was der Erdenmensch über seine Interpretation Ihrer Handlung zu sagen hat! Wenn er Sie verleumdet, dann soll er bestraft werden, da können Sie sicher sein, und ich werde die Verleumdungsvorschriften sehr weit auslegen. Auch darauf können Sie sich verlassen. Aber *Sie*, Amadiro, haben von mir nichts zu verlangen! Fahren Sie fort, Erdenmensch! Sagen Sie, was Sie zu sagen haben, aber seien Sie äußerst vorsichtig.«

Baley beugte leicht den Kopf. »Danke, Mr. Chairman. Tatsächlich gibt es einen Auroraner, dem Gladia das Geheimnis ihrer Beziehung mit Jander offenbart hat.«

Der Vorsitzende unterbrach ihn. »Nun, wer ist das? Ersparen Sie mir Ihre Hyperwellentricks.«

Baley ließ sich nicht aus der Ruhe bringen. »Ich habe nichts anderes vor, als eine klare Aussage zu machen, Mr. Chairman. Der eine Auroraner ist natürlich Jander selbst. Mag sein, daß er ein Roboter war, aber er ist ein Bewohner Auroras und könnte daher als Auroraner betrachtet werden. Gladia muß ihn in ihrer Leidenschaft sicherlich als ›mein Ehemann‹ angesprochen haben. Da Dr. Amadiro zugegeben hat, daß er möglicherweise von jemand anderem irgendeinen Hinweis gehört haben könnte, der sich auf Janders eheliche Beziehung zu Gladia bezog, ist es da nicht logisch anzunehmen, daß er es von Jander gehört hat? Würde Dr. Amadiro bereit sein, jetzt hier zu erklären, daß er während der Zeit, in der Jander Gladias Stab angehörte, nie mit ihm gesprochen hat?«

Zweimal machte Amadiro den Mund auf, als wollte er etwas sagen. Zweimal kam kein Laut heraus.

»Nun«, sagte der Vorsitzende, »haben Sie mit Jander während jener Zeit gesprochen, Dr. Amadiro?«

Immer noch keine Antwort.

Und Baley meinte leise: »Wenn er es getan hat, dann hat es durchaus einen Einfluß auf das hier zur Diskussion stehende Thema.«

»Ich beginne das auch so zu sehen, Mr. Baley. Nun, Dr. Amadiro, noch einmal – ja oder nein?«

Und Amadiro brauste auf: »Was für Beweise hat denn dieser Erdenmensch in dieser Angelegenheit gegen mich? Hat er eine Aufzeichnung irgendeines Gesprächs, das ich mit Jander hatte? Hat er Zeugen, die zu der Aussage bereit sind, daß sie mich mit Jander gesehen haben? Was hat er denn überhaupt außer Behauptungen?«

Der Vorsitzende sah wieder Baley an, und Baley sagte: »Mr. Chairman, wenn ich überhaupt nichts habe, dann sollte Dr. Amadiro nicht zögern, hier für das Protokoll jeden Kontakt mit Jander zu leugnen – aber das tut er nicht. Tatsächlich habe ich im Laufe meiner Ermittlungen mit Dr. Vasilia Aliena, der Tochter von Dr. Fastolfe, gesprochen. Außerdem habe ich mit einem jungen Auroraner namens Santirix Gremionis gesprochen. Aus den Aufzeichnungen beider Gespräche wird klar hervorgehen, daß Dr. Vasilia Gremionis dazu ermuntert hat, sich um Gladia zu bemühen. Sie können ja Dr. Vasilia befragen, was sie dazu veranlaßt hat, und ob Dr. Amadiro ihr vielleicht diese Handlung vorgeschlagen hat. Es scheint außerdem, daß Gremionis gewöhnt war, lange Spaziergänge mit Gladia zu machen, die beiden Freude bereiteten und auf denen sie nicht von dem Roboter Jander begleitet wurden. Wenn Sie wünschen, können Sie auch das überprüfen, Sir.«

Und der Vorsitzende meinte trocken: »Mag sein, daß ich das tue, aber wenn alles so ist, wie Sie sagen, was zeigt es dann?«

»Nun, ich habe erklärt, daß mit Ausnahme von Dr. Fastolfe selbst das Geheimnis des humaniformen Roboters nur von Daneel beschafft werden konnte. Vor Janders Tod hätte man es in gleicher Weise auch von Jander bekommen können. Und wohingegen Daneel Teil von Dr. Fastolfes Niederlassung war und daher nicht leicht zu erreichen, gehörte Jander Gladias Niederlassung an, und sie verstand sich bei weitem nicht so gut darauf wie Dr. Fastolfe, für den Schutz eines Roboters zu sorgen.

Ist es daher nicht wahrscheinlich, daß Dr. Amadiro die Gelegenheit nutzte, die sich aus Gladias langen Spaziergängen mit Gremionis ergab, um mit Jander zu sprechen, vielleicht über Trimensic, um seine Reaktionen zu studieren, ihn verschiedenen Tests zu unterziehen, und dann jede Spur seines Besuchs bei Jander zu löschen, so daß dieser nie Gladia davon informieren konnte? Möglicherweise kam er seinem Ziel dabei sehr nahe – ehe sein Versuch dadurch endete, daß Jander funktionsunfähig gemacht wurde. Dann verlagerte sich seine Konzentration auf Daneel. Vielleicht glaubte er, er benötigte nur noch einige wenige Tests und Beobachtungen, und hat deshalb gestern nachmittag diese Falle aufgebaut, die ich schon vorher in meiner... meiner Zeugenaussage erwähnte.«

Die Stimme des Vorsitzenden war jetzt nur noch ein Flüstern, als er sagte: »Jetzt hängt alles zusammen. Ich sehe mich fast gezwungen, das zu glauben.«

»Noch ein letzter Punkt, und dann werde ich wahrhaftig nichts mehr zu sagen haben«, erklärte Baley. »In seiner Untersuchung und bei seinen Tests an Jander ist es durchaus möglich, daß Dr. Amadiro zufällig – und ohne irgendeine Absicht – Jander immobilisiert und auf diese Weise Robotizid begangen hat.«

Und Amadiro schrie erregt: »Nein! Niemals! Nichts, was ich mit diesem Roboter getan habe, kann ihn immobilisiert haben!«

Jetzt schaltete sich Fastolfe ein. »Der Ansicht bin ich auch, Mr. Chairman. Auch ich glaube, daß Dr. Amadiro Jander nicht immobilisiert hat. Aber, Mr. Chairman, was Dr. Amadiro soeben gesagt hat, impliziert auch das Eingeständnis, daß er mit

Jander gearbeitet hat – und daß Mr. Baleys Analyse im wesentlichen richtig ist.«

Der Vorsitzende nickte. »Ich sehe mich gezwungen, Ihnen zuzustimmen, Dr. Fastolfe. – Dr. Amadiro, Sie können all dies natürlich formell leugnen und mich zu einer ausführlichen Ermittlung zwingen, die Ihnen großen Schaden zufügen würde, gleichgültig, wie sie ausgeht – und ich vermute in diesem Stadium sogar, daß sie wahrscheinlich sehr schädlich für Sie ausgehen würde. Ich schlage Ihnen daher vor, mich nicht dazu zu zwingen – und damit nicht Ihre Position in der Legislatur zunichte zu machen und vielleicht sogar die Chancen Auroras, weiterhin einen glatten politischen Kurs zu steuern.

Wie ich es sehe, hatte Dr. Fastolfe vor der Jander-Affäre eine Mehrheit der Legislaturmitglieder – zugegeben keine sehr große – in der Frage der galaktischen Besiedlung auf seiner Seite. Sie hätten, indem Sie Dr. Fastolfes angebliche Verantwortung für Janders Immobilisierung betonten, genügend Legislaturmitglieder auf Ihre Seite ziehen und damit die Mehrheit gewinnen können. Aber jetzt kann Dr. Fastolfe, wenn er das wünscht, das Blatt wenden, indem er *Sie* der Immobilisierung bezichtigt und darüber hinaus auch noch behauptet, Sie hätten versucht, Ihrem Widersacher eine falsche Anklage anzuhängen – und Sie würden verlieren.

Wenn ich mich nicht einschalte, könnte es sein, daß Sie, Dr. Amadiro, und Sie, Dr. Fastolfe, gelenkt durch Hartnäckigkeit oder vielleicht sogar Rachsucht, beide Ihre Kräfte sammeln und sich gegenseitig alle möglichen Dinge vorwerfen. Unsere politischen Kräfte und auch die öffentliche Meinung würden hoffnungslos geteilt werden – ja zerrissen –, und das würde unendlichen Schaden anrichten.

Ich glaube, daß in dem Fall Fastolfes Sieg zwar unvermeidlich, aber sehr kostspielig sein würde. Und es wäre daher meine Aufgabe als Vorsitzender, dafür zu sorgen, daß er eine Mehrheit bekommt, und Sie und Ihre Fraktion, Dr. Amadiro, unter Druck zu setzen, damit Sie Fastolfes Sieg, so elegant Sie das nur schaffen, anerkennen und das jetzt sofort zu tun – zum Nutzen Auroras.«

»Ich bin nicht an einem überwältigenden Sieg interessiert, Mr. Chairman«, sagte Fastolfe. »Ich schlage einen Kompromiß vor: Aurora und die anderen Spacerwelten und die Erde sollen alle die Freiheit haben, die Galaxis zu besiedeln. Als Gegenleistung dafür bin ich gerne bereit, mich dem Robotikinstitut anzuschließen, ihm mein Wissen über humaniforme Roboter zur Verfügung zu stellen und damit Dr. Amadiros Plan zu erleichtern. Von ihm erwarte ich die feierliche Erklärung, jeden Gedanken von Vergeltungshandlungen gegen die Erde aufzugeben, heute und in Zukunft, und dies in Vertragsform zu bringen. Und dieser Vertrag soll von uns und der Erde unterzeichnet werden.«

Der Vorsitzende nickte. »Eine kluge staatsmännische Empfehlung. Sind Sie einverstanden, Dr. Amadiro?«

Amadiro setzte sich jetzt. Sein Gesicht war eine Studie der Niederlage. Er sagte: »Ich habe weder persönliche Macht noch die Befriedigung des Sieges gesucht. Ich wollte das, was – wie ich glaube – für Aurora das Beste ist, und ich bin überzeugt, daß dieser Plan Dr. Fastolfes eines Tages das Ende von Aurora bedeutet. Aber ich habe erkannt, daß ich jetzt gegen das Werk dieses Erdenmenschen hilflos bin...« – er warf Baley einen kurzen, giftigen Blick zu –, »und sehe mich gezwungen, Dr. Fastolfes Vorschlag anzunehmen – werde aber um die Erlaubnis bitten, über dieses Thema zur Legislatur zu sprechen und meine Sorgen bezüglich der Konsequenzen zu Protokoll zu geben.«

»Das werden wir natürlich erlauben«, sagte der Vorsitzende. »Und wenn Sie auf meinen Rat Wert legen, Dr. Fastolfe, werden Sie dafür sorgen, daß dieser Erdenmensch so schnell wie möglich unsere Welt verläßt. Er hat Ihnen geholfen, Ihren Standpunkt durchzusetzen, aber dieser Standpunkt wird nicht besonders populär sein, wenn die Auroraner zuviel Zeit haben, darüber nachzubrüten und darin einen Sieg der Erde über Aurora zu sehen.«

»Sie haben völlig recht, Mr. Chairman, und Mr. Baley wird schnell abreisen – mit meinem Dank, und wie ich hoffe, auch mit dem Ihren.«

»Nun«, sagte der Vorsitzende nicht besonders freundlich, »da sein Geschick uns vor einem hitzigen politischen Kampf bewahrt hat, ist er meines Dankes sicher. – Danke, Mr. Baley.«

Neunzehnter Teil

Noch einmal Baley

80

Baley blickte ihnen aus der Ferne nach, wie sie die Niederlassung verließen. Obwohl Amadiro und der Vorsitzende gemeinsam gekommen waren, gingen sie nun getrennte Wege.

Fastolfe, der sie hinausgeleitet hatte, kam zurück und versuchte gar nicht erst die Erleichterung zu verbergen, die er empfand.

»Kommen Sie, Mr. Baley«, sagte er, »wir essen jetzt zusammen zu Mittag, und anschließend werden Sie sobald wie möglich wieder zur Erde abreisen.«

Sein Roboterstab war offenkundig bereits mit der Vorbereitung dieser Reise beschäftigt.

Baley nickte und meinte etwas sarkastisch: »Der Vorsitzende hat mir ja immerhin gedankt, aber ich hatte den Eindruck, als bliebe ihm der Dank fast in der Kehle stecken.«

»Sie haben keine Ahnung, wie sehr Sie geehrt worden sind«, sagte Fastolfe. »Der Vorsitzende dankt selten jemandem, aber es dankt auch ihm selten jemand. Es wird stets der Geschichte überlassen, Vorsitzende zu loben, und dieser ist jetzt seit über vierzig Jahren im Amt. Er ist knurrig und übellaunig geworden, so wie das bei Vorsitzenden in ihren letzten Jahrzehnten immer der Fall ist.

Trotzdem, Mr. Baley, *ich* danke Ihnen noch einmal, und Aurora wird Ihnen durch mich danken. Sie werden es erleben, wie die Erdenmenschen in den Raum hinausziehen, selbst in Ihrer kurzen Lebenszeit, und wir Spacer werden Sie mit unserer Technologie unterstützen.

Wie Sie es fertiggebracht haben, diesen Knoten aufzuknüpfen, Mr. Baley, und das in zweieinhalb Tagen – weniger sogar –, kann ich mir einfach nicht vorstellen. Sie sind ein Wunder – aber kommen Sie, sicher wollen Sie sich frisch machen. Ich will das zumindest.«

Zum erstenmal seit dem Eintreffen des Vorsitzenden hatte Baley Zeit, an etwas anderes zu denken, als den nächsten Satz, den er sprechen würde.

Er wußte immer noch nicht, was das war, was ihm dreimal in den Sinn gekommen war, zum erstenmal beim Einschlafen, dann kurz bevor er die Besinnung verlor und das letzte Mal in der postkoitalen Entspannung.

Er war als erster da!

Der Satz war immer noch bedeutungslos, und doch hatte er sich bei dem Vorsitzenden durchgesetzt, ohne ihn zu benutzen. War es dann möglich, daß der Satz vielleicht überhaupt keine Bedeutung hatte, wenn er doch Teil eines Mechanismus' war, der nicht paßte und anscheinend auch nicht benötigt wurde? War er Unsinn?

Der Gedanke plagte ihn. Als er zum Mittagessen ging, war er ein Sieger ohne die angemessene Empfindung des Sieges. Irgendwie war ihm, als hätte er gar nicht begriffen, worauf es ankam.

Zum einen, würde der Vorsitzende an seinem Entschluß festhalten? Amadiro hatte die Schlacht verloren, aber er schien nicht der Mensch zu sein, der unter irgendwelchen Umständen je ganz aufgab. Wenn man einräumte, daß es ihm mit dem ernst war, was er gesagt hatte, daß ihn nämlich nicht persönliche Ruhmsucht, sondern seine Vorstellung von auroranischem Patriotismus trieb – wenn dem so war, *konnte* er nicht aufgeben.

Baley empfand es als notwendig, Fastolfe zu warnen.

»Dr. Fastolfe«, sagte er. »Ich glaube nicht, daß es schon vorüber ist. Dr. Amadiro wird den Kampf fortsetzen, die Erde von der Galaxis auszuschließen.«

Fastolfe nickte, als aufgetragen wurde. »Ich weiß, daß er das wird. Das erwarte ich sogar. Aber ich habe keine Furcht, solange diese Geschichte von Janders Immobilisierung zur Ruhe kommt. Unter der Voraussetzung glaube ich, kann ich ihn in der Legislatur jederzeit ausmanövrieren. Haben Sie keine Sorge, Mr. Baley, die Erde wird nicht vergessen. Sie brauchen auch keine persönliche Gefahr von einem rachsüchtigen Amadiro zu befürchten. Sie werden vor Sonnenuntergang diesen Planeten verlassen und die Rückreise zur Erde angetreten haben – und Daneel wird Sie natürlich begleiten. Und darüber hinaus wird der Bericht, den wir mitschicken, sicherstellen, daß Sie wieder eine ordentliche Beförderung bekommen.«

»Ich freue mich auf die Heimreise«, sagte Baley, »aber ich hoffe, ich werde noch Zeit haben, mich zu verabschieden. Ich würde – ich würde Gladia gerne noch einmal sehen. Und dann würde ich mich auch gerne von Giskard verabschieden, der mir vielleicht letzte Nacht das Leben gerettet hat.«

»Keine Frage, Mr. Baley. Aber bitte, essen Sie doch, ja?«

Baley aß, hatte aber keinen Spaß daran. So wie die Konfrontation mit dem Vorsitzenden und der Sieg, den er dabei errungen hatte, war auch das Essen seltsam geschmacklos.

Er hätte nicht siegen dürfen. Der Vorsitzende hätte ihn unterbrechen müssen. Amadiro hätte, wenn nötig, einfach leugnen müssen. Man hätte das akzeptiert und das dem Wort – oder der Logik – eines Erdenmenschen vorgezogen.

Aber Fastolfe triumphierte. »Ich hatte schon das Schlimmste befürchtet, Mr. Baley«, sagte er. »Ich fürchtete, die Zusammenkunft mit dem Vorsitzenden sei voreilig und nichts, was Sie sagen könnten, würde helfen. Und doch haben Sie das alles so gut geschafft. Ich habe Sie richtig bewundert. Ich rechnete jeden Augenblick damit, daß Amadiro verlangte, man müsse seinem Wort glauben und nicht dem eines Erdenmenschen, der sich schließlich in einem dauernden Zustand des Halbwahnsinns befand, auf einem fremden Planeten im Freien...«

Baley meinte kühl: »Bei allem Respekt, Dr. Fastolfe, ich befand mich nicht in einem dauernden Zustand des Halbwahnsinns. Der gestrige Abend war in der Tat außergewöhnlich, aber das war das einzige Mal, daß ich die Kontrolle über mich verlor. Während meiner restlichen Anwesenheit auf Aurora mag ich mich zwar von Zeit zu Zeit unbehaglich gefühlt haben, aber mein Verstand hat immer perfekt funktioniert.« Etwas von dem Zorn, den er mit beträchtlicher Mühe während der Konfrontation mit dem Vorsitzenden unterdrückt hatte, kam jetzt zum Ausbruch. »Nur während des Gewitters, Sir – außer natürlich...« – er erinnerte sich – »ein oder zwei Augenblicke im Raumschiff...«

Es war ihm nicht bewußt, in welcher Weise der Gedanke – die Erinnerung – die Interpretation – zu ihm kam, oder mit welcher Geschwindigkeit. Jedenfalls existierte er im einen Augenblick nicht, im nächsten war er da, so als wäre er die ganze Zeit in seinem Bewußtsein gewesen und hätte nur das Platzen eines seifenblasenartigen Schleiers gebraucht, um sich zu zeigen.

»Jehoshaphat!« sagte er in ehrfürchtigem Flüsterton. Und dann krachte seine Faust auf den Tisch herunter und ließ die Teller klirren. *»Jehoshaphat!«*

»Was ist denn, Mr. Baley?« fragte Fastolfe erschrocken.

Baley starrte ihn an und hörte die Frage erst mit einiger Verspätung. »Nichts, Dr. Fastolfe. Ich dachte nur an die infernalische Unverschämtheit Dr. Amadiros, Jander zu beschädigen und dann zu versuchen, Ihnen die Schuld anzuhängen, mich letzte Nacht in dem Gewitter halb verrückt werden zu lassen und dann das dafür zu benutzen, meine Aussagen in Zweifel zu ziehen. Ich war einfach – einen Augenblick lang – *zornig*!«

»Nun, das ist nicht nötig, Mr. Baley. Und tatsächlich ist es ganz unmöglich, daß Amadiro Jander immobilisiert hat. Das bleibt ein rein zufälliges Ereignis. – Sicherlich, es ist möglich, daß Amadiros Untersuchung die Wahrscheinlichkeit vergrößert hat, ein so zufälliges Ereignis auszulösen, aber darüber möchte ich jetzt lieber nicht diskutieren.«

Baley hörte nur mit halbem Ohr hin. Was er gerade zu Fastolfe gesagt hatte, war völlig erdichtet, und was Fastolfe sagte, war unwichtig. Es war (wie der Vorsitzende gesagt hätte) ohne Belang. Tatsächlich war alles, was geschehen war – alles, was Baley erklärt hatte – *ohne Belang*. – Aber deshalb brauchte man nichts zu ändern.

Nur eines – nach einer Weile.

Jehoshaphat! flüsterte er in der Stille seines Bewußtseins, wandte sich mit einem Ruck dem Lunch zu und aß mit Appetit.

81

Wieder überquerte Baley den Rasen zwischen der Niederlassung Fastolfes und der Gladias. Er würde Gladia zum drittenmal in drei Tagen sehen (sein Herz schien in seiner Brust zu einem harten Knoten zu werden) – zum letztenmal.

Giskard war bei ihm, aber etwas entfernt, mehr denn je mit der Umgebung befaßt. Sicherlich wollte man jetzt, da der Vorsitzende alle Fakten besaß, die Sorge um Baleys Sicherheit verringern – falls er je in Gefahr gewesen war, wo doch in Wirklichkeit die Hauptgefahr Daneel gegolten hatte. Aber mutmaßlich hatte Giskard in der Angelegenheit noch keine neuen Instruktionen erhalten.

Nur einmal näherte er sich Baley, und das war, als letzterer rief: »Giskard, wo ist Daneel?«

Giskard kam herbeigeeilt, so als widerstrebte es ihm, mit anderer als leiser Stimme zu sprechen. »Daneel ist zum Raumhafen unterwegs, Sir, in Gesellschaft einiger anderer, um die Vorbereitungen für Ihren Transport zur Erde zu treffen. Wenn man Sie zum Raumhafen bringen wird, wird er Sie dort erwarten und mit Ihnen zur Erde fliegen, um sich dort endgültig von Ihnen zu verabschieden.«

»Gut. Ich weiß jeden Tag des Zusammenseins mit Daneel zu schätzen. Und du, Giskard? Wirst du uns begleiten?«

»Nein, Sir. Ich habe Anweisung, auf Aurora zu bleiben. Aber Daneel wird Ihnen gut dienen, selbst in meiner Abwesenheit.«

»Dessen bin ich sicher, Giskard, aber ich werde dich vermissen.«

»Danke, Sir«, sagte Giskard und entfernte sich ebenso schnell wie er gekommen war. Baley blickte ihm einen Moment lang nachdenklich nach. – Nein, eines nach dem anderen. Er mußte erst Gladia aufsuchen.

82

Sie kam ihm entgegen, um ihn zu begrüßen – und welche Veränderung sich doch in zwei Tagen ergeben hatte! Sie war nicht vergnügt, sie tanzte nicht, sie war nicht aufgekratzt; sie sah ihn an mit dem ernsten Blick eines Menschen, der einen Schock erlitten hat und einen Verlust – aber die Aura der Qual war verschwunden. Sie trug eine Art von Gelassenheit zur Schau, als wäre sie sich der Tatsache bewußt geworden, daß das Leben schließlich weiterging und vielleicht sogar gelegentlich süß sein konnte.

Sie lächelte warm und freundlich, als sie auf ihn zuging und ihm die Hand hinstreckte.

»Oh, nimm sie, nimm sie nur, Elijah!« sagte sie, als er zögerte. »Es ist lächerlich, wenn du dich zurückhältst und so tust, als wolltest du mich nicht berühren – nach der letzten Nacht. Siehst du, ich erinnere mich immer noch daran, und ich bedauere nichts. Ganz im Gegenteil.«

Baley vollzog die (für ihn) ungewöhnliche Operation, ihr Lächeln zu erwidern. »Ich erinnere mich auch, Gladia, und ich bedauere auch nichts. Ich würde es sogar gerne wieder tun, aber ich bin gekommen, um Lebewohl zu sagen.«

Ein Schatten fiel über ihr Gesicht. »Dann wirst du also zur Erde zurückfliegen. Und doch konnte ich dem Bericht entnehmen, den ich über das Roboternetz bekam, das immer zwischen Fastolfes Niederlassung und der meinen in Gang ist, daß alles gut ging. Du *kannst* nicht versagt haben.«

»Ich habe nicht versagt. Dr. Fastolfe hat tatsächlich einen vollkommenen Sieg errungen. Ich glaube nicht, daß es nochmal irgendwelche Andeutungen geben wird, daß er in irgendeiner Weise mit Janders Tod zu tun hatte.«

»Wegen dem, was du zu sagen hattest, Elijah?«

»Ich glaube schon.«

»Ich wußte es.« Darin war ein Hauch von Befriedigung. »Ich wußte, daß du es schaffen würdest, als ich ihnen sagte, sie sollten dich holen – aber warum schickt man dich dann nach Hause?«

»Exakt aus dem Grund, weil der Fall gelöst ist. Wenn ich länger hierbleibe, bin ich allem Anschein nach ein Reizkörper für die politische Welt.«

Sie musterte ihn einen Augenblick lang zweifelnd und sagte: »Ich weiß nicht, ob ich verstehe, was du damit meinst. Für mich klingt das wie ein Ausdruck von der Erde. Aber schon gut. Konntest du herausfinden, wer Jander getötet hat? Das ist es, was für mich wichtig ist.«

Baley sah sich um. Giskard stand in einer Nische und einer von Gladias Robotern in einer anderen.

Gladia hatte keine Schwierigkeiten, seinen Blick zu interpretieren. Sie sagte: »Elijah, du mußt lernen, dir wegen der Roboter keine Sorgen zu machen. Du denkst dir doch auch nichts, weil hier ein Stuhl steht, oder weil da Vorhänge vor den Fenstern hängen?«

Baley nickte. »Nun, Gladia, es tut mir leid – es tut mir schrecklich leid –, aber ich mußte denen sagen, daß Jander dein Mann war.«

Ihre Augen weiteten sich, und er redete hastig weiter. »Das *mußte* ich. Es war für den Fall wichtig, aber ich verspreche dir, es wird deinen Status auf Aurora nicht beeinträchtigen.« So schnell ihm das möglich war, faßte er die Ereignisse der Konfrontation zusammen und schloß: »Du siehst also, niemand hat Jander getötet. Die Immobilisierung war die Folge einer zufälligen Veränderung in seinen Positronenbahnen, wobei die Wahrscheinlichkeit dafür vielleicht durch das, was sich zugetragen hatte, gesteigert worden war.«

»Und ich habe es nie gewußt«, klagte sie. »Niemals. Ich habe sogar den Plan dieses widerlichen Amadiro unterstützt – und er ist verantwortlich, genauso als hätte er absichtlich mit einem Hammer auf ihn eingeschlagen.«

»Gladia«, sagte Baley ernsthaft, »das ist ungerecht. Er hatte nicht die Absicht, Jander Schaden zuzufügen, und was er getan hat, war in seinen Augen zum Nutzen von Aurora. So wie die Dinge liegen, hat er seine Strafe. Er ist besiegt, seine Pläne zunichte gemacht, und das Robotikinstitut wird unter die Herrschaft von Dr. Fastolfe kommen. Du selbst könntest dir keine geeignetere Strafe ausdenken, wenn du dich noch so bemühtest.«

»Darüber will ich nachdenken«, sagte sie. »Aber was soll ich mit Santirix Gremionis machen, diesem gut aussehenden jungen Lümmel, der den Auftrag hatte, mich wegzulocken? Kein Wunder, daß er sich immer wieder Hoffnungen machte, obwohl ich ihn wiederholt abgelehnt habe. Nun, er wird wieder hierherkommen, und ich werde das Vergnügen haben, ihn...«

Baley schüttelte heftig den Kopf. »Gladia, *nein*. Ich habe ihn ausgefragt, und ich *versichere* dir, daß er nichts von dem wußte, was hier vorging. Man hat ihn ebensosehr getäuscht wie dich. Tatsächlich siehst du es völlig verkehrt. Er war nicht so hartnäckig, weil es wichtig war, dich wegzulocken. Er war Amadiro nützlich, weil er so hartnäckig war – und diese Hartnäckigkeit ist auf die hohe Meinung zurückzuführen, die er von dir hat.

Auf Liebe, falls das Wort auf Aurora das bedeutet, was es auf der Erde bedeutet.«

»Auf Aurora ist das Choreographie. Jander war ein Roboter, und du bist ein Erdenmensch. Bei Auroranern ist das anders.«

»Das hast du mir erklärt. Aber, Gladia, du hast von Jander gelernt zu nehmen; du hast von mir gelernt – nicht daß das meine Absicht war – zu geben. Wenn du aus dem Lernen Nutzen ziehst, ist es dann nicht recht und billig, daß du deinerseits lehren solltest? Gremionis fühlt sich hinreichend zu dir hingezogen, um zum Lernen bereit zu sein. Indem er trotz deiner dauernden Ablehnungen hartnäckig bleibt, handelt er ohnehin bereits gegen die auroranische Konvention. Das wird er weiterhin tun. Du kannst ihn lehren, zu geben *und* zu nehmen, dann wirst du lernen, beides abwechselnd oder zusammen zu tun, gemeinsam mit ihm.«

Gladia blickte ihm suchend in die Augen. »Elijah, versuchst du mich loszuwerden?«

Langsam nickte Baley. »Ja, Gladia, so ist es. Im Augenblick wünsche ich mir dein Glück mehr als ich mir je irgend etwas für mich selbst oder für die Erde gewünscht habe. Ich kann dir kein Glück geben, aber wenn Gremionis es dir geben kann, dann werde ich ebenso glücklich sein – *fast* so glücklich –, als wenn ich es wäre, der das Geschenk machte.

Gladia, vielleicht überrascht er dich damit, wie eifrig er die Choreographie durchbricht, wenn du es ihm zeigst. Und das wird sich irgendwie herumsprechen, und dann werden andere kommen, um zu deinen Füßen zu liegen – und Gremionis lernt vielleicht, wie man andere Frauen lehrt. Gladia, es könnte sein, daß du dabei die sexuellen Gewohnheiten auf Aurora revolutionierst. Du hast drei Jahrhunderte Zeit dafür.«

Gladia starrte ihn an und fing an zu lachen. »Du machst dich über mich lustig. Das hätte ich nie von dir gedacht, Elijah. Dabei hast du immer ein so langes, würdiges Gesicht. Jehoshaphat!« (Und mit dem letzten Wort versuchte sie seinen würdigen Bariton zu imitieren.)

»Vielleicht mache ich mich ein wenig lustig«, sagte Baley. »Aber im wesentlichen ist es mein Ernst. Versprich mir, daß du Gremionis eine Chance gibst.«

Sie trat näher zu ihm, und er legte ohne zu zögern den Arm

um sie. Sie legte ihm den Finger auf die Lippen, und er machte eine kleine küssende Bewegung. Dann sagte sie leise: »Würdest du mich nicht lieber für dich selbst haben, Elijah?«

Und er sagte ebenso leise (und unfähig, die Roboter in dem Raum zu vergessen): »Ja, das würde ich mit Vergnügen, Gladia. Ich schäme mich zu sagen, daß ich in diesem Augenblick nichts dagegen hätte, wenn die Erde in Stücke ginge, wenn ich nur dich haben könnte, aber das kann ich nicht. In ein paar Stunden werde ich Aurora verlassen, und es gibt für dich keine Möglichkeit, mitzukommen. Und ich glaube auch nicht, daß man mir je erlauben wird, nach Aurora zurückzukehren, noch daß es möglich ist, daß du jemals die Erde besuchst.

Ich werde dich nie wiedersehen, Gladia, aber ich werde dich auch nie vergessen. In ein paar Jahrzehnten werde ich sterben, und dann wirst du ebenso jung sein, wie du jetzt bist, also würden wir ohnehin bald Lebewohl sagen müssen, was immer wir uns auch sonst vorstellen.«

Sie legte den Kopf an seine Brust. »O Elijah, zweimal bist du in mein Leben getreten, jedesmal nur auf ein paar Stunden. Zweimal hast du soviel für mich getan und dann Lebewohl gesagt. Das erste Mal konnte ich nur dein Gesicht berühren, aber wie unendlich viel hat das doch für mich verändert. Das zweite Mal habe ich soviel mehr getan – und wiederum hat das so unendlich viel bedeutet. Das werde ich nie vergessen, Elijah. Selbst dann nicht, wenn ich mehr Jahrhunderte lebe, als ich zählen kann.«

»Dann laß es nicht die Art von Erinnerung sein, die dich vom Glück abschneidet. Nimm Gremionis und mach *ihn* glücklich – und laß zu, daß er dich auch glücklich macht. Und, vergiß nicht, nichts hindert dich daran, mir Briefe zu schicken. Die Hyperpost zwischen Aurora und der Erde existiert.«

»Das werde ich, Elijah. Und wirst du mir auch schreiben?«

»Das werde ich, Gladia.«

Dann war Schweigen, und sie lösten sich widerstrebend voneinander. Sie blieb mitten im Zimmer stehen, und als er zur Tür ging und sich umwandte, stand sie immer noch mit einem zaghaften Lächeln da. Seine Lippen formten: *Leb wohl,* und dann, weil kein Ton zu hören war – das hätte er nicht fertiggebracht – fügte er hinzu *Meine Liebe.*

Und Ihre Lippen bewegten sich auch. *Leb wohl, mein Allerliebster.*

Er drehte sich um und ging hinaus und wußte, daß er sie nie wieder in greifbarer Form sehen, sie nie wieder würde berühren können.

83

Er brauchte eine Weile, bis er sich der nächsten Aufgabe zuwenden konnte, die noch vor ihm lag. Er war schweigend etwa die Hälfte der Entfernung zu Fastolfes Niederlassung gegangen, ehe er stehenblieb und den Arm hob.

Der aufmerksame Giskard stand im nächsten Augenblick neben ihm.

»Wieviel Zeit ist noch, bis ich zum Raumhafen muß, Giskard?«

»Drei Stunden und zehn Minuten, Sir.«

Baley überlegte einen Augenblick lang. »Ich würde gern zu diesem Baum dort drüben gehen und mich setzen und den Rücken gegen den Stamm lehnen, und dort einige Zeit allein verbringen. Mit dir natürlich, aber fern von anderen menschlichen Wesen.«

»Im Freien, Sir?« Die Stimme des Roboters war unfähig, Überraschung und Schock auszudrücken, aber irgendwie hatte Baley das Gefühl, daß, wenn Giskard ein Mensch gewesen wäre, seine Worte diese Gefühle ausgedrückt hätten.

»Ja«, sagte Baley. »Ich muß nachdenken, und nach gestern abend scheint mir ein ruhiger Tag wie dieser – sonnig, wolkenlos, mild – kaum gefährlich. Wenn ich Platzangst bekomme, gehe ich hinein, das verspreche ich. Also, kommst du mit?«

»Ja, Sir.«

»Gut.« Baley ging voraus. Sie erreichten den Baum, und Baley betastete vorsichtig den Stamm und starrte dann seinen Finger an, der völlig sauber geblieben war. Beruhigt, daß er nicht schmutzig werden würde, wenn er sich gegen den Stamm lehnte, inspizierte er den Boden, setzte sich dann vorsichtig und lehnte den Rücken gegen den Baum.

Es war bei weitem nicht so bequem, wie das eine Stuhllehne gewesen wäre, aber da war ein Gefühl des Friedens (seltsamerweise), das er vielleicht im Inneren eines Raums nicht gehabt hätte.

Giskard blieb stehen, und Baley sagte: »Willst du dich nicht auch setzen?«

»Stehen ist für mich genauso bequem, Sir.«

»Das weiß ich, Giskard, aber ich denke besser, wenn ich nicht zu dir aufblicken muß.«

»Ich könnte Sie nicht so wirksam gegen möglichen Schaden behüten, wenn ich sitzen würde.«

»Auch das weiß ich, Giskard, aber im Augenblick herrscht hier keine Gefahr. Meine Mission ist vorüber, der Fall ist gelöst, Dr. Fastolfes Position ist sicher. Du kannst es riskieren, dich zu setzen, und ich befehle dir, dich zu setzen.«

Giskard setzte sich sofort und sah Baley an, aber seine Augen wanderten weiterhin in diese und jene Richtung und waren stets wachsam.

Baley blickte zum Himmel, durch die Blätter des Baumes, Grün vor Blau, lauschte dem Summen der Insekten und dem plötzlichen Ruf eines Vogels, stellte fest, daß in der Nähe das Gras bewegt wurde, was vielleicht bedeutete, daß ein kleines Tier vorbeilief, und dachte wieder, wie eigenartig friedlich das alles war, und wie unterschiedlich diese Friedlichkeit doch von dem stetigen Lärm der City war. Dies war ein stiller Frieden, ein Frieden ohne Hast, ein Frieden fern von allem.

Zum erstenmal empfand Baley eine schwache Andeutung davon, wie es sein könnte, das Draußen der City vorzuziehen. Er ertappte sich dabei, wie er für seine Erfahrungen auf Aurora dankbar war, für das Gewitter hauptsächlich – denn er wußte jetzt, daß er imstande sein würde, die Erde zu verlassen und sich den Bedingungen irgendeiner neuen Welt zu stellen, auf der er sich vielleicht niederlassen würde, er und Ben – und vielleicht Jessie.

»Letzte Nacht«, sagte er, »in der Dunkelheit des Unwetters, fragte ich mich, ob ich Auroras Satellit hätte sehen können, wenn die Wolken nicht gewesen wären. Aurora hat doch einen Satelliten, wenn ich mich richtig an das erinnere, was ich gelesen habe.«

»Tatsächlich sogar zwei, Sir. Der größere heißt Tithonus, aber er ist so klein, daß er nur als Stern von bescheidener Helligkeit erscheint. Der kleinere ist mit bloßem Auge überhaupt nicht sichtbar und wird einfach Tithonus II genannt, wenn man überhaupt von ihm spricht.«

»Danke. – Und danke auch, Giskard, daß du mich gestern abend gerettet hast.« Er sah den Roboter an. »Ich weiß gar nicht, wie ich dir richtig danken soll.«

»Es ist überhaupt nicht notwendig, mir zu danken. Ich habe nur die Gebote des Ersten Gesetzes befolgt. Ich hatte gar keine Wahl.«

»Dennoch, vielleicht verdanke ich dir sogar mein Leben, und es ist wichtig, daß du das verstehst. – Und jetzt, Giskard, was sollte ich tun?«

»In welcher Angelegenheit, Sir?«

»Meine Mission ist erfüllt. Dr. Fastolfes Standpunkt hat sich durchgesetzt. Die Zukunft der Erde ist gesichert. Es scheint, daß ich nichts mehr zu tun habe, und doch ist da noch die Sache mit Jander.«

»Ich verstehe nicht, Sir.«

»Nun, es scheint festzustehen, daß er durch eine zufällige Verschiebung der positronischen Potentiale in seinem Gehirn starb, aber Fastolfe räumt ein, daß die Wahrscheinlichkeit dafür unendlich gering ist. Selbst in Anbetracht von Amadiros Aktivitäten würde die Wahrscheinlichkeit, wenn sie auch möglicherweise größer wäre, unendlich klein bleiben. Zumindest denkt Fastolfe das. Mir scheint daher immer noch, daß Janders Tod auf bewußten Robotizid zurückzuführen ist. Und dennoch wage ich jetzt nicht, noch einmal auf diesen Punkt einzugehen. Ich will nicht wieder Dinge ins Ungleichgewicht bringen, die jetzt zu einer so befriedigenden Lösung gebracht worden sind. Ich möchte nicht, daß Fastolfe noch einmal in Gefahr gerät. Ich möchte Gladia nicht unglücklich machen. Ich weiß nicht, was ich tun soll. Ich kann zu keinem menschlichen Wesen darüber sprechen, also spreche ich mit dir, Giskard.«

»Ja, Sir.«

»Ich kann dir immer den Befehl geben, alles zu löschen, was ich gesagt habe, und dich nicht mehr daran zu erinnern.«

»Ja, Sir.«

»Was sollte ich deiner Meinung nach tun?«

»Wenn ein Robotizid vorliegt«, antwortete Giskard, »dann

muß es jemanden geben, der fähig ist, die Tat zu begehen. Nur Dr. Fastolfe ist fähig, sie zu begehen, und er sagt, daß er sie nicht begangen hat.«

»Ja, mit der Situation haben wir angefangen. Ich glaube Dr. Fastolfe und bin ganz sicher, daß er es nicht getan hat.«

»Wie könnte dann aber ein Robotizid vorgelegen haben, Sir?«

»Nehmen wir einmal an, daß jemand genauso viel über Roboter weiß wie Dr. Fastolfe, Giskard.«

Baley zog die Knie an sich heran und schlang die Hände um sie. Er sah Giskard nicht an und schien in Gedanken versunken.

»Wer könnte das sein, Sir?« fragte Giskard.

Und damit war Baley endlich an dem entscheidenden Punkt angelangt.

Er sagte: »Du, Giskard.«

84

Wenn Giskard ein Mensch gewesen wäre, hätte er ihn vielleicht nur angestarrt, stumm und erschreckt; oder er hätte erschreckt zurückfahren können, oder ihn anbrüllen, oder ein Dutzend anderer möglicher Reaktionen zeigen. Weil er ein Roboter war, zeigte er kein Anzeichen irgendeiner Bewegung und sagte einfach: »Warum sagen Sie das, Sir?«

»Ich bin ganz sicher, Giskard, daß du genau weißt, wie ich zu diesem Schluß gelangt bin, aber du tust mir einen Gefallen, wenn du mir gestattest, die Angelegenheit an diesem ruhigen Ort und in dieser kurzen Zeit vor meiner Abreise zu meinem eigenen Nutzen zu erklären. Ich würde mich gerne selbst darüber reden hören. Und ich würde es gerne sehen, wenn du mich korrigieren würdest, wo ich mich irre.«

»Aber natürlich, Sir.«

»Ich vermute, mein ursprünglicher Fehler bestand darin, daß ich vermutete, du wärest ein weniger komplizierter und primitiverer Roboter als Daneel, einfach weil du weniger menschlich aussiehst. Ein menschliches Wesen wird immer unterstellen, daß ein Roboter, je menschlicher er aussieht, auch desto fortgeschrittener, komplizierter und intelligenter sein müsse. Sicherlich, ein Roboter wie du läßt sich leicht konstruieren, während einer wie Daneel für Menschen wie Amadiro ein großes Problem ist, und nur von einem Robotikgenie wie Fastolfe gelenkt werden kann. Aber ich vermute, daß die Schwierigkeit in der Konstruktion Daneels darin liegt, daß alle menschlichen Aspekte, so wie der Gesichtsausdruck, der Tonfall, die Gesten, die Bewegungen außergewöhnlich kompliziert sind, aber in Wirklichkeit überhaupt nichts mit einer besonderen Komplexität des Bewußtseins zu tun haben. Habe ich recht?«

»Völlig recht, Sir.«

»Also habe ich dich automatisch unterschätzt, so wie das alle tun. Und doch hast du dich schon vor unserer Landung auf Aurora verraten. Du erinnerst dich vielleicht, daß ich während der Landung von einem Anfall von Platzangst überwältigt wurde und einen Augenblick lang sogar noch hilfloser war als letzte Nacht während des Gewitters.«

»Ja, ich erinnere mich, Sir.«

»Zu der Zeit war Daneel mit mir in der Kabine, während du vor der Tür warst. Ich fiel damals in eine Art katatonischen Zustand, völlig lautlos, und er sah mich vielleicht nicht an und wußte daher nichts davon. Du befandest dich vor der Kabine, und doch warst du es, der hereingeschossen kam und den Betrachter abschaltetest, den ich in der Hand hielt. Du kamst als erster vor Daneel, obwohl seine Reflexe sicherlich ebenso schnell wie die deinen sind – was er demonstrierte, als er Dr. Fastolfe daran hinderte, mich zu schlagen.«

»Dr. Fastolfe hat Sie doch sicherlich nicht geschlagen.«

»Nein, das hat er nicht. Er hat lediglich Daneels Reflexe demonstriert. – Und doch warst du, wie ich sagte, in der Kabine zuerst da. Ich war ganz bestimmt in keinem Zustand, um diese Tatsache zu registrieren, aber ich bin ein geschulter Beobachter und werde selbst von einem Anfall von Platzangst nicht aktionsunfähig gemacht, wie ich gestern nacht zeigte. Ich habe festgestellt, daß du als erster da warst, obwohl ich die Tatsache dann später vergaß. Es gibt natürlich nur eine logische Lösung.«

Baley machte eine Pause, als erwartete er, daß Giskard ihm zustimmte, aber der Roboter sagte nichts.

(In späteren Jahren war dies das Bild, das sich Baley jedesmal aufdrängte, wenn er über seinen Aufenthalt auf Aurora nachdachte. Nicht das Unwetter. Nicht einmal Gladia. Es war vielmehr die ruhige Zeit unter dem Baum mit den grünen Blättern vor dem blauen Himmel, der milden Brise, den leisen Geräuschen der Tiere, und Giskard ihm gegenüber mit schwach leuchtenden Augen.)

»Mir scheint«, sagte Baley, »du könntest irgendwie meinen Geisteszustand wahrnehmen und selbst durch die geschlossene Tür feststellen, daß ich irgendeinen Anfall hatte. Oder, um es kurz und vielleicht ein wenig vereinfacht auszudrücken, du kannst Gedanken lesen.«

»Ja, Sir«, sagte Giskard leise.

»Und irgendwie kannst du auch das Bewußtsein anderer beeinflussen. Ich glaube, du hast festgestellt, daß ich das entdeckt hatte, und es in meinem Bewußtsein irgendwie verdunkelt, so daß ich mich irgendwie nicht erinnerte, oder die Bedeutung nicht erkannte – falls ich mich beiläufig an die Situation erinnern sollte. Und doch hast du das nicht ganz effizient getan, vielleicht weil auch deine Kräfte beschränkt sind...«

Giskard unterbrach ihn. »Sir, das Erste Gesetz steht über allem. Ich mußte Ihnen zu Hilfe kommen, obwohl mir ganz klar war, daß ich mich damit verraten würde. Und ich mußte Ihr Bewußtsein nur ganz minimal verdunkeln, um es nicht irgendwie zu beschädigen.«

Baley nickte. »Du hast deine Schwierigkeiten, wie ich sehe. Minimal verdunkelt – also habe ich mich daran erinnert, als mein Bewußtsein hinreichend entspannt war und in freien Assoziationen denken konnte. Kurz bevor ich im Gewitter das Bewußtsein verlor, wußte ich, daß du mich als erster finden würdest, so wie es auf dem Schiff gewesen war. Mag sein, daß du mich durch die Infrarotstrahlung gefunden hast, aber jedes Säugetier und jeder Vogel hat auch gestrahlt, und das könnte verwirrend sein – aber außerdem konntest du auch meine geistige Aktivität entdecken, selbst im bewußtlosen Zustand. Und das half sicher, mich zu finden.«

»Sicher half es«, sagte Giskard.

»Und jedesmal, wenn ich mich erinnerte, dem Schlaf oder der Bewußtlosigkeit nahe, vergaß ich es im voll bewußten Zustand wieder. Letzte Nacht aber erinnerte ich mich das dritte Mal, und da war ich nicht allein. Gladia war bei mir und konnte wiederholen, was ich gesagt hatte, und das war: ›Er war als erster da‹. Und selbst *da* konnte ich mich noch nicht daran erinnern, was der Satz bedeutete, bis eine beiläufige Bemerkung Dr. Fastolfes mich zu einem Gedanken führte, der sich an der Verdunklung vorbeischob. Und dann, als es mir gedämmert war, erinnerte ich mich an andere Dinge. So zum Beispiel, daß du mich, als ich mich fragte, ob ich wirklich auf Aurora landete, versichertest, daß unser Bestimmungsort Aurora sei, ehe ich tatsächlich die Frage stellte. Ich nehme an, du läßt es nicht zu, daß irgend jemand von deiner Fähigkeit erfährt, Gedanken zu lesen.«

»Das ist wahr, Sir.«

»Und warum?«

»Mein Gedankenlesen verleiht mir eine einmalige Fähigkeit, dem Ersten Gesetz zu gehorchen, Sir, und deshalb ist diese Fähigkeit für mich von hohem Wert. Ich kann viel effizienter verhindern, daß menschliche Wesen Schaden erleiden. Es schien mir jedoch, daß weder Dr. Fastolfe – noch irgendein anderes menschliches Wesen – lange einen gedankenlesenden Roboter tolerieren würde, also halte ich die Fähigkeit geheim. Dr. Fastolfe erzählt gerne die Legende des gedankenlesenden Roboters, der von Susan Calvin zerstört wurde, und ich möchte nicht, daß er es Dr. Calvin gleichtut.«

»Ja, er hat mir die Legende erzählt. Ich vermute, daß er unterschwellig weiß, daß du Gedanken liest, sonst würde er nicht so auf der Legende herumreiten. Und soweit es dich betrifft, ist es, meine ich, sogar gefährlich, das zu tun. Jedenfalls hat das mitgeholfen, mich darauf aufmerksam zu machen.«

»Ich tu, was ich kann, um die Gefahr zu verringern, Fastolfes Bewußtsein im Übermaß zu beeinflussen. Dr. Fastolfe betont jedesmal, wenn er die Geschichte erzählt, daß es sich um eine Legende handelt, die in der Wirklichkeit unmöglich wäre.«

»Ja, daran erinnere ich mich auch. Aber wenn Fastolfe nicht weiß, daß du Gedanken lesen kannst, dann mußt du ja ursprünglich auch nicht mit diesen Fähigkeiten konstruiert worden sein. Wie kommt es dann, daß du sie besitzt? – Nein, sag es mir nicht, Giskard. Laß mich etwas vorschlagen! Miß Vasilia empfand eine besondere Faszination für dich, als sie in jungen Jahren zum erstenmal Interesse an Robotern faßte. Sie hat mir gesagt, sie hätte experimentiert, indem sie dich unter Fastolfes

Anleitung programmierte. Könnte es sein, daß sie einmal, ganz zufällig, etwas tat, das dir diese Fähigkeit verlieh? Ist das richtig?«

»Das ist richtig, Sir.«

»Und du weißt, was es war?«

»Ja, Sir.«

»Bist du der einzige gedankenlesende Roboter, den es gibt?«

»Bis jetzt ja, Sir. Aber es wird weitere geben.«

»Wenn ich dich fragte, was Dr. Vasilia getan hat, um dir solche Fähigkeiten zu verleihen – oder ob Dr. Fastolfe es getan hat – würdest du es uns gemäß dem Zweiten Gesetz sagen?«

»Nein, Sir, denn nach meiner Einschätzung würde es Ihnen Schaden zufügen, dies zu wissen, und meine – auf dem Ersten Gesetz basierende – Weigerung, es Ihnen zu sagen, würde den Vorrang haben. Aber das Problem würde sich nicht stellen, weil ich in dem Augenblick, wo jemand im Begriff wäre, die Frage zu stellen, dies auch wissen würde, und deshalb dem betreffenden Bewußtsein diesen Impuls nehmen würde, ehe es zu der Frage und dem Befehl käme.«

»Ja«, sagte Baley. »Vorgestern abend, während wir von Gladias Niederlassung zu der Fastolfes gingen, fragte ich Daneel, ob er während des Aufenthalts Janders bei Gladia irgendwelchen Kontakt mit ihm gehabt hätte, und er antwortete ganz klar und einfach, dies sei nicht der Fall gewesen. Dann wandte ich mich dir zu, um dir die gleiche Frage zu stellen, und irgendwie habe ich es nie getan. Du hast mir also den Impuls sozusagen weggenommen, ihn im Keim erstickt.«

»Ja, Sir.«

»Denn wenn ich die Frage gestellt hätte, hättest du sagen müssen, daß du ihn zu der Zeit gut gekannt hast. Und du warst nicht bereit, mich das wissen zu lassen.«

»Ja, so war es, Sir.«

»Aber während dieser Periode des Kontakts mit Jander wußtest du, daß er von Amadiro getestet wurde, weil du, wie ich annehme, Janders Gedanken lesen oder seine positronischen Potentiale wahrnehmen konntest...«

»Ja, Sir. Meine Fähigkeit erstreckt sich sowohl auf robotische als auch auf menschliche geistige Aktivitäten. Roboter sind viel leichter zu verstehen.«

»Du hast Amadiros Aktivitäten mißbilligt, weil du mit Fastolfe in der Frage der Besiedlung der Galaxis einig warst.«

»Ja, Sir.«

»Warum hast du nichts gegen Amadiro unternommen? Warum hast du den Impuls, Jander zu testen, nicht aus seinem Bewußtsein entfernt?«

Giskard antwortete ruhig: »Sir, ich greife nicht leichthin in das Bewußtsein anderer ein. Amadiros Entschluß saß so tief und war so komplex, daß ich, um ihn zu entfernen, viel hätte tun müssen – und sein Bewußtsein ist sehr fortgeschritten und wichtig, und ich hätte es womöglich beschädigt. Ich ließ daher den Dingen lange Zeit ihren Lauf und überlegte, welche Handlung meine Bedürfnisse nach dem Ersten Gesetz am besten erfüllen würden. Schließlich entschied ich mich für die angemessene Art und Weise, um die Situation zu korrigieren. Das war keine leichte Entscheidung.«

»Du hast dich dazu entschlossen, Jander zu immobilisieren, ehe Amadiro eine Methode für die Konstruktion eines echten humaniformen Roboters entwickeln konnte. Du wußtest, wie du das machen mußtest, weil du im Laufe der Jahre aus Fastolfes Bewußtsein perfekte Kenntnis seiner Theorien gewonnen hattest. Ist das richtig?«

»Genau, Sir.«

»So daß Fastolfe schließlich doch nicht der einzige war, der über die Fähigkeit verfügte, Jander zu immobilisieren.«

»In gewissem Sinne war er das, Sir. Meine eigene Fähigkeit ist sozusagen nur das Spiegelbild – oder die Erweiterung – der seinen.«

»Das reicht. Hast du nicht erkannt, daß die Immobilisierung Fastolfe in große Gefahr bringen würde? Daß er ganz natürlich verdächtigt werden würde? Hattest du die Absicht, deine Tat zu gestehen und deine Fähigkeiten bekanntzugeben, Giskard, falls dies notwendig sein sollte, um ihn zu retten?«

»Ich erkannte tatsächlich, daß Dr. Fastolfe in eine schmerzliche Lage geraten würde, aber ich hatte nicht vor, meine Schuld einzugestehen. Ich hatte gehofft, die Lage als Triebfeder benutzen zu können, um Sie nach Aurora zu bringen.«

»*Mich* hierher zu bringen? War das *deine* Idee?« Jetzt war Baley verblüfft.

»Ja, Sir. Ich würde das mit Ihrer Erlaubnis gerne erklären.«

»Bitte, tu das!«

»Ich wußte von Miß Gladia und von Dr. Fastolfe über Sie Bescheid. Nicht nur aus dem, was sie sagten, sondern auch das, was in ihrem Bewußtsein war. Ich erfuhr von der Situation auf der Erde. Erdenmenschen, das war klar, leben hinter Mauern, und es fällt ihnen schwer, hinter diesen Mauern hervorzukommen. Aber ebenso klar war mir, daß auch die Auroraner hinter Mauern leben.

Die Auroraner leben hinter Mauern, die aus Robotern bestehen, die sie vor all den Bösartigkeiten des Lebens beschützen, und die nach Amadiros Plänen abgeschirmte Gesellschaften erbauen würden, um auch die Auroraner, die neue Welten besiedeln, mit Mauern zu umgeben. Auroraner leben darüber hinaus hinter Mauern, die aus ihrem Lebensstil erwachsen, was sie zwingt, die Individualität überzubewerten, und sie daran hindert, ihre wissenschaftlichen Ressourcen zu kombinieren. Auch die Auseinandersetzung und den Streit, den Kontroversen mit sich bringen, ersparen sie sich und verlangen vermittels ihres Vorsitzenden, daß alle Unsicherheiten kurzgeschlossen werden, und daß Entscheidungen über Lösungen gefunden werden, ehe die Probleme zum Ausbruch kommen. Sie lassen es einfach nicht zu, daß man sie damit plagt, wirklich um die beste Lösung zu kämpfen. Was sie sich wünschen, sind *stille* Lösungen.

Die Mauern des Erdenmenschen sind primitiv und buchstäblich, und ihre Existenz ist daher auffällig – und es gibt immer einzelne, die sich nach der Flucht sehnen. Die Mauern der Auroraner sind nicht materiell, und man sieht sie nicht einmal als Mauern, so daß auch niemand an Flucht denken kann. Mir schien es daher, daß es die Erdenmenschen, nicht die Auroraner – und auch keine anderen Spacer – sein müssen, die die Galaxis besiedeln und das begründen müssen, was eines Tages ein galaktisches Imperium sein wird.

All dies waren Dr. Fastolfes Überlegungen, und ich habe ihnen zugestimmt. Dr. Fastolfe war freilich mit der Überlegung zufrieden, während ich das in Anbetracht meiner eigenen Fähigkeiten nicht sein konnte. Ich mußte das Bewußtsein wenigstens eines Erdenmenschen direkt untersuchen, um meine Schlüsse überprüfen zu können, und Sie waren der Erdenmensch, den ich glaubte nach Auror bringen zu können. Die Immobilisierung Janders diente sowohl dazu, Amadiro Einhalt zu gebieten, als auch als Anlaß für Ihren Besuch. Ich übte ganz leichten Druck auf Miß Gladia aus, Ihr KOMMEN Dr. Fastolfe vorzuschlagen; dann übte ich leichten Druck auf ihn aus, ganz leichten, um dies dem Vorsitzenden vorzuschlagen, und schließlich auf den Vorsitzenden – ebenfalls ganz leicht –, um seine Zustimmung zu erwirken. Sobald Sie eingetroffen waren, studierte ich Sie und war mit dem zufrieden, was ich fand.«

Giskard hörte zu reden auf und wurde wieder robotisch passiv.

Baley runzelte die Stirn. »Mir scheint, daß ich mit dem, was ich hier getan habe, überhaupt nichts geleistet habe. Du mußt dafür gesorgt haben, daß ich meinen Weg zur Wahrheit fand.«

»Nein, Sir. Im Gegenteil. Ich habe Ihnen Sperren in den Weg gestellt – natürlich vernünftige. Ich ließ nicht zu, daß Sie meine Fähigkeiten erkannten, obwohl ich gezwungen war, mich zu verraten. Ich sorgte dafür, daß Sie immer wieder Niedergeschlagenheit und Verzweiflung empfanden. Ich ermunterte Sie, den Aufenthalt im Freien zu riskieren, um Ihre Reaktionen studieren zu können. Und doch fanden Sie einen Weg, der Sie an all diesen Hindernissen vorbei oder über sie hinwegführte. Und ich war zufrieden.

Ich fand heraus, daß Sie sich nach den Mauern Ihrer Stahlhöhlen sehnten, die Sie ›Cities‹ nennen, aber erkannten, daß Sie lernen mußten, ohne sie auszukommen. Ich fand heraus, daß Sie unter dem Anblick Auroras aus dem Weltraum litten und auch unter dem Unwetter, dem Sie ausgesetzt waren, aber daß Sie in beiden Fällen nicht am Denken gehindert wurden und daß diese Erlebnisse Sie auch nicht von Ihrem Problem abbringen konnten. Ich fand heraus, daß Sie Ihre Behinderungen und Ihr kurzes Leben akzeptieren – und daß Sie der Kontroverse nicht aus dem Wege gehen.«

»Und wie kannst du wissen, daß ich die Erdenmenschen im allgemeinen repräsentiere?« fragte Baley.

»Ich weiß, daß Sie das nicht tun. Ich weiß aber auch aus Ihrem Bewußtsein, daß es einige wie Sie gibt, und mit jenen werden wir bauen. Ich werde dafür sorgen – und jetzt, da ich den Weg genau kenne, dem man folgen muß, werde ich andere Roboter wie mich vorbereiten – und sie werden auch dafür sorgen.«

»Du meinst, daß gedankenlesende Roboter zur Erde kommen werden?« sagte Baley plötzlich.

»Nein, das meine ich nicht. Und Sie haben recht, wenn Sie beunruhigt sind. Wenn man Roboter unmittelbar einschaltet, bedeutet das, daß eben die Mauern erbaut werden, die Aurora und die Spacerwelten zur Paralyse verurteilt haben. Die Erdenmenschen werden die Galaxis ohne Roboter irgendeiner Art besiedeln müssen. Das wird Schwierigkeiten, Gefahren und endloses Leid bedeuten, alles Dinge, die die Roboter, wären sie anwesend, zu vermeiden suchen würden – aber am Ende werden die Menschen ein besseres Los haben, weil sie ihre Arbeit selbst getan haben. Und vielleicht können sich eines Tages – in einer weit entfernten Zukunft – die Roboter wieder einschalten. Wer kann das schon sagen?«

Baley fragte neugierig: »Siehst du die Zukunft?«

»Nein, Sir. Aber wenn man das Bewußtsein anderer so studiert wie ich, dann kann man vage sagen, daß es Gesetze gibt, die das menschliche Verhalten regieren, so wie die Drei Gesetze der Robotik das Verhalten von uns Robotern lenken; und es mag durchaus sein, daß man – eines Tages – danach die Zukunft bestimmen wird. Die menschlichen Gesetze sind viel komplizierter als die Gesetze der Robotik, und ich habe keine Ahnung, wie man sie ordnen und formulieren könnte. Vielleicht sind sie statistischer Natur, und man kann sie daher nur in bezug auf riesige Populationen sinnvoll ausdrücken. Vielleicht binden sie nur sehr lose und geben daher nur dann einen Sinn, wenn jene riesigen Populationen nichts vom Wirken jener Gesetze wissen.«

»Giskard, ist es das, was Dr. Fastolfe meint, wenn er von einer zukünftigen Wissenschaft der ›Psychohistorie‹ spricht?«

»Ja, Sir, ich habe das vorsichtig in sein Bewußtsein eingeschoben, damit der Prozeß des Ausarbeitens beginnen kann. Eines Tages wird man diese Wissenschaft brauchen. Jetzt, da die Existenz der Spacerwelten als einer langlebigen, robotisierten Kultur sich dem Ende zuneigt und eine neue Welle menschlicher Expansion durch kurzlebige menschliche Wesen – ohne Roboter – beginnt.

Und nun...« – Giskard erhob sich – »glaube ich, Sir, müssen wir zu Dr. Fastolfes Niederlassung zurückkehren und uns auf Ihre Abreise vorbereiten. Alles, was wir hier gesagt haben, wird natürlich nicht wiederholt werden.«

»Ich versichere dir, es ist streng vertraulich«, sagte Baley.

»In der Tat«, sagte Giskard ruhig. »Aber Sie brauchen keine Furcht vor der Verantwortung haben, immer stumm bleiben zu müssen. Ich werde es Ihnen gestatten, sich zu erinnern, aber Sie werden nie den Drang verspüren, die Sache zu wiederholen – nicht den geringsten.«

Baley hob resignierend die Augenbrauen und sagte: »Eines noch, Giskard, ehe du mich packst. Willst du dafür sorgen, daß Gladia auf diesem Planeten nicht gestört wird, daß man sie nicht unfreundlich behandelt, weil sie Solarianerin ist und einen Roboter zum Ehemann genommen hat. Und... und daß sie die Angebote von Gremionis annimmt?«

»Ich habe Ihr letztes Gespräch mit Miß Gladia gehört, Sir, und ich verstehe. Es wird erledigt werden. Und jetzt, Sir, darf ich mich von Ihnen verabschieden, solange niemand zusieht?« Giskard streckte Baley die Hand in der menschlichsten Geste hin, die dieser je an ihm gesehen hatte.

Baley ergriff sie. Die Finger fühlten sich hart und kühl an. »Leb wohl – Freund Giskard!«

Und Giskard sagte: »Leben Sie wohl, Freund Elijah! Und erinnern Sie sich daran, daß die Menschen dieses Wort zwar auf Aurora anwenden, daß aber von nun an die Erde die wahre Welt der Morgendämmerung ist.«